中国互联网发展报告
2011

中国互联网协会
中国互联网络信息中心 编

電子工業出版社

Publishing House of Electronics Industry

北京·BEIJING

内 容 简 介

《中国互联网发展报告》（2011）客观、忠实地记录了 2010 年中国互联网行业的发展状况，对中国互联网发展环境、资源、重点业务和应用、主要细分行业和重点领域的发展状况进行了总结、分析和研究，既有宏观分析和综述，也有专项研究，并在 2010 年《报告》基础上新增了对三网融合和微博客等行业热点的研究，内容丰富，重点突出，数据翔实，图文并茂，对政府部门、相关企业和单位及专家学者掌握行业发展与前沿趋势有重要参考意义，是互联网领域具有重要参考和收藏价值的文献。

图书在版编目（CIP）数据

中国互联网发展报告.2011/中国互联网协会，中国互联网络信息中心编. —北京：电子工业出版社，2011.7
ISBN 978-7-121-13864-5

Ⅰ. ①中…　Ⅱ. ①中…②中…　Ⅲ. ①互联网络—研究报告—中国—2011　Ⅳ. ①TP393.4

中国版本图书馆 CIP 数据核字（2011）第 116275 号

责任编辑：赵　娜　特约编辑：王　纲
印　　刷：涿州市京南印刷厂
装　　订：涿州市桃园装订有限公司
出版发行：电子工业出版社
　　　　　北京市海淀区万寿路 173 信箱　邮编 100036
开　　本：787×1092　1/16　印张：33　字数：840 千字　彩插：4
印　　次：2011 年 7 月第 1 次印刷
定　　价：1280.00 元

总编辑

黄澄清

副总编辑

马　宁　　黄向阳　　侯自强　　钱华林

执行主编

石现升　　刘志江

撰稿人（按章节排序）

侯自强	孙小宁	孙永革	周　镇	张　勇	李俊慧	朱　妮	刘　萍
秦　晟	张颖豪	乔青发	李　原	余周军	王存肃	任振铎	罗明伟
朱秀梅	郭玉中	石现升	高红兵	张　明	张　静	周勇林	王明华
纪玉春	徐　娜	王营康	徐　原	李　佳	何世平	温森浩	张胜利
赵　慧	韩　晟	李志辉	姚　力	张　洪	唐　力	朱芸茜	孟凡新
孙秀秀	张　冰	秦　英	刘　鑫	姚正凡	王京婕	方兴东	李欣烨
胡　欣	王法英	孙　锐	张　燏	刘传相	鸿　非	刘　峰	张小林
闫　伟	吴晨生	董晓晴	张志强	邓　辉	陈景国	马　健	邓翰林
胡　冰	姚宏宇	张荣显	盛绮娜				

前　言

《中国互联网发展报告》（2011）如期与读者见面了，我们感到由衷地高兴和欣慰，因为我们已经认真坚持了九年。

自 2002 年开始，中国互联网协会联合中国互联网络信息中心（CNNIC），每年组织编撰出版一卷《中国互联网发展报告》（以下简称《报告》），真实记录每个年度中国互联网行业的发展状况，今年为第九卷。

回顾 2010 年全年，我国互联网基础设施建设投入持续规模增长，各项基础资源发展状况良好，各种网络应用继续稳步发展，尤其是社交类和商务类应用得到较快发展，各类专业网络信息服务保持快速发展，3G 网络得到大规模部署，移动互联网在全国掀起热潮，云计算备受业界关注，互联网的影响力与日俱增。随着互联网与传统行业的融合更加紧密，互联网在我国正从娱乐休闲为主转变成为与经济社会发展和人们生产生活息息相关的重要基础设施。

《中国互联网发展报告》（2011）尽可能客观、忠实地记录和描绘 2010 年中国互联网行业的发展轨迹，以期能够为互联网管理部门、从业企业和有关单位及专家学者提供翔实的数据、专业的参考和借鉴。

结构上，本卷《报告》在总体框架上较往年有所突破，全卷分为综述篇、资源与环境篇、应用与服务篇、附录篇四篇，共 31 章，5 个附录，在保持《报告》结构延续性的同时，整体结构更为紧凑。

内容上，本卷《报告》主要对 2010 年中国互联网发展环境、资源、重点业务和应用、主要细分行业和重点领域的发展状况进行总结、分析和研究；既有对 2010 年全年互联网发展情况的宏观分析和综述，也有对互联网细分业务和典型应用发展状况的重点关注和研究，并在 2010 年《报告》的基础上新增了三网融合等行业热点的研究，内容丰富，重点突出，数据翔实，图文并茂，是一本对互联网从业者具有重要参考价值的工具书。遗憾的是，香港特区和台湾地区 2010 年未做互联网行业使用状况的相关调查，2011 年的《报告》未能收录这两个地区的互联网使用情况调查报告。

2011 年度《报告》的编写工作继续得到了政府、科研机构、企业等社会各界的关心、支持和参与，来自工业和信息化部、农业部、中国科学院、中国科学技术协会、国家计算机网络应急技术处理协调中心、工业和信息化部电信规划研究院、中国电子信息产业发展研究院、中国电信集团公司、中国互联网协会、中国互联网络信息中心（CNNIC）、澳门大学、互联网实验室、盛大文学、联网时代（北京）科技有限公司、Nielsen　Online、CR-Nielsen、世纪互联、计世资讯、无锡物联网产业研究院等多个部门和单位的专家和研究人员近 70 人参与了《报告》的撰写工作。编委会各位编委对《报告》的内容进行了认真和严格的审核，一如既往地给予了《报告》编写工作充分的鼓励和支持，保障了《报告》的质量和水平。在此，编辑部谨向为本《报告》贡献了精彩篇章的撰稿人，向支持本《报告》编写出版工作的有关单位和社会各界表示诚挚的谢意。

由于我们的力量和水平有限，本卷《报告》中难免会存在一些缺陷甚至错误，恳请广大专家和读者予以批评指正，以便在今后的编撰工作中及时改进，使《中国互联网发展报告》的质量和价值不断得到提升。

《中国互联网发展报告》（2011）编委会

2011 年 5 月

目 录

第一篇 综 述 篇

第二篇 资源与环境篇

第三篇　应用与服务篇

第 13 章　2010 年中国电子商务发展情况 ··· 155

第四篇 附 录 篇

第一篇

综述篇

 2010 年中国互联网发展综述

 2010 年国际互联网发展综述

第 1 章　2010 年中国互联网发展综述

1.1　中国互联网发展概况

1.1.1　网民

2010 年，我国网民规模继续稳步扩大，根据中国互联网络信息中心（CNNIC）统计，截至 2010 年年底，网民总数达到 4.57 亿，互联网普及率攀升至 34.3%，较 2009 年年底提高 5.4 个百分点，如图 1.1 所示。

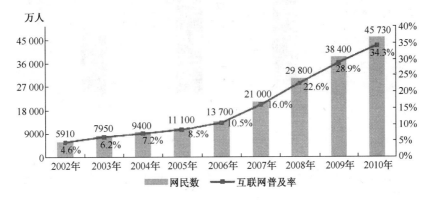

图1.1　中国网民规模与互联网普及率

全年新增网民 7330 万，年增幅 19.1%。我国网民总数已占全球网民总数的 23.2%，亚洲网民总数的 55.4%。宽带网民规模达到 4.5 亿人，年增长 30%，如图 1.2 所示。

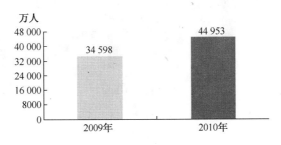

图1.2　中国宽带网民规模

手机网民达 3.03 亿人，较 2009 年年底增加了 6930 万人，如图 1.3 所示。只使用手机上网的网民规模为 4299 万人，占网民总数的 9.4%。手机网民在总体网民中的比例进一步提高，从 2009 年年末的 60.8%提高至 66.2%。

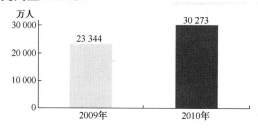

图1.3　手机网民规模

网民的上网工具更加多元化，各类上网设备使用率普遍上升。使用台式电脑上网的网民有 78.4%，仍然居于首位；使用手机和笔记本电脑上网的网民分别为 66.2%和 45.7%，如图 1.4 所示。与 2009 年相比，笔记本电脑上网使用率上升最快，增加了 15 个百分点；手机和台式电脑上网使用率分别增加了 5.4 和 5 个百分点。

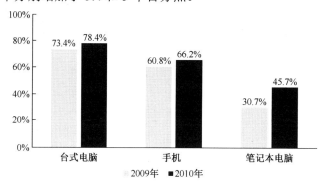

图1.4　网民上网设备

网民在家上网的比例仍显著高于其他地点，有 89.2%的网民在家上网。在网吧、单位和学校上网的网民分别占 35.7%，33.7%和 23.2%，还有 16.1%的网民在公共场所上网，如图 1.5 所示。

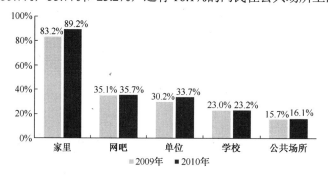

图1.5　网民上网场所

与 2009 年相比，网民在家上网的比例提高了 6 个百分点，在单位和在公共场所上网的用户比例分别提高了 3.5 和 0.4 个百分点。我国网民平均每周上网时长为 18.3 个小时，日平均上网时长 2.6 个小时。

1.1.2　基础资源

截至 2010 年 12 月，我国 IPv4 地址数量达到 2.78 亿。预计 IANA 在 2011 年 2 月将 IPv4 地址资源最终分发完毕，IPv4 向 IPv6 全面转换更加紧迫。

我国域名总数下降为 866 万，其中 CN 域名 435 万。网站数量下降为 191 万个，CN 下网站为 113 万个，占网站整体数量的 59.5%。网站数量的下降与国家加大互联网治理有关，网站等互联网基础资源的质量随着"水分"的挤出而得到提升。虽然网站数量下降幅度较大，但网页数和网页字节等互联网内容资源数仍在大幅度增长。

2010 年，国际出口带宽达到 1 098 956.82Mbps，年增长 26.9%。2009 年 12 月与 2010 年 12 月中国互联网基础资源对比如表 1.1 所示。

表 1.1　2009 年 12 月与 2010 年 12 月中国互联网基础资源对比

	2009 年 12 月	2010 年 12 月	年增长量	年增长率
IPv4 地址（个）	232 446 464	277 636 864	45 190 400	19.4%
域名（个）	16 818 401	8 656 525	−8 161 876	−48.5%
其中 CN 域名（个）	13 459 133	4 349 524	−9 109 609	−67.7%
网站（个）	3 231 838	1 908 122	−1 323 716	−41.0%
其中 CN 下网站（个）	2 501 308	1 134 379	−1 366 929	−54.7%
国际出口带宽（Mbps）	866 367.20	1 098 956.82	232 590	26.9%

中国国际出口带宽继续发展。与此同时，通过 IDC 的方式模拟测试的互联网连接速度结果显示，虽然固网用户中的宽带普及率高达 98.3%，但是全国互联网平均连接速度仅为 100.9Kbps，远低于 230.4Kbps 的全球平均水平。

1.1.3　市场规模

根据艾瑞咨询的《2010—2011 年中国网络经济市场研究报告》统计，2010 年中国网络经济市场规模达到 1513.2 亿元，同比 2009 年增长 53.9%，如图 1.6 所示。

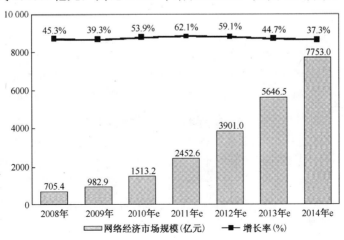

图1.6　2008—2014年中国网络经济市场规模

1.1.4　细分行业

在细分市场结构中，2010 年电子商务市场份额达到 33.5%，超过网络游戏成为第一大细分市场。电子商务经历过去 3 年爆发式的增长，显现出巨大的市场威力。网络游戏份额出现明显下滑，由 27.5%降至 21.6%。网游市场作为中国互联网领域最为早期的应用，经历十余年的发展已经进入瓶颈期，受众群体的转变和黏性的降低，都使网络游戏的市场增长前景走低。网络营销受热点事件带动，无论是网络广告还是搜索引擎都在稳定中保持了增长。移动互联网市场占比下滑，这主要是因为电信运营商在 2010 年对移动增值领域的管理进行了较大调整，市场增速没有明显提升。尽管如此，移动互联网应用多元式的爆发，各方市场参与者的蓄力，电信运营商基础渠道的铺设都预示 2010 年移动互联网进入快速发展期，如图 1.7 所示。

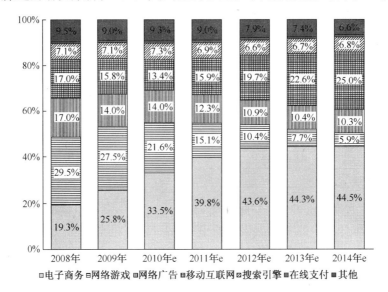

图1.7　2008—2014年中国互联网经济细分行业市场份额

1.1.5　互联网发展新动向

近年来，用户使用互联网的需求从早期的浏览网页、搜索、冲浪进一步发展到各种应用。由于浏览器的能力有限，这种浏览器/服务器模式已经不能满足用户需求。为此，一些网站发展专门的客户端软件供用户下载安装，用户通过客户端软件可以一键接入应用，这时已经改变为客户-服务器模式，被称为"应用"模式。近年来随着移动互联网/便携终端的兴起，"应用"模式快速发展，强烈冲击着传统的 Web 模式。"应用"模式也为互联网服务商发展新运营模式提供了可能。通过在用户的终端中植入客户端软件，企业可以在开放的互联网上搭建一个封闭平台。企业用其拥有并控制的平台来提供应用服务，该应用将永远隶属于该平台。封闭的平台解决了内容业务收费问题，为企业带来了丰厚的利润。更重要的是，这种模式可以通过客户端捆绑用户，到一定规模后就可以形成垄断优势。这种垂直一体化、自上而下的平台，抛弃了 Web 领域的伦理、技术和商业模式的理念。

腾讯公司正是这样一家公司，定位于互联网服务和移动及电信增值服务供应商。通过客户端软件控制大量用户，其即时通信 QQ 服务活跃账户数达 6.476 亿，"QQ 空间"活跃账户数达 4.920 亿，总收入为 196.460 亿元（29.665 亿美元），而网络广告收入为 13.725 亿元（2.072 亿美元），仅占总收入的 7%。在互联网上"应用"模式正在强烈冲击着传统的 Web 模式。腾讯公司已经成为第一大互联网公司，它可以利用与客户端捆绑来方便地发展各种新的应用，而不兼容将是打击对手的有力武器。

2010 年 11 月出现的"3Q 之争"正是源自这种服务模式的变化。腾讯和 360 就客户端软件隐私保护问题及软件间的兼容性问题发生争执，相互掣肘严重损害了消费者的权益，引起广泛关注和讨论，最后在政府有关部门的协调下，腾讯 QQ 与 360 软件重新兼容。此事件也推进了行业自律和相关企业规范经营的改进。

由于"应用"模式能够方便地"一键"进入应用，因此更受到移动互联网/智能手机用户的欢迎。采用这种模式的苹果应用商店大获成功，随后各方纷纷跟进，"应用"模式已经成为移动互联网/智能手机的主要模式。

2010 年 8 月美国 Wired 杂志发表"Web 已死，互联网永生"一文，就是针对这种互联网业务模式转变的思考。11 月 WWW 之父 Berners-Lee 在《科学的美国人》杂志为纪念 WWW20 周年发表文章，题目是"Web 万岁：呼吁坚持开放标准和中性化"，回应"Web 已死，互联网永生"一文。Web 领域的伦理、技术和商业模式的理念的确正在改变，互联网的自治、民主、开放准则是相对而不是绝对的。为了应对"应用"模式的挑战，基于 HTML5 的新一代浏览器正在出现，它可以支持各种应用，"Web 应用"模式正在兴起。今后互联网上出现的将是多种模式并存的局面，是多种势力、利益集团角逐的结果。但最后的判决者是网民，是市场。

2010 年伊始，以新浪为代表的门户网站陆续推出微博客服务，并迅速渗透和广泛应用。艾瑞咨询网民行为监测系统 iUserTracker 数据显示，截至 2010 年 11 月，中国微博客月度有效浏览时间达到 7700 万小时，较 2010 年 3 月上涨了 10 倍。2010 年 3 月，王兴创办的美团网上线，由此，中国市场团购网站数量迅速增长，呈现出"千团大战"的局面。

微博客、团购的迅速发展对中国互联网行业的意义在于，是对互联网服务成长规律的颠覆。艾瑞研究发现，微博客和团购从服务推出到广泛覆盖（覆盖率达到 18%）的时间均为 8 个月，而视频、社交等服务所花费的时间均在 2 年以上（优酷网花费 1 年，开心网花费 2 年，人人网花费 2 年零 7 个月），创新服务正以难以预料的速度追赶甚至超越传统服务，中国互联网新陈代谢周期逐渐缩短。在"速度"之外，新老服务间的碰撞和融合是值得期待的，越来越多的传统媒体惊诧于微博客的迅速发迹，并积极创新服务模式。社交类 SNS 是否将让道于媒体类 SNS？微博客是否将跻身"入口之争"？对于传统的购物方式，团购是颠覆者还是提升销量的合作伙伴？

社交网站、微博客成为广告热点营销新平台。随着社交网站和微博客的发展，热点事件往往会成为网民在这些平台上讨论的焦点。截至 2010 年 10 月，社交网站月度覆盖人数超过 2.1 亿，微博客覆盖人数超过 1.2 亿，众多企业选取新的平台开展相关热点事件营销活动。热点营销一向是广告市场的重点，一方面，网络媒体对于热点事件充分重视，搭建了良好的报道与传播平台，吸引了广告主进行网络市场营销，极大地推动了网络媒体广告收益的提升；另一方面企业抓住契机，通过包含网络广告在内的众多方式进行营销，取得了很好的传播效果。但同时，热点营销也需要新的突破和变化。通过网络媒体的节目创新、营销平台的扩展，在新的模式下，企业主的广告价值会得到进一步提升。

1.2 互联网应用发展情况

我国网民整体互联网应用正在从以娱乐为主转向各种应用，基于互联网的现代服务业发展迅速。表 1.2 给出了 2009 年和 2010 年各类网络应用使用率。其中，网络游戏、网络音乐和网络视频等娱乐类应用的使用率全面降低，网络娱乐在实现用户量的扩张之后进入相对平稳的发展期。

商务类应用用户规模继续领涨。网络购物用户规模增幅居于首位，网上支付、网上银行等商务类应用的重要性进一步提升，更多的传统经济活动已经步入互联网时代。社交网络、博客的使用率保持快速攀升的势头，而微博客的发展速度则创造了互联网的新纪录。

表 1.2　2009 年和 2010 年各类网络应用使用率

应用	2010 年		2009 年		增长率
	用户规模（万）	使用率	用户规模（万）	使用率	
搜索引擎	37 453	81.9% ↑	28 134	73.3%	33.1%
网络音乐	36 218	79.2% ↓	32 074	83.5%	12.9%
网络新闻	35 304	77.2% ↓	30 769	80.1%	14.7%
即时通信	35 258	77.1% ↑	27 233	70.9%	29.5%
网络游戏	30 410	66.5% ↓	26 454	68.9%	15.0%
博客应用	29 450	64.4% ↑	22 140	57.7%	33.0%
网络视频	28 398	62.1% ↓	24 044	62.6%	18.1%
电子邮件	24 969	54.6% ↓	21 797	56.8%	14.6%
社交网站	23 505	51.4% ↑	17 587	45.8%	33.7%
网络文学	19 481	42.6% ↑	16 261	42.3%	19.8%
网络购物	16 051	35.1% ↑	10 800	28.1%	48.6%
论坛/BBS	14 817	32.4% ↑	11 701	30.5%	26.6%
网上银行	13 948	30.5% ↑	9412	24.5%	48.2%
网上支付	13 719	30.0% ↑	9406	24.5%	45.9%
网络炒股	7088	15.5% ↑	5678	14.8%	24.8%
微博客	6311	13.8%	—	—	—
旅行预订	3613	7.9% →	3024	7.9%	19.5%
团购	1875	4.10%			

1.2.1　重点应用发展情况

1. 电子商务

2010 年中国电子商务继续保持了快速发展，全年交易规模超过 5 万亿元，同比增长 31.2%。针对企业级用户的 2B 类电子商务交易额占比 88.3%，其中，中小企业 B2B 电子商务交易规模达 2.53 万亿元，占比最高，比 2009 年上升 1.2 个百分点。针对个人消费者的 2C 类电子商务交易额占比 11.7%。网络购物交易规模占比由 2009 年的 7.3%上升至 2010 年的 10.4%。截至 2010 年 12 月，我国团购用户数已达到 1875 万人。目前团购活动正更多地向二三线城市扩展。

面向个人消费者的 2C 类电子商务改变了过去以个人和小商店经营的 C2C 为主的局面，B2C 快速发展，出现了第一波 B2C 上市浪潮（麦考林、当当）、大型传统企业电子商务化、

B2C 的百货化和平台化等新趋势。以团购为代表的本地生活服务的电子商务化发展尤为显著。随着电子商务发展环境、配套服务体系的发展完善，企业及个人用户对电子商务认知及应用程度的加深，预计未来 3～5 年内中国电子商务市场的快速增长态势仍将维持。

2010 年是网上支付的快速发展期。截至 2010 年 12 月，网上支付用户规模达到 1.37 亿人，使用率为 30%。这一规模比 2009 年年底增加了 4313 万，年增长率高达 45.9%。网上支付用户规模三年之间增长了 3 倍，比 2007 年年底增加了 1.04 亿用户。

2. 微博客

截至 2010 年 12 月，博客在网民中的使用率提升到 64.4%，用户规模达 2.95 亿人，年增用户 7310 万人，年增长率 33%。博客与即时通信、SNS 社交网络应用配合，互相促进。IM 的空间日志、SNS 的博客功能带动了博客应用的增长，而博客也成为同事朋友之间深度交流的重要媒介。

微博客作为博客与社交网络融合的产物，在 2010 年发展迅速。CNNIC 数据显示，截至 2010 年年底，国内微博客用户规模约 6311 万人，在网民中的使用率为 13.8%。手机网民中手机微博客的使用率达 15.5%（这个数据可能偏保守）新浪年报披露 2010 年年底新浪的注册用户总数已超过 1 亿。新浪、腾讯、搜狐等各大互联网企业在 2010 年相继推出微博客服务，微博客成为商业门户标准配置。新浪微博客走名人路线，在用户认知度和影响力上占据优势；腾讯微博客走草根路线，在用户参与度和互动性上更具优势。微博客平台正在进一步完善，如新浪微博客推出 LBS 地理位置服务"微领地"，即时通信功能让其成为更完善的社交网络平台，在国内领先。随着其他企业微博客服务的日渐成熟，中国微博客市场已形成多家竞争的格局。

由于具有较高的开放性，使用门槛低，微博客正在快速发展成为一个重要的社会化媒体。目前国内微博客提供商不断强化微博客的社交功能，一些服务提供商将微博客与即时通信结合，使其能够实现一对一的交流；同时也设置了群组功能，支持用户以地缘、业缘及个人兴趣等要素结成团体。由于微博客发布内容简洁，适合用户随时现场播报新闻，微博客还成为新闻和社会公共舆论传播的重要平台，成为网民关注新闻的重要落点。当新闻发生时，人们不再依赖一张早报或其网络版来获取新闻，而是在微博客网站上从朋友或陌生人那里获得消息。微博客还是政府网络问政、企业品牌和产品推广的重要领地。2010 年已经有近两千家政府部门或机构开通了微博客，将其作为了解民情民意的重要途径。同时，许多重量级大企业也开始进驻微博客，不少企业利用微博客开展营销活动，尝试利用微博客信息的传播来扩大品牌知名度，促销产品。

3. 网络视频、互联网电视和新媒体

截至 2010 年 12 月，国内网络视频用户规模达 2.84 亿人，在网民中的渗透率约为 62.1%。与 2009 年 12 月底相比，网络视频用户年增长 4354 万人，年增长率 18.1%。据艾瑞统计数据，2010 年中国在线视频市场规模达 31.4 亿元，同比增长 78.1%。网络视频真正走向商业化、市场化和正规化。版权问题得到解决，中国影视剧集已经在互联网与电视台同步播出，越来越多的用户将互联网当成主要收视渠道，广告收入快速增长，内容收费模式逐渐被用户接受，行业已经开始形成了良性循环。世博会、世界杯、亚运会等各项重大活动和赛事也对视频行业的广告收入产生了一定的积极作用。2010 年网络视频行业实现了上市企业零的突破。6 月，酷 6 借壳独立上市；8 月，乐视网在国内创业板上市；12 月，优酷在美纽交所上市。

以电视机和手机为收视终端的网络电视 2010 年发展迅速。2009 年 12 月 28 日中国网络电视台 CNTV 上线后，各地电视台纷纷推出网络电视台。CNTV 直播每月视频收看次数达 4

亿（计算机、电视机和手机总和）。广电总局 39 号令对互联网电视集成播控平台进行严格控制，目前已经下发中国网络电视台、上海电视台等 4 张牌照。由于一台网络电视机只能装一个客户端等限制，网络电视机发展还比较缓慢。但智能手机则不同，它们发展迅速。智能手机可从应用商店下载安装各种客户端，可以收看互联网上各视频网站和网络电视台。各视频网站开发了供 iPhone / iPad 和安卓手机/Pad 使用的客户端，在应用商店可以方便下载。还有一些视频门户的客户端如视频中国和中文导视可以使用户方便地接入上百个视频网站和网络电视台。电信运营商也建立了手机视频门户，中国移动手机视频和中国联通手机电视门户有两种收费模式：内容免费、流量收费和内容收费、流量免费。手机/Pad 电视距离互联网电视只有一步之遥，其快速发展为互联网电视机的发展提供了宝贵经验。

4．搜索引擎

2010 年，搜索引擎用户规模达 3.75 亿，用户年增长 9319 万人，年增长率达 33.1%。搜索引擎在网民中的使用率增长了 8.6 个百分点，达 81.9%，跃居网民各种网络应用使用率的第一位，成为网民上网的主要入口，而互联网门户的地位也由传统的新闻门户网站转向搜索引擎网站。为了提高搜索引擎中文信息检索的智能性和精准度，国内各搜索引擎厂商运营模式更加多元化，搜索引擎服务能力得到优化，服务水平大幅提高。2010 年中国搜索引擎市场规模达到人民币 109.8 亿元（约合 16.5 亿美元），年同比增长 57.7%；搜索引擎占总体网络广告市场规模比重达 30.8%，在热点事件拉动品牌广告投放剧增的背景下，基本保持稳定。竞争格局方面，市场集中程度加剧，百度市场份额达到 71.6%，较 2009 年增长 7.7 个百分点；同时，搜狗、搜搜等运营商积极拓展市场。今后交叉领域的合作及多产品线的渗透（如微博客、LBS、桌面软件）将是市场的重要业态，基于流量方面的争夺将更加激烈。

5．社交网站

2010 年社交网站的用户规模和渗透率均比 2009 年有较大提升。截至 2010 年 12 月，中国网络交友 2.35 亿，较 2009 年年底增长 5918 万人，网民使用率为 51.4%，比 2009 年增加 5.6 个百分点。

虽然社交网站用户规模增长迅速，但依然面临一些问题。首先是如何开发黏住用户的服务。在经历了"全民偷菜"的阶段后，开发新的社交服务用以提高用户黏性的难度越来越大，而这也促使更多的社交网站开放平台进行补充。其次，广告依然是社交网站赢利的主要来源，但社交网站的朋友关系、实名制等潜在价值还没有充分发挥，将商务活动、生活服务等现实活动引入到社交网站，可以进一步挖掘社交网站的潜在价值。

1.2.2 专业服务发展情况

2010 年是第三方支付发展的一道分水岭。央行 6 月 21 日发布的《非金融机构支付服务管理办法》自 9 月 1 日起施行。此前中国已有 300 多家企业从事第三方支付业务，鱼龙混杂，行业秩序比较混乱。《非金融机构支付服务管理办法》为第三方支付设立了行业进入门槛并加强管理，为规模较大、信用能力较好的第三方支付企业提供了健康的发展环境。8 月 30 日，央行网上支付跨行清算系统（俗称"超级网银"）正式上线。此前由于网上跨行支付属于银行间（或银行与非银行清算组织间）的协议行为，当收付款人不在同一家银行开户时，支付指令的跨行清算通过多个系统传输或转换，有些处理环节还需要商业银行业务人员手工干预，业务处理时间较长，客户也不能及时了解支付业务的处理结果。超级网银的推出可以提高网上支付的跨行清算效率。第三方支付企业获得支付牌照后就可以加入超级网银。

2010 年手机远程支付发展迅速。从传统的短信支付、WAP 支付发展到桌面应用模式，用户下载安装客户端后可以一键接入。2010 年 10 月支付宝公布其无线战略，发布手机安全支付产品 iPhone 和安卓等智能手机客户端，并联手 60 余家厂商组建安全支付联盟，可实现向其他用户账户付款、交易查询、提现、确认收货、水电煤缴费、话费充值、点卡购买等服务，并可使用一卡通、网汇 E、话费充值卡、网银等渠道资金进行支付。在手机近场支付方面，2010 年银行和电信运营商在各地开展了试验性应用。由于标准不统一，进展不快，工信部已经加大了标准制定力度。

1.3　中国互联网技术发展情况

互联网技术应用与应用创新的发展是密不可分的，2010 年随着移动互联网的快速发展，技术创新随之产生。

1.3.1　浏览器和操作系统的创新

随着移动互联网的快速发展，智能手机/Pad 快速普及，发展下一代操作系统和浏览器的需求被提上日程。在国际上智能手机操作系统形成 iOS、安卓和 Win7 巨头竞争的局面，而我国在重大科技"核高基"专项支持下，中国移动在安卓操作系统的基础上发展了 Ophone 操作系统，中国联通则自主发展了基于 Linux 的沃 Phone 操作系统，目前用于各自的定制产品。操作系统技术演进的下一步是网络操作系统，在国际上谷歌发展了网络操作系统 Chrome。我国重大科技"核高基"专项也安排了网络操作系统的研究，但还是基于 Windows 操作系统。

在浏览器方面，随着 Web 应用发展的需求，要求有更高性能的浏览器以支持不断涌现的新应用。HTML5 应运而生，尽管 HTML5 标准成熟可能还需要几年，但一些技术已经被用于发展新的操作系统。谷歌推出了 Chrome 操作系统。我国自主发展了多种浏览器，其中 UCWEB 浏览器在手机上网中占有很高的市场份额。

1.3.2　搜索引擎

在国际上，微软推出必应搜索引擎挑战谷歌，具有更高的搜索精确度，市场占有率不断提升，出现了两家竞争的局面。在我国搜索市场，集中程度加剧，百度市场份额达到 71.6%，电视搜狗、搜搜等运营商正在积极拓展市场。在交叉领域的合作及多产品线的渗透将是今后搜索技术发展的主要方向，如桌面软件（IM/词典/浏览器）和搜索服务的结合，垂直领域（电子商务、LBS）搜索及与微博客的结合等。

1.4　中国互联网投资并购情况

2010 年全年披露中国创业投资 VC 案例 804 起，投资总额 56.68 亿美元，无论是披露投资案例数量还是投资金额，均超过历史高位。2010 年中国创投市场投资共涉及 20 个行业，互联网行业融资总额最高，达 18.31 亿美元，占年度创投总额的 32%。2010 年互联网行业披露多起投资金额超过 5000 万美元的投资案例，以电子商务公司为主，如京东商城融资 5 亿美元，凡客诚品融资 1 亿美元，全土豆网络融资 7500 万美元，五八信息技术融资 6000 万美元，梦芭莎融资 6000，拉手网融资 5000 万美元等，如表 1.3 所示。

表 1.3 2010 年创业投资市场十大披露金额投资案例

投资时间	企业简称	投资金额 （万美元）	行　业	投　资　机　构
2010-12-23	京东商城	50 000	互联网	老虎基金
2010-11-01	凡客诚品	10 000	互联网	联创策源/IDG 资本/老虎基金/赛富基金
2010-07-05	全土豆网络	7500	互联网	淡马锡/IDG 资本/General Catalyst/纪源资本/凯欣亚洲/Venrock
2010-11-01	梦芭莎	6000	互联网	老虎基金
2010-12-09	五八信息技术	6000	互联网	华平
2010-12-09	晶能光电	5550	IT	IFC/金沙江创投/海益得资本/亚联资本/淡马锡/Mayfield
2010-12-01	拉手网	5000	互联网	金沙江创投/NVP/特纳亚资本
2010-12-01	易美芯光	5000	IT	金沙江创投/北极光创投/IDG 资本
2010-12-17	印象创新	5000	传媒娱乐	云锋基金
2010-03-11	中微半导体	4600	IT	上海创投/华登国际/光束创投/高盛/红点投资/GCP/高通创投

有报告指出，2010 年共有 34 家中国企业在美国主要的交易所进行 IPO 上市，其中纽交所上市 22 家，纳斯达克上市 12 家，如表 1.4 所示。这 34 个 IPO 总共募集资金 37.3 亿美元，其中互联网企业 10 家融资 14.6 亿美元。

表 1.4 2010 年中国企业在美国主要交易所 IPO 上市案例

纽 交 所				纳 斯 达 克			
编号	公司名称	交易代码	上市日期（月/日）	编号	公司名称	交易代码	上市日期（月/日）
1	中华水电	CHC	1/25	1	汉庭酒店	HTHT	3/26
2	21 世纪不动产	CTC	1/28	2	昌荣传播	CHRM	5/5
3	晶科能源	JKS	5/14	3	海辉软件	HSFT	6/30
4	新博润集团	BORN	6/11	4	高德软件	AMAP	7/1
5	柯莱特	CIS	7/21	5	蓝汛通信	CCIH	10/1
6	安博教育	AMBO	8/5	6	环球雅思	GEDU	10/8
7	康辉医疗	KH	8/11	7	麦考林	MCOX	10/25
8	搜房网	SFUN	9/17	8	利农国标	GAGA	10/28
9	乡村基	CCSC	9/28	9	新高地	CTE	11/2
10	明阳风电	MY	10/1	10	锐迪科	RDA	11/9
11	大全太阳能	DO	10/7	11	博纳影业	BONA	12/9
12	尚华医药	SHP	10/19	12	斯凯网络	MOBI	12/10
13	学而思	XRS	10/20	总计			12
14	学大	XUE	11/2				
15	诺亚财富	NOAH	11/10				
16	易车网	BITA	11/17				
17	希尼亚	XNY	11/23				
18	思源经纪	SYSW	11/24				
19	优酷	YOKU	12/8				
20	当当网	DANG	12/8				
21	联拓集团	LAS	12/10				
22	软通动力	ISS	12/14				
总计			22				

1.5 中国网络与信息安全情况

工业和信息化部通信保障局和国家互联网应急中心（CNCERT）2011 年 3 月 9 日发布《2010 年互联网网络安全态势报告》（以下简称《报告》）。《报告》要点如下：2010 年，基础网络运行总体平稳；政府网站安全防护薄弱；金融行业网站成为不法分子骗取钱财和窃取隐私的重点目标；工业控制系统安全面临严峻挑战；木马和僵尸网络依然对网络安全构成直接威胁；手机恶意程序日益泛滥引起社会关注；软件漏洞是信息系统安全的重大隐患；DDoS 攻击危害网络安全；我国垃圾邮件治理成效显著；互联网应用层服务的市场监管和用户隐私保护工作亟待加强；网络安全事件的跨境化特点日益突出；发达国家政府普遍加强网络安全管理。

《报告》指出，2010 年国内基础网络安全状况总体平稳，遭遇木马控制的网民电脑数量相比 2009 年减少了 25%。然而，以网银钓鱼为主的金融网络犯罪数量大幅增加，仅 CNCERT 就接到此类钓鱼事件举报 1597 件，相比 2009 年增加了 33.1%。金融行业网站成为不法分子骗取钱财和窃取隐私的重点目标。不法分子通常以垃圾邮件和手机短信等方式向网民发送欺骗性消息，如"口令/系统升级"和"冻结账户"等。诱骗受害者通过其中的网址打开假冒网银等金融网站的钓鱼页面，套取他们的银行账户和密码，给受害者造成直接经济损失。360 数据显示，目前假冒各大银行官网的钓鱼网页共计达到 1630 个，并且正在以每个月新增 400 个的速度快速增长，对网银用户造成极大的安全隐患，钓鱼网站数量急剧增加。

各厂商发布数据不尽相同，但总体趋势是一致的。瑞星数据显示，2010 年国内互联网上出现病毒 750 万个，比 2009 年下降 56%；受害网民 7.03 亿人次，其中 97% 以上遇到的是广告点击器、修改浏览器首页的病毒等，属于低度受害；仅有不到 2% 的网民遇到过严重病毒危害，如网银被盗、计算机不断重启、系统崩溃等，遭遇木马控制的网民计算机数量相比 2009 年减少了 25%。瑞星共截获挂马网站 3382 万个，遭挂马网站攻击的网民从 2010 年年初的日均 300 万人次下降到 2010 年年底的日均 140 万左右，下降幅度为 54%。系统共截获钓鱼网站 175 万个（以 URL 计算），比 2009 年同期增加 1186%。受害网民 4411 万人次，损失超过 200 亿元。金山的数据显示，2010 年新增计算机病毒木马 1798 万余种，仅从病毒数量增长情况来看，病毒疫情趋于平稳增长态势，感染数量没有出现类似 2009 年的飙升。木马作为病毒集团"互联网化转型"的主要工具，是黑客实现经济利益的最直接手段，占所有案件的 85.4%。钓鱼网站是病毒集团"互联网化转型"最明显的特征，也是目前黑客所采取的最直接的获取经济利益的手段，而网络购物又是互联网上钱财最集中汇聚的地方。因此，网购经济也在一定程度上催生了钓鱼网站的泛滥。

手机平台由于其封闭性以及操作系统的分散性，给病毒木马传播制造了一定门槛，但伴随着移动应用的爆发和 Andorid 平台的开放，风险在逐步增大。中科院调研报告显示，当前 68.6% 的手机用户正面临移动安全威胁，存在恶意扣费行为的"扣费"类手机病毒已累积感染手机 250 万部以上，成为影响用户手机安全的主要威胁。

1.6 中国互联网治理情况

1.6.1 打击互联网和手机媒体传播淫秽色情信息专项行动

2009 年年底，全国开展打击互联网和手机媒体传播淫秽色情信息专项行动。截至 2010 年 10 月底，全国共对接入的 178.5 万个网站进行了全面排查，关闭涉黄网站 6 万多个，关闭未备案网站 3000 多个。共查处互联网和手机媒体传播淫秽色情信息案件 2197 起，行政案件 1773 起，查处相关涉案人员 4965 人。中国移动、中国电信、中国联通三家基础电信企业切实落实网站接入责任，对已接入网站实施严格的信息安全管理。初步建立对接入资源转租的日常检测手段，全面排查所有 743 家接入服务商，清退层层转租者 89 家。严格手机计费点管理，进行计费代码加密等技术的跟踪研究，形成技术支撑。曾经肆虐一时的网络、手机淫秽色情信息，现已基本被封堵，网络和手机文化环境得到净化。

中国互联网络信息中心（CNNIC）认真执行域名注册实名登记，未备案不解析等要求，截至 2010 年 10 月底，共完成域名信息真实性核验 422.4 万个，停止涉黄域名解析 5200 个。

1.6.2 集中整治网络赌博违法犯罪活动专项行动

全国从 2010 年 2 月至 8 月组织开展集中整治网络赌博违法犯罪活动专项行动，严厉打击利用互联网组织赌博的违法犯罪活动，集中查处一批利用互联网组织赌博活动的大案要案，打掉一批境内外勾结组织网络赌博活动的赌博团伙，严惩一批违法犯罪分子；集中打击和取缔一批为赌博集团提供资金流转服务的地下钱庄和第三方支付平台，打击和整治一批为赌博集团提供信息和接入服务的网络运营商，全面清理赌博网站和赌博信息。

1.6.3 打击网络侵权盗版专项治理"剑网行动"

2010 年 7 月，中国国家版权局、公安部、工业和信息化部联合启动 2010 打击网络侵权盗版专项治理"剑网行动"。行动旨在适应版权保护与国民经济发展要求，为互联网、数字环境下的版权产业发展提供良好的版权保护秩序和有利的发展环境。目标是探索建立"先授权、后传播"的作品传播秩序，为互联网产业的可持续发展提供重要基础和版权保障；关闭一批侵权盗版网站，有效遏制部分领域网络侵权盗版活动的快速蔓延势头，为网络版权产业和新闻出版、动漫游戏等传统版权产业的健康发展提供良好的网络市场环境；推动实现权利人和使用人平衡发展、良性互动的生动局面；推动版权执法制度建设，推动《网络版权执法指导意见》起草出台，提高网络版权执法的规范性、科学性和有效性；进一步熟悉网络侵权盗版特点，提升打击网络侵权盗版的能力和水平，斩断网络侵权盗版"黑手"，为版权产业健康发展、维护互联网安全保驾护航。

1.6.4 垃圾邮件治理

2010 年，政府主管部门指导行业协会联合业界采取综合治理措施，建立起多渠道、立体化、全方位的治理体系，中国源发垃圾邮件数量呈明显下降趋势。2010 年第四季度，英国著名安全公司 Sophos 发布的全球垃圾邮件统计报告显示，我国已经连续四个季度没有出现在

Sophos 前十二的名单列表中。12321 举报中心与中国互联网协会反垃圾邮件中心联合发布的第二十三次《中国反垃圾邮件状况调查报告》显示：2010 年第四季度中国电子邮箱用户平均每周收到垃圾邮件的数量为 13.5 封，与第三季度相比减少了 2.4 封（下降 15.1%）；与 2009 年同期相比减少了 0.3 封（下降 2.2%）。这表明我国互联网垃圾邮件治理工作取得了显著成效，垃圾邮件泛滥的情况得到了明显的遏制，在国际上树立了良好的大国形象。"我国垃圾邮件治理成效显著，受到国际社会认可"还被业界专家评选为"影响 2010 年中国互联网发展的十件大事"之一。

1.6.5 打击"网络灰黑势力"

网络民意是现实民意在网络上的延伸，对于推动中国公民政治参与，完善政府公共管理，促进民主政治进步具有积极意义。但是，近年来"网络水军"不断制造"网络暴力"事件，炮制虚假民意，混淆了视听，干扰了民意。蒙牛和伊利之间的黑公关事件及 360 与 QQ 大战，使"网络水军"、网络公关公司的问题逐渐浮出了水面。"网络灰黑势力"包括"网络灰帮"、"网络黑帮"和"网络黑洞"。"网络灰帮"主要指网络推手、网络水军等；"网络黑帮"主要指网络打手、删帖服务；"网络黑洞"主要指流氓软件、无良内容、劫持服务等。不仅如此，这些"网络灰黑势力"，实际上是相互转化、相互勾结的，势力遍及网络公关、网络技术、网络应用等领域。还网络民意以真实，还网络社会以有序，打击"网络灰黑势力"、净化网络环境就成为当务之急。

1.7 移动互联网发展与应用情况

2010 年中国移动互联网用户规模达 35 100 万，同比增长 30.0%。中国移动互联网市场稳步提升，2010 年市场规模达 202.5 亿元，同比增长 31.1%。截至 2010 年年底，中国 3G 网络用户约 4000 万，远低于预期，移动互联网用户主要还是 2G 用户。在中国移动互联网市场细分构成中，移动增值服务份额最高，占比为 57.3%。手机游戏和手机电子商务居于其次，占比分别为 12.7% 和 11.8%。由于自 2009 年年底以来的计费通道治理，移动增值市场份额降低。受基于智能手机平台游戏市场的带动，手机游戏份额居于其次。3G 用户虽然占比不高，但对移动互联网发展起了很大的推动作用。

2010 年电信运营商以移动互联网应用为核心大力推广 3G，着力推进 3G 网络建设和推广，调整手机上网资费，引入明星终端，刺激市场需求。智能手机和平板电脑的快速发展普及，尤其是 iPhone 和 iPad 的大量涌现推动了移动互联网各种应用的快速发展，而 3G 宽带网络为各种宽带移动互联网应用提供了支撑环境。遗憾的是，目前 3G 数据业务的资费仍然较高，很多宽带移动互联网应用是在 WiFi 网上进行的。

苹果应用商店 App Store 在平台搭建、终端研发、业务运营及产业链把控等多方面的最佳实践获得了移动互联网各参与方的认可，对其运营经验的学习和借鉴直接促进国内市场的快速成长。手机应用商店对手机应用软件和数字内容发行渠道拓展和商业模式创新产生了深远影响，创建以数字化应用和内容生产及消费网络为价值空间的产业链生态系统，实现整个生态系统价值最大化，是应用商店模式的核心特征。

苹果应用商店 App Store、安卓应用市场 Android Market 和诺基亚 Ovi Store 已进入中国市场，有些还实现本土化落地。电信运营商中移动、中联通和中电信及手机市场商联想也在发展自有手机应用商店。另外，还出现了威锋网、安卓网和机锋网等应用分享平台，从各应用商店中优选应用软件成为国内外主流手机应用商店本地分销和推广渠道。

目前应用软件主要分为两大类，一类是由网站公司等机构开发的客户端软件，需要有网上运营的后台支持；另一类是个体或小公司开发的应用软件，下载运行在手机上不需要网络侧的支持。

目前客户-服务器模式已经成为移动互联网应用的主要模式。社区社交网络是移动互联网的主要应用，腾讯的 QQ 和 QQ 社区拥有 6 亿客户端，广电移动 40% 的流量来自 QQ。手机微博客户端的出现更加剧了这一趋势。位置信息与社交网络结合是另外一个重要应用。

手机视频也是另外一个重要应用。主要视频网站和网络电视台的客户端软件可以在苹果应用商店和安卓应用商店下载，更有一些手机视频门户客户端提供导航，包括中国移动和中国联通的手机视频门户和第三方的手机视频门户，如视频中国等。用智能手机可以收看数百套电视节目包括直播和点播。iPad 和其他 Pad 的出现更推动了移动网络视频的发展。

手机阅读也是一个重要应用，包括杂志、报刊和书籍。VIVA 是目前在移动互联网上最流行的电子杂志。

手机电子商务在各种应用中增长最快，一是得益于手机支付在 2010 年度开始落地并获得大力推广，二是淘宝等电子商务平台积极投入手机版网页及客户端产品布局，极大提升了用户移动交易量及活跃度。

在我国，一支个体和小团队应用开发者队伍已经形成，近 4 万 iPhone 应用开发者中 56% 的人以个人开发者或 3 人以内的小团队形态存在。其中 3 万多开发者都聚集在 CocoaChina 论坛。由于苹果应用商店是封闭的，以收费模式为主，因此开发者收入比较有保证，据说近两年收入近一亿美元。2010 年全球安卓应用开发者有 68.9 万名，其中中国开发者 5.33 万名。安卓应用市场是开放的，以免费为主，主要靠广告收入，因此个体开发者收入没有保证。为了帮助个体开发者通过广告取得收入，一些广告公司如 airAD 尝试建立"智慧广告平台"，开展开发者收益保障计划，今后应用开发者将成为移动互联网产业链中重要的一个环节。

（中国科学院　侯自强）

第 2 章　2010 年国际互联网发展综述

2010 年，世界经济缓慢走出金融危机的影响，进入到复苏阶段，全球 IT 业支出也在经济衰退后首次恢复增长。Gartner 公司 2011 年年初发表报告称，2010 年的全球 IT 支出达 3.4 万亿美元，同比增长 5.4%，高于预期的 3.5%，但仍低于 2008 年的水平。从中国的情况来看，工业信息化部发布的报告显示，中国 IT 支出的增幅将从 2009 年的 8.5%，提高到 2010 年的 11%以上。互联网行业在带动全球经济复苏的过程中发挥了重要的作用，各国积极推动宽带基础设施建设，为未来的经济发展创造了更加有利的条件。正如国际电联秘书长图雷所说："在 21 世纪，对于实现社会和经济繁荣而言，买得起的、普及的宽带网络就像交通运输、水和电力一样重要。正如现在接入电网被视为一项基本的社会和经济权利一样，无处不在的宽带接入对于每一个国家的发展都至关重要。"2010 年，互联网的宽带化、移动化、泛在化趋势更加明显，多样化的网络应用和智能化的接入设备也为全球互联网用户带来了更多更好的消费体验。

2.1　国际互联网发展概况

2010 年，全球网民规模继续稳步增长，突破 20 亿大关。顶级域名总数突破 2 亿大关，de（德国）成为最大的国家顶级域名。在 IP 地址分配方面，IPv4 地址分配进入倒计时，离开了"新"的 IP 地址资源，互联网这个推动全球经济增长和科技创新的平台将失去动力，因此，互联网正在不可避免地步入 IPv6 时代。

2.1.1　网民

国际电信联盟最新公布的统计数据显示，截全 2010 年年底，全球网民数量已达 20.8 亿，手机用户数量已达 52.8 亿。2000 年年初，全球手机用户数量仅为 5 亿，网民数量为 2.5 亿。仅仅 10 年的时间，手机用户和网民数量就迅猛攀升，分别突破了 50 亿和 20 亿大关。目前，全球总人口超过 68 亿。这也就意味着每 3 人中几乎就有 1 人是网民，全球网民中有 57%来自发展中国家。

互联网数据统计机构 Internet World Stats 发布的数据显示，截至 2010 年 6 月 30 日，全球互联网普及率达到 28.7%。北美洲、大洋洲和欧洲的互联网普及率超过 50%。亚洲的网民总数占全球总数 42%，但普及率仅为 21.5 %，如表 2.1 所示。

表 2.1　全球互联网应用情况统计（截至 2010 年 6 月 30 日）

各大地区	预计人口 （2010 年）	网民数量	普及率 （按人口计算）	互联网使用增长率 （2000—2010 年）	占全球网民 数量比例
非洲	1 013 779 050	110 931 700	10.9 %	2 357.3 %	5.6 %
亚洲	3 834 792 852	825 094 396	21.5 %	621.8 %	42.0 %
欧洲	813 319 511	475 069 448	58.4 %	352.0 %	24.2 %
中东	212 336 924	63 240 946	29.8 %	1 825.3 %	3.2 %
北美洲	344 124 450	266 224 500	77.4 %	146.3 %	13.5 %
拉丁美洲/加勒比海	592 556 972	204 689 836	34.5 %	1 032.8 %	10.4 %
大洋洲/澳大利亚	34 700 201	21 263 990	61.3 %	179.0 %	1.1 %
全球合计	6 845 609 960	1 966 514 816	28.7 %	444.8 %	100.0 %

Internet World Stats 发布的数据还显示，截至 2010 年 6 月 30 日，全球互联网用户人数最多的国家是中国（4.2 亿），其次是美国（2.4 亿）和日本（9914 万），如表 2.2 所示。

表 2.2　全球互联网用户人数最多的 10 个国家（截至 2010 年 6 月 30 日）

排名	国家/地区	预计人口总数 （2010 年）	互联网用户数	互联网普及率	增长率 （2000—2010 年）	占全球用户 百分比
1	中国	1 330 141 295	420 000 000	31.6 %	1766.7 %	21.4 %
2	美国	310 232 863	239 893 600	77.3 %	151.6 %	12.2 %
3	日本	126 804 433	99 143 700	78.2 %	110.6 %	5.0 %
4	印度	1 173 108 018	81 000 000	6.9 %	1520.0 %	4.1 %
5	巴西	201 103 330	75 943 600	37.8 %	1418.9 %	3.9 %
6	德国	82 282 988	65 123 800	79.1 %	171.3 %	3.3 %
7	俄罗斯	139 390 205	59 700 000	42.8 %	1825.8 %	3.0 %
8	英国	62 348 447	51 442 100	82.5 %	234.0 %	2.6 %
9	法国	64 768 389	44 625 300	68.9 %	425.0 %	2.3 %
10	尼日利亚	152 217 341	43 982 200	28.9 %	21 891.1%	2.2 %

另据中国互联网络信息中心（CNNIC）发布的统计报告显示，截至 2010 年 12 月，我国网民规模达到 4.57 亿，较 2009 年年底增加 7330 万人；互联网普及率攀升至 34.3%。全年新增网民 7330 万，年增幅 19.1%。截至 2010 年年底，我国网民总数已占全球网民总数的 23.2%。

2.1.2　互联网域名和地址资源分配情况

1. 域名

互联网基础设施提供商威瑞信（Verisign）发布的《2010 年第四季度域名行业报告》显示，截至 2010 年年底，所有全球顶级域名（TLD）的注册总数为 2.053 亿，较 2009 年增长 6.3%，即新增 1210 万域名注册量。其中，Verisign 管理的.com 和.net 域名总数约为 1.052 亿，比 2009 年增长 4%。

全球注册量最多的前十大顶级域名（TLD）分别为：.com、.de（德国）、.net、.org、.uk（英国）、.info、.cn（中国）、.nl（荷兰）、.eu（欧盟）和.ru（俄罗斯）。

到 2010 年年底，全球国家及地区代码顶级域名（ccTLD）注册量达到 8010 万，其中注册量最多的前十大 ccTLD 分别为：.de（德国）、.uk（英国）、.cn（中国）、.nl（荷兰）；.eu（欧盟）；.ru（俄罗斯）；.ar（阿根廷）；.br（巴西）；.it（意大利）、.pl（波兰）。目前，全球共有超过 240 个 ccTLD 扩展名，而前十大 ccTLD 的注册量占全部 ccTLD 注册量的 61%。

2. IPv4 地址分配情况

全球互联网地址号码资源分配管理机构（NRO）的数据显示，相比 2009 年，2010 年全球五大区域（亚太、拉美、非洲、美洲、欧洲）互联网注册管理机构（RIR）能获得的 IPv4 分配量仅增长了 8%。到 2010 年年底，我国拥有的 IPv4 地址总量排名全球第二，达到 2.77 亿个，比 2009 年增加 4500 万个，如表 2.3 所示。对于中国仍在不断增长的庞大网民总数而言，这些 IP 地址显然难以满足需求。

到北京时间 2010 年 12 月 31 日，负责全球分配 IPv4 地址的机构 IANA 总共还剩 7 个 A 级地址块，仅剩下约 7078 万个 IP 地址（2%）。预计 IANA 在 2011 年 2 月就将把 IPv4 地址全分完，而分到各 RIR 手上的地址预计到 2011 年 11 月就将陆续分配完毕。

表 2.3　全球 IPv4 地址数量最多的 20 个国家/地区（2010 年 12 月）

排名	国家/地区	IPv4 地址	排名	国家/地区	IPv4 地址
1	美国	1 516 546 048	11	巴西	40 240 640
2	中国	277 569 280	12	意大利	36 091 200
3	日本	186 755 072	13	俄罗斯	34 607 880
4	欧洲联盟	151 802 336	14	中国台湾地区	31 925 760
5	韩国	103 478 272	15	印度	28 700 672
6	德国	91 484 664	16	墨西哥	27 793 664
7	英国	81 736 280	17	西班牙	24 152 992
8	加拿大	79 510 528	18	荷兰	24 009 448
9	法国	79 285 856	19	瑞典	20 877 288
10	澳大利亚	48 966 400	20	南非	17 767 424

（数据来源：http://ipwhois.cnnic.cn/ipstats/）

3. IPv6 地址分配情况

2010 年，随着全球 IPv4 地址池逐渐枯竭，IPv6 地址迎来新一轮申请高峰。根据 NRO 的数据，2010 年全球预计分配 IPv6 地址超过 2000 块，相比 2009 年增加 70% 以上，大大高于 IPv4 地址 8% 的增幅。到 2010 年年底，中国的 IPv6 地址从 2009 年的 63 块大幅增加到 402 块，IPv6 地址拥有量的全球排名也从一年前的 18 位上升到 14 位。但与巴西的 65 728 块、美国的 15 545 块、日本的 10 582 块相比，仍远远落后，如表 2.4 所示。

表 2.4　全球 IPv6 地址数量（/32）最多的 20 个国家/地区（2010 年 12 月）

排名	国家/地区	IPv6 地址	排名	国家/地区	IPv6 地址
1	巴西	65 728	11	波兰	2152
2	美国	15 545	12	英国	1336

续表

排名	国家/地区	IPv6 地址	排名	国家/地区	IPv6 地址
3	日本	10 582	13	荷兰	708
4	德国	10 466	14	中国	402
5	法国	8523	15	挪威	340
6	澳大利亚	8371	16	比利时	298
7	欧洲联盟	6175	17	瑞典	286
8	韩国	5210	18	俄罗斯	192
9	意大利	4195	19	瑞士	162
10	中国台湾地区	2323	20	加拿大	108

（数据来源：http://ipwhois.cnnic.cn/ipstats）

到目前为止，IPv6 广泛部署的最大障碍在于人们的惯性和部署的成本问题。IPv4 地址用尽无疑将从技术和心理层面推动 IPv6 的大规模采用。这种变化不会在一夜之间发生，2011年可能将是这种变化的起点。伴随着 DNSSE C 的持续部署，IPv6 将最终为下一代互联网演进提供一个稳定和安全的基础。所有互联网相关方都有义务推动这种变化成为现实，因为任何一个个体或利益群体都无法独自承担起部署 IPv6 的全部责任。

为保证向 IPv6 的过渡得以成功实现，从基础设施运营商、服务提供商到网络应用开发商以及广大用户必须共同努力支持开发、测试用于 IPv6 的新软件和新应用，并且提高 IPv6 与IPv4 在过渡期的兼容性。

2.2　国际互联网发展的新动向

信息通信技术作为社会和经济发展的驱动力正在发挥日益重要的作用。对各国政府而言，积极推进互联网基础设施建设，提高全国的宽带普及率是当务之急；从业界来看，不断创新、推出新产品和新应用以满足用户多种在线需求是生存之本。

2.2.1　互联网宽带化服务情况

当前，各国在宽带服务和互联网接入方面的发展很不均衡，存在于发达国家与发展国家之间的数字鸿沟现象依然严重。即使是在发达国家内部，农村及偏远地区也面临宽带普及障碍。因此，2010 年，美国推出了期待已久的《国家宽带计划》，各国政府也纷纷推出了各自的宽带发展目标。

美国　根据《国家宽带计划》，到 2015 年，美国 1 亿用户的网络传输平均速度达 50Mbps；2020 年前，90%的美国用户平均网速达 100Mbps；每个小区的医院、学校、图书馆、政府机关等，将在 2020 年前实现 1Gbps 的宽带速度。此外，2010 年 7 月，FCC 对宽带服务的速度标准进行了修改，将宽带标准升级为"下行速率 4Mbps，上行速率 1Mbps"。

欧盟　在 2013 年前实现基础宽带网络覆盖率达到 100%，到 2020 年，让所有人都能享受30Mbps 或更高网速带宽的服务，使至少一半欧盟家庭的宽带网速达到 100Mbps 以上。截至 2010年 7 月，欧盟范围内只有 29%的宽带网速达到 10Mbps，而达到 30Mbps 的仅有 5%。

英国　力争 2015 年前在英国建成欧洲最好的超高速宽带网络，实现普及 2Mbps 宽带的目标。由于资金不足，英国政府已无法在 2012 年前兑现普及 2Mbps 宽带的承诺，将推迟到 2015 年年底前完成。

德国　到 2014 年使全国至少 75%的家庭能享受到最少 50Mbps 的高速宽带服务。到 2011 年年中，最低下载速率为 1Mbps 的宽带服务将覆盖所有家庭，而这一目标的最初预期是在 2010 年年底前完成。

芬兰　芬兰政府 2010 年 7 月 1 日宣布，芬兰成为世界首个确认宽带接入权为公民基本权利的国家。从即日起，芬兰所有的服务提供商都有义务向该国所有家庭用户提供至少 1Mbps 的宽带上网服务。芬兰政府还计划在 2015 年前让所有民众都能使用到通过光纤传送的高速互联网服务，目标是让芬兰所有的（99%以上）固定住所及企业和政府办公地点距离任何一个 100Mbps 的光纤网络"不到两千米"。

意大利　着手实施跨越数字鸿沟（Digital Divide）和下一代接入网（NGAN）两个宽带建设计划。Digital Divide 计划：在 2012 年前投资约 16 亿欧元，将宽带人口覆盖率从目前的 88%提高至 99.5%，接入带宽在 2Mbps 以上。NGAN 计划：未来 5 年内投入 70～100 亿欧元，实现 50%左右的家庭普及超宽带接入，达到 50～100Mbps 的对称带宽。

新西兰　将耗资 3 亿新西兰元为 97%的农村家庭提供最低 5Mbps 的宽带服务，剩余 3%的农村家庭也将获得最低速率为 1Mbps 的宽带服务。

韩国　韩国政府 2010 年 10 月推出一项计划，到 2012 年在全国普及 1000Mbps 宽带。据 Royal Pingdom 2010 年 11 月的统计报告显示，全球平均网速为 1.8Mbps，韩国的宽带平均速度全球最快，达 17Mbps。

日本　日本发布"新经济发展战略蓝图"称，力争到 2015 年左右使国内全部约 4900 万户家庭能够利用宽带网络服务。

印度　印度电信管理局发布《关于推进国家宽带计划的建议》，其目标是到 2012 年使宽带接入用户提高到 7500 万，到 2014 年，使宽带接入用户达到 1.6 亿。到 2014 年，在所有大型城市，家庭网络下载速率将达 10Mbps，而在城镇与农村，用户下载速率将达到 2Mbps。

马来西亚　到 2015 年使全国家庭宽带普及率达到 75%。到 2010 年 10 月中旬，马来西亚家庭宽带普及率超过 53%，超过 2010 年全年预期目标的一半。

巴西　2010 年 5 月，巴西政府正式启动《全国宽带计划》，目标是到 2014 年将宽带普及率提高至 45%，降低上网费用，使上网人数增长 3 倍。根据这项计划，未来 4 年中，巴西将投资约 72.3 亿美元提高宽带网络的覆盖率。

2.2.2　业界发展动态

2010 年是科技产业走向复苏的一年，全球科技创新步伐再次提速，新产品、新技术、新创意、新商业模式大量涌现，社交网站成为互联网新入口。2010 年也是属于 Facebook 和苹果的一年，这两家公司都在各自的领域取得了骄人的成绩，不仅自身估值增长数百亿美元，而且对产业发展和走向产生了重大影响。

1．社交网站成为互联网新入口

2010 年是"Facebook 年"，这一年，Facebook 在全球 132 个国家中的 115 个国家社交网络市场占据了领先位置，稳坐全球社交网络头把交椅。Facebook 全球注册用户总数突破 5 亿，约 70%的用户位于美国国外。每日独立访问用户超过 3 亿，如图 2.1 所示，用户每月在 Facebook

网站上花费的时间达到 7000 亿分钟。2004 年成立之初，Facebook 估值仅为 500 万美元，而如今已高达 500 亿美元，在 6 年多的时间里，估值增长近 10 000 倍。

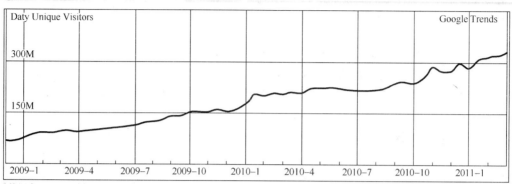

（数据来源："谷歌趋势（Google Trends）" 2011 年 2 月网站流量数据）

图2.1　Facebook 2009年1月至2011年1月每日独立访问用户数

在以 Facebook 为代表的社交网站平台上，用户不仅可以与好友及粉丝交流分享各种信息，更有越来越多的企业通过开展各种营销活动直接促成购买，基于社交网络平台的电子商务已成为新的商业机会。亚马逊、沃尔玛等企业都在通过各种方式与 Facebook 对接，戴尔在 Twitter 上已经有了几百万美元的销售额。随着电子商务、搜索引擎、网络视频等应用与社交网站的结合日益紧密，社交网站成为互联网新入口的趋势越来越明显。

2. 平板电脑 iPad 大获成功

2010 年，平板电脑终于打开市场销路，苹果公司及其平板电脑 iPad 功不可没。iPad 上市仅 6 个月就出售了 700 万部，花旗集团预测，苹果公司 2010 年全年将售出 1400 万部 iPad。

平板电脑创造了一种介于笔记本电脑与智能手机之间的新移动装置类别，虽然它既没有笔记本电脑计算能力强，也没有智能手机的便携性，但其所拥有的视频、游戏和网络及多媒体功能吸引了大批用户。这种侧重于网络和移动应用的娱乐终端，触摸屏的交互方式，也逐渐被消费者所接受。

市场研究公司 Gartner 预计，2011 年平板电脑的全球销量将达到 5480 万部；到 2014 年，平板电脑将取代约 10% 的个人电脑市场。尽管被苹果 iPad 抢得先机，各大电脑厂商也不甘落后，三星推出的 Galaxy Tab 平板电脑首先加入战团。2011 年，摩托罗拉和黑莓手机制造商 RIM 等都将推出自己的平板电脑，苹果公司也推出 iPad 2 以巩固其霸主地位。可以预见，平板电脑的发展还远未结束。

3. 团购网站 Groupon 异军突起

2010 年，美国团购网站 Groupon 成为有史以来增速最快的企业之一，该网站目前有 4000 万电子邮件注册用户，而 2009 年同期为 150 万。该网站已在 35 个国家的超过 300 个市场提供团购服务，而 2009 年同期仅有 28 个市场。2010 年 Groupon 的收入从 2009 年的 3300 万美元大幅增加至 7.6 亿美元。2010 年年底，Groupon 拒绝了谷歌提出的高达 60 亿美元的收购交易。

Groupon 于 2008 年 11 月成立，它提供了一种全新的购物模式：每天推出一个团购交易，当购买人数达到最低限时，即可生效。借助这一独特模式，Groupon 在全球吸引了数以百计的模仿者，并入选美国商业模式咨询机构 Board of Innovation 评选出的 2010 年十大震撼创业模式。在中国，团购模式一经推出就大受欢迎，新的团购网站如雨后春笋般涌现，并迅速引发了"百团大战"、"千团大战"。

在全球经济放缓的大背景下，省钱消费无疑将继续受到用户的追捧。随着团购服务的完善和用户消费习惯的养成，可以预期，团购网站未来仍有很大的发展空间。

4. 互联网浏览标准 HTML5 前景看好

2010 年是 HTML5 开始爆发的一年，在这一年里，HTML5 的各种新特性获得了越来越多浏览器开发商的支持，目前包括 IE 在内的所有主流浏览器对 HTML5 都具有良好的支持，各大浏览器厂商纷纷宣布将在其新一代浏览器中全力支持 HTML5 技术。

HTML5 是网页标准语言 HTML 的下一代修订版本，目前还处于草案阶段。用户在不需要安装其他插件如 Flash 播放器插件的条件下，直接使用支持 HTML5 的浏览器就能观看在线视频。使用 HTML5，软件开发者可以自行添加视频、动画及拖放操作等特色功能。过去，Adobe Flash 一直是网络视频领域的霸主。而随着 HTML5 的新特性日益被开发者发掘出来，HTML5 得到了包括 Google 旗下的 YouTube、苹果和微软在内的各大公司的支持，迅速成为Flash 的竞争对手。苹果 CEO 史蒂夫·乔布斯 2010 年公开表达了对 HTML5 的支持，认为HTML5 未来将取代 Flash。苹果还拒绝在 iPhone 和 iPad 上应用 Flash 技术。微软公司也表示，2011 年推出的 IE9 将把 HTML5 作为核心。

视频聚合网站 MeFeedia 2010 年 10 月的报告显示，与 HTML5 兼容的网络视频比例已由同年 1 月的 10%上升至 54%。与基于 HTML5 的新一代浏览器正在出现相对应的是"Web 应用"模式正在兴起，今后互联网上出现的将是多种模式并存的局面，是多种势力、利益集团角逐的结果。

5. 智能手机陷入操作系统之争

在全球 3G 市场发展加速的推动下，智能手机操作系统正在成为争夺移动互联网市场的最有力武器，新一轮操作系统的改朝换代已经开始。目前，智能手机市场上 Meego 尚在酝酿，WP7 大器未成，黑莓亮点少见，苹果自成一家，最大的纷争在于安卓与塞班。安卓无疑是2010 年最为亮眼的智能手机系统，在短短一年多的发展后，安卓已经迅速成为智能手机系统霸主地位的最有力竞争者。移动广告网络公司 Millenial Media 数据显示，根据其广告印象市场份额计算，谷歌安卓 2010 年 12 月首次超越苹果 iOS，成为最受欢迎的智能手机操作系统。另有数据显示，安卓系统已占据了全球四分之一的智能手机市场，并且还将继续以两倍于竞争对手的速度增长。相比安卓在各大市场的高歌猛进，塞班由于资金严重匮乏，基金会将最终宣告关闭。两者天差地别的命运似乎表明，智能手机陷入操作系统之争且大局已定。不过，尽管安卓目前人气极旺，前景一片大好，但 2011 年年初安卓被曝多款软件留有"后门"而深陷"吸费门"，充分暴露出安卓系统尚不成熟的一面。数据显示，安卓占据全球智能手机操作系统 25.5%的份额。而截至 2010 年年底，安卓全球应用程序数量超过 20 万。由于应用过多，升级过快，反而导致安卓操作系统版本混乱，缺乏统一审核。

2.3　国际互联网主要应用发展情况

在线生活正在成为人们每日生活的一部分，各种各样的创新型应用满足了不同的需求：

利用网络搜索和下载自己感兴趣的内容，在线观看视频和参与互动游戏，足不出户享受购物的乐趣，随时随地关注好友和名人的动向，利用网络结交朋友、发展客户关系……层出不穷的新应用不仅满足了消费者的需求，也创造了一个又一个互联网"巨无霸"，前有谷歌、后有 Facebook，谁将成为下一个互联网新贵呢？

2.3.1　搜索引擎

纵观 2010 年全球主流搜索引擎市场，谷歌优势地位依旧，但随着西方的搜索市场已趋向饱和，谷歌的上升空间不足，且下降趋势越发明显。互联网流量监测机构 Net Application 发布的数据显示，2010 年全年，搜索引擎巨头谷歌全球市场份额呈微幅下滑趋势，但霸主地位仍旧稳固。全球第二大搜索引擎雅虎，市场份额稳中有升，12 月全球市场份额达到6.69%。而国内搜索引擎巨头百度，在 2010 年 12 月再次成功赶超微软必应，位居第三，如表 2.5 所示。

表 2.5　2010 年 2 月、7 月和 12 月全球主流搜索引擎市场份额

搜索引擎	2010 年 2 月	2010 年 7 月	2010 年 12 月
谷歌全球	85.74%	84.97%	84.65%
雅虎全球	6.09%	5.99%	6.69%
百度	2.61%	3.34%	3.39%
必应	3.39%	3.34%	3.29%
Ask 全球	0.63%	0.75%	0.56%
其他	1.64%	1.61%	1.44%

（数据来源：Net Application）

在中国市场，易观国际发布数据显示，2010 年第四季度中国搜索市场份额中，百度占到75.5%。谷歌中国连续四个季度下滑，到第四季度仅占 19.6%，自 2007 年第二季度以来首次跌破 20%。在俄罗斯市场，据互联网排名机构 LiveInternet 的数据显示，2010 年 10 月 Yandex 在俄罗斯搜索市场的份额为 64.6%，是排在第二位的谷歌的 3 倍左右。在互联网流量监测机构comScore 所做的全球十大搜索引擎排名中，Yandex 位列第七。

目前谷歌已经在全球绝大多数国家的搜索引擎市场上占据主导地位，但在主要亚洲国家市场（如中国、日本和韩国）仍难以突破，因此，可以预计，如果谷歌不继续加大在亚洲市场的投入力度，未来其市场份额增长空间有限。

2.3.2　电子商务

在电子商务领域，投资银行高盛发布的年度报告显示，2010 年全球网络购物交易规模达5725 亿美元，同比增长 19.4%；在 2010 年全球整体网络购物交易规模中，欧洲（34%）、美国（29%）和亚洲（27%）占比总和达 90%，呈现三足鼎立格局。

尽管人们接受在线购物方式的进程较为缓慢，但当消费者的习惯发生变化时，其市场拓展便会加速。高盛预测，到 2013 年，全球电子商务总营收将达到 9630 亿美元；美国的在线购物人数将会从 2010 年的 1.7 亿增加到 2013 年的 1.89 亿，年复合增长率达 3.6%；亚洲网购市场的年复合增长率将达到 27.5%，如表 2.6 所示。

表 2.6　2010—2013 年全球电子商务增长预测

国家和地区	预计 2010 年销售额（美元）	预计 2013 年销售额（美元）	年复合增长率（2010—2013 年）
美国	1658 亿	2353 亿	12.4%
欧洲	1952 亿	2830 亿	13.2%
亚洲	1557 亿	3231 亿	27.5%
世界其他地区	558 亿	1217 亿	29.7%
全球	5725 亿	9630 亿	19.4%

（数据来源：高盛年度报告《只有网络：2011 年互联网投资指南》）

有报告认为，移动购物的兴起将对传统零售商的商业模式产生不利影响，电子商务则会从中获利。从全球视角来看，世界范围内不断增加的中产阶级、日渐普及的宽带接入端口以及实体零售商的江河日下都推动了电子商务的增长。但是，电子商务在全球持续增长中也面临一些挑战，主要包括某些市场中不健全的包裹快递服务，各国独立而不兼容的支付系统及欺诈的风险。

2.3.3　社交网站

2010 年，社交网络的全球使用率进一步增加，并对传统的电子邮件和即时通信构成挑战。comScore 研究发现，2009—2010 年，全球社交网络渗透率从 67.6%上升到了 70.5%。网络用户花在社交网络上的时间也从 2009 年的 11.9%增加到了 2010 年的 16%。按地区来看，欧洲、北美洲、拉丁美洲的社交网络渗透率均超过 80%，而亚太地区仅为 47.9%。

与此同时，电子邮件和即时通信的全球渗透率正在逐渐下降。电子邮件的渗透率从 2009 年的 65.8%下降到了 2010 年的 61.3%，而即时通信的渗透率从 2009 年的 41.1%下降到了 2010 年的 34.7%。网络用户使用电子邮件和即时通信的时间也在减少。

在营收方面，根据 eMarketer 的预测，2010 年全球在社交网络投放的广告总价值将达到 33 亿美元，比 2009 年的 25 亿美元高出 31%。其中，39%的广告投放于 Facebook 上。

2010 年也是全球的各大社交网络开疆拓土的一年。据"谷歌趋势"2011 年 2 月提供的网站流量数据显示，目前全球已有 29 个社交网络拥有每日 100 万以上的独立访客。其中，Facebook 以 3.1 亿的每日独立访客数遥遥领先。以下是其他几家每日独立访客超过 500 万人的社交网站。

Orkut（5100 万）：在大多数国家并无建树，但在巴西和印度受到欢迎，谷歌公司于 2004 年推出。

Qzone（3700 万）：中国最大的社交网络，腾讯公司于 2005 年推出。

Twitter（2200 万）：需要指出的是上述统计结果对 Twitter 来说有些不公平，因为许多用户是通过应用程序接入 Twitter 的，而非登录 Twitter.com 网站。Twitter 于 2006 年推出。

Odnoklassniki（930 万）：一家主攻校友和老友市场的俄罗斯社交网络，于 2006 年推出。

LinkedIn（800 万）：一家商务定位的社交网络，于 2003 年推出。

vKontakte（800 万）：俄罗斯热门社交网络，通常被称为 Facebook 的俄罗斯克隆版本，于 2006 年推出。

Badoo（800 万）：一家起源于俄罗斯的社交网络，但目前在多个拉丁美洲国家及法国、意大利和西班牙广受欢迎，于 2006 年推出。

Mixi（700 万）：日本最大的社交网络，于 2000 年推出。

2.4 国际互联网投资并购情况

2010 年，随着全球科技产业走向复苏，科技股股价纷纷回升至两年前的水平。收购市场越发活跃：英特尔斥资 76.8 亿美元买下 McAfee；惠普以 15 亿美元买下 ArcSight，以 23.5 亿美元买下 3Par；IBM 则以 17 亿美元的价格收购 Netezza。

2.4.1 互联网产业风险投资情况

投资研究公司 CB Insights 发布的 2010 年度报告指出，2010 年全年风险投资领域表现强劲。2010 年第四季度共达成 735 项风险投资项目，金额达 65 亿美元，从而在成交项目总数和投资金额两个方面实现了连续第 8 个季度保持高位。从全年来看，2010 年共达成投资项目 2792 项，总金额达 237 亿美元，比 2009 年分别增长 13%和 14%。

风险投资报告显示，2010 年对互联网领域的投资无论在数量和金额方面都出现增长，实现连续 5 个季度高位，如图 2.2 所示。

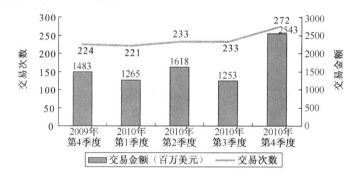

图2.2 互联网风险投资和交易次数趋势

2.4.2 IT 产业并购情况

金融危机期间，许多公司停止了并购活动，全力做好核心业务，节省资金，等待经济危机消退。从 2009 年下半年起，互联网并购活动逐渐开始增多，2010 年上半年则延续了这一积极态势，并购案数量开始回升，如图 2.3 所示。尽管 2010 年第 1 季度略有下滑，但 2009 年第 1 季度至 2010 年第 1 季度，全球互联网并购开支增长 12.4%，从 145 亿美元升至 163 亿美元，美国的开支增长了 10.6%，从 63 亿美元增至 70 亿美元。

2010 年美国风险投资市场强劲复苏，道琼斯公司 2011 年年初公布的数据显示，基于网络的创业投资格外强劲，年内共发生 62 起收购案，涉及金额总计 41 亿美元，从数量上和金额上均较前两年近乎翻倍。谷歌、Facebook 和 IBM 位居收购前三甲，如表 2.7 所示。而 2008 年和 2009 年，消费信息服务领域出现的创业投资收购案总计 34 起，涉及金额分别为 22 亿美元和 7.15 亿美元。尽管谷歌未能以 60 亿美元收购团购网站 Groupon，但该公司还是登上了 2010 年收购创业公司数量排行榜榜首，其中包括谷歌耗资 7.5 亿美元收购 AdMob 的大型交易。美国风险投资协会和道琼斯风险资本发布的报告显示，风险投资家 2011 年有望展开更大规模的投资。

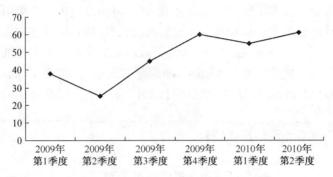

图2.3 2009年第1季度至2010年第2季度全球互联网并购案数量

表 2.7 2010 年收购由风险投资支持的创业公司数量排行榜

收 购 方	收 购 数
谷歌	10
Facebook	5
IBM	5
Zynga 游戏公司	4
苹果公司	3
思科系统	3
戴尔	3
Federated Media Publishing（全媒体出版公司）	3
微软	3
诺基亚	3
Playdom（社交游戏公司）	3
Synopsys（半导体设计和制造公司）	3
Tibco 软件公司	3

2.5 国际互联网安全发展情况

2010 年，随着社交网络风靡全球，人们面临的隐私和个人数据泄露的风险进一步加大。如今的网络攻击已经不是仅为了满足黑客所谓的虚荣心，而更多的是为了金钱。信用卡信息、社会安全号码、企业机密信息和商业秘密等都是是黑客们牟利的目标。

从国家层面来看，加强关键基础设施保护成为各国网络安全工作的当务之急。"震网"蠕虫的出现标志着通过虚拟世界对物理世界进行网络攻击已经变成现实，"网络战"危机隐现。

2.5.1 网络安全关注点

1．发达国家大力加强网络安全建设

2010 年 9 月 27 日，美国举行代号为"网络风暴 3"的大规模网络安全演习，旨在检验

美国重要部门遭大规模网络攻击时的协同应对能力。澳、加、法、德、英等 12 国参加。11 月，欧盟举行了由欧盟成员国和冰岛、挪威、瑞士 3 个非成员国参加的"欧洲 2010 网络"演练。10 月，英国政府公布了其"国家安全战略"，将网络攻击视为英国面临的四大主要安全威胁之一。10 月，加拿大正式发布了"国家网络安全战略"，旨在加强防范来自全球网络威胁的能力。加拿大联邦政府将建立一座全天候政府信息保护中心用于抵御网络黑客和各种类型的网络攻击手段。11 月，澳大利亚计算机应急响应小组（CERT Australia）在澳大利亚布里斯班正式运转。12 月，德国政府宣布将于 2011 年组建"国家网络信息防御中心"以应对黑客攻击。

2. 工业控制系统安全面临严峻挑战

2010 年 9 月，伊朗布舍尔核电站遭到"震网"（Stuxnet）蠕虫攻击，导致核电设施推迟启用。业界普遍认为，这是第一次从虚拟信息世界对现实物理世界的网络攻击。安全专家担心黑客们正在发展针对工业系统的攻击。2009 年，随着网络犯罪分子开始试探能够控制工厂生产的系统弱点，这种威胁逐渐增大。Stuxnet 的出现更给人们以警示。面对日益严重的威胁，美国国土安全部已经开始组建一支专门的队伍，以快速应对针对全国工业设施的网络突发事件。

3. 身份窃取等恶意行为借助社交网络大行其道

黑客借助用户对社交网络的信任，发起恶意软件下载和僵尸网络攻击，导致用户的账户和密码被盗事件不断发生。熊猫公司研究报告显示，Facebook 在恶意软件感染数量和隐私侵犯方面排名第一，YouTube 和 Twitter 紧随其后。

4. 混合式网络攻击的数量上升

随着有组织的网络犯罪团伙的持续增多，网络犯罪分子通过混合不同的僵尸网络、木马和病毒（如 Aurora、Stuxnet 和 Zeus 等），利用多种战术组合，如网络钓鱼欺诈、入侵网站和社交网络等发动攻击，从而达到将恶意软件传播到网上的目的。

5. 智能手机和移动设备安全不容忽视

苹果 iPhone 的流行使之成为黑客 2009 年的一大攻击目标，随着售价更低的安卓手机的崛起，黑客也将拥有更多的攻击目标。与 iPhone 不同，安卓采用开源模式，因此更容易受到攻击。安全专家认为，随着用户将智能手机作为迷你 PC 来处理银行交易、游戏、社交网站和其他的业务，黑客将越发关注这一平台。

6. 网络安全行业掀起并购潮

2010 年，越来越多的 IT 公司意识到安全的重要性，一些传统 IT 巨头通过并购、收购等方式涉足安全市场正在成为一个趋势。赛门铁克公司拿下了 VeriSign、PGP 和 GuardianEdge；IBM 收购了 BigFix、OpenPages 和 PSS Systems；惠普购买了 Fortify 和 ArcSight；CA 吞并了 Arcot。同年 8 月，英特尔以 76.8 亿美元收购安全软件开发商 McAfee。11 月底，微软也宣布计划收购 Mobile Armor。在短短的 6 个月时间内，这些企业并购支出将近 100 亿美元。

2.5.2 网络安全重大事件

1. "维基解密"网站掀起轩然大波

2010 年 7 月 25 日，"维基解密"通过英国《卫报》、德国《明镜》和美国《纽约时报》公布了 9.2 万份美军有关阿富汗战争的军事机密文件，10 月 23 日再次公布了 391 832 份美军关于伊拉克战争的机密文件。11 月 28 日，该网站披露了 25 万份美国驻外使馆发给美国国务院的秘密文传电报。这是美国乃至世界历史上最大规模的一次泄密事件，其波及范围之广，涉及文件之众，均史无前例。美国国务卿希拉里将这一行为指责为"攻击"，并紧急就泄密事件向各国道歉。该事件引起了世界各国政府对信息安全工作的重视和反思。

2．伊朗核设施遭 Stuxnet 蠕虫攻击

2010 年 9 月，伊朗诸多工业企业遭受名为"震网"（Stuxnet）的计算机蠕虫攻击，病毒侵入了伊朗布什尔核电站的计算机系统。赛门铁克公司表示，该病毒的设计者拥有强大的幕后财政支持，用以创造出模拟攻击环境。一位安全分析专家指出，Stuxnet 的攻击目标是伊朗的布什尔核电站，可能是为了破坏伊朗的核计划而开发的。Stuxnet 是世界上首个以直接破坏现实世界中工业基础设施为目标的蠕虫。

3．百度被黑

2010 年 1 月 12 日上午 7 点钟开始，国内搜索引擎"百度"遭到黑客攻击，长时间无法正常访问。主要表现为跳转到一雅虎出错页面、"伊朗网军"图片，出现"天外符号"等。这次百度大面积故障长达 5 个小时，在国内外互联网界造成了重大影响。安全专家称，此次攻击为 DNS 域名劫持，黑客从百度域名注册商美国 REGISTER.COM 下手，通过 REGISTER.COM 自身的漏洞非法修改 DNS 信息，实现了对百度网站的攻击效果。

4．Zeus 僵尸网络犯罪分子被逮捕

2010 年 9 月底，英国、美国和乌克兰警方逮捕了超过 100 名开发 Zeus 僵尸网络的犯罪嫌疑人。警方称，这一犯罪团伙已经非法获利 2 亿美元以上。Zeus 木马通过记录键盘输入窃取网上银行信息，是一种传染性非常强的恶意软件。ZeuS 木马能够有效收集个人数据，组成僵尸网络，从而成为互联网黑市上销售量最高的间谍软件之一。全球执法机构的合作和信息共享为追捕和缉拿这些网络黑手提供了便利，说明国际合作在打击互联网犯罪方面十分必要。

5．谷歌街景服务引发隐私权之争

2010 年 5 月，谷歌承认其街景车队曾经从未加密的 WiFi 网络中收集到用户互联网数据，其中包括用户密码和完整的电子邮件。这一事件在美国、欧洲和亚洲引发了强烈不满。谷歌遭遇了大量个人起诉，美国、法国、德国、英国和意大利的监管机构开始介入调查。混乱的局势迫使谷歌推迟在部分城市发布街景服务。

2.6　国际移动互联网发展与应用情况

近年来，移动互联网以无处不在的网络接入能力受到用户的欢迎，发展速度惊人，给互联网接入带来革命性的变化。移动互联网快速发展的背后是五大趋势的融合：3G+社交网络+视频+ 网络电话+日新月异的移动装置。摩根士丹利研究显示，未来 4 年内，通过移动装置接入互联网的用户人数很有可能超过通过桌面电脑接入互联网的用户人数。

2.6.1　国际移动互联网总体发展情况

2010 年是移动行业产生革命性变化的一年。截至 2010 年 12 月，全球移动互联网用户达 9.4 亿，年复合增长率约为 69%。未来几年年复合增长率将高达 131%；到 2013 年，宽带手

持终端数据流量将占总流量的 80% 以上。移动互联网快速发展的驱动力主要来自移动宽带网络覆盖率的增加和移动终端的普及。

在 3G 网络部署方面，截至 2010 年 6 月，全世界已经有 165 个国家和地区开通了 3G 网络，占到全球国家地区总数的 70% 以上。ABI Research 预测，目前西欧的 3G 网络已经覆盖了近 82% 的人口，而这一比例在亚太地区只有 12% 左右。在中国和印度的带动下，亚太区域的 3G 覆盖率有望在未来几年内出现显著增长。

2010 年，全球智能手机销量增长 72%。美国市场研究公司 Gartner 发布报告称，2010 年全球移动设备终端用户销量达到 16 亿部，较 2009 年增长 31.8%；智能手机终端用户销量较 2009 年增长 72.1%，在全部移动通信设备总销量中的占比达到 19%。其中，安卓的销量呈现出井喷式增长，较 2009 年增长了 888.8%。

2010 年，智能手机深度渗入到移动市场，大大提高了全球用户的移动媒体消费水平。技术革新为移动设备带来了相当多的新功能，而平板电脑、电子阅读器和其他联网设备的推出也大大拓展了"移动"的定义。

2.6.2 国际 LTE 发展情况

2009 年年底，北欧运营商 TeliaSonera 在瑞典斯德哥尔摩正式启用了全球首个 LTE 网络，从此，移动通信跨入一个新时代。利用第四代移动通信（4G）的宽带接入技术，用户可以在手机上享受高清晰的视频和移动通信服务，而且数据传输速度可以大大提高。对于发达国家的市场，尽管手机普及率已超过 100%，但用户数量仍在持续增长。WiMAX 和 LTE 等 4G 技术的引入保证了超饱和市场的普及率增长依然强劲。

2010 年成为 4G 发展的关键一年，一方面各国通过频谱拍卖为 4G 发展提供政策支持，另一方面，运营商加大技术演进力度，不断加快 4G 商用步伐，全球 4G 网络部署如火如荼。在 4G 标准制定方面，2010 年 12 月，国际电信联盟正式将 WiMAX、HSPA+、LTE 技术纳入 4G 标准当中。加上之前的 LTE-Advanced 以及 WirelessMAN-Advcanced，目前有 5 种技术被共同纳入 4G 标准当中。

而 LTE 作为目前 4G 的主要技术，更是以其高速率、低时延、全 IP 的特性成为众多运营商发展 4G 的首选。全球移动供应商协会（GSA）2011 年 3 月的最新报告表明，目前针对 LTE 技术进行投资的运营商多达 200 家。其中，有 56 个国家和地区的 140 家运营商明确表示将部署 LTE 网络，另有 56 家运营商"事先承诺"部署或测试 LTE。截至目前，共有 75 个国家和地区的 196 家电信运营商正在部署、测试或评估 LTE。

此外，已有 17 家电信运营商开始在全球范围内推出商用 LTE 网络，其中包括奥地利、丹麦、爱沙尼亚、芬兰、德国、中国香港、日本、挪威、波兰、瑞典、美国和乌兹别克斯坦。从区域分布上划分，预计美国将部署 20 个 LTE 网络，欧洲 64 个，中东和非洲 14 个，远东和澳大利亚地区 33 个。

2.6.3 移动互联网应用情况

2010 年，多媒体大流量的移动互联网应用得到快速发展。除了传统的视频、音乐、游戏等纯娱乐类移动应用继续占领市场外，移动网络电话（VoIP）和移动即时通信（IM）应用也在快速成长，同时移动互联网应用也开始由娱乐类往社会化应用发展，check in 模式的位置服务交友应用成为服务与移动化特性结合的首例。

1．移动社交

网络流量监测机构 comScore 发布的报告显示，2010 年，通过移动设备访问社交网络且每月至少访问一次的美国移动用户数量，增长了 56%，达到近 5800 万。欧洲的增长势头更猛，每月至少通过移动设备访问一次社交网站的欧洲移动用户数量增长了 75%，增长至 4200 万。2010 年，Twitter 手机端用户相比 2009 年同比增长了 347%，Facebook 手机用户达到 2 亿。

2．移动位置服务

2010 年，基于地理位置服务（LBS）的移动互联网应用风靡全球。其中，由 Foursquare 所引领的名为签到（check in）的手机应用最为流行。Foursquare 是美国一家基于地理位置信息的社交网络服务企业，用户在手机上启动 Foursquare 程序后，就可以随时更新自己的地理位置信息，记录自己的足迹，与好友交流和分享自己的心情、计划等；还可以基于地图和特定地点，给自己经常造访的消费场所添加信息，包括点评意见等，可以推荐给朋友。签到的地方次数越多，可获得的各类个性化徽章也就越多，更有机会获得商家所提供的各种优惠促销。如果说 Twitter 是在问："你在做什么？"那么 Foursquare 就是在问："你在哪里？"它就为社交网站开启了一种社交与社会服务相结合的新模式。

基于位置服务，融合社交网络，引入游戏元素，是 Foursquare 创新商业模式的基点。Foursquare 创始人自称这款应用是 50% 的社交功能，30% 生活向导，20% 的夜生活游戏。在 TechCrunch 等多家美国知名科技博客共同评出的 2010 年 TheCrunchies 科技业大奖的榜单上，Foursquare 获得最佳手机应用奖。

在中国，签到模式被迅速复制。采取位置签到即时记录生活轨迹的人被称为切客，源自英文 check in。根据艾瑞咨询的数据显示，2010 年中国签到服务用户规模已达到 330 万人。2010—2013 年，艾瑞预计位置签到服务用户规模将以 290.6% 的年度复合增长率飞速成长，到 2013 年，用户规模将达到 8100 万人。

3．移动支付

支付手段的电子化和移动化是不可避免的趋势，随着移动网络更快、设备更强、智能手机应用程序更友好和移动商务支付流程的改善，用户将逐渐认可通过手机完成电子商务交易，从而推动移动支付的发展。

Gartner 发布的研究报告显示，2010 年，预计全球的移动支付用户总数有望达到 1.08 亿；各地区的用户数增速都超过了 50%，亚太地区的用户规模最大，从 2009 年的 4186.5 万增加至 6282.8 万。

前几年，在移动支付方面做得最为成功的当属日韩等发达电信市场。近年来，随着各大运营商对新兴市场的开发力度不断加大，移动支付开始在新兴市场崭露头角。艾瑞咨询分析认为，发展中国家普遍存在银行系统不发达、互联网技术不普及的现象，这就使得移动支付获得了较大的生存空间，移动支付的增长契机主要存在于发展中国家的市场。

4．应用商店

值得一提的是，2010 年移动互联网应用服务的不断丰富离不开应用商店的遍地开花。由苹果引领的 App Store 模式在 2010 年大行其道。应用商店不仅极大地增加了手机的功能，也为苹果公司带来了可观收入，因为这些商店中的应用程序多为第三方开发，苹果公司还可以与它们进行利润分成，成为一种新的商业赢利模式。App Store 模式受到行业的追捧，谷歌的

Android Market、诺基亚的 Ovi Store、微软的 Windows Phone Marketplace 等应用程序商店也纷纷开张，智能手机的兴起和用户对移动应用程序的需求无疑将推动这种新的商业模式进一步发展壮大。

2011 年，Gartner 公司初评出了十大移动应用趋势，分别是：①地理位置服务（LBS）；②社交网络；③移动搜索；④移动商务；⑤移动支付；⑥移动电邮；⑦移动视频；⑧情境感知（context-aware）服务；⑨移动即时通信（MIM）；⑩目标识别（object recognition）服务。随着移动互联网进入"应用为王"的时代，更多带有社交特点，能够满足用户生活需求的移动应用将走向市场。

2.7 国际互联网治理大事件

2.7.1 "问责与透明"审查组完成对 ICANN 的审查

2009 年 9 月，美国商务部与 ICANN 签署协议声明（Affirmation of Commitments，AoC），协议声明规定 ICANN 要接受国际互联网社区的审查和监督，由全球范围内多利益相关方通过公开透明的民主程序组成"问责与透明"、"安全与稳定"、"促进竞争、提高消费者信任度和扩大消费者选择范围"和"WHOIS"4 个审查组，对 ICANN 的活动进行评估审查。2010 年年初，"问责与透明"审查组（简称 ATRT）正式成立，开始对 ICANN 董事会的管理、政府咨询委员会（GAC）的职能、效率及与理事会的互动，公众对 ICANN 决策的态度和接受程度等进行评估审查。为组织审核，ATRT 建立了 4 个工作组，分 4 条线分别对 ICANN 理事会（以下简称理事会）管理、绩效和构成，GAC 的作用和效力及其与理事会的互动、公众意见流程和政策制定流程，以及理事会决策的审查机制进行审查。通过审核相关的材料、分析公众以及社群的意见、开展访谈并分析其他相关资料，审查组于 2010 年 10 月提出报告建议，公开征求意见。在公开征求意见后，于 2010 年年底完成了最终报告，报告对以上 4 条线及广泛性建议等 5 个方面提出了 27 项建议。目前 ICANN 正在对执行这些建议的资源和能力进行评估，以便制订计划和资金预算，并采取行动。

一年来，ICANN 就重视和加强透明度，接受公众审核采取了系列措施：在网站上开通公众维客，对理事会决议进行追踪和存档；设立公告板，提供内部运营的详细信息；邀请了近 100 名观察员参加今年 2 月布鲁塞尔举行的理事会-GAC 磋商会议；所有决议都被翻译成 5 种联合国语言发布等。美国政府与 ICANN 于 2006 年签订的关于互联网根服务器和根区文件等互联网关键资源管理的"IANA 职能合同"（IANA Function Contract）将于 2011 年 9 月到期，ICANN 已开始公开征集社群对此合同的意见和建议。

继"问责与透明"审查组之后，"WHOIS"、"安全与稳定"、"促进竞争、提高消费者信任度和扩大消费者选择范围"三个审查组也相继启动了审查工作。

2.7.2 国际互联网治理论坛

1. 2010IGF

2010 年 9 月 14 日，第五届互联网治理论坛（Internet Governance Forum，以下简称 IGF 论坛）在立陶宛首都维尔纽斯召开。本次论坛的主题是共创未来（Developing the Future

Together）。在为期 4 天的大会上，来自全球 107 个国家及地区的政府部门、企业、学术群体、民间社团等互联网各利益攸关方的代表 2000 余人参加大会（其中有 600 余人通过网络实时参与），就"互联网关键资源管理"、"互联网安全、开放性及隐私"、"互联网接入和多样性"、"以互联网治理促进发展"、"互联网治理的回顾及展望"以及"新兴问题：云计算"六大议题进行了讨论。

在本次会上，大多与会者对 IGF 论坛举办以来取得的成果达成以下共识。

（1）建立了在联合国框架下多方参与讨论的机制。IGF 论坛提供了一个开放的平台，推动了不同国家、不同地区和不同文化之间的相互交流和理解。

（2）通过 IGF 论坛的讨论，推动了 ICANN 和多语种域名的改革。各利益攸关方表达各自的立场和诉求对国际组织及相关政府决策产生一定影响。

参加本届 IGF 论坛的绝大多数的利益攸关方表示对 IGF 论坛延续的支持，尤其是美国政府态度从最初的不积极到本届会议明确表态予以支持。美国白宫副首席技术官 Andrew McLaughlin 在大会发言中正式以美国政府和奥巴马团队的名义支持 IGF 论坛的延续。此外，来自欧洲委员会、欧洲理事会、法国等欧洲地区的代表都发言表示支持 IGF 论坛继续举办。值得关注的一个动向是，会上多方提出今后要在 IGF 论坛上重点讨论互联网核心价值和互联网模式问题。对什么是互联网的核心价值，众说纷纭，莫衷一是。纵观本次 IGF 论坛，讨论内容显得宽泛且深度不足，参会人员规格有所下降，论坛讨论内容更加发散。

2. 对 IGF 的总结评估

2010 年是 IGF 论坛 5 年任务期限的最后一年。在第四届 IGF 论坛上，在联合国副秘书长沙祖康的主持下，就 IGF 的意义、收获、不足、是否继续举办 IGF 论坛等广泛征求意见，秘书处收集整理意见后报联合国大会经济及社会理事会。2010 年 6 月，在联合国第 65 届大会经济及社会理事会会议上，对前几届论坛进行了总结评估，对互联网治理的进展进行了分析，对社群意见进行了统计，对利益相关方的不同关切进行了汇总，就是否延续互联网治理论坛进行了讨论，给出了如下三条建议。

（1）将互联网治理论坛的任务期限再延长 5 年。

（2）会员国将在 2015 年信息社会世界首脑会议成果执行情况 10 年审查活动中，再次审议是否有必要延续的问题。

（3）关于论坛方式、功能和运作的改进问题将在 2011 年第六届 IGF 上加以审议。

连续 5 届的 IGF，主要议题总体上围绕开放性、隐私、安全、可获得性、多样性和关键资源管理等问题，与会者普遍认可这些问题是关键公共政策问题。随着全球互联网发展和互联网治理的进展，各届论坛也相应调整和增加了部分议题，如"下一个十亿"、"社会网络的影响"、"云计算"等。大多参会者认为会议议题广泛，相互联系，对国家和国际公共决策有一定的贡献。虽然会议组织方在让利益攸关方参与互联网治理方面做了很多工作，但如何让更多发展中国家参与互联网治理仍需要做出更大的努力，提供更多的资源。总结评估的结论，在 2010 年 9 月召开的第五届 IGF 论坛上予以发布。

（互联网协会　孙小宁、孙永革）

第二篇

资源与环境篇

- 2010 年中国互联网基础资源发展情况

- 2010 年中国互联网络基础设施建设情况

- 2010 年中国互联网设备发展情况

- 2010 年互联网数据中心建设与服务发展情况

- 2010 年三网融合发展情况

- 2010 年中国网络资本发展情况

- 2010 年中国互联网政策法规建设发展情况

- 2010 年中国网络版权保护发展情况

- 2010 年中国互联网治理状况

- 2010 年中国计算机网络与信息安全状况

第3章 2010年中国互联网基础资源发展情况

3.1 IP 地址

截至 2010 年 12 月，我国 IPv4 地址数量达到 2.78 亿，折合 16.55A。2011 年 2 月，IANA 把最后 5 个 A 的 IPv4 地址各分配 1 个 A 给各区域互联网注册管理机构（RIR）后，IANA 的 IPv4 地址资源全部分发完毕，各区域互联网注册管理机构（RIR）持有的 IPv4 地址也预计在 2011 年陆续分发完毕，其中 IPv4 地址消耗速度最快的亚太地区的 IPv4 地址预计在 2011 年 5 月左右分发完毕。面对网民的快速增长和我国移动互联网、物联网、三网融合和云计算等产业的发展产生的海量 IP 地址需求，实现向 IPv6 过渡变得更为紧迫。

根据互联网 IP 地址资源分配机构的统计数据，截至 2010 年 12 月底，IPv4 地址数量排在前十名的国家依次为美国、中国、日本、韩国、德国、英国、加拿大、法国、澳大利亚和巴西，如图 3.1 所示。我国拥有的 IPv4 地址总数位于世界第二，占全球 IPv4 地址数量的 8.6%，比 2009 年年底所占比例上升了近 1 个百分点，这是我国互联网快速发展的结果。

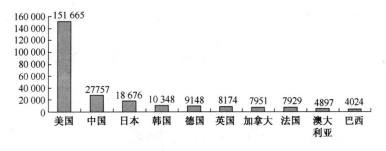

图3.1 全球IPv4地址分配状况（单位：万个）

近几年，我国互联网处于高速发展时期，对 IP 地址的需求持续增长。2010 年全年 IPv4 地址分配全球前三位中，中国以 688B 位居第一，韩国以 392B 位居第二，美国以 327B 位居第三，反映了在亚太地区，尤其在中国，互联网处于快速增长时期，IPv4 地址需求呈快速增长的趋势。如图 3.2 所示是近 10 年中国 IPv4 地址数量增长情况。

根据全球 IPv4 地址的消耗情况，专家曾预测 IANA 的 IPv4 地址会在 2011 年左右耗尽，面对剧增的 IP 地址需求，2010 年作为最后的 IPv4 申请年，IPv4 地址的申请呈现白热化状态，众多的互联网服务商都抓紧"最后的机会"向相应的 IP 地址分配管理机构提交了 IPv4 地址申请，亚太地区以及全球的 IPv4 地址申请次数和数量都比前几年有显著上升。根据全球数字资源组织（NRO）的追踪数据，2010 年 1 月全球 IPv4 地址还剩 10%，2010 年 6 月仅剩 6%，2010 年 12 月底 IPv4 地址仅剩不到 3%，在 2011 年 2 月，IANA 的 IPv4 地址全部分发完毕，比此前专家预测的 2011 年中 IPv4 分发完毕再次提前。

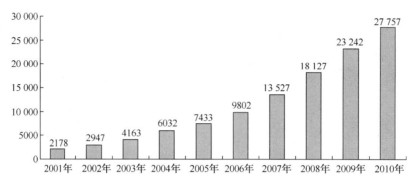

图3.2　中国IPv4地址数量增长情况（单位：万个）

在 IP 地址分配政策方面，2010 年最受关注的是 IPv4 地址耗尽后的地址回收与再分配政策及 IPv4 地址耗尽"软着陆"政策。回收与再分配政策主要解决如何回收 IANA 早期分配出去而未使用的 IPv4 地址，并把回收的 IPv4 地址再分配给需要的用户；IPv4 地址耗尽"软着陆"政策的思想是预留部分 IPv4 地址做特殊分配，这部分地址不是按之前的"按需分配"原则，而是统一分配少量 IPv4 地址（1～4 个 C）给各申请单位，其目的是在 IPv4 地址"耗尽"后很长一段时间内，还可以分配少量的 IPv4 地址给新进入互联网行业的服务商，使它们的 IPv6 网络能够实现跟 IPv4 互联网的互连。中国专家参与了上述政策的讨论、制定和完善过程，并提出了改良意见，有效地引导 IP 地址分配政策向有利于中国互联网发展的方向发展。

一方面，IPv4 地址即将耗尽，另一方面，移动互联网，物联网和云计算等新一代信息技术产业对 IP 地址存在海量需求，因此，积极推动向 IPv6 过渡，是当今互联网发展的重要任务。

IPv6 具有海量的地址空间，从 IPv4 的 32bit 扩展到 128bit，地址容量达到 2^{128} 个，彻底消除了互联网发展的地址障碍及其相应问题，同时 IPv6 还具有一系列优点，如内置移动 IP，可以更好地实现移动互联网；自动发现和自动配置功能，支持移动节点和大量小型家电及通信设备的即插即用等。

根据互联网 IP 地址资源分配机构的统计数据，截至 2010 年 12 月底，IPv6 地址数量排在前二十名的国家和地区依次为：巴西、美国、日本、德国、法国、澳大利亚、韩国、意大利、中国台湾地区、波兰、英国、荷兰、中国大陆地区、挪威、比利时、瑞典、俄罗斯、瑞士、加拿大和捷克。全球 IPv6 地址分配状态如图 3.3 所示。

相对于全球第一的网民规模，中国的 IPv6 地址数量相对较少，截至 2010 年年底共申请到 IPv6 地址 402 块/32，处于全球第十三位；但相对于 2009 年年底的统计数据 63 块/32，2010 年中国的 IPv6 地址持有量显著增长，增加了 339 块/32，显现出在 IPv4 地址耗尽和新一代信息技术产业的驱动下，中国的 IPv6 在加速发展。

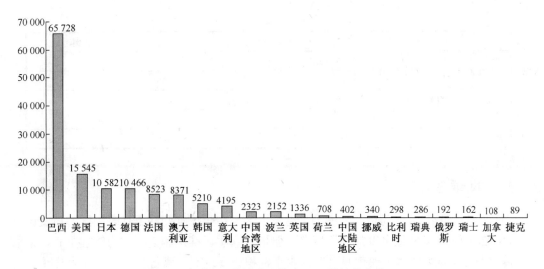

图3.3　全球IPv6地址分配状态（/32地址块个数）

2010 年，在国家政策的引导及宽带网络、移动互联网、物联网、三网融合和云计算等新一代信息技术产业的驱动下，中国 IPv6 的商用进程逐步加快。下一代互联网逐步从试验、示范转向试用和商用，以中国电信为首的各大运营商也陆续制定了各自的 IPv6 商用时刻表。

针对国内 IPv6 发展的形势和发展新一代信息技术产业的需求，结合对国际 IP 地址分配政策的了解，中国互联网络信息中心（CNNIC）于 2010 年 3 月推出了"IPv6 地址快速申请通道"，方便国内互联网服务商申请 IPv6 地址；中国电信也在制订 IPv6 商用部署计划后，向亚太互联网络信息中心（APNIC）申请了/24 的 IPv6 地址（相当于 256 个/32），使中国的 IPv6 地址持有量在 2010 年显著上升。

2010 年 IPv6 在中国取得了巨大进展的同时，我国 IPv6 的发展也存在一些问题，如产业链各方对于过渡的紧迫性认识不一，过渡技术路线和过渡方案不清晰等，需要在国家层面加强统筹规划和产业链各方加强合作、协同推进。值得注意的是，与我国在下一代互联网上取得的成就相比，我国目前拥有的 IPv6 地址数量不容乐观，虽然比 2009 年底有了显著增长，2010 年年底我国 IPv6 地址量仅处于全球第十三位，比位于前十名的国家或地区低了一个数量级，跟前三名的国家比更是远远落后。因此，提高对 IPv6 地址资源的认识，加强 IPv6 地址规划管理，改善我国 IP 地址资源分配管理机制，促进国内企业规划和申请更多的 IPv6 地址是今后的重要任务。

3.2　域名

我国域名总数下降为 866 万，其中 CN 域名 435 万。与 2009 年年末相比，CN 域名在域名总数中的占比从 80%降至 50.2%。与此同时，COM 域名增加 93 万，比重从 16.6%提升至 42.9%。中国分类域名数如表 3.1 所示。

表 3.1　中国分类域名数

	数量（个）	占域名总数比例
CN	4 349 524	50.25%
COM	3 713 244	42.90%
NET	488 478	5.64%
ORG	105 279	1.21%
合计	8 656 525	100.0%

3.2.1　CN 域名

CN 域名，是以.cn 作为域名后缀的域名形式，是在全球互联网上代表中国的英文国家顶级域名。2010 年，CN 域名以加强"域名注册信息真实、准确和完整"为管理重心，采取有力措施提升 CN 域名整体注册信息真实性水平，积极促进 CN 域名的健康可持续发展。

1. CN 域名管理

截至 2010 年 12 月底，CN 域名实名率从年初的 18%上升到 97.2%。CN 域名新注册实名率达到 100%。图 3.4 显示了 CN 域名数在 2010 年的月度统计。

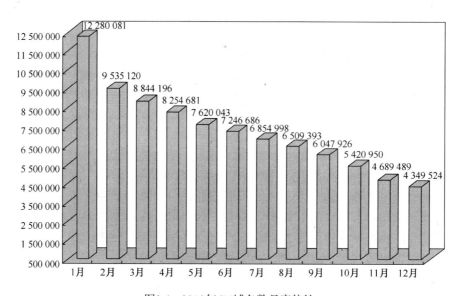

图3.4　2010年CN域名数月度统计

从图 3.4 中可以看出，2010 年 CN 域名数大幅度下降。CN 域名下不良应用举报比例逐步下降。赛门铁克发布的报告显示，来自 CN 域名下 URL 的垃圾邮件信息比例已经由 2009 年 12 月的 15%降至不足 5%，如图 3.5 所示。

CN 域名下钓鱼网站大幅锐减。《2010 年中国反钓鱼网站联盟工作报告》显示：自 2009 年 12 月 CNNIC 开展域名不良应用治理行动以来，CN 域名下钓鱼网站开始锐减，联盟认定并停止域名解析的 CN 域名下钓鱼网站由 2009 年 12 月的 1615 个已大幅下降至 2010 年 11 月的不足 30 个，所占总投诉比例由 86.5%剧降至 0.6%，如图 3.6 所示。

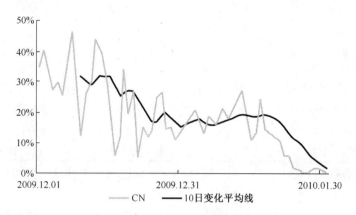

图3.5　CN域名下的垃圾邮件信息比例变化趋势

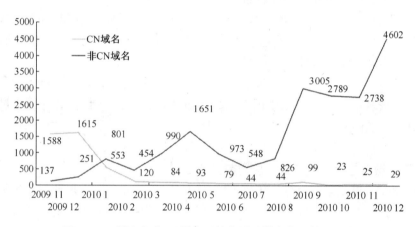

图3.6　CN域名与非CN域名下钓鱼网站数变化（单位：个）

随着国家域名的网络安全保障机制进一步完善，对网络与信息安全事件的发现和处置能力大大增强。

2．CN 域名应用

从总体应用情况看，CN 域名是我国网民注册和网站使用的主流域名。截至 2010 年年底，我国域名总数为 866 万，其中 CN 域名 435 万。CN 域名在域名总数中的占比为 50.2%。在我国境内总计 191 万的网站中，CN 域名下网站为 113 万个，占网站总数的 59.5%。

据不完全统计，在我国金融、保险、交通、电力、证券等国家重要行业和企业中，CN 域名牢牢占据主流应用地位。

在我国保险行业，在被调查的总计 95 家相关企业中，76.8%的企业已经启用 CN 域名。

在我国电力行业，在被调查的总计 10 家相关企业中，100%的企业已经注册 CN 域名，其中，80%的企业将 CN 域名作为网站的主用域名。

在我国交通行业，在被调查的总计 95 家政府机构、企事业单位中，87.4%的相关单位已经注册 CN 域名，82.1%的相关单位已经启用 CN 域名。

在我国银行业，在被调查的总计 82 家银行中，57.3%的银行已经注册 CN 域名，54%的银行选择将 CN 域名作为网站的主用域名。

在证券领域，在被调查的 60 家基金公司中，63.3%的基金公司已注册 CN 域名，44%的基金公司将 CN 域名作为网站的主用域名。

3.2.2　中文域名

中文域名是指含有中文字符的域名，其中，".中国"域名是指以".中国"结尾的中文国家顶级域名，它是在全球互联网上代表中国的中文顶级域名，同英文国家顶级域名".cn"一样，全球通用，具有唯一性，是用户在互联网上的中文门牌号码和身份标识。

".中国"域名的全球启用将有助于大力促进中华文化软实力的建设，而商标（商号）、企业名称、重大赛会等均可借助".中国"域名在全球华语网民中实现国际推广。

1. ".中国"域名国际申请和全球启用概述

2008 年 7 月，互联网名称与数字地址分配机构（ICANN）通过一项重要决议，允许使用其他语言包括中文等作为互联网顶级域名字符。

2010 年 6 月 25 日，互联网名称与数字地址分配机构（ICANN）在第 38 届布鲁塞尔理事会上通过决议：".中国"域名顺利通过 ICANN 全部审核流程，正式成为新的全球顶级域名，也是世界首个纯中文后缀的全球顶级域名。

2010 年 7 月 10 日，ICANN 授权互联网号码分配机构（IANA）正式将".中国"域名写入全球互联网根域名系统。伴随".中国"域名在全球范围内正式启用，".中国"域名作为中华文化在互联网上的国家象征正式登上历史舞台。今后，遍布世界各地的全球华语网民在浏览器地址栏中直接输入"中文.中国"形式的域名即可访问相应网站。

2. ".中国"域名应用环境完善，应用前景广泛

近十年的研究成果积累，使得".中国"域名的品牌优势和广阔发展前景逐渐被互联网相关应用行业所认同，".中国"域名的全球应用环境也日臻完善。截至目前，包括 Chrome、Firefox、Netscape、Safari、Opera 及微软 IE7 以上版本的浏览器均支持中国域名访问。主流手机 Web 浏览器中的 Opera/Opera Mini 浏览器、Safari（iPhone 浏览器，如 iPhone、iPod、iPad 均可使用 Safari 浏览器实现中文域名访问）、IE Mobile 7 浏览器、Midori（Ubuntu 系统）浏览器也对中国域名支持完善。

据一项针对网民访问互联网途径的调查显示，90%以上的被访者表示更愿意使用母语接入互联网，认为使用中文域名访问网站更加便捷。90% 国家省部级政府机构、95%传统媒体网站、90%以上"211"工程大学、超过五成的中国百强企业、超过四成的中国 500 强企业都已经注册使用".中国"域名。94.35%的网民表示更愿意使用".中国"域名访问网站。

截至目前，包含众多全球 500 强中国上榜企业、中华老字号等在内的商务、教育、金融、房地产、烟酒、服装、家电制造、信息服务业等行业企业相继启用同企业名称、产品名称相近或类似的".中国"域名。以沈阳日报报业集团等为代表的 8 家报业集团分别为旗下媒体注册并启用了"媒体名称.中国"形式的相关域名。以交通银行、花旗银行等为代表的超过 50 家中（外）资银行在中国域名全球启用前就不同程度地对多个产品品牌进行保护性注册。以上海世博会为代表的众多国际知名赛会也通过注册和启用".中国"域名拉近了与全球华人的距离。

3.3　网站

2010 年年底，中国互联网络信息中心的第 27 次《中国互联网络发展状况统计报告》显示，中国网站共计 191 万个，比 2009 年 323 万个减少了 41%，如图 3.7 所示

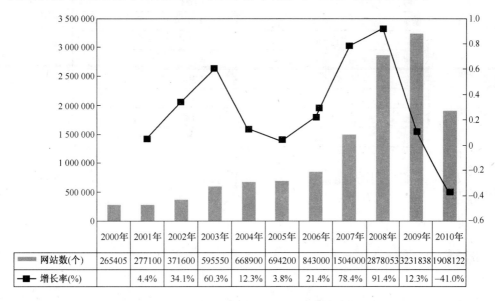

	2000年	2001年	2002年	2003年	2004年	2005年	2006年	2007年	2008年	2009年	2010年
网站数(个)	265405	277100	371600	595550	668900	694200	843000	1504000	2878053	3231838	1908122
增长率(%)		4.4%	34.1%	60.3%	12.3%	3.8%	21.4%	78.4%	91.4%	12.3%	−41.0%

图3.7　2000—2010年中国网站数

通过对中国互联网络信息中心（CNNIC）历年发布的网站数据进行深入分析可以发现，我国网站在 2010 年数量减少，与国家加大互联网领域的安全治理有关，网站等互联网基础资源的质量随着"水分"的挤出而得到提升，为我国互联网继续有序、健康地发展提供了必要的保障。在网站分类上，2010 年，CN 网站依然是中国的主流网站，如表 3.2 所示。

表 3.2　分类网站数量及比例

	CN 网站数		gTID 网站	
	数量（个）	占网站总数比例	数量（个）	占网站总数比例
2005 年	299 530	43.20%	394 670	56.80%
2006 年	367 418	43.60%	475 582	53.70%
2007 年	1 006 000	66.90%	498 000	33.10%
2008 年	2 216 437	77.00%	661 616	23.00%
2009 年	2 501 308	77.40%	730 530	22.60%
2010 年	1 134 379	59.45%	773 743	40.55%

从分省数据来看，网站数量上各省之间相对差距不大，仍然是广东（16.0%）、北京（14.8%）排名前两位，而整体的前十位的各省，和 2009 年基本相同。这说明以往网站在各省的分布不均匀的问题仍然存在。排名前五位的各省网站总数已经占到了全国网站总数的 50%以上，如表 3.3 所示。

表 3.3 2009 年我国网站分省数据（前十位）

	网站数量（个）	占网站总数比例
广东	304 357	16.0%
北京	282 674	14.8%
上海	190 613	10.0%
浙江	189 823	9.9%
江苏	117 666	6.2%
福建	105 034	5.5%
山东	90 544	4.7%
湖南	68 425	3.6%
河北	53 005	2.8%
四川	51 715	2.7%

相对我国 4.57 亿的网民数量，对网络内容的需求不断扩大，特别是网络应用的广泛使用，中国的网站建设与发展还有非常大的空间。因此大力推进网站建设，对我国互联网的发展起到了非常重要的作用。

3.4 网页

近年中国网站内容建设的高速发展，也带动了网页总量的增加。2010 年网页数量比 2009 年增加 264 亿个，增长率达到 78%，如图 3.8 所示。

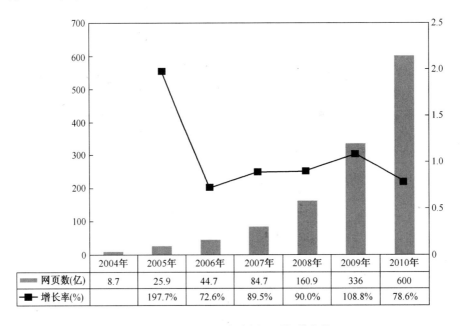

	2004年	2005年	2006年	2007年	2008年	2009年	2010年
网页数(亿)	8.7	25.9	44.7	84.7	160.9	336	600
增长率(%)		197.7%	72.6%	89.5%	90.0%	108.8%	78.6%

图3.8 2004—2010年中国网页规模变化

在网页数量大幅增长的同时，网站的平均网页数增长了两倍多，由此可以看出，我国

2010 年的网站数量虽然减少，但是内容日趋丰富，进入了一个良性的发展态势。网页数量表和网页更新情况表分别如表 3.4 和表 3.5 所示。

表 3.4　网页数量表

	网页数（个）	平均每个网站的网页数（个）	网页总字节数（KB）	平均每个网页字节数（KB）
2006 年 12 月	4 472 577 939	5057	122 305 737 000	27.3
2007 年 12 月	8 471 084 566	5633	198 348 224 198	23.4
2008 年 12 月	16 086 370 233	5588	460 217 386 099	28.6
2009 年 12 月	33 601 732 128	10 397	1 059 950 881 533	31.5
2010 年 12 月	60 008 060 093	31 414	1 922 538 540 426	32

表 3.5　网页更新情况表

	1 周以内（%）	1 周至 1 个月（%）	1～3 个月（%）	3～6 个月（%）	半年以上（%）
2006 年 12 月	7.4	26.4	32.3	17.8	16.1
2007 年 12 月	12.1	17.4	14.5	41	15
2008 年 12 月	12.5	24.1	29.1	14.4	20
2009 年 12 月	7.7	21.2	28.1	18.8	24.3
2010 年 12 月	4.8	21.0	6.1	5.0	63

互联网基础资源建设对互联网的发展具有重要作用。而中国网民基数大的特点，在我国互联网发展过程中，更应该结合现有特点，从互联网发展需求出发，丰富网站内容，积极应对由此带来的在互联网发展过程中的机遇及挑战，为中国的互联网发展提供更优越的发展环境。

3.5　通用网址

CNNIC 最新发布的《2010 年中国中小企业网络营销调查报告》显示：中小企业已经有 92.7%接入互联网，并且，电子邮件营销、电子商务平台营销、搜索关键词营销等都成为企业最常用的互联网营销方式。

不过整体来看，多数中小企业网站功能主要还是集中在展示上，互动功能、交易功能、后台统计功能方面还有所欠缺，营销方式单一。

缘于网络营销投入少、见效快等特性，通用网址一直被许多中小企业奉为网络营销的制胜法宝。经过了多年发展，2010 年通用网址整合优势资源全新升级，升级后，每个注册通用网址的企业均可独享新浪通用网址频道、知名搜索引擎、全国 100 家信息港热站和商商通平台展示企业品牌的四大优势，全方位展示企业品牌，切实帮助中小企业实现品牌传播的规模化。如此，通用网址不仅为企业品牌提供了难得的展示机会，而且为企业网站增加了点击率，给企业带来了实实在在的价值。

通用网址升级后，总体来看，营销优势有四点，即费用固定、整合聚变、纵横贯穿营销、效果可视化。具体来说，通用网址将整合搜索引擎营销、行业网站营销、门户网站营销等多种营销方式，使企业的互联网营销产生整合聚变效果，达到纵横贯穿的营销目的。针对中小企业营销效果不可监测的问题，通用网址不仅帮助中小企业大幅提升访问量，而且让企业的互联网营销可监测、可统计、可视化，为企业增加大量看得见的访问机会。

2011 年是"十二五"开局之年，在国家新一代互联网发展政策支持下，通用网址这种网络营销利器也将迎来更大的发展，相信随着更多企业的逐步参与，通用网址的价值也将全面显现，其性价比与营销优势将被更多的企业所关注。

3.6　无线网址

网民的网络习惯正在加速移动互联网络的发展，未来三到五年，移动互联网将步入成熟。根据中国互联网络信息中心（CNNIC）数据统计，2010 年中国网民的增长主力并不是固网，而是手机网民。截至 2010 年 12 月，我国手机网民规模达 3.03 亿，较 2009 年年底的 2.33 亿增加 6930 万人，同比增长 29.6%。手机网民在总体网民中的比例进一步提高，从 2009 年年末的 60.8%提升至 66.2%。由此可以看出手机网民、手机应用已经成为互联网网民增长最核心和最重要的推动力。

2010 年年初，摩根斯坦利报告称，全球已经开始进入移动互联网时代。在国内，经过一年的发展，这种趋势越发明显，先是三网融合试点的启动，后是手机上网用户数量直线攀升，移动互联网正在冲击着传统的网络形态，它已不再是传统互联网应用的补充，而是与后者交互应用，并日益显露出主流应用方向。与此同时，在银行、保险、制造、政府、家电、服装和日化等行业，无线网址的应用也得到了进一步深化。无线网址不仅成为企业品牌资产的重要组成，更是企业布局移动网络、开展移动营销的重要工具。

经过几年的发展，无线网址应用逐渐丰富，具有了 wap.cn 域名、手机建站、建站模板、后台管理、短信管理、移动商商通等功能。无线网址可以为用户提供 Wap 建站、网络管理到网络营销整套方案，其价值逐渐为用户认可。2010 年随着无线网址新规的实施，无线网址价值得到全面释放，不仅在安盛集团、奥氏资本、工商银行、中国银行、交通银行、苏宁电器、德勤等国内外金融机构、企业用户中掀起保护无线品牌资产的热潮，像国务院侨务办公室、国家密码管理委员会商用密码管理办公室等中央政府机构也加快了注册无线网址、布局移动网络的步伐，无线网址的注册量呈现出大幅提升趋势。

2011 年，随着移动互联网的应用逐步成熟，移动网络电子商务也将开始显现前景，企业也将面临着新的网络应用年代，相信众多企业的逐步参与，将促使整个移动互联网进入多元发展时代，无线网址的价值将全面显现。

（中国互联网络信息中心　周镇、张勇、李俊慧、朱妮、刘萍、秦晟、张颖豪；
北龙中网（北京）科技有限责任公司　乔青发）

第4章 2010年中国互联网络基础设施建设情况

4.1 基础设施建设概况

2010年，我国互联网基础设施建设得到了进一步深化，基础设施服务能力得到进一步提高。据工业和信息化部统计，2010年，我国继续对互联网基础设施建设维持大规模投入，全年共完成信息通信基础设施固定资产投资 3197 亿元。在政策和资金的大力支持下，我国互联网络基础设施建设以更大、更快、更安全、更绿色为发展目标，以宽带技术、移动技术、可控可管技术、IPv6 技术、网络架构优化技术等为基础，不断创新，持续发展。

网络基础设施建设水平和服务能力的提高，对于推动互联网业务的快速繁荣发展，保持网络的平稳健康运行起到了重要的作用。网络基础设施建设及其承载的新型服务业态迅速发展也有力地带动了设备制造业和服务业的发展、社会信息化的提高，成为促进两化融合和支撑国民经济社会发展的基础。

4.2 互联网骨干网络建设情况

4.2.1 国际通信互联网出入口吞吐能力大幅提高

我国的国际通信出入口局点布局合理，网络运行安全情况良好。已经基本搭建了覆盖大多互联网发达国家和地区的国际通信网络。我国国际互联网已经与 20 多个国家和地区的多个网络相互连接，我国互联网在北美、欧洲和亚洲数十个城市设施了几十个海外 POP 点，与国际出口进行直接连接，海外 POP 点初具规模。

我国国际互联网出口带宽在"十五"期间增长率均超过100%，"十一五"期间仍保持高速增长态势，国际通信互联网出入口吞吐能力大幅提高。截至 2010 年 12 月，我国电信企业国际互联网出口带宽超过 1000Gbps。为了解决服务外包城市和新技术开发区等地区的互联网需求，部分地区（江苏、湖北、重庆、四川）还建设了国际通信高速通道，提高了国际互联网的访问速度。

4.2.2 骨干网宽带化持续推进，可管可控能力显著增强

随着新兴互联网业务的迅猛发展，互联网流量不断增长，近年来，我国干线业务流量和

带宽需求的年增长率都已经超过 200%。在巨大的流量增长压力下，通过骨干网扩容是运营商提高用户感知和业务承载能力的最为直接的手段之一。实施骨干网宽带扩容、形成多路由冗余和多环网保护的高速高可靠的骨干传输网络是运营商长久发展主题之一。截至 2010 年年底，四大公众互联网的骨干网带宽已超过 30Tbps，互连互通带宽超过 450Gbps。

虽然我国互联网骨干网宽带化持续推进，但与此同时，P2P 等流量占用的带宽呈数倍率增长，恶意攻击对局部网络带来瞬时冲击。因此，实施骨干网络的可管可控是网络运营企业的重要任务之一。互联网管控能力依靠运营企业在网络部署具体的管控技术得以落实，管控能力包括资源调度能力、边缘控制能力、安全保障能力，互联网宽带化是管控的基础，三项能力是可管可控的有效手段。运营商通过在骨干承载网络中部署网络 QoS，引入资源管理控制，部署 P2P 与 CDN 结合网络，部署 P4P，打造双平面骨干网，实施和支持骨干网差异化调度和承载来提高骨干网资源调度能力；通过在网络边缘部署 DPI/DFI，网间部署流量控制设备和网间路由策略，实现网络安全和竞争策略，提升边缘控制能力；通过在骨干承载层面引入安全管理平面，实现集中的安全管理和主动安全防御措施，引入 FRR 和电信级以太网等技术，提高可靠性，引入 DHCP+、QinQ 和 SVLAN 等技术，实现用户可溯源和业务区分，提升安全保障能力。

4.2.3　骨干网络形态深入变化，基础设施布局优化需求增加

为了提升用户感知和网络服务能力，运营商积极启用了以内容分发网络（CDN）、互联网数据中心（IDC）、云计算中心等为代表的互联网应用平台，在互联网骨干网络架构上形成了新的应用基础设施，对互联网流量影响举足轻重，正改变着互联网的流量分布、架构体系和整体布局。

如中国电信构建的 CDN 网络以 CN2 作为骨干网络的承载主体，具备"骨干＋省"二级架构，已拥有 23 个省级节点。骨干网部署基于 P2P 的 CDN 网络以减少流量负担，省网设立CDN 节点，随着业务发展逐渐实现 CDN 业务网向城域网扩展。结合 P2P 的扩展能力和 CDN的可靠性、可管理性，实现了电信级的内容应用承载与分发平台。我国也在积极筹划建设绿色大型 IDC，并支持有条件的企业构建公共云计算服务中心，建立骨干应用层的云计算公共基础设施和云计算自主技术体系，探索宽带应用基础设施建设发展模式，发展云计算新兴产业市场。

4.3　中国下一代互联网建设与应用状况

近年来，下一代互联网发展一直是我国关注的重点。在政府的引导下，我国的各家互联网运营单位都从 IPv6 入手开展了大量的下一代互联网研究、网络试验和部署，其中最具代表性的就是八部委联合推动的 CNGI 项目。早在 2003 年，国务院就正式批复同意了国家发改委等八部委"关于推动我国下一代互联网发展有关工作的请示"，正式启动"中国下一代互联网示范工程 CNGI"。到 2010 年，这项工作已经取得了阶段性成果。

CNGI 项目由中国教育网、中国电信、中国联通、原中国网通、中国移动、原中国铁通 6 家互联网单位承担，其主要目标是构建我国的下一代互联网的试验平台。CNGI 的建设目标是在国家统一部署和支持下，实施中国下一代互联网示范工程，攻克下一代互联网及其重大

应用的关键技术，实现下一代互联网的产业化，使我国在下一代互联网标准、技术和产业等方面占有重要地位，推动我国的信息化建设。CNGI 项目由三部分组成，包括 CNGI 示范网络、网络技术试验和应用示范、关键设备/软件开发和推广应用。其中 CNGI 示范网络包括核心网和驻地网项目，以此项目的启动为标志，我国的 IPv6 进入了实质性发展阶段。到 2005 年，中国五大运营商和教育科研网 CERNET 构筑起 6 个全国性的 IPv6 骨干网络，形成以北京为中心，涵盖上海、广州、沈阳、长春、成都、兰州共 7 个核心节点的混合星形拓扑结构；到 2008 年年底，100 所高校、100 家科研和事业单位、100 个企业研发中心建成了近 300 个 CNGI 驻地网，采用 IPv6 协议高速接入 CNGI 网络，形成自上而下的全球最大的纯 IPv6 网络，如图 4.1 所示。

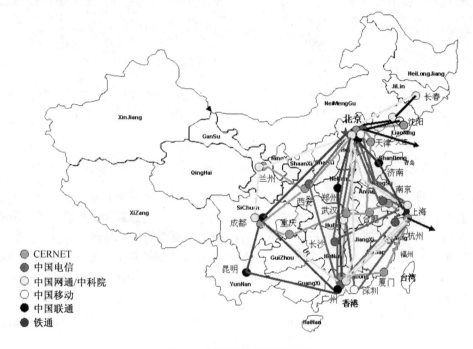

图4.1　CNGI示范工程核心网

　　为了实现 CNGI 各 IPv6 网络之间的互连互通，教育网和中国电信依托 CNGI 项目，分别承担建设了北京和上海两个国家级的互联网交换中心（IX），通过这两个交换中心，CNGI 实现了与国际多家 IPv6 试验网络的互连，如美国 Internet2、亚太 APAN、欧洲 GEANT2 等。随着下一代互联网的演进发展，国际交换中心支持 IPv6 通信成为发展趋势，这两个交换中心的连接范围和连通度有望得到快速提升，如图 4.2 所示。

　　基于全国性的 CNGI IPv6 网络平台，各参与单位配合各大部委完成 IPv6 的攻关课题，并根据各自的网络条件及业务发展需求进行 IPv6 关键技术的试验、开发和升级，以及重大应用的示范和推广。

　　中国教育网在主要采用国产 IPv6 核心路由器组建大型纯 IPv6 主干网的基础上，提出了"真实 IPv6 源地址网络寻址体系结构"和"IPv4 over IPv6 网状体系结构过渡技术"，设计实现了"真实 IPv6 源地址网络寻址系统"和"非显性隧道 4 over 6 过渡系统"，并推动 IETF 成立了 SAVI 等专门工作组，获批 RFC 5210 和 RFC 4925 等多项国际 IPv6 核心标准。

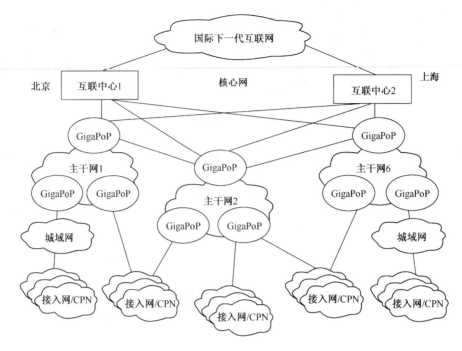

图4.2　CNGI交换中心

各企业按照研究及市场需求，在自身网络内部循序启动 IPv6 支持能力，同时开展了一系列丰富多彩的 IPv6 应用，从科技领域的应用到人们生活中的普通应用，几乎覆盖了所有网络涉足的空间，在应用示范和商业模式探讨等方面积累了宝贵的知识与经验。

中国联通 GNGI 示范网中的应用包括：建设 IPv6 示范智能小区，通用移动终端的接入业务、CDMA 1X 上网业务、专网接入业务、网络融合相关试验、当前中国联通现有 IPv4 网络中的其他业务。

原中国网通/中科院 CNGI IPv6 创新业务试验应用包括：视频会议、VoIPv6 电话、智能化物业管理、网络监控系统、远程教育、奥运应用等。

中国电信提出的 CNGI 上 IPv6 的应用场景包括：永远在线、随处可见的网络（非 PC 设备的连接）、简单的即插即用、增强的内置安全、自由移动、新的通信模式等，目标是将 IPv6 作为实现"无所不在"网络应用的重要后台支撑技术。

中国移动提出的 GNGI 上的 IPv6 应用试验包括：IPv6 端到端业务试验（如 PoC/IMS、SIP 业务），IPv6 地址需求类业务试验（如远程监控），IPv6 对数据业务组网方式的影响试验，IPv6 增强型业务试验（如视频电话/会议电视，基于组播的视频点播），NGI 网管和计费试验等。

CNGI 作为中国国家级的 IPv6 的试验网络平台，在网络和应用发展的同时，也为国内企业创造了 IPv6 产品成熟的机会。各运营商都与国内厂商实现了合作，国产 IPv6 硬件设备在我国 IPv6 研究中占据了主角地位。与此同时，我国一些芯片供应商也提出了支持 IPv6 的核心芯片解决方案，极大地促进了我国互联网 IPv6 产业链的发展，为我国 IPv6 应用示范和商业模式探讨积累了宝贵的知识与经验。

4.4　移动互联网建设情况

4.4.1　3G 网络发展情况

在经历了 3G 牌照发放的关键发展年后，2010 年，我国政府从政策上大力支持运营商加快 3G 网络建设。2010 年 3 月 17 日，工业和信息化部等八部委联合印发了《关于推进第三代移动通信网络建设的意见》，要求各级政府和企业充分认识 3G 网络建设的重要性，共同推进网络建设发展；落实 3G 发展规划，促进网络协调持续发展；制定和出台 3G 网络建设的支持政策，解决网络建设困难；引导和支持 3G 网络应用发展和创新，带动 3G 网络建设升级；继续落实和完善支持 3G 发展的其他政策措施，保障 3G 网络建设；加强组织领导，确保 3G 网络各项工作落到实处。在政府政策和自身全业务发展需求的共同推动下，在 2010 年全面推进 3G 网络移动能力建设成为了运营商的工作重点。各运营商均稳步落实投资计划，迅猛推进 3G 网络建设，3G 产业化/商业化、业务开发和市场推广的进程明显加快，呈现起步扎实、开局良好、快速推进、规范有序的发展态势，在扩内需、保就业、促增长、惠民生中发挥了重要作用，进一步加快了我国移动互联网的发展。

截至 2010 年 7 月底，三家电信企业实际完成投资 224 亿元。中国电信、中国移动、中国联通分别完成投资 128 亿元、78 亿元和 18 亿元，分别完成全年计划的 47.4%，17.3%和 7.8%。在 3G 网络建设上，三大运营商都立足现有网络基础，结合所选技术制式特点、产业链环节的成熟度和竞争能力，面向下一代的网络演进，提出了差异化的 3G 网络发展策略。截至 2010 年 12 月底，三家运营商共建设 3G 基站约 43.8 万个，中国电信、中国移动、中国联通分别累计建成 3G 基站约 17 万、11.5 万和 15.3 万个。目前中国电信 3G 网络覆盖范围最大，中国联通其次，中国移动到 2010 年年底 TD 网络四期建设完成后，基本能达到相当的覆盖能力。

中国电信以最快速度建成国内商用最早的 3G 网络，成为全球规模最大的 EV-DO 网络。坚持精确化管理、效益型发展和差异化运营的移动网基本思路，为不同的用户和不同的业务提供差异化的 3G 数据网络承载能力和保障，在市区和郊区升级为 Release A，后续在测试验证完成后，可在重要热点区域继续升级为 B 版木，在广大的乡镇和农村则以 CDMA 1X 技术为主进行扩容优化。中国电信 3G 网络覆盖全国 342 个城市，2055 个县和部分发达乡镇。

2010 年，中国移动在 TD-SCDMA 网络三期覆盖和优化工程的基础上，继续开展四期工程建设，坚持两个 100%的建设目标，保障网络质量，把握投资效益，按需扩容，重点开展已覆盖区域的持续扩容和优化补点工作，尽快有效地分流日益增长的数据业务流量，适度延伸 TD-SCDMA 地域覆盖，实现向规模运营的转变。同时注重多技术的协调发展，近期通过持续的优化调整确保 2G 网络的领先优势，远期通过 TD 优化和 TD-LTE 引入来应对宽带市场竞争。截至 2010 年 6 月底，TD 网络覆盖全国 238 个城市，3G 网络质量与 2G 水平基本相当。

中国联通以产业链最为成熟的 WCDMA 技术为依托，结合市场需求，在现有 3G 覆盖的基础上优先通过网络优化解决 3G 建成区内的盲区和弱区，完善深度覆盖，提高重点区域和重要交通干线、旅游景区的 3G 覆盖率，积极进行标准化扩容，借助终端成熟度最高的优势，快速推进与 2G 等网络的融合组网，同时逐步控制 2G 网络建设。中国联通 3G 网络共建设四期工程，截至 2010 年 6 月底，开通 3G 的城市约 330 个，已经开通 3G 的县市约 2000 个。总体来看，3G 网络已覆盖全国大部分城市和重点县、发达乡镇。

随着 3G 网络建设的逐步完善，3G 网络建设的重点将逐渐转向以提升网络质量和用户感知，充分发挥 3G 网络业务承载能力和业务分流作用，保持网络合理的利用率为核心。通过提升 3G 网络业务吸收比例，优化网络资源配置等手段提升 3G 无线网利用率，加快 2G 网向 3G 网业务量迁移，提高 3G 业务占比。同时随着网络负荷的提高，确保网络容量和业务质量。未来 3G 网络建设还要注重加快在城市的深度覆盖和向农村延伸，加强 3G 部署与"新一代宽带无线移动通信网"重大专项的协同互动，在东部发达地区统筹各制式 3G 网络向 LTE 的发展演进试点，推进 4G 等新一代移动通信发展。在城市地区充分利用固定网络资源，实现蜂窝移动、WiFi 接入的综合互补和优化利用，积极利用新一代移动通信技术建设宽带无线城市。

4.4.2　TD-LTE 试验网建设与试验情况

基于 OFDM 的 TD-LTE 具有抗多径干扰、实现简单、灵活支持不同带宽、频谱利用率高、支持高效自适应调度等优点，能够更好地胜任移动宽带多媒体通信等多种业务。作为自主 4G 标准，TD-LTE 得到了国家的高度重视和支持，也得到了国际上的广泛认可。

目前，TD-LTE 试验网和预商用网络建设正在全球范围内展开。中国移动已经与 8 个国际运营商建立了正式合作伙伴关系，共同推动 TD-LTE 产业的健康发展。截至 2010 年年底，全球已建成多个试验网，有十余个 LTE 网络开始提供服务，42 个国家的 88 个运营商宣布部署 LTE 或进行试验网络建设等活动计划。2010 年 11 月，波兰运营商 AERO2 宣布启动 TD-LTE 产品商业选型工作，并将在 2011 年部署和商用 TD-LTE 网络，成为全球第一个 TD-LTE 商用部署计划。TD-LTE 试验网的成功有力提升了国际产业界和组织对 TD-LTE 的信心。2010 年 10 月，国际电信联盟无线通信部门（ITU-R）第五研究组国际移动通信工作组（WP5D）第 9 次会议最终确定 TD-LTE-Advanced 成为 4G 国际标准之一，我国占据国际主流电信市场的机遇显著增加。

2010 年是我国政府组织开展的 TD-LTE 技术试验的第三阶段——规模技术试验阶段的关键时期。2010 年 4 月，由中国移动建设的全球首个 TD-LTE 演示网在上海世博园开通，覆盖世博园全园 5.28 平方千米，在世博园区内共建有 TD-LTE 室外站 17 个，实现了对 9 个场馆的室内覆盖，展示了移动高清视频会议，移动高清视频点播，实时高清视频监控移动目标位置信息，高清视频内容即拍即传等一系列基于 TD-LTE 的移动宽带业务，同时高速上网卡、天线海宝等新鲜业务也供参观者体验，成为科技世博的最大亮点。11 月 TD-LTE 在广州亚运会得到进一步的演示和应用，覆盖了广州亚运会的多个相关区域室内外部分、主要亚运会场馆、周边区域和重点基础设施。与世博园试验网相比，覆盖范围更大，覆盖场景更丰富多样，业务体验更好，终端形态更加多样化。2010 年年底，工业和信息化部又批准了在上海、杭州、南京、广州、深圳、厦门 6 个城市组织开展 TD-LTE 规模技术试验总体方案，计划建设全球 TD-LTE 规模部署和应用的示范网络，开展相关运营维护、技术产品和应用的试验测试等工作，同时以形成商用能力为目标，带动相关产业链发展，实现端到端规模化商用的成熟化。目前各运营商和国内外主流系统、芯片等厂家均已积极参与该计划。

经历了 2010 年的发展，在重大专项扶持下，2011 年 TD-LTE 产业化将进一步完善，4G 将成为现有移动通信手段的有效补充。未来我国将形成 2G、3G 和 4G 并存的局面。

4.5　互联网带宽发展情况

4.5.1　国际出入口带宽

我国互联网网络国际出口带宽近年来维持高速增长，根据 TeleGeography 统计，2010 年我国互联网国际出口带宽总量全球排名第九位，年增长率为 55%，如图 4.3 和图 4.4 所示，总排名与年增长率基本与上年持平。但我国国际出入口带宽总量仍远低于互联网发达国家，例如，我国 2010 年带宽增长量和带宽总量均不足美国的 16%；另一方面，我国国际出口带宽近年来的年增长率有所减小。这表明我国互联网的国际化和发展程度仍然不高，这也在一定程度上影响了我国互联网的国际地位。

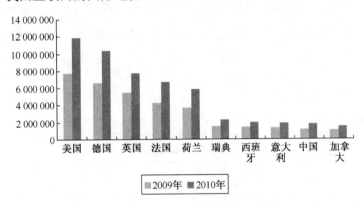

图4.3　国际出口带宽总量

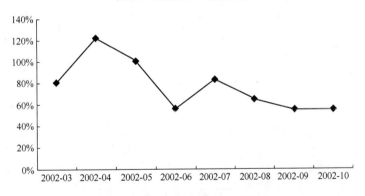

图4.4　中国国际出口带宽年增长率

根据工业和信息化部统计数据，截至 2010 年年底，中国大陆互联网国际出口带宽总量为 1099Gbps，其中电信企业国际互联网出口带宽达到 1002Gbps，比 2009 年增长 232.6Gbps，增长率达 26.8%，2006 年至 2010 年的年均复合增长率达到 33.9%，个别年份超过 50%，如图 4.5 所示。

从我国业务发展看，我国联接的国家和地区主要由国际互联网发达国家和周边邻国/地区构成。美国仍然是我国国际互联的主要方向，我国与所处的东亚内部，以及与欧洲之间的联接也在逐步增加。

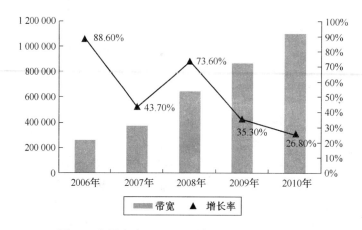

图4.5　中国大陆2006—2010年国际出口带宽总量

我国拥有北京、上海和广州三个国际互联网业务出入口。其中，中国电信（CHINANETi63和 CN2）和中国联通（CHINANET169 和 CNCNET）在三个出入口均开展业务，中国移动在上海、广州出入口开展业务（中国铁通在北京、广州出入口开展业务）。三个国际互联网出入口业务量分布不均，局部压力偏大。目前，广州出口业务量占全部国际业务量的 50%，上海占 34%，北京占 17%。我国国际互联网出入口带宽公布如表 4.1 所示。

表 4.1 我国国际互联网出入口带宽分布

	使用容量（Gbps）	带宽分布
北京	115	11.5%
上海	325	32.4%
广州	562	56.1%
合计	1002	100.0%

4.5.2　国内带宽

随着宽带应用服务的不断丰富，我国通过在骨干网中部署大容量设备扩大骨干网络容量，稳步推进接入网络光纤化等措施，逐步提升网络各层面的带宽，以满足消费者对高带宽业务日益增长的需求。

截至 2010 年年底，四大公众互联网的骨干网带宽超过 30Tbps，"十一五"期间的复合增长率超过 50%；四大公众互联网的互联互通带宽超过 450Gbps，与骨干网带宽基本保持同步增长。据工信部统计数据，2010 年我国基础电信企业互联网宽带接入端口达 18 760 万个，比2009 年净增 5168 万个，增长率达 36.2%，高出上年 11.4 个百分点；全国光缆线路长度净增166 万千米，达到 995 万千米，增长率达 20.1%。

2010 年，我国基础电信企业互联网固定宽带平均接入带宽达 1.8Mbps，"十一五"期间复合增长率约为 12%。接入带宽的增大和宽带基础设施能力建设的提升，为我国规模巨大的宽带用户群体提供了越来越高速的接入服务和越来越丰富的宽带应用服务，推动我国信息化发展模式不断变革，信息化发展进程不断深化，使得互联网作为我国战略基础的作用日益凸显。目前，我国的宽带接入以 DSL 和 FTTx 为主，DSL 接入约占我国宽带连接的 80%，如图 4.6 所示。我国也是世界上最大的 DSL 和 FTTx 用户国家。

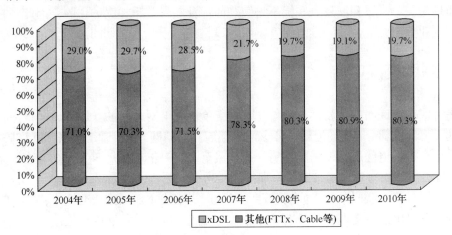

图4.6　中国宽带接入技术使用比例

　　近期，在全球范围内出现了新一轮的宽带战略计划，各个国家对于各自的宽带计划进行了重新思考，同时也对带宽需求提出了新的要求。而我国各互联网运营企业也凭借三网融合的历史机遇，掀起了一场新的宽带扩张计划。如中国电信已经为带宽的扩容做好准备，计划2010 年下半年和 2011 年追加投资 150 亿元，主要用于宽带建设，远远超出先前的投资计划。中国电信还推出了"光网城市"计划，希望在电信"天翼宽带"的基础上，打造以高速光纤宽带为核心，融合有线宽带、无线 3G、WLAN 等多种接入方式的全方位的互联网网络，提供三网融合及物联网等诸多应用服务，促进建设人与人、人与物、物与物之间信息的高效联动和共享的新型城市，让城市居民在生活所及的一切地方，都可以随时自由高速地获取信息资源及应用服务。目前，中国电信已在深圳正式启动"光网城市"计划，中国电信"天翼宽带"将提供 4Mbps，12Mbps，20Mbps，100Mbps，1Gbps 等不同速率的宽带产品。100Mbps光纤将铺进深圳市民工作生活的各个场所，预计到 2012 年，深圳全市各处普遍具备 20Mbps以上的接入能力，市民和企业可获得接入网速高达 100Mbps 的高速宽带网络服务。本地网络将从国内领先水平向国际一流水平看齐，"光网城市"计划让城市信息化建设提高了一个档次，也无疑推进了三网融合的建设水平。中国联通则将按照《关于推进光纤宽带网络建设的意见》推出自己新一轮的宽带计划，计划到 2011 年，实现城市用户接入能力平均达到 8Mbps，农村用户接入能力平均达到 2Mbps，商业楼宇用户基本实现 100Mbps 以上的接入能力。而中国移动为了打造自己的宽带网络，在 2010 年下半年实施了"集采 FTTx 进军固网——GPON 国内规模部署"战略，在大中城市快速铺设光缆，一步步地为以后的宽带发展做好准备。各运营企业的宽带战略计划在普及实施的同时，也将为用户带来高速下载和视频电话等一系列全新体验，是拓展企业市场的新契机。

　　尽管如此，但各互联网运营商无论是骨干网还是接入网的带宽仍难以满足以数倍速率增长的网络流量的需求，面临巨大压力。因此互联网运营商在不断进行带宽扩容的同时，正在探讨利于互联网可持续发展的解决方案，摆脱"拥塞—扩容—再拥塞"的非正常局面，提升赢利能力。流量监测识别和内容分发网络等技术是目前带宽技术研究的热点。

此外，我国宽带网络建设以企业投资为主，企业的建设资金主要投向了那些人口密集、经济发展水平高、建设成本相对较低的大城市、城镇等地区。由于政府投资的缺失，宽带建设存在市场失灵、区域和城乡分布极不均衡、西部及农村差距加大的风险。因此，中央、地方、运营企业分工统筹，共同推进国家宽带建设将是"十二五"期间的重要任务之一。

4.6 互联网交换中心

伴随着国内互联网的蓬勃发展，各互联网络单位骨干网之间的互连互通一直是国内互联网发展的重要组成部分。更好地解决各家网络互连互通问题，改善骨干网网间互连服务质量，是为广大用户提供更优质互联网服务的保证。截至 2010 年年底，四大公众互连网互连互通带宽超过 450Gbps，与骨干网带宽基本保持同步增长。

目前我国骨干互联网单位之间的互连是以网间直连为主，国家级交换中心 NAP 互连为辅的架构。我国国家级交换中心分别设在北京、上海、广州，各互连单位接入这 3 个国家级 NAP。随着本地信息化程度的提高和业务流量交互的加大，2004 年起，分别在重庆、宁波等地建立了区域性的本地互联网交换中心。目前，京、沪、穗三地的国家级 NAP 负责互联网骨干网数据交换，北京互联网交换中心负责华北、东北、西北地区；上海互联网交换中心负责华东地区；广州互联网交换中心负责华南、西南地区。重庆、宁波等地的互联网交换中心承担着各大网络在本地的高速互连的职能。同时，我国于 2003 年启动的基于 IPv6 的 CNGI 项目建设了北京和上海两个国家级交换中心，实现 5 个骨干网络的互连。

由于各经营性和非经营性互连单位逐步开通长途/本地直连电路，且不断扩容，交换中心疏导网间流量的比例越来越少，作用渐渐弱化。目前，从疏通流量角度看，我国国家级和区域互联网交换中心仅作为骨干互联网单位之间互连的辅助手段，实际流量不足互连带宽总量的 5%，基本未起到转接国际流量的作用。从发展角度看，国家级互联网交换中心倾向于不再扩容和扩点。

目前，除了作为互联网单位互联互通的辅助手段外，我国的国家和区域互联网交换中心还起到其他的关键作用，包括以下几方面。

（1）对通过交换中心的各互连网骨干网间的数据流量进行监测与统计。如上海交换中心 2010 年 12 月通过对平台数据流量监测分析发现，迅雷相关流量占交换平台流量的 41.24%，达 133.99Tbps。

（2）对各互联网骨干网网间互连的通信质量进行监督，配合电信主管部门解决各互联网间的通信质量问题。

（3）根据电信主管部门制定的标准，计算网间互连费用，作为相对独立于运营商的机构，保证互连各方合理的经济利益，促进各互联网间的有效竞争。

（4）进一步发挥对骨干和本地流量进行积极有效疏通，为运营商互连互通起到政策和策略导向等作用仍将是未来交换中心的重要任务。

（工业和信息化部电信规划研究院　李原）

第5章 2010年中国互联网设备发展情况

2010年，全球掀起了以光纤到户为焦点的通信基础设施升级热潮，LTE试点商用逐步铺开，互联网设施出现跨越式发展，为互联网设备的发展展现了更加广阔的空间。

5.1 网络设备

2009年，三大运营商分别被授予三张3G牌照，同时实力也更加均衡。在三大运营商差异化竞争态势的推动下，中国电信与中国联通纷纷加大了固网互联网的资本开支，以光纤接入（FTTx）建设强化其在固网接入方面的优势。同时，伴随3G用户增多与数据业务的使用，移动互联网的数据流量开始出现大幅度增长，未来几年将出现爆发式增长。中国移动已经确立以PTN方式为主完成移动数据的交换与路由，而电信与联通也开始此方面的测试。随着网络IP化的不断推进与运营商FMC业务的发展，未来路由器、交换机、传输将不断走向融合，移动领域与固网领域也将走向融合，并驱动整个网络设备市场的发展。

5.1.1 交换机

1. 市场概况

2010年，中国明显加快了互联网基础设施的建设，中国电信与中国联通纷纷加快了FTTx部署，带动中国交换机市场的发展。2010年中国交换机市场继续保持稳定增长态势，销售额达到112.4亿元，如图5.1所示。

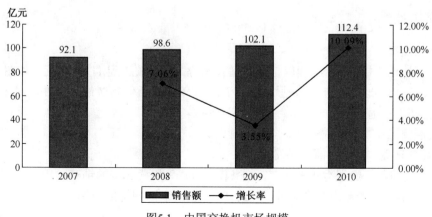

图5.1 中国交换机市场规模

2．发展特点

（1）FTTx 建设驱动交换机市场增长

FTTx 建设的提速及业务发展带来中高端以太网交换机市场的发展。从目前电信运营商的建设方式来看，FTTx 仍是目前宽带升级的主流方向，FTTH 主要应用于新建小区。小区宽带的建设方式带来了巨大的楼道交换机需求。从运营商的部署规划来看，这一市场在未来 3 年都将保持一定增长。

（2）数据流量带动城域以太网升级

运营商 2010 年开始加大宽带升级力度，积极投入数字用户线路（DSL）技术的升级和 FTTx 与 FTTH 的应用，接入瓶颈不断得到改善。随着骨干网络的升级，接入层面也得到改造。从城域以太网的发展来看，10GE 已经成为主流技术，40GE 和 100GE 也逐步开始试点商用。

（3）交换机智能化程度不断提高

交换机智能化不但体现在与三层路由功能的融合以及远程管理等方面，而且开始逐步进入业务层面。特别是交换机离用户侧越来越近，更多有智能支持的功能，如 QoS（服务质量）、单一 IP（互联网协议）地址管理、远程控制等成为交换机不可或缺的重要特性。

3．发展趋势

（1）产品融合趋势进一步彰显

随着网络 IP 化的不断推进及路由功能的不断增强，语音在未来将不再作为一种特殊业务，而将成为众多数据业务中的一种，交换与路由功能将逐步融合。以家庭接入为例，家庭网关事实上将解决固网语音、固网数据、WiFi 无线数据等众多接入问题，而局端的 OLT 设备实际上是三层交换设备。

（2）中低端产品价格不断走低

运营商、中小企业和 SOHO 用户对中低端交换机产品需求不断放大，随着技术门槛的降低，中小厂商的进入，整体交换机市场平均价格将会呈现出持续下滑趋势。与之相反，高端市场由于高技术门槛以及用户价格不敏感，价格相对稳定。

（3）产品服务成为竞争要点

伴随承载业务多样化，交换机功能逐步增加，如整网流量分析监控和网络安全等，交换机产品专业化程度不断提升，导致企业用户对产品服务需求逐步提升，而这也将成为厂商提供差异化服务，扩大市场份额，获得持续收益的重要方向。

5.1.2 路由器

1．市场概况

2010 年中国路由器市场继续保持稳定增长态势，销售额达到 118.3 亿元，如图 5.2 所示。2010 年年底，IPv4 地址宣告即将枯竭，成为 2010 年数据通信领域最大事件，对未来几年路由器市场将产生深远影响。

2．发展特点

（1）宽带升级带动运营商市场发展

2010 年电信与联通发力建设 FTTx。随着 FTTx 大规模部署的铺开，用户上网速度明显提高，对路由器产品的需求也大幅提升。2010 年运营商市场构成了路由器行业增长的最重要因素。

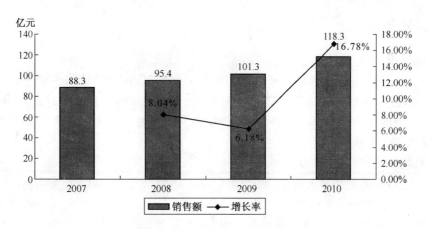

图5.2　中国路由器市场规模

（2）移动数据路由器需求开始涌现

2010 年中国 3G 用户已经突破 4000 万，2011 年有望突破爆发式增长临界点，出现雪崩式发展。运营商为应对未来的移动数据增长，开始了新一轮移动网络路由器的部署，如中国移动在 TD-SCDMA 网络建设中，为多数的基站提供了 PTN（分组传输网）的数据回传功能。

（3）中小企业市场渗透率提升

中低端路由器市场竞争日益激烈，带动产品价格持续下滑，推动中小企业市场渗透率提升。信息化手段对中小企业运行效率提升的效应日益明显，越来越多的中小企业开始着手构建或扩建自己的办公网络，基础设施开始向行业和个人普及。

3．发展趋势

（1）路由器性能提升需求强烈

伴随中国宽带升级的加速，作为数据通信网络中最为重要的一环，路由器性能提升需求强烈，主要体现在核心路由器性能提升和边缘路由器容量扩张上。特别是在面向多业务承载、高安全性需求的环境下，高速转发与多种功能协调发展将成为路由器发展的方向。以网络安全为例，防火墙与 VPN（虚拟专用网）加密技术成为路由器功能的重要模块之一，路由器实际上成为一个新的安全设备。

（2）IPv6 带来路由器行业变革

2010 年年底，IPv4 地址即将用尽，IPv6 发展真正提上日程。路由器产品已经开始普遍支持 IPv6 功能选项。然而 IPv6 更多是应用层面的变革，对设备的影响尚未完全显现，但路由器将与用户越来越近，其功能变革并无异议。

（3）集群技术逐步走向成熟

互联网流量仍保持高速增长，业务也更为多样。下一代网络在计算能力、有效性、扩展性、可靠性等方面提出了更高的需求，为应对这一需求，集群技术被引入路由器领域。核心路由器集群技术的商用能力，硬件结构的可靠性及软件体系的稳定性等方面虽然都还需要经受市场长时间的考验，但是其正逐步走向成熟。核心路由器的集群技术应用将是未来核心路由器的主要发展方向。

5.1.3　3G 设备

1．市场概况

2010 年，随着后金融危机时代通信业的复苏，我国 3G 网络建设迅速发展年，三大运营商在 3G 网络建设方面的投入巨大，3G 网络的覆盖率得到快速提升。截至 2010 年年底，中国电信市区有效面积覆盖率已达 96.5%；中国联通网络覆盖了全国 335 个大中城市；中国移动网络覆盖了 238 个城市。

2．发展特点

在运营商 3G 设备的集中采购中，华为处于市场领先地位。以 WCDMA 为例，目前全球超过半数 WCDMA/HSPA 运营商使用华为的设备。在中国市场上，中国电信 CDMA2000 EV-DO 设备和中国联通 WCDMA 设备集中采购中，华为均以超过 30% 的份额位列第一；而在中国移动 TD-SCDMA 设备的集中采购中，华为虽位居第二，但所占份额也超过了 30%。中兴、阿朗、爱立信、诺基亚、西门子等多家知名设备厂商与华为一起，共同构建了国内 3G 设备市场竞争格局。

3．发展趋势

虽然 3G 用户的不断增长将持续驱动运营商重视 3G 网络的投资，但是随着 LTE 技术的推进，3G 有可能沦为过渡技术。未来几年，运营商对 3G 网络的新增建设投入有限，国内的 3G 设备投资将以扩容为主，设备厂商的市场格局也将基本保持稳定，华为、中兴持续领跑 3G 设备市场。

5.2　网络终端设备

云计算、三网融合成为 2010 年网络终端设备领域的两大关键词。云计算在经过几年的概念普及之后，逐步有了应用。三网融合对计算机、手机、机顶盒、电视一体机及其他 3C 设备行业将有深远影响。

5.2.1　服务器

1．市场概况

2010 年中国 X86 服务器市场恢复稳健增长，销量 80.8 万台，销售额达到 149.2 亿元，分别同比增长 15% 和 14.4%。从各厂商的表现看，惠普、IBM、戴尔继续位列市场前三甲，惠普保持份额第一，戴尔增长最为迅速；中国服务器第一品牌浪潮保持销量、销售额、市场份额三项国产第一，产业地位进一步巩固。

2．发展特点

（1）政府行业引领增长

四大行业市场中，政府规模达到 12.44 万台，同比增长 18%，是整体市场的主要增长动力，其增长主要来自政府围绕和谐社会建设的民生工程，如平安城市、数字环保、医疗卫生等。浪潮以 23.5% 的份额第 8 次保持了政府行业占有率第一，业绩主要来环保、卫生和公检法等行业重点领域。

（2）产品段向高端转移速度进一步加快

单路服务器、塔式服务器等低端产品的份额加速下降，分别同比萎缩 2.6% 和 12.4%。而高端产品延续了 2009 年的迅猛增长态势，四路服务器增速 19.9%，整体份额已经达到 22%。四路以上服务器增长速度达到了惊人的 64.2%。

（3）新兴业务成为市场增长重要动力

2010 年，各大厂商云计算业务正在向行业逐步渗透，IBM 各类云计算解决方案在"智慧地球"的整合下，渗入交通、物流等多个行业。国产品牌行动更为精准和迅速，浪潮首家提出行业云发展思路，已经建成了中国第一个区域卫生云和渲染云。

3. 发展趋势

（1）新技术进一步深化应用

2010 年多核处理器会向着性能更强的方向发展，6 核处理器将成为 2010 年服务器处理器的主流，而 8 核则是 2010 年服务器处理器发展的重要支点。内存子系统也在 EcoRAM 支持下得到长足进步。随着用户计算需求的逐步提升，新技术应用将更上一层楼，集群技术也将更为成熟。

（2）虚拟化普及推动云计算发展

随着 4 核处理器、刀片服务器、存储系统等技术效能的大幅度提升，虚拟化的应用条件日臻完善，虚拟化仍是 2010 年服务器发展的主要方向。只不过对于虚拟化来说，2010 年人们谈的不再会是单纯的存储虚拟化或服务器虚拟化，而是整个数据中心和整个 IT 系统的虚拟化。上游方案商之间的竞争会日趋激烈，越来越多的企业用户将能够从虚拟化技术中受益。虚拟化将成为云计算成熟的最大助推力量，推进云计算在更多领域的应用。

（3）绿色数据中心成为主流

未来数据中心将全部采用绿色环保技术。企业用户将投资绿色硬件和服务，努力节省能源，降低综合成本。对于当前的数据中心来说，节能包括服务器和机房制冷设备两个方面，低功耗技术将成为服务器技术发展的重要方向。终端企业用户或者机构也将把关注重点从产品性能转向要求服务提供商能够帮助他们改善节能效率。

5.2.2　计算机

1. 市场概况

2010 年，教育、医疗等热点行业的 IT 投资增长、家电下乡政策等继续促进中国计算机市场稳步快速增长。2010 年全年，包括台式 PC、笔记本电脑、上网本、平板电脑和 PC 服务器在内的 PCs 市场销量达到 4840.5 万台，同比增长 24.7%，销售额为 2093.5 亿元，同比增长 15%。移动产品依然是 PCs 市场发展亮点，其中笔记本电脑市场在往年持续高速增长的基础上，发展速度进一步加快，而上网本市场发展势头急转直下，市场前景暗淡，即将进入负增长期；平板电脑给上网本带来巨大冲击，众多厂商纷纷推出自己的平板电脑产品，整体市场实现销售量达 45.4 万台，台式 PC 市场恢复正增长，一体机将成为新兴增长点。

2. 发展特点

（1）笔记本产品占据最大份额

在产品结构上，台式 PC 所占比重延续了下降势头，而笔记本电脑市场份额经过近几年的快速增长，与台式 PC 相差无几，上网本市场份额略有下滑，新上市的平板电脑份额为 0.9%。PC 服务器份额稳定，略微下调 0.9 个百分点。

（2）移动产品呈现快速增长

2009 年大放异彩的上网本产品在 2010 年并未继续放量增长，笔记本电脑价格的不断下探及平板电脑的积极入市挤压了上网本的优势空间，而运营商方面对 3G 上网本也失去信心，运作力度大打折扣，将侧重点转向智能手机和平板电脑，上网本明显"失宠"；苹果 iPad 的成功，推动众多平板电脑产品集中涌进市场，平板电脑在医疗、交通、电信等行业的应用迅速展开，传统 PC 厂商及部分手机厂商在平板电脑市场展开新一轮厮杀。

（3）农村成为台式 PC 热点市场

2010 年上半年，国内经济形势的回暖使久受抑制的台式 PC 消费需求得以释放，加以 Win7 系统及新平台的需求拉动，全年台式 PC 销量恢复正增长，而台式 PC 单机价格的整体下降使得总体销售额仍然保持小幅下降。厂商在三级以下城市的销售渠道进一步拓宽，对农村市场进行深耕；多元化模式构建的产品服务体系日趋完善，乡村台式 PC 需求被进一步扩大，农村市场成为台式 PC 热点市场。

3. 发展趋势

（1）用户需求差异化变革产品发展

过去几年笔记本电脑逐步替代了台式 PC，但 2010 年台式一体机技术日趋成熟，产品功能设计以及用户体验设计获得了很大的提升，取得了较好的增长。2009 年上网本的兴起及 2010 年平板电脑的爆发式增长，无疑进一步印证了用户需求差异化的提升。未来计算机产品在性能提升之外，更要满足用户差异化需求。

（2）3C 产品界限日益模糊

随着中国 3G 网络建设的逐步完善，4G 网络试商用的稳步推进，以及 WiFi 等 FMC（固网、移动网融合）业务的发展，3C 产品的移动性能得到了极大的提升。笔记本电脑对台式 PC 的替代表明用户移动数据需求的提升，事实上，笔记本电脑、上网本、平板电脑、智能手机之间的功能趋同，业务融合将成为后续发展重点，3C 产品界限日益模糊。

（3）渠道进一步下沉

随着中国一二线城市市场的逐步饱和，以及国产品牌的强势发展，未来几年在计算机下乡、以旧换新等政策的驱动下，各厂商的渠道将进一步下沉。乡村台式 PC 需求被进一步扩大，预计未来几年乡村市场将成为台式 PC 厂商竞争的重点区域，而山寨产品在中低端市场也将逐步普及应用。

5.2.3 手机

1. 市场概况

2010 年，中国手机市场出现恢复性增长，销量接近 1.95 亿部。2009 年作为 3G 元年，2010 年在较好的网络基础上，三大运营商，特别是中国联通与中国电信加大了 3G 市场的开拓，全年 3G 手机销量达到 3994.5 万部。智能手机出现快速增长，销量达到 3201.2 万部，占比已经接近 1/6。

2. 发展特点

（1）智能手机出现快速增长

随着中国 3G 网络的建设完善以及用户移动数据需求的增长，3G 在中国稳步发展。数据业务的发展推动了智能手机的快速发展，特别是在各大手机解决方案提供商的努力下，智能手机价格不断下降。2010 年高通等发布了 100 美元的智能手机解决方案。在运营商的大力推动下，智能手机出现超常规发展，2010 年出货量增速达到 82%。

（2）国产手机厂商异军突起

山寨机开始走上品牌道路，带动了国产手机的触底反弹。天语、酷派、步步高和金立等手机厂商各具优势。而更为重要的是，华为、中兴凭借定制终端的优势，大举进入国内市场，并迅速获得成功。以华为为例，其 C8500、U8500 两款终端凭借较好的价格定位及智能手机的功能，均在国内获得了很好的销量。

（3）操作系统变革继续

在智能手机市场，苹果凭借 iPhone 的成功占据领先位置，Google Android 操作系统凭借其开放性也取得了巨大成功，诺基亚 Symbian 系统开始下滑，但结盟 Windows Mobile 还有反击余地，智能手机操作系统竞争态势逐步明晰。国产手机在该领域仍处于落后地位，在市场竞争中处于跟随者位置。

（4）运营商加大手机补贴力度

中国电信、中国移动、中国联通的业务发展格局不同，但无一例外加大了补贴力度，并对手机渠道产生了影响。中国电信关注中低端用户，凭借低价 CDMA 手机与业务捆绑方式，手机用户数量增长迅速。中国移动加大 TD 手机集采，以自身力量培育终端产业链。而中国联通则以 iPhone 等明星手机打造高端品牌形象。这些举动在手机产品更新速度进一步加快、单款手机出货量持续下降的情况下，对整个渠道都产生重大影响。

3．发展趋势

（1）智能手机将持续超常规发展

用户移动数据需求保持了快速增长态势，以中国移动为例，目前 2G 网络保持了超过 70%的网络负荷量。随着 3G 网络的完善覆盖及运营商的大力推广，加上智能终端售价的持续下降，智能手机在所有手机中的比例将持续快速上升。与之对应的是，过去几年发展态势良好的 Feature Phone（功能手机）将较为平淡。

（2）产业链保持竞合态势

移动互联网拥有广阔市场前景，手机是其中的重要载体。运营商、终端厂商在手机环节上既竞争又合作。以中国联通为例，中国联通为了打造高端品牌形象，占据移动宽带市场，与苹果深度合作。同时，中国联通也发展了自己的 AppStore 和 Uphone 操作系统。未来一段时间内，这种既竞争又合作的态势将继续保持。产业链整合能力及对平台的掌控将成为焦点。

（3）运营商定制格局将产生变化

国际和国内手机市场存在巨大差异：国外以定制机为主，而国内则是社会渠道发挥主力作用。在手机售价相当的情况下，中国手机用户 ARPU（每用户平均收入）值要远低于欧美用户。这一局面使得中国运营商在推广定制机的过程中存在风险。目前定制低端机吸引低端用户，定制高端机挽留高端用户的方式在发展 3G 数据用户过程中还存在疑问。未来，运营商定制、社会渠道以及发展增值业务中还需要产业链协作，定制格局将产生变化。

5.2.4　机顶盒

1．市场概况

2010 年前三季度，有线机顶盒的国内总出货量达到 2143.8 万台，比 2009 年同期增加433.1 万台。预计全年机顶盒出货量将接近 3000 万台，市场保持稳步增长态势。

2. 发展特点

（1）双向机顶盒成为市场主流

随着我国加大三网融合的推进力度，双向互动业务成为今后有线运营商的发展重点。各地有线运营商都在加快有线网络双向化改造，增值互动平台的建设及互动业务的开发工作，变"单向广播"为"双向互动"。随着双向机顶盒的价格逐渐向单向机顶盒靠拢，双向机顶盒代替单向机顶盒进行有线数字化整体转换的趋势已经被绝大多数有线运营商认同，越来越多的有线运营商采用双向机顶盒进行整体转换，为今后发展双向增值业务奠定良好基础。基于双向网络及双向机顶盒终端，大部分有线运营商开始尝试开展为用户提供家庭通信、娱乐和生活应用的各项服务，为家庭用户提供更加丰富多彩的综合信息服务。

（2）高清机顶盒市场获得突破

2010 年，我国高清市场步入发展期。2010 年 9 月，广电总局发出《关于进一步促进和规范高清电视发展的通知》，提出采取有效措施，确保高清播出，切实加强高清节目制作和购买，进一步增加高清频道播出，切实加强高清频道入网传输，进一步加强高清电视的宣传推广和营销等工作要求。此次《通知》的重要意义就在于通过政府的促进和引导，可以增加高清节目源，丰富高清节目内容，从而推动高清市场的整体发展。

（3）第二端机顶盒比例逐步提高

2010 年，第二端机顶盒比例进一步攀升。原因主要有两点：其一，有线运营商加大对第二端机顶盒的推广力度，进一步放宽第二端及以上终端的收费政策，以及机顶盒价格进一步下降；其二是来自经济发达地区的拉动，调查显示，我国第二端机顶盒拥有比例较高的地方主要集中在上海（整转采用发放两台机顶盒）、江苏省（南京、苏州、无锡、常州、江阴、张家港、泰州、淮安等地区）、广东省（深圳、佛山、珠海等地区）、厦门、泉州、浙江省等。

（4）地面机顶盒市场启动

地面数字电视是我国广播电视公共服务的主要手段，为我国城乡居民收看广播电视的权益提供了有力的保障。2010 年，我国地面数字电视市场有所突破，随着总局招标的 300 台国标地面数字电视发射机的逐步到位，各地级市将陆续开通国标地面数字电视信号。这将为我国国标地面数字电视市场带来新的机遇。

3. 发展趋势

（1）行业集中度将逐步走高

我国机顶盒市场属于中（下）集中寡占型（最大的企业占有的该相关市场份额介于 35%～50%），市场竞争结构相对稳定，领导厂家的优势地位业已建立。一线品牌由于积累了丰富经验，资金实力雄厚，依然占据 70% 左右的市场份额，市场占有率前几位的厂商仍旧是创维、长虹、天柏、银河、九洲、同洲等老牌机顶盒厂商。随着广电运营商对增值业务开展的逐步重视及省一级网络的整合，品牌厂商将具备更大优势，市场集中度将走高。

（2）二次整转与一次整转成为市场焦点

目前，中国有线电视用户约计 1.9 亿户，有线机顶盒保有量在 1 亿台左右，主城区等基本完成了数字化改造，并有机顶盒入户。未来机顶盒厂商的竞争关键在于经济较发达区域的二次整转及县城一次整转的市场机会。二次整转以高清双向机顶盒为主，以便发展双向增值业务，而县城一次整转关注低成本整体解决方案。

（3）卫星机顶盒有望出现爆发式增长

我国卫星机顶盒具备广阔市场空间，目前非法接收机超过 4 千万。广电总局对发展卫星电视的重要顾虑在于卫星电视对有线电视的冲击。目前，我国直播星业务仍属公益性质，主要也是面向边远区域免费接收。但直播星一旦应用于城市区域，将对现有有线电视接入造成冲击。后续的直播星电视机顶盒的解决方案中有可能集成定位装置，并以位置作为是否收费的标准。未来几年，卫星机顶盒有望出现爆发式增长。

5.3　网络安全设备

5.3.1　市场概况

2010 年，中国网络安全设备市场总销售额达到 87.3 亿元，仍然保持稳步增长的势头。相对于 2009 年的 8.1%，市场有所回暖，整体形势稳健。

由于安全攻击种类越来越复杂，发展无缝融合技术和产品已经成为抢占中国网络安全设备市场制高点的主要手段。纵观目前市场上销售的网络安全设备，大多数设备都具有两种以上的网络安全防护功能。Cisco、Juniper、天融信、H3C 等行业带头企业，更是连续推出具有强大综合功能的安全平台产品，推动功能融合型产品成为市场新热点。设备融合是否无缝化，成为衡量网络安全设备品质性能的重要参数。

5.3.2　发展特点

（1）云计算推动主动防御产品发展

随着云计算的推进，借助云模式的平台，主动防御的理念和技术进一步深化并逐步走向市场，部分领先厂商的产品已经开始具备全局协作的主动防御特色，对企业推进网络安全建设起到了积极作用，尤其是高效准确的对病毒、蠕虫、木马等恶意攻击行为的主动防御产品将逐步发展成熟并推向市场。

（2）电子商务推进网络安全设备市场发展

2010 年，电子商务呈井喷式发展，网络购物越发盛行；网民人数继续增加，中国电子商务市场继续快速延伸，市场规模不断创新高。网络交易环境的安全性成为了决定电子商务成败的关键，电子商务企业特别是中小企业加大网络安全支出的意愿加强，成为网络安全设备市场的生力军。

（3）网络安全设备与网络设备日益融合

网络安全日益成为网络设备（路由器、交换机）中的重要功能和模块。在交换机、路由器甚至宽带接入设备中将集成防火墙、入侵检测、VPN 以及深度检测功能，而且原有的防火墙、深度检测、VPN、防病毒等功能也可以集成在一个统一的设备中。相关的网络设备或安全设备可以部署在网络边缘，从而对网络进行全方位保护。

5.3.3　发展趋势

（1）安全技术融合备受重视

随着网络技术的日新月异和网络普及率的快速提高，网络所面临的潜在威胁也越来越大，单一的防护产品早已不能满足市场的需要。发展网络安全整体解决方案已经成为必然趋势，用户对务实有效的安全整体解决方案需求越来越迫切。安全整体解决方案需要产品更加集成化、智能化，便于集中管理。未来几年开发网络安全整体解决方案将成为主要厂商差异化竞争的重要手段。

（2）管理策略走入安全整体解决方案

面对规模越来越庞大和复杂的网络，仅依靠传统的网络安全设备来保证网络层的安全和畅通已经不能满足网络的可管和可控要求，因此以终端准入解决方案为代表的网络管理软件开始融合进整体的安全解决方案。终端准入解决方案从控制用户终端安全接入网络入手，对接入用户终端强制实施用户安全策略，严格控制终端网络使用行为，为网络安全提供了有效保障，帮助用户实现更加主动的安全防护，实现高效、便捷的网络管理目标，全面推动网络整体安全体系建设的进程。

（3）终端、网络和设备逐步联动

网络安全形势日益严峻，特别是支付环节在网络中的广泛应用。未来终端、网络及网络安全设备联动日益重要。未来的要点在于首先接入控制，通过提供终端安全保护能力，在终端与安全策略设备、安全策略设备与网络设备之间建立联动协议。其次是综合安全管理，综合安全管理中心作为一个集中设备，提供对全网设备、主机及应用的安全攻击事件的管理。在中心与网络设备、安全设备之间建立联动协议，从而实现全网安全事件的精确控制。

（中国电子信息产业发展研究院 余周军、王存肃）

第6章　2010年互联网数据中心建设与服务发展情况

2010 年，中国的互联网数据中心（IDC）行业在经历了 2009 年的升级和整合之后，多元化、多角度的行业发展，使得这个行业更加成熟、健康、有序。伴随 3G、媒体和视频等多网融合应用，电子商务及企业信息应用外包的日益发展，IDC 产业的发展前景将更为广阔。

6.1　国内 IDC 发展基本情况

6.1.1　市场规模与增长

2010 年，全球 IDC 市场继续保持不均衡发展局面，从全球范围看，亚洲市场由于互联网及通信新兴业务的发展保持较快增长，从而造成全球整体市场规模下降速度减缓，维持较为平稳的增长。2010 年，全球整体市场规模达到 183.2 亿美元，增速为 23.5%，较 2009 年下降了 1.6 个百分点。

2010 年，随着我国整体经济企稳向好，IDC 产业市场回暖迅速。一方面，在 3G 大规模商用的背景下，在网游、视频、SNS 社交网站等业务的推动下，IDC 市场需求呈现继续增加的趋势；另一方面，国际经济危机对于部分小企业来说，面临着严酷的变革，随着企业两极分化加剧，IDC 行业的集中度将进一步提高。根据 CCID 预计，截至 2010 年年底，中国 IDC 市场规模达到 102.2 亿元，同比增长 40.0%，如图 6.1 所示。

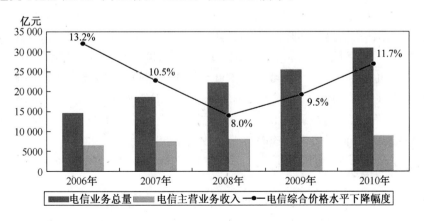

图6.1　2006—2010年中国IDC市场规模和增长率

在 IDC 市场产品结构方面，网络加速、负载均衡、网络安全方案、虚拟专用网等增值业务收入继续保持增长，从业务收入角度来看，增值业务达到 28.5% 的比重，在 2009 年的基础上继续攀升。

2010 年，国内专业 IDC 市场平均利润率为 24.8%，较 2009 年的 24.4% 略微上升。另外，2010 年中国互联网宽带接入市场的平均利润率为 22.3%，较 2009 年增长 1.3%。

6.1.2 市场基本特点

1．IDC 企业并购加速，行业集中度上升

2010 年以来，作为互联网行业的基础服务体系，IDC 行业正在进行洗牌，规模较小、服务低劣的 IDC 服务商逐步被市场淘汰，由大型服务商来整合 IDC 市场已成为未来发展趋势。单纯依靠价格的竞争模式难以形成长期的竞争优势。在经历了混乱的价格争夺战之后，整个 IDC 市场格局已发生了巨大改变。低廉的价格通常伴随的是劣质的产品，劣质产品往往会造成线路不稳定、安全性差、经常宕机等问题，给消费者造成巨大的损失。因此，目前 IDC 市场的重心已逐渐向技术力量雄厚、机房良好、服务体系上佳的大型服务商转移。

2．IDC 行业的快速增长主要由 IDC 需求所推动，尤其是互联网行业需求的增长

2010 年，在线视频、电子商务、SNS 实现了快速增长，并逐步渗透到人们日常生活中，用户数和使用率也随之不断增加。这就要求互联网企业不断提升基础平台建设和加大投入，从而推动 IDC 市场规模的快速增长；传统行业信息化建设对 IDC 行业增长的贡献也是一个重要因素。

3．网络安全日趋重要，健康绿色成为行业发展前提

随着互联网的发展及内容更加绿色健康，安全问题已成为影响互联网长期发展的重要因素。在安全方面，目前的网络威胁来源和形式越来越多样，攻击手段也越来越复杂，呈现出综合化和多样化的特征。因此网络安全产品和技术正在朝着整合的方向发展，防火墙与网关、防病毒与反垃圾邮件、入侵检测与入侵防护及集成各种网络安全防护技术和手段的产品也在不断出现。

一方面，健康绿色成为互联网企业发展的基础得到了公众的认可，不具备资质和违规经营的服务商将逐批被市场淘汰。另一方面，基于安全的内容监控和节能技术的应用也迫在眉睫。

4．IDC 服务提供商机房服务器数量普遍上升

2010 年，中国 IDC 公司机房服务器的数量相比 2009 年增长了 40.6%。一方面，由于经济形势的好转，IDC 市场提前回暖；另一方面，由于新业务的推动，IDC 公司的服务器数量有了普遍的上升。根据调研数据显示，中国 IDC 公司的机房服务器数量情况如下：50% 的被调查 IDC 服务商机房拥有的服务器数量在 500 台以下；有 11.5% 的被调查 IDC 服务商机房拥有的服务器数量为 500~1000 台；有 4.9% 的被调查 IDC 服务商机房拥有的服务器数量为 1000~2000 台；有 18.5% 的被调查 IDC 服务商机房拥有的服务器数量为 2000~5000 台；有 15% 的被调查 IDC 服务商机房拥有的服务器的数量在 5000 台以上。

6.1.3 业务结构情况

2010 年以来，IDC 基础业务和增值业务均有一定程度的回暖增长，业务种类也由当初的网站和服务器托管、应用托管等基础业务延伸到网络加速、负载均衡、网络安全方案、虚拟专用网等增值业务范畴。从业务收入角度来看，中国 IDC 市场基础业务占据 71.53% 的份额，

是我国 IDC 领域的绝对主力；增值业务增长较快，达到 28.47%的比重，如图 6.2 所示。

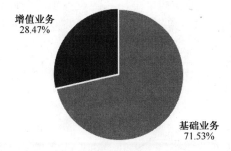

图6.2　2010年中国IDC业务市场结构

从各 IDC 运营商的业务收入构成看，综合信息网站、电子商务、网络游戏等行业客户收入贡献占据前三，分别达到 20.5%，20.5%和 18.8%。

1. 基础业务情况

2010 年，我国 IDC 市场的基础业务继续增长，总体规模达到 73.1 亿元，比 2009 年增长了 30.5%，但增长率有所减缓，如图 6.3 所示。

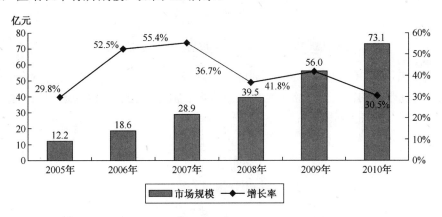

图6.3　2005—2010年中国IDC市场基础业务规模及增长

IDC 基础业务市场的业务分布较为均衡，除去主机托管和虚拟主机仍旧占据 28.8%和 21.2%的市场份额外，独立主机和 VPS 主机占据比例迅速攀升，尤其是 VPS 主机，占基础业务市场 16.7%的份额，如图 6.4 所示。

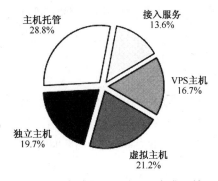

图6.4　2010年中国IDC基础服务发展情况

目前，基础运营商处于 IDC 全业务竞争状态，这导致整个 IDC 市场缺乏差异化竞争，市场竞争手段匮乏。一方面是业务结构单一，基础业务仍占据较大比重；另一方面，针对网游、视频企业，以及行业用户，IDC 厂商对于其需求开发明显不足。

2．增值业务情况

2010 年，我国 IDC 市场的增值业务增长较快，总体规模达到 29.1 亿元，比 2009 年增长了73.4%，如图 6.5 所示。

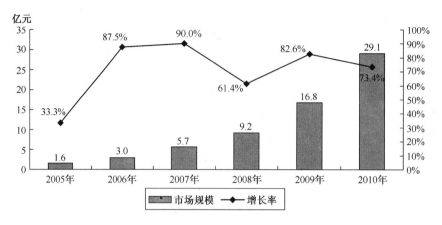

图6.5　2005—2010年中国IDC市场增值业务规模及增长

2010 年，中国 IDC 增值业务市场呈现种类繁多的态势，随着用户对网络安全的重视及视频等业务对高带宽的需求，网络安全测试及方案、流量监控、网络加速和数据存储服务占据了市场前三名，如图 6.6 所示。

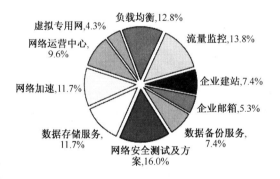

图6.6　2010年中国IDC增值服务发展情况

6.2　IDC 的发展趋势

据 ICTresearch 研究显示，我国 2008—2010 年每年新增 IDC 的面积在 800 万平方米左右，如表 6.1 所示；新增 IDC 数量在 3 万左右，如表 6.2 所示。这是一组庞大的数据，据权威人士估计，我国各种类型的 IDC 的保有量为 60～70 万。此数据有力地说明了 IDC 已经成为像交通、能源一样的经济基础设施。

表 6.1　2008—2010 年中国 IDC 新增面积及增长率

年　　份	2008 年	2009 年	2010 年
新增面积（万平方米）	726.4	722.5	833.9
增长率	14.9%	−0.5%	15.4%

表 6.2　2008—2010 年中国 IDC 新增数量分析

年　　份	2008 年	2009 年	2010 年
新增数量（万个）	2.86	2.83	3.01
增长率	6.10%	−1.05%	6.36%

IDC 市场仍将维持高速增长，随着数据中心产品的科技进步和设计理念的日益翻新，模块化、绿色化和自动化是未来的发展趋势。

据 Gartner 调查发现，IT 行业的二氧化碳排放已经占全球总排放量的 2%，其中 IDC 是能耗大户。随着能源需求及能源和冷却成本的大幅度上涨，降低能耗、削减成本变得十分迫切，在日益严峻的形势下，绿色数据中心成为未来发展的必然趋势。

6.2.1　绿色 IDC

随着数据中心建设规模的扩大，越来越多的企业和组织开始关注数据中心的绿色节能，各国政府也进一步强调了节能减排的目标和具体要求。为了控制成本和提高数据中心的运行可靠性，很多企业都在积极思考如何建设绿色数据中心，如何对现有的数据中心进行节能改造。

要建设绿色数据中心，关键在于提高能源效率。对企业而言，就是在有效处理呈几何倍数增长的业务需求下，能充分利用数据中心的风火水电气等能源来提高数据中心的生产力。自 2008 年以来，国内外很多大型企业已经关注并且积极探索研发了许多技术，找到了一些解决办法，为整个行业走向绿色做出了重要贡献。

绿色数据中心作为一种可持续的平台，是一个不断发展、不断完善的系统，要通过多种技术，对数据中心进行整合。以集中式设备管理为特征的绿色数据中心，对众多 IT 服务商存在巨大考验。2010 年，由于传统的 IT 运维并不适应其管理需求，一些厂商针对数据中心推出了相应的智能管理的产品及解决方案。2011 年，基于数据中心的 IT 运维新理念，将围绕智能化与自动化的技术特点，诸多厂商将会加入绿色数据中心阵营，针对不同的行业用户需求推出相应的产品及解决方案。此前，国内的三大运营商都加快推进其数据中心的应用，在传统 IDC 业务基础上捆绑丰富管理相关服务。如中国电信和中国联通都在基于虚拟化等技术，对数据存储和应用服务进行实验性的尝试；中国移动构建的云计算平台 BC 也聚焦于提供远程运算服务，主要包括提供新型数据中心服务器管理能力和 IaaS 服务的弹性计算系统（BC-EC），可扩展分布式海量数据仓库（HugeTable），以及 MapReduce 并行计算执行环境等。这些已经具备了商用能力的云产品目前正在中国移动内部测试使用，2011 年或将有望正式投入商用。实际上，绿色数据中心作为未来 IT 设施与用户业务相结合的系统平台，其代表的是一种新型的运营模式。围绕着它，具有虚拟化及基础设施优化等特点的技术产品及解决方案将不断出现在市场，并成为用户关注的焦点。

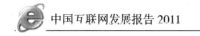

1．绿色数据中心技术

绿色数据中心在 IT 方面有六大关键技术，这六大关键技术主要集中在 IT 系统和服务的绿色、电源和散热的控制、基础设施的管理、安全的保护、虚拟化的应用和整个动态的自动化管理。数据中心的 5 个节能的主要技术途径是：IT 设备的整合和虚拟化；避免局部过冷，要有效地调节制冷量；控制好湿度；实现定向送风；持续地对设计进行改进。利用这 5 个途径可以降低 35% 的能耗或更多的能耗。

数据中心的节能措施主要涉及 4 个方面，即设计理念、使用节能设备、采用新能源和制冷技术。在选择节能措施的时候需要根据数据中心所在地区的气候条件和运行要求等综合考虑。

设计理念：冷热通道布置、冷热通道封闭、提高空调送风温度、集装箱式数据中心。

使用节能设备：IT 设备、电气设备、空调设备。

采用新能源：太阳能、风能、发电厂余热制冷。

制冷技术：水冷空调系统、自然冷却、三联供技术、余热制冷。

电气系统新设备或技术：高压直流供电、IGBT 整流 UPS、飞轮 UPS。

以下介绍几种常用的数据中心节能措施。

（1）冷热通道封闭

只是简单地通过机柜布置形成的冷热通道，其实并不能严格分离冷热空气，大量热空气聚集在机柜顶部，约 40% 的冷空气并没有被利用。通过物理屏障将冷空气流和热空气流完全隔绝开来，形成密闭的冷通道和热通道，将显著地提高数据中心的冷却效率。

（2）水冷空调系统

因为建筑围护结构得热在数据中心的总冷负荷中所占的份额不到 2%，所以可以认为数据中心的冷负荷在一年四季中是基本稳定不变的。

随着数据中心的发展，数据中心的功率密度越来越高。现在新建数据中心的机柜功率一般可达到 4kVA 甚至更高。数据中心单位面积的冷负荷是一般商用建筑的 15 倍以上，因此为数据中心选择一个可靠、节能的制冷方式显得尤为重要。

国内数据中心以前比较常见的空调方式主要为风冷精密空调系统。由于建筑空间的限制，常常没有足够的空间放置室外冷凝器，冷凝器排列过于紧密，造成散热效果差，空调系统效率较低。如果采用冷水机组与冷却塔、水泵等组成的水冷空调系统为室内精密空调提供冷源，其效率远远高于风冷空调。

（3）利用冬季室外冷源

冬季大部分时间室外的环境温度都比数据中心要求的 24℃ 要低，如果能够通过合理的方式把室外的冷源利用起来制冷，而关闭常规的制冷机或精密空调系统，将会取得可观的能耗和运行效率。

（4）集装箱式数据中心

集装箱式数据中心将服务器、存储以及配套的制冷设备等产品规划进一个集装箱当中，可以达到传统数据中心很难达到的高密度。目前，集装箱式数据中心主要用于可移动、高密度数据中心和快速分布式部署。集装箱式数据中心不仅安装方便，单位面积的计算能力更是惊人，数据中心空间得到了更高效的利用，受到各种用户的热捧。

（5）高压直流供电

为了与电信原来使用的–48V 直流供电系统相区别，将电压等级高于–48V 的直流供电系统称为高压直流系统。

国外从 20 世纪 90 年代开始了对于高压直流系统的研究。2007 年，国内由中国电信盐城公司率先尝试在数据中心中采用 240V 高压直流系统，之后逐步在电信全国各分公司进行推广。2010 年，广东移动也引入了 336V 直流供电系统。相对于 UPS 供电系统，直流供电系统转换效率高，减少了谐波治理环节，降低了空调系统能耗。

（6）飞轮 UPS

飞轮 UPS 利用机械飞轮储能代替化学电池储能，消除化学电池故障隐患，减少系统性能随时间下降问题，增加安全运行时间，降低系统事故率。环境适应能力强，可在无空调环境中正常使用。

2．绿色数据中心评价标准

各国都在研究数据中心的节能技术，国际上比较通行的评估数据中心的标准是电源使用效率（Power Usage Effectiveness，PUE）。PUE 的计算公式很简单，PUE=数据中心总负载/IT 设备负载。PUE 表示数据中心机房内所有设备的总负载与数据中心中 IT 设备负载之比。PUE 接近 1 说明输入到数据中心的电能几乎全部用于 IT 设备本身。PUE 越大说明越多的电能被电源、PDU 配电设备、服务器风扇、UPS、空调等供电散热设备给消耗了。

PUE 单纯是为了测量数据中心的能源应用效率，并未考虑 IT 设备应用效率的问题。PUE 能够判断所供给的电源是否被 IT 设备有效利用，IT 设备应用电力资源后是否有效进行计算处理却无法被识别出来。因此，PUE 标准的首创者 Uptime Institute 可用性研究协会也提出了另一个评测指标——数据中心平均效率指数（cade）。该指数涉及能源利用率、数据中心 PUE 利用率以及 IT 设备耗电量转化为有效工作电量的比例。

建设绿色数据中心需要从整体上把握，考虑位置、环境、物理建筑、基础设施、员工、系统建设和维护等众多因素，并不是单纯地依靠某个指标就能评估的。

6.2.2　云计算

IDC 行业中的云计算服务在整体云计算产业链中被称为基础设施即服务（Infrastructure As A Service，IaaS）。基础设施即服务，是以按需使用、按需付费的模式向客户出售服务器、存储、网络设备、带宽等基础设施资源，国际上该市场的主要参与者目前有 Amazon AWS，RackspaceCloud，Gogrid，Gridlayer，flexiscale，elastichosts，Terremark 和 Newservers 等。据预测，2010 年全球 IaaS 市场规模为 10 亿美元，2011 年为 15.9 亿美元，2012 年为 25.5 亿美元。

IaaS 的主要特征包括自动化处理、多用户使用、快速获得服务、线性扩展、资源可监控和测量等。云计算和 IaaS 对 IDC 服务商提出了快速部署、缩小主机规模、提高资源利用率、提高管理效率、降低运维成本、基础设施可以放置在土地和能源成本低的地区、提供商业连续性服务、提高服务水平、复杂的体系结构、商业模式和理念的转变等要求。

目前，国内涉足 IaaS 市场的厂家主要有世纪互联云快线、蓝汛、太平洋电信、万网。据预测，中国 IaaS 市场规模将在 2011 年达 0.84 亿元，2012 年为 2.77 亿元，2013 年为 6.33 亿元。云快线的产品和技术相对比较成熟，目前已成为 IDC 云计算中的领军企业。

1．云快线

云快线公司依托世纪互联的传统 IDC 业务经验，根据技术趋势、商业模式、客户需求的变化，确定基础设施云计算产品（IaaS）作为公司的核心业务。

云快线公司（CloudEx Inc.）成立于 2009 年，前身是世纪互联集团云计算事业部，是国内最早专业从事云计算技术研发与商业应用的公司之一。2009 年 1 月，云快线公司率先推出国内首家商用的云计算服务——CloudEx 云主机，致力于提供易用、节能、弹性、高效的在线云计算基础设施服务。

云快线依托世纪互联集团覆盖全国的绿色数据中心资源，凭借深厚的技术研发能力和高品质的服务保障体系，推出了涵盖 CDN 加速、弹性计算云、云托管、云备份、云存储等商业应用服务，并已成功地为包括网络游戏、应用软件开发、物流平台应用、行业网站应用在内的各类客户提供了云计算基础设施服务。

云快线弹性计算云有几大核心优势为其他服务商所不具备：快速扩展和收缩基础设施资源，支持 Web Service API 购买和管理，按需付费和数分钟内部署服务器。

2．蓝汛

蓝汛成立于 1998 年，是专注于提供 CDN 和云计算服务的供应商，向客户提供全方位网络内容快速分布解决方案。2010 年，蓝汛吸收国外的先进云计算技术，利用国内已有的强大网络基础和相关的运营经验，提供公用服务 ChinaCache Cloud（C3）云服务，最大程度地降低设备购置成本、后续设备维护运营成本，将部署设备的时间从 1 个月缩短到 1 天。

C3 主要有以下几个特点。

① 支持内存动态扩展，在不影响服务的同时迅速扩充服务器配置。

② 支持 CPU bursting 技术，虚拟机可以使用物理机的空闲资源。

③ 用户独享云主机权限。

④ 采用 Joyent 的云服务平台。

3．太平洋电信

太平洋电信（深圳）有限公司于 2008 年由亚太环通和中人新电信共同组建。作为亚太环通在中国的合资公司，太平洋电信提供专网互连、互联网接入和数据中心等综合通信服务，满足中国大型、中型、小型企业 B2B 和 B2C 的通信应用解决方案的需求，助力企业业务发展。

太平洋电信提出了下列概念。

① 云平台：能支持各种开发环境，灵活添加系统资源，随时满足不同商业需求。

② 云主机：提供资源统一的开发平台，减少客户在平台维护上的时间浪费。

③ 云中心：把多个云平台集合成为一个虚拟数据中心，让客户利用云平台的灵活性去补足传统数据中心的不足。

④ 云集群：让数据在不同云中心自由迁移，实现服务无中断。

4．万网

中国万网目前在国内提供域名注册服务、虚拟主机服务、企业邮箱服务和网站建设服务。万网云计算计划将多个网络、多台服务器、多级存储设备连接在一起，合并共享网络资源，共同对外服务，给客户带来永不宕机、百毒不侵、瞬间升级、高性价比四大核心价值。同时，在万网云计算中提供云主机和云存储的 IaaS（基础设施即服务）、域名云解析和云邮箱的 PaaS

（平台即服务）、云网站的 SaaS（软件即服务）。

万网的 IaaS 目前还没有正式推出，其目前推出的风云主机尚属于 VPS 产品类型，其 IaaS 产品预计年内推出。

（北京世纪互联宽带数据中心有限公司　任振铎）

第7章　2010年三网融合发展情况

7.1　三网融合的概念和特点

通俗地说，三网融合是指传统电信网络、计算机网络、有线电视网三种不同网络通过一定方式的技术改造，能够提供包括语音、数据、图像等综合多媒体业务，强调三大网络技术与业务应用的融合。由于现在互联网络也经常被称为新型电信网络，因此传统电信网络是指现有的公共交换电话网络（Public Switched Telephone Network，PSTN），公共陆地移动网络（Public Land Mobile Network，PLMN）等网络，其特点是主要采用点对点的个人通信技术方式。

现阶段提起三网融合，一般包含两方面的含义：一是指传统电信网络、计算机网络、有线电视网在技术上趋向使用统一的 IP，网络层上实现互连互通和形成无缝覆盖；二是指传统电信网络、计算机网络、有线电视网在业务层面上互相渗透和交叉，经营上互相竞争、互相合作，提供多样化、多媒体化和个性化服务。现阶段的三网融合主要有以下特点。

（1）互联网成为三网融合的核心。

传统电信网络和有线电视网的智能化程度较低，没有网络交换路由能力或网络承载的内容比较简单，而计算机网络智能化程度最高，网络承载的内容较前两者丰富得多，这使得以国际互联网为代表的计算机网络已经成为三网融合的核心。很多人也将三网融合理解为传统电信网络、有线电视网进一步向以计算机互联网为核心的技术框架和承载方式演进。

（2）无线技术快速发展进一步丰富了三网融合的含义。

近年来，电信市场无线通信技术快速发展，并已经拥有电信市场最大的用户群，尤其是在 3G 技术兴起后，手机电视等新型融合业务的发展也受到更多人关注。随着 WiMAX、LTE 等高速无线宽带技术的发展，移动互联网逐渐成为新的融合焦点。原有的三网融合主要是指有线网络的融合，随着移动互联网可能对未来的有线互联网产生显著的竞争和替代作用，未来移动互联网在三网融合中所占的分量也会越来越重。

（3）监管融合成为三网融合的客观要求。

随着全球范围内的三网融合推进，很多国家和地区将原有的广播电视管理机构、电信监管机构及相关频谱管理权限等统一起来，组成融合的监管机构。无论是网络技术还是业务应用的融合，都对监管体制的融合提出了必然的要求。监管体制的融合，有利于推动三网融合涉及的网络技术标准化，减少网络互连互通障碍，提高网络规模经济性，同时有利于打造一体化的市场竞争，使得原先限制在不同业务范围内的市场主体进行一体化竞争，打破原有的分业监管方式，并按照统一的市场管理规则相互竞争。

7.2　三网融合的发展环境

三网融合的进程直接关系到国家社会信息化的发展进程与效果，对我国信息产业乃至整个经济影响巨大，其涉及的技术开发、网络建设改造、设备销售、内容服务等产业链可达数万亿规模，可带动通信设备制造业、芯片设计制造业、终端设备制造业、软件服务业、互联网增值应用产业、电子出版文化等一系列产业发展，因此受到国家的高度重视。

7.2.1　国家政策

从国家政策层面看，回顾十多年来我国推进三网融合的进程，主要有以下重大政策动态：

（1）1997 年 4 月，国务院在深圳召开全国信息化工作会议，首次提出三网合一的概念，即广电网、电信网和计算机网的合一。

（2）1999 年国务院办公厅以国办发[1999]82 号文转发了信息产业部和国家广播电影电视总局联合制定的《关于加强广播电视有线网络建设管理的意见》，其中第五条规定：电信部门不得从事广播电视业务，广播电视部门不得从事通信业务，对此必须坚决贯彻执行。

（3）2000 年 10 月，中央发布《中共中央关于制定国民经济和社会发展第十个五年计划的建议》，提出促进电信、电视、计算机三网融合，将三网融合首次写入中共中央的文件。

（4）2005 年 10 月，中央发布《中共中央关于制定国民经济和社会发展第十一个五年规划的建议》，提出加强宽带通信网、数字电视网和下一代互联网等信息基础设施建设，推进三网融合，健全信息安全保障体系。

（5）2008 年，国务院发布《关于鼓励数字电视产业发展若干政策的通知》（国办发[2008]1 号），再次提出加强宽带通信网、数字电视网和下一代互联网等信息基础设施建设，推进三网融合。

（6）2009 年，国务院批转发展改革委《关于 2009 年深化经济体制改革工作意见的通知》（国发[2009]26 号），提出要落实国家相关规定，实现广电和电信企业的双向进入，推动三网融合取得实质性进展。

（7）2010 年 1 月，国务院发布《关于印发推进三网融合总体方案的通知》（国发[2010]5 号），明确三网融合的指导原则、工作目标以及政策措施。按照国务院的要求，三网融合试点阶段为 2010—2012 年，推广阶段为 2013—2015 年。

（8）2010 年 6 月，国务院发布《关于印发三网融合试点方案的通知》（国办发[2010]35 号），提出在符合条件的试点地区（城市）推进广电、电信业务双向阶段性进入。随后选择在北京、上海、大连、哈尔滨、南京、杭州、厦门、青岛、武汉、深圳、绵阳和长株潭 12 个地区（14 个城市）开展三网融合试点。

（9）2010 年 12 月，中央发布《中共中央关于制定国民经济和社会发展第十二个五年规划的建议》，明确提出实现电信网、广播电视网、互联网三网融合，构建宽带、融合、安全的下一代国家信息基础设施。

可以看到，中央在 2000 年国民经济与社会发展的"十五"规划中开始提出推动三网融合，现在对于三网融合的态度已经从"十五"、"十一五"期间的要求"促进"、"推进"到"十二五"规划中要求"实现"，实际上明确发出了政策信号，即计划在"十二五"期间完成全面实现三网融合的国家战略目标。

2010 年是国家推进"三网融合"取得实质突破的一年，也被媒体称为"三网融合元年"。2010 年初国务院出台关于加快推进电信网、广播电视网和互联网三网融合的文件后，6 月份确定第一阶段 12 个试点地区（14 个城市）标志着我国三网融合战略已经正式进入实施和落实阶段，同时国家明确要求各市场主体加快电信网、广播电视网、互联网升级改造，加强网络互连互通和资源共享，加快培育市场主体，并提出要通过组建国家级有线电视网络公司，初步形成适度竞争的产业格局。

7.2.2　行业法规

国务院办公厅曾发布《关于加强广播电视有线网络建设管理的意见》（国办发[1999]82 号），规定"电信部门不得从事广播电视业务，广播电视部门不得从事通信业务"，我国电信业和广播电视业实行分业管理，电信企业和广电机构在相当长一段时期内并未直接相互竞争。但随着技术的发展，一些新型交叉业务开始出现，如 VOD 点播业务，双方对这类业务存在交叉管理。随着互联网业务蓬勃发展，双方在互联网业务管理上出现更多交叉，尤其是在一些基于互联网和 IP 网络的视频政策管理上，电信和广电监管机构都分别出台了一些有针对性的政策。

（1）广电管理部门制定的规范

1999—2010 年，国家广电管理机构一方面加大政策力度支持数字电视发展，如 2006 年国家广电总局发布《"十一五"时期广播影视科技发展规划》的通知（广发[2006]55 号），提出全面推进广播电视数字化，推进广播电视升级换代；2010 年 7 月广电总局科技司下发《关于转发中国下一代广播电视网（NGB）自主创新战略研究报告的通知》，提出要以有线电视网数字化整体转换和移动多媒体广播电视（CMMB）的成果为基础，以自主创新的"高性能宽带信息网"核心技术为支撑，构建适合我国国情的、三网融合的、有线无线相结合的、全程全网的下一代广播电视网络。

另一方面，近些年电信运营企业经营发展 IPTV 业务也逐渐引起广电管理机构的关注，并为此出台了一系列政策，重点是设立 IPTV 集成播控许可，推行 IPTV 集成播控主导模式。例如，2004 年 6 月国家广电总局发布《互联网等信息网络传播视听节目管理办法》（国家广播电影电视总局令第 39 号），要求从事信息网络传播视听节目业务的经营者应当取得国家广电总局的信息网络传播视听节目许可证。其中明确规定：从事以电视机作为接收终端的信息网络传播视听节目集成运营服务只能由广电所属的市级以上广播电台、电视台、广播影视集团（总台）申请经营，其他机构和个人不得开办此类业务。根据国家广电总局 39 号令，2005 年 5 月上海文广（SMG）获得了第一张 IPTV 节目集成牌照，即基于电视终端的信息网络传播视听许可证。随后央视国际、南方传媒、中国国际广播电台、杭州华数等先后获得在全国或一定地域范围内的 IPTV 节目集成许可。

2010 年国家广电总局先后下发《关于三网融合试点地区 IPTV 集成播控平台建设有关问题的通知》（广局[2010]344 号）、《关于三网融合试点地区 IPTV 监管平台建设要求的通知》（广局[2010]357 号），提出 IPTV 集成播控平台和监管平台的建设要求。344 号文件确立了央视国际在全国 IPTV 节目集成上的主导地位,使上海文广在许多地方主导的 IPTV 节目集成业务面临被迫调整退出的尴尬处境,同时南方传媒、中国国际广播电台、杭州华数等原来已经获得的基于电视终端的 IPTV 节目集成牌照也几乎等于被新的政策所废止。

2010 年 8 月国家广电总局针对手机电视发布《广电总局关于手机电视集成播控平台建设和运营管理有关问题的通知》(广发[2010]74 号文件),要求现阶段一个移动通信网络中的手机电视集成播控平台不超过 3 个,并逐步过渡到一个移动通信网络中只有一个手机电视节目集成播控平台。获得手机电视节目集成许可的机构包括央视国际、上海文广、北京电视台、山东电视台、重庆电视台、辽宁电视台、杭州电视台、中央人民广播电台、中国国际广播电台等。

2010 年国家广电总局还针对电信运营企业开展 IPTV 业务,先后发布了《关于责成上海电视台立即停止向广西、新疆电信公司提供 IPTV 节目信号源的通知》(广办发网字[2010]31 号)、《对电信企业擅自开展 IP 电视业务进行查处的通知》(网发字[2010]41 号)等文件。

(2)电信机构制定的规范

1999—2010 年,电信监管机构针对广电机构和电信企业开展三网融合业务也制定了一些政策,一方面执行国办发[1999]82 号文件精神,并不直接放开广电机构进入电信领域,另一方面也有意支持电信企业发展 VOD 等业务,主要如下:

2000 年,信产部组织制定、国务院发布的《中华人民共和国电信条例》第 45 条中规定:公用电信网、专用电信网、广播电视传输网的建设应当接受国务院信息产业主管部门的统筹规划和行业管理。属于全国性信息网络工程或国家规定限额以上建设项目的公用电信网、专用电信网、广播电视传输网建设,在按照国家基本建设项目审批程序报批前,应当征得国务院信息产业主管部门同意。

2002 年,信息产业部在批复宁夏通信管理局有关广电申请宽带驻地网运营业务问题时,出台了《关于广电部门所属企业能否经营宽带驻地网运营业务的批复》(信电函[2002]12 号),明确继续执行国办发[1999]82 号文件精神,宽带用户驻地网属于电信业务,广电所属企业申请经营宽带用户驻地网业务不符合国家有关规定。

2003 年,信息产业部发布《关于重新调整电信业务分类目录的通告》(信部电[2003]73 号),在新版《电信业务分类目录》第一类增值电信业务中,明确 VOD 点播业务属于“国内多方通信服务业务”分类下“国内因特网会议电视及图像服务业务”,规定“国内因特网会议电视及图像服务业务”是为国内用户在因特网上两点或多点之间提供的双向对称、交互式的多媒体应用或双向不对称、点播式图像的各种应用,如远程诊断、远程教学、协同工作、视频点播(VOD)和游戏等应用。

总体上看,相比政企、政事合一的广电部门近些年频频出台多项有关三网融合的行业规定,实行政企分开的电信监管机构近些年在三网融合方面主要着眼于产业政策,如组织制定数字电视、手机电视技术标准等,而基本没有再出台专门针对三网融合的行业监管政策。

7.3　三网融合发展现状

7.3.1　行业竞合情况

近些年电信企业和广电机构在有线宽带业务方面形成直接竞争,同时电信企业开展的

IPTV 业务与广电发展的数字电视业务也形成竞争关系，各自在对方领域发展了一定规模的用户群。根据调查，2010 年 6 月前广电机构发展的宽带用户和电信企业发展的 IPTV 用户都分别达到 400 万的用户规模，到 2010 年底分别达到 600 万用户规模，从而在市场和政策上都形成相互牵制的状态。目前国家选择的 12 个三网融合试点地区也大多是电信和广电业双方相互渗透对方领域力度比较大的地区，试点地区所占的三网融合用户规模占据全国三网融合用户规模的比例约为 70%。

不过相比而言，2010 年底我国广电机构的数字电视的总体用户规模达到 9000 万户，电信企业的有线宽带总体用户规模达到 1.1 亿，即广电机构和电信企业涉足对方领域分别发展宽带和 IPTV 业务仅占同一类型业务的用户市场份额的 5%左右。这一比例远远低于国外已经充分实现三网融合的国家的比例。

在相互开展竞争中，电信企业和广电机构又开展各种错综复杂的合作。如在 IPTV 业务上，电信企业普遍与上海文广、央视国际等广电播出机构合作，合作一般采取业务分成方式，其中广电播出机构所占分成比例大多在 40%～60%成。在 IPTV 发展上，所谓"上海模式"是电信企业和广电播出机构进行合作的典型模式，在这一模式中，负责 IPTV 传输承载的中国电信和负责 IPTV 节目集成的上海文广形成互惠互利的合作关系，同时得到电信企业和广电播出机构的相同程度的认可，如图 7.1 所示。

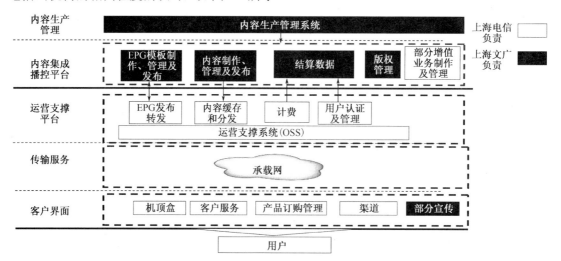

图7.1　上海电信与上海文广IPTV合作经营模式

在宽带业务上，广电机构也经常与电信企业进行资源和业务合作，如广电网络机构与中国移动在贵州、江苏等省开展宽带业务合作，同时与中国联通在南方 21 省、与中国电信在北方 10 省开展业务合作。这种合作一般包括广电网络机构与合作电信企业共同享有网络资源或相互租用网络资源，合作电信企业向广电网络机构提供互联网带宽，双方制定业务联合资费套餐和联合营销，以及双方渠道体系和售后服务体系等。

在手机电视业务上，电信企业和广电机构也形成一种既竞争又合作的复杂关系。电信企业开展的基于蜂窝移动通信网络的手机流媒体业务（也称为手机电视业务）与广电开展的基于 CMMB 技术专有承载网络的手机电视业务形成一定竞争关系，同时广电与中国移动进行独家合作，推广内置 CMMB 功能的 TD-SCDMA 融合终端。

然而，从市场发展实际情况看，无论是电信企业的手机流媒体还是广电机构的 CMMB 手机电视业务，市场推广情况都不理想。2010 年 3 月中国移动和广电宣布 CMMB 正式商用并向手机用户收费后，CMMB 用户发展规模远未达到预期，到 2010 年底只有广州一个城市号称发展了超过 10 万的 CMMB 用户，付费用户比例也仅有 2%～5%。三家电信企业基于蜂窝移动通信网络开展的手机流媒体业务虽然也号称用户规模达到上千万甚至上亿，但由于现有移动通信网络承载视频业务的能力仍然受到很大限制，服务感知水平并不理想，用户使用业务的频次比较低，手机流媒体消费所带来的业务收入对电信企业而言也几乎微不足道。

7.3.2　行业发展展望

2010 年 10 月，国务院发布《国务院关于加快培育和发展战略性新兴产业的决定》（国发[2010]32 号），提出要发展新一代信息技术产业，重点是加快建设宽带、泛在、融合、安全的信息网络基础设施，推动新一代移动通信、下一代互联网核心设备和智能终端的研发及产业化，加快推进三网融合，促进物联网、云计算的研发和示范应用。这进一步显示出国家对于推进三网融合的重视，将其作为新一代信息技术产业和战略性新兴产业发展的重点工作之一。

2010 年 6 月，国务院三网融合领导小组专家组组长、中国工程院前副院长邬贺铨发布报告，测算在未来三年可带动投资和消费 6880 亿元。根据邬贺铨的估算，在这 6880 亿元中，电信宽带升级、广电双向网络改造、机顶盒产业发展及基于音视频内容的信息服务系统建设的有效投资，估算达 2490 亿元；可激发和释放社会的信息服务与终端消费近 4390 亿元；数字内容开发制作、机顶盒生产与安装等将新增就业岗位达 20 万；由此推动的固网宽带业务将拉动 GDP 增长 0.8 个百分点。

进一步结合当前国家推进三网融合的进展步伐具体分析，未来一段时期内三网融合将推动的相关产业发展主要包括以下方面。

1. 广电网络的改造升级

国家广电总局提出建设 NGB 下一代广播电视网络规划，明确 NGB 发展分"三步走"，到 2015 年建设规模化的，具备 NGB 主要功能和技术特征的，覆盖全国的运营网络和监管网络，从功能和性能上达到与电信网络平等竞争与合作的水平，并计划在 2019 年达到覆盖 2 亿家庭用户的目标。广电总局提出 NGB 网络 5 年达到电信网络水平，10 年发展 2 亿家庭用户的目标，为广电网络投资带来巨大需求。

2. 广电网络支撑服务体系的建设投资

与电信企业相比，广电网络经营缺少足够的服务支撑体系，如一体化的 IT 支撑系统、客户服务体系、数据中心 IDC 系统等。要达到与电信网络平等的竞争水平，广电网络仍有很长的路要走。目前广电对这些系统的建设仍然缺少统一筹划，处于分散建设状态，这意味着未来建立统一体系的成本会比较高。广电对这些网络附属系统的投资需求，将会远高于电信企业，可能达到网络直接投资的 40%～70%。

3. 电信企业的网络改造升级

2010 年 3 月，工信部、发改委、科技部等八部委联合发布《关于推进光纤宽带网络建设的意见》（工信部联通[2010]105 号），部署加快光纤入户方式的宽带网络发展，我国电信企业也随之大规模开始发展 FTTH 业务，并将 2010 年称为光纤入户业务大规模发展的元年。但从电信企业大规模发展光纤入户宽带业务的背景看，虽然考虑了三网融合的挑战因素，但更多是基于电信行业内部竞争的驱动，主要是三家电信企业相互激烈竞争的因素，同时随着 LTE、WiMAX 等新型高速无线宽带技术的发展，通过大力发展光纤入户宽带业务应对无线宽带技术发展带来的挑战也是中国电信、中国联通等运营商考虑的重要因素。

2010 年三大电信企业的宽带网络相关的直接投资实际约 1000 亿元。随着光纤入户宽带业务的大规模推进，未来几年内电信企业的宽带网络相关的直接投资将在 1000～1500 亿元。不过电信企业已经建立了相对成熟的服务体系、支撑系统、IDC 系统等，并能够统一筹划，因此可以有效降低相关网络附属系统投资，相关附属网络投资可以控制在网络直接投资的 15%～30%。

4．IPTV 业务相关投资

三网融合中最为瞩目的 IPTV 业务所需的直接投资并不大，主要是播控平台建设，按照目前的模式也主要是由广电播出机构承担。对于电信企业来说，开展 IPTV 业务付出的成本除了支付给节目集成方的业务分成外，主要是用户终端和网络扩容的投资。目前 IPTV 终端销售成本大约在 500～700 元。如果以每年发展 400 万的 IPTV 用户计算，运营商在 IPTV 终端上的花费每年将达到 20～30 亿元。运营商开展的 IPTV 业务一般针对 4Mbps 以上的宽带用户，因而也往往需要对宽带网络进行一定的增量投资。

5．带动相关产业运营与投资

三网融合将会直接带动相关的宽带、数字电视、IPTV 等网络设备、终端设备和芯片设计、制造等发展，同时还可推动相关软件服务业、内容增值服务等发展。预计带动的间接投资将不低于电信企业、广电机构的网络建设投资。

7.3.3 行业发展困境

尽管 2010 年已经启动三网融合试点，但三网融合的进程并不理想，当前正面临如下困境：

1．政策体制困境

在三网融合政策博弈的背后，实际上是广电机构的政企、政事合一的行政性经营体系与电信业政企分开的市场化体系产生的激烈碰撞，这种体制碰撞在短期内难以消除，双方希望推进的竞争方式和三网融合途径也各不相同。

电信企业具有资本、资源和市场机制的优势，希望广电机构能够同样按照政企分开的市场规则竞争。广电方面，企业市场收入少，网络分散，缺少全国骨干网体系，广电机构并不希望按照政企分开的市场规则与电信企业竞争，而希望借助政事、政企合一的机制和利用意识形态管理的优势，来提升自身在三网融合中的地位。在竞争方式上，电信企业希望双向开放，认同双方可以相互经营对方领域的业务。而广电希望先实行单向开放，即广电在保持有线电视和数字电视的行政性专营权的基础上，可以充分进入电信宽带市场拓展。

由于各方利益博弈激烈，在关键问题上分歧严重，双向进入的门槛并未真正打破，截至 2010 年底，12 个地区上报的试点方案未能获得国务院三网融合协调小组的批准。

2．业务发展困境

从电信企业和广电机构相互进入对方领域渗透的态势看，虽然各自获得了一定规模的用户群，但双方进入对方领域都存在明显瓶颈。

虽然目前电信企业在市场竞争上有许多广电机构不可比拟的优势，但在进入对方领域时却面临很多政策障碍。广电通过运用自己具有制定政策和管理意识形态的行政优势，有效地改变了市场游戏规则。在 IPTV 业务上,对比原有的有线电视运作模式,电信企业传输 IPTV 和手机电视节目应该能同时向用户收费和向电视台(内容运营商)收取落地费,但广电部门出台互联网视听管理办法设立集成播控环节后,原来产业链上的两个运营环节变成了三个,使得我国的 IPTV、手机电视等信息媒体运营形成独特产业运作模式,形成播控运营环节向两头即电视台和电信网络运营商同时收费的局面。而 IPTV 和手机电视业务对于网络运营商是成本型业务,视频业务承载所需网络资源消耗很大,电信企业经营此类业务很难获利,对三网融合的积极性也自然受到影响。在广电进入电信领域方面,虽然发展了一定规模的宽带用户群,但电信网络的运营复杂度远高于有线电视网络,双向传输的电信网络具有较高的互连互通和服务保障门槛,对服务的全网全程要求很高,用户维系成本也远高于有线电视业。因此虽然一些地方的广电网络运营机构快速发展了一定规模的宽带用户,但达到一定规模后便往往遇到瓶颈,难以扩大。

3. 资本投资困境

我国现有国有电信网络资产规模已经超过 2 万亿,网络利用率仍然偏低,有的地方某些网络资源利用率只有不到 30%。从目前看,皆属国资性质的广电运营机构和电信企业都具有很强的投资冲动。三大电信企业每年总的固定资产投资超过 3000 亿元,而仍是企事合一机制的广电运营机构下一步可能在三网融合中花费数千亿元,大规模着手新建网络,同时各运营商花费的营销服务成本几乎不低于固定资产投资。在三网融合推广中,这种巨大的投资能否获得足够的收益补偿,仍然是个巨大的疑问,届时可能带来比较激烈的竞争,甚至是恶性竞争。一旦出现巨额亏损现象,国资企业是否会将巨量投资成本转嫁给国家和消费者承担,将是三网融合面临的新问题,这也是围绕三网融合推动整并重组可能面临的一个课题。

(中国电信集团公司　罗明伟)

第8章　2010年中国网络资本发展情况

8.1　中国互联网创业投资及私募股权投资市场概况

8.1.1　中国创业投资及私募股权投资市场概况

2010 年中国创业投资及私募股权投资市场共披露基金 359 支，其中募资完成（含首轮募资完成）及开始募资基金数量分别为 235 支和 124 支；募资规模方面，募资完成（含首轮募资完成）及开始募资基金规模分别为 304.18 亿美元及 407.56 亿美元。2010 年新成立基金数量及目标规模相比 2009 年基本持平；而募资完成情况相比 2009 年则明显好转，并超过 2008 年 182 支基金募资 267.78 亿美元的历史高位。募资完成（含首轮完成）基金中，成长型（Growth）基金数量占比 38%；募资规模占比达 60%，相比 2009 年，成长型基金募资数量及规模占比均出现较大幅度增长。

2010 年，人民币基金无论在数量还是融资规模上，继续超越美元基金。而其中最明显的趋势则是外资机构在国内设立人民币基金的步伐开始加快。其中，黑石集团宣布旗下 50 亿元人民币基金——中华发展投资基金募集完成，IDG 资本完成 35 亿元人民币基金募集，凯雷集团宣布完成旗下人民币基金首轮募集，TPG 分别在上海和重庆设立两支人民币基金，募资规模均为 50 亿元。政府的积极推动也成为外资机构纷纷设立人民币基金的重要因素。凯雷集团进入北京时即与北京市金融工作局签署谅解备忘录，由北京市对凯雷集团人民币基金提供全方位支持；而作为黑石集团合作伙伴的上海市浦东新区政府，也为黑石集团旗下人民币基金提供了税收、外汇兑换等方面的优惠政策。

外资人民币基金的兴起，首先源于国内资本市场的活跃，为股权投资提供了良好的退出途径；其次则是基金募资环境的逐渐转好，包括保险资金的开闸、政府推动下的引导基金增多以及曙光初现的 QFLP 制度试点。

2010 年披露创业投资（VC）案例 804 起，投资总额 56.68 亿美元，如表 8.1 所示，均超过 2007 年 721 起案例、投资总额 53.33 亿美元的历史高位。创业投资共涉及 20 个行业，制造业、互联网及 IT 行业披露案例数量最多；互联网行业融资总额居各行业之首，达 18.31 亿美元，占年度创投总额的 32%。币种以人民币为主的中资基金创业投资案例为 507 起，投资总额 21.37 亿美元，分别占 2010 年创业投资总量的 63.1% 和 37.7%。

表 8.1　2010 年中国创业投资市场行业投资规模

行　　业	案 例 数 量	投资金额（百万美元）	平均单笔投资（百万美元）
互联网	111	1830.92	16.49
IT	106	699.46	6.60
制造业	176	676.53	3.84
医疗健康	87	595.80	6.85
传媒娱乐	36	353.61	9.82
能源	60	315.98	5.27
连锁经营	35	310.02	8.86
电信及增值	32	200.57	6.27
农林牧渔	24	154.54	6.44
化学工业	34	112.37	3.30
食品饮料	17	96.10	5.65
汽车行业	9	63.30	7.03
房地产	22	62.01	2.82
物流	11	51.16	4.65
金融	12	32.87	2.74
家居建材	6	29.44	4.91
教育行业	8	27.43	3.43
旅游业	5	25.05	5.01
研究咨询	8	19.62	2.45
投资行业	5	11.25	2.25
总计	804	5668.04	7.05

2010 年全年披露私募股权投资（PE）案例 375 起，投资总额 196.13 亿美元，无论是披露投资案例数量还是投资金额，均达到历史最高，平均单笔投资金额为 5230 万美元。私募股权投资共涉及 20 个行业，制造业、能源及医疗健康行业是全年披露投资案例数量最多的 3 个行业；融资金额方面，食品饮料行业融资总额最高，达 33.73 亿美元。

成长型（Growth）投资披露案例 289 起，投资金额 107.93 亿美元；PIPE 投资披露案例 71 起，占比 18.9%，投资总额达 78.33 亿美元，占比 39.9%。

2010 年 VC/PE 背景中国企业境内外 IPO 数量为 220 家，融资金额 373.74 亿美元，占年度 IPO 总量的 44.8% 和 35.0%。其中，152 家选择了境内上市，占比 69.1%，A 股市场依然是投资机构退出的主要渠道。2010 年投资机构通过企业 IPO 实现 480 笔退出，平均账面投资回报率为 8.06 倍，相比 2009 年下降 28.2%。IT 行业是投资机构获得回报最多的行业，平均账面回报率达 14.62 倍，其次分别是金融、化学工业、互联网、医疗健康。创业板也成为投资机构境内退出的有效途径之一，134 家上市公司中，有 VC/PE 背景的企业数量为 79 家，占企业总数的 59%，平均每家企业有 1.9 家投资机构参股；同期的中小板 194 家上市公司中，有 VC/PE 背景的企业数量为 67 家，占企业总数的 34.5%，平均每家企业有 1.6 家投资机构参股。

2010 年共披露 26 起 VC/PE 背景企业并购案例，涉及 43 笔退出。其中 22 笔退出案例完整披露其最初投资金额及最终退出回报金额，其平均投资回报率为 1.30 倍。

8.1.2 中国互联网行业创业投资市场概况

1. 互联网行业创业投资概况

互联网行业创业投资总额达 18.31 亿美元，占年度创投总额的 32%。2010 年互联网行业披露多起投资金额超过 5000 万美元的投资案例，并且以电子商务公司为主，如京东商城融资 5 亿美元，凡客诚品融资 1 亿美元，梦芭莎融资 6000 万美元，拉手网融资 5000 万美元等。继网络视频之后，电子商务行业也集体跨入"烧钱"时代。2010 年中国创业投资市场行业投资案例金额比例和数量比例分别如图 8.1 和图 8.2 所示。

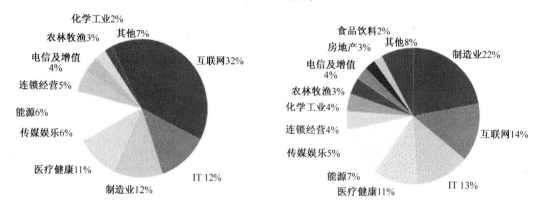

图8.1　2010年中国创业投资市场　　　　图8.2　2010年中国创业投资市场
　　　行业投资案例金额比例　　　　　　　　行业投资案例数量比例

2010 年中国创业投资市场行业投资案例总计有 13 起，涉及传统媒体、网游、动漫、旅游演艺、微博客和移动媒体等多个领域，具体案例如表 8.2 所示。

表 8.2　2010 年中国创业投资市场行业投资案例

投　资　方	融资方	金　额	所在行业	备　注
穗金融集团、星火资本、戈壁	八方视界	525 万美元	网游	资金将专注于两个特定领域。一是通过把更多的内容和活动合并到虚拟世界，扩展产品的市场领先地位。二是投资销售和营销领域，进一步加强和扩大品牌认知度
大众资本、中国基金	第一财经传媒	2.4 亿元	传统媒体	上海东方传媒集团有限公司将为第一财经的单一最大股东
	享客中国	100 万元	互联网	国内首个 B2S 网站享客中国
挚信资本	果壳传媒	100 万美元	互联网	果壳中国现拥有果壳网（www.guokr.com）和果壳阅读两个品牌
华登国际	南京原力动画	1000 万美元	动漫	
	百游网络	1000 万美元	互联网	此次获得的融资，将主要用于新产品的推广和研发团队的扩充
百分通联	窝窝团		互联网	投资将用于窝窝团提升用户团购体验与加强各地商务网络建设

续表

投　资　方	融资方	金　额	所在行业	备　注
金沙江创投、Richmond Management	易传媒	4000 万美元	数字广告	此轮融资将主要用于加强产品技术开发、推动移动广告平台业务以及进行适当的投资和并购
美国光速创业、IDG 资本	优众网	1100 万美元	互联网	该网站采用的是"SNS+电子商务"的中国特色模式
云峰基金	实景演出系列印象	5000 万美元	旅游演艺	这是继马云和虞锋个人投资华谊兄弟之后，云峰基金再度投资文化创意产业
博瑞传播	《泡泡鱼》开发商锐易通	700 万元	网游	增资后博瑞盛德持有锐易通 20%股权
	中娱在线	2 亿元	网游	北京中娱在线网络科技有限公司是一家国际领先的动作网游研发商，它由中国网游开拓者之一、原"可乐吧"创始人谢成鸿先生于 2004 年 7 月投资创立
达晨创投、易津	上海四维文化传媒	3900 万元	传统媒体	在投资方看来，四维传媒有着创新的商业模式，其提供给客户从商业计划、设计制作、仓储物流到代理发行的全程服务

2．移动互联网微博客基金

2010 年 11 月 12 日，联想控股有限公司宣布成立"乐基金"，首期投资规模为 1 亿元。乐基金由联想控股旗下的直接投资团队具体运作和管理，主要投资于移动互联网应用和服务领域进行开发的初创期、早期、成长期企业及天使投资项目。每个企业的投资规模在 100～1600 万元。该基金投资的第一家企业为广州华阅数码科技有限公司，是一家集数字出版、发行、互动、阅读等于一体的移动互联网推广平台。

2010 年 12 月 16 日，新浪携手红杉资本、IDG 资本、创新工场、云锋基金、德丰杰五大顶级投资机构，正式启动中国微博客开发者创新基金，这是国内首个专门针对微博客应用开发的基金。中国微博客开发者创新基金一期规模为 2 亿元，其中新浪出资 1 亿元，占 50%的投资比例，其余 5 家机构分别拥有 10%的投资比例。该基金将为围绕微博客开发第三方应用的个人、团体或公司提供全方位的融资服务，培养和支持新浪微博客开放平台上的优秀应用产品，投资方向涵盖了手机应用、工具、内容、游戏等。中国微博客开发者创新基金的单笔投资，将以 300 万元以下的创业型公司和个人为主，只要项目合适，不排除进行更大规模的投资。这样的设置，特别适合独立开发者和小型创业公司为创业进行融资。

2010 年 12 月 21 日，九城与华岩资本、成为基金、险峰华兴创业投资联合宣布，共同组建成就基金（Fund9），投入 1 亿美元用于投资国内外移动互联网产品及平台。成就基金主要为国内外移动互联网应用产品及应用平台两大领域的开发团队或公司而设置。对通过评估的项目，基金将以收购、控股和战略性投资等形式与其开展合作。2010 年中国移动互联微博客基金如表 8.3 所示。

表 8.3 2010 年中国移动互联网微博客基金

基金名称	基金规模	首期规模	设立者	备注
成就基金（Fund9）	1 亿美元	2 亿元	九城与华岩资本、成为基金、险峰华兴创业投资	移动互联网
乐基金		1 亿元	联想控股	移动互联网应用和服务
微博客开发者创新基金	2 亿元人民币		新浪携手红杉资本、IDG资本、创新工场、云峰基金、德丰杰	为围绕微博客开发第三方应用的个人、团体或公司提供全方位的融资服务，投资方向涵盖了手机应用、工具、内容、游戏等

从上述 3 家移动互联网微博客基金的建立可以看出，移动互联网微博客成为近期投资机构主要的投资方向。首期的基金规模大多在 2 亿元以下，基金设立者除了投资机构外，还包括九城、新浪等其他领域的投资团体。未来，在移动互联网微博客等领域具有创新性的项目将得到更多的基金机构的资助。同样，3 家基金的成立，预示着未来移动互联网微博客等领域的投资前景将更为看好。

8.1.3 中国互联网行业私募股权投资市场概述

2010 年中国私募股权投资共涉及 20 个行业，其中，制造业、能源及医疗健康行业是全年披露投资案例数量最多的三个行业，如表 8.4 所示。可以看出，私募股权投资仍主要关注于传统行业，对互联网投资仅为 12 宗，投资金额 4.5 亿美元，案例数量在各类行业中名列第 13 位。

表 8.4 2010 年中国私募股权投资市场行业投资规模

行 业	案例数量	投资金额（百万美元）	平均单笔投资（百万美元）
制造业	102	2343.69	22.98
能源	40	1168.51	29.21
医疗健康	33	805.14	24.40
金融	31	2315.16	74.68
农林牧渔	23	1333.86	57.99
食品饮料	21	3372.92	160.62
房地产	17	999.70	58.81
IT	17	532.86	31.34
化学工业	16	257.57	16.10
汽车行业	14	1213.40	86.67
物流	13	3283.58	252.58
连锁经营	12	526.39	43.87
互联网	12	450.28	37.52
传媒娱乐	8	357.21	44.65
家居建材	6	465.03	77.50

行　业	案 例 数 量	投资金额（百万美元）	平均单笔投资（百万美元）
电信及增值	3	58.20	19.40
教育行业	2	62.74	31.37
投资行业	2	47.60	23.80
旅游业	2	17.07	8.53
研究咨询	1	2.07	2.07
总计	375	19 612.97	52.30

8.2　中国互联网投资概况

2010 年互联网投资项目如表 8.5 所示。

表 8.5　2010 年互联网投资项目

企　业	CV 行业分类	金　额	投 资 机 构	融资时间
瑞创网络	网址导航		红杉中国	2010-10-26
地宝传媒	综合门户	1000 万元	南昌创投	2010-10-22
优士网	网络交友	1000 万元	麦顿投资、利丰投资（亚洲）、世铭投资、Richmond	2010-10-19
土豆网	网络视频	5000 万美元	IDG 资本、纪源资本、General Catalyst、淡马锡、凯欣亚洲	2010-08-04
灵禅	网络游戏	800 万美元	集富亚洲、和通、TMIS、日本亚洲	2010-08-03
好乐买	网络服务其他	1700 万美元	红杉中国、英特尔投资、德丰杰	2010-07-15
酷团网	电子商务	800 万元		2010-06-08
酷团网	电子商务			2010-05-27
团宝网	网络服务其他	2000 万元		2010-04-20
快乐购	电子商务	33000 万元	红杉中国、弘毅投资、中信产业基金	2010-03-31
京东商城	电子商务	7500 万美元	老虎基金	2010-01-22
奇虎 360	搜索引擎		清科创投	2010-01-01
捷迅支付	电子支付		清科创投	2010-01-01

2010 年 3 月 31 日，湖南广电旗下产业快乐购有限责任公司与弘毅投资、中信产业基金和红杉中国签署投资协议，融资 3.3 亿元。快乐购则将利用此次融资，打通电视、网络、手机、电台等通道，力图改变电视购物现有模式。快乐购的此次融资，是 2010 年传统媒体领域披露融资规模最大的案例之一，而作为湖南广电旗下产业，快乐购引入外部投资者将是湖南广电整体改制的重要一步，也为国内其他国有大型传媒企业的改制提供了有益参考。

2010 年 7 月，好乐买完成第二轮融资，资金来自首轮投资方红杉中国、英特尔投资和德丰杰投资，金额为 1700 万美元。

凡客诚品（VANCL）于 2010 年 11 月完成总额共计 1 亿美元的第五轮融资，投资方来自联创策源、IDG 资本、赛富基金及老虎基金，并未有新的投资机构加入。凡客诚品此轮融资距 5 月份第四轮 5000 万美元融资完成尚不到半年。据称，这 1 亿美元融资将主要用于公司建设后台、完善物流配送体系，并加大市场的投入力度。凡客诚品不仅获得 2010 年电子商务行业规模仅次于京东商城的一笔融资，而且利用 2010 年的两轮融资通过市场推广取得了重要社会影响力。其"凡客体"广告创意引发的模仿风潮，让其知名度大为提高。

2010 年 12 月 2 日，拉手网获 5000 万美元第二轮风险投资，投资者包括 Tenaya Venture、Norwest Venture Partner、金沙江创投和 Rebate Network，估值也由成立之初的 100 万美元膨胀到 5 亿美元。而对于企业前景，投资方则称公司营收可以在 3 个月内超过凡客诚品。从下半年开始，"团购"模式在国内异军突起，甚至出现"千团大战"的景象。随后，创投机构纷纷进入以谋求市场先机，以资本力量推动行业洗牌。拉手网 5000 万美元规模达到团购领域投资最高规模，并带动团购行业进入"烧钱"时代。

2010 年 12 月底，京东商城完成 C 轮融资，到账总额超过 5 亿美元，融资额已超过两家上市 B2C 公司麦考林（MCOX.NASDAQ）及当当网（DANG.NASDAQ）的上市融资总额。参与此次融资的投资机构共 6 家，沃尔玛是其战略投资者之一。京东商城的此轮融资创造了互联网领域近年来的最高规模纪录，也成为 2010 年创投领域涉及金额最高的一笔交易。舆论普遍认为，在资本推动下，电子商务行业将改变以往的"轻资产"特性，全面步入"重型化"时代。

8.3 中国互联网公司上市情况

8.3.1 IPO 市场规模

截至 2010 年 12 月 19 日，中国企业在海外 IPO 有 52 家，其中，在美国上市企业 40 家，7 家公司在新加坡上市，韩国 3 家，德国 1 家，英国 1 家。在美上市的 40 家中国企业中有 1 家在美交所上市，22 家在纽交所上市，17 家在纳斯达克上市。2010 年中国公司在美 IPO 融资额达 35 亿美元，IPO 数量超过了 2007 年在美上市中国公司 37 家的历史，并且也是 2009 年的 3 倍之多。在美上市的中国公司中，明阳电气与当当、优酷网成为 2010 年在美融资额最高的 3 家企业，融资额分别为 3.50 亿美元、2.72 亿美元和 2.33 亿美元。

2010 年在纳斯达克上市的中国互联网公司有 4 家，分别如下：

（1）GPS 提供商高德软件通过 IPO（首次公开募股）方式在纳斯达克全球市场上市，高德软件通过本次公开募股发行共计 862 万股美国存托股票，按发行价计算，融资额超过 1 亿美元。高德软件为汽车和移动电话提供电子地图和定位系统服务，也面向政府和私营企业提供地图服务。该公司在其递交的招股书中表示，发行所得资金将用于扩大数据处理业务以及设立一个研发中心。

（2）蓝汛通信 2010 年 10 月在纳斯达克上市，融资 8400 万美元。蓝汛通信为互联网视频传输提供 CDN 服务。它的上市开创了自 2000 年美国互联网泡沫破灭以来，亏损互联网企业成功上市的先例。

（3）中国垂直服装类电子商务企业麦考林（MCOX）在纳斯达克上市，麦考林总共发售了 1174 万股的美国存托凭证，筹集到大约 1.2917 亿美元的资金。以开盘价计算，麦考林市值达 10 亿美元。其电子商务以 39 亿元的营收，17.41% 的占比位居整个 B2C 市场份额第二，而麦考林旗下的麦网，则以 3.5 亿元销售规模和 8.9% 的市场份额，紧随凡客诚品成为服装类 B2C 市场亚军（2009 年数据）。其特点是多渠道战略，线上线下紧密结合。

（4）斯凯网络 2010 年 12 月在美纳斯达克上市，抢登中国移动互联网第一股，募集到了 5800 万美元。上市融资主要用于其拥有的低端功能手机中间件平台（冒泡平台国内用户超过 4 亿，海外用户破 1000 万）的开发及运营，并计划收购谷歌 Android 平台的技术及应用公司发展 Android 智能手机。

2010 年在纽约交易所上市的中国互联网公司分别如下

（1）房地产门户网站搜房网 2010 年 9 月在纽约证交所上市，发行 293.3 万股美国存托股票（ADS），IPO 募集资金 1.217 亿美元。

（2）中国汽车垂直网站易车网 2010 年 11 月在美国纽交所上市，发行 1060 万股美国存托股份，融资 1.3 亿美元。

（3）电子商务网站当当网（DANG.NYSE）和视频网站优酷网（YOKU.NYSE）2010 年 12 月同时登陆纽交所，融资额分别是 2.72 亿美元和 2.33 亿美元。

中国互联网产业历史上经历了三次上市潮：2000 年左右以三大门户为首的第一轮上市热；2004 年到 2005 年间以腾讯、百度、盛大为主的企业掀起第二轮上市热；2007 年阿里巴巴、巨人网络掀起第三轮上市热。如今，新一轮上市热潮再度掀起。在美国的证券市场上，中国企业的戏份正变得越来越重。截至 12 月中旬，2010 年已有 39 家中国企业在美完成 IPO，这个数字创造了历史最好成绩，也占到了 2010 年美国市场 IPO 数量的近 25%。特别是 9 月份以来，中国企业赴美上市数量更是占据了美国 IPO 总量的 35%。

有人担心这一轮"中国热"能延续多久，很多人开始担心这一轮中国概念热正在透支美国人的钱包和中国企业的信誉。号称中国第一支 B2C 股的麦考林，刚上市就爆出糟糕的业绩，股价暴跌，麦考林不得不频繁面对美国资本市场关于其发布虚假信息、隐瞒事实、内幕交易的"指责"，并且在进入 12 月之初的一周内，竟然连遭三次诉讼。

纽交所、纳斯达克对申请上市公司没有"连续赢利"要求，且赢利标准可以以其他标准替代。此外，对申请上市公司的存续期也没有必须为三年以上的要求。无疑，与国内资本市场相比，国外资本市场相对宽松，对一些有发展潜力和急需融资的企业来说，国外上市无疑是它们最好的选择。

8.3.2 VC/PE 背景中国企业 IPO 统计分析

在 2010 年 IPO 的 220 家 VC/PE 背景中国企业中，152 家选择了境内上市，占比 69.1%，如表 8.6 所示，A 股市场依然是投资机构退出的主要渠道。其中，2009 年 10 月份开启的创业板市场为企业 IPO 提供了新的渠道，2010 年登陆创业板的 VC/PE 背景企业达 63 家，仅次于深交所中小板的 80 家；上交所上市企业中，有 VC/PE 机构支持的企业为 9 家。另外，31 家 VC/PE 背景企业登陆港交所，纽交所和纳斯达克则分别为 20 家和 14 家。美国股市方面，在纽交所及纳斯达克 IPO 的 41 家中国企业中，VC/PE 背景企业占比达 82.9%。2010 年 VC/PE 背景中国企业全球资本市场 IPO 数量比例如图 8.3 所示。2010 年 VC/PE 背景中国企业全球资本市场 IPO 金额比例如图 8.4 所示。

表8.6　2010 年 VC/PE 背景中国企业 IPO 地点分析

交　易　所	IPO 数量	融资金额（百万美元）
深交所中小板	80	1190.91
深交所创业板	63	8401.51
港交所主板	31	97286.31
纽交所	20	2488.16
纳斯达克	14	1170.97
上交所	9	3461.33
新交所主板	2	67.00
法兰克福证交所	1	149.97
合计	220	37374.15

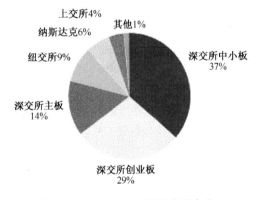

图8.3　2010年VC/PE背景中国企业
全球资本市场IPO数量比例

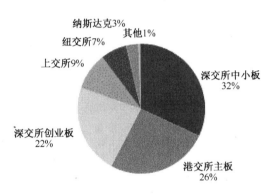

图8.4　2010年VC/PE背景中国企业
全球资本市场IPO金额比例

2010 年全年创业板上市企业达到 117 家，融资额为 143.11 亿美元，平均每家企业融资 1.22 亿美元。尽管存在"泡沫"争议，但创业板以其 IPO 的高市盈率和大比例超募，不仅吸引企业和投资机构将其作为理想的上市和退出场所，也使已在境外资本市场上市的中国企业开始考虑回归的可能性。尽管上市的公司主要是传统制造业公司，互联网公司很少，仅三五互联、中青宝等几家，但相信今后会越来越多。

8.3.3　境外上市互联网公司回归本土问题

受多方面因素影响，美国以外的其他境外资本市场目前存在成交量低迷、市盈率偏低、再融资困难等诸多问题，创业板开板前在此类市场上市的中国企业目前难以获得后续所需资金，其上市公司身份已对其未来发展形成束缚。在这种状况下，以较低的价格实现公司整体收购或 MBO 退市，再经过股权结构变更实现境内创业板上市，或许将为这批中国企业赢得契机。

在境外上市的优秀互联网企业运营在本土，本土的股民却得不到股市的收益，这也是一大遗憾。而熟悉境外资本市场运作的美元基金和理解中国企业内在价值的人民币基金，也有望通过参与境外上市公司的回归过程获得投资回报。以目前监管层的态度来看，对海外上市公司的回归并不反对，并且鼓励优秀的企业回归 A 股市场。

8.4　中国互联网企业并购情况

8.4.1　并购市场规模及统计分析

据 CVSource 统计显示，2010 年前 9 个月，中国互联网行业共披露并购案例 36 起，披露总额达 3.92 亿美元，相比 2009 年全年分别增长 28.6% 和 35.9%，如图 8.5 所示。在经历 2009 年的低谷之后，互联网行业并购有望重回 2008 年的活跃状态。

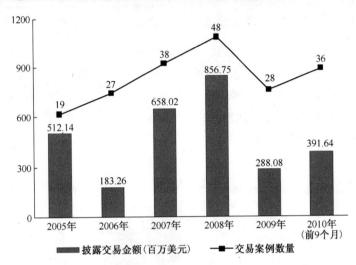

图8.5　2005—2010年中国互联网行业企业并购情况

其中，跨境并购尤其是出境并购活跃，表现出中国互联网企业的国际化战略。CVSource 掌握的资料显示，2010 年前 9 个月共披露 7 起海外并购案例（如表 8.7 所示），而之前的 2005—2009 年 5 年间，仅发生过两起出境并购事件。

表 8.7　2010 年前 9 个月中国互联网行业企业出境收购案例一览

标 的 企 业	地 区	行 业 分 类	买 方 企 业	交易宣布时间	交易金额（万美元）
Eyedentity Games	韩国	网络游戏	盛大	2010-9-9	9500.00
Sanook	泰国	即时通信	腾讯	2010-8-26	1050.08
Auctiva	美国	电子商务	阿里巴巴	2010-8-25	—
Vendio	美国	电子商务	阿里巴巴	2010-6-25	—
C&C Media	日本	网络游戏	完美时空	2010-3-26	2100.00
Red 5 Studios	美国	网络游戏	第九城市	2010-3-22	2000.00
Mochi Media	美国	网络游戏	盛大	2010-1-12	8000.00

从出境并购所涉及的几家中国企业来看，网络巨头成为推动互联网行业海外并购潮的主要力量，这些企业在国内并购市场也同样扮演着最主要的角色，2010 年前 9 个月国内外收购案例超过 3 起的中国互联网公司达 7 家，总案例为 24 起，如表 8.8 所示。值得注意的一点是这 7 家企业皆为海外上市公司，这也为其进行海外收购提供了便利。

表 8.8 2010 年前 9 个月中国互联网行业并购活跃企业

买 方 企 业	并购案例数量	披 露 金 额
腾讯	5	3.11 亿美元
盛大文学	4	
盛大游戏	3	1.75 亿美元
阿里巴巴	3	
第九城市	3	1.20 亿美元
携程	3	8800 亿美元
完美时空	3	4919.65 亿美元

从细分行业来看，网络游戏仍是互联网并购市场最为活跃的领域，12 起案例占据 2010 年前 9 个月并购案例数量的 33%，如图 8.6 所示。盛大公司表现活跃，1 月 12 日斥资 8000 万美元收购美国在线游戏公司 Mochi Media，9 月 9 日再次出手以 9500 万美元收购其代理运营网游《龙之谷》的韩国游戏开发商 Eyedentity Games。2010 年电子商务市场的活跃也带动了该领域并购事件的增加，1～9 月份共披露并购案例 10 起，而之前两年该行业并购案例分别为 7 起和 4 起。

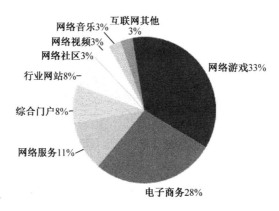

图8.6 2010年前9个月中国互联网行业并购案例数量比例

除了互联网行业内部并购的增加，一些电子商务企业谋求与传统行业结合，加大了产业链整合力度，电子商务企业跨行业收购案例有所增加，其目标行业主要集中在消费品及物流行业。例如，阿里巴巴收购星辰急便快递，上海益实多收购广东壹号大药房，携程则连续入股汉庭连锁酒店及首旅建国酒店。

今后，随着互联网行业的发展，将会有更多具备一定规模的企业寻求与传统行业的融合，跨行业并购将会呈现增长趋势。同时，随着大型互联网企业之间竞争加剧，收购细分行业中具有创新优势的新兴企业，将成为网络巨头们掌握竞争优势的有效途径。总体而言，以大型互联网企业为主导的并购将是互联网行业整合发展的主要模式。

8.4.2 重大并购事件

从 2010 年 11 月和 12 月文创企业并购数量上看，总共发生 5 起并购案例，如表 8.9 所示。

表 8.9　2010 年中国文创企业并购案例

收　购　方	并　购　方	金　额	行　业
第一视频	手机游戏商 3GUU	1.96 亿元	手机游戏
腾讯	北京漫游谷		网游
现代传播	IWeekly	1800 万元	移动终端媒体
联众	海虹及 NHN		网游
博瑞传播	晨炎信息		手机游戏

从上述的并购案例可以看出，被并购方多集中在手机游戏、手机移动终端、网游三个行业，而收购方多为大型传播机构、视频网站。不难看出，通过这几起资本运作的并购事件，手机游戏及网游成为热门被并购行业，并购方大多希望通过并购实现业务领域拓展的目的，最终实现视频网站、手机游戏、网络游戏等全方位的运营模式。

在并购事件中，较为值得关注的事件为第一视频收购手机游戏商 3GUU。第一视频不惜重金收购手机网络游戏平台开发与运营商 3GUU70%股份。3GUU 专注于智能手机的手机游戏自主开发和运营，是中国移动手机游戏业务紧密合作伙伴和优质游戏合作 CP，手机网游业务一直占据中国移动手机网游业务前两位，可以预见，第一视频希望通过重金收购，拓展其移动终端业务范畴，为其实现网络视频向手机媒体的渠道领域的延展。向移动终端发展，肯定是第一视频未来重要的市场战略。

2010 年 12 月 25 日，博瑞传播发布公告，拟以 1200～4000 万美元全资收购苹果平台移动游戏开发商晨炎信息（晨炎信息已发布 64 个 iPhone 游戏和 4 个 iPad 游戏）。博瑞传播收购晨炎信息后，游戏收入占比有望达到 10%。自 2009 年公司出资 4.47 亿元收购成都梦工厂 100%股权，宣布正式进军网游行业以来，加上本次收购，公司累计在游戏行业投入超过 7 亿元。27 日，博瑞传播再度发布公告，旗下子公司北京博瑞盛德创业投资有限公司向社交游戏开发商锐易通进行单方面增资，现金出资达 700 万元，持有锐易通 20%股权。可见，通过两次并购及增资，博瑞传播业务中的游戏比重将大大增加，有望成为其核心业务中的另一大分支。

两起收购均使公司迅速切入移动游戏行业，有利于持续优化公司产业结构，进一步拓展公司业务领域。同时，收购公司在新媒体产业上实现了传统传播与移动互联网并举、网络视频和手机游戏比翼双飞的格局，有利于进一步巩固公司原有的市场地位，不断增强公司核心竞争力和市场运作能力。

（中国科学院　侯自强）

第9章 2010年中国互联网政策法规建设发展情况

9.1 中国互联网政策法规建设发展概况

2010年，本着建设好、利用好、管理好互联网的基本指导思想，我国互联网的发展与管理在延续既有政策的基础上，紧密结合国家宏观发展战略和互联网社会应用的现状，加强政策引导，推进网络基础设施建设，提高安全防护能力，努力发挥互联网在促进产业结构调整和经济发展方式转变中的平台作用。同时，不断创新管理手段，细化监管措施，完善互联网管理机制，努力使互联网产业沿着安全有序的轨道发展。

9.1.1 2010年我国互联网的主要政策

在国家宏观政策方面，《国务院关于加快培育和发展战略性新兴产业的决定》提出了抓住机遇，加快培育和发展战略性新兴产业的任务，"新一代信息技术"名列其中。对此，国务院要求加快建设宽带、泛在、融合、安全的信息网络基础设施，推动新一代移动通信、下一代互联网核心设备和智能终端的研发及产业化，加快推进三网融合，促进物联网、云计算的研发和示范应用。《国家发展改革委办公厅关于当前推进高技术服务业发展有关工作的通知》也明确提出了重点培育包括信息技术服务在内的高技术服务行业的任务，工作重点包括：一是发展面向市场的高性能计算和云计算服务；二是开展物联网和下一代互联网应用服务；三是促进软件服务化发展；四是引导数字文化产业创新发展。同时指出：将及时总结先行先试地区的工作经验，推广成功模式，逐步形成政策措施建议，并将视情况对有典型示范作用的高技术服务产业基地重点项目，采取后补助方式给予一定资金支持。

在推进网络设施建设方面，2010年3月17日，《工业和信息化部、国家发展和改革委员会、科学技术部、财政部、国土资源部、住房和城乡建设部、国家税务总局关于推进光纤宽带网络建设的意见》明确了推进我国光纤宽带网络建设的目标和政策，要求电信企业按照国家有关规定和技术规范开展光纤宽带网络建设，新建区域直接部署光纤宽带网络，已建区域加快光进铜退的网络改造。优先采用光纤宽带方式加快农村信息基础设施建设，推进光纤到村。为此，制定了相关的配套政策和支持措施，如各级城乡规划、国土资源和投资主管部门在住宅小区、商住楼、办公楼等新建、改扩建项目的审批中，明确为光纤宽带建设预留管道、设备间、电力配套等资源，所需投资纳入建设项目概算，并保证电信企业平等进入；将光纤宽带网络的建设、应用和研发纳入《产业结构调整指导目录》鼓励类；基于光纤宽带网络的产品和应用，经认定为国家自主创新产品的，可列入《国家自主创新产品目录》和《政府采购自主创新产品目录》；加大光纤宽带通信核心芯片、器件、系统设备和应用等的研发投入和政策支持等。为贯彻落实中共中央、国务院提出的"推进农村信息化，积极支持农村电信和互联网基础设施建设，健全农村综合信息服务体系"的要求，工业和信息化部制定了《关于 2010 年村村通电话工程及信息下乡活动实施意见》，除了实现 100% 的乡镇能上网的目标，即 2010 年为 380 个地处偏远的西部乡镇开通互联网接入，使全国具备上网条件的乡镇比例从 99% 提升到 100%，其中通宽带的乡镇比例从 96% 提高到 98%，同时争取将互联网覆盖到更多的有条件行政村和自然村。为实现上述目标，工信部提出因地制宜发展农村宽带网络的任务，要求在完成指定宽带建设任务的同时，各地电信企业可结合"光进铜退"和 3G 网络覆盖等战略，根据各地不同情况提速农村宽带建设步伐：东中部省份，加快推进宽带进村；西部省份，在确保乡镇通宽带的基础上逐步开展宽带进村，并明确了相应的保障措施。

在推进互联网社会化应用方面，国家进一步明确了支持和引导电子商务健康发展的政策措施。2010 年 6 月 24 日，《商务部关于促进网络购物健康发展的指导意见》出台，提出力争到"十二五"期末，网络购物交易额达到我国社会消费品零售总额的 5%，部分电子商务发展起步较早的地区达到 10% 左右的发展目标，并从培育网络市场主体、拓宽网络购物领域、鼓励线上线下互动、重视农村网络购物市场、完善配套服务体系、保护消费者合法权益以及规范网络市场秩序等方面提出工作任务，明确了相关保障措施。例如，鼓励流通企业以门店销售支撑网络销售，以网络销售带动门店销售；引导第三方网络交易平台健康发展，实施网络商品经营（服务）企业工商登记制度，要求利用网络平台从事经营活动的个人实名注册，具备条件时对网络销售个人逐步实施工商登记制度等。2010 年 10 月 27 日，《商务部关于开展电子商务示范工作的通知》规定：为加大电子商务等现代流通方式和新型流通模式推广应用力度，决定在全国范围内开展电子商务示范工作，并出台了《电子商务示范企业创建规范（试行）》，对面向消费者的专业网络购物平台、面向企业间交易的专业电子商务平台、传统企业电子商务应用平台 3 种电子商务示范企业的申请标准、工作程序和动态管理制度作出了规定。示范标准包括 8 项共同标准和不同类型的示范企业还应具备的特殊标准，以面向消费者的专业网络购物平台为例，除符合企业已开通独立电子商务平台两年以上，平台运行稳定可靠，已取得互联网信息服务增值电信业务经营许可证，或已通过非经营性互联网信息服务备案，取得 ICP 证号等标准外，还应当同时具备以下 3 个条件：一是平台年销售额在 1 亿元以上（如为第三方平台，年交易额在 20 亿元以上）；二是企业职工总数 150 人以上，其中从事电子商务服务、技术人员占企业职工总数比例 50% 以上；三是对于传销、欺诈、销售违禁品、制假售假、非法集资等违法违规行为有相应健全的管理防控措施。同时，对于已认定的电子商务示范企业设置了取消示范资格等约束条款。

9.1.2　2010 年我国互联网法制建设

1. 法律、行政法规层面

2010 年 4 月 29 日，第十一届全国人民代表大会常务委员会第十四次会议通过了修订后的《中华人民共和国保守国家秘密法》，规定对存储、处理国家秘密的计算机信息系统实行分级保护制度，并规定了相关违法行为及其法律责任。

2010 年 7 月 4 日，《国务院关于第五批取消和下放管理层级行政审批项目的决定》发布，其中取消了"互联网电子公告服务专项审批（备案）"，将"设立经营性互联网文化单位审批"的管理层级由文化部下放到省级人民政府文化行政主管部门。值得关注的是，取消互联网电子公告服务专项审批（备案）并不意味着不再对互联网电子公告服务实行市场准入管理，按照"行政审批制度改革工作部际联席会议办公室负责人答记者问"的解释，由于"经营性互联网信息服务许可和非经营性互联网信息服务备案"已包含"互联网电子公告服务专项审批（备案）"，因此不再单设审批。

2．部门规章层面

2010 年 1 月 21 日，工业和信息化部公布了《通信网络安全防护管理办法》（工业和信息化部令第 11 号），对我国境内的电信业务经营者、互联网域名服务提供者管理和运行的公用通信网和互联网的网络安全防护工作进行了规范，规定了通信网络单元的定级、备案、符合性评测、风险评估以及电信监管机构的检查措施等内容。

2010 年 5 月 31 日，国家工商行政管理总局公布了《网络商品交易及有关服务行为管理暂行办法》（国家工商行政管理总局令第 49 号），对网络商品经营者和网络服务经营者在中华人民共和国境内从事网络商品交易及有关服务行为进行了规范，明确了网络商品经营者、网络服务经营者以及提供网络交易平台服务的经营者的相关义务，并规定了工商行政管理部门的监督管理职能和措施。

2010 年 6 月 3 日，文化部公布了《网络游戏管理暂行办法》（文化部令第 49 号），规定了从事网络游戏上网运营、网络游戏虚拟货币发行、网络游戏虚拟货币交易服务的许可条件和程序，明确了网络游戏的内容准则和相关审查制度，并对网络游戏经营活动应当遵守的规则作出了具体规定。

2010 年 6 月 14 日，中国人民银行公布了《非金融机构支付服务管理办法》（中国人民银行令 2010 年第 2 号），对包括网络支付在内的非金融机构支付服务进行了规范，有利于促进电子商务的健康发展。

3．其他规范性文件层面

国务院相关部门根据各自的管理职责，通过规范性文件的形式，不断完善互联网管理的方法、措施和机制。相关文件的内容涉及互联网域名系统管理（如《工业和信息化部关于加强互联网域名系统安全保障工作的通知》）、网站备案管理（如《工业和信息化部关于进一步落实网站备案信息真实性核验工作方案（试行）的通知》）、网吧管理及其执法（如文化部《全国网吧连锁企业认定工作申报指南》和《关于加大对网吧接纳未成年人违法行为处罚力度的通知》）、出版物网络发行管理（如《新闻出版总署关于促进出版物网络发行健康发展的通知》）、互联网视听节目服务业务分类（如广电总局关于发布《互联网视听节目服务业务分类目录（试行）》的通告）等事项。同时，针对互联网社会化应用层出不穷、传统管理方式不相适应的问题，相关部门还制定了《互联网销售彩票管理暂行办法》、《国家测绘局关于印发互联网地图服务专业标准的通知》等文件，努力推进网络应用的有序发展。此外，年底发生的"腾讯 360 大战"引发了公众对隐私保护、互联网市场竞争的广泛关注，要求政府部门加强引导和管理的呼声日益高涨，工业和信息化部等部门也做出积极回应，着手研究制定有关规范互联网信息服务市场秩序的管理办法。

4．相关司法解释等

2010 年 2 月 2 日，最高人民法院、最高人民检察院公布了《关于办理利用互联网、移动通信终端、声讯台制作、复制、出版、贩卖、传播淫秽电子信息刑事案件具体应用法律若干问题的解释（二）》，进一步明确了淫秽电子信息犯罪的定罪量刑标准和相关责任主体。

2010 年 8 月 31 日，最高人民法院、最高人民检察院、公安部《关于办理网络赌博犯罪案件适用法律若干问题的意见》明确了关于网上开设赌场犯罪的定罪量刑标准，共同犯罪的认定和处罚，网络赌博犯罪的参赌人数，赌资数额和网站代理的认定、网络赌博犯罪案件的管辖以及电子证据的收集与保全等内容。

9.2　中国互联网制度建设的主要内容

9.2.1　进一步细化网络犯罪的规定

2010 年 2 月 2 日，最高人民法院、最高人民检察院《关于办理利用互联网、移动通信终端、声讯台制作、复制、出版、贩卖、传播淫秽电子信息刑事案件具体应用法律若干问题的解释（二）》（以下简称《司法解释（二）》）出台。与 2004 年相关司法解释相比，《司法解释（二）》主要完善了以下内容：一是加重了对相关责任人的刑事处罚力度，如规定对利用互联网、移动通信终端制作、复制、出版、贩卖、传播内容含有不满十四周岁未成年人的淫秽电子信息、构成传播淫秽物品牟利罪或者传播淫秽物品罪的定罪量刑标准，降低为 2004 年司法解释的一半。二是明确了直接制作、传播淫秽电子信息的行为人以外的有关人员如网站建立者、电信业务经营者、广告主的刑事责任，以切断淫秽网站背后的利益链条。同时，根据上述主体在制作、传播淫秽电子信息犯罪中所起的作用，规定了单独的定罪量刑标准。例如规定电信业务经营者、互联网信息服务提供者明知是淫秽网站，为其提供互联网接入、服务器托管、网络存储空间、通信传输通道、代收费等服务，并收取服务费，具有为五个以上淫秽网站提供上述服务等情形的，对直接负责的主管人员和其他直接责任人员，依照《刑法》第 363 条第一款的规定，以传播淫秽物品牟利罪定罪处罚。三是规定了相关罪刑判定涉及的"明知"、"淫秽网站"的认定标准，如规定了"行政主管机关书面告知后仍然实施上述行为"、"接到举报后不履行法定管理职责"等属于"明知"的情形。《司法解释（二）》的出台，起到了较好的威慑、引导作用，配合了整治手机淫秽色情专项行动的顺利开展。

2010 年 8 月 31 日，最高人民法院、最高人民检察院、公安部发布了《关于办理网络赌博犯罪案件适用法律若干问题的意见》，明确规定了以下事项：一是网上开设赌场犯罪的定罪量刑标准及有关"情节严重"的认定标准。例如，利用互联网、移动通信终端等传输赌博视频、数据，组织赌博活动，具有建立赌博网站并接受投注、与赌博网站利润分成等情形的，属于《刑法》第 303 条第二款规定的"开设赌场"行为。二是网上开设赌场共同犯罪的认定和处罚。例如，明知是赌博网站，而为其提供互联网接入、服务器托管、网络存储空间、通信传输通道、投放广告、发展会员、软件开发、技术支持等服务，收取服务费数额在 2 万元以上的，属于开设赌场罪的共同犯罪，依照《刑法》第 303 条第二款的规定处罚。三是网络赌博犯罪的参赌人数、赌资数额和网站代理的认定。例如，对于将资金直接或间接兑换为虚拟货币、游戏道具等虚拟物品，并用其作为筹码投注的，赌资数额按照购买该虚拟物品所需资金数额或者实际支付资金数额认定。四是网络赌博犯罪案件的管辖，遵循犯罪地管辖为主、被告人居住地管辖为辅的原则，"犯罪地"包括赌博网站服务器所在地、网络接入地，赌博网站建立者、管理者所在地，以及赌博网站代理人、参赌人实施网络赌博行为地等。五是电子证据的收集与保全。例如，侦查机关对于能够证明赌博犯罪案件真实情况的网站页面、上网记录、电子邮件、电子合同、电子交易记录、电子账册等电子数据，应当作为刑事证据予以提取、复制、固定等。

9.2.2　强化网络安全防护管理

2010 年 1 月 21 日，工业和信息化部公布了《通信网络安全防护管理办法》，对我国境内的电信业务经营者和互联网域名服务提供者（以下统称"通信网络运行单位"）管理和运行的公用通信网和互联网（以下统称"通信网络"）的网络安全防护工作进行了规范。《办法》确立的主要制度包括：一是通信网络单元分级防护制度。通信网络运行单位应当对本单位已正式投入运行的通信网络进行单元划分，并按照各通信网络单元遭到破坏后可能对国家安全、经济运行、社会秩序、公众利益的危害程度，由低到高划分为五级，并在通信网络定级评审通过后 30 日内，将通信网络单元的划分和定级情况按规定向电信管理机构备案。二是符合性评测制度。通信网络运行单位应当落实与通信网络单元级别相适应的安全防护措施，并按规定进行符合性评测。三级及三级以上通信网络单元应当每年进行一次符合性评测，二级通信网络单元应当每两年进行一次符合性评测。三是安全风险评估制度。通信网络运行单位应当按规定对通信网络单元进行安全风险评估：三级及三级以上通信网络单元应当每年进行一次安全风险评估。二级通信网络单元应当每两年进行一次安全风险评估，国家重大活动举办前按照电信管理机构的要求进行安全风险评估。四是网络安全防护检查制度。电信管理机构应当对通信网络运行单位开展通信网络安全防护工作的情况进行检查，并可以采取查验通信网络运行单位的有关设施、对通信网络进行技术性分析和测试等措施。

9.2.3　加强重要信息系统管理

面对互联网深度应用带来的失窃密风险，2010 年 4 月 29 日颁布的修订后的《中华人民共和国保守国家秘密法》健全了相关管理制度，主要包括：一是规定对存储、处理国家秘密的计算机信息系统（以下简称涉密信息系统）按照涉密程度实行分级保护，并按照国家保密标准配备保密设施、设备。二是列举了涉密信息系统管理方面的禁止行为，如使用非涉密计算机、非涉密存储设备存储、处理国家秘密信息，擅自卸载、修改涉密信息系统的安全技术程序、管理程序等。三是明确了互联网及其他公共信息网络运营商、服务商配合公安机关、国家安全机关、检察机关对泄密案件进行调查的义务，对发现利用互联网及其他公共信息网络发布的信息涉及泄露国家秘密的，应当立即停止传输，保存有关记录，向公安机关、国家安全机关或者保密行政管理部门报告，并按照要求删除涉及泄露国家秘密的信息。

为防止借信息安全管理体系认证的名义危害我国重要信息系统的安全，2010 年 8 月 17日，工业和信息化部、国家质量监督检验检疫总局、中国人民银行、国务院国有资产监督管理委员会、国家保密局、国家认证认可监督管理委员会《关于加强信息安全管理体系认证安全管理的通知》要求：各级政府机关和政府信息系统运行单位，不得利用社会第三方认证机构开展信息安全管理体系认证；涉密信息系统建设使用单位不得申请信息安全管理体系认证；通信、金融、铁路、民航、电力等基础信息网络和重要信息系统运营单位确实需要申请信息安全管理体系认证，应事先报行业主管或监管部门同意；其他涉及国计民生的国有企业确实需要申请信息安全管理体系认证，应事先报国有资产监督管理部门同意，涉及国家秘密的应报保密行政管理部门同意。通过认证后，还应加强信息安全风险评估，及时排查安全漏洞和安全隐患。

9.2.4　加强互联网域名系统管理

2010 年 1 月 30 日，工业和信息化部公布了《关于加强互联网域名系统安全保障工作的通知》，要求基础电信运营企业、域名注册管理机构和域名注册服务机构等域名系统运行单位按照"谁运行、谁负责"的原则，加强对本单位运行管理且对外提供服务的权威、递归域名解析系统和域名注册系统的安全防护和应急工作，确保本单位所属域名系统安全稳定运行，确保域名注册信息安全；要求国家计算机网络应急技术处理协调中心和域名注册管理机构要加强公共域名安全技术平台建设，实现对重要域名系统运行状况和重点域名解析状况的及时准确监测，建立健全针对政府网站、重点新闻网站、重要信息系统的域名安全支撑保障机制，研究制定根域名镜像服务器专项应急方案，落实相关技术保障措施。同时，该通知还就推进域名安全标准化和自主创新、强化域名安全保障工作的监督检查等工作提出了意见。

2010 年 9 月 3 日，中国互联网络信息中心根据工业和信息化部《关于进一步深入整治手机淫秽色情专项行动工作方案》的要求，向各域名持有者、域名注册服务机构发出通知，要求落实域名注册申请者应提交真实、准确、完整的域名注册信息的规定，域名持有者应尽快向所属域名注册服务机构补交信息证明材料。值得关注的是，由于国际域名管理机构（ICCAN）并不要求实名注册，这一举措客观上造成了 CN 域名注册数量持续走低的局面。

9.2.5　进一步强化网站备案信息管理

2010 年 2 月 8 日，工业和信息化部印发了《工业和信息化部关于进一步落实网站备案信息真实性核验工作方案（试行）的通知》，就核实网站主办者相关信息的工作提出了具体要求。核验内容包括网站主办者的身份信息、联系方式、接入信息以及网站名称、域名、服务内容等网站信息。同时，根据核验主体的不同，分别规定了接入服务单位网站备案核验规程、省通信管理局审核规程、备案中心核查规程以及相应的工作要求。例如，要求各接入服务单位应在 2010 年 2 月底前设立现场核验网站备案信息部门，专门负责网站备案信息真实性核验工作，在 2010 年 3 月底前正式实施网站备案信息当面核验；基础电信企业应在 2010 年 4 月份对租用本单位电信资源从事接入业务的接入服务单位是否设立当面核验人员、履行当面核验备案信息的情况进行检查，对未履行当面核验责任的，不得为其提供电信资源等。对于提交不真实网站备案信息的接入服务单位，将依据《非经营性互联网信息服务备案管理办法》第十条和第二十四条的规定依法处罚。

9.2.6　继续完善网吧管理机制

2010 年 2 月，文化部公布了《全国网吧连锁企业认定工作申报指南》，细化了《网吧连锁企业认定管理办法》的相关规定。《指南》规定了申报全国网吧连锁企业应当具备的条件、申报材料、申报流程及时限说明、年审等内容。其中，申报条件包括：一是注册资金不少于 5000 万元；二是全资或控股的直营门店数不少于 30 家，且在 3 个以上（含 3 个）的省（自治区、直辖市）设有直营门店；三是符合连锁经营组织规范；四是所有直营门店在申请之日起前一年内未受过有关部门依据《互联网上网服务营业场所管理条例》做出的罚款（含罚款）以上的行政处罚。

2010 年 3 月 19 日，文化部《关于加大对网吧接纳未成年人违法行为处罚力度的通知》提出，根据《互联网上网服务营业场所管理条例》有关规定，文化部决定加大对网吧接纳未成年人违法行为的行政处罚力度：对一次接纳 3 名以上（含 3 名）未成年人以及在规定的营业时间以外接纳未成年人，或由于接纳未成年人引发重大恶性案件的网吧，依法吊销《网络文化经营许可证》；对一次接纳 2 名以下未成年人的网吧，依法责令停业整顿 30 日；一年内 2 次接纳 2 名以下未成年人的网吧，依法吊销《网络文化经营许可证》；对连续 3 次（含 3 次）未按规定核对登记上网消费者有效身份证件的网吧，依法责令停业整顿 30 日。

9.2.7 进一步细化网络游戏管理

2010 年 6 月 3 日，文化部公布了《网络游戏管理暂行办法》，规定从事网络游戏上网运营、网络游戏虚拟货币发行和网络游戏虚拟货币交易服务等网络游戏经营活动的单位，应当具备不低于 1000 万元的注册资金等条件，并取得《网络文化经营许可证》；明确了由国务院文化行政部门负责网络游戏内容审查，并建立了动态监管制度，如批准进口的网络游戏变更运营企业的，由变更后的运营企业按规定向国务院文化行政部门重新申报等。同时，针对网络游戏经营活动中存在的问题，《办法》规定了具体的经营规则和管理制度，如为保护未成年人的权益，要求以未成年人为对象的网络游戏不得含有诱发未成年人模仿违反社会公德的行为和违法犯罪的行为的内容，以及恐怖、残酷等妨害未成年人身心健康的内容；为规范虚拟货币的发行和使用行为，规定网络游戏虚拟货币的使用范围仅限于兑换自身提供的网络游戏产品和服务，不得用于支付、购买实物或者兑换其他单位的产品和服务；为维护游戏玩家的合法利益，规定网络游戏运营企业终止运营网络游戏，或者网络游戏运营权发生转移的，应当提前 60 日予以公告。网络游戏用户尚未使用的网络游戏虚拟货币及尚未失效的游戏服务，应当按用户购买时的比例，以法定货币退还用户或者以用户接受的其他方式进行退换。此外，还规定网络游戏运营企业应当要求网络游戏用户使用有效身份证件进行实名注册，并保存用户注册信息等，明确了有关违法行为的法律责任。

9.2.8 完善网络发行规则

2010 年 12 月 7 日，《新闻出版总署关于促进出版物网络发行健康发展的通知》要求：建立从事出版物发行的网络书店，在网络交易平台内从事出版物发行，或者以其他形式通过网络从事出版物发行，均须依照《出版物市场管理规定》和《音像制品批发、零售、出租管理办法》的规定，经新闻出版行政部门批准，取得《出版物经营许可证》和《音像制品经营许可证》，并明确支持通过网络依法销售各种内容健康的出版物，网络书店的设立不受当地出版物发行网点建设规划的数量限制。《通知》还规定了网络发行的条件以及从事网络发行的企业和单位、提供出版物网络交易平台服务的经营者的相关义务，如提供出版物网络交易平台服务的经营者，应当对申请通过网络交易平台从事出版物发行的经营主体身份进行审查，确保注册姓名和地址的真实性等。

9.2.9　明确互联网视听节目服务业务分类

2010 年 3 月 17 日，国家广电总局发布了《互联网视听节目服务业务分类目录（试行）》的通告，将利用公共互联网向计算机用户提供视听节目服务（不含 IP 电视、互联网电视、手机电视业务）划分为四大类，并分别进行了业务界定。例如，第二类互联网视听节目服务包括七种形态：一是时政类视听新闻节目转载服务；二是文艺、娱乐、科技、财经、体育、教育等专业类视听节目的主持、访谈、报道、评论服务；三是文艺、娱乐、科技、财经、体育、教育等专业类视听节目的制作（不含采访）、播出服务；四是网络剧（片）的制作、播出服务；五是电影、电视剧、动画片类视听节目的汇集、播出服务；六是文艺、娱乐、科技、财经、体育、教育等专业类视听节目的汇集、播出服务；七是一般社会团体文化活动、体育赛事等组织活动的实况视音频直播服务。该分类目录是执行《互联网视听节目服务管理规定》的重要环节。

9.2.10　严格规范网络支付行为

2010 年 6 月 14 日，中国人民银行公布了《非金融机构支付服务管理办法》，对包括网络支付在内的非金融机构支付服务进行了规范。该办法明确界定了"网络支付"，即依托公共网络或专用网络在收付款人之间转移货币资金的行为，其中包括互联网支付。规定非金融机构提供支付服务，应当依据本办法取得《支付业务许可证》，成为支付机构；申请《支付业务许可证》应当符合本办法规定的注册资本最低限额、有 5 名以上熟悉支付业务的高级管理人员等条件。同时，该办法还规定了支付机构应当遵守的规则、履行的义务以及相关法律责任，如支付机构之间的货币资金转移应当委托银行业金融机构办理，不得通过支付机构相互存放货币资金或委托其他支付机构等形式办理；支付机构应当按规定妥善保管客户身份基本信息、支付业务信息、会计档案等资料；支付机构超出《支付业务许可证》有效期限继续从事支付业务的，中国人民银行及其分支机构责令其终止支付业务等。

9.2.11　规范网络商品交易及有关服务行为

2010 年 5 月 31 日，国家工商行政管理总局公布了《网络商品交易及有关服务行为管理暂行办法》，结合网络行为的特点细化了有关交易和服务规则，核心内容包括：一是建立了网络商品交易主体身份识别制度，要求通过网络从事商品交易及有关服务行为的，对于已经工商行政管理部门登记注册并领取营业执照的法人、其他经济组织或者个体工商户，应当在其网站主页面或者从事经营活动的网页醒目位置公开营业执照登载的信息或者其营业执照的电子链接标识；对于自然人，应当向提供网络交易平台服务的经营者提出申请，提交其姓名和地址等真实身份信息。具备登记注册条件的，依法办理工商登记注册。二是规定了网络消费者个人信息保护制度，要求网络商品经营者和网络服务经营者对收集的消费者信息，负有安全保管、合理使用、限期持有和妥善销毁义务，除法律、法规另有规定外，不得收集与提供商品和服务无关的信息，不得不正当使用，不得公开、出租、出售。三是规定了提供网络交易平台服务的经营者的义务，如对通过网络交易平台提供商品或者服务的经营者及其发布的商品和服务信息建立检查监控制度，履行建立消费纠纷和解和消费维权自律制度等。四是明确了对网络交易及其服务的监管制度，规定县级以上工商行政管理部门应当建立信用档案，记录日常监督检查结果、违法行为查处等情况，并根据信用档案的记录，对网络商品经营者和网络服务经营者实施信用分类监管，进而明确了对有关违法行为的行政处罚。

9.2.12 明确外商投资互联网销售的管理要求

2010 年 8 月 19 日，《商务部办公厅关于外商投资互联网、自动售货机方式销售项目审批管理有关问题的通知》规定，为进一步发挥互联网销售等方式在降低企业成本、促进商品流通、拉动消费等方面的积极作用，对外商投资网络销售的审批和管理问题作如下规定：一是互联网销售是企业销售行为在互联网上的延伸，经依法批准、注册登记的外商投资生产性企业、商业企业可以直接从事网上销售业务；二是申请设立专门从事网上销售的外商投资企业报省级商务主管部门批准，由省级商务主管部门根据《外商投资商业领域管理办法》及其他相关的法律法规进行严格审批；三是外商投资企业利用企业自身网络平台为其他交易方提供网络服务的，应向工业和信息化部申请增值电信业务经营许可证，企业利用自身网络平台直接从事商品销售的，应向电信管理部门备案；四是外商投资企业从事网络销售及有关服务行为时，应当履行信息公开义务，如在其网站主页面或从事经营活动的网页醒目位置公开营业执照等；五是外商投资企业从事网络销售应建立合理的退换货制度，保存销售记录，严格保护消费者个人隐私和商业秘密；六是外商投资企业从事网络销售应当遵守《消费者权益保护法》和《产品质量法》等法律、法规、规章的规定；七是外商投资企业通过网络销售的产品或提供的服务在登记前依法须经批准的，应当在申请登记前报经国家有关部门批准，并办理工商登记注册。

9.2.13 继续加大互联网社会应用管理力度

2010 年 9 月 21 日，公安部、工业和信息化部、国家工商行政管理总局、国家安全监管总局、国家食品药品监管局联合发出《关于加强互联网易制毒化学品销售信息管理的公告》，提出为有效防范不法分子利用互联网非法销售易制毒化学品，禁止个人在互联网上发布非药品类易制毒化学品销售信息，禁止任何单位和个人在互联网上发布药品类易制毒化学品销售信息。拟在互联网上发布非药品类易制毒化学品销售信息的网站主办者，应当向网站接入服务商提交销售单位的非药品类易制毒化学品生产、经营许可证或备案证明副本复印件，并在网站上公布销售单位名称及其许可证或备案证明编号。同时，明确了公安机关以及工商行政管理、安全监管、食品药品监管、通信管理等部门的相关监管工作任务。

2010 年 9 月 26 日，财政部印发了《互联网销售彩票管理暂行办法》，规范互联网销售彩票行为，维护彩票市场秩序。《办法》规定：未经财政部批准，任何单位不得开展互联网销售彩票业务。彩票发行机构可以与单位合作或者授权彩票销售机构开展互联网销售彩票业务，也可以委托单位开展互联网代理销售彩票业务，但合作单位、互联网代销者应当具备注册资本不低于 5000 万元人民币、取得相关互联网信息服务经营许可证等条件。彩票发行机构申请开展、调整或者停止互联网销售彩票业务的，应当经民政部或者国家体育总局审核同意，并向财政部提出书面申请，经批准后有关信息向社会公告。彩票发行机构、经授权的彩票销售机构、合作单位或者互联网代销者应当按财政部批准的彩票品种进行销售。禁止为未成年人开设投注账号，不得向未成年人兑奖。互联网销售彩票资金按照财政部批准的彩票游戏规则规定的比例，分别计提彩票奖金、彩票发行费和彩票公益金。彩票发行机构应当建立包括销售监控系统、后台管理系统和前端服务平台在内的互联网销售彩票管理系统，并具备完善的数据备份、数据恢复、防病毒、防入侵等安全措施，确保系统安全可靠运行。

　　2010 年 5 月 10 日，《国家测绘局关于印发互联网地图服务专业标准的通知》公布了修订后的互联网地图服务专业标准。对从事地图搜索、位置服务、地理信息标注服务、地图下载和复制服务以及地图发送、引用服务的专业标准，从主体资格、人员规模、仪器设备、作业限额、保密管理、质量管理以及档案管理七个方面作出了详细规定。例如，要求存放地图数据的服务器设在中华人民共和国境内，并提供服务器公网 IP 地址；要求使用经省级以上测绘行政主管部门审核批准的地图数据，建立登记、入库、审核、复制、删除等档案工作制度，地图数据实行统一管理等。2010 年 10 月 19 日，《国家测绘局办公室关于加强地图备案工作的通知》又对互联网地图的备案工作提出了具体要求，规定互联网地图编制单位负责报送互联网地图数据备案，初次备案时应提供存储最终发布的地图数据、与在线地图显示效果一致的浏览软件，以及包含兴趣点名称、省级和城市归属等内容。

（工业和信息化部政策法规司　朱秀梅）

第 10 章　2010 年中国网络版权保护发展情况

10.1　2010 年我国知识产权发展概况

2010 年，中央及各级地方政府以经济建设为中心，围绕建设创新型国家和加快转变经济发展方式，大力推进知识产权战略实施，知识产权各项工作取得显著进展。知识产权在国家的经济、文化、社会发展过程中发挥的作用更加重要。

在发展战略方面，2010 年年初，知识产权战略实施的 28 个成员单位联合制订了《2010年国家知识产权战略实施推进计划》，并围绕确定的 18 项重点工作，较好地完成了 222 条具体举措。一年来，各部门新制定、修订有关知识产权法律法规和规范性文件 44 项，出台并实施主要政策措施 112 项，开展执法行动 35 项，建立、完善公共服务平台 17 个。共有 16个部门制定了本领域的知识产权战略、实施意见或具体工作方案，7 个部门专门建立了本部门战略实施工作机制。

在立法方面，2010 年，各项立法工作取得很大进展。《商标法》修订工作持续推进；2月 26 日，新修订的《著作权法》公布，并于 4 月 1 日起施行；2 月 1 日，修改后的《专利法实施细则》开始施行；《知识产权海关保护条例》的新一轮修订工作完成，并开始施行；非物质文化遗产法草案提请审议并于 2011 年 2 月通过。司法方面，最高人民法院积极推动知识产权审判庭统一受理知识产权民事、行政和刑事案件试点工作，截至 12 月底，全国已有 5个高级法院、49 个中级法院和 42 个基层法院开展相关试点工作。

在知识产权受理、审批、登记量方面，2010 年，国内专利申请量和商标注册申请量均突破百万件。全年共受理专利申请 122.2 万件，其中国内发明专利申请 29.3 万件，同比增长27.9%；PCT 国际专利申请达到 12 337 件，申请量从原来的世界第五跃居世界第四。全年共受理商标注册申请 107.2 万件，共审查商标注册申请 148.1 万件，审查周期由原来的 36 个月以上缩短到 1 年之内，提前两个月彻底解决了国内外广泛关注的商标审查积压问题；截至 2010年年底，我国商标注册累计申请量、累计注册量和有效注册量均居世界第一位；累计受理马德里商标国际注册领土延伸申请 154 302 件，连续 6 年位居世界第一，受理国内申请人商标国际注册申请累计 11 427 件，在发展中国家排名第一；共注册和初步审定地理标志集体商标和证明商标 1040 件，其中外国地理标志 36 件。2010 年全国作品自愿登记量达 37 万余件，全年共完成计算机软件著作权登记 81 966 件，较 2009 年增长 15.5%，连续 5 年保持高速增长态势。

在执法方面，2010 年年初，根据由国家知识产权战略实施部际联席会议制订发布的《2010年中国保护知识产权行动计划》，具体部署了全国知识产权保护工作。为做好上海世博会和广州亚运会等知识产权保护的专项工作，知识产权局、工商总局、版权局制定了世博会专利执法维权工作方案，保护世博会标志专有权行动方案，世博会版权保护工作方案，并建立了专利审查绿色通道机制，反盗版快速反应机制。2010 年 10 月以来，在全国范围内开展了"打击侵犯知识产权和制售假冒伪劣商品专项行动"，提出并推进了 36 项重点工作，内容涵盖专利、工商、版权、公安、海关和检察等各个领域，各地各级政府部门各司其职，周密部署，有力打击了侵犯知识产权的违法行为，该专项行动将持续到 2011 年 6 月。

在知识产权交流合作方面，中国与世界知识产权组织（WIPO）继续保持良好合作，知识产权局、工商总局、国家版权局等部门深入参与世界贸易组织、亚太经合组织等各相关国际组织发展议程，全面加强了与世界知识产权相关部门的合作关系，积极做好《海峡两岸知识产权保护合作协议》的起草制定和协商签署工作。知识产权局积极参与中、美、欧、日、韩五局合作，有序推进基础合作项目，成功举办了第三次五局局长会议。继续巩固发展与传统合作伙伴的双边关系，不断开拓新的合作伙伴，与英、法、俄、澳等近 40 个国家或地区的知识产权机构签署了双边知识产权合作协议。国家版权局积极参与有关国际重大版权问题的磋商和版权新条约的制定，联合世界知识产权组织共同开展了世界知识产权组织版权金奖、国际版权论坛、版权保护推动产业发展调研项目等相关活动，与英国、日本分别签署了战略合作协议和战略合作备忘录，与美国、韩国等举办了有关版权新问题的研讨会。

10.2　中国网络版权发展概况

10.2.1　网络版权法制建设情况

2010 年，是我国《著作权法》颁布的 20 周年，这一年，我国版权保护工作整体进入新阶段。根据经济和社会发展需要，网络版权立法和执法工作有序开展，相关法律、法规、规章及相关规范性文件不断完善。

立法方面，2010 年 1 月 11 日最高人民法院、最高人民检察院和公安部联合公布的《关于办理侵犯知识产权刑事案件适用法律若干问题的意见》，将免费提供侵权作品以增加网站流量点击率、间接收费的模式，也认定为"以营利为目的"，并规定侵权者不能提供版权所有人同意使用自己作品证明的，就可认定为"未经著作权人许可"。2 月 26 日新修订的《著作权法》对于信息网络传播权的保护做出了相关规定：在原有的条文中增加了"信息网络传播权的保护办法由国务院另行规定"的内容，将著作权人在计算机网络传播中的合法权益纳入保护范围。

执法方面，一是中国知识产权各相关部门结合自身职能，完善执法机制，加强执法力度，知识产权执法进一步形成合力；二是日常执法方面，职能部门在加大对侵权假冒行为集中打击力度的同时，结合自身职能，加强日常执法，大力推进知识产权保护工作。如国家版权局深入开展打击网络侵权盗版专项治理"剑网行动"，各地版权执法部门已查处"音乐在线"和"翠微居网"等 204 起侵犯著作权案件；三是司法工作方面，全国司法机统一认识，进一步加大知识产权司法保护力度，知识产权司法保护工作有效开展。

10.2.2　公共服务情况

目前，我国加强版权公共服务体系建设的五大重点工作内容为：

（1）发挥版权保护的激励机制，积极创建"版权产业基地"，并把版权保护工作延伸到各类文化创意园区、动漫创作基地、影视创作基地、数字出版基地和软件开发园区等产业集群，协调相关部门积极争取为版权产业的发展提供投资、融资、税收、进出口等政策支持。

（2）发挥版权公共服务功能，进一步完善版权质押、作品登记和转让合同备案制度，不断提高版权质押、作品登记和合同备案服务的质量和效率，确保登记备案制度的统一性、权威性和严肃性，扶持和健全版权公共服务机构，提高版权公共服务水平，拓展版权利用方式，降低版权交易成本和风险，进一步激发智力创作者的创作激情和作品传播者的运作能力。

（3）积极推进版权贸易，完善市场机制，充分发挥中介组织在版权市场化中的作用，鼓励和支持政府部门和市场主体参与版权贸易基础建设。

（4）建立使用作品的畅通渠道，加强文字、音乐、音像、电影、摄影等版权集体管理组织，并加强对其监督指导，发挥行业协会和权利人组织的作用，切实保护著作权人和作品使用者的正当权益，建立使用作品的合理有效机制，促进文学、艺术和科学作品的广泛传播和运用。

（5）积极创建版权创新与保护示范群体，充分发挥版权创新和保护示范单位的引导作用，形成一批规范守法有市场竞争力的版权创新和运用的市场主体。努力扶持版权产业的发展，支持具有鲜明民族特色和时代特点的精品力作的创作与传播，提高我国文化和科技产品的市场竞争力和国际影响力，为加快发展方式转变，推进经济结构战略性调整作出贡献。

互联网的迅猛发展，给传统版权制度带来严重挑战，引发了互联网版权保护的第一次革命，主要特征是将传统的著作权法律制度及管理模式延伸到互联网领域，形成了以"内容保护措施＋纠纷处理机制"为基础的版权保护模式。DRM（Digital Rights Management，内容数字版权加密保护技术）技术的广泛应用，以及 1998 年美国《数字千年版权法案》以来各国相关法律普遍对"技术措施及权利管理信息的保护"和"避风港原则"的引入，即是互联网版权保护第一次革命的典型体现。该模式虽在初期有效，但是无法适应互联网本身的特性和需求，存在着许多自身无法解决的问题。

随着互联网技术与应用的不断创新和相关研究的逐步深入，如何从根本上解决新媒体产业链各参与者的利益共享和创新更加快速高效的维权机制，成为互联网版权保护的核心命题。以利益分享为动力和成果，互联网版权保护正在迎来以"利益共享机制＋快速维权机制"为基础的第二次革命。为顺应互联网版权保护第二次革命的发展浪潮，中国版权保护中心提出了以 DCI（Digital Copyright Identifier，数字作品版权唯一标识符）体系为核心的数字版权公共服务新模式。DCI 体系基于数字版权唯一标识技术，能够有效适应 Web2.0 时代数字版权保护的特性，实现以数字作品版权登记、费用结算、监测取证为核心的综合、科学、有效的版权公共服务创新模式。以 DCI 体系为支撑，将实现两大关键机制创新：一是通过 DCI 技术在数字作品版权登记与费用结算等领域的应用，进行利益整合与分享机制的制度化创新，以适应版权保护领域中各种相关的利益博弈关系；二是通过利用 DCI 标识技术，进行网络版权的监测取证，建立以 DCI 体系为支撑的快速高效维权机制，实现版权维权机制的创新。

10.2.3　目前网络版权保护的困境

1．网络作品受保护的法律依据欠缺

网络作品，简言之，是在网络上出现的作品，又称为数字化作品。数字化作品是借助数字化技术而产生的，这里所谓数字化技术是指依靠计算机技术把一定形式（如文字、数值、图形、图像、声音等）的信息输入计算机系统并转换成二进制数字编码，以对它们进行编辑、合成、存储、采用数字通信技术加以传送，并在需要时把这些数字化了的信息再还原成文字、数值、图形、图像、声音的技术。然而，我国现行《著作权法》对网络作品的保护无明文规定，《著作权法》第 3 条列举的九类受保护作品中也未包括数字化作品。但《著作权法实施条例》第 2 条对受保护作品的含义进行了解释，根据该条款，"著作权法所称作品，指文学、艺术和科学领域内具有独创性并能以某种有形形式复制的智力创作成果。"因此，网络作品能否受我国著作权法保护的关键在于其是否符合《实施条例》对"作品"所下的定义。数字化作品尽管脱离有形载体，但并不影响其独创性，并且任何上载到网络的文件必须输入到 www 服务器的硬盘驱动器内，即以数字化形式固定在计算机的硬盘上，这种固定的结果，是能够被他人使用联网主机所阅读、下载、或用软盘复制或直接打印到纸张，因此其符合 "能以某种有形形式复制"的要求。究其根本，网络作品与其他作品的不同在于所借助的载体，这种数字化的思想表达方式符合我国法律规定的作品的特征，理应受到法律的保护。

2．侵权认定技术操作上存在困难

盘点 2010 年，从技术层面上来看，不难发现，数字化、网络化、高清化、智能化和集成化这几大技术变化趋势越来越明显。这些技术变化带来的新技术手段，如搜索、链接和存储空间服务等，在给互联网用户带来便捷应用体验的同时，也埋下了侵犯网络版权的隐患。例如，我们现有的版权保护制度是在传统的"一一授权"基础上产生的，但这个契约关系在互联网时代里发生了变化，拥有各种"技术手段"的网站成为了新的传播商。当个人作品被某个网站任意使用时，网站很可能通过一种规避版权的网络技术让版权人找不到"维权对象"。如在旨在把大量网络资源"统一管理和调度"的云计算技术下，每个提供资源的网络被称为"云"，"云"对用户是可以无限扩展、随时获取、按需使用的，无疑会给版权人维权带来很大困难。此外，即使版权人对某家网站有授权，在未来屯信网、互联网和有线电视网"三网合一"的趋势下，如何判断授权、侵权与否，依然是传统版权制度无法回答的问题。

2010 年，一类具有代表性的网络版权维权现象集中出现在资源分享类网站。资源分享类网站作为网络存储空间，其内容由用户自主上传。在迎合用户以赢得市场的同时，保护版权人的权利、保护版权，互联网企业面临着巨大的挑战。解决网络版权保护难题，关键在于版权方与互联网运营机构建立持续的合作模式，推动技术创新和商业模式创新。网络版权保护模式的创新和探索，将对整个互联网行业起到极大的示范作用。例如，2010 年百度 MP3 模式的尝试，为互联网数字版权的规范、互联网业和数字出版业的共赢与发展起到推动作用。

3．行业发展与网络版权保护存在矛盾

除技术原因外，在互联网环境下，各国司法为了平衡互联网自由、开放、共享的优势与版权人的利益，有时也会令版权保护"做出必要的牺牲"。从公众方面看，他们追求方便至上和私人目的的最大满足。而随处可见的网络让侵权的门槛越来越低，互联网容易让"非法上传"的定义在公众眼中变得非常模糊。即使是在英美等版权保护力度较大的国家，也面临

这样的困扰。对中国而言，互联网时代的版权保护还面临几个其他的困难。除了平衡信息产业的发展外，公众的利益和承受力也是必须正视的因素。百度文库在作家联盟的"攻势"下建立了"合作平台"和"版权方绿色举报通道"后，却有网民质疑：网络版权保护机制让买不起正版书的人知识更加贫乏，导致陷入富者愈富，穷者愈穷的恶性循环。此外，诉求不一的版权人同样面临"既希望传播又担心被侵权"的矛盾心态。由此可见，现有的版权制度难以满足多层次、多元化的需求。

10.3 版权保护和行业发展的双赢模式

10.3.1 国外经验

国际上，各国普遍支持在保护版权的同时促行业发展。从国际通行使用的法律法规看，网络服务商版权侵权责任的认定大都适用"避风港规则"。该规则最早确立于美国《千禧年数字版权法》，其主旨是既保护版权人的合法权益，同时也给予网络服务商相对宽松的发展空间。具体规则是：网络服务商对网民上传至网络的信息没有事先审查的义务，原则上网站不为网民的版权侵权行为负责，但是版权人向服务商提示网络中存在版权侵权行为后，服务商应采取必要措施保护权利人合法权益；如果网络服务商接到版权人提示后怠于采取必要措施，那么就需要承担相应责任。

"避风港规则"是经过世界主要国家法律适用验证的最佳平衡网络经济发展和版权人权益的规则，是法律平衡个体利益和整体利益的契合点。如果否认这个原则，就可能导致网络服务商为规避责任而对网民发布的信息进行事先审查，或关闭相关服务网站，这无疑不符合互联网开放性的特点，同时也会使广大网民利益受损。

国际上，"红旗规则"被作为互联网版权纠纷的例外处理办法。"红旗规则"是美国法适用"避风港规则"的一种例外情况：如果网络版权侵权行为非常明显，以至于像一面"红色旗帜在网络服务提供商面前公然地飘扬"时，法院才有可能推定网络服务商已经明知侵权行为的发生，可以不经过版权人提示而直接要求网络服务商承担责任。不过，美国国会担心"红旗规则"的不当适用可能会产生对互联网经济的不利影响，所以做出了特别的解释，即在适用该规则时，必须有确实证据证明网络服务商对版权侵权行为事先知晓，原则上应作为"避风港规则"的例外情况谨慎适用。

10.3.2 国内现状

（1）尊重国际惯例，采纳"避风港原则"。"避风港规则"逐渐被包括中国在内的世界大部分国家所接纳，成为互联网版权保护的核心规则。网络服务商作为互联网经济发展的主要支柱，在我国经济重要转型期中扮演着重要角色，如果对其苛以重责，就有可能导致这个新兴产业链的枯萎，这也是我国在侵权责任法网络侵权专条中继续引入"避风港规则"的初衷所在。

（2）倡导行业自律，介入版权双方的矛盾调解。部分行业组织和企业积极倡导网络版权的行业自律。在中国互联网协会、中国版权协会、中国文字著作权协会等组织的推动下，网络版权工作委员会和中国数字版权维权联盟分别于 2005 年和 2011 年成立，旨在通过行业自律维护网络版权，规范数字版权市场化发展，保障权利人合法权益，营造和维护互联网行业健康有序发展的良好环境。同时，网络版权工作委员会等行业组织还对行业内出现的网络版权突发事件和矛盾进行了调解，倡导版权人和使用者之间加深了解，互利共赢，围绕新技术和新应用创建新的合作模式。

（3）整合行业资源，探索企业新商业模式。以河北教育出版社状告"好记星"，千万索赔为导火索，一场出版社的维护"知识产权"的风暴，引发了包括 ELP 行业和教育出版、法律等相关组织机构的普遍关注。目前，大多数企业已经停止提供同步教材的下载服务。然而，凭借与出版机构谋求合作，资源整合合作厂家，共同促进行业知识产权保护的健康转轨，"文曲星"成为行业内目前唯一可以正式为用户提供包括教材、教辅、辞典在内的全面同步下载服务的产品。从行业发展的角度来看，与出版社合作，进行资源整合，是厂家、出版社双赢之道，也是学习机厂商的唯一正确出路。版权问题导致我国文化创意产业的潜力远远没有发掘出来，而解决版权保护问题则需要国家、企业各自出力。在新的互联网、数字技术面前，企业要主动去发现新的交易模式。

10.4　网络版权保护专项行动

10.4.1　"剑网行动"

为加强网络环境下的版权行政执法和监管工作，保护权利人合法权益，打击网络环境下的各类侵权盗版行为，净化网络版权环境，促进互联网产业的健康发展，2010 年 7 月 1 日，国家版权局、公安部、工信部联合召开新闻通气会，宣布 2010 年打击网络侵权盗版专项治理"剑网行动"启动，行动持续到 2011 年 3 月。"剑网行动"的主要内容是加强对音频、视频及文学网站、网游动漫网站以及网络电子商务平台的监控力度，重点围绕热播影视剧、新近出版的图书、网游动漫、音乐作品、软件等，严厉打击未经许可非法上载、传播他人作品以及通过电子商务平台兜售盗版音像、软件制品等的违法犯罪活动；严厉打击非法传播上海世博会、广州亚运会相关音乐、电影、软件、图书等作品的网络侵权盗版活动。在"剑网行动"中，国家版权局中国境内 15 家视频网站下发了主动监管通知，要求每家网站对使用点击率排名靠前的近 300 部影视剧展开自查自纠。就目前视频网站递交的上报材料看，平均每家网站主动监管作品 191 部，每家网站删除的侵权影视剧约 75 部。

10.4.2　"亮剑行动"

2010 年 10 月 19 日，国务院常务会决定从 2010 年 10 月底开始在全国开展为期半年的打击侵犯知识产权和制造假冒伪劣商品专项行动。按照国务院统一部署，11 月，公安部组织全国公安机关开展打击侵犯知识产权和制售伪劣商品犯罪专项行动，代号"亮剑行动"。"亮剑行动"重点打击包括利用互联网传播盗版影视作品、软件，销售假冒伪劣商品的犯罪等在内的 8 种犯罪活动。11 月 12 日，广电总局印发《广播影视知识产权战略实施意见》的通知，制定实施打击侵犯知识产权的专项行动，其中包括严厉打击互联网侵权盗版行为等。"亮剑行动"在全国各地都取得了显著成效，仅上海市就先后查处 14 起重大侵犯知识产权案件，依法处理了 VeryCD 网等一批知名网站。行动查处的案件包括：QQ163 音乐网、爱听音乐网未经批准，擅自从事经营性互联网文化活动并未经权利人许可，擅自通过信息网络向公众提供他人作品和录音录像制品案；PPS网、土豆网、PPLive网未经权利人许可，擅自通过信息网络向公众提供他人作品和录音录像制品案；VeryCD网、电脑之家网、游侠网、Bookfm网未经权利人许可，擅自通过信息网络向公众提供他人作品和录音录像制品并登载含有禁止内容的互联网文化产品和互联网视听节目案等。江苏省文化厅还查处了"MP3音乐网"涉嫌未经许可从事互联网文化经营活动案；昆山市文广新局会同公安局查处软件网站 www.9cax.com 未经著作权人许可擅自发布行业软件及图书下载案；广东省查处"偶爱MP3音乐网"涉嫌侵犯音乐产品著作权案；贵州省文化厅破获音乐在线网未经权利人许可擅自通过信息网络向公众提供他人作品和录音录像制品案。

10.5 网络版权行业自律

10.5.1 发布《中国互联网行业版权自律宣言》

2010年1月20日，人民网、新华网、中国网、央视网、新浪网、搜狐网和腾讯网等全国101家互联网网站在北京共同发布《中国互联网行业版权自律宣言》。《自律宣言》强调，互联网网站应对处于公映档期、热播期间的影视作品采取技术措施限制用户上传，对于违反服务协议、不听劝告、多次实施违法传播行为的用户，应采取移除相关信息、停止服务等措施制止。互联网网站应坚持"先取得授权再使用作品"原则，不以任何方式传播未经版权人授权的作品，应加强对用户上传作品的监督管理，提示用户不得上传他人作品，防止他人利用本单位信息网络平台实施侵犯版权的违法行为。互联网网站应对版权行政管理部门公告中列明的未经许可不得传播的作品，采取技术措施限制用户上传，应认真处理版权及相关权利人的通知，保证24小时以内依法采取删除或屏蔽相关信息等处理措施。

10.5.2 签订《互联网影视版权合作及保护规则》

2010年4月26日，中国互联网协会网络版权工作委员会与中国电影著作权协会、中国广播电视协会电视制片委员会联合签订了《互联网影视版权合作及保护规则》，18家互联网企业，21家电视制片方和华谊兄弟、天津电影制片厂等多家影视制作单位参与签约。签约仪式在"CCTV-12绿书签行动，分享正版生活"节目中播出，也是互联网企业面向全国观众宣誓加强版权保护的决心，全国"扫黄打非"办公室、新闻出版总署、国家版权局、中央电视台见证了本次签约活动。《保护规则》涉及建立三方版权公告联络人制度，规范影视制片行业交易，以合理公允的价格促进广播影视节目在互联网的传播，不进行哄抬价格、重复授权、虚假授权等不当交易行为，如出现细则规定禁止的情况，由影视行业协会内部通报或发布黑名单，并上报影视制片主管部门；网络播出单位承诺采取切实可行的行动和措施维护影视版权。

10.5.3 中国网络游戏版权保护联盟成立

2011年1月8日，由上海巨人网络科技有限公司、网之易信息技术（北京）有限公司、北京聚宝科技有限公司、盛大游戏有限公司等在内的18家网游企业发起的中国网络游戏版权保护联盟在北京成立。该联盟的宗旨是通过与政府相关部门建立"绿色快捷通道"，代理侵权取证，进行举报投诉，打击"私服"、"外挂"等侵权盗版行为。

10.6　司法领域的典型案例

10.6.1　谷歌"盗版门"事件

【案情摘要】美国谷歌 2004 年开始宣布建设全球最大的数字图书馆，模式是通过与图书馆及出版社合作的方式，扫描由图书馆和出版社提供的书籍，制作成电子书，提供显示摘要、有限预览和全文浏览等服务，还即将开展按需印刷、在线浏览和下载、数据库销售、广告等经营行为。

谷歌数字图书馆版权纠纷涉及中国、法国、意大利、德国和日本等很多国家，双方争论的焦点在于谷歌的扫描传播行为是否侵权。中国文著协认为，谷歌数字图书馆侵犯了中国著作权人的复制权、信息网络传播权、版式设计权和获得报酬权。在文著协的努力下，谷歌正式公开向中国作家道歉，并向文著协提交扫描收录 21 万种中国图书清单。2010 年 1 月 12 日，双方本应举行第四轮谈判，正式达成和解协议的框架和纠纷解决时间表，但谷歌单方面无限期推迟第四轮谈判。

10.6.2　百度文库纠纷事件

【案情摘要】百度文库是由百度公司建设运营的供网友在线分享文档的开放平台。用户可以在线阅读和下载涉及课件、论文、专业资料、文学小说等多个领域的资料，不过需要扣除相应的积分。文档均来自用户上传，用户通过上传文档，可以获得该平台的虚拟积分奖励，用于下载自己需要的文档。百度不编辑或修改用户上传的文档内容。2010 年 12 月底，"文库书店"模式上线，为用户提供电子图书阅读服务，"文库书店"中大部分书籍可以免费阅读前几章内容，用户若感兴趣可以以纸质书籍一折的价格购买。

中国文著协 2010 年 11 月正式发布声明公开谴责百度文库，12 月，文著协、盛大文学、磨铁图书发表联合维权声明，对百度文库的侵权盗版，准备依法追究百度的民事、行政甚至刑事责任。

百度文库纠纷关键点在于其文档分享平台的网络服务提供商是否适用可以享受"避风港"原则。部分专家认为百度文库属于法律明确规定的信息存储空间（系统通过自动指令由用户上传并发布的，只要不是百度自己上传），文档分享平台目前未被要求承担事先审查的义务或责任，现有法规没有明确网络服务提供商负有主动检索、识别、判断的义务。中国文著协认为百度文库已经不是单纯的网络服务提供商，而是网络内容商，或是二者兼而有之，尽管百度文库可能不直接从网友上传或下载文档中直接获益，但应该具有事前审核的义务，要承担侵权责任。

10.6.3　搜狐博客博文抄袭案

【案情摘要】原告李强著有《西方理念是科学，东方思想是宗教》一文，于 2009 年 6 月 17 日发表在其博客"西北风的空间—搜狐博客"和"搜狐网梦幻主场—体育大看台"上。2009 年 8 月 2 日，被告于某在其搜狐博客上发表了文章《如何突破难度与稳定的瓶颈，继续领跑世界跳坛》，该文的第六段整段引用了李强的《西方理念是科学，东方思想是宗教》一文第五段内容，却未注明作者和出处。

法院经审理认为：于某的博文已构成对李强博文核心内容的使用，于某的行为违反了《著作权法》的有关规定，构成侵权。法院判决：于某立即停止使用《西方理念是科学，东方思想是宗教》的文章内容，并登载致歉声明，赔偿李强经济损失和诉讼合理支出共计 1800 元。

本案系我国首例判决的博客著作权侵权案件。随着网络技术的发展及人们交流方式的多元化，博客作为一种新兴的网络传播形式被广泛使用，博客注册用户虽能够自由决定发表内容，但这种自由并非不受限制，注册用户在网络上享有的权利与承担义务与现实生活中并无区别。无论作品系以何种形式发表或传播，著作权人对其创作的作品享有的著作权均应受到法律的保护。

10.6.4　全国首例互联网电视机侵犯信息网络传播权案

【案情摘要】原告优朋普乐公司系国内影视数字发行商，依法独立享有影视作品《王贵与安娜》、《少林寺传奇Ⅱ》等信息的网络传播权。被告 TCL 公司在 2009 年推出的新产品"MiTV 互联网电视机"中增加了互联网搜索功能，用户可下载观看由被告"迅雷"软件提供的涉案网络影视作品，在线观看由"PPStream"软件提供的涉案网络影视作品。被告国美公司销售了涉案电视机。北京市第二中级法院经审理认为，迅雷公司、众源公司作为涉案搜索服务提供者，通过被告 TCL 公司生产的涉案互联网电视机，向电视机用户提供了涉案影视作品的搜索服务。迅雷公司、众源公司和 TCL 公司对相关搜索结果进行了编辑、整理，有合理理由知道所链接的作品为侵权作品，仍帮助实施侵权行为，应承担共同侵权责任。因此判决被告停止通过涉案带有互联网功能模块的"MiTV 互联网电视机"提供涉案影视剧的在线、下载观看服务的行为；被告共同赔偿原告经济损失 8 万余元。

"三网合一"能够使运营商在信息沟通的经营中实现网络资源的共享，避免低水平的重复建设，形成对客户业务需求响应快、业务适应性广、运营效率高、网络维护费用低的高速带宽的多媒体基础平台。互联网电视是三网合一的重要载体，也是商家必争的主战场。本案以搜索服务提供商对相关搜索结果进行了编辑、整理，有合理理由知道其行为为侵权行为，仍帮助被链者实施了侵犯行为，其主观上具有过错，因此应就此承担共同侵权责任，判决对规范推进互联网电视行业的健康有序发展具有重大意义。

10.6.5　传统纸媒与网络媒体的纠葛

【案情摘要】新京报与浙江在线的网络著作权纠纷始于 2007 年，新京报以浙江在线未经授权长期大量转载《新京报》作品诉至杭州市中级人民法院。经过多次证据交换和庭审，多次更换法官，2010 年 3 月 29 日，杭州中院裁定，要求新京报社将 7706 篇被非法转载的文章分案起诉。新京报社向浙江省高级人民法院提起上诉，被终审裁决维持原裁定。2010 年 7 月 28 日，新京报社从 7706 篇被非法转载的报道中选取了 10 篇作品，再次向杭州市中级法院提起 10 起侵权案件之诉。2010 年 9 月 21 日，杭州中院对 10 起分开起诉的侵权案件进行了合并开庭审理。随后，新京报社又向杭州中院分案递交另 38 篇报道被浙江在线非法转载的诉状，同时提交了新京报社早在 2007 年 8 月致浙江在线要求停止侵权的函及浙江在线的道歉回函。新京报社表示，后续还将就其他被非法转载的篇目陆续起诉。

2010 年 7 月 1 日，浙江在线诉新京报社诋毁浙江在线形象,损害浙江在线的名誉权，请求法院判令对方立即停止侵权行为，同时诉新京报及其关联媒体未经许可从浙江在线转载了8000 余篇稿件。

虽然此案最后以双方和解告终，但暴露出的传统纸媒与网络媒体的纷争却引人深思。一般认为，双方通过合作协议解决转载稿件的问题，有的是互换稿件，有的是有偿购买，基本原则是"先授权付费后使用"。而实践中，未经许可擅自转载的情况非常普遍，在全国 1 万多家报刊中，转载摘编已发表文章而主动付酬的还不足 1/10，网站付酬的更是屈指可数。不少网站既是转载其他媒体稿件的侵权人，同时，也是被其他网站侵权的"受害者"。实践证明，网络与传统媒体之间互相转载稿件（如文字作品和美术摄影作品）依照《信息网络传播权保护条例》事先征得许可是不现实的，而且基本做不到。解决此类纠纷尚需制定出切实可行的网络媒体之间、网络媒体与传统媒体之间文章转载付酬办法。

（中国互联网协会　石现升；中国互联网协会调解中心　郭玉中）

第11章　2010年中国互联网治理状况

11.1　互联网治理概况

2010年，我国互联网产业蓬勃发展，网络规模不断扩大，网络应用水平不断提高，网络文化不断繁荣发展，互联网已成为现代社会生产的新工具，科学技术创新的新手段，经贸商务使用的新载体，社会公共服务的新平台，大众文化传播的新途径和人们生活娱乐的新空间，成为推动经济发展和社会进步的巨大力量。国家对互联网产业高度重视，互联网产业作为新兴战略型产业列入"十二五"规划。在大力推进互联网建设的同时，不断创新互联网管理的办法和手段，已经初步形成了分工负责、齐抓共管的管理格局。

2010年，政府高度重视互联网治理工作，形成政府主导，协会和其他民间组织协调，企业和网民参与，多方共同努力的格局。有关部门出台了多项部门规章，部分法律法规也及时更新以适应互联网产业的发展，重点开展了打击虚假违法广告、网络赌博、互联网和手机传播淫秽色情及低俗信息的专项行动，积极推进网络实名制和行业自律。围绕互联网不良与垃圾信息治理，垃圾邮件治理，反钓鱼网站，反网络病毒，推进网络诚信建设等工作，相关部门和行业组织进一步健全和完善治理机制，创新治理模式，鼓励行业自律，引导网民参与，取得了显著的成效。

11.2　互联网行业管理情况

11.2.1　产业发展逐步规范

2010年是互联网产业发展与规范并行重要的一年。中央领导在多个场合强调要大力发展互联网产业，互联网产业发展环境日趋明朗。2010年9月5日，中共中央总书记、国家主席、中央军委主席胡锦涛到腾讯公司考察并发表重要讲话，表示中国互联网产业要坚持自主创新，努力掌握核心技术，攻克技术难题，让民族互联网产业走在互联网的前端。国务院总理温家宝也非常重视互联网的战略地位和发展趋势：他在2009年12月27日接受新华网独家专访时表示，要大力发展互联网等新兴战略型产业，要和"十二五"规划紧密地联系在一起；2010年6月25日，温总理到阿里巴巴公司考察，表示发展电子商务一定要讲诚信。产业环境的好转也对产业规范产生促进作用，6月8日，国务院新闻办公室发布《中国互联网状况》

白皮书，介绍了中国互联网发展的基本情况，说明了中国政府关于互联网的基本政策及对相关问题的基本观点，帮助公众和国际社会全面了解中国互联网发展与管理的真实状况。与此同时，由政府主导的互联网产业规范工作得到空前重视，有关互联网管理法规相继出台，分别在互联网的立法司法、监管政策方面进行了完善，有关部门与行业协会推出了一系列互联网治理措施。

1. 立法司法方面

2010 年，本着建设好、利用好、管理好互联网的基本指导思想，我国互联网的发展与管理在延续既有政策的基础上，紧密结合国家宏观发展战略和互联网社会应用的现状，加强政策引导，推进网络基础设施建设，提高安全防护能力，努力发挥互联网在促进产业结构调整和经济发展方式转变中的平台作用。同时，不断创新管理手段，细化监管措施，完善互联网管理机制，努力使互联网产业沿着安全有序的轨道发展。其中，4 月 29 日修订通过的《中华人民共和国保守国家秘密法》明确了互联网服务提供者的保密责任。第 28 条规定：互联网及其他公共信息网络运营商、服务商应当配合公安机关、国家安全机关、检察机关对泄密案件进行调查；发现利用互联网及其他公共信息网络发布的信息涉及泄露国家秘密的，应当立即停止传输，保存有关记录，向公安机关、国家安全机关或保密行政管理部门报告；应当根据公安机关、国家安全机关或保密行政管理部门的要求，删除涉及泄露国家秘密的信息。5 月，已颁布了 16 年的《消费者权益保护法》正式进入二次修改程序，网络购物是重点关注领域同时拟增加对"后悔权"的规定，即消费者由"非固定场所"销售方式购买的商品在 30 天内可以退货，并不承担任何费用。

2. 行政管理方面

在行政管理方面，各职能部门在治理整顿、行业规范和实名制建设等方面做了很多工作。一是重点整治网络违规现象。1 月 27 日，国家工商行政管理总局联合中宣部等 12 部委联合下发《2010 年虚假违法广告专项整治工作实施意见》，打击利用互联网发布虚假药品广告，清理互联网医疗保健和药品信息服务，利用互联网和手机媒体传播淫秽色情及低俗信息等专项整治工作。2010 年最高人民法院重点打击网络黑客、网络盗窃、网络赌博等网络犯罪活动，2010 年 9 月 15 日最高人民法院、最高人民检察院、公安部联合出台了《关于办理网络赌博犯罪案件适用法律若干问题的意见》。2010 年根据群众举报及网络游戏内容审查备案中发现的问题，文化部共下发了 159 个《经营性互联网文化活动监管通知书》，要求企业对经营活动中的违规行为进行整改。二是加强行业规范和引导工作。5 月，国家测绘局发布了最新修订的《互联网地图服务专业标准》，要求从事互联网地图服务的企业必须申请互联网地图服务资质即"互联网地图服务牌照"。6 月 21 日，中国人民银行公布《非金融机构支付服务管理办法》，规范网络支付等金融服务行为。8 月 1 日起开始施行的由文化部出台的《网络游戏管理暂行办法》是我国第一部专门针对网络游戏进行规范和管理的部门规章。此外，12 月 21 日，新闻出版总署下发了《关于进一步规范出版物文字使用的通知》，要求互联网出版物不得随意夹带使用英文单词或字母缩写等外国语言文字。三是积极推动网络实名制与手机实名制建设。6 月 24 日，商务部发布《关于促进网络购物健康发展的指导意见》，要求利用网络平台从事经营活动的个人实名注册，具备条件时对网络销售个人逐步实施工商登记制度。2010 年手机实名制正式推行。

3. 行业自律方面

2010 年 1 月 20 日，由国家版权局支持，中国版权协会主办的《中国互联网行业版权自律宣言》正式发布，人民网、央视网、新华网和优酷网等 101 家网站共同签署了《中国互联网行业版权自律宣言》。2 月，由完美时空、深圳腾讯、广州网易、盛大网络、巨人网络和搜狐畅游 6 家网络游戏骨干企业自主发起了"家长监护工程"，旨在加强家长对未成年人参与网络游戏的监护，引导未成年人健康、绿色参与网络游戏，构建和谐家庭关系的行业自律行动。4 月 26 日，中国互联网协会网络版权工作委员会与中国电影著作权协会和中国广播电视协会电视制片委员会联合签订了《互联网影视版权合作及保护规则》，本次签约的共有 18 家互联网企业，21 家电视制片方和华谊兄弟、天津电影制片厂等多家影视制作单位。9 月，在北京网络媒体协会新闻评议专业委员会的提议下，搜狐、新浪、网易等 8 家网站试点运行网站自律专员制度。

4. 理论研究方面

2010 年 1 月 12 日，中国互联网协会应广大会员单位的要求发起成立了互联网行业自律政策建议与技术手段建设两个研究小组，其主要任务是研究并提出有效抵制互联网和手机媒体淫秽色情与低俗信息，促进网络信息安全有序流动的可行性政策建议及技术措施建议，为有效开展互联网行业自律工作提供理论支持。7 月 30 日，由阿里巴巴集团研究中心牵头，联合中国电子商务法律网、中国电子商务协会政策法律委员会、中国互联网协会网络版权联盟、北京大学法学院互联网法律中心、亚太网络法律研究中心等国内多家互联网研究机构共同在北京发起成立网规研究中心，旨在聚集社会力量，深化网规研究，探索治理新规则，服务新商业文明。

11.2.2 专项行动效果明显

2010 年，为了整治互联网低俗内容，国家有关部门联手展开的专项治理行动继续深入，进一步净化了网络环境，取得了显著成效。

2009 年 12 月，由中央外宣办、国务院新闻办牵头，会同全国扫黄打非办公室、工业和信息化部、公安部等 9 个部门联合开展的深入整治互联网和手机传播淫秽色情及低俗信息的专项行动在 2010 年继续深入。2010 年 2 月，公安部、中宣部、中央综治办、最高人民法院、最高人民检察院、工业和信息化部、中国人民银行、中国银行业监督管理委员会八部委决定自 2 月至 8 月组织开展集中整治网络赌博违法犯罪活动专项行动。7 月 21 日，国家版权局、公安部、工业和信息化部联合启动了为期三个多月的打击网络侵权盗版专项治理"剑网行动"。这是 2005 年以来的第六次专项行动。2010 年 10 月至 2011 年 3 月，文化部在全国范围内开展文化市场知识产权保护专项执法行动。此次行动中针对互联网行业的重点任务包括打击网络游戏"私服"和"外挂"。CNNIC 也进行了域名注册信息专项治理行动。

专项行动取得了明显效果，有力地遏制了不良低俗内容，净化了网络环境，打击了网络犯罪活动，对网络违法犯罪分子具有震慑作用。具体体现在：

（1）整治互联网和手机传播淫秽色情及低俗信息专项行动成绩斐然。截止到 2010 年 11 月底，整治互联网和手机传播淫秽色情及低俗信息的专项行动排查网站 178.5 万个，关闭传播淫秽色情的网站 6 万余个，删除文字、图片、视频等各类淫秽色情及低俗信息 3.5 亿条，查处非法涉性广告 1.3 万个，查处违法违规视听网站 800 多个，查处低俗音乐网站 30 多家，游戏网站 150 多家，先后分 8 批曝光谴责了 40 家网站，曝光违规接入服务企业 24 家。各地公安机关共查处网络淫秽色情违法犯罪刑事案件 2197 起，行政案件 1773 起，查处违法犯罪分子 4965 人。各级人民法院共依法审结了各类涉黄案件 1164 起，给予刑事处罚 1332 人。

其中判处五年以上有期徒刑的 58 人，中国移动、中国电信、中国联通共全面排查 743 家接入服务企业和 1915 家代收费合作伙伴，清退违规接入服务商 126 家，停止违规代收费业务 1630 多项。互联网违法和不良信息举报中心等四家举报机构共接到了群众举报信息 85 万多条。截至 2010 年 12 月 31 日，CNNIC 处理并记录涉黄域名 6168 个；添加涉黄域名黑名单 86 批次，共计 3551 个；通知注册服务机构删除涉黄链接及对域名进行实名认证 82 批次。

（2）打击侵犯知识产权和制售假冒伪劣商品专项行动取得积极成效。专项行动开展以来，国家版权局、全国"扫黄打非"办公室根据案件线索，确定对 55 起重点案件进行挂牌督办，其中 29 起案件为全国专项行动领导小组办公室重点督办的案件。为指导各地尽快侦破案件，国家版权局、全国"扫黄打非"办公室联合公安部和最高人民法院、最高人民检察院等部门组成 7 个小组，分两批对其中的 26 起案件进行了实地督导。截至 2011 年 3 月，共有 10 起案件已由法院作出判决，11 起案件已作出行政处罚决定，7 起案件正在法院审理中，5 起案件在检察机关审查起诉，16 起案件正由公安机关立案侦查中，5 起案件正在行政调查中，1 起案件线索中断。除 55 起重点案件外，又新增 8 起重点案件，其中 1 起案件正在检察机关审查起诉，7 起案件正由公安机关侦查。

根据商务部等部门要求，上海市有关部门开展了网络购物领域的专项整治。上海市通信管理部门查处关闭 8 家假冒"春秋航空"网站、44 家假冒"德邦物流"网站，并配合有关部门处置违规网站 18 家，配合工商部门关闭违规网络销售等网站 5 家，配合食品药品监督部门关闭违规药品网站 4 家，配合文化执法部门关闭违规进行网络文化（网络音乐）活动的网站 2 家，配合新闻出版部门关闭违规出版网站 2 家，关闭其他网站 5 家。上海市公安部门破获网络购物领域各类侵权假冒伪劣犯罪案件 12 起，关闭非法侵权网站 30 余个。

11.2.3　实名制积极稳妥推进

2010 年，网络实名制进入快速推进阶段，4 月 29 日下午举行的十一届全国人大常委会第十五讲专题讲座上，中宣部副部长，中央外宣办、国务院新闻办主任王晨提到："积极稳妥推行网络实名制"，"尽快实现网站实名制，全面实行手机实名制，逐步在网络互动环节推行实名制。"在微博客和社交网络等新兴应用推动下，网民逐步认可和接受网络实名制。

1.　网站备案制度继续强化

2009 年 12 月 25 日，工业和信息化部下发《工业和信息化部关于进一步深入整治手机淫秽色情专项行动工作方案》的通知，要求基础电信企业和各接入服务商在向通信管理局提交网站申请备案之前，要对主办者身份信息当面核验、留存有效证件复印件，要对网站主体信息、联系方式和接入信息等进行审查，并向网站备案所在地通信管理局提交网站备案信息真实性核验证明。各地通信管理局以此对网站备案信息真实性进行审查，对发现未执行当面核验或提供虚假信息的，严肃处理。对已接入网站，基础电信企业和接入服务商要在 2010 年 9 月前完成全部接入网站的备案信息真实性核验，并制订详细计划报许可证发放机关和公司所在地通信管理局；2010 年 3 月底之前接入服务商要完成互联网站备案管理系统的建设，并实现与部省网站备案系统的连接。网站备案管理支撑中心要加强日常的网站备案信息核查、违法违规网站定位、分类统计、各地通信管理局行政处罚情况汇总等工作。

2010 年，工业和信息化部为期 14 个月的整治手机淫秽色情专项行动进入第二阶段和第三阶段。1 月 14 日，工业和信息化部副部长奚国华指出，手机淫秽色情治理需要管理和技术等手段多管齐下，综合治理。在完善相关管理机制的同时，也要加强技术管控手段的建设，进一步提高管控能力，要认真做好网站备案管理系统建设，完善建立对淫秽色情等有害信息的管控手段，积极推行手机实名制。截至 2010 年第四季度末，在工业和信息化部深入整治手机淫秽色情专项行动中，三家基础电信企业共排查 178 万余个网站，关闭或查处手机涉黄网站 10 万余个。共排查接入服务商 743 家，清退服务器层层转租接入商 89 家。停止违规手机代收费合作伙伴 4 个，并暂停 WAP 合作伙伴代收费计费 427 家。

6 月，工业和信息化部对网站备案管理系统进行升级改造。升级后的网站备案管理系统实现了工业和信息化部、各通信管理局、接入服务企业三级备案管理的服务模式，在原网站备案管理系统服务功能基础上，增加了通信管理局级和接入服务企业级网站备案管理系统。网站主办者仅需向接入服务企业提交备案申请，即可办理相关业务。

7 月 9 日，国务院办公厅在中国政府网上公布了《国务院关于第五批取消和下放管理层级行政审批项目的决定》，在《国务院决定取消的行政审批项目目录》中，第七项是"互联网电子公告服务专项审批（备案）"。

12 月 24 日，工业和信息化部下发《关于对已备案网站信息进行抽样核查的通知》，对已备案网站信息进行电话抽样核查，核查内容主要包括：主办单位名称、主体负责人姓名、主办单位通信地址、主体负责人办公电话、主体负责人手机号码、域名和接入服务商。此举将进一步清除和取消接入一些空壳和注册资料不全的网站。

12 月，江苏省互联网协会正式启动网站实名认证和网站安全认证工作。网站实名认证和网站安全认证是江苏省互联网协会面向会员单位新推出的认证服务，这两项服务基于认证技术平台，通过对网站主办者身份、网站备案信息和企业注册信息等资料的审核，认证网站主办者的真实信息，并监督和发现网站挂马、网页篡改和网页仿冒等网络安全隐患。取得江苏省增值电信业务经营许可证或非经营性网站备案的企业可以申请获得认证。认证服务的正式启动，将帮助解决网民交易信用水平偏低和网络安全隐患较多等问题，进一步促进江苏省互联网产业的发展。

2．网络实名制逐步进入实施阶段

2010 年 5 月 2 日，新华社以"我国已初步建立互联网基础管理制度"为题报道了中宣部副部长，中央外宣办、国务院新闻办主任王晨给全国人大常委会所作的专题讲座。报道指出，我国已初步建立了互联网基础管理制度。一是规范域名、IP 地址和登记备案、接入服务管理。二是建立互联网信息服务准入退出机制。三是积极探索网络实名制。在重点新闻网站和主要商业网站推行论坛版主实名制、取消新闻跟帖"匿名发言"功能取得实效，网站电子公告服务用户身份认证工作正在探索之中。

自 2010 年 7 月 1 日起正式实施的由国家工商行政管理总局局务会议审议通过的《网络商品交易及有关服务行为管理暂行办法》第二十条要求：提供网络交易平台服务的经营者应当对申请通过网络交易平台提供商品或服务的法人、其他经济组织或者自然人的经营主体身份进行审查。提供网络交易平台服务的经营者应当对暂不具备工商登记注册条件，申请通过网络交易平台提供商品或服务的自然人的真实身份信息进行审查和登记，建立登记档案并定期核实更新。核发证明个人身份信息真实合法的标记，加载在其从事商品交易或服务活动的网页上。提供网络交易平台服务的经营者在审查和登记时，应当使对方知悉并同意登记协议，并提请对方注意义务和责任条款，此举标志着网店实名制时代的到来。

自 2010 年 8 月 1 日起正式实施的由文化部出台的《网络游戏管理暂行办法》第二十一条要求：网络游戏运营企业应当要求网络游戏用户使用有效身份证件进行实名注册，并保存用户注册信息。第二十条、第二十六条也涉及到实名制规定。

3．手机实名制正式启动

自 9 月 1 日起，手机实名制正式在全国推行。工业和信息化部要求，电话用户实名登记工作将分两个阶段实施，第一阶段从 2010 年 9 月 1 日起，全面实行新增电话用户实名登记；第二阶段以电话用户实名登记相关法律出台为依据，用三年时间做好老用户的补登记工作。实名制不只是针对手机用户，小灵通用户也必须实名登记。

4．CN 域名实名制持续开展

根据《工业和信息化部关于进一步深入整治手机淫秽色情专项行动工作方案》要求，CNNIC 于 1 月开始"严格落实域名注册申请者应提交真实、准确、完整的域名注册信息的规定"，要求各域名注册服务机构积极开展 CN 域名以及 CNNIC 负责注册管理的中文域名注册信息核对工作。截至 12 月 31 日，CN 域名实名比率已经达到 97.2%，CN 域名新注册实名比率达到 100%，CN 域名下不良应用举报比例逐步下降。

11.2.4　3Q 之争驱动治理模式创新

2010 年 10 月 27 日至 11 月初，奇虎 360 公司和腾讯公司在互联网业务中产生纠纷，采取不正当竞争行为，影响了用户的正常业务使用。奇虎 360 公司和腾讯公司的纷争最终在政府有关部门的干预下逐渐平息，该事件简称为 3Q 之争。

3Q 之争是一次影响人数多、影响力深远的互联网企业纠纷事件。从互联网治理的角度看 3Q 之争，该事件中政府有关部门采取的措施和有关治理互联网行业混乱竞争的机制和手段，对互联网治理模式创新具有重要意义。3Q 之争驱动互联网治理模式的创新主要体现在：

（1）充分发挥政府的主导地位。3Q 之争发生后，工业和信息化部高度重视，会同相关部门及时了解情况，平息争议，坚决维护用户合法权益和市场秩序。11 月 20 日，工业和信息化部发布《关于批评北京奇虎科技有限公司和深圳市腾讯计算机系统有限公司的通报》，对奇虎和腾讯两公司提出严厉批评，责令两公司停止互相攻击，确保相关软件兼容和正常使用，同时也责令两公司自该通报发布 5 个工作日内向社会公开道歉。作为互联网行业主管部门，工业和信息化部依据职权，会同相关部门对两家公司涉嫌违反相关法律规定的行为进行进一步调查处理，责令两公司做好配合工作。互联网和谐需要网民、企业、政府及其他互联网参与者本着平等协作的态度共同努力，其中政府应当发挥主导作用和组织作用，其他参与者要积极响应，只有这样才能实现最终的和谐。

（2）充分发挥协会等民间组织的作用。互联网治理应以行业自律为基础，去解决互联网产业发展中的大部分问题。3Q 之争发生后，互联网协会立即启动了协调工作，紧急约见奇虎 360 公司和腾讯公司并召开了协调会议。2010 年 11 月 5 日，互联网协会发出公开倡议，呼吁两家企业能够回归理性竞争，维护网民的合法权益，加强行业自律，共建和谐网络。

（3）加强政府、企业、网民三者的互动。3Q 之争中，网民的呼声和利益得到了政府的高度重视，从而及时干预和制止纷争，有力地维护了行业秩序，保障了网民的利益。只有政府、企业、网民三者的互动得到加强，网民的意见才能得到重视，舆论监督才有意义。

（4）制度创新是根本。维护互联网市场公平、公正、有序竞争秩序，保护用户合法权益，促进互联网产业健康、稳定、可持续发展，根本在于进一步完善互联网治理的相关法律法规建设，以及制定相关的行业规范。2011 年 1 月 12 日，工业和信息化部对外公布了《互联网信息服务市场秩序监督管理暂行办法（征求意见稿）》。2011 年 1 月 14 日，互联网协会对外公布了《互联网终端软件服务行业规范》（征求意见稿）。

11.3 互联网行业自律情况

11.3.1 微博客服务自律情况

2010 年 8 月，北京网络媒体协会新闻评议专业委员会发出《关于在网络媒体设立自律专员的倡议》，得到提供微博客服务的新浪、搜狐、网易等八家网站承诺将率先试点运行。自律专员要遵循"大兴网络文明之风"的各项规约要求，对该网络媒体上存在的危害国家安全，危害社会稳定，违背法律法规，违背社会公德，淫秽色情，诈骗等有害信息，谣言和虚假信息，跟风炒作、炫富拜金、荒诞猎奇等庸俗行为进行监督。自律专员直接对该网络媒体负责，但其工作独立于该网络媒体的内部采编及监控流程。网络媒体对各自聘请的自律专员自行建立相应的管理团队和工作机制。2010 年 9 月，新浪首家试点运行网络媒体内部监督机制，聘用首批十名自律专员。2010 年 10 月，十名自律专员在搜狐进行了培训，这是国内首家针对自律专员展开的专项培训。

11.3.2 互联网终端软件服务行业规范

针对 3Q 之争，2011 年 1 月 14 日，互联网协会对外公布了《互联网终端软件服务行业规范》（征求意见稿）。《互联网终端软件服务行业规范》分为八章，明确了很多关键性内容，包括保护用户合法权益，禁止强制捆绑，禁止软件排斥，禁止恶意拦截等，针对安全软件互联网协会将建立有效的终端软件白名单及异议处理机制。该规范是由中国互联网协会组织新浪、搜狐、腾讯、百度、第一视频、优视科技、360、金山、瑞星和暴风影音等企业代表及法律专家研究起草，它将有助于规范互联网终端软件服务，保障互联网用户的合法权益，维护公平和谐的市场竞争环境，促进国内互联网行业的健康发展。该规范的出台受到了广大互联网企业的欢迎和支持，它填补了互联网行业高速发展但相关的法律法规却没有同步更新出现的空白。

11.3.3 互联网版权保护自律宣言

2010 年 1 月 20 日，由国家版权局支持、中国版权协会主办的《中国互联网行业版权自律宣言》正式发布，人民网、央视网、新华网和优酷网等 101 家网站共同签署了《中国互联网行业版权自律宣言》。《宣言》共十条，除了明确互联网企业应当承担起相应的社会责任，认真遵守国家版权法律及相关政策，还提出将加强对网络用户上传作品的监督管理：提示用户不得上传他人作品，并采取技术措施限制用户上传处于公映档期、热播期间的影视作品。另外，还承诺认真处理权利人的通知，保证在 24 小时内删除或屏蔽相关侵权内容。国家版权局版权管理司司长王自强表示，《宣言》的签署，凝聚着所有互联网企业家愿意遵纪守法、公平竞争的思想和智慧，也凝聚着互联网企业作为互联网领域的行业组织对其成员的市场导向，也凝聚着中国版权协会一如既往地支持权利人和作品的传播者遵守法律来完善中国的版权保护制度这样一种精神。

11.3.4　网络不良与垃圾信息治理情况

1．网络不良与垃圾信息举报受理情况

2010 年，12321 网络不良与垃圾信息举报受理中心（以下简称"12321 举报中心"）共收到不良与垃圾信息举报 1 214 583 件次。其中，互联网不良与垃圾信息举报 756 073 件，移动电话网举报 444 895 件次，固定电话网举报 9691 件次，其他 3924 件次。

2．百度、12321 举报中心联合发起阳光行动

2010 年 12 月 17 日，百度公司与 12321 举报中心联合发起旨在"打击互联网不良信息，共建和谐网络环境"的阳光行动，计划从加大技术管理投入，强化网友举报机制，打击重点案例，普及安全上网知识等方面入手，联动国务院新闻办公室、公安部、国家食品药品监督管理局等权威部门，发动全体网民乃至全社会力量，加大打击互联网违法、不良和虚假信息的力度，净化网络环境。具体措施包括：斥资 1 亿元加大技术和管理投入，扩充专业团队；在每个搜索结果页开设不良信息网友快速举报通道，一经举报中心核实，百度将于 48 小时处理；与政府有关部门联动，打击重点案例；设立 1000 万元阳光基金，面向普通网民推动安全上网教育。

3．12321 举报中心开通官方微博客

2010 年 12 月 31 日，12321 举报中心在新浪网开通官方微博客，通过微博客这一最新互联网应用，以网民喜闻乐见的方式发布消费提醒、权威数据和报告。

4．与各省互联网协会联动处理不良与垃圾信息情况

2010 年 3 月，四川省、河南省相继设立 12321 网络不良与垃圾信息举报受理中心，并且开通了五种举报方式：一是拨打电话区号+12321；二是登录 12321.cn 可在线举报；三是发送邮件至"区号@12321.cn"；四是编辑短信"举报号码*内容"发送到 12321；五是手机登录Wap 网站 wap.12321.cn。

11.3.5　反钓鱼网站工作

1．反钓鱼网站工作成果显著

2010 年 12 月 16 日，2010 年中国反钓鱼网站联盟年会在京召开，来自工业和信息化部、公安部、中国科学院、国家计算机病毒应急处理中心等有关部门的领导及腾讯、淘宝、团宝网等联盟成员单位代表近百人共同参加了会议。会上发布了《2010 年中国反钓鱼网站联盟工作报告》。报告显示，截至 2010 年 11 月底，中国反钓鱼网站联盟秘书处累计认定并处理的钓鱼网站 32 496 个，其中，1～11 月，累计认定并处理钓鱼网站 20 570 个，较 2009 年同期大幅上涨 136%，其中，网络交易类（74.38%）、虚假中奖类（12.96%）、金融证券类（12%）网站位列钓鱼攻击的前三位；针对这三类网站的网络钓鱼占举报总量的 80% 以上。同时，2010年钓鱼网站呈现出高度集中和追踪热点两大效应，并采取以境外域名、主动建站为主，非法入侵挂马和假冒侵权网站并存四大手段，使得反钓鱼网站的形势更加严峻。

2．网络钓鱼处理机制和处理能力日趋完善

我国当前网络钓鱼处理机制和处理能力日趋完善。在钓鱼网站受理范围方面，目前可受理包括.com，.net，.cn 等在内的大量顶级域名的钓鱼网站举报，其中 CN 域名钓鱼网站处理

率高达 100%，非 CN 域名钓鱼网站处理率超过 90%。在钓鱼网站处理方式方面，不仅具备对钓鱼网站的域名进行处理这一手段，随着合作单位的增加，现已通过联合微软、遨游、火狐等浏览器厂商及金山、趋势等网络安全厂商，百度等搜索引擎厂商，实现在浏览器、搜索引擎和杀毒软件端对网民进行主动提示和预警。浏览器方面，遨游、谷歌、Opera 的提示率均超过 60%；安全软件方面，金山、360、趋势的提示率均超过 62%。2010 年共有数百家单位递交申请欲加入中国反钓鱼网站联盟，经中国反钓鱼网站联盟秘书处严格审核，仅吸纳 27 家遭遇网络钓鱼风险大的网站成为联盟正式成员单位，值得关注的是，十余家正规团购网站也成为联盟正式成员单位。

11.3.6　网络诚信建设推进情况

1．域名安全

作为互联网的基础地址资源，域名系统的重要性已成为全球共识，绝大多数互联网应用都基于域名系统开展，因此域名事故极易"牵一发而动全身"，一旦域名出现故障，互联网将面临局部或全面坍塌的问题。

域名体系包括根域名服务、顶级域名服务、各级权威域名服务和递归域名服务四个层次，前两者由 ICANN 及专业域名注册管理机构提供运营支持和运行维护，这两个环节的安全有所保障，绝大部分的域名安全事故出现在权威域名服务系统和递归域名服务。

2010 年，CNNIC 和中网公司联合发布首份《中国域名服务及安全现状报告》（以下简称《报告》），《报告》显示，我国目前域名服务器总量近百万，其中超过 50% 的域名服务器相对不安全，而我国 57% 的重要信息系统存在域名解析风险。

根据《报告》，2009 年 8 月到 2010 年 8 月一年时间内，全球大型的域名攻击多达 20 起，造成的损失非常严重，大到国顶级域名技术故障，小到局部区域网络故障，因为域名攻击手段隐蔽技术先进，导致防范较为困难，互联网底层故障造成网络生活受阻甚至国家信息安全危机。随着域名安全事故的急剧增长，这种隐忧开始深深困扰广大网民，2009 年因暴风影音域名攻击事件造成的全国大面积断网事件，暴风影音宣称损失 238 万元，2010 年百度域名被劫持导致网站无法访问的事故，业内估计百度损失过千万。

《报告》追踪发现，上面提到的 20 余起全球域名安全事故中，有 16 起发生在这个"重灾区"，对于我国，权威和递归域名服务两个环节的活跃的服务器达到 755 422 台套，但相对安全的服务器比例不足半数。其主要原因在于这两个环节的服务器众多、管理分散、规模有限，维护人员的技术水平也参差不齐，没有统一的技术标准，缺乏综合专业的安全运维服务能力，暴风影音和百度事件中的域名攻击也均来自这个层次。

可见，域名服务水平的规范和提升已经迫在眉睫。无论是从技术还是从管理上看，对于域名的这个环节实现规范、高效的产业化成为根本的解决之道。工业和信息化部通信保障局相关领导曾强调，要规范整个域名服务行业，提升域名服务安全系数，急需一个中立、技术过硬、管理有序的第三方来提供域名安全运维服务，而企业可以将自己的域名安全运维服务外包给专业的第三方服务机构。

2．可信互联网建设

（1）我国网络诚信形势严峻

当前我国互联网诚信形势非常严峻。网络营销环境不容乐观，网络贸易和网上交易的各种失信行为层出不穷，网民对网络的信任感不断下降。中国互联网络信息中心（CNNIC）的调查数据显示，仅 2010 年上半年，就有 59.2% 的网民在使用互联网过程中遇到过病毒或木马攻击；30.9% 的网民账号或密码被盗过；电子商务网站访问者中 89.2% 的人担心假冒网站，其中，86.9% 的人表示如果无法进一步获得该网站的真实信息，将会选择退出交易。

网络安全感和信任度的不断降低，成为广大企业开展电子商务和网络营销的拦路虎，网络安全和信任问题已经成为电子商务深层次发展的最大制约因素，我国电子商务网站的诚信指数急需提高。

国务院新闻办发布的《中国互联网状况白皮书》指出，中国政府"致力于营造健康和谐的互联网环境，构建更加可信、更加有用、更加有益于经济社会发展的互联网"。互联网正在从"可用"走向"可信"。如何有效验证网站真实身份，降低网络交易成本，在"可用"的基础之上构建"可信"的网络环境，提高网民对互联网的信任程度，从而促进网络营销和电子商务的大发展，已经成为当前迫切需要解决的问题。

（2）"可信网站"验证推出

防范和杜绝网络安全问题，消除网络失信行为，需要权威第三方机构的介入，从网站身份核验、数据传输加密等层面，形成"打防并举、注重防范"的格局，帮助网民和网站建立起各类综合防范机制。

2010 年 8 月 17 日，在 2010 年中国互联网大会上，凭借"提高网络诚信，护航电子商务安全，建设繁荣诚信的互联网"价值定位，权威第三方网站身份信息验证服务"可信网站"验证，荣获中国互联网"潜质之星"奖项。

当前，"可信网站"验证的大范围应用和普及有力提升了中国互联网的诚信指数。对于已经实施"可信网站"验证的网站，广大网民在访问这些网站时，可随时点击"可信网站"验证防伪标识，核验网站真实身份，查看网站主体信息，如果在访问这些网站时，遇到"可信网站"验证页面打不开或出错的，要立即终止访问，因为正在访问的网站极有可能是"钓鱼网站"。

到目前为止，"可信网站"验证在政府部门、事业单位、行业协会及证券、金融、卫生、保险、电子商务、设备制造等诸多行业均得到了广泛的应用，并涌现了一批包括广州亚运会、中国人寿、腾讯网、淘宝网等在内的知名企事业单位应用典型，较好地促进了诚信互联网体系的建设，不仅日渐成为网民判别网站是否可信的重要依据和参考，还成为我国金融、证券、卫生和电子商务等诸多行业判别网站是否可信的行业标准。

11.4　互联网治理技术手段建设

11.4.1　垃圾邮件治理情况

1．我国已成功摘掉垃圾邮件大国的帽子

2010 年第四季度，英国著名安全公司 Sophos 发布的全球垃圾邮件统计报告显示，我国已经连续四个季度没有出现在 Sophos 前十二的名单列表中。这表明经过中国互联网协会及互联网业界的共同努力，在法律规范、行政监管、技术保障、行业自律、宣传教育、国际合作、群众举报等多种措施的联合推动下，经由我国发出的垃圾邮件比例持续下降，我国互联网垃

圾邮件治理工作取得显著成效，垃圾邮件泛滥的情况得到了明显的遏制，在国际上树立了良好的大国形象。未来中国互联网协会将继续遵循"疏堵结合、破立并举"的治理理念，重点围绕反垃圾邮件技术平台及与之配套的服务体系的建设和完善。与此同时，中国互联网协会还将进一步加强与国际互联网组织的交流与合作，促进国内外网络通信的畅通，从而进一步净化网络环境，更好地为广大网民及相关机构服务。

2．中国反垃圾邮件状况调查报告

12321 举报中心与中国互联网协会反垃圾邮件中心联合发布的第二十三次《中国反垃圾邮件状况调查报告》显示：2010 年第四季度中国电子邮箱用户平均每周收到垃圾邮件数量为 13.5 封，与第三季度相比下降了 2.4 封（下降 15.1%）；与 2009 年同期相比下降了 0.3 封（降 2.2%）。电子邮箱用户平均每周收到的邮件中垃圾邮件的比例 38.2%，比第三季度上升了 0.6 个百分点，比 2009 年同期则下降 6.7 个百分点。手机邮箱（把采用移动设备登录邮箱的行为，统称为手机邮箱）用户平均每周收到垃圾邮件 11.7 封，垃圾邮件比例为 36.8%，仍低于免费邮箱的垃圾邮件比例，但已非常接近。企业邮箱用户平均每周收到正常邮件 30.6 封，下降了 33.3 封。企业邮箱平均每周收到垃圾邮件 14.8 封，比第三季度下降了 6.6 封。垃圾邮件占比 32.6%，比第三季度上涨了 7.5 个百分点，但仍低于免费邮箱和手机邮箱。

3．中美网络安全对话机制重点探讨反垃圾邮件

2010 年 3 月 31 日下午，由国家互联网应急中心（CNCERT）主办的中美网络安全对话机制中方专家组第二次会议在北京召开，探讨中美在反垃圾邮件领域的交流事宜。会上，在中国互联网协会反垃圾邮件综合处理平台专家组基础上，正式成立了中方专家组，并由中国互联网协会向与会专家正式颁发了中美网络安全对话机制中方专家聘书。

参会的有来自北京邮电大学、中国电信、中国联通、新浪、网易、腾讯、263 和万网志成等企业的 20 多位专家，中国互联网协会反垃圾邮件中心主任曾明发和副主任胡安廷作为中方专家参加了本次会议。讨论了中国反垃圾邮件总体情况报告提纲，与会专家提出了若干富有建设性的修改意见。会议还邀请了中美网络安全对话机制美方专家组组长 Karl Rauscher 参会，Karl 向中方专家介绍了中美网络安全对话机制的背景和美方专家组的工作进展，双方还就中美对话的方式进行了深入交流和规划。

中美互联网对话机制是在美国知名智库——东西方研究所提议下，经国家工业和信息化部、国务院新闻办提议，由中国互联网协会牵头就反垃圾邮件、黑客攻击等多个专题与其开展交流和沟通活动，从而增进中美双方在网络安全问题上的相互了解，进一步促进合作。中美安全对话机制在反垃圾邮件领域的交流为中美双方在今后共同致力于反垃圾邮件方面展开更深层次的合作提供了基础，中国反垃圾邮件国际合作迈出了新的重要步伐。

11.4.2　反网络病毒发展情况

CNNIC 发布的《第 27 次中国互联网络发展状况统计报告》显示，随着政府对网络安全问题集中治理力度的不断加大，我国的基础网络安全问题有了明显的改善。2010 年，遇到过病毒或木马攻击的网民比例为 45.8%，较 2009 年下降了 10.8 个百分点，人数也从 2.17 亿减少为 2.09 亿人，减少了近 800 万人。有过账号或密码被盗经历的网民占 21.8%，较 2009 年降低 9.7 个百分点。遇到过账号密码被盗的人数从 2009 年的 1.21 亿降低到 9969 万，减少了 2000 余万。

国家互联网应急中心（CNCERT）发布的《2010 年互联网网络安全态势报告》显示，2010 年我国基础网络运行总体平稳，互联网骨干网各项检测指标正常。但不容忽视的是，域名系统安全仍是薄弱环节。

中国互联网协会反网络病毒联盟（ANVA）监测数据显示，2010 年新截获手机恶意程序 1600 余个，累计感染智能终端 800 万部以上。其中，"毒媒"程序全年累计感染约 200 多万个用户手机，"手机骷髅"程序累计感染 83 万余个用户手机。另外，从手机平台来看，Symbian 平台是手机恶意程序感染的重点对象，约有 69% 的恶意程序针对该平台手机，其次分别是 J2ME 平台（27%）和 Android 平台（3%）。手机恶意程序增长速度快，传播范围广，造成危害大，移动互联网网络环境治理工作亟待加强。

（互联网实验室　高红兵、张明、张静）

第12章 2010年中国计算机网络与信息安全状况

12.1 网络安全概况

回顾2010年，在政府相关部门、互联网服务企业、网络安全企业和网民的共同努力下，我国互联网网络安全状况总体平稳，但互联网所面临的安全威胁呈现出一些新的特点和趋势。本文将从基础网络安全、重要联网信息系统安全、公共网络环境安全和国际网络安全动向四个方面分析归纳2010年的互联网网络安全状况。

12.1.1 基础网络安全

2010年，基础网络运行总体平稳。互联网骨干网各项监测指标正常，未发生重大网络安全事件。但不容忽视的是，域名系统仍然是互联网安全的薄弱环节。1月12日，由于在境外注册的域名信息被篡改，百度网站发生近4小时的访问故障，引起网民找的广泛关注。9月10日，安徽电信公共域名服务器（DNS）遭受网络攻击，省内互联网用户上网受到一定影响。此外，2010年还多次发生针对新网和万网等域名注册服务机构的网络攻击事件，对域名注册和解析服务造成影响。

12.1.2 重要联网信息系统安全

1. 政府网站安全防护薄弱

根据国家计算机网络应急技术处理协调中心（以下简称CNCERT）监测，2010年中国大陆有近3.5万个网站被黑客篡改，数量较2009年下降21.5%，但其中被篡改的政府网站高达4635个，比2009年上升67.6%。中央和省部级政府网站安全状况明显优于地市以下级别的政府网站，但仍有约60%的部委级网站存在不同程度的安全隐患。政府网站安全性不高不仅影响了政府形象和电子政务工作的开展，还给不法分子发布虚假信息或植入网页木马以可乘之机，造成了更大的危害。

2. 金融行业网站成为不法分子骗取钱财和窃取隐私的重点目标

网络违法犯罪行为的趋利化特征明显，大型电子商务、金融机构、第三方在线支付网站成为网络钓鱼[1]的主要对象，黑客仿冒上述网站或伪造购物网站诱使用户登录和交易，窃取

---

[1] 网络钓鱼是通过构造与某一目标网站高度相似的页面（俗称钓鱼网站），通常以垃圾邮件、即时聊天、手机短信或网页虚假广告等方式发送声称来自于被仿冒机构的欺骗性消息，诱骗用户访问钓鱼网站，以获取用户个人秘密信息（如银行账号和账户密码）。

用户账号密码、造成用户经济损失。2010 年，CNCERT 共接收网络钓鱼事件举报 1597 件，较 2009 年增长 33.1%；"中国反钓鱼网站联盟"处理钓鱼网站事件 20 570 起，较 2009 年增长 140%。

12.1.3　公共网络环境安全

1．木马和僵尸网络依然对网络安全构成直接威胁

2010 年，由于扩大了监测范围[1]，CNCERT 全年共发现近 500 万个境内主机 IP 地址感染了木马和僵尸程序，较 2009 年大幅增加。2010 年，在工业和信息化部的指导下，CNCERT 会同基础电信运营企业、域名从业机构持续开展木马和僵尸网络专项打击行动，成功处置境内外 5384 个规模较大的木马和僵尸网络控制端和恶意代码传播源。监测结果显示，相对 2009 年数据，远程控制类木马和僵尸网络的受控主机数量下降了 25%，治理工作取得一定成效。然而，黑客也在不断提高技术对抗能力。根据工业和信息化部互联网网络安全信息通报成员单位报告，2010 年截获的恶意代码样本数量特别是木马样本数量较 2009 年明显增加，木马和僵尸网络治理工作任重道远。

2．手机恶意代码日益泛滥引起社会关注

随着移动互联网智能终端的普及，手机恶意代码开始出现并快速蔓延。不法分子利用手机恶意代码窃取用户隐私信息、恶意订购各类增值业务或发送大量垃圾短信，危害用户利益和网络安全。据中国反网络病毒联盟（以下简称 ANVA）[2]的监测数据，2010 年新截获手机恶意代码 1600 余个，累计感染智能终端 800 万部以上。其中，"毒媒"木马全年累计感染约 200 万多个用户手机，"手机骷髅"病毒累计感染 83 万余个用户手机。另外，从手机平台来看，Symbian 平台是手机恶意代码感染的重点对象，约有 69%的恶意代码针对该平台手机，其次分别是 J2ME 平台（27%）和 Android 平台（3%）。手机恶意代码增长速度快，传播范围广，造成危害大，移动互联网网络环境治理工作亟待加强。

3．软件漏洞是信息系统安全的重大隐患

网络设备、服务器系统、操作系统、数据库软件、应用软件乃至安全防护产品普遍存在安全漏洞，高危漏洞会带来严重的安全隐患。2010 年，国家信息安全漏洞共享平台（以下简称 CNVD）[3]共收集整理信息安全漏洞 3447 个，其中高危漏洞 649 个（占 18.8%）。典型的高危漏洞有：论坛建站软件 Discuz!高危漏洞、MySQL yaSSL 库证书解析远程溢出漏洞、Microsoft IE 对象重用远程攻击漏洞、Microsoft Windows 快捷方式 LNK 文件自动执行漏洞、IBM 公司 Lotus Domino/Notes 群件平台密码散列泄露漏洞、工业自动化控制软件 KingView6.5.3 缓存区溢出漏洞等。CNVD2010 年收集整理的漏洞中，应用程序漏洞占 62%，操作系统漏洞占 16%，Web 应用漏洞占 9%，分列前 3 位。

---

[1] CNCERT 根据木马和僵尸网络的发展情况，不断调整监测范围，新增了下载者木马、窃密木马、盗号木马、流量劫持木马、部分新型远程控制木马等木马监测类型。2010 年共监测 153 种木马和 57 种僵尸网络。

[2] 关于中国反网络病毒联盟（China Anti-Network Virus Alliance，ANVA）的介绍见 12.6.3 节。

[3] 关于国家信息安全漏洞共享平台（China National Vulnerability Database，CNVD）的介绍见 12.6.2 节。

4．DDoS 攻击危害网络安全

2010 年，分布式拒绝服务（DDoS）攻击呈现转嫁攻击[1]和大流量攻击的特点。2010 年，某些政府网站的流量异常事件及腾讯业务系统多次遭受攻击事件，都是缘于游戏私服[2]网站在遭到攻击后将其网站域名恶意指向上述系统。另一方面，DDoS 攻击流量越来越大，如针对"456 游戏"网站的攻击流量峰值甚至超过 100Gbps，对公共互联网的安全运行造成较大冲击。由于攻击源多采用虚假源 IP 地址，对攻击行为的溯源和应急处置工作面临很大困难。

5．我国垃圾邮件治理成效显著

在互联网行业的共同努力下，过去一年中，源于中国的垃圾邮件数量呈稳步下降之势。据英国网络安全公司 Sophos2010 年第 1 季度监测报告显示，源于中国的垃圾邮件数量仅占全球垃圾邮件总量的 1.9%，排名从 2009 年第 4 季度的第 7 位大幅下降至第 15 位；2010 年后 3 个季度的 Sophos 报告显示，我国已不在全球垃圾邮件源发大国之列。

6．互联网应用层服务的市场监管和用户隐私保护工作亟待加强

2010 年，发生了以"3Q 之争"[3]为代表的多起终端安全软件与互联网应用服务之间的商业争端，以及终端安全软件之间的商业争端，反映出互联网应用层服务的市场竞争失序，用户隐私保护立法工作亟待加强，社会各界要求加强管理的呼声强烈。

12.1.4 国际网络安全动向

1．网络安全事件的跨境化特点日益突出

2010 年，CNCERT 监测发现共近 48 万个木马控制端 IP，其中有 22.1 万个位于境外，前三位分别是美国（占 14.7%）、印度（占 8.0%）和中国台湾地区（占 4.8%）；共有 13 782 个僵尸网络控制端 IP，有 6531 个位于境外，前三位分别是美国（占 21.7%）、印度（占 7.2%）和土耳其（占 5.7%）。另据工业和信息化部互联网网络安全信息通报成员单位报送的数据，2010 年在我国实施网页挂马、网络钓鱼等不法行为所利用的恶意域名半数以上在境外注册。2010 年 CNCERT 协调境外网络安全组织和域名机构处理多起针对境内的恶意扫描和网络钓鱼等网络安全事件，得到美国、韩国、澳大利亚等国应急组织和"国际反网络钓鱼联盟"等组织的配合。总体上看，跨境网络安全事件呈现快速增长趋势，国际网络安全合作需进一步加强。

2．发达国家政府普遍加强网络安全管理

美国政府出台《加强网络安全法案》等相关网络安全法律文件，推进网络安全立法；推出"完美公民"计划，拟建全美联网监控体系对抗网络犯罪；欧盟正式发布《欧洲数字化议程》五年规划，提出增强网络安全相关举措；瑞典政府拟设国家信息技术安全中心，以应对网络攻击及处理信息技术案件；日本政府批准制定"保护国民信息安全战略"，加大监管力度，构筑安全网络社会；新加坡信息通信发展管理局通过制定新准则、加强信息分析能力以

---

[1] 转嫁攻击是指某些网站在受到攻击后，通过修改域名指向等方式，将攻击流量嫁祸给第三方网站从而危害第三方网站安全的行为。

[2] 游戏私服是指未经网络游戏制作商的法定许可，私自存在并运营的游戏服务器，其目的是向玩家收费而获利。

[3] "3Q 大战"是指，2011 年 11 月两大互联网增值服务商——奇虎 360 公司和腾讯公司借安全名义发生争端，最终发展到各自在互联网终端软件采取互斥技术，导致双方大量用户使用受到影响。

及提高公民网络安全意识加强新加坡网络安全；澳大利亚启动国家计算机应急响应官方机构 CERT Australia，支持政府打击网络犯罪和网络恐怖主义威胁。

3．工业控制系统安全面临严峻挑战

2010 年 9 月，伊朗布舍尔核电站遭到 Stuxnet 病毒攻击，导致核电设施推迟启用。Stuxnet 病毒是一种蠕虫病毒，利用 Windows 系统漏洞和移动存储介质传播，专门攻击西门子工业控制系统。业界普遍认为，这是第一次从虚拟信息世界对现实物理世界的网络攻击。工业控制系统在我国应用十分广泛，所以工业控制系统安全值得高度关注。

12.2　网络安全事件接收与处理

12.2.1　事件接收情况

2010 年，CNCERT 共接收了 10 433 件非扫描类网络安全事件报告，其中，国外报告事件数量为 5070 件。所报告的网络安全事件集中在信息系统漏洞、恶意代码和网页挂马和网页仿冒等类型[1]，具体如图 12.1 所示。

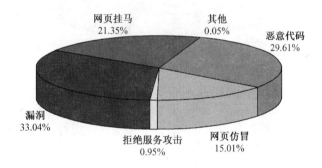

图12.1　2010年CNCERT接收到网络安全事件类型分布

信息系统漏洞事件数量最多，共 3447 件，较 2009 年的 338 件显著增多，主要原因是专门负责漏洞信息收集和整理工作的 CNVD 漏洞信息库于 2010 年取得长足发展，不仅完成了 CNCERT 已有漏洞信息的收录，还收录了新增信息安全漏洞 3447 个。因此，本年度漏洞事件受理比例快速提升至 33%，跃居各类事件投诉数量首位。

恶意代码类事件的数量为 3089 件，较 2009 年的 673 件明显增多。主要是 2010 年负责网络恶意代码信息收集工作的 ANVA 工作成效显著，恶意代码类事件所占比例从 2009 年的 3.1%上升至 30%。网页挂马事件为 2227 件，较 2009 年下降 54.6%，占全年投诉事件数量的 21%。网页仿冒事件的数量为 1566 件，较 2009 年 1200 件上升 30%，占所有接收事件的比例为 15%。

总体来看，2010 年对广大互联网用户构成较严重威胁的是恶意代码事件、漏洞事件及网

---

[1] 根据 2010 年 CNCERT 推出了《网络安全术语解释》（第 1 版），将事件归为恶意代码、网页仿冒、拒绝服务攻击、垃圾邮件、漏洞、网页挂马和其他共七类，前六类基本对应往年分类中的病毒、蠕虫或木马、网络仿冒、拒绝服务攻击、垃圾邮件、漏洞和网页恶意代码六类事件。

页挂马事件，而这几类事件又彼此存在关联，如利用信息系统的漏洞是恶意代码进行主动传播并感染用户的重要条件之一，而网页挂马又是恶意代码进行广泛传播的重要手段之一。网页仿冒事件是传统欺诈活动在网络时代新的表现形式，对广大网民危害直接，特别是针对网上银行和电子支付等金融类应用的网页仿冒事件，对用户的财产安全构成严重威胁。网页仿冒已成为金融行业及网络安全组织向CNCERT报告的重点事件类型。

12.2.2　事件处理情况

2010年，CNCERT共成功处理各类网络安全事件3236件，较2009年的1176件增长了175%。CNCERT处理的网络安全事件的类型构成如图12.2所示，恶意代码事件最多，共1463件，占45%；网页挂马事件649件，较2009年的515件增长了26%。网页挂马依然是恶意代码传播的主要方式之一，所以CNCERT将网页挂马事件列为处置的重点，意在通过清理挂马网页打击和遏制互联网黑色地下产业活动。

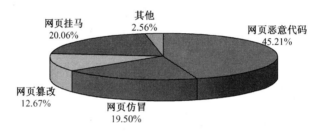

图12.2　2010年CNCERT处理的网络安全事件按类型分布

2010年，CNCERT处理网页仿冒事件631件，较2009年的293件增长了115%，涉及汇丰银行、美国银行、中国工商银行、中国银行、中国农业银行、ebay和淘宝等国内外著名金融机构及电子商务网站，甚至美国财政部。此外，CNCERT进一步加大了对涉及国内政府机构和重要信息系统部门的网页篡改事件的处置力度，全年共处置事件410起，较2009年的284起增加了44.3%。在其他类型事件中，针对政府部门和重要信息系统的拒绝服务攻击事件和信息系统漏洞事件也是CNCERT事件处理的重点。

12.2.3　事件处理典型案例介绍

1. 百度公司网站无法访问事件处置情况

2010年1月12日上午7时左右，百度公司网站（baidu.com）突然无法访问。鉴于此事引起互联网用户的广泛关注，造成一定影响，工业和信息化部立即要求百度公司采取有效措施，尽快恢复网站的正常访问。在工信部领导下，CNCERT积极协调百度公司、CNNIC和基础电信运营企业采取应急处置措施。12日上午11时左右，百度公司网站访问逐步恢复正常。

2010年12日下午1时，工信部召集百度公司、基础电信运营企业、CNCERT及CNNIC召开专家研判会，对事件相关情况进行汇总研判。经查，百度公司的域名baidu.com是在美国域名注册服务商register.com公司注册的；综合各方提供的技术报告，与会专家分析认为，造成本次事件的原因是baidu.com域名的注册信息被非法篡改，致使baidu.com域名在全球的解析被错误指向，最终导致全球互联网用户无法正常访问baidu.com网站。

会上，工信部要求百度公司以此为鉴，高度重视域名安全，加强安全防护、监测预警、信息上报和应急处置，完善应急预案，避免此类事件再次发生。针对本次事件反映出的域名安全问题，CNCERT 建议重要信息系统部门和互联网企业，一方面要尽可能地使用.CN 域名作为主用域名，另一方面要在国内具备相应资质的域名注册服务机构中注册。

2. 中美欧网络安全组织联手清除全球互联网大型僵尸网络

2010 年 2 月底，CNCERT 与美国微软公司以及欧美一些网络安全机构联手，成功打击一个名叫 Waledac 的全球大型僵尸网络。根据微软公司和其他研究机构的监测数据，Waledac 僵尸网络所使用的控制服务器大多位于德国、荷兰、瑞典和俄罗斯等欧洲国家，控制了全球数十万台计算机，预计每天能发出超过 15 亿封的垃圾邮件。

2010 年由于 Waledac 僵尸网络的危害严重，微软公司除在美国通过法律诉讼途径暂时断开了僵尸网络控制服务器有关域名的互联网通信外，还协调中国和欧洲的网络安全机构开展同步处置。2 月 26 日，微软公司请求 CNCERT 协助关闭 Waledac 僵尸网络所使用的部分在中国注册的域名。CNCERT 在进行技术验证后，依据我国应急处置体系的工作机制和有关管理办法，迅速采取行动，协调国内相关域名注册机构在数小时内就关闭了微软提供的全部 16 个恶意域名。

3. CNCERT 处置威胁工业控制系统的 Stuxnet 蠕虫事件

2010 年 7 月，世界上出现了第一个有针对性的感染现实世界中工业控制系统的计算机蠕虫——Stuxnet，在国内被命名为"超级工厂"、"震网"、"双子"等。这个针对西门子公司的数据采集与监控系统 SIMATIC WinCC 进行攻击的超级蠕虫，由于攻击了伊朗布什尔核电站的工业控制设施并最终导致该核电站推迟发电，而引起了全球媒体的广泛关注。

CNCERT 高度重视该蠕虫的出现，组织中国反网络病毒联盟（ANVA）成员单位对之进行了深入分析并及时对我国感染情况进行监测。监测结果显示，Stuxnet 蠕虫在我国并没有出现大规模爆发的趋势，截至 2010 年年底，我国境内仅有 578 个 IP 被感染。尽管如此，在传统工业与信息技术的融合不断加深，传统工业体系的安全核心从物理安全向信息安全转移的趋势和背景下，此次 Stuxnet 蠕虫的爆发标志着全球网络信息安全进入一个新的时代。对此，CNCERT 通过官方网站以及 ANVA 网站发布紧急安全公告，并将相关情况通报政府和重要信息系统部门，提出解决方案。

12.3　信息安全漏洞公告与处置情况

12.3.1　CNVD 漏洞收录情况

截至 2010 年 12 月，CNVD 共收集整理漏洞信息 26 044 个。其中，2010 年新增漏洞 3447 个，包括高危漏洞 649 个、中危漏洞 987 个、低危漏洞 1811 个，各级别比例分布如图 12.3 所示。

在 2010 年收录的漏洞中，按影响对象的类型统计，操作系统漏洞占 16%，应用程序漏洞占 62%，Web 应用漏洞占 9%，数据库漏洞占 4%，网络设备漏洞（如路由器、交换机等）占 6%，安全产品漏洞（如防火墙、入侵检测系统等）占 3%，如图 12.4 所示。

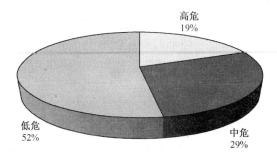

图12.3 2010年CNVD收录漏洞的级别分布

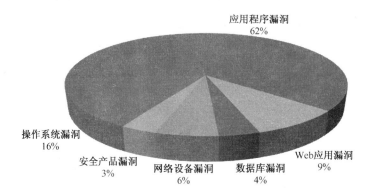

图12.4 2010年CNVD收录漏洞按类型分类统计图

12.3.2 高危漏洞典型案例

1. 论坛建站软件 Discuz!高危漏洞

2010 年 1 月初，Discuz!论坛建站软件被披露存在一个高危漏洞。Discuz!是康盛创想（北京）科技有限公司（英文简称 Comsenz）基于 php 开发的的论坛建站系统，在国内外的应用都非常广泛。在该漏洞被披露的同时，互联网上迅速出现了针对其的攻击代码，一些使用 Discuz!软件建设的知名 BBS 论坛受到了攻击，据康盛创想公司估计，国内约有 10 余万论坛网站受到威胁。针对上述情况，康盛创想公司紧急发布漏洞补丁；CNCERT 和 CNVD 则向通信行业、社会公众发布紧急安全公告，提醒广大用户下载补丁对网站进行加固，并检查服务器日志，及时发现可能的入侵痕迹。

2. MySQL yaSSL 库证书解析远程溢出漏洞

2010 年 1 月底，数据库系统软件 MySQL 被披露存在一个零日高危漏洞。攻击者可构造畸形数据导致 yaSSL 库发生栈缓冲区溢出，进而可执行指定命令，控制数据库系统。更为危险的是，攻击者发动攻击是在与数据库系统建立连接会话的初始阶段，不需要进行证书身份认证，使得攻击成功的概率大大增加。受该漏洞影响的 MySQL 版本包括 5.5、5.1 和 5.0.x，这些版本在各部门、各行业信息系统应用较为广泛。黑客极易利用此漏洞窃取数据库中存储的私密信息。对于该漏洞，CNCERT 发布了紧急安全公告和信息通报，提醒 MySQL 用户注意采取防护措施，并给出了在官方补丁方案发布前的临时防范措施。

3．Microsoft IE 对象重用远程攻击漏洞

2010 年 3 月 10 日凌晨，微软公司发布安全公告称 IE 浏览器存在一个零日高危漏洞（Microsoft Security Advisory，981374）。在漏洞由官方发布之前，CNVD 已经发现并掌握了漏洞的详细情况，并于 3 月 2 日向微软公司通报。CNCERT 还组织 CNVD 成员单位（知道创宇公司、奇虎 360 公司）对漏洞完成了测试验证。黑客利用该漏洞可通过网页挂马、邮件挂马等方式发动攻击，控制用户计算机。受该漏洞影响的版本包括 IE 6 和 IE 7，而 IE 5 和 IE 8 不受影响。鉴于 3 月 10 日微软公司发布的安全公告中并未包含漏洞补丁，且该漏洞极易被利用、影响范围广，CNVD 发布了紧急公告，建议各单位提高警惕并做好用户安全防范工作。

4．IBM 公司 Lotus Domino/Notes 群件平台漏洞

2010 年 10 月，CNVD 对美国 IBM 公司 Lotus Domino/Notes 群件（简称 Domino 群件）平台密码散列泄露漏洞进行了分析，认为攻击者利用该漏洞可以还原强度不足的用户密码，从而取得相关用户的全部邮件信息。Domino 群件是 IBM 公司开发的一个基于 Web 的协同办公软件包，广泛应用于各个行业，它可以运行在 Windows 和 Unix 等多种操作系统平台上。该系统在使用默认设置的情况下存在密码散列泄露漏洞，攻击者可以远程访问保存有大量邮件地址信息的 Domino 群件后台数据库文件（names.nsf），从中得到全部用户的登录名、邮件地址等信息，进而利用系统设计缺陷远程获取全部用户密码的散列值，然后通过暴力破解还原强度不足的用户密码。如果管理员密码被还原，攻击者便可获得服务器系统的控制权。早在 3 月 9 日，IBM 公司便发布安全公告称 Domino 群件系统存在 HTTP 密码散列泄露问题，4 月份美国 Digital Security 公司发布了针对该漏洞的攻击教程，详细描述了该漏洞的利用方法，并提供了自动化的攻击脚本，经 CNVD 验证确认该攻击方法有效。针对该漏洞，IBM 给出了修改系统默认配置，加强目录访问控制，增加用户密码复杂度的临时解决方案，有效降低了漏洞被利用的风险，但没有在后续产品更新中进行强制修复。因此，受 Domino 群件管理配置相对复杂、漏洞及修复方法宣传不足等因素的影响，目前仍有大量用户选择使用默认配置并处在漏洞威胁之下，面临严重的失泄密风险。CNCERT 和 CNVD 就该漏洞及时向政府和重要信息系统部门及通信行业发布了通报预警，提供了切实有效的解决方案，并协助电力、银行等重点行业的十余个部门完成了漏洞的处置工作。

5．Android 2.0～2.1 下 Webkit 缺陷引发的反弹 Shell 漏洞

2010 年 11 月，CNVD 成员单位发现 Android 存在由 Webkit 缺陷引发的反弹 Shell 漏洞。Android 是一款基于 Linux 平台的开源手机操作系统；WebKit 是一个开源的浏览器引擎内核。WebKit 处理浮点数据类型时存在输入验证漏洞，用户访问恶意网站会导致浏览器意外终止或执行攻击者特定构造的程序代码。漏洞被披露时，互联网上已经出现了针对其的攻击程序，而 Android 官方没有对此漏洞发布相关补丁或更新程序，但 Webkit 官方已经修补了此漏洞。CNVD 通过发布安全公告，建议用户及时下载新版 Webkit 内核的手机浏览器或使用其他内核的手机浏览器以避免该漏洞引发信息安全事件。

12.4　木马和僵尸网络监测情况

12.4.1　木马数据分析

2010 年 CNCERT 抽样监测结果显示，在利用木马控制服务器对主机进行控制的事件中，

木马控制服务器 IP 总数为 479 626 个，较 2009 年下降 21.3%，木马受控主机 IP 总数为 10 317 169 个，较 2009 年大幅增长 274.9%。

1．木马控制服务器分析

2010 年，境外木马控制服务器 IP 数量约有 22 万个，较 2009 年有所增长，增幅为 34.1%，而境内木马控制服务器 IP 数量为近 26 万个，与 2009 年相比则下降了 41.9%，具体如图 12.5 所示。

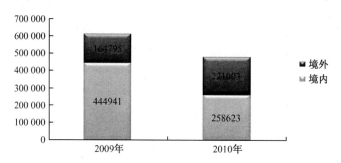

图12.5　2009年与2010年木马控制服务器数据对比

境内木马控制服务器 IP 绝对数量和相对数量（即各地区木马控制服务器 IP 绝对数量占其活跃 IP 数量的比例）前 10 位地区分布如图 12.6 所示，其中：广东省、山东省、浙江省居于木马控制服务器 IP 绝对数量前 3 位，西藏自治区、陕西省、广西壮族自治区居于木马控制服务器 IP 相对数量的前 3 位。

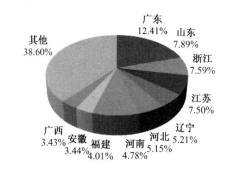

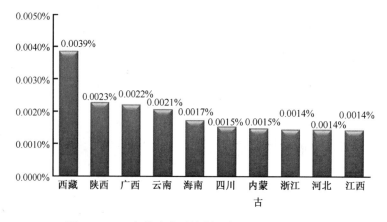

图12.6　2010年境内木马控制服务器IP按地区分布

境外木马控制服务器 IP 数量前 10 位按国家和地区分布如图 12.7 所示,其中:美国、印度、中国台湾地区居于木马控制服务器 IP 数量前 3 位。

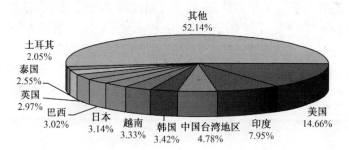

图12.7　2010年境外木马控制服务器IP按国家和地区分布

2．木马受控主机分析

2010 年,境内共有 451 万余个 IP 地址的主机被植入木马,境外共有 580 万余个 IP 地址的主机被植入木马,数量较 2009 年均有较为明显的增长,增幅分别达到了 1620.3%和 133.1%,如图 12.8 所示。

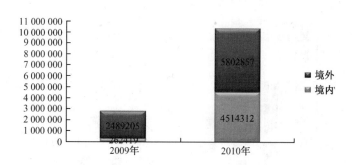

图12.8　2009年与2010年木马受控主机数据对比

木马受控主机 IP 数量呈现增长趋势,并在下半年出现激增现象,原因是自 2010 年 6 月起,CNCERT 的监测范围新增了下载者木马、窃密木马、盗号木马、流量劫持木马和部分新型远程控制木马等。境内木马受控主机 IP 数量的月度统计如图 12.9 所示。

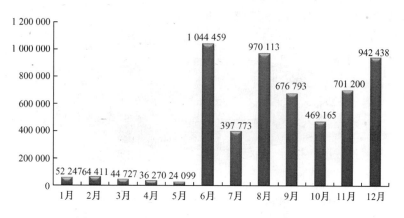

图12.9　2010年境内木马受控主机IP数量月度统计

境内木马受控主机 IP 绝对数量和相对数量（即各地区木马受控主机 IP 绝对数量占其活跃 IP 数量的比例）前 10 位地区分布如图 12.10 所示，其中：广东省、湖南省、浙江省居于木马受控主机 IP 绝对数量前 3 位，陕西省、广西壮族自治区、湖南省居于木马受控主机 IP 相对数量的前 3 位，这在一定程度上反映出经济较为发达、互联网较为普及的东部地区因网民多、计算机数量多，也使得该地区的木马受控主机 IP 绝对数量处于全国前列，而中西部地区因经济欠发达，虽网民相对较少、计算机总数较少，但相应计算机安全防护措施也更为薄弱，导致该地区木马受控主机 IP 占该地区活跃 IP 数量的比例较高，反映出该地区木马受灾较为严重。

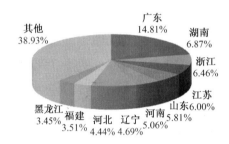

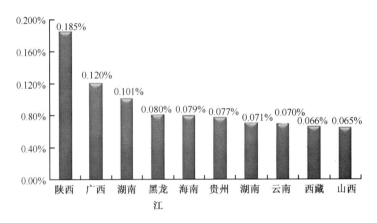

图12.10　2010年境内木马受控主机IP按地区分布

境外木马受控主机 IP 数量前 10 位按国家和地区分布如图 12.11 所示，其中：中国台湾地区、美国、韩国居于木马受控主机 IP 数量前 3 位。

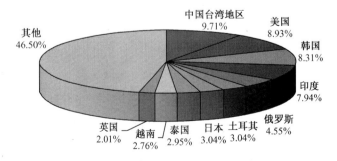

图12.11　2010年境外木马受控主机IP按国家和地区分布

12.4.2　僵尸网络数据分析

2010 年抽样监测结果显示，僵尸网络控制服务器 IP 总数约为 1.4 万个，僵尸网络受控主机 IP 地址总数为 562 万余个，较 2009 年均有较大幅度下降，降幅分别达到 39.6% 和 52.8%。

1. 僵尸网络控制服务器分析

2010 年，境内僵尸网络控制服务器 IP 数量为 7251 个，较 2009 年有所增长，增幅为 72.9%，境外僵尸网络控制服务器 IP 数量为 6531 个，与 2009 年相比则下降了 65%，如图 12.12 所示。

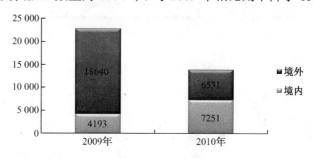

图12.12　2009年与2010年僵尸网络控制服务器数据对比

2010 年僵尸网络按规模分布如图 12.13 所示，控制规模在 1 千个主机 IP 以内的僵尸网络约占总数的 99.1%，较 2009 年略增 1.9%。控制规模在 1000 以下，1000～5000，5000～20000，2～5 万，5～10 万及 10 万以上的僵尸网络数量与 2009 年相比分别下降 38.5%，65.4%，82.8%，94.7%，97.4% 和 93.9%。从绝对数量上看，僵尸网络的规模总体上继续保持小型化、局部化的趋势。

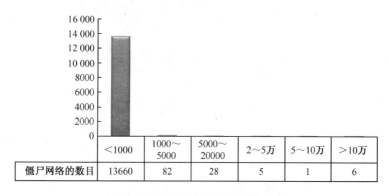

	<1000	1000～5000	5000～20000	2～5万	5～10万	>10万
僵尸网络的数目	13660	82	28	5	1	6

图12.13　2010年僵尸网络规模分布

境内僵尸网络控制服务器 IP 绝对数量和相对数量（即各地区僵尸网络控制服务器 IP 绝对数量占其活跃 IP 数量的比例）前 10 位地区分布如图 12.14 所示，其中：广东省、北京市、浙江省居于僵尸网络控制服务器 IP 绝对数量前 3 位，江西省、辽宁省、江苏省居于僵尸网络控制服务器 IP 相对数量的前 3 位。

境外僵尸网络控制服务器 IP 数量前 10 位按国家和地区分布如图 12.15 所示，其中：美国、印度、土耳其居于僵尸网络控制服务器 IP 数量前 3 位。

2. 僵尸网络受控主机分析

2010 年，境内有 47 万余个 IP 地址的主机感染僵尸程序，境外有 515 万余个 IP 地址的主机感染僵尸程序，数量较 2009 年均有大幅下降，降幅分别为 43.9%和 53.4%，如图 12.16 所示。

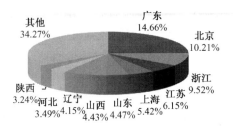

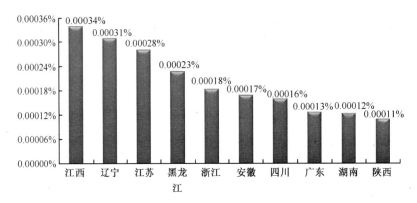

图12.14　2010年境内僵尸网络控制服务器IP按地区分布

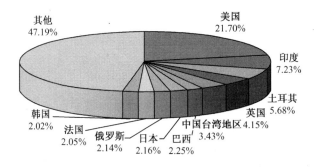

图12.15　2010年境外僵尸网络控制服务器IP按国家和地区分布

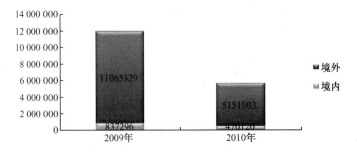

图12.16　2009年与2010年僵尸网络受控主机数据对比

2010 年境内僵尸网络受控主机 IP 数量月度统计如图 12.17 所示。2010 年 3 月起僵尸网络受控主机数量明显回落，这说明 CNCERT 持续开展的僵尸网络专项治理行动取得了一定成效。因 CNCERT 的僵尸网络监测范围增加了新的监测特征，12 月境内僵尸网络受控主机 IP 数量出现激增现象。

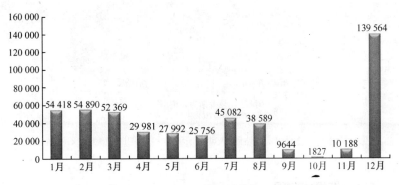

图12.17　2010年境内僵尸网络受控主机IP数量月度统计

境内僵尸网络受控主机 IP 绝对数量和相对数量（即各地区僵尸网络受控主机 IP 绝对数量占其活跃 IP 数量的比例）前 10 位地区分布如图 12.18 所示，其中：广东省、浙江省、上海市居于僵尸网络受控主机 IP 绝对数量前 3 位，黑龙江省、陕西省、江西省居于僵尸网络受控主机 IP 相对数量前 3 位。这与木马受控主机分布情况类似，东部沿海地区僵尸网络受控主机 IP 绝对数量较多，而中西部地区僵尸网络受控主机 IP 占该地区活跃 IP 数量的比例则较高。

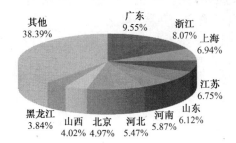

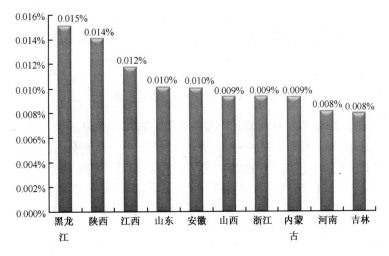

图12.18　2010年境内僵尸网络受控主机IP按地区分布

境外僵尸网络受控主机 IP 数量前 10 位按国家和地区分布如图 12.19 所示，其中：美国、印度、泰国居于僵尸网络受控主机 IP 数量前 3 位。

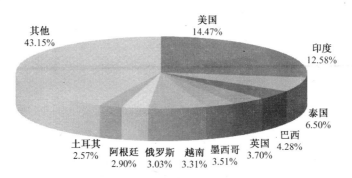

图12.19　2010年境外僵尸网络受控主机IP按国家和地区分布

12.5　网站安全监测情况

12.5.1　网页篡改情况

1. 中国大陆地区网站被篡改总体情况

2010 年，CNCERT 监测到中国大陆地区被篡改网站月度统计情况如图 12.20 所示。其中，每月被篡改网站数量平均为 2904 个。11 月、12 月，CNCERT 增强了对互联网上从事网页篡改活动较为活跃的黑客群体的监测，并将一类新型网页篡改攻击事件，即以非授权的方式挂载非法网站链接（俗称"黑链"）纳入监测范围，使得 11 月和 12 月监测到的被篡改网站数量出现较大幅度的增加。

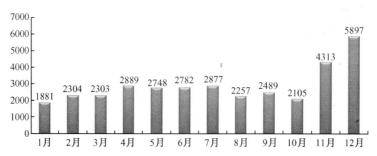

图12.20　2010年中国大陆地区被篡改网站数量月度统计

如图 12.21 所示，2010 年中国大陆地区被篡改网站按域名类型进行统计，被篡改数量最多的是.com 和.com.cn 类域名网站，其多为企业和公司网站。不过值得注意的是，.gov.cn 域名网站所占比例达到 13.30%，.org.cn 所占比例达到 1.76%，.edu.cn 域名网站所占比例达到 1.15%。

如图 12.22 所示，2010 年中国大陆地区被篡改网站按地域进行统计，排行前六位的地区分别是：北京市、江苏省、广东省、福建省、上海市、浙江省。这与 CNNIC 2011 年 1 月发布的中国大陆地区分省网站数量的前六位一致[1]。

---

[1] 根据中国互联网络信息中心（CNNIC）2011 年 1 月发布的《第 27 次中国互联网络发展状况统计报告》，分省网站数量排名前六位分别是广东、北京、上海、浙江、江苏、福建。

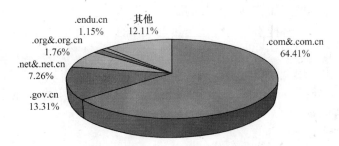

图12.21　2010年中国大陆地区被篡改网站按域名类型分布

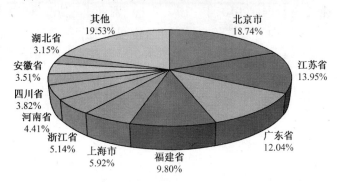

图12.22　2010年中国大陆地区被篡改网站按地域分布

2．中国大陆地区政府网站被篡改情况

2010 年，中国大陆地区政府网站被篡改数量为 4635 个，与 2009 年的 2765 个相比增加 67.6%。在 CNCERT 监测的政府网站列表中，2010 年被篡改的政府网站比例达到 10.3%，即全国有十分之一的政府部门网站遭遇黑客篡改。2010 年中国大陆被篡改政府网站数量及其占中国大陆被篡改网站总数的比例月度统计如图 12.23 所示。

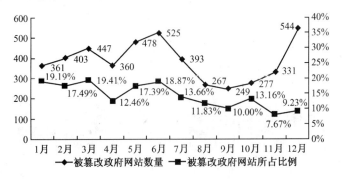

图12.23　2010年中国大陆被篡改的网站中政府网站的数量和比例

政府网站易被篡改的主要原因是网站整体安全性差，缺乏必要的经常性维护，某些政府网站被篡改后长期无人过问，还有些网站虽然在接到报告后能够恢复，但并没有根除安全隐患，从而遭到多次篡改。

12.5.2　网页挂马情况

网页挂马是目前互联网黑色地下产业中进行最为猖獗的，对互联网安全危害较为严重的非法活动。一些针对新披露的信息安全漏洞制造的新型恶意代码往往会借网页挂马的方式进行大规模传播；网络中一些搜索热词或社会热点事件的出现引发了网民大量搜索和点击，相关页面也容易被黑客利用来挂马，达到快速传播恶意代码并控制大量用户主机的目的。网页挂马是揭开互联网黑色地下产业链黑幕的重要环节，是 CNCERT 监测的重点目标。政府和重要信息系统部门、访问量较大的网站被挂马事件，以及网页挂马相关的恶意域名同时也是 CNCERT 事件处置的重点[1]。

1. 挂马网站监测情况

在通信行业互联网网络安全信息通报工作中，有多家安全企业定期向 CNCERT 报告网页挂马监测情况[2]。根据这些数据，2010 年中国大陆地区网页挂马情况呈现先扬后抑的趋势，各公司监测到的挂马网站（页面）数量在 5 月或 6 月份间出现全年最高点，而在下半年数量逐渐下降，分别如图 12.24，图 12.25 和图 12.26 所示。中国大陆地区挂马网站数量按地域统计前十位分别是北京市、江苏省、广东省、浙江省、上海市、福建省、安徽省、山东省、湖北省和四川省，如图 12.27 所示。

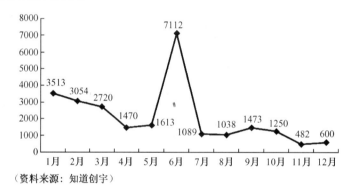

（资料来源：知道创宇）

图12.24　2010年中国大陆地区挂马网站数量趋势

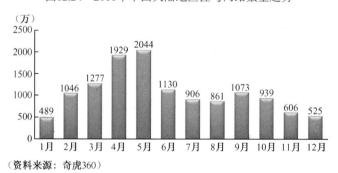

（资料来源：奇虎360）

图12.25　2010年挂马页面数量趋势

---

[1] 2010 年在 CNCERT 组织的木马和僵尸网络多次专项治理行动中，恶意域名作为一项重要治理内容，由 CNCERT 协调 CNNIC、中国万网、新网互联、新网数码、东南融通、希网网络等域名注册管理和服务机构进行清除。

[2] 每月或每周定期向 CNCERT 报送网页挂马信息的安全企业有：微软公司、北京神州绿盟科技有限公司、北京网御星云信息技术有限公司、奇虎360软件（北京）有限公司、华为技术有限公司、北京知道创宇信

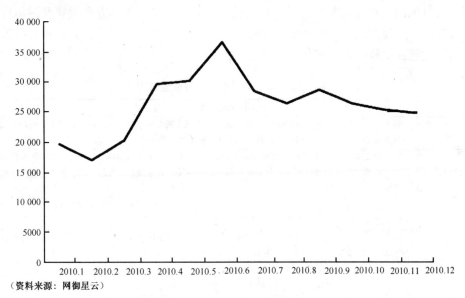

（资料来源：网御星云）

图12.26　2010年挂马事件数量趋势

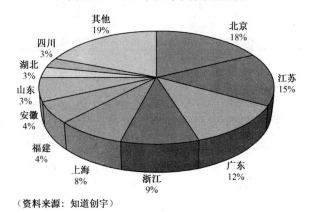

（资料来源：知道创宇）

图12.27　2010年中国大陆地区挂马网站按地域分布

2．恶意域名监测情况

恶意域名是黑客进行网页挂马的重要资源。挂马网站数量反映的是黑客对网站的侵害情况及对用户的威胁情况，而恶意域名的活跃情况则进一步反映了攻击者进行挂马攻击的能力。如表 12.1 所示，黑客注册了类似 7766.org，8866.org 等动态域名用于传播网页木马。

表 12.1　用于网页挂马的恶意域名 TOP10

排　名	恶 意 域 名	排　名	恶 意 域 名
1	www.w22rt.com	6	ferrari10.7766.org
2	annil.8866.org	7	jjeffyfc19.info
3	a.ppmmoo.cn	8	web.9bic.net
4	lsrc.cn	9	ghtoto.3322.org
5	vod123.8866.org	10	ada.bij.pl

（资料来源：安天公司）

2010 年 CNCERT 对境内外活跃的恶意域名进行了分类跟踪，发现侵害我国境内网站和用户的恶意域名主要有以下几组，如表 12.2 所示。从该表也可以看出，目前侵害我国网站的恶意域名其注册商主要为境外机构。

表 12.2　用于网页挂马的恶意域名组

组　别	恶意域名组特征和数量描述
第一组	注册在 inc.0rg.fr，conna.dtdns.net，officea.ze.tc 等域上的恶意域名，主要用于构建恶意跳转链接，每周监测发现的三级域名数量以数十、数百计。注册商为境外机构
第二组	注册在 2288.org，3322.org，8800.org，8866.org，9966.org 上的恶意域名，被发现用于网页挂马的各个环节，如恶意跳转链接、网页木马集成页面、漏洞触发页面以及恶意代码下载服务器，每周监测发现的三级域名数量以数百计。注册商主要为境内机构
第三组	注册在 xorg.pl 域上的恶意域名，主要用于构建恶意跳转链接，每周监测发现的三级域名数量以数十计，6 月份之后活跃程度有所下降。注册商为境外机构
第四组	注册在 wwvv.us 上的恶意域名，三级域名前缀经常采用国内外知名站点，特征明显，每周监测发现的三级域名数量为 10 余个，活跃周期较长，侵害的网站数量均较大。注册商为境外机构
第五组	注册在 isgre.at、rr.nu 域上的恶意域名，三级域名命名呈现有规律的按字母顺序变换，用于构建恶意跳转链接，每周监测发现的三级域名数量以数十计。注册商为境外机构
第六组	注册在.info 域上的恶意域名，三级域名命名为"单字母+含 2012 字符串+.info"形式，用于构建恶意跳转链接，每周监测发现的三级域名数量以数十计甚至上百。注册商为境外机构
第七组	注册在 25u.com 域外的恶意域名，三级域名命名呈现有规律的按字母顺序变换，用于构建恶意跳转链接，每周监测发现的三级域名数量以数十计。注册商为境外机构

（资料来源：CNCERT）

12.5.3　网页仿冒事件情况

网页仿冒俗称网络钓鱼，这类事件是社会工程学欺骗原理结合网络技术的典型应用。2010 年 CNCERT 共接到网页仿冒事件报告 1566 件，经归类合并后成功处理了 631 件。在这些网页仿冒事件中，被仿冒的大都是大型电子商务网站、大型金融机构网站、第三方在线支付站点和大型社区交友网站。表 12.3 列出了按事件次数排名前十位的被仿冒网站。

表 12.3　2010 年 CNCERT 接收到被仿冒网站 TOP10

被仿冒网站	次　数	被仿冒网站	次　数
bbva.com（毕尔巴鄂比斯开银行）	170	wachovia.com（美国瓦霍维亚银行）	71
ebay.com（美国电子商务网站）	134	alliance-leicester.co.uk（英国联合莱斯特银行）	57
bradesco.com.br（巴西布拉德斯科银行）	127	Icbc.com.cn（中国工商银行）	51
Hsbc.com.cn（中国香港汇丰银行）	115	cctv.com（中国中央电视台）	51
I irs.gov（美国国家税务局）	73	ceca.es（西班牙储蓄银行联盟）	37

12.6　互联网行业安全组织发展情况

12.6.1　网络安全信息通报成员发展情况

2010 年，CNCERT 作为通信行业网络安全信息通报中心，积极贯彻落实工业和信息化部颁布的《互联网网络安全信息通报实施办法》，协调和组织各地通信管理局、中国互联网协会、基础电信运营企业、域名注册管理和服务机构、非经营性互联单位、增值电信业务经营企业以及安全企业开展通信行业网络安全信息通报工作。截至 12 月，全国共有 262 家信息通报工作单位，形成了较稳定的信息通报工作体系，如表 12.4 所示。

表 12.4 通信行业互联网网络安全信息通报工作单位（按拼音字母排序）

各地通信管理局（31 家）	全国 31 个省、自治区、直辖市通信管理局
基础电信运营企业（119 家）	中国电信集团公司及各省分司、中国联合网络通信集团有限公司及各省分公司、中国移动通信集团公司及各省分公司
域名注册管理和服务机构（16 家）	北京新网互联科技有限公司、北京新网数码信息技术有限公司、北京万网志成科技有限公司、广东金万邦科技投资有限公司、广东时代互联科技有限公司、广州名扬信息科技有限公司、杭州创业互联科技有限公司、厦门东南融通在线科技有限公司、厦门华融盛世网络有限公司、厦门精通科技实业有限公司（35 互联）、厦门市纳网科技有限公司、厦门易名网络科技有限公司、厦门易名网络科技有限公司（北京）、厦门市中资源网络服务有限公司、政务和公益域名注册管理中心、中国互联网络信息中心
增值电信业务经营企业（36 家）	263 网络通信股份有限公司、东北新闻网、广东世纪龙信息网络科技有限公司、广东天盈信息技术有限公司、广东茂名市群英网络有限公司、广西英拓网络信息技术有限公司、广西博联信息通信技术有限责任公司、杭州阿里巴巴网络有限公司、杭州世导科技有限公司、华数网通信息港有限公司、淮安三全网络科技有限公司、济南舜网传媒有限公司、江苏邦宁科技有限公司、江阴欧维网络科技有限公司、辽宁鸿联九五信息产业有限公司、南京创网科技有限公司、山东大众传媒股份有限公司、山东新潮信息技术有限公司、汕头市恒信科技有限公司、深圳市互联时空科技有限公司、沈阳数据中心、深圳市腾讯计算机系统有限公司、世纪互联数据中心有限公司、厦门蓝芒科技有限公司、厦门数字引擎网络技术有限公司、厦门鑫飞扬信息系统工程有限公司、厦门翼讯科技有限公司、上海长城宽带网络服务有限公司、上海东方有线网络有限公司、上海科技网络通信有限公司、上海乾万网络科技有限公司、上海世纪互联信息系统有限公司、苏州中网科技有限公司、徐州枫信科技有限公司、徐州迅腾科技有限公司、漳州市比比网络服务有限公司
非经营性互联单位（4 家）	中国长城互联网、中国国际电子商务中心（经贸网）、中国教育和科研计算机网、中国科技网
安全企业（48 家）	北京安信华科技有限公司、北京安氏领信科技发展有限公司、北京互联通网络科技有限公司华南分公司、北京启明星辰信息安全技术有限公司、北京启明星辰信息安全技术有限公司广州分公司、北京启明星辰信息安全技术有限公司黑龙江分公司、北京启明星辰信息安全技术有限公司上海分公司、北京启明星辰信息安全技术有限公司沈阳分公司、北京瑞星信息技术有限公司、北京神州绿盟科技有限公司、北京神州绿盟科技有限公司广州分公司、北京神州绿盟科技有限公司河南办事处、北京神州绿盟科技有限公司沈阳分公司、北京神州绿盟科技有限公司上海分公司．北京天融信科技有限公司、北京天融信科技有限公司成都分公司、北京天融信科技有限公司广州分公司、北京天融信科技有限公司上海分公司、北京天融信科技有限公司郑州分公司、北京网秦天下科技有限公司、北京知道创宇信息技术有限公司、北京知道创宇信息技术有限公司（沈阳）、东软系统集成工程有限公司、东软系统集成工程有限公司广州分公司、东软系统集成工程有限公司华北大区、广东科达信息技术有限公司、广东蓝盾信息安全技术股份有限公司、广东天讯瑞达通信技术有限公司、广州江南科友科技有限公司、广州三零盛安信息安全有限公司、哈尔滨安天信息技术有限公司、哈尔滨安天信息技术有限公司（黑龙江）、河南山谷创新网络科技有限公司、河南郑州景安计算机网络技术有限公司、华为技术有限公司、金山网络科技有限公司、浪潮集团有限公司、北京网御星云信息技术有限公司、奇虎 360 软件（北京）有限公司、青海网联电子信息有限公司、青海源创科技有限责任公司、上海三零卫士信息安全有限公司、上海金电网安科技有限公司、上海谐润网络信息技术有限公司、上海中科网威信息技术有限公司、深圳安络科技有限公司、深圳任子行网络技术股份有限公司、网御神州科技有限公司
其他（8 家）	甘肃省互联网协会、广州市信息化办公室、国家互联网应急中心（CNCERT）、辽宁省互联网协会、陕西省信息总公司、陕西省省广电公司、中国互联网协会、中国南方电网有限责任公司信息中心

12.6.2 国家信息安全漏洞共享平台（CNVD）成员发展情况

2009 年 10 月，CNCERT 联合国家信息技术安全研究中心发起成立了"国家信息安全漏洞共享平台（China National Vulnerability Database，CNVD），旨在团结行业和社会的力量，共同开展漏洞信息的收集、汇总、整理和发布工作，并对重大信息安全漏洞进行协调处置，以有效应对信息系统漏洞带来的日益严峻的网络信息安全威胁。

2010 年，CNVD 的工作取得显著进展。建成了面向公众发布漏洞、补丁和安全公告信息的主要渠道——CNVD 门户网站 www.cnvd.org.cn；推出了 CNVD 漏洞工作周报、月报，全年发布周报 50 期、月报 12 期、重大漏洞安全公告 88 期，做好了漏洞相关的信息预警工作；加强了 CNVD 漏洞信息库的建设，不仅完成了 CNCERT 已有 2 万余条漏洞信息的迁移，还在启明星辰、神州绿盟和恒安嘉新等共建单位的大力支持下取得漏洞信息汇总和整理的显著成果；加强了 CNVD 平台体系管理，新增中国人民解放军信息安全测评认证中心、北京网御星云信息技术有限公司为平台共建单位。截至 12 月底，CNVD 平台体系的成员单位情况如表 12.5 所示。

表 12.5　CNVD 成员单位列表（排名不分先后）

CNVD 工作委员会（8 家）	国家互联网应急中心（CNCERT） 国家信息技术安全研究中心 北京启明星辰信息安全技术有限公司 北京神州绿盟科技有限公司 沈阳东软系统集成工程有限公司 奇虎 360 软件（北京）有限公司 恒安嘉新（北京）科技有限公司 北京安氏领信科技发展有限公司
CNVD 技术合作单位（10 家）	中国人民解放军信息安全测评认证中心 北京网御星云信息技术有限公司 北京安天电子设备有限公司 北京焜安信息技术有限公司 北京知道创宇信息技术有限公司 华为技术有限公司 深圳市腾讯计算机系统有限公司 北京暴风网际科技有限公司 看雪安全网站 杭州安恒信息技术有限公司
CNVD 用户支持组（7 家）	百度在线网络技术（北京）有限公司 新浪网技术（中国）有限公司 北京搜狐互联网信息服务有限公司 网之易信息技术（北京）有限公司 上海盛大网络发展有限公司 北京雷霆万钧网络科技有限责任公司 上海巨人网络科技有限公司

12.6.3 中国反网络病毒联盟（ANVA）成员发展情况

2009 年 7 月，由中国互联网协会网络与信息安全工作委员发起、CNCERT 具体负责组织，成立了中国反网络病毒联盟（Anti Network-Virus Alliance of China，ANVA），希望广泛联合基础网络运营商、互联网内容和服务提供商、网络安全企业等行业机构，构筑起覆盖互联网产业链各环节的反网络病毒统一战线，共同开展网络病毒信息收集、样本分析和防范治理等工作，有效抵御木马、僵尸等恶意程序的传播泛滥，打击互联网地下黑色产业链。

2010 年，在联盟成员单位的大力协助下，ANVA 的工作稳步向前推进，建成并开通试运行了门户网站 www.anva.org.cn；积极组织成员单位开展恶意代码信息和样本报送工作，全年共针对"超级工厂"、"毒媒"和"网银窃密木马"等新型或威胁较大的恶意代码传播事件组织开展专项任务 6 项，收集信息报告 22 份，研发专杀工具 2 个；推动建立恶意代码样本信息的共享机制，开发恶意代码样本信息的自动化报送平台，为建设恶意代码样本信息库做相关准备工作，全年通过自动化报送平台接收恶意代码样本累计 83.6 万个；通过中央电视台等媒体发布恶意代码预警信息，协助政府部门、行业机构和社会公众防范应对恶意代码传播事件；新增安天科技、网秦天下为联盟成员单位。从 2010 年的工作看，ANVA 已经成为 CNCERT 有关恶意代码监测、分析和防治工作的重要补充。截至 12 月，ANVA 成员单位情况如表 12.6 所示。

表 12.6 ANVA 成员单位列表（排名不分先后）

国家互联网应急中心(CNCERT)
中国电信集团公司
中国移动通信集团公司
中国联合网络通信集团有限公司
中国互联网络信息中心
北京百度网讯科技有限公司
深圳市腾讯计算机系统有限公司
北京启明星辰信息安全技术有限公司
北京神州绿盟科技有限公司
奇虎 360 软件(北京)有限公司
阿里巴巴（中国）有限公司
金山网络科技有限公司
北京江民新科技术有限公司
北京搜狐互联网信息服务有限公司
新浪网技术（中国）有限公司
网之易信息技术（北京）有限公司
北京万网志成科技有限公司
北京世纪互联宽带数据中心有限公司
北京天融信科技有限公司
北京瑞星信息技术有限公司
哈尔滨安天科技股份有限公司
北京网秦天下科技有限公司

12.7 2011 年网络安全挑战与展望

12.7.1 2011 年网络安全趋势预测

随着我国互联网新技术、新应用的快速发展，2011 年的网络安全形势将更加复杂，可能呈现以下特点：

（1）网络安全形势日益严峻，针对我国互联网基础设施和金融、证券、交通、能源、海关、税务、工业和科技等重点行业的联网信息系统的探测、渗透和攻击将逐渐增多。

（2）黑客地下产业将更加专注于网络钓鱼、攻击勒索、网络刷票[1]、个人隐私窃取等能够直接获利或易于获利的攻击方式；大型商业网站将成为攻击的热点目标。

（3）网络安全技术对抗将不断升级。恶意代码的变种数量将激增，"免杀"[2]能力将进一步增强；窃密木马将不断演变升级，木马投放方式将更加隐蔽和具有欺骗性，木马抗查杀能力将更加强大；网络攻击的规模将进一步扩大，对公共互联网安全运行带来严重影响；为躲避处置和打击，网络攻击的跨境特点将更加突出。

（4）随着智能终端的迅速普及，移动互联网的安全问题凸显，手机恶意程序数量将急剧增加，其功能将集中在恶意扣费、弹出广告、垃圾短信和窃听窃取方面，手机用户的经济利益和个人隐私安全面临挑战。

（5）网络新技术、新应用蓬勃发展，随着三网融合、IPv6、云计算和物联网等技术的试用和推广，新的安全问题将不断出现。

12.7.2 对策建议

为有效保障国家网络空间安全，促进互联网健康发展，维护互联网安全，保护网民权益，我国政府主管部门、互联网企业和互联网用户都应高度重视网络安全问题，从各自职能和能力出发，发挥不同层面的作用，上下联动，共同提高互联网网络安全水平。

（1）加强网络安全立法工作。解决当前网络安全立法层级低的问题，加强高层次立法。加大网络犯罪惩治、量刑力度，尽快出台打击计算机信息系统犯罪的司法解释，形成有效震慑。适应新技术、新业务发展，提高法律的适用性和时效性。

（2）进一步加大网络安全行政监管力度。抓好《通信网络安全防护管理办法》、《公共互联网网络安全应急预案》、《域名系统安全专项应急预案》、《木马和僵尸网络监测与处置机制》和《互联网网络安全信息通报实施办法》等网络安全相关政策文件的落实，在继续做好基础电信运营企业安全监管的基础上，重点加强对增值电信运营企业的安全管理，建立健全移动互联网安全保障和用户隐私数据保护等工作机制，并在软件安全标准规范、漏洞检测和处置机制等方面加强管理。金融、证券、交通、能源、海关、税务、工业和科技等重要联网信息系统主管部门应加强网络安全管理和保障工作。高度重视我国工业控制系统的安全管理。

---

[1] 网络刷票是指利用代理和不同账号等手段突破网络投票系统限制，采用非公平的方式为某投票选项投票，以获取利益的行为。

[2] 免杀是指一种能使木马等恶意代码避免被防病毒软件查杀的技术。

（3）各重要联网信息系统单位、互联网企业等应提高自身网络安全防护水平，落实安全防护措施，提高抵御外部攻击入侵的能力，加强对关键敏感数据的保护力度。加大安全投入，培养网络安全队伍，建设必要的网络安全技术手段。建立完善监测预警和应急响应机制，提高应急处置和联动能力。

（4）广大网民要提高对网络安全威胁的认识及网络安全防护意识。做好个人计算机和手机的安全防护，养成良好的安全上网习惯，避免访问不安全的网站或安装无法确定安全性的软件。国家工作人员要提高保密意识，严格落实保密规定，防止发生网络失窃密事件。

（5）加强网络安全国际合作。从政府部门、互联网企业和技术机构等多个层面推进网络安全国际合作，推动建立跨境网络安全事件的通报、处置机制，提高对跨境网络安全事件的处置能力。

（国家计算机网络应急技术处理协调中心　周勇林、王明华、纪玉春、徐娜、王营康、徐原、李佳、何世平、温森浩、张胜利、赵慧、韩晟、李志辉、姚力、张洪、唐力、朱芸茜）

第三篇

应用与服务篇

- 2010 年中国电子商务发展情况

- 2010 年中国互联网广告发展情况

- 2010 年中国网络视频发展情况

- 2010 年中国网络游戏发展情况

- 2010 年中国网络音乐发展情况

- 2010 年中国博客、微博客发展情况

- 2010 年中国社交网站（SNS）发展情况

- 2010 年中国即时通信服务发展情况

- 2010 年中国搜索引擎发展情况

- 2010 年中国网络金融服务发展状况

2010 年中国政府在线服务发展情况

 2010 年中国农业信息服务发展情况

 2010 年中国网络教育服务发展情况

 2010 年中国网络出版和网络文学发展情况

 2010 年中国网络科普服务发展情况

 2010 年其他行业网络信息服务发展情况

 2010 年中国移动互联网应用发展情况

 2010 年中国物联网发展情况

 2010 年云计算发展情况

第13章　2010年中国电子商务发展情况

13.1　电子商务发展环境

13.1.1　政策环境

2010 年，国家先后出台了一系列扶持和规范电子商务发展的政策措施，如表 13.1 所示。各地政府也不断加大对电子商务发展的扶持力度，促进了电子商务规范性的提升，推动了电子商务市场的健康有序发展。

表 13.1　中央部委 2010 年出台电子商务领域相关政策一览表

部　委	政　策	主 要 内 容
商务部	《关于促进网络购物健康发展的指导意见》	鼓励扶植行业发展
国家工商总局	《网络商品交易及有关服务行为管理暂行办法》	规定个人网店实名制
中国人民银行	《非金融机构支付服务管理办法》	支付机构业务准入机制
海关总署	《关于调整进出境个人邮递物品管理措施有关事宜的公告》	提升网代购成本
国家	《侵权责任法》	网络服务提供者承担侵权连带责任
财政部	《互联网销售彩票暂行办法（征求意见稿）》	网上销售彩票的准入条件
新闻出版总署	《关于促进出版物网络发行健康发展的通知（征求意见稿)》	网络出版物销售准入资格

针对相关政策法规、管理能力和服务水平不适应网络购物发展需求等现实问题，商务部颁布了《关于促进网络购物健康发展的指导意见》，在完善服务与管理体制，健全法律与标准体系，改善交易环境，培育市场主体，拓宽网络购物领域，规范交易行为等方面提出了新的要求。针对电子商务市场上出现的消费者侵权事件频发，网店销售不规范等问题，国家工商总局出台了《网络商品交易及有关服务行为管理暂行办法》，实施网店经营行为人实名登记制度，同时加强了电子合同的管理，强调了消费者权益保障。针对非法网站、假冒商品网络横行的现象，工信部开展了专项治理行动，清理了众多不法网站，全面实施域名实名注册，进一步完善网站管理制度。针对第三方网上支付市场发展导致金融风险不断叠加等问题，中国人民银行出台了《非金融机构支付服务管理办法》，规定非金融机构和个人从事支付业务需要由央行批准。针对境外代购不规范的问题，海关总署提高个人邮寄入境物品进口税额起征点，增加了海外代购成本。此外，由工业和信息化部牵头、发展改革委、商务部、人民银

行、工商总局、科技部等部委联合编制《电子商务发展"十二五"规划》正在草拟过程中，电子商务可能被列入国家战略性新兴产业的重要组成部分，物联网、云计算等新兴技术在电子商务当中的应用将被重点扶持，产业链整合和物流配套工程将进一步得到促进，工业、商贸物流、旅游服务等传统企业将深化电子商务应用，移动电子商务等新兴商务模式将得到进一步的促进。

与此同时，各地也更加重视电子商务在转变经济发展方式中的作用，对电子商务发展的扶持力度不断加强。在沿海和经济发展较好的省市，电子商务服务业已经成为促进消费、保障就业，优化民生的重要产业，不少地区表示将在"十二五"规划中继续加强电子商务发展方面的方针政策。如福建省提出力争到"十二五"期末，将网络购物交易额占该省社会消费品零售总额的比重提高到 15% 以上；四川开展了"网购网销工程"，主要依托"四川商情"电子商务综合平台，充分发挥大型骨干流通企业和大型批发交易市场的作用，积极探索"商业零售、产业园区、企业集群"三位一体的新兴购销和消费模式，创新商贸业发展方式，不断提升国际国内市场竞争力，加速推进开放型经济和现代服务业发展。地方电子商务发展政策环境的优化，有利于提高电子商务微观主体的活力。

尽管目前我国电子商务市场发展的政策面依然向好，相关管理体系日渐完善，但在电子商务发展管理和扶持方面同时也存在错位和缺位问题。一方面，在部分领域存在多头管理现象，部门之间相互掣肘，导致管理效率低下；另一方面，对一些新型交易模式和领域的监管和扶持存在管理空白的问题。此外，地区间电子商务市场发展的政策、税收和相关管理还不够明确，也可能会制约电子商务业务的跨地区和跨境发展。

13.1.2　经济环境

2010 年以来，我国经济回升的基础不断稳固，整体经济形势趋好。全年国内生产总值达到 397 983 亿元，比 2009 年增长 10.3%，如图 13.1 所示。目前我国已经成为全球第二大经济体，整体宏观经济势头良好。全年社会消费品零售总额 156 998 亿元，比 2009 年增长 18.3%。全年货物进出口总额 29 728 亿美元，比 2009 年增长 34.7%。

（数据来源：国家统计局）

图13.1　2006—2010年中国国内生产总值及增长率

尽管全球经济已经进入回升通道，我国宏观经济环境在不断改善，但各种不稳定和不确定的因素依然存在，对电子商务发展的影响仍值得关注。2010 年第 3 季度以来，受国外热钱涌入、季节性因素和成本上涨等因素影响，我国商品物价呈现全面上涨态势，居民消费价格全年平均比 2009 年上涨 3.3%。这一方面会推动更多企业和消费者关注和尝试电子商务，但原材料、人力成本等上升也使得网络渠道销售的价格优势有所削弱。

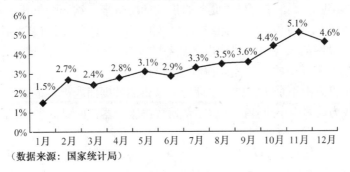

（数据来源：国家统计局）

图13.2　2010年中国居民消费价格涨跌幅度（月度同比）

13.1.3　社会环境

十六届六中全会明确提出了构建社会主义和谐社会的目标。创造诚实守信的经济社会环境是构建和谐社会的重要内容和内在要求。信用体系是电子商务社会环境的重要组成部分，建立电子商务信用体系对电子商务市场的整体发展有着重要的保障意义。2010 年，随着我国市场经济体系的不断完善，社会信体系建设有了明显的进展。政府加强了市场信用建设的行政管理，从政府层面上看，商务部、工商行政管理总局、中央银行及地方政府等纷纷加强了对信用体系的建设，完善社会诚信建设，增强全社会诚实守信意识。

除此之外，行业协会也在加强信用管理。行业信用建设成为商会、协会工作的重要内容，逐步提升了企业的诚信意识和信用管理水平。2010 年，为加快电子商务信用体系建设，规范电子商务信用档案信息项及信用评价服务，中国标准化研究院、中国电子商务协会等机构，联合电子商务骨干企业，共同完成了《基于电子商务活动的交易主体——个人信用档案规范》和《基于电子商务活动的交易主体个人信用评价指标体系及表示规范》国家标准的起草工作。为阻断"洋垃圾"服装网络流通渠道，保护消费者合法权益，促进我国网络购物市场持续健康发展，中国服装协会、中国电子商务协会、淘宝网共同向全国服装经营者、消费者和网络交易平台发出了"禁止洋垃圾服装网络交易"倡议书。为进一步贯彻落实《电子商务发展"十一五"规划》精神，促进地区行业网站的发展，增强中小企业竞争力，帮助中小企业加快开展电子商务，中国电子商务协会与北京铭万智达科技有限公司（以下简称铭万公司）共同推进中国 B2B 联盟工作的开展。此外，电子商务企业也积极自主地开展电子商务信用建设。拉手网带头呼吁，应加强行业自律，规范行业行为，并随同百余名团购网站负责人发起成立了"中国诚信网络团购联盟"，成为团购行业的首家民间诚信组织。

13.1.4　技术环境

技术发展促进电子商务的模式创新。中国的信息基础设施发展快速，并逐步向数字化、智能化和宽带化方向发展，网络规模、技术层次和服务手段都达到了较高水平。随着 3G 技术的普及和资费下调，手机实名制实施与手机支付标准瓶颈突破，视频与 3D 技术应用到网络购物，云计算和物联网等底层技术的应用升级等，将对电子商务服务品质和响应速度的提升起到保障作用。

RFID 技术的出现无疑给移动电子商务的推广应用带来一次革命性机遇。RFID 可以为每一件货品提供单独的识别身份，通过无线数据传输计计算机网络随时掌握各式各样货品的详细信息。同时，物联网的出现也为移动电子商务的发展提供了良好的技术支持平台，在此基础上，这种全新的商务模式的优势才能得到充分的展现。

云计算空间里将为中小企业解决电子商务运营中的数据问题提供很好的平台。利用云主机给力电子商务也成为很多中小企业的共识，帮助解决服务器在面对众多网民同时登录请求时，出现网络缓慢与堵塞甚至宕机的问题。目前，阿里巴巴和敦煌网等都已漫步云端。阿里软件启动的"商业云"战略，投资数亿元筹建多个"电子商务云计算中心"，通过强"硬"的云计算后台支撑，搭配自己在 SaaS 方面的各项"软"服务，为用户提供各种电子商务服务。

3G 技术的应用深化也带来了移动电子商务的蓬勃发展，手机成为更为便捷的交易终端。2010 年 9 月 1 日开始实施手机实名制，意味着用户的个人信息将和公安局身份系统连接，为运营商和第三方电子支付企业开展手机支付提供了可能。推行手机实名制使运营商可以通过手机实名制建立起个人移动信用系统，从而建立有利于手机支付和手机电子商务等 3G 时代的移动互联业务发展的有利环境。2010 年，支付宝联合 60 多家厂商成立"安全支付产业联盟"，并针对移动互联网发布业内新一代的无线支付产品"手机安全支付"；快钱也宣布开放移动支付研发平台，并扩大在移动支付领域的投资和研发力度。移动支付瓶颈的解决，使得移动电子商务有望在未来呈现迅猛发展的态势。

13.2 电子商务发展概况

13.2.1 产业规模增长情况

2010 年全年电子商务市场整体交易规模超过 5 万亿元，如图 13.3 所示。其中，B2B 电子商务交易总额接近 4.5 万亿元。

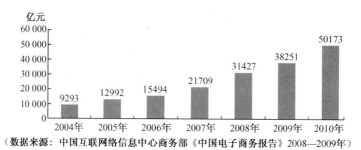

（数据来源：中国互联网络信息中心商务部《中国电子商务报告》2008—2009年）

图13.3　2004—2010年中国电子商务市场交易规模

其中，流通领域电子商务继续保持了近年来快速发展的势头。全年市场交易金额达到 5231 亿元，较 2009 增长 109.2%，如图 13.4 所示。同时，网络购物市场在我国社会消费品市场中的地位也在持续攀升。2008 年网购市场交易额占全年社会消费品零售总额的比例为

1.1%，2009 年上升到 2%，2010 年提升至 3.3%。网络购物逐渐成为网民常态的消费方式，网络零售也成为流通市场日益重要的组成部分。

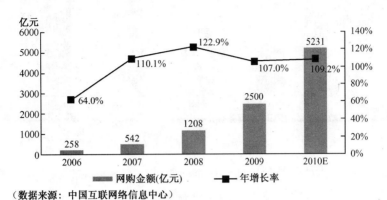

（数据来源：中国互联网络信息中心）

图13.4　2006—2010年中国网购交易金额及增长率

在参与企业、用户规模和交易金额大幅度增长的同时，中国的电子商务市场呈现出"平台融合化、服务系统化、业务多元化、商务移动化、发展区域化"的特点。

（1）平台融合化。随着电子商务的深入发展与应用，彼此分隔的电子商务、搜索营销和网络广告三类平台呈现出"融合化、一体化"的趋势。同时，电子商务内部不同模式间的界限越来越弱，B2B，B2C，C2C 等业务模式也将趋于融合化。

（2）服务系统化。除了直接面向用户的信息平台、交易平台外，更多的企业开始扮演"第三方行业综合服务商"的重要角色，包括信誉评级、行业媒体、咨询机构、会展服务商、信息化服务商和融资促进等，使得电子商务服务更加系统化，从最初的商品交易向周边服务扩散。

（3）业务多元化。线上电子商务平台与线下实体平台交互更加紧密，除了线上的交易平台，信息交互，支付中介等服务外，会展和实体店等线下服务也加快布局。这在弥补纯线上平台服务能力的同时，也使得电子商务平台的赢利模式由单一走向多元化。

（4）商务移动化。手机网民的爆炸增长和应用发展，使得电子商务企业将目光投向了移动电子商务市场。众多电子商务企业都已经在移动支付、移动 IM、移动旺铺等领域开始战略布局，率先从互联网平移到移动互联网平台，电子商务已经逐步显现出移动化的特点。

（5）发展区域化。国内电子商务服务企业主要分布在长三角、珠三角地区，及北京、上海等经济较为发达的省市，中西部地区电子商务的发展较为缓慢。其中，B2B 电了商务平台更多集中在江浙及周边地区，形成了立足区域辐射全国的制造业电子商务产业集群。从事流通环节电子商务服务的 B2C 企业主要集中在北京、上海等核心城市。

13.2.2　电子商务行业站点增长情况

截止到 2010 年 12 月，我国 B2B 电子商务服务企业达 9200 家，同比增长 21.3%，如图 13.5 所示。国内电子商务网站数量呈现出高速增长的态势。随着国内互联网快速发展，互联网的发展也在一定程度上促进了电子商务的发展。受金融危机影响，更多的企业对电子商务的认识开始提升，越来越多的中小企业选择电子商务网站实现和促进销售。

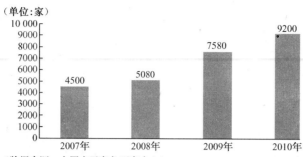

（数据来源：中国电子商务研究中心）

图13.5　中国B2B电子商务企业数量

2010 年国内 B2C，C2C 与其他电商模式企业数已达 15 800 家，较 2009 年增幅达 58.6%，预计 2011 年将有望突破 2 万家，如图 13.6 所示。

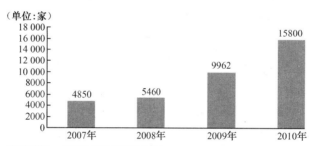

（数据来源：中国电子商务研究中心）

图13.6　中国B2C和C2C电子商务企业规模

2010 年是中国"团购元年"，行业整体呈现爆发式增长趋势。在短短一年时间，已由"百团大战"上升到"千团大战"，涌现了拉手网、美团网、糯米网、F 团、24 券和团宝网等十余家颇具实力的全国性独立团购网站，包括淘宝、腾讯、百度、新浪、搜狐和腾讯在内的互联网巨头和中国电信等传统运营商企业也纷纷加入战局，2010 年国内初具规模的网络团购企业数量已达近千家。

13.2.3　网民情况

在网络基础环境优化的同时，互联网也不断向人群渗透。2010 年，我国网民规模继续稳步增长，网民总数达到 4.57 亿，互联网普及率攀升至 34.3%，较 2009 年年底提高 5.4 个百分点。网络基础环境的持续优化和网民规模的加速渗透，为网络购物市场的发展奠定了坚实的基础。

随着我国电商企业服务能力和影响力不断提升，团购等新型业态迅速发展，网上商品的价格优势深入人心，网购的优势进一步突显，促使更多的用户被吸纳进入网购消费者的队伍。2010 年，我国网购用户规模继续增长，网购渗透率进一步提升。截至 2010 年 12 月，网络购物用户规模达到 1.61 亿人，网购渗透率达到 35.1%，如图 13.7 所示。"十一五"期间，我国网络购物用户数增长了 4.8 倍，网购用户渗透率提升了 10.6 个百分点。

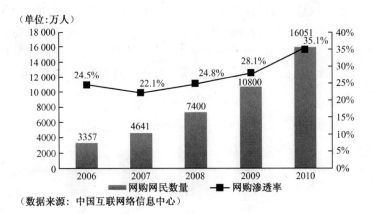

（数据来源：中国互联网络信息中心）

图13.7　2006—2010年网购用户数量及渗透率

　　用户网上消费呈现常态化的趋势，整体消费水平提升迅速。2010 年我国网购用户人均年网购消费金额 3259 元。从人均月网购消费金额来看，35.4%的网络购物用户月平均网购消费的金额在 101～300 元，26.7%的用户每月消费 100 元以下，19.5%的用户月网购消费金额 301～500 元，还有 6.2%的用户月网购消费金额在 1000 元以上，如图 13.8 所示。

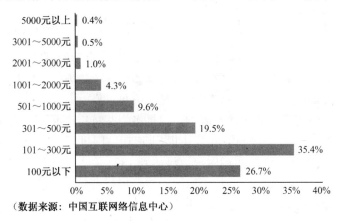

（数据来源：中国互联网络信息中心）

图13.8　网购用户每月平均网购消费金额

　　2010 年，我国网购用户购买频次也有了显著的提升，网购用户半年平均网购次数达到10 次，较 2009 年增加 4 次。同时，半年网购 10 次以上的用户占比提升较快，达到 22.1%，较 2009 年上升 11.2 个百分点，如图 13.9 所示。

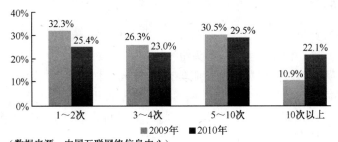

（数据来源：中国互联网络信息中心）

图13.9　2009—2010年网民半年网购次数

2010 年，对网络购物整体表示满意的用户达到 86.2%，较 2009 年增加 6.8 个百分点。满意度的提升表明网络购物整体质量在继续优化。用户对网络购物满意度最高的环节是支付和网站使用，分别有 84.2%和 80.5%的用户表示满意。用户满意度较低的环节是售后和物流服务，满意的用户占 73.4%和 75.1%，明显低于网站和支付环节的满意度，如图 13.10 所示。

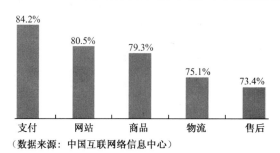

（数据来源：中国互联网络信息中心）

图13.10　用户对网络购物各环节满意度评价

13.3　团购网站发展情况

13.3.1　市场规模

团购即集体购物，联合有相同需求的消费者，以批发商的价格购买单件商品。在 2008 年 11 月 Groupon 诞生于美国芝加哥之后，这种新型网络购物方式迅速风靡全世界。截止到 2010 年 12 月，Groupon 发展迅速，已在 35 个国家开展团购。

中国之前也存在小规模、地域性的团购，但是多为某特定产品品牌商家发起或由个人发起，影响力不大。随着 Groupon 模式兴起，团购迅速在中国风靡，2010 年可以看作是中国团购元年。截至 2010 年年底，中国团购用户数已达到 1875 万人。目前团购活动主要集中在北京、上海、长三角与珠三角地区，这几个地区的团购用户占总用户的 40.3%。

团购这种商业模式发展如此迅速，与团购的特点密不可分。团购存在一些鲜明特点：一是典型的"轻"公司，不需要考虑仓储物流等硬性投入，只要有网站和人，即可以做起团购；二是这种商业模式回笼资金非常迅速，只要团购成功，即可获得收益。团购的这些特点使得团购的进入门槛较低。三是除了网络购物网站推出的团购外，其他团购网站推出的种类主要是美容、餐饮和娱乐等，填补了传统网络购物中服务性消费较少的空白。

13.3.2　竞争格局

团购行业的核心竞争力有两点，一是商家，二是消费者。在任何一端上有优势，都是进军团购的契机。也鉴于此，中国各互联网巨头纷纷推出团购服务，这种状况也使得团购行业竞争异常激烈。但只有网站将自己优势与团购服务有机结合，才能赢得消费者，赢得团购市场。

商家与商品是网络购物网站的利器，网络购物网站推出与自身关系较为密切的商品，有利于迅速扩大团购市场份额。而用户是社区、门户类网站的重要资源，根据用户群体特征推出团购服务更容易拓展团购市场。赢得市场，需要将团购形式与其他网络应用形式紧密结合起来。

13.3.3　团购网站发展趋势

团购是 2010 年与微博客并行的中国互联网发展新亮点。网民对团购的力捧、各大主流网站的加入，使得团购发展得如火如荼。鉴于 2010 年是团购发展元年，预计团购将在中国继续迅速发展，迎来更为迅猛的增长。结合团购网站特点，2011 年团购网站将继续往纵深发展，存在以下几点发展特点：

（1）诚信问题将决定团购网站的生死。团购行业进入门槛较低，随着团购网站和参与用户的增多，发展较为混乱。商家资质得不到保证，团购网站资质也得不到保证。各种团购之后无法消费、消费不满意或欺诈案例不断涌现。在目前团购存在激烈竞争的状况下，只有解决好诚信问题的团购网站，才能赢得消费者的心。

（2）二三线城市是团购网站发展的重点。团购网站本质上是联合商家与消费者的中介，尤其是美容和娱乐消费等服务，具有明显的地域特征。每一个地区的产品或服务均不相同，团购网站如要拓展向其他地区，需要在当地重新布局，与当地商家谈合作等，实力较弱的团购网站目前不能拓展向更多的区域，其他地区的团购业务则被其他团购网站瓜分。中国地域广大，尤其是在二三线城市，团购网站存在较多市场空白点。

（3）团购与社交网站、评论网站、购物网站等存在较为紧密的联系，团购网站若能与这些模式相结合，将更具有生命力。

（4）2011 年团购市场将会出现分化。实力较强的团购网站更加强大，实力较弱的团购网站可能会被淘汰。团购网站市场份额将会向某几个团购网站集中。

（5）团购导航将会是 2011 年发展的看点之一。单个团购网站的实力总是有限，每天只能推出有限几款团购活动，逐个浏览团购网站搜寻合适的团购不符合互联网便捷的特征，不是网民网络消费的主流。因此，导航类网站作为众多团购网站与消费者之间的纽带，顺应消费者需求，比较具有生命力。

13.3.4　典型网站

1．聚划算

聚划算是 2010 年 3 月 21 日淘宝推出的团购网站。聚划算依托于淘宝，使用淘宝的二级域名 http://ju.taobao.com，凭借淘宝在网购市场上的巨人人气，迅速坐稳团购第一把交椅。与其他团购网站相比，聚划算特点鲜明。聚划算主要依托于淘宝上的大量商家，团购的大多是实物商品。与其他主要团购地域性美食娱乐等服务性消费的团购网站不存在明显的竞争关系。

聚划算的交易规则是：

❖　买家只有通过聚划算的统一入口 http://ju.taobao.com 才能有权以团购价购买活动商品。

❖　单个商品每个淘宝用户 ID 每天限购一次。

❖　因机会有限，请在拍下宝贝后 30 分钟内付款，否则系统视为放弃团购机会，订单会自动关闭。

❖　团购时间为当日 10 点到次日 8 点，只能在规定时间内进行，逾期结束，团购产品将下架。

❖　卖家将在团购结束后隔日开始发货，具体时间视卖家情况为准，具体实物以店家宝贝为准。

❖　因团购的订单量较大，宝贝的发货期为 7 天，请介意的买家慎重考虑。

2．拉手网

拉手网成立于 2010 年 3 月 28 日，发展势头迅猛，开通服务城市超过 100 座。拉手网的特点是一日一城市多团，这一模式能够更大程度地吸引用户参与，但也需要巨大的营销力量支撑团购产品的开发。截至到 2010 年 9 月，拉手网已经覆盖了全国 100 个城市，拉手网员工数超过 1000 人，其中 80%以上是市场人员。

拉手网推出团购 2.0 模式，在新模式中，添加了名为"拉手网生活广场"的功能版块，商户可以通过该版块自助发布团购信息。在这种团购模式下，商家只需填写一个详细的介绍，并通过拉手网的质量考评，便可以通过该板块自主发布团购信息，无需排队等候，同时也可以最大程度地满足用户需求，为用户提供了更多选择的空间。

3．美团网

美团网成立于 2010 年 3 月 4 日，是中国成立较早的团购网站，占得团购发展先机。美团网以地域取胜，在北京等城市深度耕耘，地域市场状况较好。美团网对消费者的宣传口号是：美团每天帮您推荐一种优质的本地生活服务； 美团的推荐一定物超所值；美团网同时致力于帮您发现最好玩，最新鲜的生活方式；美团为您提供最满意、最快乐的团购乐趣。

4．糯米网

糯米网凭借人人网的人气，2010 年 6 月 23 日开通，短短 6 个月，即已跻身渗透率前五强。糯米网是互联网巨头进军团购的典型代表。除人人网之外，搜狐、新浪、腾讯三大门户网站均已开通团购服务，58 同城、赶集网等分类信息网站也已开通团购服务，团购已成为网站增加用户黏性，增加营收的重要手段。只是，有些团购服务发展得一般，有些团购服务发展得较好。糯米网是发展得较好的团购网站。

13.4　市场细分情况

13.4.1　B2B 电子商务

B2B 平台是目前中国企业应用电子商务的主要形式之一。CNNIC 调研结果显示，阿里巴巴在进行电子商务网站推广的中小企业中渗透率最高，这些企业中 67.1%都选择了阿里巴巴。

中国中小企业发力电子商务，带动 B2B 电子商务迅速发展，B2B 平台的市场集中度进一步提高。代表性企业阿里巴巴 2010 年公司总营收达 55.576 亿元，较 2009 年增长 43.4%；净利润 14.695 亿元，较 2009 年增长 45.1%，如图 13.11 所示。

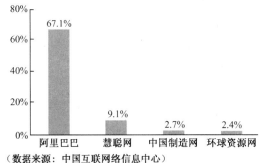

（数据来源：中国互联网络信息中心）

图13.11　中国中小企业使用B2B电子商务平台网站渗透率

13.4.2　B2C 电子商务

　　B2C 网络购物市场上已经出现行业的领头者，淘宝商城自 2010 年 11 月启动独立域名以来，独立的宣传和营销活动全面铺开，目前已经占据 B2C 市场交易金额的 40.8%，正式实现了 B2C 领域的扩张。京东商城占市场交易金额的 17.6%。当当网市场份额为 4.3%，卓越网为 4.1%，如图 13.12 所示。

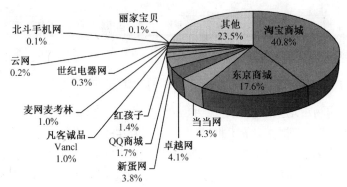

（数据来源：中国互联网络信息中心）

图13.12　2010年网购市场主要B2C市场份额

13.4.3　C2C 电子商务

　　C2C 领域，淘宝网依然呈现一家独大的局面，占据 C2C 市场交易金额的 95.5%。拍拍网的市场份额为 4.2%。C2C 的优势是卖家众多，产品丰富，这些特点造成了 C2C 市场集中度比较高的局面，如图 13.13 所示。

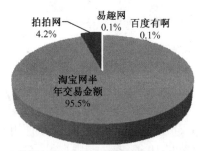

（数据来源：中国互联网络信息中心）

图13.13　2010年网购市场C2C市场份额

13.4.4　在线购物

　　在线购物网站中，淘宝网（包括淘宝商城）的用户规模依然高居第一位，用户渗透率达到 91%，远远高于其他购物网站；拍拍网用户渗透率排名第二位，为 12%；当当网的用户渗透率 6.8%，排名第三；京东商城、卓越网和凡客诚品的用户渗透率分别为 4%，3.4% 和 1.5%，如图 13.14 所示。

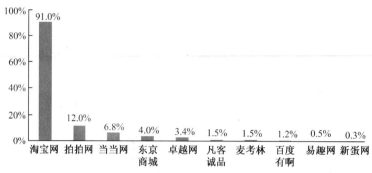

（数据来源：中国互联网络信息中心）

图13.14　2010年购物网站用户渗透率

中国整体在线购物市场上，仍旧是 C2C 占大头，B2C 发展规模跟 C2C 不能相提并论。2010 年 B2C 发展迅速，有望在未来几年内达到能与 C2C 抗衡的地步。

淘宝网的品牌转化率高达 89.7%，凡客诚品转化率相对也较高，为 54.8%。与 2009 年相比，大部分购物网站的品牌转化率有较大的提升。相比之下，百度有啊和易趣网认知用户流失较为严重，实现的转化率仅为 10.1% 和 7.4%，如图 13.15 所示。

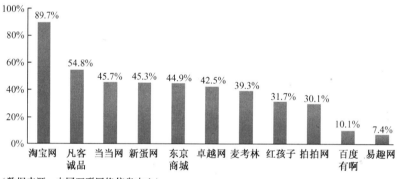

（数据来源：中国互联网络信息中心）

图13.15　2010年购物网站品牌转化率

1．在线购物网站用户新增状况

购物网站新增用户[1]中，有 38% 的用户最近半年开始使用淘宝网，有 14.1% 的用户最近半年开始使用京东商城，还有 13% 和 10.9% 的新增用户最近半年开始使用卓越网和凡客诚品。从新增用户的规模占比上看，新增用户集中分布在市场领头的几个购物网站上，如图 13.16 所示。

从网站新增比例上看，凡客诚品的用户新增率[2]最高，达到 76.5%。其次是京东商城，有 44.5% 的新增用户。凡客诚品和京东商城依靠强大的宣传推广，自建物流提供配送服务，在 2010 年实现了较快的用户扩张。

---

[1] 购物网站新增用户是半年前没有使用，最近半年才开始使用该网站购物的用户。

[2] 购物网站用户新增率=半年新增用户/（目前用户数+半年流失用户数–半年新增用户数）。

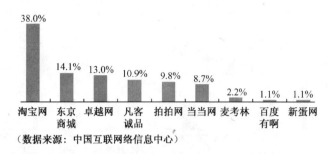

（数据来源：中国互联网络信息中心）

图13.16　2010年购物网站新增用户中使用各网站的比例

新蛋网和麦考林的用户成长势头也较好，分别有 34.6% 和 30% 的新增用户。淘宝网已经占据了网购用户的 80%，其新用户绝对数量较大，但是成长性相对较弱。易趣网成长性最弱，新增用户只有 10.2%，如图 13.17 所示。

（数据来源：中国互联网络信息中心）

图13.17　2010年购物网站用户新增率

2. 在线购物网站用户流失状况

网购用户中，有 11.7% 有放弃半年前使用的购物网站的行为。网购流失用户[1]中有 22.5% 是拍拍网的用户，21.6% 为当当网用户，20.3% 是卓越网用户，淘宝网用户也有 17.7%。流失用户占比与网站用户群体大小有关，也与用户对网站服务的满意程度有关。流失用户中京东商城、红孩子、麦考林等用户流失比例相对较小，如图 13.18 所示。

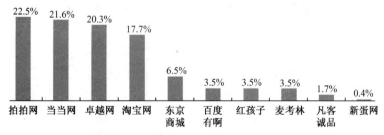

（数据来源：中国互联网络信息中心）

图13.18　2010年购物网站流失用户各网站的比例

各个网站的流失率[2]差异较大。流失用户比例最大的是易趣网，为 69.4%，其次是红孩子和拍拍网，分别是 34.8% 和 25.5%。卓越网和麦考林也有 20% 的流失用户。流失率最少的

---

[1] 购物网站流失用户是半年前使用，最近半年放弃使用该网站购物的用户。

[2] 购物网站用户流失率=半年流失用户数/（目前用户数+半年流失用户数−半年新增用户数）。

是淘宝网，如图 13.19 所示。

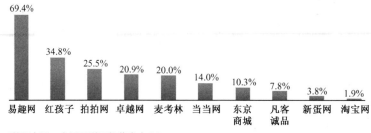

（数据来源：中国互联网络信息中心）

图13.19　2010年购物网站用户流失率

13.5　网络支付发展状况

13.5.1　行业总结与回顾

在网络购物飞速发展的带动下，2010 年网上支付步入发展快车道。用户人数、交易金额、网上支付服务提供商、使用网上支付的商家均快速增长。2010 年中国网上支付用户年增长率高达 45.8%，交易规模年增长率超过 100%。网上支付的发展与中国网络购物的快速渗透及相应网上支付概念的普及密不可分，网络购物同样经历了的一个高速增长期。

对于网上支付来说，2010 年是非常重要的一年。这一年政府出台《非金融机构支付服务管理办法》和《非金融机构支付服务管理办法实施细则》，标志着网上支付行业在快速壮大的同时，正走向规范化和正规化发展渠道。这一年央行清算系统上线，表明未来资金结算能力将大大提高，是网上支付发展的一个新开始。

13.5.2　用户规模

截至 2010 年 12 月 31 日，中国网上支付用户数已达到 1.37 亿人，占中国总体网民数的 30%，如图 13.20 所示。这一规模比 2009 年底增加了 4313 万，年增长率高达 45.9%。这一规模三年之间增长了 3 倍，比 2007 年底增加了 1.04 亿用户。2010 年是中国网上支付的快速发展期。目前网上支付在整体网民中渗透率仅为 30%，这个市场还有很大的发展空间。

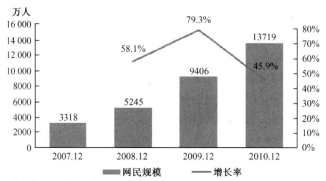

（数据来源：中国互联网络信息中心）

图13.20　网上支付用户规模变化

13.5.3   行业竞争状况

（1）竞争现状

2010 年可以看作是网上支付的转折年。国家相关监管政策和实施细则的出台，宣告网上支付无序生长状态的结束。在国家相关监管政策和实施细则出台之前，网上支付的进入没有政策门槛，使得行业中民营队与国家队并存，通过竞争提高网上支付服务质量的同时，也给用户使用网上支付留下了风险。政策的出台，使得市场占有率较小的网上支付企业面临严峻的生存危机，要么努力获得牌照，要么将转型或被兼并。

（2）市场格局

支付宝与阿里巴巴旗下电子商务网站相辅相成，双双高速发展，再加上支付宝大力拓展水电煤等业务的支付，2010 年支付宝在网民中的渗透率居网上支付第一位。其次是财付通独辟蹊径，在机票预定上较具有优势，居网上支付渗透率第二位。银联以其支付的便捷性，占据网民使用的第三位。所有网上支付的用户复合渗透率为 130.3%，即平均每个用户半年内用过 1.3 个网上支付工具。

13.5.4   发展趋势

预计 2011 年，网上支付将有以下发展趋势：

（1）网上支付行业加速洗牌。网上支付行业的发展特点之一是市场集中度较高，这意味着除了占据市场份额前列的网上支付服务提供商外，其他网上支付服务提供商的生存空间较小。再加上各家银行系统都已开通网上银行，直接提供支付服务，网上支付市场竞争较为激烈。较多市场占有率较低的网上支付企业受到挤压，生存形势严峻。预计 2011 年将有部分网上支付品牌退出网上支付舞台。

（2）2010 年网上支付的行业拓展是发展亮点。除了传统网络购物外，航空、保险、基金等行业都开始积极布局网上支付。这些行业资金流转量更大，是网上支付的进一步拓展。实际上，除了企业与个人之间、个人与个人之间，企业与企业之间的资金流转量更大，这一部分的网上支付尚未充分开垦，将是新的市场机会。

（3）手机支付将是 2011 年发展的又一磅重头戏。工业和信息化部出台规定，从 2010 年 9 月 1 日起，凡购买预付费手机卡的用户必须提供身份证件，这是实现手机支付的先决条件。另外，中国 3G 用户快速增长将有助于手机支付的发展。截至 2010 年 7 月底，我国 3G 用户累计达到 2808 万户，同比增长 544.6%。因此，目前各主流网上支付服务提供商、银行及运营商都在加大对手机支付的投入，预计 2011 年手机支付将快速发展。

（中国互联网络信息中心   孟凡新、孙秀秀）

第14章 2010年中国互联网广告发展情况

中国互联网保持着稳定健康的发展趋势，截至2010年12月，中国网民规模达到4.57亿，较2009年底增加7330万人；互联网普及率达到34.3%，较2009年提高5.4个百分点。手机网民规模达3.03亿，较2009年底增加了6930万人。手机网民在总体网民中的比例进一步提高，从2009年末的60.8%提升至66.2%。

14.1．中国广告市场规模的发展状况

在全球经济复苏的带动下，经历了严寒考验的广告市场呈现出回暖的趋势，Nielsen监测数据显示，2010年中国主要的四大媒体（电视、报纸、杂志和互联网的广告市场价值估算约为6762亿元，较2009年增长10.1%。互联网展示广告的市场价值估算约为211亿元，较2009年增长16.9%，在四大媒体中的份额达到3.1%，已超越传统的杂志媒体，如图14.1所示。总体来看，纵然经历了世界金融危机以及复杂的国内外经济环境的影响，但在国家经济政策的刺激和调控下，2007—2010年中国的广告市场仍保持了平均14.3%的年度增速。

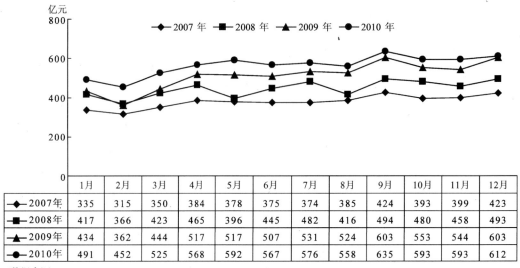

	1月	2月	3月	4月	5月	6月	7月	8月	9月	10月	11月	12月
2007年	335	315	350	384	378	375	374	385	424	393	399	423
2008年	417	366	423	465	396	445	482	416	494	480	458	493
2009年	434	362	444	517	517	507	531	524	603	553	544	603
2010年	491	452	525	568	592	567	576	558	635	593	593	612

（数据来源：CR-Nielsen A dRelevane & Nielsen Media Reseaech）

注：互联网媒体的广告价值估算仅为展示广告部分，未包含搜索、文字链、客户端、视频和植入式广告

图14.1 2007—2010年中国市场价值估算对比

14.1.1　中国广告市场变化趋势

2010 上半年中国主流媒体（电视、报纸、杂志和互联网）的广告价值估算均保持了 10% 以上的增速，尤其是在 2010 年 2 月，广告市场的价值估算同比增长达 24.9%，需要考虑到由于金融危机的影响导致 2009 年上半年的市场价值增速的步伐明显放缓，因此对同比参考数据产生了一定的影响，如图 14.2 所示。

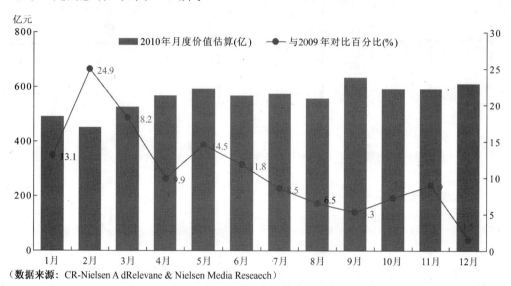

（数据来源：CR-Nielsen A dRelevane & Nielsen Media Reseaech）

图14.2　2010年中国广告市场月度价值估算

14.1.2　互联网展示广告市场份额变化

电视媒体的龙头地位虽然是不可撼动的，但其市场份额的增幅明显放缓，相反互联网近几年的发展则是不容忽视的亮点，Nielsen Online& Media Research 的监测数据显示，互联网展示广告在四大媒体中的市场份额已经超越了传统的杂志媒体，如图 14.3 所示。

14.1.3　互联网展示广告行业发展特征

从中国展示广告行业的市场价值估算份额增长来看，增幅最大的是零售行业，2010 年广告价值估算达 42 亿元，年度行业份额达 19.9%。其次是汽车和时尚类，行业份额分别为 19.5% 和 9.7%。值得一提的是，零售行业中的在线电子商务广告价值估算约 39.4 亿元，占该类别总量的 94%，同比增长 85.3%。在互联网展示广告的 5 大支柱性行业中，只有计算机及电子产品的行业份额出现 0.2% 的下降趋势，如图 14.4 所示。

2010 年，在国家扩内需、调结构、促转变等一系列政策措施的积极作用下，中国汽车市场异军突起，脱颖而出，赢得世人的观注。2010 年，我国汽车产销量全年累计产销超过 1800 万辆，刷新全球历史纪录。据尼尔森公司预计，在接下来的几年中，中国汽车销量将会持续增长，而其吸引人之处并非销售总量的增长，而在于低线城市汽车市场的崛起。2010 年汽车行业在主流媒体（电视、报纸、杂志和互联网）上的广告投放额度达 366 亿元，与 2009 年相比增长 35.7%，其中在电视媒体上的投放占据了 55% 的份额，2010 年汽车行业在互联网展示广告的市场价值估算达 41.2 亿元，比 2009 年增长 39.2%。汽车制造企业投放的价值估算占据汽车行业整体的 94.7%，汽车销售及服务类占据该行业的 5%。但在企业数量上则是呈相反趋势，汽车制造企业占该行业广告主的 19.4%，而销售服务类广告主占行业总量的 74.5%。

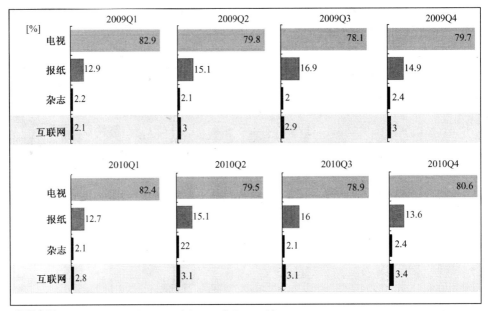

（数据来源：CR-Nielsen A dRelevane & Nielsen Media Reseaech）

图14.3　2009—2010互联网媒体的市场份额变化

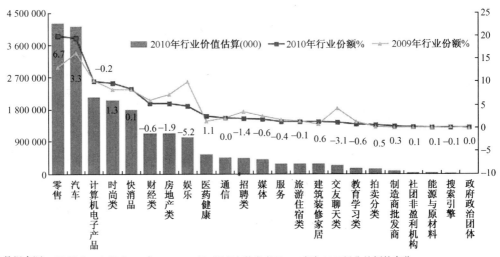

（数据来源：CR-Nielsen AdRelevane）　　注：图表中数字表示2010年与2009行业份额的变化

图14.4　2010年网络展示广告行业价值估算及份额变化

2010 年财经行业在四大媒体（电视、报纸、杂志和互联网）上的广告价值估算达 91 亿元，与 2009 年相比增长 9.2%，其中在电视媒体上的投放占据了 57%的份额，其次是报纸 27%、互联网 12.5%和杂志 3.3%。2010 年财经行业在互联网展示广告的市场价值估算达 11.4 亿元，比 2009 年增长 4.6%。对于如此的变化趋势，我们不得不考虑金融危机在过去两年对财经行业的影响，CR-Nielsen AdRelevance 监测数据显示，2009 年财经行业网络展示广告整体呈现稳步上升的趋势，环比增长的平均比率达到 10%。同时可以观察到在 2008—2010 年，信用卡借记卡服务及储蓄投资和保险类的广告是增长最为显著的，同样值得关注的是贷款服务与金融企业形象类的推广，两者在 2009 年均有不小的增幅。

商务部发布的《2010 年度中国电子商务市场数据监测报告》显示，2010 年中国电子商务市场交易额已达 4.5 万亿元，同比增长 22%。在电子商务整体交易额中，B2B 电子商务交易额达到 3.8 万亿元，同比增长 15.8%；网上零售市场交易规模达 5131 亿元，同比增长 97.3%。预计未来两年内，网上零售市场交易规模将会步入全新台阶，突破 10000 亿元，占全年社会商品零售总额将达 5%以上。随着越来越多的企业对电子商务平台的认知和重视程度的加强，电子商务类展示广告在 2010 的表现尤其抢眼，成为互联网展示广告的主要支撑行业，广告价值估算在 2010 年达到 39.4 亿元，占市场总体的 18.7%。以 Vancl，麦考林及梦芭莎为代表的电商平台的广告价值估算已占据该类别的 41.7%，其中 Vancl 以 25.3%的占比位居电子商务类 TOP1。

计算机与电子产品依然是互联网展示广告比较稳固的行业支柱，CR-Nielsen AdRelevance 监测的数据显示，2010 年该行业展示广告的市场价值估算达 21.5 亿元，占市场总体的 10.2%，与 2009 年相比，广告价值估算增长 14.2%，行业份额的占比下降 0.15 个百分比。广告主和推广项目数量分别为 556 和 7755。从展示广告的行业构成来看，计算机及相关软硬件是行业广告的主要组成部分，广告价值估算达到 8.5 亿元，与 2009 年相比，提升 5.4 个百分点。其次是数码相机及掌上电子产品，市场价值估算约 6 亿元，同比提升 76.5%。企业品牌推广也是主要的一部分，在 2010 年的市场价值估算达 4.1 亿元，同比提升 19.2%。

2010 全年药品及健康产品类广告在主流媒体（电视、报纸、杂志和互联网）的市场价值估算达 937 亿元，与 2008 年同期相比，下降 7%。其中在电视媒体上的投放达到 92%，报纸、杂志和互联网的比例分别为 7%，0.4%和 0.6%。医药企业是传统媒介广告的投放大户，但近两年医药行业对互联网营销的关注也在逐渐升温，较多的医药企业已经开始尝试互联网广告，并且也有比较大胆的尝试，CR-Nielsen AdRelevance 的监测数据显示，2010 全年药品及健康产品类展示广告价值估算达 5.5 亿元，与 2009 年同期相比，增长 1.1 倍。广告主和推广项目数量分别为 333 和 1803，与 2009 年相比，分别增长 69.9%和 62.3%。医药健康类广告主在视频广告领域的参与程度相对也比较高，CR-Nielsen AdR plus 监测数据显示，2010 年共有 103 个医药健康类广告主投放 266 个视频广告。从广告类别构成来看，医药健康产品类广告主及项目数量多于医药健康服务类。

2010 年快速消费品类互联网展示广告的市场价值估算约 18 亿元，与 2009 年相比，增长了 17.8 个百分点。快速消费品类广告主和推广项目数量分别为 313 和 4992，与 2009 年相比，分别增长 40.4%和 76.2%。从快速消费品的类别构成来看，饮料和食品占据该类别的 46%，化妆品和美发及个人护理占 26.4%，企业品牌形象也占 11.4%。2010 年快速消费品在视频广告领域共有 144 个广告主投放了 1039 个推广项目，平均每个广告主投放了 7 个推广项目。与展示广告类别构成有所不同的是，化妆品是快消类视频广告投放最多的品类，其次是食品和饮料。家用清洁品依然是投放最少的品类。

14.1.4 垂直网络媒体的变化趋势

2010 年的网络媒体中，综合门户依旧凭借其品牌效应和庞大的用户基础占据了优势地位，但是垂直类网络媒体用户的小众和精准也在某些领域内有其独特的优势。从 Nielsen Online AdRelevance 监测到的 TOP100 网络媒体（按广告估算价值的排名），2009 年广告价值估算，综合门户的贡献为 78.5%，垂直类网站的贡献为 21.5%，较 2008 年，上升 13.1 个百分点。2010 年，两者数据分别为 77.1% 和 22.9%，较 2009 年，垂直类网站上升了 1.4 个百分点。垂直类网络媒体的用户价值已被越来越多的广告主认知和接受。

2010 年 TOP100 网络媒体中垂直类网络媒体贡献较大的为新闻类、房产类和视频类网站，在 TOP100 垂直类网站中所占比例分别为 41.9%，20.5% 和 11.4%，如图 14.5 所示。

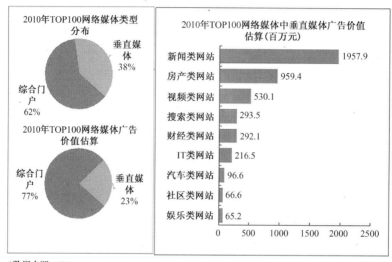

（数据来源：CR-Nielsen AdRelevane）

图14.5　TOP100网络媒体类型分布

14.2　互联网广告的发展

14.2.1　互联网视频广告

2010 年是网络视频媒体高速发展的一年，Youku 的成功上市场拉动了视频行业整体的发展，大量资金的投入也将对视频行业带来更多的机会。CR-Nielsen 监测数据显示，2010 年共有 994 个广告主参与了视频广告的投放，广告的项目数量达到 5746 个，所涉及的广告类别也较为广泛，其中电子商务购买、游戏、时尚、医药健康产品和汽车制造商是视频广告领域活跃度最高的几大类别。

2010 年对于电子商务来说同样也是比较重要的一年，较多的传统企业涉足电子商务平台是不容忽视的一个行业亮点，政府的大力扶持产生了一定的影响。麦考林和当当网作为第一批上市的 B2C 类电子商务企业，承载着较多行业人的期望。另一方面网络团购的出现也是对电子商务生活服务化的扩展应用，CR-Nielsen 监测数据显示，零售类电子商务购买是过去一年展示类广告行业份额增长最高的类别，超越了一直处于的绝对支柱地位的汽车行业。电子商务企业在 2011 年的发展以及竞争企业之间如何形成差异化的服务都是值得我们继续关注的。2010 年 TOP10 网络视频媒体见表 14.1。

表 14.1　2010 年 TOP10 网络视频媒体（按推广项目数量排序）

视　频　网　站	视频广告主数量	视频推广项目数量	广告类别数量
优酷网	418	2417	69
土豆网	324	1724	62
酷 6 网	234	679	55
迅雷网	168	550	46
我乐网	182	416	39
激动网	106	299	37
爆米花	144	296	38
六间房	67	212	26
凤凰网	69	167	33
天线视频	65	95	22

（数据来源：CR-Nielsen AdR Plus）

14.2.2　移动互联网广告

CNNIC 最新数据显示，截至 2010 年 12 月，中国的手机网民已达到 3.03 亿，手机网民在总体网民中的比例由 2009 年的 60.8%提升至 66.2%。手机即时通信、手机网络新闻和手机搜索是渗透率最高的三个手机网络应用。随着智能手机的功能越来越强大，吸引了更多的智能手机用户，致使智能手机市场不断扩张，给手机广告商等提供了机会。Nielsen 对全球手机用户的研究报告中显示，中国年轻手机用户使用手机上网的比例远远超过了其他国家和地区。15～24 岁的中国手机用户中，有 73%的人在最近的 30 天内使用手机上网，美国年轻用户的比例为 48%，英国则为 46%。美国研究机构 eMraketer 预测，2010 年手机广告已成为美国数字化广告的主力军。且手机广告费用同比 2009 年上升了 79%，达到 7.43 亿美元。随后的增长速率可能会稍微慢一些，但仍在戏剧化的上升，2011 年有望超过 11 亿美元，到 2014 年手机广告费用支出有可能会增加到 25 亿美元，如图 14.6 所示。

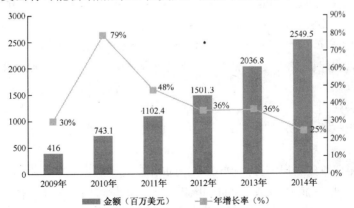

注：包括展示广告（横幅广告 banner、富媒体、视频广告），搜索和文本信息广告。

（数据来源：Emarkerter，2010 年 9 月）

图14.6　美国移动广告花费趋势

14.2.3 社会化媒体的营销趋势

2010 年手机社交网站的渗透率增长较快，达到 36.6%，这无疑是得益于互联网社会化媒体在 2010 年的高速发展，ITU（国际电信联盟）的数据显示，截至 2010 年底 Facebook 的用户数量接近 6 亿，约占全球网民的 29%，占世界人口的 8%。中国互联网信息中心 CNNIC 的数据显示，截至 2010 年年底，互联网用户达到 4.57 亿，其中社交网站用户达到 2.35 亿。

国内的社会化媒体按类型大体分为以下几类：

第一类是社交网站 Social Network Site。开心 001、人人网和腾讯的 Qzone 是这一领域较有代表性的服务商，如图 14.7 所示。

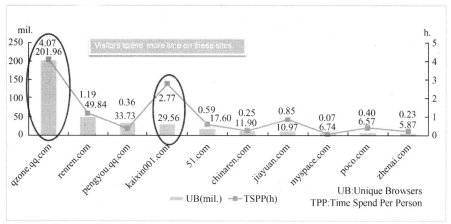

（数据来源：CR-NetRatings, 2010 Jan-Dec）

图14.7　CR-Netratings主流SNS媒体

第二类是微博客 MicroBlog，一个基于用户关系的信息分享、传播及获取的平台，最著名的微博客是美国的 twitter。国内微博客的发展经历了引入期、沉寂期到现在的成长期，越来越多的行业开始涉足微博客业务。

第三类是 LBS（Location Based Service），即基于位置的服务，是通过电信移动运营商的无线电通信网络（如 GSM 网、CDMA 网）或外部定位方式（如 GPS）获取移动终端用户的位置信息（地理坐标，或大地坐标），在 GIS（Geographic Information System，地理信息系统）平台的支持下，为用户提供相应服务的一种增值业务。切客、街旁和玩转四方等都是该领域有代表性的服务商。

最后一类社会化商务，是电子商务的一部分，其中涉及到使用社会化媒体、网络媒体来支持用户之间的贡献和互动，协助在线购买和销售的服务。以高朋、美团、美丽说和淘江湖为代表。

社会化媒体正在改变用户的行为模式，同时也在被更多的企业主使用和关注。国外研究机构 eMarketer 的研究报告显示，2011 年有 80% 的企业在市场营销中会使用社会化媒体工具，并且该比例在 2012 年将达到 88%。超过 80% 的企业在 2011 年会增加在社会化媒体上的营销预算。

（Nielsen Online　张冰）

第 15 章　2010 年中国网络视频发展情况

15.1　发展环境

2010 年，网络视频的用户基础更加广泛，网络视频的媒体价值和商业价值快速提升，网络视频广告市场快速增长，成为互联网广告产业发展的新生力量。国内网络视频企业纷纷上市，在资本运营的推动下，国内网络视频市场逐渐走向成熟。从技术层面来看，为了提升用户的视频体验，高清视频成为网络视频服务的发展方向，成为网络视频行业竞争的重要市场。但同时，中国网络视频市场的发展也存在很多问题，高额版权交易成本和带宽成本，网络视频网站盈利模式单一，广告单价过低，高清市场产品参差不齐等，这些问题严重阻碍了我国网络视频产业的快速发展。

15.1.1　视频版权争议

网络视频版权市场在经历了 2008—2009 年网络视频行业的整顿后市场秩序走向规范化，版权也成为网络视频市场的重要资源。随着网络视频市场的快速增长，网络视频运营商之间的资源竞争加剧。2010 年 6 月，盛大旗下版权分销公司盛世骄阳联合全国反盗版合作伙伴，针对盗播 2010 年南非世界杯的行为进行监控和打击。2010 年 8 月，搜狐、土豆网展开视频版权纷争。版权市场纷争不断，一方面将推动网络视频版权市场的规范化；另一方面，围绕版权资源的竞争，也将推进版权运营模式的不断创新。

15.1.2　市场规范

随着网络视频的快速发展，国内视频市场版权不断规范化，版权市场为中国网络电视台的发展带来了机遇。2010 年 3 月，国家广电总局颁发了国内首批互联网电视牌照。CNTV（中国网络电视台）、上海文广新闻传媒集团、杭州华数数字电视传媒集团有限公司相继获得国家广电总局颁发的互联网电视牌照。2010 年 4 月 16 日，中国电影著作权协会在北京宣布成立，并决定从 2010 年起向网吧和长途汽车收取版权费用。2010 年 11 月 12 日广电总局下发《广播影视知识产权战略实施意见》。电影著作权协会的成立，广电总局《广播影视知识产权战略实施意见》，进一步加大对版权和著作权的知识产权保护，规范网络视频版权市场的发展。

15.2 市场发展状况

15.2.1 用户规模

中国互联网络信息中心《第 27 次中国互联网络发展状况统计报告》显示：截至 2010 年 12 月，国内网络视频用户规模 2.84 亿人，在网民中的渗透率为 62.1%。与 2009 年 12 月底相比，网络视频用户人数年增长 4354 万人，年增长率 18.1%，如图 15.1 所示。

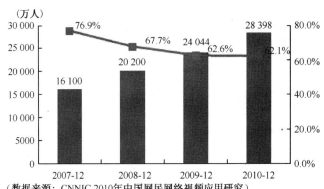

（数据来源：CNNIC 2010年中国网民网络视频应用研究）

图15.1 网络视频用户总体规模

网络视频用户的增长因素主要有：①网民增长的带动作用；②网络视频用户的使用黏性较高，网络视频用户媒体消费习惯正在发生改变，网络视频媒体成为网民获取电影、电视、视频等数字内容的主要渠道；③搜索引擎快速发展，作为互联网重要入口，搜索引擎是网络视频网站流量导入的重要渠道；④网络视频用户间分享行为更加活跃，分享渠道更加丰富。2010 年，网络视频用户的视频分享行为占比提高了 5.5 个百分点，85.4%的用户曾将自己喜欢的视频节目推荐或分享给好友。同时，用户间进行网络视频分享的渠道更加多样，即时通信和 SNS 等成为用户线上分享的主要途径，利用社交网络的交互性，网络视频用户市场快速扩展。

15.2.2 市场规模

在全球经济回暖的背景下，2010 年，互联网成为企业营销的重要平台，广告主将更多的广告预算投入从线下媒体向线上转移。随着网络视频覆盖人群范围更加广泛，网络视频的表达方式也更具丰富性，网络视频的广告价值大幅提升。艾瑞统计数据显示，2010 年中国在线视频市场规模达 31.4 亿元，同比增长 78.1%，实现了快速增长。艾瑞分析认为，广告收入的提高是促进整个视频行业快速发展的主要动力。

15.2.3 市场发展特点

1. 运营模式

根据 CNNIC 调查，电影、电视剧是网络视频用户最喜爱的网络视频节目。随着网络视频技术的改善，电影、电视剧网络视频市场需求快速发展，92.6%的网络视频用户在网上看电影，87.2%的用户在网上收看电视剧。为了满足用户需求，视频网站需要不断丰富电影和电视剧内容，2008—2009 年国内网络视频版权市场整顿后，版权市场走向规范化。但随之而来高额版权交易成本，给企业运营带来巨大压力，一款热播剧的版权价格从 2009 年的每集几万元上涨到十几万、二十几万。面对高额的版权费用，网络视频平台运营商版权内容运营模式多样化，其中正版影视剧的版权购买占主导，用户上传原创内容，网络自制剧等市场规模不大，但正在快速发展，无论从内容、数量还是质量都有很大的提升。

（1）通过版权参股、购买独家版权、版权分销等模式丰富视频内容源，同时争取网络视频版权市场的主动权。

（2）视频分享网站通过技术完善，提高用户上传视频的使用体验。根据调查，2010 年，17.2%的网络视频用户在过去半年曾上传过视频节目。其中，45.4%的用户上传过原创视频节目，包括自己、家人、朋友录制的视频节目，基于用户产生的视频内容是视频网站重要的内容源。

（3）国内视频网站纷纷推出自制网络剧，并受到用户的好评。自制网络剧的出现与版权成本压力密切相关。但同时，自制网络剧也能够缓解目前国内网络视频节目同质化严重的问题。无论对于网络视频行业来讲，还是传统影视媒体，视频创意的来源都更加丰富，也为多媒体产业融合提供了一个很好的模式参考。

2．盈利模式

网络视频盈利模式主要存在两种形式，一种是网络视频广告收入；另一种是网络视频付费服务和版权内容分销。其中，网络视频广告收入是目前网络视频网站收入的主体，付费内容和版权分销对视频营收贡献较小。

从网络视频营销来看，网络视频广告虽连续几年保持高达百分之百的增长，但网络广告单价低，广告主对网络视频在营销方面的价值认同度还有很大的提升空间。这种价值认识不足可能由以下问题造成：一是网络视频推广宣传还不够；二是广告主对精准投放的诉求越来越强烈，网络视频广告目标用户的精准度未能得到认可；三是网络视频广告效果的监测和评估问题。

目前，与版权交易和带宽成本相比，网络视频广告占主导地位的盈利模式显得很单薄。虽然国内一些视频网站开始试水收费视频，但推行难度较大。第一，国内网民习惯了免费获取，根据调查 2010 年下半年，仅有 6%的网络视频用户使用过付费服务，另有 72.9%的用户习惯了免费收看视频，明确表示不考虑付费；第二，在内容同质性较强，视频企业在版权市场被动的情况下，开发吸引用户的视频内容较大。

版权分销占国内视频网站营收的份额还很小，但为视频网站商业模式探索开辟了一条新途径。国内视频网站进行分销的内容主要是自制的视频节目和独家版权影视剧等；从事版权内容分销的主体有版权分销商和视频网站，两者相互作用相互影响。

15.2.4　市场竞争情况

2010 年，国内网络视频行业的竞争主要是用户市场的竞争。从用户市场来看，主要竞争策略有以下几种：第一，通过版权参股，购买独家版权，版权分销等模式丰富视频内容源，同时争取网络视频版权市场的主动权；第二，满足用户在使用网络视频时对带宽的要求，通过技术改进，提高带宽服务能力，降低带宽成本；第三，网络视频服务由传统的标清视频向高清视频趋势发展。基于用户市场竞争基础上，网络视频广告市场竞争激烈，视频厂商通过推广宣传，提高投放精准度，引入第三方广告效果监测等方式对广告代理商和广告主展开争夺。

根据北龙中网（北京）科技有限责任公司发布的《中国互联网品牌竞争力调查报告》显示：2010 年，网络视频用户网站的渗透率排名前五位依次是：优酷、土豆、搜狐视频、酷六和迅雷看看。国内网络视频网站渗透率市场排名前五位的网站中，优酷网、土豆网和酷六网都是以视频分享起家，但目前转向正版影视剧市场。

优酷网和土豆网作为早期视频分享网站，视频分享为其用户积累奠定了良好的基础。优酷网在网络视频强调速度的年代，以视频播放的流畅性获得了用户的支持。2010 年 12 月，优酷优酷网正式在纽约证券交易所挂牌上市，成为全球首家在美独立上市的视频网站。在资本市场的推动下，优酷用户将进一步获得增长。土豆网将正版视频、自制网络剧和用户原创内容作为产品主线，在年轻用户群体中获得很好的发展。而酷六网的内容服务主要以正版电影、电视剧等长视频节目和新闻时事报道、热点事件深挖等短视频节目为主。同时，在版权内容方面，酷六正在探索与版权方广告分成，以及与版权合作伙伴的深度战略合作，以此获得更多的独家版权内容。随着短视频市场的快速发展和版权盈利模式的探索，酷六在网络视频市场也将有较好的表现。

搜狐视频排在第三位，是新闻门户网站中唯一一家进入前五名的视频网站。搜狐视频的快速发展一方面依托于搜狐门户的媒体影响力；另一方面，搜狐通过版权参股的形式实现对产业链上游的控制，版权内容有一定优势；同时，搜狐高清视频的推广力度，也将推动搜狐视频业务的发展。迅雷看看位列第五位，迅雷看看的快速成长主要依托于迅雷作为下载视频上游的行业地位。

15.2.5　企业上市情况

2010 年，国内网络视频企业纷纷上市，将国内网络视频市场竞争升级到资本层面。2010 年 8 月 12 日，乐视网在深圳证券交易所成功上市，成为国内 A 股首家成功上市的网络视频公司；2010 年 8 月 18 日，盛大旗下的华友世纪更名为酷 6 传媒，正式在纳斯达克上市；2010 年 12 月 8 日，优酷网正式在纽约证券交易所挂牌上市，成为全球首家在美独立上市的视频网站。在资本运营的推动下，中小视频企业面临的较大的生存压力，国内网络视频市场格局趋向集中，并将逐渐走向成熟，市场格局趋向集中。

15.3　主要市场发展状况

15.3.1　用户需求

网络视频用户在内容的选择上，电影、电视剧是网络视频用户最为喜爱的内容，分别以 92.6%和 87.2%的用户观看比例位居前列。新闻、资讯、时事类的视频节目在 2010 年也比较受网民的青睐，观看的用户比例达 74.5%，新闻、时事视频的高使用比例进一步提升了网络视频作为媒体的价值。电视节目直播类的视频节目受欢迎度位居第四位，收看比例达到 67.8%，越来越多的人在互联网上收看电视节目，将会给传统电视媒体带来很大影响。一方面，传统电视媒体和互联网的联系更加紧密，融合趋势更加凸现；另一方面，跨媒体间的用户转移，将大大提升网络视频的媒体价值。

原创/自拍/DV 秀等 UGC 类视频内容在所有网络视频关注内容中比例较低，为 29.6%。非专业内容制作机构的原创内容对视频网民的吸引力非常有限。

15.3.2　视频分享

用户之间的分享和推荐是视频传播的重要方式。CNNIC 调查显示，85.4%的网络视频用户表示最近半年内曾经将自己喜欢的视频节目推荐或分享给好友。与 2009 年相比，有过视频分享行为的用户比例提高了 5.5 个百分点。在半年内推荐或分享过视频节目的用户中，27.1%的用户会经常把喜欢的视频节目推荐给好友，42.5%的用户表示偶尔会把看到的视频推荐给好友。用户视频分享一方面由于兴趣爱好，另一方面也是由于 SNS 网站的高速发展，为视频分享提供了较好的条件。CNNIC 调查显示，在各种线上分享渠道中，即时通信和 SNS 成为用户视频分享的重要途径。

用户上传视频是重要的视频内容源。CNNIC 调查显示，2010 年，国内 17.2%的网络视频用户在过去半年曾上传过视频节目，上传视频目前在国内仍属于小众行为，对于内容体系和运营重点强调视频分享的网站，应进一步加大力度针对用户的上传行为进行培养。同时，在半年内上传过视频节目的用户中，45.4%的用户上传过原创视频节目，包括自己、家人、朋友录制的视频节目，基于用户产生的原创视频节目提高了视频分享网站的用户活跃度。随着网民的"草根"原创力量在不断壮大，网络视频平台运营商一方面需要从技术着手提高用户上传视频服务水平；另一方面需要加大对用户上传内容的审核力度，鼓励用户将更多有价值的内容上传到互联网。

15.3.3　付费视频

根据 CNNIC 研究，目前国内网络视频付费市场仍不景气，仅有 6%的网络视频用户在过去半年曾经付费收看过视频节目。对非付费用户进行付费意愿调查显示，22.4%的用户表示如果喜欢的视频节目收费会考虑付费，72.9%的用户习惯了免费收看视频，不考虑付费。

对用户付费收看的视频节目类型调查显示，最受用户喜欢的是高清电影和电视剧，78.8%的付费用户在过去半年内曾付费收看过高清电影和电视剧；新上映的电影也比较受付费用户的欢迎，77%的用户过去半年曾付费在网上收看过新上映的电影，网络视频成为正版影视剧的重要分发渠道。

15.3.4　高清视频

CNNIC 调查显示，用户对于高清需求强烈。主要表现在：第一，用户在收看电影、电视剧等视频时最重要的三个要求：速度要快、内容要丰富、体验要高清，在用户选择最经常使用网站时，这三个因素的选择率分别是：24.6%，15.6%和13%。版权市场的规范、用户上传内容的增长和网站自制节目的增多更好地满足了用户对内容的需求，而速度和画面质量成为网民使用网络视频需求常态。第二，高清电影、电视剧也是付费用户观看最多的视频节目，使用率达 78.8%，高清电影、电视剧服务是拓展付费视频市场的重要模式。

根据 CNNIC 统计，2010 年，网络视频用户中 19.7%的用户过去半年内下载或在线收看过高清视频，用户规模约为 5584 万人。高清视频用户中，63.1%的用户过去半年下载过高清视频，用户人数约为 3523 万人；91%的用户过去半年在线收看过高清视频，用户规模约 5081 万人。

虽然国内高清网络视频市场需求强烈，但目前我国高清视频的发展仍受到诸多条件的制约：网络带宽不够导致的高清视频传输速度慢、高清片源有限、高清视频收费让用户望而却步。从国内带宽服务能力来看，由于我国一般为共享带宽接入，在上网高峰时间或数据传输量较大时，带宽速率无法满足用户在高清视频观看方面的需求。从内容来看高清片源有限，网络视频网站内容来源一般有三种，一是购买传统媒体制作的内容，这是目前国内视频网站高清视频的主要来源，但这类视频影片的成本较高；二是视频网站自制节目，国内视频网站自制网络剧正处于起步阶段，高清视频内容的生产较少；三是，网民上传的视频节目，用户上传的视频内容技术含量较低。从高清视频收费来看，虽然在付费用户中，高清影视片凸显了付费价值；但是，由于付费视频用户在国内属于小众行为，而且国内网民互联网服务付费意愿较低，市场发展较缓慢。

15.4 网络视频用户情况

15.4.1 互联网用户行为

1. 使用频率

根据 CNNIC 调查显示，2010 年，38.6%的网络视频用户每天多次上网收看视频节目。其中，17.9%的网络视频用户每天多次上网看视频；平均每周看网络视频不到一次的用户占25.9%，如图 15.2 所示。与 2009 年相比，网络视频用户上网看视频的频率下降。网络视频用户上网看视频的频率下降与目前用户收看的视频内容密切相关。用户对电影电视剧节目的青睐，增加了用户单次访问视频网站停留的时间，用户使用黏性增强。

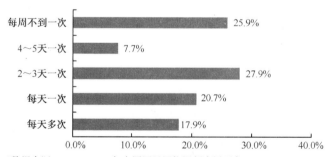

（数据来源：CNNIC 2010年中国网民网络视频应用研究）

图15.2　网络视频用户上网看视频的频率

2. 使用时间

根据 CNNIC 调查，网络视频用户平均每周在网上看视频花费的时间大约是 10.2 小时。其中，2/3 的用户每周上网看视频不超过 10 小时，每周平均上网看视频 10 小时以上的用户占 28.8%，如图 15.3 所示。从网络视频用户每周在网上看视频花费的时间来看，网络视频已经发展成为人们获取视频信息的主要媒介之一。

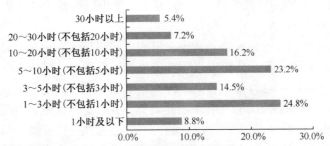

（数据来源：CNNIC 2010年中国网民网络视频应用研究）

图15.3   网络视频用户平均每周访问时长

3．收看方式

根据 CNNIC 统计，在用户使用网络视频服务的方式中，使用浏览器观看的用户占 84.4%，是目前观看视频使用率最高的使用方式。使用视频客户端播放软件的用户占比 70.4%，如图 15.4 所示。

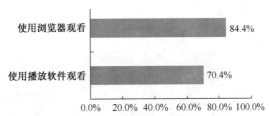

（数据来源：CNNIC 2010年中国网民网络视频应用研究）

图15.4   网络视频用户收看视频的途径

随着带宽速率的提高，浏览器、客户端软件在线视频服务的完善，在线观看网络视频的比例快速提升，占比高达 95.4%；找到需要的视频资源后，下载观看的用户占比 47.6%，如图 15.5 所示。

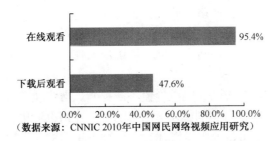

（数据来源：CNNIC 2010年中国网民网络视频应用研究）

图15.5   网络视频用户收看网络视频的方式

15.4.2   手机用户情况

手机等新媒体应用的快速发展、三网融合政策的部署和实施，给中国网络视频带来新的发展机遇。CNNIC 调查显示，2010 年，我国手机网民规模继续扩大，截至 2010 年 12 月，手机网民达 3.03 亿，较 2009 年底增加了 6930 万人。手机网民在总体网民中的比例从 2009 年末的 60.8%提升至 66.2%，移动互联网展现出巨大的发展潜力。同时，各种手机应用得以更广泛的应用。根据 CNNIC 调查显示，2010 年，手机网络视频在手机网民中的渗透率为 21.9%，用户规模 6636 万人。

手机视频虽然已经拥有一定的市场规模，但由于我国技术发展起步较晚，手机视频应用的发展仍然面临诸多问题：第一，手机视频业务尚未广泛普及，手机看视频的媒体使用习惯需要不断培养，用户市场的培育是个长期过程；第二，视频应用流量较大，而国内 3G 业务资费较高，是影响手机视频应用的重要因素；第三，3G 发展尚处于初期，网络覆盖不高，播放速度影响用户使用体验；第四，手机视频内容的适用性有待提高。与互联网用户相比，手机用户群体特征更加明显。针对手机视频用户的使用需求，考虑重点用户群的内容偏好，进行视频内容的精准投放是推广手机视频业务的重要途径。同时，结合国内技术发展阶段对视频直播、点播、下载等应用类型的条件限制，以及手机终端显示屏幕较小、用户收看节目的时间、地点较为随意等特点，开发真正适合手机终端的精准化内容是手机视频服务发展的关键。2010 年，用户对新闻、资讯、时事报道等时长较短的"微视频"需求快速增长，也为网络视频内容时长的发展提供了更广阔的空间。

15.5　网络视频发展趋势

随着网民规模的持续增长，互联网商业价值的快速提升，2011 年，国内网络视频市场将继续增长，网络视频产业竞争更加激烈　，具体表现如下：

2011 年，网络视频用户市场将保持增长趋势。随着网络视频媒体价值的提升，网络视频广告市场也将保持快速增长。同时，基于网络视频广告资源有限，网络视频广告单价低的现状，未来一年网络视频广告的增长将更强调单位价值的提升。

网络视频市场竞争加剧，中小视频企业生存空间受到挤压。在国内版权交易成本居高不下的情况下，在国内上市视频公司的挤压下，资本有限的中小视频企业生存空间越来越小。

高清网络视频成为发展方向，高清网络视频也成为国内网络视频市场争夺战的重要元素，加剧视频产业的竞争。

网络视频与电视媒体、其他网络媒体在广告市场上的竞争加剧。随着网络视频媒体越来越多地抢占了用户的媒体消费时间，网络视频广告与电视媒体广告的价值竞争更加激烈。同时，在信息碎片化的互联网时代，网络视频凭借用户的使用黏性，也将成为互联网广告市场的有力竞争者。

网络视频在影视内容分发方面的渠道价值不断提升。网络视频带来了用户媒体消费习惯的改变，92.6% 的网络视频用户上看电影，87.2% 的用户在网上看电视剧，网络视频已经成为网民获取电影、电视等视频节目的主要媒体。在这种市场需求下，网络视频成为影视剧内容分发的重要渠道。

2010 年 2 月发布的电子信息产业振兴规划中提出推进三网融合。2010 年 5 月，国务院批转发改委通知提出，实现广电和电信企业双向进入，推动三网融合取得实质性进展。2010 年 6 月，国务院三网融合协调小组会议通过了三网融合试点方案。随着国家三网融合政策的部署和实施，中国网络视频迎来新的发展机遇：视频传输速率提高、接入渠道更加多样，为网络视频产业的发展提供了更广阔的市场空间。

（中国互联网络信息中心　秦英）

第16章 2010年中国网络游戏发展情况

经过 10 年的发展，中国的网络游戏行业已经进入到成熟期，超过 300 亿元的市场规模及近 3 亿的用户规模使其成为中国互联网的支柱产业之一。但随着网络游戏行业的成熟，一些问题也渐渐浮出水面。较长的发展时期导致用户使用进入疲劳期，虽然新用户规模较大，但老游戏用户的流失也逐步增多，致使总体游戏用户规模增长放缓，而用户规模的放缓直接影响到整体市场收入的减少。

从市场环境看，国家先后颁布多个法律法规，在规范市场的同时，市场进入门槛也越来越高，中小企业发展环境并不乐观。可以说，2009—2010 年是中国游戏行业的关键时期，先后经历了增长放缓、网民渗透率下降等障碍，产品数量逐渐丰富和用户规模增长减缓的共同作用导致市场竞争进一步加剧。

16.1 发展环境

16.1.1 政策环境

2010 年整体行业呈现出监管与引导并重，且针对性和可用性提升的趋势。

首先，网络游戏监管主体更为细化，提升可用性。2010 年 6 月底，文化部出台的《网络游戏管理暂行办法》，自 2010 年 8 月开始实施，对网络游戏的娱乐内容、市场主体和法律责任等细则做出明确规定。从趋势上看，网络游戏行业的扩大使政府对于网络游戏的监管力度进一步增强，这对于中小型企业及产品单一的企业影响较大；而在制定监管措施的过程中也应该注重政策的针对性和适用性，避免影响到企业的正常运营。

其次，网络游戏整体监管力度加大，进入门槛提升，中小游戏运营商被淘汰的几率加大。文化部《经营性互联网文化单位申报指南》规定，在设立经营性互联网文化单位的条件中，如果申请游戏产品业务的，"注册资金须达到 1000 万元以上"，这对于行业新进入者及中小游戏企业而言，无疑提高了进入门槛。虽然，目前整体网页游戏行业的进入难度不大，但随着行业规模的不断扩张，网页游戏也要面临潜在的政策风险。

16.1.2 经济环境

整体而言，中国网络游戏受到经济环境况影响较小。

第一，经济形势对网络游戏影响并不明显，在金融危机的影响下，中国网络游戏无论是用户规模还是营收规模，都保持增长的态势。这一方面由于网络游戏属于相对低廉的娱乐形式且用户黏合度较高；另一方面由于网络游戏行业不需要大量银行贷款和大面积进行渠道建设，而互联网支付的普及也为运营商与消费者架设了直接交易的桥梁，杜绝了传统渠道层层押账等问题，极大减小了风险。因此，对于网页游戏运营而言，经济形势的关注应更多地偏向投资机会，而不是经济危机对于用户的影响。

第二，虽然网络游戏行业已经进入成熟期，但投资并未停止。从 2010 年全年投资情况来看，中国网络游戏行业已披露投资案例 25 起，其中已经披露金额的投资案例为 20 起，披露投资金额总额为 1.37 亿美元，平均单笔投资金额为 685 万美元。

第三，网页游戏投资少回报快的优势一度受到资本市场的青睐，随着经济危机的逐步好转，一些利好因素将吸引更多资本涌入网页游戏市场；这些利好因素包括社交型网页游戏的迅速发展，三网融合带来的新机遇和移动互联网带动的手机游戏等。

16.1.3 社会环境

中国互联网正在向社交化演进，截至 2010 年 12 月，中国网络交友 2.35 亿，较 2009 年年底增长 5918 万人，网民使用率为 51.4%，比 2009 年增加 5.6 个百分点，这也促使了社交游戏飞速发展。社类似"偷菜"、"抢车位"这样的社交游戏吸引了大批用户。一方面，社交游戏借助媒体报道扩大了在网民心中的影响力。社会资本也抓住网民的热情，涌入社交游戏市场，而大规模的市场行为又引来了更高的社会关注度。与此同时，舆论媒体对社交游戏市场的高度关注，也帮助了社交游戏的市场推广和营销，甚至在一定程度上有利于社交游戏的投资环境。另一方面，社交游戏厂商的各种市场行为也更加谨慎。

16.1.4 技术环境

网络游戏行业服务形式众多，有基于客户端软件的、基于网页的、基于手机的，而这种状况也造成网络游戏对于技术的需求较高。目前，中国网络游戏虽然面临机遇，但内功还有待提升。

（1）新兴的网页游戏技术落后。目前，网页开发的专用语言较少，大多数还是以网页技术实现。虽然 Flash 技术具有互动性丰富和下载便捷等特点，为网页游戏的发展创造了良好的条件，同时，我们也意识到，国内运用 Flash 高端技术的产品较少，而国外已经将 Flash 引擎运用到网页游戏开发中。

（2）对于目前中国网络游戏的主要营收来源，客户端游戏的技术还有所欠缺，这种欠缺一方面表现在游戏用户体验的把握技术，另一方面表现在游戏画面技术上。从用户使用看，虽然国产游戏占据了 70% 以上的市场，而从用户规模看，最大的四款产品均属于进口，除了营销手段以外，最本质的还是用户体验。

（3）对于网络游戏的核心技术——游戏引擎而言，中国更为落后，目前大多数国产游戏的引擎均来自于国外，国内只有完美时空等少数厂商具有自主引擎，但也未开放，所以在游戏核心技术方面，中国企业还有很大的提升空间。

16.2　市场发展状况

16.2.1　市场规模

2010 年中国网络游戏市场保持增长，互联网和移动网游戏市场规模合计为 349 亿元，增长率为 26.2%。其中互联网游戏 323 亿元，增长率为 25.2%；如图 16.1 所示。移动网游戏 26 亿元，增长率为 40.7%，其中，2010 年中国自主研发互联网游戏产品在国内市场的运营收入达到 185.1 亿元，同比增长 17.3%。

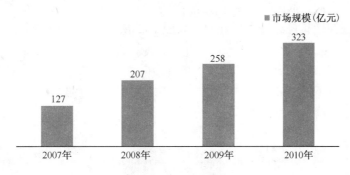

图16.1　中国网络游戏市场

16.2.2　市场竞争情况

2010 年市场竞争结构的变化主要体现在如下两个方面：一是第一阵营进一步拉开差距。深圳腾讯市场占有率劲升 8 个百分点，达到 28.9%，超过了第二、三名的总和。因此从 2010 年末的竞争局势来看，市场表现出的是竞争结构调整，并没有出现明显的集中化趋势，市场的创新环境还未被高度垄断所破坏。二是产品代理权之争效果显现。由于获得了魔兽的代理权，广州网易市场份额上升 1.8 个百分点，超越盛大网络，在国内市场占有率排名跃居第二。

16.2.3　市场细分情况

网络游戏种类众多，即使同一种类，也可分出不同纬度，而从网络游戏行业的发展趋势看，在用户增长减缓的情况下，产品的细分需求进一步提升。主要原因在于游戏年龄偏长及丰富的产品促使用户选择更为理智，提升产品的对于不同用户的针对性已经成为产品竞争的关键。未来游戏细分主要集中在两个层面：

（1）大型网络游戏（MMOG）细分。大型网络游戏从画面可分为 3D 和 2D；从题材可分为历史、现代、玄幻等；从内容又可以分为第一人称射击、赛车、舞蹈等。可以细分到很多类型，而不同的类型针对的用户群体也有所差别，现在要想推出一款覆盖全用户的产品已经不太可能实现。在 MMOG 不同的细分过程中，最关键的细分类型应该是内容和题材，而对于画面的细分需求不高。

（2）游戏平台的细分。大型游戏（MMOG）一直是中国游戏收入主要来源，而随着网络游戏行业的成熟及其他互联网行业的兴起，MMOG 增长出现疲态，而网页游戏快速发展，根据 CNNIC 调查，截至 2010 年 6 月，中国网页游戏用户达到 1.9 亿，其中社交游戏又占据主导地位，规模在 1.7 亿左右。社交游戏的兴起主要依托于社交网站的高速发展，作为社交网站最主要的服务之一，网页社交游戏将与社交网站相辅相承，形成彼此促进的局面。

16.3 用户情况分析

16.3.1 用户规模

截至 2010 年 12 月，中国网络游戏用户规模为 3.04 亿，比 2009 年年底增长 3956 万，增长率为 15%。与此同时，网民使用率也出现了下降，从 2009 年年底的 68.9%降至 66.5%，中国网络游戏用户规模增长已经进入平台期，如图 16.2 所示。

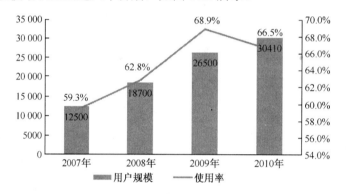

图16.2 中国网络游戏用户规模以及使用率

2010 年中国大型网络游戏用户调研以 CNNIC 第 27 次《中国互联网络发展状况统计报告》样本库为基础，延续 2009 年网络游戏用户定义，针对每月至少使用过一次大型多人在线游戏产品的用户做出相应调研，从调查结果分析，2010 年中国活跃大型网络游戏用户规模为1.1 亿人，比 2009 年增长 4069 万人，增长率为 58.7%，如图 16.3 所示。

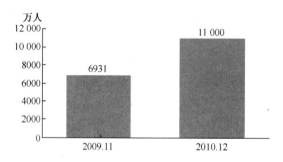

图16.3 中国活跃大型网络游戏用户规模

16.3.2 用户行为特征

家庭与网吧是用户使用网络游戏最多的地点，用户比例分别为 81.3%和 34.8%，与 2009年相比，网吧作为游戏地点的比例有所降低，而家庭则小幅提升；此外，有 8.9%的用户以朋友家为网络游戏使用地点；单位与学校的使用比例分别为 7.3%和 2.1%，如图 16.4 所示。

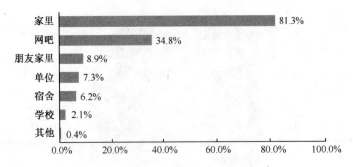

图16.4 2010年用户使用网络游戏地点

CNNIC 调查数据显示，大型网络游戏用户中，几乎每天都玩游戏的用户比例占到 30.1%，每周 3～4 天玩和每周有 5～6 天玩的用户分别为 20%和 6.2%，如图 16.5 所示。整体来看，用户使用网络游戏的频率较高，这一方面和大型网络游戏的游戏内容有关；另一方面，网络游戏运营商为保持游戏人气，通过每日答题、每日抽奖等线上活动来吸引用户频繁登录，从而提高了游戏用户的活跃度。

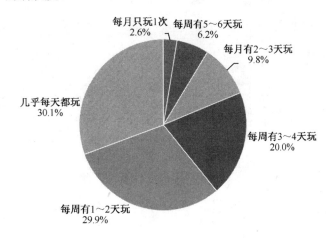

图16.5 2010年用户使用网络游戏的频率

在游戏使用时间方面，中国大型网络游戏用户平均单次游戏使用时间为 3.1 小时。从游戏时间段分析，单次游戏时长在 1～2 小时与 3～5 小时的用户比例最大，分别为 25.9%和 24.4%。值得注意的是，单次游戏时长在 2 小时以下的用户比例较 2009 年的 17.8%提高 17.1 个百分点，比例为 34.9%，如图 16.6 所示。3 小时是网络游戏防沉迷系统所设计的一个时间节点，从此次调研数据可以看出，2 小时以下用户比例的提升反映出防沉迷系统起到了有效的作用。

游戏信息获取渠道方面，"朋友介绍"以 90.9%的比例占据第一位；"游戏官方网站"与"搜索引擎"获取渠道比例分别为 73.4%与 59.6%；微博客在国内兴起一年多的时间，作为用户获取游戏信息的新兴渠道，使用比例已超过 20%，如图 16.7 所示。

从以上行为分析，中国网络游戏用户行为更为理智，这也意味着产品品质在用户中地位的提升。

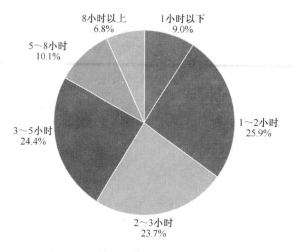

图16.6　用户在网络游戏上所花费的时间

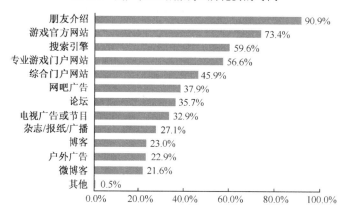

图16.7　用户游戏信息的获取渠道

16.4　盈利模式

16.4.1　内置广告

内置广告已经出现很长时间，但并没有大规模流行起来，主要是没有合适的"载体游戏"，如大型游戏收入过高，不会因为增加1%的收入而去改变游戏，而随着社交网站的兴起，内置广告的发展会进一步加快。

与此同时，我们也要关注 IGA 效果的提升。就目前情况看，IGA 应该以加深用户"印象"为目的的，而广告形式则是广告有效性的关键。根据目前游戏 IGA 发展分析，虽然 IGA 的用户印象率较高，但直接促成购买行为的可能性较低，这主要是由 IGA 的形式决定的；相比于传统 On-site 营销，IGA 所提供的内容有限，其形式往往为"一闪而过"，并不能提供给客户详细的参数配置，对比性较差，此情况限制了其只能以"印象记忆"为主要广告目的，而要加深"印象"则需要两个主要因素支持：用户重合度和 IGA 的形式。

16.4.2　收费模式

中国网络游戏市场产品导向的特征逐渐淡化了网络游戏的盈利模式。从整体网络游戏商业模式发展来看，中国网络游戏经历了从时间付费为主到道具收费为主的模式再到两种模式并存的状态，截止到目前为止，任何一种商业模式均有成功的案例，这也间接说明两种模式依然是以游戏产品为基础，无论采用哪种商业模式，都需要以游戏产品的高品质作为吸引用户付费的前提。从用户流失的原因及网络付费用户的比例均能看出，用户的"免费"概念趋于淡化。

16.5　网络游戏发展趋势及建议

1. 细分用户市场是竞争关键点

CNNIC2010 年网络游戏用户调研报告对用户分群研究后发现，不同类型的游戏用户，其在游戏目的、游戏喜好和游戏行为方面均有明显差别，简单地根据用户属性进行对应游戏开发已经难以满足细分用户市场的需求，抓住用户在游戏过程中的行为和意识特征，更有利于开发满足差异化需求的游戏产品。因此，在游戏数量逐步丰富的情况下，不可能再推出"全用户"产品，如何提升产品的针对性来抓住用户才是未来竞争的关键。

2. 避免单一产品运营风险

产品线单一对于游戏公司是一个重大隐患。2009 年网易取代九城获得《魔兽世界》的代理权，对于 90%的收入都依赖《魔兽世界》的九城而言无疑受到巨大影响，而这个事件也为其他运营商敲响了警钟，即单一依靠一款游戏盈利的风险巨大，而多款游戏产品的互补可以有效的降低风险。除了游戏数量，在游戏类型的多元化方面，也存在由于产品类型单一而引起的用户流失，2010 年《劲舞团》用户流失较为明显，而主要依赖其盈利的久游网已经意识到多产品线运营的重要性，宣布加大研发力度，计划推出多款 MMORPG 游戏用以避免单一产品运营风险。另一方面，类似空中网等厂商也同时注重代理与研发共同发展的模式，加强抵抗风险的能力。

3. 重视跨平台、跨终端游戏发展

随着移动互联网的发展和三网融合的推进，跨网、跨平台、跨终端的网络应用均有较大的挖掘空间，网络游戏厂商也应当提前布局跨平台的游戏业务。当用户的碎片时间逐渐增多后，在特定时间、特定地点选择契合需求的网络游戏成为跨平台网络游戏发展的驱动力，为玩家提供随时随地的游戏体验，是值得网络游戏厂商重视的问题。以空中网为例，其在开发网络游戏产品时较为重视游戏对多终端多系统平台的覆盖，提出手机游戏+互联网游戏的跨平台服务，正是迎合跨平台趋势的业务布局。当然，伴随数码产品的技术升级，未来将有更多的游戏终端和游戏平台得到普及，因此跨平台的游戏业务也将从手机游戏向更多的终端延升，从而也给网络游戏开发商带来了更多的发展契机。

4. 避免盲目平台化运营

网络游戏产品平台化优势明显，主要原因是"平台化"模式在目前中国网络游戏环境下的适应性更强。从用户方面分析，用户增速放缓及游戏产品的增多导致产品间竞争加剧；而对于自身资金雄厚，渠道建设较为完善的企业而言，"平台化"将更多的产品纳入到平台上

并进行用户和渠道的共享则可有效规避上述问题，但这种平台需要用户量、渠道和资金作为基础，并不适用于所用网络游戏企业，因此，提升市场竞争力应分步骤有选择地开展营销，避免盲目地进行平台化运营。

5. 利用口碑效应，开展社会化营销

虽然 2010 年网络游戏运营商高价邀请一线明星代言的案例增多，但 CNNIC 调研数据显示，游戏代言人对游戏用户的影响最小。朋友口碑成为大型网络游戏用户选择游戏产品时的首要影响因素，比例为 69.1%。"朋友介绍"在用户获取游戏信息中的作用日益重要，这也体现了社会化营销对于网络游戏营销的重要性。网络游戏具有独特的虚拟社区环境，本身就带有社会化媒体的性质，网络游戏运营商对游戏产品的宣传，应当充分利用游戏社区和其他互联网社交应用相结合的方式，来实现游戏内外的联动宣传效应。口碑传播的基础是社会网络，因此社会化营销成为网络游戏宣传的重要途径，网络游戏公司应当注重通过社会化口碑营销推广游戏产品。

6. 网络游戏"周边"服务不容忽视

除了游戏研发和运营，还有一个重要因素容易受到网络游戏运营商的忽视，即网络游戏服务。网络游戏服务是区别于游戏线上活动、游戏内容开发的，为保障用户游戏体验而提供的"周边"服务，技术保障和客户服务是服务重点。CNNIC 分析网络游戏用户流失的原因时发现，"游戏安全性低"和"客户服务质量低"是导致用户流失的前两项因素。网络游戏作为一种特殊的体验经济，给用户提供的体验并不限于游戏内容本身，尤其是当游戏产品数量增多，内容趋于同质化时，技术保障和客户服务这样的游戏周边体验显得尤为重要。

（中国互联网络信息中心 刘鑫）

第17章 2010年中国网络音乐发展情况

　　网络音乐是指通过互联网和移动通信网等各种有线和无线方式传播的音乐作品，其主要特点是形成了数字化的音乐产品制作、传播和消费模式。通过互联网提供在计算机终端下载或播放的称为在线音乐；无线网络运营商通过无线增值服务提供在手机终端播放则被称为无线音乐，又称为移动音乐。无论是在互联网还是在手机终端，音乐作为网络文化产业的重要部分，成为网民最喜爱的互联网应用之一。

　　根据国际唱片业联盟（IFPT）的数据统计，2010年，全球网络音乐销售达到43亿美元，同比增长了3.63亿美元，增幅达9.2%，其规模是2004年数字市场价值的10倍以上。目前，在全球唱片公司收入比例中，网络音乐收入占到了25.3%。在美国，网络音乐的销售比例是43%，几乎占到了一半。IFPT数据显示，30多个国家的网络音乐实现了两位数增长，其中17个市场的增长比例超过了40%，包括阿根廷、澳大利亚、奥地利、丹麦、芬兰、新加坡、瑞士和英国。其中，无线音乐创造了其中的大部分价值。市场调研公司Juniper Research发布的报告显示，2010年全球无线音乐消费收入为31亿美元，而2015年，全球无线音乐消费将大幅增长，有望创造55亿美元的收入。该报告指出，无线音乐正成为数字音乐领域的一个重要组成部分，有望支撑起这个在过去十多年深受网上盗版泛滥打击的行业。

　　中国的数字音乐进入产业化发展是在2004年前后。2010年，我国网络音乐总体市场规模达到23亿元。虽然我国的网络音乐产业仍处在发展阶段，市场条件仍不完善，销售尚不能与美国等发达国家相比，但中国具有庞大的消费市场，尤其是无线音乐市场未来拥有广阔的发展空间。

17.1 发展概况

　　2010年国家相关行业主管部门加大了管理力度，进一步规范市场经营行为。2010年年底，文化部下发了《关于集中清理整治一批违规在线音乐网站的通知》，包括好听音乐网在内的237家音乐网站或关停或改行。2011年1月初，国内知名下载网站VeryCD开始停止音乐和影视资源下载服务，这被视为政府打击音乐盗版的一个重要举动。

　　作为市场主体的网络音乐企业的数量在2010年平稳增长。截至2010年年底，获得文化行政部门审批，具有网络音乐业务经营资格的企业有240家，比2009年增长了14.3%。

　　中国网络音乐市场保持了较好的运行态势，在线音乐和无线音乐两大领域都实现了用户规模的稳步增长和市场规模的迅速扩大。网络音乐应用方式的多元化，使更多网民参与到网络音乐创作活动中来，在线收听、在线下载、在线卡拉 OK、录制自己的歌曲，并且参加网络音乐社区的活动已经成为网络音乐用户的常规应用模式。此外，网络音乐已经进入到了 3G 的时代，固网和移动网的融合不断出现，移动网络音乐的快速发展，巨大的经济效益也让音乐的应用更加广泛、更加便利。

版权问题依然是困扰网络音乐发展的最主要问题。网络音乐盗版的肆无忌惮使得从业者无法建立清晰的盈利模式。消费者免费消费习惯短期内难以改变，这也造成了网络音乐的商业模式单一，赢利困难。随着 4G 网络的逐步推出，更应加强对这一行为的规范，并将其覆盖范围扩大到移动网络。由于盗版猖獗、盈利模式不清晰等问题，原创音乐创作者逐渐减少，纷纷转行到影视或其他行业。唱片公司投入和产出不成正比，导致其出歌数量逐年减少。

无线音乐的商业模式有待突破。运营商在市场中占据了绝对的主导地位，能够直接影响价值链各方的行为和收益。市场创造的大部分利润都归运营商所有，其他产业各方的收入更多地受运营商政策而非自身业务状况的影响，这种模式不利于调动各方的积极性，也不利于产业的长期发展，需要建立更加公平公正的商业模式。

17.2 市场分析

17.2.1 市场规模

文化部《2010 中国网络音乐市场年度报告》显示，2010 年，我国网络音乐总体市场规模达到 23 亿元（以服务提供商总收入计），比 2009 年增长约 14.4%。其中在线音乐市场收入平稳上升，收入规模为 2.8 亿元，比 2009 年增长 64%，如图 17.1 所示。

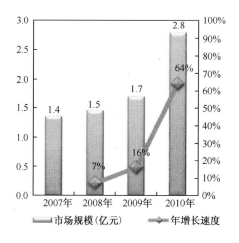

图17.1 中国在线音乐市场规模发展状况

无线音乐的市场规模达到 20.2 亿元（以服务提供商总收入计），较 2009 年增长 9.8%，在网络音乐总体规模中所占的比例超过了 87.8%，是支撑和推动网络音乐市场发展的中坚力量，如图 17.2 所示。无线音乐的发展也使得运营商获取大量利润。2010 年我国电信运营商通过无线音乐获得了 279 亿元的收入，同比增长 3.5%。

2010 年，由于网络娱乐实现用户量的扩张之后进入相对平稳的发展期，大部分娱乐类应用渗透率在下滑。网络音乐的网民规模在 2010 年下降一位，成为次于搜索引擎的第二大应用，见表 17.1。同时，受手机上网资费、网速等影响，手机上网中网络音乐渗透率相对总体网民上网应用中渗透率略低，列于手机上网应用中的第四位，如图 17.3 所示。

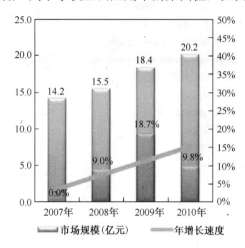

图17.2　中国无线音乐市场规模发展状况

表 17.1　2009.12— 2010.12 各类网络应用使用率

应用	2010 年		2009 年		增长率
	用户规模（万）	使用率	用户规模（万）	使用率	
搜索引擎	37453	81.9%↑	28134	73.3%	33.1%
网络音乐	36218	79.2%↓	32074	83.5%	12.9%
网络新闻	35304	77.2%↓	30769	80.1%	14.7%
即时通信	35258	77.1%↑	27233	70.9%	29.5%
网络游戏	30410	66.5%↓	26454	68.9%	15.0%
博客应用	29450	64.4%↑	22140	57.7%	33.0%
网络视频	28398	62.1%↓	24044	62.6%	18.1%
电子邮件	24969	54.6%↓	21797	56.8%	14.6%
社交网站	23505	51.4%↑	17587	45.8%	33.7%
网络文学	19481	42.6%↑	16261	42.3%	19.8%
网络购物	16051	35.1%↑	10800	28.1%	48.6%
论坛/BBS	14817	32.4%↑	11701	30.5%	26.6%
网上银行	13948	30.5%↑	9412	24.5%	48.2%
网上支付	13719	30.0%↑	9406	24.5%	45.9%
网络炒股	7088	15.5%↑	5678	14.8%	24.8%
微博客	6311	13.8%	—	—	—
旅行预订	3613	7.9%→	3024	7.9%	19.5%
团购	1875	4.10%	—	—	—

（数据来源：CNNIC 第 27 次互联网发展状况统计报告）

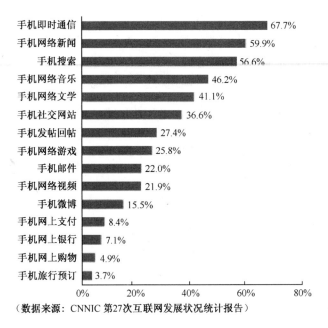

（数据来源：CNNIC 第27次互联网发展状况统计报告）

图17.3　手机网民网络应用

17.2.2　市场格局

经过几年的发展，中国在线音乐产业已经形成由四个层面组成的产业价值链：第一层面是内容提供商（CP），包括唱片公司和从唱片公司购买了版权的数字音乐制作企业，主要企业如百代、华纳、滚石和太合麦田等；第二层面是服务提供商（SP），这里主要是指以网站形式为用户提供音乐内容的企业，如 A8 音乐网、九天音乐和爱国者音乐网等；第三个层面是为消费者提供其他相关产品的音乐播放设备和软件的供应商；第四个层面是为音乐产品提供互联网流通渠道的电信运营商，如图 17.4 所示。在线音乐营业收入中 80%以上来自广告，用户个人付费收入仅占5.1%。用户免费、广告付费的形式为当前在线音乐服务商最为主要的营收方式。

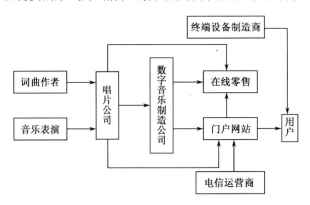

图17.4　在线音乐产业价值链结构图

目前无线音乐市场产业价值链主要分为几个层面：第一层面是内容提供商，包括唱片公司、移动音乐内容提供商等；第二层面是服务提供商（SP），主要包括国内门户网站型公司，综合性纯 SP 公司和拥有自主音乐资源的公司等；第三层面是电信运营商，这里主要指移动通信无线网络，如中国移动和中国联通；第四层面是终端设备制造商，主要是指音乐手机的生产厂家。无线音乐市场中，无线音乐服务提供商营收规模将达到 16.5 亿元，占无线音乐服务总收入的 5.3%；电信运营商（OP）音乐服务的营收占整个无线音乐市场规模（无线音乐用户为无线音乐内容提供的费用）的 94.7%。

17.2.3　发展趋势

展望未来中国网络音乐市场发展，主要呈现出如下趋势：

（1）3G 网络对网络音乐的影响进一步显现。随着 3G 网络的日益普及，多种 3G 终端也迅速普及，带有 Windows Mobile，Symbian，Android 等智能操作系统的无线终端更加智能化，各种无线音乐应用变得更多，这些使无线音乐成为网络音乐市场中最具增长潜力的细分领域。

（2）社区网站为音乐传播模式带来变革。以开心网、校内网、新浪微博客和腾讯微博客等为代表的社交类网站迅速发展，其内嵌的网络音乐播放插件和用户分享、口碑传播的模式促进了网络音乐传播方式的变革，让小型唱片公司和非主流创作者可以更容易地传播他们的作品。社区网站的黏性和互动性将为网络音乐传播带来巨大的变革。

（3）网络音乐将由简单统一向个性化发展。网络音乐的服务形式已从单纯的音乐内容提供发展到现在的音乐分享交流阶段。更多用户不满足于被动地收听音乐，而是热衷于分享。此外，用户需要网络音乐内容提供商能实现智能化推荐音乐。网络音乐内容服务商和运营商需要对用户行为进行精确的识别，并智能化地为用户提供分类服务。

（4）网络音乐终端将更加多元化和便捷。未来用户除了在个人电脑、手机上听音乐，还能够实现在车载终端、网络游戏终端、KTV，或企业的终端、家庭终端上下载和收听音乐，使网络音乐的体验无处不在。

17.3　用户分析

17.3.1　用户规模

在用户规模上，网络音乐用户数呈现出了快速增长的态势。截至 2010 年年底，我国在线音乐总体用户规模已达到 3.6 亿，使用率达到 79.2%，增长率为 12.9%。

无线音乐方面，易观国际发布数据显示，截至 2010 年年底，中国无线音乐用户达 6.34亿，环比增长 6.92%。其中，中国移动的无线音乐用户为 5.28 亿，占整体无线音乐市场的83.31%；中国电信第 4 季度无线音乐用户达 4206 万，占比达 6.63%，而中国联通无线音乐用户达 6381 万，占比 10.06%。无线音乐用户数的持续增长一方面归因于移动用户数的增长及电信运营商对于无线音乐业务的持续推动，另一方面，3G 网络的日益普及，网络环境日趋成熟，各种无线音乐应用变得更多，这些都大大提高了用户的渗透率。

17.3.2　用户行为特征

2010 年全球音乐消费者调查报告显示，中国愿意为音乐付费的人数比例并不高。在参与调查的全球 13 个国家中，中国排名处在第 10 位，但在这些愿意为音乐付费的消费者中，进行手机整曲下载和付费手机音乐应用方面的人数，分别占到了总人数的 27% 和 16%，这远远高于 12% 和 8% 的国际平均水平。数据表明，一些中国用户正在开始养成通过手机听音乐和享受各种音乐服务的习惯，手机音乐的前景依然非常可观。由于无线音乐用户占据了网络音乐用户的大部分，因此，重点对无线音乐用户特征进行分析。总体来看，无线音乐用户具有以下几个特征：

1. 无线音乐用户以男性为主体

艾瑞调研数据显示，2010 年无线音乐用户性别比例男性居高。男性用户比例为 79.3%，占比超过四分之三，女性用户比例只有 20.7%，如图 17.5 所示。但是，随着 3G 时代的到来，女性使用无线音乐的需求可能将会大大增加。

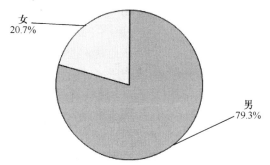

样本描述：N=15 271；于2010年2～3月在10家主流手机网站联机调研所得
（数据来源：www.iResearch.com.cn）

图17.5　2010年手机音乐用户性别比例状况

2. 无线音乐用户年轻化特征明显

从 2010 年无线音乐用户年龄分布上看：无线音乐用户整体偏年轻化，年龄在 18～24 岁的用户为第一大使用主体，其比例达 59.1%。除了 18～24 岁的用户群体外，25～30 岁的用户对无线音乐服务也表现出较大兴趣，在所有用户中占据 22.1% 的比例，如图 17.6 所示。从学历层次上看，无线音乐用户以低学历人群为主，其中高中（中专）及其以下学历用户占比 60%，在整个用户中占绝大部分。

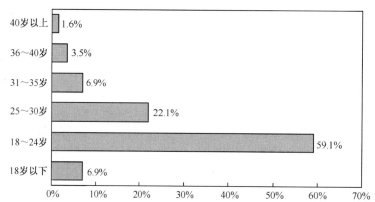

样本描述：N=15271；于2010年2～3月在10家主流手机网站联机调研所得
（数据来源：www.iResearch.com.cn）

图17.6　2010年中国手机音乐用户年龄比例状况

3．大部分用户已经养成经常使用无线音乐的习惯

在手机音乐用户使用手机上网找音乐或听音乐的频率分布中，没有规律，但经常使用的用户占比 34.2%，在所有用户中最多；每天至少使用一次的用户比例为 31.2%，位列第二；14.3%的用户每 2～3 天使用一次，位列第三。可见，大部分用户已经形成经常使用手机上网找音乐或听音乐的习惯。没有规律，但经常使用的用户与每天至少一次的用户超过所有用户的一半，占比 65.4%，如图 17.7 所示。

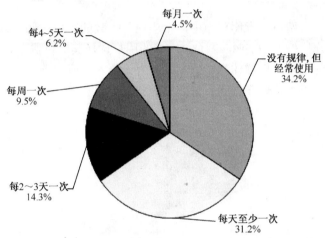

样本描述：N=15271; 于2010年2～3月在10家主流手机网站联机调研所得
（数据来源：www.iResearch.com.cn）

图17.7　2010年用户使用手机上网找音乐或听音乐频率

4．通过手机上网下载手机音乐成为主流方式

从 2010 年用户使用无线音乐方式上看，85.1%的用户选择自己通过手机上网下载音乐，在所有用户使用方式中占据主流；通过蓝牙红外等方式获得无线音乐的用户占比 67.0%；而自己通过数据线将 PC 中的音乐导入手机的用户占比 58.9%，占据第三位，如图 17.8 所示。无线音乐服务主要包括四个方面：彩铃、铃声、全曲下载和在线收听。其中全曲下载与在线收听属于用户自己欣赏，彩铃与铃声则是用户展现自我个性的方式。

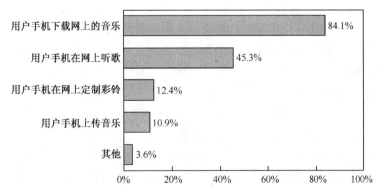

样本描述：N=15271; 于2010年2～3月在10家主流手机网站联机调研所得
（数据来源：www.iResearch.com.cn）

图17.8　2010年用户使用手机上网找音乐或听音乐频率

随着中国 3G 行业的发展及电信运营商下调手机上网流量资费的措施，提高了用户使用手机上网下载音乐的意愿。用户通过手机上网可以随时随地寻找自己喜欢的音乐，也可以搜索到网上最新出现的音乐，具有较好的时效性。随着手机蓝牙红外技术的发展，近距离间的手机无线传输越来越受到手机用户的喜爱，通过蓝牙红外等方式获取手机音乐的用户占比也比较大，用户之间通过这种方式不仅可以分享彼此手机内的音乐，而且成为一种朋友间沟通交流的方式。

5．近半数用户希望包月下载

在无线音乐用户付费方式意愿分布中，希望包月下载的用户比例为 47.8%，选择按下载歌曲数量收费的用户比例为 30.7%，剩余 21.5% 的用户选择其他付费方式，如图 17.9 所示。由于使用无线音乐的主要用户群体为学生，大多为无收入者或少收入者，因此花费较少但可以随意下载歌曲的包月下载付费方式更受他们的欢迎。

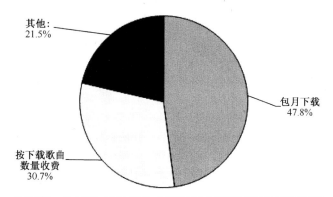

样本描述：N=15271；于2010年2～3月在10家主流手机网站联机调研所得
（数据来源：www.iResearch.com.cn）

图17.9　2010年中国手机音乐用户付费方式意愿分布

17.4　音乐网站发展情况

1．百度将建立正版音乐平台

网络音乐下载的流行在很大程度上得益于搜索引擎的发展。当网络下载音乐成为一种潮流，为其提供便利的搜索引擎却站在了"盗版"的边缘。以中国最大的搜索引擎百度为例，MP3 搜索占百度网站流量的五分之一以上，而搜索结果中大量的链接都涉嫌盗版。2011 年 3 月 15 日，中国音像协会唱片工作委员会针对百度音乐为盗版音乐网站提供深度链接发布抗议公开信。随后，百度宣布和音著协达成合作，将与音乐人分享收益。对于现在百度 MP3 上的所有音乐作品，无论是正版网站还是未获授权网站上的，百度都将按照用户在线播放和下载的次数，委托音著协按照约定的标准向词曲作者付费。百度还宣布旗下 MP3 服务将向相对封闭的正版化模式转型，百度社区概念的自有新音乐平台将在 2011 年 5 月上线，届时会提供收费和免费的内容服务。这个音乐平台定位为"社交音乐平台"，正式上线后，外部非授权网站的链接将逐渐减少，终极目标是只出现正版授权的音乐链接。

2．音乐云将成为服务热点，前景尚不明朗

所谓"音乐云"，简单地讲就是用户通过音乐软件，可以将存储在"云端"的音乐内容在手机、PC、电视等多种设备上进行播放和分享，无须用户再费时费力地从计算机存储器中复制到其他终端设备。A8 音乐于 2010 年年初提出了"音乐云"服务的概念，拉开了中国网络"音乐云"序幕，其他厂商纷纷跟进。这一崭新模式能否在中国网络音乐市场形成一定规模的影响，目前看来前景尚不明朗。

（中国互联网协会　姚正凡）

第18章 2010年中国博客、微博客发展情况

18.1 博客发展情况

18.1.1 博客发展概况

2010年博客在中国网民中的渗透率继续提升，用户规模保持增长势头。据中国互联网络信息中心（CNNIC）调查显示，截至2010年12月，博客在网民中的使用率提升了6.7个百分点，达到64.4%，用户规模达2.95亿人，年增用户7310万人，年增长率为33%。

博客曾经被认为是最具Web2.0特性的互联网应用，近年来面临着越来越多的问题。从博客市场发展的外部环境来看，微博客和SNS等社交网络应用快速发展，吸引了大量的用户资源和访问时间，从而使博客市场遭遇到前所未有的挑战。

目前，博客应用大致可以分为三类：专业博客网站、门户博客网站和社交博客网站。从博客市场竞争格局来看，门户网站博客占主流，社交网站博客快速成长，成为博客市场发展的主要推动力；而专业博客网站的发展空间受到严重挤压，发展较为艰难。

18.1.2 博客发展现状

1．发展特点

（1）博客的用户规模和使用率均有明显增长

博客的快速增长与即时通信、SNS、微博客等国内社交网络应用的快速发展密切相关。首先，博客被更多地集成到其他网络应用中，如即时通信的空间日志功能、SNS的博客功能，这些网络应用的增长相应地带动了博客应用的增长。同时，即时通信和SNS的用户关系密切，使博客正在升级成为朋友之间加深了解，进行深度交流的重要媒介。其次，微博客在传播方面的优势，丰富了博客作者观点的传播渠道，带来了个人博客阅览量的增长，更加满足了博客写作者希望获得关注和认同的需求，微博客对博客写作行为具有一定激励作用。

（2）博客与社会化网络服务结合更加紧密

根据中国互联网络信息中心统计，2010年SNS在网民中的渗透率为51.4%，SNS已经成为互联网重要应用之一，用户越来越习惯于通过SNS与好友交流沟通、分享信息，巩固和扩大个人社会关系网络。SNS可以集成的应用形式非常丰富，以交流沟通为目的的网络应用类型，如即时通信聊天工具、博客和图片分享等，都可以整合到SNS平台中，以满足用户社

交需求，提升社交方面的体验。当前，博客逐渐集成到 SNS 中，成为社交网络应用平台最基本的构成要素。而部分专业博客网站为了应对来自 SNS 的挑战，尝试提供类似社会化网络的功能。博客和社会化网络服务的结合更加紧密。

（3）专业博客网站生存更加艰难

目前专业博客网站生存空间受到严重挤压，一部分专业博客运营商已经退出市场，其他运营商也都缩小运营规模艰难生存。曾经在互联网行业和资本市场中受到追捧的博客至今依然没有成熟的盈利模式，同时博客这一应用形式本身的交互性不强，难以保持用户黏性，已经无法与 SNS 和微博客等社会化网络产品竞争，导致用户不断流失，流量明显下降。而社交网络的平台化发展趋势，将加快博客市场洗牌，专业博客网站的生存前景堪忧。

（4）博客行业需要监管

目前，博客在知识产权保护和垃圾信息等方面存在很多问题。在博客知识产权管理方面，中国互联网络信息中心（CNNIC）调查显示，19.1%的博客用户过去半年曾遭遇到博客文章被转载但未标明作者和出处的情况，9.6%的博客用户发现自己的文章或观点被误用。博客知识产权保护不利严重阻碍了博客版权市场的发展。另外博客传播中的垃圾信息也在严重影响用户体验，中国互联网络信息中心（CNNIC）对用户体验的调查显示，博客文章评论中的垃圾广告、恶意链接、低俗信息是博客用户遇到的普遍问题，利用博客的传播特性展开的不正当商业行为是博客发展中亟待解决的问题。针对这些问题，政府对博客、微博客行业的监管将更加严格，而博客服务提供商在博客信息审查上将承担更多的责任和义务。

（5）微博客的发展，为博客带来挑战的同时也带来了机遇

微博客又称谓迷你型博客，相对于传统博客，微博客门槛更低，使用也更加方便。用户可以通过不超过 140 个的文字随时随地发表自己的观点、想法或所见所闻，更加符合现代人"快餐式"的生活节奏和思维方式。快节奏的生活，快节奏的资信，碎片化的阅读正在成为主流。微博客的兴起，对传统博客的影响逐渐凸显。

中国互联网络信息中心（CNNIC）的调查显示，37.5%的用户表示使用微博客以后，对博客的使用减少了。但与此同时，微博客对博客写作行为也具有一定的激励作用，微博客在传播方面的优势，为博客写作者的观点和想法通过更加快捷的渠道扩大影响，微博客带来的个人博客或空间阅览量、信息反馈的增长，满足了博客写作者希望获得认同和认可的需求。在本次调查中，40.7%的微博客用户表示，使用微博客以后关注自己博客的人多了。

2．竞争情况

博客应用已经成为互联网服务的标准配置，在门户网站博客、社交网站博客和专业博客网站中，新闻、搜索等门户网站博客占主流；而社交网站博客借助社交网络的交互性特点，已经成为博客市场的领军者；在这两者的挤压下，国内专业博客的生存空间很小。因此，中国博客市场的竞争已经延伸到其他网络应用领域。一方面延伸到博客服务提供商自身资源优势的竞争；另一方面扩展到微博客和 SNS 等社交网络产品的竞争。

2010 年，中国博客市场用户渗透率排名第一位的是 QQ 空间（包括腾讯博客），以 QQ 客户端为基础、集 SNS、微博客等产品的社交网络平台促成了 QQ 空间的快速成长。同时，QQ 空间博客也是未来社交网络平台增值服务市场的主要力量。

新闻门户网站博客占主流，新浪、网易、搜狐的博客服务均排在博客市场的前五名。新闻门户网站的博客具有明显的媒体属性，是国内博客营销的主要市场。

18.2 微博客发展情况

18.2.1 微博客发展概况

根据中国互联网络信息中心统计，2010 年，微博客在网民中的使用率为 13.8%，微博客服务成为 2010 年新兴的互联网应用之一。用户可以使用 PC 和手机等各种终端登录微博客，随时随地将信息发送到社区中与朋友、关注者分享和互动。与传统媒体相比，微博客搭建的平台更具开放性，使用门槛更低。

目前，微博客正处于高速发展时期，以美国 Twitter 为代表的微博客产品在全球快速蔓延。在中国，各大互联网服务商纷纷进入微博客市场，到 2010 年，国内主要门户网站均已上线微博客产品或测试版，微博客已经发展成为大型门户网站的标准配置。

同时，因为在信息传播方面的特点，微博客成为社会公共舆论、企业品牌和产品推广、传统媒体传播的重要平台，正在快速发展成为一个重要的社会化媒体。

微博客的快速发展带来了媒体时代的又一次变革。互联网的自媒体属性越来越明显，网络信息的承载量增长更加迅猛，信息的生产和消费行为快速。同时，微博客带来的信息传播机制变革将使互联网的监管面临更多的困难和挑战，引起政府和监管部门的高度关注。

18.2.2 微博客发展现状

1. 微博客应用特点

（1）微博客体现出强大信息传播能力，媒体价值得到凸显

2010 年，微博客在传播新闻事件和制造舆论上体现出强大功效，成为一种影响力巨大的新媒体。作为曾经的新媒体，门户出现时因其发布信息的及时高效及对大量信息的良好集成和链接，极大地方便了用户对于信息的获取；到 Web2.0 时代，用户可以自行生产和发布信息，新闻的生产和传播不再限制于专业媒体机构。而微博客出现后，信息发布门槛降低，极大地扩张了信息传播者的数量，每个用户都成为信息传播网络上的一个节点，传播渠道实现高度融合，同时微博客上的信息内容具有关联性大、连续性强，形式多样化等特点；传播速度比专业传媒机构、博客及其他一些新媒体更为迅速。微博客的这些特性，大幅度提升了信息生产和传播的规模和速度，成为国内公共舆论的重要传播场所。国内的微博客服务提供商，针对国内民众在网上获取信息与表达意见的强烈意愿，也强化了微博客的信息传播功能，如提供转发功能、评论功能，支持图片、视频等多媒体等。

微博客的媒体价值，受到了传统媒体的重视。很多专业的媒体机构开始尝试通过微博客来获取新闻线索。在许多突发事件中，微博客占据独特的优势，一是其发布内容简洁，二是在事故现场的微博客用户可抢先把消息发布出去。微博客已经成为网民关注新闻的重要落点，当新闻发生时，人们不再依赖一张早报或是其网络版来获取新闻，而是在微博客网站上从朋友或陌生人那里获得消息。

正是因为如此，使用微博客一定程度地变革了用户获取新闻的方式，中国互联网络信息中心（CNNIC）调查显示，48.7%的用户表示使用微博客以后在新闻网站上看新闻的时间减少了。可以预见随着技术的进一步成熟，微博客将会对新闻传播业产生更大的影响。

（2）微博客在凸显媒体价值的同时，兼具良好的社交功能

微博客不仅是一种以内容吸引用户关注的媒体平台，同时也是一个社交平台，用户可以在这一平台上与好友交流沟通。目前国内微博客提供商不断强化微博客的社交功能，一些服务提供商将微博客与即时通信结合，使其能够实现一对一的交流；同时也设置了群组功能，支持用户以地缘、业缘及个人兴趣等要素结成团体。这些功能使得微博客具备了社会化网络服务特性，提升了用户依赖性和黏度。

正是由于这一点，微博客与 SNS 产生了直接的竞争关系。SNS 经历前几年的飞速发展后，在 2010 年面临许多问题，其中就包括微博客对 SNS 的挑战。微博客的社交功能与 SNS 存在重合，其用户结构与 SNS 十分类似，中国互联网络信息中心（CNNIC）调查显示，31.4%的用户表示使用微博客以后，对 SNS 的使用减少了。

（3）微博客服务走向平台化

如同 SNS，微博客也开始向平台化方向发展。新浪微博客率先启动开放平台战略，并在 2010 年 11 月举办微博客第三方开发者大会，目前新浪平台上已有超过 500 个第三方应用，涵盖客户端软件和网页游戏等许多领域。其他微博客服务提供商也纷纷跟进，2010 年 4 月，搜狐正式推出开放平台，9 月腾讯微博客开放平台上线。目前，微博客逐步成为各大互联网公司的战略性平台。依靠这个平台，可以弥补微博客服务提供商在产品研发方面的劣势和局限性，丰富网站应用，积累用户资源，保持用户的持续关注，增强用户黏性；还可以与其他网络应用对接，开拓各种新兴业务和盈利模式。

2．微博客发展特点

（1）各大互联网企业相继推出微博客服务，微博客成为商业门户标配

2009 年下半年新浪推出微博客服务，到 2010 年，新浪微博客在用户中逐渐流行，受到各大媒体和网民的广泛关注，注册用户迅速增长。这让国内的互联网企业开始重视微博客服务的发展潜力，其他网站纷纷开始提供微博客服务，并且从各个渠道大力推广，有效地提升了微博客的知名度，也将微博客领域的竞争提升到新的高度，各大网站都希望通过微博客热潮来提升人气和用户黏性。目前，新浪、腾讯、网易和搜狐等均推出了各自的微博客服务，微博客已经成为商业门户网站的标准配置。

（2）微博客市场竞争激烈，格局未定

由于先发优势，从用户认知度和影响力上，新浪微博客处于领先地位，然而，其他大型门户目前奋起追赶，大力推广各自的微博客服务，竞争非常激烈。目前，微博客市场的竞争局势暂时还不明朗，竞争格局尚未形成。

除了大型门户的微博客产品外，目前市场上还存在一部分独立微博客网站。与大型门户网站相比，这类独立微博客网站资金实力较弱，缺少强大的运营和市场推广团队基础，在大型门户竞争下，生存空间较小，未来发展较为艰难。

（3）政府机构和企业重视微博客平台，开始进驻微博客

由于微博客的影响力，2010 年许多政府机构纷纷开设微博客，将其作为了解民情民意的重要途径，实时发布新闻信息，与网民进行直接的交流沟通。企业方面，许多重量级大企业也开始进驻微博客，与各自品牌的爱好者进行直接沟通。值得注意的是，已经有不少企业利用微博客开展营销活动，尝试利用微博客上信息的病毒式传播来扩大品牌知名度，促销产品。虽然这样的营销刚刚起步，但博客巨大的营销潜力已经初现端倪。

18.2.3 微博客用户分析

1. 微博客用户行为特征

（1）使用目的

根据中国互联网络信息中心（CNNIC）的调查，用户使用微博客的目的大致分为以下几类，见表 18.1。

表 18.1 微博客用户使用目的

	使 用 目 的	比 例
获取信息	获取新闻、时事信息	85.3%
	获取与工作、学习有关的信息	62.0%
人际交往	维系人脉	76.4%
	拓展人脉	62.0%
	社会支持	37.1%
关注自我	自我展示	63.0%
	自我认同	44.3%
实现分享	资源分享	59.6%
	购物分享	34.0%
关注组织机构	关注媒体机构	41.7%
	关注政府	35.8%
	关注企业	32.1%
商业活动	增加收入	9.2%
	宣传推广	8.7%
微博客追星	关注明星	54.5%

使用微博客获取信息　微博客正发展成为网民关注新闻的重要媒介，调查显示用户使用微博客的首要目的就是获取新闻、时事信息，通过微博客关注新闻的用户比例高达 85.3%；通过微博客了解行业动态及工作和学习相关知识的用户占比约为 62%。

通过微博客实现人际交往　76.4%的用户在微博客上了解老朋友的近况，与朋友保持关注和沟通；使用微博客认识和结交新朋友，拓展人脉的用户约占 62%；还有部分用户使用微博客以获得社会支持，在微博客上发布信息，寻求帮助的用户约占 37.1%。

在微博客上展示自我　其中通过微博客表达自己的心情、观点或展示自我形象的用户占63%；同时，有 44.3%的用户通过微博客获得自我认同，他们不仅在微博客上展示自己，同时希望获得更多人的关注、理解和支持。

在微博客上分享信息　将自己掌握的信息或工作、学习等生活经验在微博客上进行分享的用户约占 59%；将自己的购物经验，如商品评价、购物体验等通过微博客与他人进行分享的用户约占 34%。

通过微博客关注政府、企业等组织机构　35.8%的用户在微博客上关注感兴趣的政府机构，32.1%的用户在微博客上关注感兴趣的企业；41.7%的微博客用户在微博客上关注感兴趣的媒体。

微博客上的商业行为　9.2%的微博客用户表示使用微博客是为了增加收入；8.7%的用户在微博客上对个人或公司的品牌或产品进行宣传和推广。

微博客追星　微博客发展初期，部分微博客网站照搬博客推广的模式，依托明星效应吸引人气。微博客的亲民性，为明星与大众之间搭建了近距离沟通的平台，通过微博客，粉丝可以真实地了解和感受到明星、名人的生活近况，拉近彼此的距离。在本次调查中，54.5%的用户通过微博客关注感兴趣的明星或社会名人。

通过进一步分析，可以发现不同年龄段的用户使用微博客的目的不同：

19 岁以下的用户使用微博客有一半以上是因为从众心理，因为周围的人使用，所以使用。但 19 岁以下年龄的用户也是微博客上最活跃的用户，该群体近 70%在微博客上"追星"。此外，人际互动也是该用户群使用微博客的重要驱动力，19 岁以下的青少年用户正处于成长时期，关注自己和他人的生活和内心世界，期望能够从自己和他人的行为、评价中获得更多的认同和支持。调查显示，60%以上的 19 岁以下用户使用微博客是为了与他人交流沟通，40%以上的用户是为了获得认同和支持，即希望获得更多人的关注、理解和支持。

20～29 岁用户使用微博客更倾向于获取信息，尤其是新闻、时事等；同时，该群体对企业、媒体机构的关注较多，同时也是购物经验分享交流的主要群体；该群体是企业微博客营销关注的重点群体，也是口碑营销、商务社交化挖掘的潜在客户。

30～39 岁用户将微博客与实际生活联系更为紧密，这部分群体倾向从微博客上获取与工作、学习、行业动态相关的信息，对微博客的商业价值挖掘较多，对政府微博客的关注度也较高。

（2）认知途径

调查显示，42.3%的用户是通过朋友的推荐或者收到朋友的邀请开始注册和访问微博客的，朋友间的推荐是微博客用户推广的重要渠道，基于朋友关系建立起来的沟通互动具有良好的人际关系基础，大大增加微博客用户的使用黏性。网络或其他媒体的宣传也是有效的推广方式，微博客发展初期的宗旨就是聚拢人气，为此很多微博客网站通过线上或线下广告宣传打造品牌，从用户使用微博客的认知途径来看，这种推广和宣传对微博客的推广作用明显，40.4%的用户是在网络或其他媒体中看到宣传后开始使用微博客；另有 10.4%的用户是通过博客上的微博客链接开始使用微博客的；还有 6.8%通过即时通信聊天工具弹出的链接开始使用微博客。

（3）用户黏性

使用频率　微博客用户访问频率较高，30.5%的用户每天至少访问一次微博客，其中用户每天多次访问微博客的占比 14.2%；23.9%的用户每周有 4、5 天访问微博客，如图 18.1 所示。

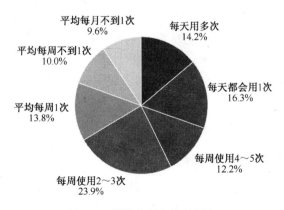

图18.1　微博客用户访问频率

单次停留时长 40%的用户访问微博客时，单次停留大概 10～30 分钟，另外接近 40% 的人群单次访问超 30 分钟，如图 18.2 所示。

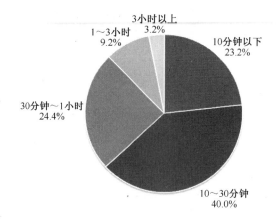

图18.2 微博客用户单次访问时长

对使用频率不同的微博客用户单次访问时间进一步进行分析，可以发现使用频率越高的用户单次访问时间越长，每天多次访问微博客的用户，平均每次访问时间在半小时以上的占 53%；而平均每月访问不到 1 次的用户单次访问时间在半小时以上只占 23.4%。也就是说，一旦用户开始熟悉并习惯使用微博客，就会产生一定依赖性，访问频率和单次访问时长均有明显提升，微博客的用户黏性表现良好，见表 18.2。

表 18.2 微博客访问频率与单次访问时长的关系

	每天多次使用	每天都会用到 1 次	每周使用 4～5 次	每周使用 2～3 次	平均每周 1 次	平均每周不到 1 次	平均每月不到 1 次
10 分钟以下	20.9%	16.5%	16.9%	17.8%	26.2%	36.1%	42.2%
10～30 分钟	26.1%	45.5%	46.9%	42.2%	47.0%	32.4%	34.3%
30 分钟～1 小时	31.4%	22.7%	24.6%	28.7%	18.8%	21.3%	17.6%
1 小时以上	21.6%	15.3%	11.6%	11.2%	8.1%	10.2%	5.9%

2. 微博客使用设备

（1）计算机和手机用户规模及使用率

调查显示，47.0%的微博客用户过去半年内使用过手机登录微博客，手机微博客用户人数约为 3976 万人。随着手机上网和 3G 业务的推广，手机成为人们更新个人信息、及时了解他人动态的前沿工具。微博客这一网络应用在发明之初就兼顾了手机终端的传播特性，其短小精悍的特性十分适用手机访问，微博客这一形态的出现实现了多元传播渠道的高度融合。

（2）手机微博客用户使用方式

手机微博客用户可以通过 Web、手机短信、手机客户端等方式向平台发送信息，进行沟通。调查显示，84.1%的用户通过登录手机网站访问微博客；49.5%的用户使用手机客户端登录访问过微博客，另有 23.3%的用户通过手机短信或彩信在微博客网站上更新信息。

3．微博客用户群分析

（1）微博客用户所关注的人群

微博客关注的人群主要以现实生活中的朋友为主，81.2%的微博客用户关注的人群包括现实生活中的朋友；75.9%的微博客用户关注网络上的朋友。除此之外，微博客也是民众关注明星、名人的重要媒介，通过微博客大众可以更加真切地了解和走近自己关注的明星和名人的生活。微博客与其他社会化网络应用的不同之处还在于微博客成为政府、企业、媒体机构面向公民、消费者、受众的重要媒介，有 44.2%的用户通过微博客关注政府、企业和媒体机构，如图 18.3 所示。

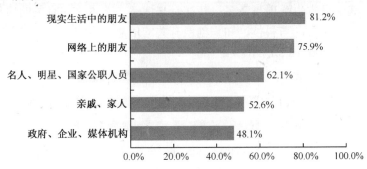

图18.3　微博客用户关注人群分析

（2）微博客用户的粉丝人群

微博客用户的粉丝群也主要以现实生活中的朋友为主，这与微博客发展初期依靠朋友推荐和邀请进行推广的路径密切相关，如图 18.4 所示。在微博客上好友之间的互动是双向的，而普通用户和社会名人、明星、国家公职人员，以及和政府、企业、媒体机构之间的关系是单向互动。无论是利用明星效应聚集人气，还是政府、企业、媒体机构与民众沟通的平台，互动和互惠仍是保持用户持久关注的基础。

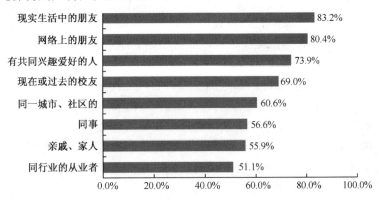

图18.4　微博客用户粉丝群分析

从用户关注的人群类型可以发现，微博客是一种兼具媒体属性和社交属性的网络应用工具，一方面用户通过微博客关注自己的好友，巩固和维护个人的社会关系网络。用户也十分关注名人和机构，作为信息的接受者，实时了解他们所发布的信息。而媒体属性和社交属性的融合，正是微博客最大的优势，两者之间存在非常好的互补特性：一方面，用户之间分享信息并进行讨论，是好友在微博客上进行社交联系的重要方式，而名人和机构发布的言论或信息成为用户与好友沟通交流的基础；另一方面，用户与好友之间的信息分享与互动，实现了其他大众传播媒体无法做到的信息裂变式传播，扩大了名人和机构所发布信息的传播范围和影响力。

4. 微博客内容

微博客所生产和传播的信息，具有十分明显的碎片化特征：微博客的内容多数是个人琐碎的生活细节，或新闻、事态的滚动进展，每一条单独的内容，都只能表达有限的信息。调查显示，微博客上的用户发布的信息内容 2/3 以上是与日常生活琐事、学习、工作、娱乐消遣有关的信息，其中日常生活琐事最多；其次是与情感、艺术文化有关的信息，40%左右的用户发布的信息与此相关；与科技、知识创新有关的信息不到 1/3，而与商品、商业活动有关的信息不足 20%，如图 18.5 所示。

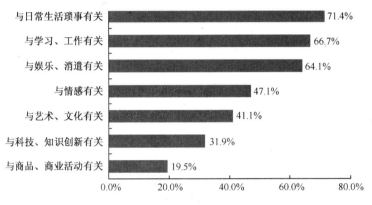

图18.5　微博客用户发布信息的种类

18.2.4　微博客与社会重大事件

2010 年因为微博客的兴起，中国社会出现了一个新的公共舆论生产源头和传播渠道。微博客上传播的信息之丰富、传播速度之快，远远超越了报刊、电视等传统媒体，博客和论坛等网络媒体与之相比也有所不及。

2010 年出现的许多重大事件，都起源于微博客，上海交通大学舆情研究实验室的一项研究显示，在他们所评选的 2010 年影响较大的前 50 起重大舆情案件当中，由微博客发起的就有 11 起。如唐骏学历造假事件率先由方舟子在微博客上揭露，随后引起全社会的关注；湖南常德抢尸事件则是由记者率先在微博客上进行直播，随后各家传统媒体迅速跟进，演变成重大舆情事件；上海市高楼大火事件刚发生，相关消息就在微博客上出现了并迅速传播开。

另外一些事件，虽然并非起源与微博客，但是进入微博客这张庞大的信息传播网络，被无数人关注和转发后，短时间内便成为社会各方讨论的焦点，微博客因此成为社会舆论最有效的放大器。其中最具代表性的是江西省宜黄县拆迁自焚事件。因为此前已发生多起类似拆迁自焚事件，所以宜黄事件起初并未引起舆论过分关注。然而，钟家两姐妹在南昌机场准备登机赴京接受采访，宜黄县政府领导带领数十人对两姐妹实施阻拦，这一过程被记者在微博客上直播，短时间内被海量转发，此后事件当事人开设微博客账号直接向网友发布消息，将这一事件推向舆论的风口浪尖，各方网友的关注和呼吁最终也促使事态发生转向。此外，河北大学车祸事件因为在微博客上的大量传播，引发了全社会的声讨，"我爸是李刚"成为 2010 年最热门的网络语言。

微博客制造和传播社会舆论的强大力量，与其信息传播方式、名人效应、使用便捷性都密不可分。不同于传统媒体一个中心、一对多的传播方式，在微博客的传播网络上，用户关注他人，同时被他人关注，渐渐结成一张庞大的网络，每个点都在接收信息同时发送信息，点与点之间互相连接，每个节点从某种意义上都是大小不一的传播中心，使得信息在这张网络上短时间内被病毒式地大规模复制和转发。2010 年，在许多突发事件上微博客都展现了强大的传播能力，事件发生短时间内就在微博客上被密集地传播开来。

目前各大微博客服务提供商都采用名人效应来推广微博客，社会名人纷纷在微博客上开设账号。一方面，这些名人作为新闻的当事人，通过微博客直接制造事件，2010 年许多新闻事件就是名人们在微博客上的言论引起的，如方舟子揭露唐骏学历造假，微博客成了双方互相回应的重要场所。另一方面，许多意见领袖在微博客被大量网友关注，成为这一信息传播网络上影响力巨大的信息传播中心节点，最典型的便是大量传统媒体及从业人员在 2010 年入驻微博客，至 12 月 24 日，仅在新浪微博客上开设微博客并被列为重要级别的传统媒体相关人士就近六千人，他们利用微博客平台制造和传播新闻话题，引起的回应比传统媒体更加迅速和广泛。

易用性也让微博客成为广大网民发表言论、参与社会公共事务的重要渠道。短小的篇幅降低了信息制作的门槛，不需要长篇大论，三言两语就能发出一条微博客。同时微博客的转发功能，使普通民众可以更加方便地发送信息，每个人都是传播者。这些特性让普通民众参与公共事件的讨论、表达意见更加简单，

总之，微博客构建了一张十分庞大和有效率的信息传播网络，其简单方便的特性让大量普通民众参与到网络中并积极互动，保持着这张网络的高效和活力，众多名人和意见领袖的加入则带来了丰富的信息流和传播力，这些因素让微博客成为中国社会重要的社会舆论集散地。

然而与此同时，信息碎片化、把关人缺失等问题，也加剧了微博客上谣言滋生、蔓延的现象。最典型的便是金庸去世的假消息在微博客上被大量传播。为此，微博客服务提供商组建了庞大的团队来进行信息的审核和过滤，及时对微博客上的不实传言进行辟谣。微博客的信息传播能力，给相关部门对信息传播的监管带来了新的问题。

18.2.5　微博客发展趋势

2010 年，微博客服务风头正劲，目前处于快速上升期。同时，目前微博客还处于发展早期，其运营模式、产品特征和营收方式还在形成过程中，各大互联网公司的微博客大战仍在持续，微博客的发展还存在很大不确定性。未来微博客发展将出现以下趋势。

1. 各大互联网企业将继续发展微博客业务

微博客这一新兴网络应用，对中国互联网产业将产生深远影响。首先，微博客正在发展成为重要的新闻源，使新闻媒体的传播形态发生变化；其次，微博客与即时通信、博客、社交网站用户的高度重合，将对其他社交网络应用市场产生较大影响，同时也将加快社交网络的平台化发展；第三，微博客信息的即时性和碎片化等特征，将加快实时搜索等网络服务的

技术开发和应用。微博客对互联网发展的影响是深远的，正因为这样，未来各大互联网公司将继续在微博客领域展开布局，抢占相关市场，并以此作为未来发展的重要战略。

2. 微博客功能和特性仍需继续完善

2010 年，大量用户开始对微博客产生兴趣，并尝试使用这一服务，但目前微博客在功能和特性上仍存在较大短板，需要各大微博客服务提供商继续完善。

中国互联网络信息中心（CNNIC）调查显示，45.9%的用户表示未来半年对微博客的使用可能减少。进一步研究这一人群，发现用户未来对微博客的使用意愿与用户的被关注度密切相关，粉丝人群越少的人，放弃使用微博客的可能性越大，对"未来半年，我对微博客的使用可能减少"这一观点表示非常赞同的用户中 51.6%的粉丝人数在 10 人以下。可见，良好的社交体验是增加用户黏性的重要途径。

另外，微博客上的信息质量也较差。目前微博客在很大程度上满足的是用户中低层次的信息需求，如个人或好友日常生活中的一些琐事、娱乐消遣信息等。中国互联网络信息中心对用户使用微博客中遇到的问题进行调查发现，微博客用户对信息的需求要求比较高，目前微博客承载的信息不能满足用户的需求，主要体现在信息有效价值不高、信息承载量过大而有效信息获取难等问题，如图 18.6 所示。

因此，无论是在社交体验还是信息功能，微博客目前还存在较大的改进空间。如何保持用户的使用兴趣，为微博客的可持续发展创造坚实的基础，将是未来各大微博客服务提供商共同面临的挑战。

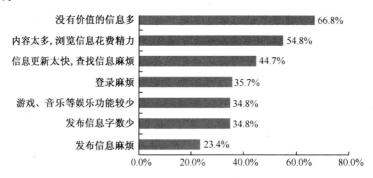

图18.6　微博客用户使用中遇到的问题

3. 微博客将成为政府机构和企业与民众沟通的重要平台

随着微博客这一交流方式的兴起和蓬勃发展，越来越多的政府机构和官员纷纷开通微博客，及时公布政务信息，应对各种突发事件，加强与民众的沟通交流，提升政府在民众中的形象。据新浪统计，到 2011 年 2 月，在新浪微博客上开通并认证的政府机构多达 1300 个，其中公安微博客 692 个，政府机构微博客 216 个，官员个人为 426 个。政府机构进驻微博客的热潮还在持续，微博客将成为政府与民众进行互动的重要平台。

与此同时，众多企业也进驻微博客，开设官方微博客账号。利用微博客平台，企业可以与用户直接沟通，打造品牌形象，微博客营销已经成为媒体进行社会化营销的重要手段。同时企业也可以利用这一平台收集用户反馈，从而帮助企业进行市场调研、开发产品，甚至尝试开展电子商务。

4．微博客的盈利模式仍在探索中，发展初期微博客将主要考虑用户体验

当前微博客仍正处于发展初期，各界对微博客的经济价值抱有很高的期望，但目前在其盈利模式方面并无成熟的先例。虽然现在已经有这方面的尝试，尤其是在营销方面，但是微博客的盈利仍需长时间探索。对于各大网络公司来说，微博客作为主推的一款战略性产品，目前的首要任务是发展用户和稳定用户，以提升用户数量、保证用户的良好使用体验为主，从而维持微博客的可持续发展，盈利暂时还不是其重点。

（中国互联网络信息中心　刘鑫）

第19章 2010年中国社交网站（SNS）发展情况

19.1 发展概况

SNS 近几年在国内兴起并快速发展，成为用户进行社会交往的重要手段。同时，在各种社会关系纽带的基础上，SNS 成为人们获取信息、交流情感、娱乐消遣的重要媒介，改变着网民的互联网使用习惯，深刻影响了人们的信息获取和社会交往方式。2010 年，SNS 用户规模和普及程度继续提升。

但中国的社交网站在 2010 年面临着来自各方面的挑战，发展势头趋缓。用户黏性方面，目前国内 SNS 同质化严重，在经历了"全民偷菜"风潮之后，网页社交游戏已经不能满足用户的需求，SNS 面临着创新的困境，一些以社交游戏崛起的 SNS 遭遇流量下滑和新增用户乏力的困境。与此同时，微博客在 2010 年异军突起，用户数量迅速增长，由于在功能上和目标用户上与 SNS 存在着重合，而微博客的名人效应又增强了其吸引力，微博客一定程度上抢夺了 SNS 的用户资源与访问时间，为 SNS 未来的发展制造了不确定因素。

面对这些困境，SNS 开始加快自身的创新步伐，同时拓展盈利渠道。在经历了社交游戏吸引力迅速下降、用户流失的局面之后，SNS 审视通过游戏组件吸引用户的策略，进而回归 SNS 特性，通过一系列功能的改进和提升用户的社交体验和移动体验，如移动平台和 LBS 服务等，其中，部分 SNS 开始增加类似微博客的产品形态以应对微博客网站的挑战。同时 SNS 尝试与其他互联网应用进行融合，开拓新的运营模式和盈利渠道，如电子商务和团购等。

19.2 SNS 网站发展特征

经过 2008 年的高速增长，目前中国 SNS 的热度开始下降，用户规模增长速度放缓，增长率趋于稳定，受到用户黏性降低、微博客迅速崛起等多方面的挑战。SNS 在 2010 年呈现出以下发展特征：

（1）整合各种网络应用，丰富网站功能。在社交游戏引发的 SNS 热潮过去之后，SNS 进一步丰富网站的社交功能，提升用户社交体验，以保持用户的黏性，进一步扩大用户规模。目前，SNS 成为各种网络应用的集成平台，包括邮件、博客、论坛、即时通信等功能都被集成到 SNS 中，开心微博客的推出，人人网对于"状态"功能的改进，都是 SNS 为了应对微博客网站的挑战而对微博客功能的集成。SNS 网站也开始尝试向 LBS、团购等领域拓展，以维持用户的新鲜感。2010 年 11 月，人人网同时推出五款产品，涉及到资讯整合、分享娱乐、LBS、社区休闲游戏和公共主页多个领域，展现出 SNS 在充实网站功能和拓展运营方式上的努力。

（2）各大 SNS 启动开放平台战略。早在 2008 年，51.com 和人人网就推出了开放平台，到 2010 年，开放平台已经成为各大 SNS 重要的发展战略，5 月，开心网的第三方组件平台正式上线，9 月，腾讯宣布其社区开放平台上线，重点放在 QQ 空间和腾讯朋友两个 SNS 产品上。自从社交游戏走向疲软后，SNS 用户的黏性出现下降趋势，要对用户形成持续的吸引力，需要聚集众多第三方的力量，丰富网站的功能，进一步增加用户的黏性。

（3）手机 SNS 应用服务日趋完善。互联网的社交化趋势和手机上网需求的快速增长，使手机社交应用成为各大 SNS 布局的重点领域。随着手机网民对手机社交需求的增长，手机上的社交功能不断丰富。目前，社交网站服务已经成为各大手机制造厂商吸引消费者的手段。许多品牌的手机均内置了包括人人网和开心网等主流 SNS 网站的客户端。

同时，相比 2009 年的高速扩张，2010 年中国 SNS 的发展也面临着一些挑战：

（1）SNS 产品和服务严重同质化，用户热情衰退。目前国内 SNS 的差异并不明显，各个网站推出的功能和产品多有重合。在发展初期，国内 SNS 多数复制国外相关网站。某些网站靠游戏组件掀起社交游戏热潮后，各大 SNS 又纷纷效仿。当前，SNS 网站在界面和功能上大都相似，缺乏具有特色的内容和服务，严重的同质化导致用户使用热情衰退。

（2）盈利模式未有实质性突破，资金和资源投入缩紧。从 2007 年开始，国内 SNS 成为风险投资的重地。但由于一直未能有可观的收益，许多中小型 SNS 陷入盈利困境，因此投资方对 SNS 的资金投入缩紧，2010 年 7 月，国内 SNS 网站 360 圈和蚂蚁网皆因投资方资金流断裂而停止运营。

（3）政府监管更加严格，SNS 游戏准入门槛提高。随着 SNS 的快速发展，相关部门对 SNS 的管理也更加严格。文化部在 2010 年颁布《网络游戏管理暂行办法》，根据这一新法规，申请新设立从事网络游戏经营活动的互联网文化经营单位，除应符合有关规定外，还应具备 1000 万元以上的注册资金，社交游戏也被列入文化部监管的游戏范围内，社交网络游戏的准入门槛提升。

19.3 市场分析

19.3.1 市场格局

1. 总体市场格局

截至 2010 年 12 月，按用户排名前五的网站分别是人人网、腾讯朋友、51.com、搜狐白社会和开心网。其中，人人网渗透率排名第一，达 51.9%。2010 年下半年，腾讯推出实名 SNS 产品"腾讯朋友"，并与 QQ 校友录等产品进行整合，目前渗透率为 33.2%；排名第三位的是老牌社交网站 51.com，用户渗透率为 20.8%，如图 19.1 所示。

2. 手机 SNS 市场格局

在用户使用的手机社交网站中，手机腾讯朋友（包括 QQ 校友录）的市场渗透率最高，达 39.6%；其次是手机人人网，用户渗透率 33.1%；手机搜狐白社会和手机开心网的用户渗透率相近，分别为 12.3% 和 11.2%，如图 19.2 所示。

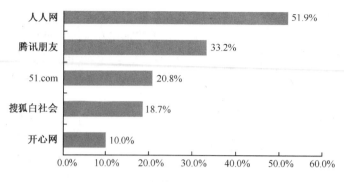

图19.1 社交网站用户市场渗透率

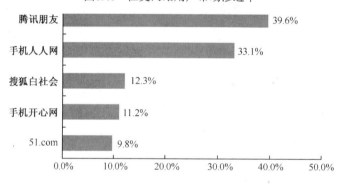

图19.2 手机社交网站用户使用的网站品牌

19.3.2 盈利模式

社交网站的快速增长营造了一个全新的市场营销环境。首先，基于用户关系产生的内容，如提问、评价和讨论等，成为引导消费的重要因素，口碑营销、病毒式营销成为企业营销战略的重要环节。其次，社交网站搭建了企业与消费者之间深度沟通的平台，为企业精准定位潜在消费者，同时与消费者直接互动创造了条件。最后，社交网站的快速发展，尤其是手机社交网站的快速发展，开拓了更广阔的互联网增值服务市场空间。这些条件，成为 SNS 重要的盈利基础。目前 SNS 服务的盈利来源主要有三个：社交网站广告营销收入、虚拟物品交易和电子商务。

广告营销收入是 SNS 网站的重要收入来源。社交网站营销收入包括广告和企业公共页面/账户等形式。广告，包括展示广告、定向广告和植入式广告等形式，与其他网络媒体形式相比，社交网站的广告营销效果具有其他媒体难以比拟的优势。首先，在互联网海量信息资源中，社交网站为用户建立起一个有效的信息过滤机制，基于真实社会关系的用户间信息分享成为十分有效的信息推进渠道，同时相比大众传播，用户对通过人际传播所获得的信息更加信任，也就是说，通过社交网站传播的信息，表现出较高的到达率和可信度。第二，社交网站掌握着丰富的用户资料与行为习惯，通过这些数据，网站能够分析出用户的背景、喜好、经历、社会关系等各个方面的情况，为广告的精准投放奠定了基础。另一种是企业在社交网站上通过建立主页 / 账号与用户进行沟通，社交网站为企业与用户的深度沟通提供了更为精准和有效的平台，目前，众多品牌已进驻 SNS 网站开设主页，与品牌爱好者进行互动。广告和企业社交营销已经成为国内社交网站营收的主要组成部分。

虚拟物品交易也是目前社交网站盈利的来源之一。但是，由于根据国内消费者的付费习惯，大部分应用和服务采用免费模式，使得虚拟物品等增值服务的需求较低。而且，目前国内社交网站社交游戏产品和服务的同质性较强，用户为服务和游戏产品购买、付费的意愿较低，这也成为国内采用开放平台战略的 SNS 面临的最大障碍。

除了以上两个收入来源，目前国内 SNS 服务商正在加紧对其他商业模式的探索，以改善 SNS 盈利模式单一、不够成熟的现状。社交网站以人际关系聚合为核心，用户规模、用户间的关系纽带，以及基于此产生的内容贡献、分享体系对商品售卖和购买决策的影响力不容忽视。充分利用社交网站的优势，将用户的消费意愿发动起来，这就使电子商务社交化快速发展，其中团购活动就是商务社交模式的成功案例。

19.3.3   竞争压力

新浪微博客推出后，各大门户纷纷推出自己的微博客产品，这种以快速分享短消息为主的服务是 2010 年最热门的互联网应用，成为 SNS 的重要竞争对手之一。从功能上看，SNS 和微博客提供的都是社会化网络服务，他们在满足用户娱乐、社交需求上具有一定程度的同质化，其用户结构也与 SNS 较为类似。所以微博客用户数量和浏览时间的快速增长，必然会造成 SNS 网站相应指标的下降。目前，各大门户网站在微博客领域的竞争十分激烈，大力推广各自的微博客服务，对垂直性 SNS 的发展造成一定冲击。中国互联网络信息中心（CNNIC）调查显示，31.4%的用户表示，使用微博客以后对 SNS 访问减少了。

19.4   用户分析

19.4.1   用户规模

中国互联网络信息中心《第 27 次中国互联网络发展状况统计报告》调查显示，截至 2010 年 12 月，中国社交网站用户规模达 2.35 亿，年增用户人数为 5918 万人，增长率达 33.7%。社交网站在网民中的使用率达 51.4%，比 2009 年增加 5.6 个百分点。

19.4.2   用户行为特征

1．社交网站的使用目的

超过一半的用户（53.6%）使用社交网站的目的是为"保持与老朋友的联系"，也就是维护和巩固现有的社会关系。社交网站是基于人与人之间关系的应用，用户既可以通过"熟人的熟人"来扩展自己在网上的社会关系网络，也可以根据兴趣爱好、学习经历、居住地点、IP 地址等构建潜在社会网络，通过朋友间的链接邀请吸引用户登录注册，使社交网站的推广获得很好的用户基础。总之，通过提供平台让用户在线上开展社交活动，是 SNS 吸引和黏住用户持续访问与关注的核心。然而，目前国内 SNS 的关键功能"社交"还需要进一步强化，从调查中可以发现，接近一半的网民使用 SNS 的目的中并没有"保持与老朋友的关系"，SNS 的核心功能在相当一部分用户中体现得并不明显。

另外，浏览信息也是用户使用社交网站的主要目的，社交网站上以现实人际关系作为筛选渠道的信息传播机制，大大提高了信息获取效率，从而吸引大量用户通过社交网站来获取信息，社交网站的信息传播价值得到体现，如图 19.3 所示。

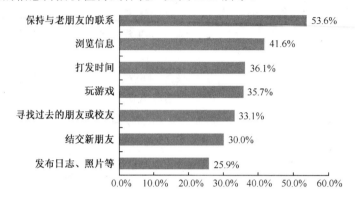

图19.3　社交网站用户使用目的

2．社交网站用户的使用行为

社交网站用户的使用行为中，兼具社交和娱乐两个方面。访问好友个人主页占比 **62.3%**，通过社交网站关注好友，并与好友的交流沟通是用户最主要的行为。玩游戏排名第二，娱乐性应用使用比例仍然较高。同时，社交网站为用户提供了自我展示平台，上传照片、跟帖/回帖、转帖/分享、发布日志的使用率也较高。与社交网站的社交性和娱乐性相比，社交网站上的商业活动并不多，用户对企业主页的访问、对线上和线下活动的参与仍有待提高，如图 **19.4** 所示。

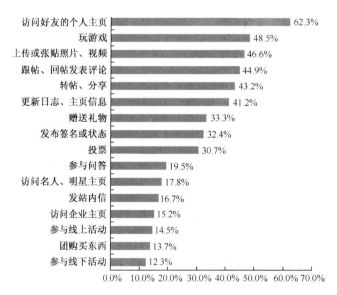

图19.4　社交网站用户使用行为

3．社交网站用户黏性

（1）使用社交网站的频率

社交网站用户中 **15.5%** 的用户每天多次访问社交网站，属于社交网站重度用户，对社交网站的依赖度很高；**48.4%** 的用户每周至少访问一次。**19.2%** 的用户每天访问社交网站一次，

22.1%的用户 2～3 天访问一次，7.1%的用户 4～5 天访问一次，这部分用户属于社交网站中度使用者；每周访问社交网站不到一次的用户占比 36.1%，属于社交网站非活跃用户，如图 19.5 所示。

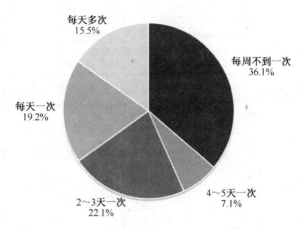

图19.5　社交网站用户使用频率

活跃用户与非活跃用户使用社交网站的目的存在较大差异，包括社交和游戏两方面：活跃用户中，为了保持与老朋友的关系及结交新朋友而使用社交网站的比例较高，也就是利用社交网络巩固和拓展自己的社会关系，这说明社交功能是提升用户黏度的重要因素；同时，活跃用户中为了玩游戏而使用社交网站的比例较高，游戏目前依然是提升用户访问频率的重要手段，见表 19.1。

表 19.1　活跃用户与非活跃用户使用目的差异

使用社交网站的目的	活跃用户	非活跃用户	差　异
保持与老朋友的联系	59.1%	45.9%	13.2%
玩游戏	39.5%	28.9%	10.6%
结交新朋友	34.0%	23.7%	10.3%
发布日志、照片等	30.1%	20.2%	9.9%
寻找过去的朋友或校友	36.4%	28.7%	7.7%
打发时间	38.8%	31.8%	7.0%
浏览信息	42.8%	39.2%	3.6%

比较社交网站活跃用户与非活跃用户使用社交网站的行为，可以发现活跃用户行为的主动性和参与性更强。活跃用户更乐于上传照片或视频、转帖和分享、发布签名、发表评论，这些信息发布和分享行为体现出活跃用户较强的沟通交流欲望，见表 19.2。

表 19.2　活跃用户与非活跃用户使用行为差异

	活　跃　用　户	非活跃用户	差　异
上传或张贴照片、视频	54.0%	31.6%	22.4%
转帖、分享	50.3%	29.2%	21.1%
发布签名或状态	39.1%	19.9%	19.2%

续表

	活 跃 用 户	非活跃用户	差 异
跟帖、回帖发表评论	50.8%	32.6%	18.2%
玩游戏	54.4%	36.6%	17.8%
赠送礼物	39.1%	21.8%	17.3%
更新日志、主页信息	45.6%	31.4%	14.2%
投票	35.0%	21.5%	13.5%
访问好友的个人主页	66.0%	53.0%	13.0%
发站内信	20.8%	8.9%	11.9%
参与问答	22.7%	12.8%	9.9%
参与线下活动	15.6%	5.9%	9.7%
参与线上活动	17.4%	8.2%	9.2%
访问名人、明星主页	20.4%	12.4%	8.0%
团购买东西	16.0%	8.8%	7.2%
访问企业主页	16.6%	11.8%	4.8%

（2）社交网站用户单次访问时长

社交网站用户中 75%的用户单次访问时间在 1 小时以下，其中 43.2%的用户单次访问时长不超过半小时，相比 2009 年，用户单次访问时间明显缩短。在社交网站中，用户通过不定时查看好友的动态和留言等方式与好友进行互动，同时由于社交游戏的特性，许多游戏互动行为不需要即时处理，行为也无须玩家之间的同步，用户不需要长时间地访问，每日登录几次进行事件处理，缩短了单次访问时间，用户对 SNS 的碎片式访问特征更加突出，如图 19.6 所示。

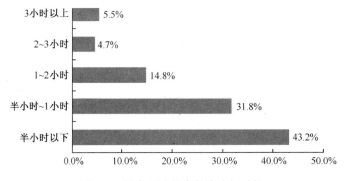

图19.6 社交网站用户单次访问时长

（3）社交网站好友来源

随着网络渗透率的提升和网民对于网络应用的深入，社交网站用户规模将会得到进一步扩大，越来越多的用户将现实生活中的人际关系延伸到网络。在本次调查中，有 83.8%的用户表示社交网站上的好友是现实中的朋友。同时，通过 SNS 结识新朋友，拓展个人社会关系网络的比例也较高，54.6%的社交网站用户好友来自线上交往。

在社交网站用户间的各种关系中，业缘关系占主体，用户的好友中 78.9%是现在或过去的校友，59.4%的用户好友是同事或同行业的从业者。其次是基于地缘的好友关系，59.7%的用户好友是同一城市、社区居住的人或同乡，地域 SNS 的市场空间较大；基于亲缘关系的占比 57.6%，如图 19.7 所示。

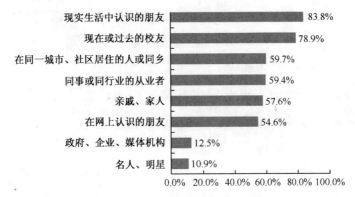

图19.7　社交网站用户好友构成

用户与社交网站上好友的亲密程度对用户活跃度产生重要影响。与非活跃用户相比，活跃用户在社交网站上基于亲缘、业缘、地缘等亲密关系而连接起来的好友较多。由于这些关系的线下基础较为牢固，且互动性和互惠性较强，因此对用户行为的互动性和参与性起到推动作用。

（4）社交网站用户分享

81.6%的用户会通过 SNS 向好友或他人推荐信息。其中，博客或日志文章、图片是用户间分享最多的信息种类，其次是音乐、视频、游戏等娱乐应用。

目前，分享在线活动、商品信息、团购信息的用户比例较低，这类用户的增长关系到 SNS 的营销价值。与其他网络应用相比，社交网站基于用户之间真实关系的口碑传播是品牌和产品的推广的重要市场，社区营销是继门户广告、搜索营销和电子商务营销之后网络营销的新生力量，在企业市场营销中的重要性不断凸显，如图 19.8 所示。

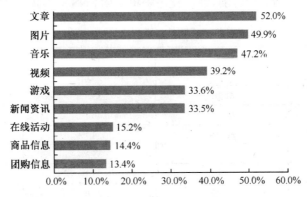

图19.8　社交网站用户信息分享

（5）社交网站用户流失原因

部分用户会因为某些原因放弃现在使用的 SNS 网站并换用其他网站，针对这类用户，调查显示社交网站上的朋友多少是用户换用网站的首要原因。用户使用社交网站的主要目的是保持与老朋友的沟通和关注，因此用户在网站上建立的关系网络的数量和亲密程度是吸引用户使用的重要因素。除此之外，网站产品和服务是用户关注的第二因素，围绕用户的兴趣不断开发产品，提供新的服务，充实网站功能，是网站保持用户黏性的关键，如图19.9所示。

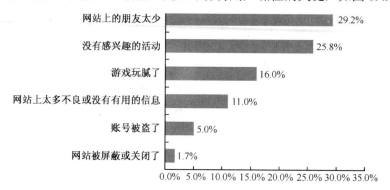

图19.9　社交网站用户流失原因分析

4．手机社交网站用户行为

（1）手机社交网站访问方式

手机社交网站用户中，有86.3%过去半年内使用手机浏览器访问，22.9%的用户过去半年使用过客户端访问社交网站。其中使用客户端访问手机社交网站的用户中，23.6%的用户使用的客户端软件是手机自带的，80.3%是购买手机后下载安装的。

（2）手机 SNS 用户使用行为

手机 SNS 用户与非手机 SNS 用户使用社交网站的深度存在明显差异，从表 19.3 可以发现，手机 SNS 用户对各种产品和服务的使用率均高于非手机用户。其中，手机 SNS 用户对"发布签名或状态"，"跟帖、回帖发表评论"等功能的使用率高出非手机用户超过 25 个百分点，这一差距体现出手机终端更适合发布简短信息的特性；手机 SNS 用户对"上传或张贴照片、视频"的使用率与非手机 SNS 用户的差距也较大，这与手机的移动性及拍照、摄像功能密不可分。可见，由于手机终端的特性，使用手机访问 SNS 大大加深了用户的使用深度。

表 19.3　手机与计算机用户社交网站使用行为差异

	手 机 用 户	非手机用户	差 异
发布签名或状态	53.5%	24.6%	28.9%
转帖、分享	61.7%	35.9%	25.8%
上传或粘贴照片、视频	62.4%	40.1%	22.3%
跟帖、回帖发表评论	60.1%	38.7%	21.4%
更新日志、主页信息	55.5%	35.3%	20.2%
访问好友的个人主页	75.4%	56.3%	19.1%
赠送礼物	46.6%	28.0%	18.6%
发站内信	28.2%	12.4%	15.8%
投票	41.8%	26.2%	15.6%
访问名人、明星主页	27.2%	14.2%	13.0%
玩游戏	56.2%	44.7%	11.5%

续表

	手机用户	非手机用户	差　异
参与线上活动	22.8%	11.3%	11.5%
参与线下活动	20.6%	9.3%	11.3%
参与问答	27.5%	16.4%	11.1%
团购买东西	18.6%	11.7%	6.9%
访问企业主页	18.7%	13.6%	— 5.1%

19.5　发展趋势

经历了社交游戏的热潮后，2010 年中国社交网站的发展开始暴露出许多问题，面临着各方面挑战。SNS 必须调整一贯以来的运营方式，丰富自身的内涵和功能，以保证用户长时间的访问兴趣，同时对盈利方式进行多方面的探索。各大 SNS 近期的动作，体现出中国社交网站行业有以下发展趋势：

1．进一步挖掘用户关系链的价值

目前中国 SNS 对社会化网络的潜在价值还没有完全挖掘，在"全民偷菜"之后，没有非常有效的服务可以帮助社交网站保持用户长久的黏性，这也是 2010 年 SNS 热度下降的重要原因之一。如果用户没有在 SNS 上建立起稳固的社交圈，而只是使用游戏组件等功能，这不仅难以保持长期的用户黏性，同时也直接影响了 SNS 的营销价值。未来，SNS 交友网站的黏性还将以关系为挖掘基础，而应用领域也会随之扩大，其中精准营销、LBS 将成为发展重点。

2．SNS 逐步其他互联网服务融合

社交网站的商业模式上并没有电子商务、网络游戏等行业清晰，目前的盈利以广告营收为主，较为单一，而且对网站流量的依赖性很高。另一方面，社交网站在实名制和人际网络等方面的优势并没有完全发挥，这些优势与电子商务、搜索等服务结合起来，是未来的趋势。SNS 需要引入新概念，以丰富其商业模式。目前，许多 SNS 开始引入电子商务，"社区电子商务"这一新兴概念已经成为业界热论的对象。

3．社交网站平台化趋势明显

2008 年开始，国内各大 SNS 网站相继开始启动开放平台战略，这一由 Facebook 开启的浪潮成为互联网未来发展的重要趋势。从用户体验来讲，APP 提高了网站的服务能力，更好地满足了用户个性化需求；从营收来讲，APP 为 SNS 网站营收做出了贡献。首先，APP 为植入式广告需求提供了更好的平台，在应用中注入与现实生活紧密相连的商品信息，可以提高广告收益，随着网站产品和服务的增加，广告收入持续增加。除广告外，APP 中的各项增值服务也是 SNS 收益的重要途径。

然而，目前国内第三方应用开发者的规模和实力仍然有所欠缺，产业链上的各个环节与国外都存在差距，加上中国互联网用户长期以来形成的不愿为互联网应用付费的习惯，开放平台商业模式在国内仍需长时间的培育。

（中国互联网络信息中心　刘鑫）

第 20 章　2010 年中国即时通信服务发展情况

20.1　发展概况

即时通信（Instant Message，IM）是指互联网上用以进行实时通信的系统服务，其允许多人使用即时通信软件实时地传递文字信息、文档、语音及视频等信息流。随着软件技术的不断提升及相关网络配套设施的完善，即时通信软件的功能也日益丰富，除了基本通信功能以外，逐渐集成了电子邮件、博客、音乐、电视、游戏和搜索等多种功能，而这些功能也促使即时通信从一个单纯的聊天工具，发展成为具备交流、娱乐、商务办公和客户服务等特性的综合化信息平台。

2010 年即时通信用户规模继续扩大，受网民规模增长和移动即时通信快速发展的推动，即时通信在网民中的使用率有较大提升。从目前即时通信发展态势来看，单纯依靠互联网即时交流等基本功能发展的新 IM 工具发展困难加大，而以专业功能或互联网服务为依托，满足特定人群沟通需求的新兴即时通信工具则有较大发展空间。尤其是当即时通信工具与那些具有较大用户规模，且自身的用户黏度较高的互联网应用相捆绑时，更有助于即时通信工具自身的发展。

此外，跨平台的即时通信工具也表现出较好的发展势头，目前主流综合类即时通信工具均可以手机使用，电信运营商更是凭借电信资源优势推出了计算机与手机"无缝对接"的 IM 工具，并开始探索运营商间的互通。随着三网融合工程的推进及移动通信终端的技术升级，跨平台的即时通信工具仍有较大发展空间。

伴随即时通信市场的竞争和发展，即时通信工具作为一种互联网应用软件的安全性和私密性也日益成为政府和用户关注的焦点。即时通信工具作为互联网用户交流和传播信息的巨大渠道，其所承载和传播的信息内容参差不齐，不健康信息的传播很有可能迅速覆盖到大范围人群，因此，对于不良信息的传播需要即时通信运营商的自查和自律。

20.2　用户分析

截至 2010 年 12 月，中国即时通信用户规模达到 3.53 亿人，比 2009 年增长 8025 万，增幅达 29.5%。即时通信使用率从 2007 年开始下滑，但在 2010 年有所回升，达到 77.1%，比 2009 年增长 6.2 个百分点，如图 20.1 所示。

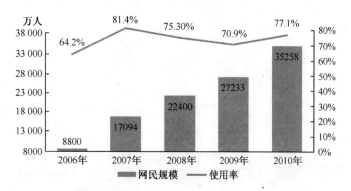

图20.1　中国即时通信用户规模和使用率（2006年—2010年）

　　随着移动互联网的进一步发展，手机网民规模继续扩大，手机即时通信的使用率得到较大提升，继续位列手机互联网应用的首位，从而拉动了即时通信用户规模的增长。此外，随着电子商务等互联网应用的进一步普及，基于应用的垂直类即时通信工具发展加速，垂直类即时通信工具用户规模的增长成为推动整体即时通信用户增长的又一动力。

20.3　市场分析

　　从市场格局来看，较早进入即时通信市场的腾讯 QQ 市场地位已经稳固，而随着互联网其他应用在网民中的进一步普及，各领域垂直即时通信工具的竞争开始加剧，尤其是具有跨平台优势的飞信和依托电子商务应用发展的阿里旺旺，在用户渗透率方面有较快提升。整体而言，2010 年即时通信市场的竞争主要集中在以新兴即时通信工具为主的第二梯队内。

　　从市场竞争来看，扩大和深挖即时通信工具的平台价值，是即时通信厂商间的重点竞争环节，而用户、应用和平台则成为厂商争夺的三大要素。

　　用户方面，即时通信运营商的竞争主要集中在用户细分市场，满足特定人群需求的垂直类即时通信工具有较大的竞争优势，这类即时通信工具依托各自细分领域的互联网应用获得较快发展；而综合类即时通信工具更侧重于现有用户的保留和用户价值的深度挖掘，在吸引新用户方面的竞争力较弱。

　　应用方面，即时通信运营商将 IM 作为增值应用的接入平台，以此获得间接收入。基于自身利益考虑，几乎所有即时通信运营商都将增值应用限定在自有业务上，和其他互联网应用企业合作接入的情况较少。这样一来，在增值应用运营上的竞争优势就呈现出三个梯队，第一梯队是自身用户规模较大的即时通信工具；第二梯队是依托某项垂直应用而正在壮大中的垂直类即时通信工具；第三梯队则是用户规模较小且缺乏相关应用推动的即时通信工具。

　　平台方面，移动通信设备和移动互联网的发展使跨平台即时通信的竞争日益激烈，目前主流即时通信运营商均推出了手机版，而具有电信资源优势的电信运营商则在跨平台即时通信市场获得了极大的竞争力。受移动互联网和三网融合等因素的推动，跨平台即时通信市场的竞争将日益激烈。

20.4 产品分析

20.4.1 综合类即时通信工具

综合类即时通信软件指面向无差别用户，提供在线沟通服务的软件。这类软件的功能没有特殊特征，用户群体结构较为分散，以腾讯 QQ 和微软 MSN 为典型代表。从软件的发展历史来看，综合类即时通信软件出现时间较长，其在功能及用户规模上均有较好的积累，而这种积累也为其潜在价值的挖掘创造了便利条件。

腾讯通过 QQ 的平台效应开展各种增值应用，实现了社区增值服务收入的持续增长，尤其是网络游戏业务继续保持市场第一的份额。与此同时，腾讯不断借助 QQ 平台推出新兴热门服务，2010 年新推出的微博客、团购都在 QQ 主面板或聊天窗口设置了入口，QQ 平台的马太效应在腾讯业绩中表现明显。

微软 MSN 是发展较早的综合类即时通信软件，和 QQ 相比，MSN 的用户定位较为具体，主要服务于办公人群，这在一定程度上限制了其用户规模的增长，加之其缺乏相关互联网应用的带动，在中国的发展略显疲态。2010 年年底 MSN 和新浪在即时通信、微博客和博客等领域展开合作，对 MSN 而言，新浪用户群偏高端，与 MSN 的用户定位吻合，这样的合作有利于巩固双方的高端用户市场，同时也丰富了 MSN 开放平台的内容和服务。而如何通过开放平台引入的内容实现用户资源转化，进而形成清晰的盈利模式，将是 MSN 下一步的攻关重点。

综合类即时通信软件从初期以网络聊天为基础，逐步发展为以软件为平台，集成各种互联网应用功能与服务的客户端，借助其庞大的用户资源，开展网络广告、互联网增值业务的整合营销，成为软件厂商的重要互联网营销平台。值得注意的是，随着互联网垂直领域的发展，一些潜在新进入者为 IM 市场的现有服务带来了更多压力，无论是互联网市场其他服务提供商还是跨平台跨网络的服务商，都对 IM 市场表现出强烈的进入意愿，如淘宝网和阿里巴巴带动的阿里旺旺，百度依靠搜索和贴吧带动的百度 Hi 等，这些厂商的兴起都对综合类即时通信软件带来一定威胁。

20.4.2 跨平台即时通信工具

跨平台即时通信软件实现了 IM 在计算机与其他通信终端之间、互联网与移动互联网之间的运行和对接，具备了跨平台使用的功能。实际上目前主流综合性即时通信工具均可以通过计算机或手机使用，但真正实现与手机"无缝对接"的工具则是移动飞信。飞信的最大优势在于与手机的结合，以及飞信在 PC 和手机之间、手机和手机之间免费的短信沟通，2010 年飞信推出面向全网用户下载的版本，开始探索运营商间的互通。近年来手机网民的快速增长，为飞信的用户规模提升起到了极大的推动作用，目前飞信的用户规模已达到市场第二的位置。但在第二梯队竞争加剧的形势下，飞信仍面临软件功能单一和推广力度不足导致的用户认知度较低等问题。

随着 3G 时代移动互联网的进一步普及，手机网民的数量仍将持续增长，手机即时通信软件作为手机网民的第一位网络应用，仍有很大发展空间，跨 PC 端和手机端的即使通信工具，极具发展潜力。跨平台 IM 未来发展的难点和重点，主要集中在如何充分利用跨平台的优势，引入契合用户需求的互联网及移动互联网增值应用，形成跨平台的增值服务商业模式，从而实现用户资源向经济价值的转化。

20.4.3　跨网络即时通信工具

跨网络即时通信软件指其信息传输网络除了互联网之外，还将传统电信网络纳入其中的在线沟通工具。目前国内真正实现跨网络通信的 IM 软件并不多，其中最典型的是 Tom-Skype。Skype 最大的优势在于除了计算机与计算机的信息通信以外，能够使用户通过计算机上网实现计算机对固定电话和手机的通信，尤其是其语音通话功能为用户提供了极大便利。受电信政策影响，类似 Skype 这样的跨网络即时通信软件，在国内即时通信市场的市场份额短期内难以提升，但随着三网融合步伐的加快，用户对跨网络应用的需求将会逐步增加，跨网络即时通信将是即时通信细分市场的重要发展方向之一。

20.4.4　垂直类即时通信工具

垂直类即时通信软件指基于特定互联网应用，面向特定人群或需求所开发的在线沟通工具。阿里旺旺、百度 Hi 和 YY 团队语音是垂直类即时通信软件的代表厂商。垂直类即时通信工具的优势在于与其他互联网服务的结合，在依托互联网服务得到普及的同时，对互联网应用也起到了积极的推动作用。

2007 年阿里巴巴公司整合淘宝旺旺与贸易通推出全新的阿里旺旺，虽然发展时间不长，但阿里旺旺的用户渗透率已经进入即时通信市场第三位，仅次于 QQ 和飞信，阿里旺旺的发展很大程度上得益于淘宝交易平台的推动。2010 年网络购物等商务类应用在网民中进一步普及，服务于交易沟通需求的阿里旺旺受益于此，用户规模得到进一步提升。

YY 团队语音是 2008 年推出的即时通信工具，其定位为语音通信平台，为网络游戏提供定制服务，在网络游戏用户尤其是游戏公会成员中获得较大市场，受益于庞大的网络游戏用户规模，YY 语音的用户渗透率已进入前五名。

垂直类即时通信工具，在依托互联网应用得到普及的同时，对互联网应用起到的反向推动作用日益明显。但由于其缺乏清晰的盈利模式，用户价值未被充分转化，在盈利能力方面仍待挖掘。

20.4.5　移动即时通信

移动即时通信指以手机等移动设备为终端，通过无线网络实现用户间文字、语音或者视频等实时沟通的信息交流方式，目前移动即时通信的终端以手机为主。根据 CNNIC 调查数据，2010 年年底中国网民的手机上网应用中，手机即时通信的渗透率达到 67.7%，居各项手机网络应用之首，如图 20.2 所示。

截至 2010 年年底，中国有 8.59 亿户移动电话用户，有 3.03 亿手机网民，庞大的手机用户群体和不断扩大的手机网民规模，为手机即时通信的使用奠定了良好的用户基础；而手机和即时通信软件同时都具备的及时、交互的特性，又保证了用户对手机即时通信工具的使用需求；加之 3G 商用使用户手机上网体验进一步优化等因素的推动，使移动即时通信获得了持续发展的动力。

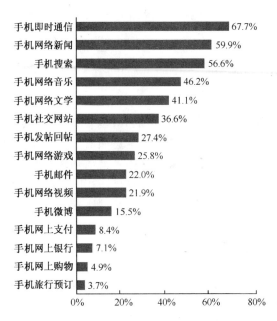

图20.2　2010年手机网民网络应用情况

从竞争格局来看，目前手机 QQ 在用户规模方面占据领先优势，但随着电信、联通的进入，现有的庞大用户群体将为他们的移动 IM 发展起到重要推进作用，因此，移动 IM 市场第二梯队的竞争将日益加剧，一方面是基于 PC 的即时通信工具向移动互联网领域继续渗透，同时移动即时通信的盈利模式将更多元化，除了单一的运营商分成模式，还会有更多的移动互联网增值服务将被推出；另一方面是电信运营商推出的移动即时通信工具将进一步发展壮大，凭借电信资源优势和庞大的手机用户群体，电信运营商将移动即时通工具作为移动互联网的入口应用，对即时通信工具增值服务的运营有较大挖掘空间。

从盈利模式来看，随着运营商进入移动 IM 市场，IM 服务商单纯以 SP 的身份和运营商分成的模式将难以形成竞争优势；而运营商掌握通信资源坐收分成费的模式也无法真正赢得用户，只有结合移动 IM 特点，提供彩铃、彩信、视频通话等差异化的移动互联网增值服务，才是适应未来移动互联网发展趋势的方向所在。

值得一提的是，iPad 等新兴移动终端的兴起，对即时通信软件的技术层面提出了更高的需求，需要其提供与这些移动终端兼容的版本，甚至定制的功能或服务等。因此，即时通信运营商在移动即时通信领域的布局不能忽视新兴移动终端的需求。

20.4.6　企业即时通信

目前国内企业即时通信市场处于发展初期，市场竞争主要集中在三类企业即时通信工具上，第一类是个人即时通信服务商推出的企业即时通信工具，如腾讯公司的 RTX、中国移动的飞信企业版；第二类是国际企业推出的企业通信工具，如 IBM 公司的 Lotus Sametime Gateway；第三类是国内一些科技企业推出的企业即时通信工具，如 263 网络通信推出的 263EM、互联网办公室的 IMO 等。其中第一类厂商由于拥有丰富的即时通信运营经验、大规模的用户群和良好的品牌效应，在市场竞争中占据优势地位。但从发展前景来看，随着企业信息化建设的普及，企业对内部即时通信工具的使用需求会不断扩大，企业即时通信市场有很大发展空间，目前市场上的各类企业即时通信工具仍有很多发展机会。据国外调研机构 eMarketer 的预测，2011 年即时通信工具将取代声音、视频和文本，成为工作人群的主要沟通方式。到 2013 年，大型公司中 95%的员工将把即时通信软件作为实时沟通交流的主要工具。

同时，企业通信平台化已经成为一种趋势，263EM 便是通过企业通信平台的搭建，集成了企业邮箱、短信群发、电话会议和企业即时通信等通信功能，并提供企业日常管理软件接入服务，彻底实现企业通信的管理属性。这不仅能为企业节约成本，而且能帮助企业更快地适应现代企业新的工作方式，提升员工整体素质及工作效率，从而提高经济效益，为企业成长打下坚实的基础。

结合国内市场环境来看，我国企业即时通信市场表现出如下趋势：

（1）企业即时通信的使用需求剧增。当前，推动国民经济和社会信息化已被确立为我国重要的国家发展战略，"十二五"期间政府对中小企业的信息化建设会加大扶持力度，我国中小企业将迎来信息化建设的加速期，满足基础沟通和内部统一管理需求的企业级即时通信工具将是企业信息化建设的基础性配置，是企业信息化管理链上的重要环节。因此，企业即时通信的使用需求将在信息化建设的大背景下加速放大。

（2）跨网融合成企业即时通信发展方向。随着三网融合的推进，企业即时通信也将从单一的通信软件朝通信平台转变，通信平台首先是是即时通信和企业内部管理系统，如 ERP、CRM 等系统的对接和整合；其次是文本通信和语音通信、视频通信、短信通信的多元化通信平台；最后是跨互联网和电信网、跨 PC 和手机等通信设备的跨网、跨终端平台。

20.5　即时通信发展趋势

1．用户对即时通信工具的需求继续走高

互联网快速发展、网民规模持续增长，以及人们对交流需求的不断变化和提升，将继续推动即时通信市场的发展。而随着中小企业的快速增长及企业信息化进程的逐步推进，企业内使用即时通信工具进行协同办公也将成为趋势之一。此外，随着各类移动通信终端的出现和普及，用户通过移动终端使用即时通信工具的需求也在增加。个人用户和企业用户的需求将共同推动即时通信市场的发展。

2．跨平台即时通信市场圈地后开始深耕

从 2010 年即时通信用户规模的增长推动力来看，移动即时通信的推动作用尤为明显。即时通信运营商在跨平台即时通信市场的跑马圈地推动了移动即时通信用户的增长，同时也为运营商开展基于跨平台 IM 的增值业务提供了用户基础，深耕跨平台 IM 应用将成为趋势。对互联网 IM 运营商而言，深耕意味着将互联网增值应用的运营经验在跨平台 IM 上成功发挥；对电信运营商而言，深耕意味着充分利用电信资源和手机用户群体，打破单纯的流量分成模式，将跨平台 IM 作为移动互联网的入口应用，开展契合用户需求的移动互联网增值营销。

3．即时通信软件将走向开放，用户期盼"互通"

即时通信工具的开放表现在跨应用和跨平台运营，而互通则表现在不同即时通信软件间的对接和互通。几乎所有即时通信运营商均已经开始了跨平台运营，但在跨应用和 IM 互通

上的尝试才刚刚开始，飞信推出面向全网用户下载的版本，探索运营商间的互通，MSN 和新浪合作，在微博客、博客等方面跨应用对接……虽然全面的跨应用、跨软件互通在短时间内尚难实现，但即时通信市场已逐渐走向开放，随着各平台自身功能的完善和强大，以及用户跨平台沟通需求的呼唤，即时通信工具的跨应用开放和互通将成为可能。

（中国互联网络信息中心　王京婕）

第 21 章　2010 年中国搜索引擎发展情况

21.1　发展概况

2010 年，中国搜索引擎保持持续快速增长。一方面，搜索引擎中文信息检索服务水平显著提高，在网民中的渗透率和用户规模快速增长；另一方面，搜索引擎营销价值大幅提升，市场营收保持快速增长势头。伴随国内搜索引擎市场的快速发展，搜索引擎行业竞争加剧，国内各搜索引擎厂商通过拓展产品线，创新运营模式，增加营收渠道等方式挖掘市场增长点，市场竞争更加激烈。

21.1.1　市场规模

2010 年，搜索引擎的营销价值快速提升，搜索引擎市场营收快速增长。CNNIC 测算，2010 年中国搜索引擎市场规模（搜索引擎运营商营收总额，不包括搜索引擎渠道代理商营收）为 108.3 亿元，年增长率 55.2%，如图 21.1 所示。

图21.1　2006—2010年搜索引擎市场规模

2010 年，搜索引擎已经发展成为网民上网的第一位应用，使用率达 81.9%，搜索引擎的互联网入口地位进一步确立，中国搜索时代到来。同时，宏观经济的良好发展势头，传统企业营销预算的增长，互联网的媒体影响力快速提升，为搜索引擎营销市场的快速发展创造了良好的市场环境，更多线下（传统媒体）广告投入向线上转移，互联网广告的精准性和营销效果的可评估性成为企业广告主的诉求常态。在这种市场需求下，搜索引擎营销的精准性和可评估性优势凸显，获得可观收益。

21.1.2 用户规模

根据 CNNIC 统计，截至 2010 年 12 月，搜索引擎在网民中的使用率增长了 8.6 个百分点，达 81.9%；搜索引擎用户规模 3.75 亿，用户人数年增长 9319 万人，年增长率为 33.1%，如图 21.2 所示。

2008 年搜索引擎行业整顿是中国搜索引擎市场发展的转折点。2008 年行业整顿以来，搜索引擎市场走向规范化，中文搜索服务水平显著提高，伴随着中国互联网的快速发展，搜索引擎进入新一轮的快速发展期。在经历了 2009 年平稳过渡后，2010 年搜索引擎发展速度加快，使用率位居各种网络应用之首，成为中国网民上网的必备工具。

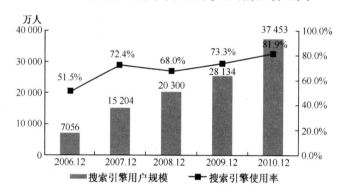

图21.2　搜索引擎用户规模和使用率

2010 年搜索引擎用户市场的快速发展，与以下因素密不可分：

（1）互联网普及率和网民规模的平稳增长带动了搜索引擎用户市场的增长。

（2）网络科技快速发展，计算机、手机、平板电脑等终端的集成，SNS、微博客等 Web2.0 应用的快速增长，带来了互联网信息生产和消费行为的快速拓展，互联网承载的信息量和使用需求不断增长。

（3）国内搜索引擎厂商在 2010 年通过开发多产品线抢占用户占有率，如桌面软件、社交网络、网络视频和电子商务等。在获取用户资源的同时，搜索引擎的互联网入口地位不断提升。

（4）手机搜索市场快速发展。截至 2010 年 12 月，手机搜索在手机网民中的使用率为 56.6%，用户规模 1.71 亿人，年增用户 3700 万人，年增长 27.6%。手机搜索是助推国内搜索引擎用户市场发展的重要力量，同时也为中国搜索引擎发展提供了更广阔的市场空间。

21.1.3 竞争现状

搜索引擎市场巨大的发展潜力，以及国内搜索引擎市场格局变动带来的发展契机，使搜索引擎市场竞争更加激烈。

中国搜索引擎市场长期高度集中在百度和谷歌两大运营商手中。但在搜索引擎巨大的市场潜力推动下，国内搜索引擎市场竞争激烈。尤其是 2010 年 3 月，谷歌将在中国大陆的搜索服务迁移到香港，为国内搜索引擎市场格局的变动提供了契机，各搜索引擎厂商展开积极备战，主要表现在：

（1）提高中文搜索服务的智能性和精准性，百度的框计算，搜搜的搜索直达，网易有道的实时搜索服务等，国内搜索引擎厂商通过优化搜索引擎服务抢占用户市场。

（2）加大资金投入，大力发展搜索业务，打造品牌影响力。

（3）从信息检索服务到客户端软件，从搜索引擎到社交网络应用到电子商务，国内各搜索厂商积极拓展业务范围，一方面提高用户黏性；另一方面开拓多元收入渠道。

（4）通过完善搜索引擎营销服务和打价格战等争夺各地广告代理商。

国内搜索引擎网站用户渗透率排名前五位的依次是：百度、搜狗、谷歌、搜搜、雅虎。从排名可以看出，目前国内搜索引擎市场主要是本土品牌主导。除谷歌外，其他国外品牌的用户市场渗透率较低。

与 2009 年相比，国内搜索引擎各网站用户渗透率均有不同幅度增长。其一，网民信息需求快速增长，使用行为更加多元化；其二，随着各网站的搜索业务推广，用户搜索时品牌选择的范围更广，品牌使用更加分散。第三，站内搜索和垂直搜索引擎的快速发展，也将加速国内搜索引擎用户网站使用行为的分化。

21.1.4　企业运营

搜索引擎厂商的运营战略随着市场环境和市场需求的变化不断做出调整。在搜索引擎用户市场和营销市场的快速增长，搜索引擎在互联网产业中的地位不断上升，搜索引擎市场竞争格局的激烈竞争的市场环境下，中国搜索引擎在技术、服务和运营等方面不断拓展和提升。

1．技术发展

Web2.0 和移动设备主导搜索技术发展。一方面，搜索厂商提供的社区类服务发展快速，大大提高了用户的活跃度和使用黏性；另一方面，微博客等网络应用的快速发展，推动了实时搜索技术的研发和应用。同时，随着手机上网业务的快速发展，手机搜索也获得了长足发展，目前拥有用户 1.34 亿人，手机搜索是搜索引擎市场发展的重要推动力量。同时，相对于传统互联网搜索较为集中的竞争格局，移动搜索成为打破搜索引擎市场寡头格局的关键。

2．服务发展

随着搜索引擎用户规模的日趋庞大，用户对搜索引擎的使用和认同加强，检索信息的种类和数量快速增长，用户的搜索需求和使用行为日趋多元化，并对精准性提出了更高要求。为了满足用户的多元化搜索需求，同时提升其作为互联网入口的地位，国内各搜索引擎厂商服务进一步向专业化、社区化、移动化和个性化的方向发展。

在基础搜索服务方面，提高中文搜索、图片搜索等搜索服务的精准度；视频搜索、购物搜索、生活搜索等搜索服务更加专业化；同时，在其他应用方面提供服务更加多元化，增加了浏览器、输入法、网络社区、网络视频和电子商务等不同领域的投入；在日趋激烈的竞争中通过个性化服务充分尊重不同用户群体的主动需求，并通过各种服务整合的平台化为用户提供更全面、更周到的服务，成为各搜索厂商吸引和黏住用户的重要举措。

3．运营发展

（1）在经过全球金融危机和搜索引擎行业整顿后，国内搜索引擎商业操作更加规范。随着全球经济形势的向好，企业主在推广营销方面的投入放宽。并且，随着互联网的快速普及和渗透，网民结构的逐步优化，网络媒体的营销价值获得更多的认同，更多的投入从线下媒体和传统媒体正在向网络媒体快速转移，网络媒体的营销价值获得更广泛的认同。但企业主对网络媒体的精准性和效果的可评估性提出了更多的期望，而搜索引擎在网络营销的精准性和营销效果评估方面的优势，大大提升了网络媒体的营销价值。

（2）基于搜索引擎平台的营销推广模式多样化。从营销手段上，搜索厂商的营销推广已经不仅局限在关键字广告营收上，随着覆盖人群范围的快速拓展，品牌推广方面的价值逐渐凸显。从营销收入渠道商，搜索引擎及其旗下的网站联盟成为搜索引擎关键词广告以外主要的收入来源。

（3）搜索引擎平台化发展加快，盈利模式更加多元。随着搜索引擎作为互联网入口地位的确立，搜索引擎产品和服务更加多元化。同时，产品和服务的运营模式和盈利模式更加多样化。2010 年 9 月，百度正式推出"应用开放平台"，平台应用涵盖游戏、在线娱乐、安全杀毒等多个领域。百度应用开放平台加快了搜索引擎平台化发展，为互联网产业链上各种应用服务实现共赢开辟了新的商业模式。

21.2 市场细分

21.2.1 新闻搜索

随着网络媒体影响力的不断提升，互联网已经发展成为网民获取新闻资讯的重要渠道。根据 CNNIC 统计，2010 年年底，我国网络新闻使用率为 77.2%，用户规模达 3.53 亿人，用户人数年增 4535 万人，年增长率 14.7%。随着手机上网和微博客等新兴媒体的快速发展，互联网的媒体属性凸显。同时由于互联网的自媒体属性越强，网络承载的新闻信息量急剧上涨，网络新闻搜索市场需求不断增长。根据 CNNIC 统计，2010 年，新闻搜索使用率在网民的各种信息检索需求中位居第四位，使用率达 72%，用户规模达 2.7 亿。

市场需求增长，带来市场供应增加。除通用搜索的新闻搜索频道外，新闻媒体的搜索技术快速发展。2010 年 6 月 20 日，由人民日报社和人民网合资组建的人民搜索网股份有限公司成立。同时，由人民网推出的以新闻搜索为主的"人民搜索"上线。中央级网络媒体进军搜索领域，为网民提供了更具公信力和权威性的新闻入口，也为国内搜索引擎市场注入了国家力量。

21.2.2 垂直搜索

1. 旅游信息搜索

根据 CNNIC 统计，截至 2010 年 12 月，我国在线旅行预订用户规模为 3613 万人，在网民中的渗透率为 7.9%，用户人数比 2009 年年底增长了 589 万人，增长率为 19.5%。随着在线旅行预订产业的快速发展，旅游搜索需求将快速增长。搜索引擎用户中，46.9%过去半年中曾使用搜索引擎查找过与出行或旅游有关的地图、天气、交通、酒店等信息。搜索引擎已经成为用户和供应商对接的重要渠道，并成为在线旅游预订服务产业链的重要环节，同时推动了旅游行业新一轮的竞争和发展。

CNNIC 调查显示，百度、谷歌、搜狗等通用搜索引擎在旅游信息搜索方面具有"先到"优势。搜索引擎用户在搜索旅游信息时，90%以上首选在通用搜索引擎网站上搜索，百度的

首选率最高，达 70.6%。首选使用旅行订购的垂直门户网站或旅游垂直搜索网站的比例不足
10%，如图 21.3 所示。

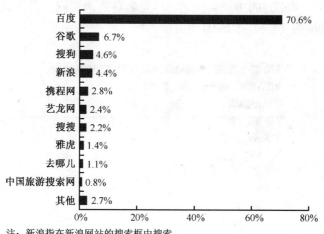

注：新浪指在新浪网站的搜索框中搜索

图21.3   用户搜索旅游信息时首选品牌分布

2．视频信息搜索

根据中国互联网络信息中心（CNNIC）调查统计，2010 年 12 月，国内网络视频用户规模
2.84 亿人，在网民中的渗透率约为 62.1%。用户人数年增长 4354 万人，年增长率 18.1%。随着
国内网络视频服务水平的提高，网络视频已经发展成为人们获取电影和电视剧等数字内容的重
要媒体。网络视频应用庞大的用户规模和使用需求，使视频搜索的需求和使用快速增长。

根据 CNNIC 统计，搜索引擎用户中，78.1%过去半年中曾搜索过电影、电视剧、新闻综
艺节目、视频短片等。搜索引擎用户查找视频、影视信息时，36.7%的用户首选百度，15.9%
的用户首选在优酷上搜索，11.7%的用户在百度影视上搜索，9.8%的用户首选土豆网搜索视
频，如图 21.4 所示。

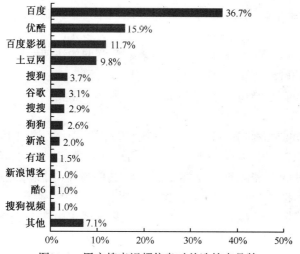

图21.4   用户搜索视频信息时首选搜索品牌

3. 购物搜索

2010 年，CNNIC 调查显示，网络购物消费者在搜索与购物有关的信息时，购物网站的搜索服务首选率最高，46.7%的用户查找购物信息时首选淘宝网；其次是百度，用户首选率29.4%；搜狗的首选率为 7.1%，如图 21.5 所示。

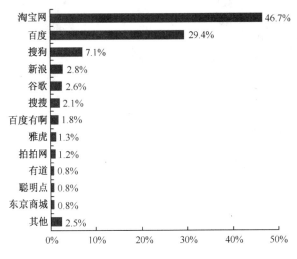

图21.5　购物信息搜索品牌分布

从网络购物消费者首选的购物搜索网站中可以看出，目前购物网站提供的搜索使用率较高，其次是通用搜索网站；最后是通用搜索网站提供的购物服务产品；而比价购物等垂直搜索的使用率低。对提供购物搜索服务的通用搜索、购物网站上的搜索和比价购物网站三类网站的首选用户满意度对比发现，购物网站提供的搜索服务更令人满意，而通用搜索提供的服务更差一些，用户满意度最低。

21.2.3　网址导航

中国互联网络信息中心 CNNIC 调查显示，截至 2010 年年底，中国网民规模达到 4.57亿人，年增幅 19.1%。中国网民基数大，用户结构较为多元，不同年龄、不同地区和不同学历的用户进入网站的方式更加多样化。同时，随着互联网的快速发展，新网民（上网时间不到一年）的规模不断增长。新网民使用互联网的程度较浅，对各种网址的认知度较低，因此网址导航成为其上网的重要辅助工具，也成为网民上网的重要入口，在互联网行业的地位不断提升。

艾瑞 2010 年互联网行业研究报告显示，在搜索引擎服务行业中，网址导航从月度覆盖规模上来看网站导航行业（21 621 万人）排第三位，仅次于网页搜索和知识搜索。2007—2010 年，整个搜索服务行业月度覆盖规模上呈增长状态，其中网址导航行业三年内增长幅度高达246%，是搜索服务行业中三年内提升幅度最大的服务。

根据艾瑞展业网址导航网站市场排名来看，流量主要集中在 hao123 网址之家、2345 系列网站和 114 啦网址导航三大网站，集中度较高，第一集团优势明显。根据贝恩的市场集中度分析，专业网址导航行业排名前 4 位的市场份额之和（CR4=78.8%）来看，我国网址导航行业属于高度集中寡占型。从市场集中度变化趋势来看，2008 年之前大量的导航网站进入市场，导致行业集中度下降，但随着竞争的加剧，进入导航行业的壁垒正在增强，网址导航行业正向强者恒强的方向发展。

随着用户互联网行为更加多元化，网址导航的服务也将更加趋向个性化。同时，网址导航的市场营销价值将快速上升，成为网站流量导入的重要渠道。

21.2.4　移动搜索

3G 的推广使用，为移动宽带通信奠定了良好的基础，使移动通信的带宽提升，服务能力显著提高，移动终端的功能也日益增强。手机上网技术的快速发展，信息服务能力的提高，优化了手机搜索的性能。相对于传统互联网搜索，手机搜索所具有的及时性、便捷性等优势得以发挥，用户规模持续增长。根据 CNNIC 统计显示：截至 2010 年 12 月，手机搜索在手机网民中的使用率为 56.6%，用户规模 1.71 亿人，占搜索引擎用户总体的 45.8%，如图 21.6 所示。用户规模年增长 3700 万人，年增幅 27.6%。

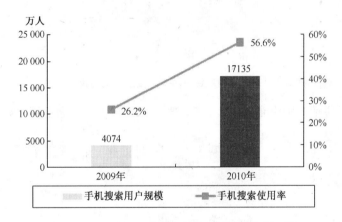

图21.6　2009—2010年手机搜索用户规模和使用率

21.3　搜索引擎营销

21.3.1　市场现状

以关键字广告为主流的营销模式，突出了网络媒体的营销价值。随着互联网覆盖人群范围的快速扩展，网民结构的不断优化，网络媒体的营销价值获得更多的认同，更多的投入从线下媒体和传统媒体正在向网络媒体快速转移。但同时，企业主对网络媒体的精准性和效果的可评估性提出了更多的期望，而与其他网络应用服务相比，搜索引擎主要以关键字营销为主的模式，在网络营销的精准性和营销效果评估方面的挖掘，大大提升了网络媒体的营销价值。

根据 CNNIC 统计，2010 年，国内 15.4% 的中小企业采用搜索关键字营销方式，5.5% 的中小企业采用搜索引擎优化营销。搜索营销（包括搜索关键字广告、搜索引擎优化等）是中小企业互联网营销中比较重要的互联网营销方式，也是中小企业互联网营销中投入较多的领域。市场需求带来了市场繁荣。根据 CNNIC 测算，2010 年，中国搜索引擎市场规模 108.3 亿元，年增长率 55.2%。同时，根据 2010 年百度公布的财报显示，2010 年百度总营收为 79.15 亿元，比 2009 年增长 78%，占国内搜索引擎市场营收 73.1%。

21.3.2 发展趋势

    CNNIC 对搜索引擎广告主的调查显示，多数搜索营销广告主对于搜索营销的效果持肯定态度。使用过搜索营销的中小企业未来的搜索营销使用倾向要比较积极。超过 85%的中小企业未来将保持现有投入或增加投入，仅 14.9%的搜索营销广告主未来计划减少在搜索营销方面的投入，如图 21.7 所示。

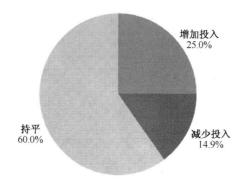

图21.7　搜索营销广告主对未来搜索营销的投入倾向

    在未利用搜索营销的中小企业中，有 27.7%未来打算利用搜索营销，如图 21.8 所示。

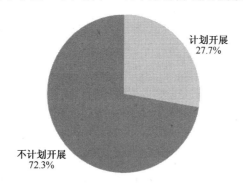

图21.8　未利用搜索营销的企业未来利用搜索营销的倾向

21.3.3 存在问题

    （1）国内进行搜索营销的中小企业对于搜索营销的人员支撑力度偏低。CNNIC 调查显示，其中，41.4%的中小企业完全没有搜索营销相关人员，完全依靠搜索引擎服务商及其代理商提供技术指导；仅 16.3%的中小企业有专业的搜索营销支撑团队，如图 21.9 所示。

    （2）行业监管需要更加严格。2010 年 7 月 18 日，央视新闻频道《新闻 30 分》和《每周质量报告》揭露假药产业借助百度等搜索引擎向全国推广，并指出销售假药公司利润 75%的利润用于支付百度营销费用。百度陷入假药推广事件，再次凸显搜索引擎行业付费信息操作相关的法制、法规出台的紧迫性，也警醒搜索引擎行业发展需要严格的自律。搜索引擎已经成为人们重要的信息源，深刻影响人们的现实生活和网络生活。保证搜索结果的公正性、客观性、准确性，防止虚假信息误导用户、违规内容、恶意链接等问题对用户的侵害，搜索引擎厂商需要加强行业自律，规范行业操作，严格遵守国家信息审核的法律、法规。

图21.9　中小企业搜索营销人员投入情况

21.4　用户分析

21.4.1　搜索引擎用户的上网行为

1.　网龄分布

2010 年搜索引擎用户中，上网时间不到 1 年的新网民所占比例略增，占比 20.1%；而上网时间在 5 年以上的老网民所占比例增长了 4.5 个百分点，如图 21.10 所示。搜索用户中新网民比例的上升，表明搜索引擎作为互联网的入口地位提升；而随着上网时间 5 年以上老网民比例的上升，将会使搜索引擎用户的网络应用行为更加成熟。

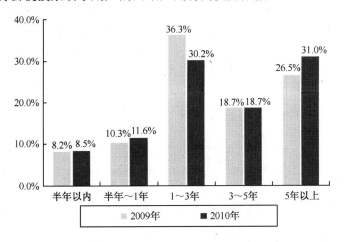

图21.10　搜索引擎用户网龄分布

2.　主要网络应用使用行为

与网民总体相比，搜索引擎用户的网络应用行为较为丰富，各网络应用的使用率均高于网民总体的使用率。搜索引擎作为信息入口和信息获取平台，与其他网络应用的发展相辅相承，相互促进，如图 21.11 所示。

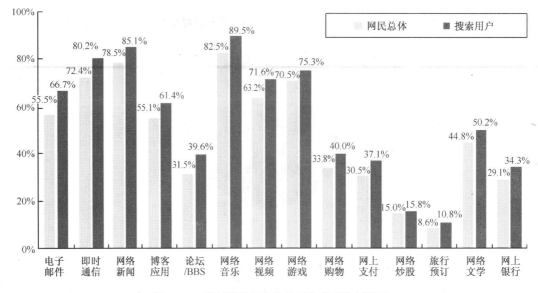

图21.11 搜索引擎用户各种网络应用使用情况

21.4.2 搜索引擎用户的搜索行为特征

1.搜索频率

搜索频率的变化将在很大程度上显示网民在网络生活中对搜索的依赖程度。根据调查，平均每天多次使用搜索引擎的用户占搜索引擎用户的33.2%，比2009年增加3.7个百分点；作为网民上网的基础应用之一，随着人们对互联网信息需求的增长，用户对搜索引擎的黏性将不断提高，如图21.12所示。

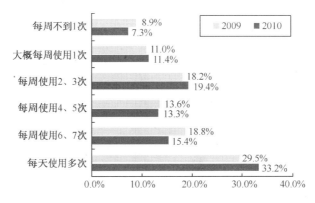

图21.12 搜索引擎用户搜索频率

2.搜索依赖度

依据搜索频率的高低对网民的搜索依赖度进行分类，可将搜索用户分为：重度用户（每天多次使用搜索引擎）、中度用户（每星期至少使用2次）、轻度用户（大约每星期最多使用1次）。调查显示：33.2%高度依赖搜索引擎；48.1%属于搜索中度用户，18.7%属于搜索轻度用户，如图21.13所示。

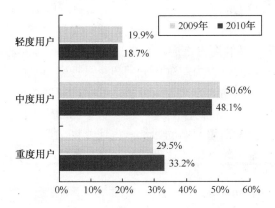

图21.13　搜索引擎用户的搜索依赖度

与 2009 年相比，搜索引擎用户整体的搜索依赖度增长。随着网络的普及和渗透，人们对信息的需求更多地诉求互联网，网络信息对人类社会的发展将产生深远的影响。与此同时，网民对搜索引擎的不当使用所可能产生的问题，如搜索依赖症等心理问题，以及垃圾信息、病毒、木马、虚假信息的传播等问题更加凸显。

3．用户登录方式

在提示情况下，提问搜索引擎用户输入关键词的位置或方式。其中，在搜索引擎网站主页的搜索框输入关键词搜索的使用率最高，达 74.3%；其次是在浏览器的地址栏中直接输入词语搜索，使用率为 72.8%；而在常用的网址导航页面、浏览器页面上的搜索框搜索的使用比例分别为 67%和 66.8%，如图 21.14 所示。

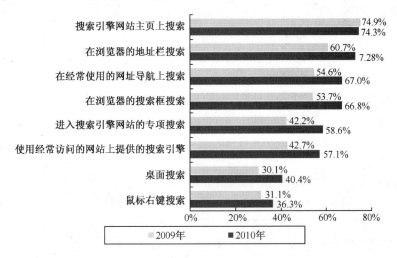

图21.14　搜索引擎用户输入关键词搜索的方式

与 2009 年相比，搜索引擎用户输入关键词进行搜索的方式越来越多元化。除搜索引擎网站主页上搜索外，其他方式都有不同幅度的增长。其中，进入搜索引擎网站的专项搜索使用率增长最快，用户针对某一类信息的搜索需求快速增长，垂直信息搜索、分类信息搜索较受青睐；用户在浏览器页面进行搜索的使用率增长也很快，浏览器成为搜索引擎流量引入的一个主要渠道。

用户输入关键词进行搜索的方式变化表明，一是用户对信息搜索结果的全面性、专业性、准确性的要求越来越高；二是用户更加需要使用便捷，可以快速获得搜索工具和界面。

搜索引擎用户中，84.6%的用户是通过登录搜索引擎网站，在搜索引擎网站提供的搜索框中进行搜索的。因此，本次调查中对这部分用户登录搜索引擎网站的途径做出分析。调查显示：该群体登录搜索引擎网站的方式较为分散。其中，使用率最高的是将搜索引擎网站设置成首页，占比37.7%，用户规模约1亿人，搜索引擎已经成为网民使用的重要入口网站。其次是浏览器地址栏输入搜索引擎网站的网址，占比24.7%，通过浏览器收藏夹或浏览器首页记录的搜索网站登录搜索引擎网站的比例也较高，如图21.15所示。

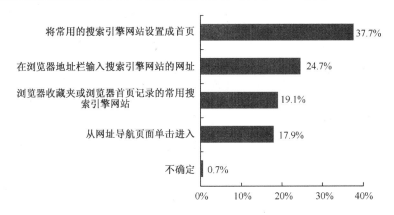

图21.15　搜索引擎用户登录搜索引擎网站的途径

21.5　发展趋势

随着互联网的普及和渗透，互联网成为人们重要的信息源。搜索引擎作为互联网信息的主要检索工具，用户市场将保持继续增长趋势。

2011年国内搜索引擎市场营收将保持快速增长势头。伴随国内整体经济形势的稳步增长，企业广告主广告投入向互联网媒体的迁移，搜索引擎营销市场快速增长。同时，搜索引擎运营模式更加多样，开放平台、网站联盟等将在2011年快速发展，并为搜索引擎厂商带来可观收益。

2011年国内搜索引擎市场竞争将更加激烈，但各搜索引擎网站的市场定位将更加清晰。同时，搜索引擎市场份额的激烈竞争将更加突出地表现在移动搜索领域。

微博客、SNS等社交网络的快速发展，带来了互联网信息生产和消费行为的快速拓展，互联网信息承载量急剧上涨。与此同时，海量级、碎片化信息将使网民获取有效信息的时间和成本大幅增加。强调智能性、精准性和实时性将是未来搜索服务发展的主流。

2011年，搜索引擎厂商的业务发展将进一步向互联网其他应用服务延伸，社交网络、电子商务依然是搜索厂商重点摄入的领域；同时，客户端应用将成为搜索引擎重点开发的产品。

（中国互联网络信息中心　秦英）

第 22 章　2010 年中国网络金融服务发展状况

22.1　发展概况

2010 年，我国金融市场总体运行平稳，网民数量的稳定增长，以及宏观经济形势的持续向好，使基于互联网平台各项金融应用的使用率出现了大幅的增长。

CNNIC 发布的《第 27 次中国互联网络发展状况统计报告》显示，网上银行用户规模已达 13 948 万人，使用率为 30.5%，较 2009 年同期增长 48.2%；网上支付用户规模为 13 719 万人，使用率为 30.0%，较 2009 年同期增长 45.9%；网络炒股用户规模为 7088 万人，使用率为 15.5%，较 2009 年同期增长 24.8%。其中网上支付和网上银行全年增长率仅次于网络购物，远远超过其他类网络应用，如表 22.1 所示。

表 22.1　2009—2010 年金融网络应用使用率

应用	2010 年		2009 年		
	用户规模（万）	增长率	用户规模（万）	增长率	使用率
网上银行	13 948	30.5% ↑	9412	24.5%	48.2%
网上支付	13 719	30.0% ↑	9406	24.5%	45.9%
网络炒股	7088	15.5% ↑	5678	14.8%	24.8%

（资料来源：CNNIC《第 27 次中国互联网络发展状况统计报告》）

2010 年，新浪财经超越众多垂直类财经网站，成为市场占有率第一的财经类网络媒体；东方财富网于同年登陆创业板市场，成为中国 A 股首个上市的垂直类财经网站；财经垂直类网址导航出现并快速发展。

随着第三方支付平台进一步拓展其支付功能和团购模式的遍地开花，网上支付乃至网上银行的用户也进一步增长，交易额持续放大；在 2010 年波澜不惊的市场大环境下，我国股民也在互联网用户及普及率增长的带动下不断转向互联网平台交易；一些随着市场需求应运而生的新型网络金融产品，处于蓄势待发的状态。

22.2　网络金融信息服务

22.2.1　网络金融信息服务发展现状

2010 年对于整个网络金融信息服务市场，是一个转型、洗牌的关键年。根据互联网实验室《2010 年中国财经网站 Top10 市场份额统计》，作为综合门户财经频道的新浪财经，以 100.71 的人气值和 18.02% 的市场占有率越居财经网站排名之首,改变了垂直类财经网站稳坐头把交椅的传统格局，见表 22.2。

表 22.2　2010 年中国财经网站 Top10 市场份额统计

排名	网站名称	人气值	市场份额	2009 年市场份额	涨跌
1	新浪财经	100.71	18.02%	14.13%	↑3.89%
2	和讯	83.85	15%	27.73%	↓12.73%
3	东方财富网	73.64	13.17%	16.24%	↓3.07%
4	金融界	31.99	5.72%	3.2%	↑2.51%
5	中国经济网	25.75	4.6%	3.16%	↑1.44%
6	中金在线	21.37	3.82%	2.69%	↑1.13%
7	腾讯财经频道	19.42	3.47%	1.88%	↑1.58%
8	搜狐证券	15.42	2.76%	1.87%	↑0.88%
9	同花顺金融服务网	11.90	2.12%	1.14%	↑0.97%
10	财讯	10.64	1.9%	3.6%	↓1.7%

（资料来源：互联网实验室）

网络金融信息服务网站的市场主要集中在综合门户财经频道和垂直类财经网站，前十强所占的市场份额为 70.64%，集中度较高；但较 2009 年 76.43% 的数据下降了近 6 个百分点，如图 22.1 所示。

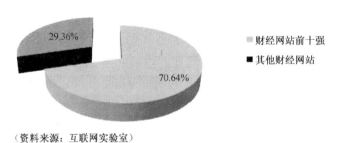

财经网站前十强

其他财经网站

（资料来源：互联网实验室）

图22.1　2010年中国财经网站前十强市场份额比例

1. 综合门户财经频道

门户网站的财经频道和网络财经媒体，其主要业务模式是提供财经资讯内容，主要盈利模式是广告。凭借多年来积累的门户网站品牌知名度和广泛的客户基础，门户网站进入网络财经信息服务市场，以开设财经频道的方式，细分其网站用户。

从统计表中可以看出，财经网站市场份额前十名中所出现的三家综合门户财经频道先后为：新浪财经（1）腾讯财经（7）和搜狐证券（8）。这一排序与这三家门户网站 2010 年中最火爆的微博客应用的市场占有率排名一致。

综合门户财经频道正在大幅蚕食垂直类财经网站的市场份额。在未来几年时间里，综合门户财经频道将会给传统垂直类财经网站带来巨大的竞争压力。

2. 垂直类财经网站

垂直类财经网站是专注于网络财经信息服务的专业网站，业务模式和盈利模式相对多样化，具有较强的综合竞争力，凭借其专业化的信息提供，吸引了诸多高端的深度财经信息用户。

从统计表中可以看出，除了三家综合门户财经频道，其余均是垂直类财经网站。其中，和讯网（2）、东方财富网（3）和金融界（4）是这一阵营长期占据前三名的"领头羊"。

从长远的发展趋势来看，对于垂直类财经网站而言，只有逐步走向各自专业化和细分化发展的道路，才能够面对综合门户财经频道的冲击，在激烈的竞争中避开彼此的锋芒，实现各自的发展最大化。

22.2.2　网络金融信息服务发展趋势

1．财经类网络媒体在资本市场依旧受宠

2004 年，金融界在我国互联网发展的第二次浪潮中，成功登陆纳斯达克。如果说当年金融界的上市，在互联网发展的热潮中有着几分"炒概念"的嫌疑，那么 2010 年东方财富网登陆创业板，则说明财经类网络媒体真正通过稳定的客户群和优良的业绩征服了资本市场。

早在 2007 年上半年，东方财富网就宣布拟计划在 6～9 个月内在美国纳斯达克上市，计划融资至少 5 亿美元。但后来上市被搁浅。2010 年 3 月 19 日，东方财富网终于如愿于深交所创业板上市，中金公司为其上市保荐人。本次上市公开发行 3 500 万股，发行完成后总股本增至 1.4 亿股，新发股份占发行后总股本的 25%，每股发行价 40.58 元，上市将融资 14.2 亿元，首日市值约 59.61 亿元。上市募集资金约 1.17 亿元用于大型网络在线平台系统省级项目；1.37 亿元用于在线金融数据服务系统省级项目；4571.89 万元投入基于手机端的财经信息服务系统项目，上述项目合计使用资金 3 亿元。伴随着成功上市，2010 年全年东方财富网实现营业总收入较 2009 年同期增长 12.01%。

2．与新型互联网应用相互促进发展

网络金融信息服务网站出现伊始，都是单纯地在互联网平台上提供金融信息。而随着互联网及软件产业的不断发展，结合了软件实用技术以及社区、博客等互联网应用的产品——行情软件、网上金融社区、财经博客等——也一一出现。这些产品在帮助财经类网站扩大用户群体的同时，也间接推动了新兴互联网应用的普及。

微博客这一变革式的互联网即时应用也正在以相同的方式与财经类网站强烈的相互作用。老牌财经类网站和讯网也为了进　步扩大白己的用户群体，上线微博客应用。

所以说，在未来相当长的一段时间里，作为互联网承载形式之一的网络金融信息服务网站还将继续上线新型的互联网应用，并与之相互促进共同发展。

3．财经垂直类网址导航潜力无限

自 1994 年接入国际互联网以来，经过 15 年的发展，中国网民人数达到 4.57 亿；同时，中国股民人数也即将突破 1.5 亿大关。而作为当今社会的主流传播平台——互联网也就成为股民的一个据点。传统的综合类网址导航，像 HAO123、265、114LA 等已经无法满足他们的需求，网民中的股民对于日益庞大的股市信息量迫切需要一个专业化的导航网站来代替原有的综合导航。因此，财经股票这一领域，术业有专攻的股库网（www.gukuu.com）等网址大全逐渐被设置为股民的首页，财经导航（www.caijing.in）更是成为中国最大的财经导航。

iResearch 艾瑞市场咨询 iUserTracker 数据显示，导航类网站的网民覆盖人数已经超过 1 亿，占将近中国全体网民人数的三分之一。艾瑞认为，丰富的流量为导航网站运营各类广告模式打下良好的基础，如各类品牌展示广告、文字链广告和富媒体广告等模式的运营。

由于垂直化的行业网址导航网站能为企业网站带来直接的消费用户和品牌价值推广，因此深受广大企业网站主的喜爱，是企业网站投放广告宣传的最佳方式之一，所以个性化和细分的行业化网址导航网站市场前景广阔，大有潜力可挖。

22.3 网络金融服务

22.3.1 网上银行

易观智库研究报告显示，2010 年中国网上银行市场全年交易额达 553.75 万亿元，较 2009年增长 36.77%。截至 2010 年底，我国网上银行注册用户数首次突破 3 亿，较 2009 年同比增长 53.9%。其中，活跃数（单季度至少登录过一次网上银行的账户数）为 17 154 万户，同比增长 57.4%。

中国金融认证中心发布的《2010 中国电子银行调查报告》数据显示：2010 年，全国城镇人口中，个人网银用户比例为 26.9%，比 2009 年增长了 6 个百分点；全国个人网银用户中，活跃用户比例达到 80.7%，比 2009 年增长了 4 个百分点；交易用户平均每月使用次数高达5.6 次，高于 2009 年的 4.8 次。

企业网银方面，2010 年，企业网银用户比例为 40.9%，与 2009 年相比保持稳定。企业网银活动用户中，有 60.5%的用户使用证书版/高级版/专业版企业网银，明显高于普及版/简易版/查询版的用户比例。无论是活动用户还是交易用户，转账汇款、账户查询是他们使用频率最高的两项企业网银功能，远高于其他网银功能的使用比例，这说明网银的使用在企业用户中得到进一步的发展，已经成为很多企业日常运营的第一选择。

网银用户数和交易量大幅增加，一方面是由于互联网网民数量持续增加，另一方面是因为各银行重视电子银行业务，纷纷加大了网银的宣传和推广力度，以节约成本提高效率。

不过，网银的集中度目前依然较高，无论是注册用户量还是交易金额，大型国有银行均占主导地位。易观国际研究报显示，2010 年第 4 季度，中国网上银行市场交易额 173.7 万亿元，而工商、农业、中国、建设四大行就占到 79.3%，工行更是达到 47.6%的市场份额。

大型银行拥有大量资金和客户资源，网银方面的资金投入较大，网银业务的规范化也做得很好，所以有较大的网银客户规模。不仅如此，银行以往拓展业务简单地依靠增设营业网点，需要大量人财物投入，而网银则可降低其经营成本。工行 2009 年报显示，该行当年网上电子银行交易额 181.31 万亿元，占全行业务笔数的 50.1%。也就是说，网银分流了物理网点一半的业务量。

易观国际研究数据显示，截至 2010 年底，我国中小银行（除工农中建交、招行、民生、光大、中信和华夏）网银注册用户数 2655 万户，较 2009 年增加了 157%；网银交易额 15.92万亿元，较 2009 年增长近一倍。对于网点规模和资金实力均不占优势的中小银行，网银应是其避短扬长的重要途径，也是未来发展的重要突破口。

网银安全性一直是各界关注的焦点。《2010 中国电子银行调查报告》显示，意向用户中有高达 71.9%的用户认为个人网银是安全的，证明了市场对于网银安全性的信赖度正稳步提升。此外，个人网银活动用户使用 USB 数字证书的位列各种网银安全认证手段的第一位，其次为手机短信认证、口令卡/刮刮卡，这表明数字证书已作为一种重要的安全手段被用户认可。

22.3.2　网络支付

1．网络支付概况

网络支付指通过互联网进行的支付形式，包括网上银行支付和第三方支付等。不包括充值卡支付、手机支付、电话银行等线下业务。在第三方支付平台的带领下，网络支付已经成功拓展到很多领域。

（1）基础缴费领域，如水电煤缴费、固话宽带费和手机充值等。目前主流网络支付工具均已开通此项服务。

（2）衣食住行中的"住行"领域中，机票订购、火车票代购、特价酒店预订等。

（3）娱乐领域。游戏点卡等是网上支付提供的传统服务。

（4）理财领域。这是网上支付较新开通的领域。用户可以在线进行信用卡还款等。

（5）博彩领域。包括福利彩票、体育彩票等博彩平台已成功与第三方支付平台对接。用户不仅可以通过第三方支付平台系统购买相应的彩票，中奖后的奖金也可通过第三方支付平台领取。

2．第三方支付市场规模

随着电子商务的快速发展，用户对在线支付的需求进一步提升。第三方支付凭借其对交易过程的监控和交易双方利益的保障，获得了更多的个人用户及商户的青睐。除了早期的C2C和B2C领域，第三方支付开始渗透到B2B小额交易领域。此外，企业逐渐开始利用第三方电子支付进行跨地区收款及各类资金流管理，行业应用逐渐普及和成熟。

据中国电子商务研究中心监测数据显示，2010 年国内第三方支付达到 10 500 亿元，增长率为 79.5%，并预计未来几年仍将呈现稳定增长趋势，至 2012 年第三方支付市场规模将达 22 500 亿元，如图 22.2 所示。

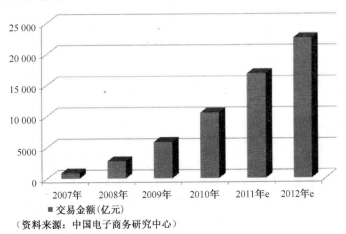

（资料来源：中国电子商务研究中心）

图22.2　2007—2012年中国第三方支付市场交易规模

国内第三方支付市场"缘"起电子商务，电子商务蓬勃发展带动了第三方支付市场的迅速发展。如今又呈现出多行业的纵深化发展趋势，应用领域已涉及保险、航空、票务、基金、房产等，覆盖了从 B2B、B2C、C2C、网游到航旅、教育、生活服务、公共事业缴费等众多领域。

3．第三方支付企业市场占有率

据中国电子商务研究中心监测显示，2010 年国内第三方支付企业市场份额中：支付宝仍占据近半壁江山，市场占有率为 48.9%；其次是腾讯公司的财付通为 23.1%，屈居第二；第三为"国家队"银联在线 9%；而网付通、快钱、环迅支付、易宝支付、首信易支付、网银在线紧随其后，如图 22.3 所示。

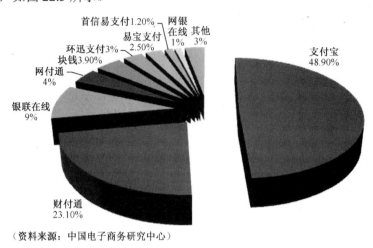

（资料来源：中国电子商务研究中心）

图22.3　2010年第三方支付企业市场占有率

2010 年 9 月 1 日，中国人民银行出台的《非金融机构支付服务管理办法》正式执行；12 月初，又正式公布了《非金融机构支付服务管理办法实施细则》。实施政策的出台，标志着央行开始加大对第三方支付的规范化管理，使第三方支付行业结束了原始成长期，被正式纳入国家监管体系，并将拥有合法的身份，日前被入围的首批企业共 17 家入围央行 2010 年 12 月底发布的"第三方支付企业牌照公示名单"。

随着首批支付牌照的即将发放，在使得政策性风险大幅降低的同时，第三方支付企业的竞争格局将进一步加剧，还将迎来一场行业的"大洗牌"。而支付企业的差异化经营策略，使得各自涉及的经营领域将更为广泛。目前，一些企业已涉及金融服务相关领域，如基金和保险等细分行业，但新领域的涉入将在政策监管的环境下，压力与机遇并存。

22.3.3　网络炒股

随着互联网普及率的提高，在证券交易过程中，利用互联网在线炒股人群也在不断增多。CNNIC 发布的《第 27 次中国互联网络发展状况统计报告》指出，2010 年在线炒股的用户规模已达 7088 万，较 2009 年增长了 24.8%；而网络炒股的普及率达到 15.5%。

据互联网实验室统计，2010 年沪深两市网上交易总成交金额超过 8.8 万亿元（包括股票、权证、基金），其中，沪市总成交金额突破 5 万亿元，深市为 3.8 万亿元。

网络炒股的流行，不仅得益于其不受地域限制，不受上班时间限制的时空优势，获取信息广、相关服务多等也是众多股民开始选择网上交易的重要因素。投资者通过网上交易，可以同时通过券商及各类网络财经媒体的平台方便、及时、全面的获取各种证券投资信息，而且在获取信息的选择上更具主动性。此外，还可以免费定制各种需要的信息和个股行情。而各种证券网站推出的社区、微博客服务，使投资者如同置身交易大厅或大户室。这种互动性的交流克服传统交流受时间、地域限制的缺陷，使投资者能够时刻把握股市动态。

另外，从服务供应方分析也存在一些问题需要解决。证券营业部已经构成了网上交易的主体，对证券公司来讲，开通了本公司的网上交易系统是一件容易的事，但提供良好的网上服务则不容易，网上服务质量将是证券网站竞争的主要内容。股民登陆证券网站，一定不会只满足于买卖交易，而在时下的部分证券网站里，重技术、轻服务的倾向较为明显，对网站初期投入后，相应的服务并没有跟上，出现信息没有或陈旧、不真实可靠，没有个性化服务的问题。

22.3.4　网络融资

近年来，中小企业作为电子商务应用企业的核心用户群体，其融资难问题备受关注与争议。各电子商务服务商也纷纷为中小企业提供除网络贸易信息服务以外的增值服务。以电子商务平台为渠道的网络融资便是其中的典型。

网络融资的主要特点是贷款资金来源于银行等金融机构，而平台和渠道则是该服务商自身的电子商务网站。网络贷款采用网络化、群体型营销，客户报名、筛选、初评、授信、审批、放款、还款均由专门部门采用集中模式完成，客户经理仅负责客户调查和信贷业务资料申报，全流程网上操作。与传统金融机构业务流程比较，效率大为提高，从客户申请到银行放款，最快 4～5 天即可完成，而传统银行中小企业业务需要 20～30 天。

阿里巴巴、网盛生意宝、敦煌网、一达通等，相继推出了类似的服务。其中最有特色的是阿里巴巴与合作银行共同推出的网络联保贷款。

网络联保贷款不需要任何抵押的贷款产品，由 3 家或 3 家以上企业组成一个联合体，共同向银行申请贷款，企业之间实现风险共担。当联合体中有任意一家企业无法归还贷款，联合体其他企业需要共同替他偿还所有贷款本息。

中国电子商务研究中心监测各电商企业已披露数据显示：2007 年、2008 年、2009 年的网络融资总额分别为 2000 万元、14 亿元、46 亿元；而 2010 年，以阿里巴巴、网盛生意宝等上市公司为代表，中国第三方电子商务市场企业全年"网络融资"贷款规模首度突破"百亿人关"，达 140 亿元。

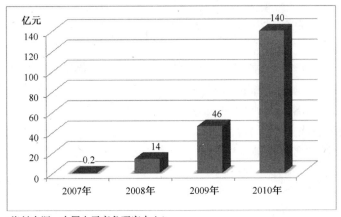

（资料来源：中国电子商务研究中心）

图22.4　网络融资历年放款规模

22.3.5 云金融

云金融是由互联网实验室提出的网络金融融合云计算模型及业务体系所诞生的新产物。云金融是未来网络金融理论的重要组成部分，也是未来网络金融技术及产品创新的重要依据。

云金融是云计算在技术上和概念上的专业化延伸，是网络金融利用云计算的有益探索。从技术上讲，云金融就是利用云计算机系统模型，将金融机构的数据中心与客户端分散到云里，从而达到提高自身系统运算能力、数据处理能力，改善客户体验评价，降低运营成本的目的。从概念上讲，云金融是利用云计算的模型构成原理，将金融产品、信息、服务分散到庞大分支机构所构成的云网络当中，提高金融机构迅速发现并解决问题的能力，提升整体工作效率，改善流程，降低运营成本。

1. 金融数据处理系统中的云应用

（1）构建云金融信息处理系统，降低金融机构运营成本

云概念最早的应用便是亚马逊（Amazon）于 2006 年推出的弹性云计算（Elastic Computer Cloud ES2）服务。其核心便是分享系统内部的运算、数据资源，以达到使中小企业以更小的成本获得更加理想的数据分析、处理、储存的效果。云计算可以帮助金融机构构建"云金融信息处理系统"，减少金融机构在如服务器等硬件设备的资金投入，使效益最大化。

（2）构建云金融信息处理系统，使不同类型的金融机构分享金融全网信息

金融机构构建云化的金融信息共享、处理及分析系统，可以使其扩展、推广到多种金融服务领域。如证券、保险及信托公司均可以作为云金融信息处理系统的组成部分，在全金融系统内分享各自的信息资源。

（3）构建云金融信息处理系统，统一网络接口规则

目前国内金融机构的网络接口标准大相径庭。通过构建云金融信息处理系统，可以统一接口类型，最大化地简化如跨行业务办理等技术处理的难度，同时也可减少全行业硬件系统构建的重复投资。

2. 金融机构安全系统的云应用

基于云技术的网络安全系统也是云概念最早的应用领域之一。到现在，瑞星、卡巴斯基、江民、金山等网络及计算机安全软件全部推出了云安全解决方案。其中，近年来占有率不断提升的 360 安全卫士，更是将免费的云安全服务作为一面旗帜，成为其产品竞争力的核心。

所以说，将云概念引入金融网络安全系统的设计当中，借鉴云安全在网络、计算机安全领域成功应用的经验，构建"云金融安全系统"具有极高的可行性和应用价值。这在一定程度上，能够进一步保障国内金融系统的信息安全。

3. 金融机构产品服务体系的云应用

通过云化的金融理念和金融机构的线上优势，可以构建全方位的客户产品服务体系。如地处 A 省的服务器、B 市的风险控制中心、C 市的客服中心等机构，共同组成了金融机构的产品服务体系，为不同地理位置的不同客户提供同样细致周到的产品体验。这就是"云金融服务"。

　　事实上，基于云金融思想的产品服务模式已经在传统银行和其网上银行的服务中得到初步的应用。金融机构可通过对云概念更加深入的理解，提供更加云化的产品服务，提高自身的市场竞争力。

（互联网实验室　方兴东、李欣烨）

第23章　2010年中国政府在线服务发展情况

23.1　发展概况

2010 年，中国政府网站的全面建设继续推进。CNNIC《中国互联网络发展状况统计报告》显示，我国 gov.cn 下的域名数量保持增长态势。截至 2010 年 12 月，在 gov.cn 下的域名数已达 5.2 万个，占 CN 域名总数（435 万）的 1.2%，比 2009 年增加了 2425 个，而占 CN 域名总数的比例则增长了 200%，如图 23.1 所示。

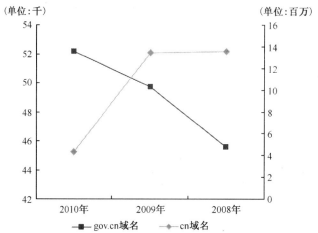

（资料来源：CNNIC：中国互联网网络发展状况统计报告）

图23.1　2008—2010年gov.cn域名数量

2010 年，中国政府在线服务整体水平有所提升，资源整合工作进一步开展。各级政府网站在公开政府信息，提供行政办事服务和便民服务，开展网上互动交流方面有一定程度的改善和提升，用户满意度上升。中国软件评测中心发布的"2010 年中国政府网站绩效评估结果"显示，用户对政府网站的满意率有所提高。各部委网站普遍有所改善，但在线办事、互动水平存明显差距。省市县政府网站则呈现由高到低的"阶梯式"发展，省级政府网站相对较好，地市级政府网站稍弱，而区县政府网站普遍相对较差。数据显示，65%省级网站在教育和社保等重点领域能够初步搭建网上服务框架，并提供一览表、政策解读、办事指南等服务资源，网上互动渠道建设和互动效果较好，信息公开水平也明显提高；而大部分区县政府网站在教育、社保、就业、医疗、住房和交通等重点民生领域服务内容很少，资源也比较分散，对公众"有帮助"的服务不全面，对公众"有用"的信息更新不够及时。

23.2　政府门户网站建设情况

我国中央政府、各部门、地方各级部门网站所组成的政府网站体系已基本建成。统计显示，我国国务院部委、直属特设机构、直属机构、办事机构、直属事业单位及国务院部委管理的国家局 87 个单位（不含国务院办公厅）有 83 家拥有网站。我国 31 个省级政府（不含港澳台）门户网站全面建成，全国 333 个地市级政府（州、盟）网站普及率达到 99%。2010年，各级政府对门户网站的建设十分重视，解决存在问题的力度明显加大。11 月 9 日四川省专门举行加强政府网站建设工作会议，出台《四川省人民政府办公厅关于加强政府网站建设的意见（征求意见稿）》，把政府网站的建设情况纳入目标考核，进一步推动政府网站规范有序运行。11 月 22 日，湖南省专门为新版湖南省政府门户网站举行开通仪式，新版网站对公共服务版块进行了丰富和提升。

目前，我国政府门户网站的建设处于内容导向和服务导向阶段。中国软件评测中心的"2010 年中国政府网站绩效评估指标体系"加大了对民生服务、公民和企业合法权益保障、透明政府和科学民主决策等相关内容的评估，并高度强调对政府信息公开以及政民在线互动的要求，以促进政府网站在相关方面的建设工作。从评估结果看，政府门户网站建设在信息供给、网上办事效率、政民交流互动和舆情获取反馈等方面有了明显进步。同时，在版面编排布局、频道栏目安排、美工制作设计、个性风格塑造上也在不断改进，更加人性化、个性化；在技术设备上也及时更新换代，使网上服务更加便捷、更加规范。商务部、工信部、民政部和教育部等部委门户网站，坚持政务职能公开透明的原则，信息量大，及时性强，可看性好，网上办事方便快捷。北京、上海、广东和江苏等省级政府门户网站，在信息服务、办事服务、公共服务等方面水平较高。济南市政府门户网站不用滚动条即能浏览全部内容，在体现以人为本的网站建设方面起到了一定的示范作用。

23.3　政府信息公开情况

2010 年，各级政府通过网站公开信息的广度、深度、时效等方面均有显著提升。有 32.8%的部委网站公开了财政资金信息，科目更加细化，标志着我国信息公开工作迈上了一个新台阶，也向公众展现了政府在信息公开方面的诚意。如在时效上，四川省政府办公厅发文要求，四川全省各级政府和部门，事关民生的重要政务活动信息在活动结束后 24 小时内上网公开，规范性文件一般在印发后 3 个工作日内上网公开。在信息深度和广度上，成都市政府网站 2010年启动了到社区和村组的基层信息公开工作，建设了涵盖基层"村（居）务、党务、财务、专项的公开以及村（居）民小组"等 39 类公开信息 121 个子项栏目的"成都基层公开综合服务平台"。

但整体上，政府信息公开在信息本身的详细性、易读性和规范性等方面仍有不足。以财政预算信息为例，虽然国家财政部公开的中央本级支出预算表以及中央对地方税收返还和转移支付预算表基本上细化到"款"级科目，但超过 80%的网站仍停留于"总体预算"公开的层面，公开内容粗放，缺少分解详细说明，公众普遍反映"无法理解"、"公开程度不够"。

部委网站方面，基本政务信息公开整体较好，深度信息公开仍显不足。"2010 年中国政府网站绩效评估结果"显示，部委网站在工作动态、概况信息、公开专题和政策法规等方面信息公开较为理想，88%以上部委网站工作动态能够保持 1 周内持续更新；96%以上的部委网站设立了概况信息专栏，发布机构职责和领导信息；36 家部委网站能够围绕业务需求和公众关注的重点和热点设立公开专题；所有部委网站均设置了政策法规栏目，其中 60%以上的网站内容更新及时。但部委网站在人事及招考信息、规划计划、政府采购和财政资金信息公开方面仍存在不足，存在信息公开较少、更新不及时和内容较粗放等问题。此外，多数部委网站建立了政府信息依申请公开渠道。

地方政府方面，多数省、地市和区县政府网站加大了对机构概况、政策法规、工作动态、统计、人事、规划、财政等信息的公开力度，信息公开更加全面，内容更新更为及时，但各级网站信息公开水平参差不齐，涉及公众切身利益的，需要公众广泛知晓的，反映政府办事职能的诸多深度政府信息没有得到有效公开。数据显示，86%的地方政府网站概况信息、工作动态、通知公告等方面的基础类政府信息公开相对及时，内容比较丰富。52%的地方政府网站设立了政策法规栏目，但没有或很少提供政策文件的解读服务，也没有及时清理失效的政策法规。56%的政府网站设立了财政预决算信息栏目，但多数政府网站没有对财政预决算信息做深度公开或解读。47%的地方政府网站围绕公众关注的重点建设了征地拆迁和政府采购等信息栏目，但多数政府网站的信息维护情况较差，长期不更新或集中更新的情况普遍存在。39%的政府网站设立了行政事业性收费、办事指南等栏目，基本上能够准确及时公开行政事业性收费等信息，但仍有部分网站存在信息不准确的现象。此外，49%的地方政府网站设立了依申请公开政府信息栏目。

23.4　政府网站在线办事情况

近年来，各级政府网站在线提供的行政办事服务，便民查询服务总量一直呈上升趋势，服务覆盖范围不断扩大，越来越多的政府网站能够对在线办事服务的内容要素、展现形式提出规范性要求。政府网站中在线办事的主要栏目包括：数据查询、表格下载、在线咨询、在线申报、在线审批、在线办理和办事状态查询等。

我国政府在线服务正处在从内容服务向功能性服务转变的阶段，部分网站已经具备网上查询和办理的能力，易用性也大大加强。如北京"首都之窗"政府门户网站的在线办事栏目中，在全市 2400 多项办理行政事务中，提供办事指南的有 2000 项左右，提供在线受理服务的有 450 余项，提供在线状态查询的有 370 余项，提供表格在线下载约 2000 项。上海市政府门户网站在线服务栏目则采用"一站式、一体化"服务模式，并且设立了虚拟现实服务平台，使用户操作起来简便、直观，实用性强。

但是，多数政府网站的在线服务功能有限，甚至只是空架子，有的则使用起来十分不易。数据显示，虽然有 62.8%的网站能够提供表格下载或资料下载服务，但仅有 17.2%的网站能够结合业务需要实现网上申报功能。而超过 60%的政府网站仍将行政办事服务作为网上办事服务的主体内容，与公众生活、公众紧密相关的教育、医疗、社保、就业等内容，以及与企业经营管理相关的办事服务相对缺乏或基本没有。此外，用户普遍反映，网上在线办事存在"找不到、看不懂"等各种易用性问题。一些网站按照政府机关的职能设置对服务内容进行分类，缺少从公众易于理解接受的角度解读服务流程、提供服务资源，导致服务内容越丰富，服务获取难度越大。

部委网站方面，多数部委网站是按照本部门职能业务设置进行导航服务的，专业性较强，人性化服务不够。虽然服务指南、表格下载服务实现程度较高，但在线查询和在线申报功能不足。数据显示，67.2%的部委网站能够提供服务指南，62.8%的部委网站表格下载服务易用性好，数量丰富，但仅有 17.2%部委网站能够结合业务需要，实现部分业务的网上申报功能，而且这部分业务所占部门总体业务的比例也相对较低，对于大多数业务，企业或公众还必须通过实地办事大厅才能完成办理。

地方政府网站方面，面向公众和企业提供服务的能力，尤其是面向就业和住房等领域的服务能力亟待加强。如就业方面，60%以上的网站提供了就业派遣办理、就业落户办理、再就业优惠证办理等指南，但半数网站的办事指南没有提供办理时间、办理时限、收费标准、办理流程等信息。此外，还有超过 30%的网站尚未提供就业领域相关的行政办事服务。住房领域，60%以上的网站围绕公众和企业需求，提供了住房领域相关的办事和便民服务。但是，总体服务能力有待加强，省级政府网站住房领域服务水平相对较好，区县政府网站服务水平则相对较差。

23.5　政府在线服务政民互动情况

截至 2010 年年底，87%的政府网站已经建立起了网上政民互动的渠道，可以通过咨询投诉、意见征集、在线交流、论坛讨论、领导信箱、网上调查、网上举报、在线访谈和点播等多种形式与公众开展在线互动交流。其中，较有特色的栏目包括：中国人大网的"法律草案征求意见"和"在线访谈"，国家预防腐败局的"网友互动"等。但公众对政府网站交流互动效果的满意度评价偏低，参与度较低，能够实现在线实时互动的网站不足 30%，交流互动的实效性有待提升。

政府网站互动满意度较低，主要反映在互动中推诿、答复质量不高、无反馈、互动访谈无热点等方面，遭到了用户批评。调查显示，超过 60%的政府网站存在答复不及时的问题，近 30%的网站没有公开答复结果；半数政府网站全年没有开展在线交流活动，民意征集渠道也形同虚设。以浙江省为例，有调查显示，浙江省 90 个区县级政府网站 93%开设了领导信箱，41%组织了在线访谈，81%具有在线调查功能，30%开设了市民论坛栏目，可以说政民互动渠道较为丰富。但 85.71%网站的在线调查的主题数低于 10 个，80%网站的平均参与人数不到 500。

部委网站方面，咨询投诉渠道建设较好，但在线访谈和意见征集功能有待完善。85%的部委网站设置了领导信箱、在线咨询等咨询投诉渠道，多数能够公开用户留言和答复情况，半数以上易用性较好，不仅提供了使用帮助，并对常见问题进行了整理汇编。74%的部委网站设置了在线访谈栏目，虽然拥有比例较高，但渠道功能较弱，能够实现在线实时访谈功能的网站不到 15 家。65%的部委网站提供了民意征集渠道，但能够实现在线提交和结果统计功能的部委网站不足 30%。

地方政府网站方面，互动交流渠道和效果明显提升。80%以上的网站能够建立较为通畅的互动交流渠道，如设置领导信箱、投诉举报、网上留言、在线访谈、视频直播、网上调查和意见征集等栏目。一些网站能够及时公开用户留言及答复情况，定期组织在线访谈活动，开展网上调查等。但是，总体水平还有待提高，尤其在信件答复质量、民意征集效果、公众参与度和网络舆情引导等方面存在不足。

23.6 政府在线服务的特点

随着互联网的不断发展，新技术新应用层出不穷。政府网站建设的不断完善，也使其受到社会关注。2010 年，政府在线服务呈现出一些新特点。

1. 微博客成为政府发布信息及与民众互动的新型渠道

2010 年是微博客快速兴起的一年，微博客凭借其终端的可扩展性、内容简洁和低门槛等特性，在网民中快速渗透，成为网民获取新闻，进行人际交往和社会参与的重要媒介。截至 2010 年年底，我国微博客用户已达 6311 万。美国调研机构 Royal Pingdom 发布的 2010 年全球互联网发展报告显示，2010 年著名微博客 Twitter 共发送了多达 250 亿条消息。我国一些政府部门和官员也开始通过建立微博客，发布信息，与民众互动，并收到了良好的效果。

目前，新浪微博客已开通并认证政府机构 1300 多个，其中公安微博客近 700 个，政府机构 200 余个，官员个人 400 余个。云南省官方微博客"微博客云南"目前粉丝已有 40 余万。2010 年 12 月 29 日，四川省新闻办公室的"天府微博客聚焦四川"官方微博客正式开通，开通 4 小时后，"粉丝"数即超过 260 个，这意味着，平均每分钟就有 1 位网民成为它的"粉丝"。在政府机构中，公安机关的微博客数量相当可观，大到广州公安局、北京公安局等省级机关，小到山西省阳村派出所等乡镇派出所都开通了官方微博客，主要用来进行警情通报，发布办事信息等。可以说，政府机构"开博"也成为了一种时尚。

微博客具有语言活泼生动、互动交流性强等特点，在一定程度上改变了政府给人的一贯严肃的印象，也少了很多官话，拉近了政府与民众的距离。如不少区县政府机构微博客的内容很杂，既谈时事热点，又有娱乐八卦，还有小说接龙等互动节目。同时，微博客上几乎可以实时传达的信息能够迅速吸引网民的眼球，信息传播速度和影响力惊人。如 2010 年 8 月 19 日，成都市民中突然盛传"岷江上游山洪暴发，泥石流导致水源污染，主城区将要停水"。经过调查核实后，成都市政府新闻办官方微博客"成都发布"迅速回应、两次辟谣，经"粉丝"和网民的转发传播后，成为市民了解真实信息、消除恐慌的重要信息源。2010 年，微博客迅速成为政府和民众发布信息、表达意见、进行互动的新型渠道和重要平台。

2. 政府网站国际化水平提升

2010 年，中央和地方许多政府网站开通了多语种频道，为在全世界客观全面地介绍传播中国，维护国家良好形象做出了贡献。

中国社科院和国脉互联进行的"2010 中国政府网站国际化程度测评"结果显示，我国政府网站英文版整体拥有率由 2009 年的 41.96%提高到 43.64%。其中 31 个省、直辖市、自治区政府之中，建立了政府英文版的有 17 个，拥有率为 54.84%，与 2009 年持平；32 个省会城市及计划单列市政府之中，开设英文版的达 26 个，较 2009 年新增海口市，拥有率上升为 81.25%；301 个地市级政府中，建立了英文版的有 113 个，较 2009 年增加 6 个，拥有率由 35.55%上升为 37.54%；92 个直辖市所属（县）区中，建立了政府网站英文版的有 44 个，拥有率为 47.83%；27 个国务院组成部门中，建有英文版的 15 个，拥有率为 55.56%；124 个百强县区中，建有英文版的 47 个，拥有率为 37.9%。不少政府网站尤其是省级政府网站英文版在本地新闻、投资、旅游、留学等各类信息上进一步丰富，还有网站提供了办事类的表格下载等服务。此外，互动交流性也进一步增加，反馈质量上升，语言规范性加强，网站的可用性和易用性有所提升。

3. 社会关注度有所提高

随着政府在线服务的持续建设和发展，政府网站越来越受到社会的关注。尽管不少网民仍对政府网站表示"不满意"，但一些政府网站已经成为网上的热门话题，引起了广泛关注，如："最幽默最认真"的政府网站——广西公路管理局网站因"有问必答、用语生动"受到热捧；"最有个性"的政府网站——成都市新都区官方网站对网友留言件件回复不删帖。

统计显示，网民参与政府网站评测的积极性也越来越高，2010 年有 26 万网民参与了"中国政府网站绩效评估"的网上调查，比 2009 年增加了 3 万人，留言点评数超过了 5 万条，如图 23.2 所示。

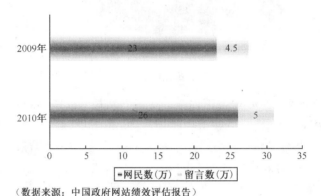

（数据来源：中国政府网站绩效评估报告）

图23.2　2009—2010年网民参与政府网站评估情况

社会上各类对政府网站进行的评测和分析也对提高政府网站的社会关注度起到了推动作用，如中国软件评测中心的"中国政府网站绩效评估结果"，中国信息化研究与促进网联合工业和信息化部电子科技情报研究所信息化研究与促进中心等支撑单位开展的"中国优秀政府网站推荐及综合影响力评估结果"，中国社科院和国脉互联进行的"中国政府网站国际化程度测评"及五洲传播中心"找政府"网站发布的全国各级政府网站建设发展情况统计数据及点评，这些信息均被各地政府网站和重点网络媒体广泛转载，产生了积极影响。湖南等许多地方政府及相关部门还开展了针对本地政府网站建设情况的测评活动。各级各地开展的这些统计、测评、评估和奖励活动日趋活跃，有效地促进了各级政府网站的建设发展，同时也提高了政府网站的关注度。

4. 政府网站发展差距较大

政府网站建设目前仍处于发展阶段，开通情况仍是个动态数据。福建省、湖南省地市级政府开通政府及部门网站的数量，多的已突破 100 个，普遍为 80 个左右，少的也有 60 个左右；吉林省、山西省、甘肃省、安徽省的地市级政府开通政府及部门网站的数量相对较少，多的为 60 个左右，普遍为 30 个左右，少的只有几个。整体来看，东部地区政府网站发展较快，中、西部地区则相对落后。

"2010 年中国政府网站绩效评估"显示，领先的政府网站多分布在东部地区。从地市百强政府网站分布来看，江苏、浙江、广东、山东、福建等东部地区的百强网站数量达 55% 以上，相对来看，中、西部地区所占比例相对较少，分别为 28% 和 17%，如图23.3 所示。同时，评估结果显示，东部地区省、地市和区县政府网站的平均绩效指数最高，70% 以上东部地区政府网站能够围绕教育、社保、就业、医疗、住房、交通、证件办理、企业开办、资质认定、互动交流和信息公开的服务框架，整合政府各类服务资源，内容比较丰富；中部地区政府网站仅在教育、社保、互动交流和信息公开等部分领域提供服务，资源相对较少，服务内容不如东部地区政府网站全面，而西部地区多数政府网站在这些领域的服务内容更少。

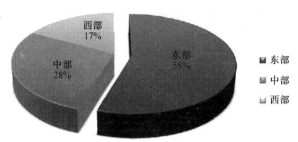

（数据来源：2010年中国政府网站绩效评估报告）

图23.3　东、中、西部地区地方优秀政府网站分布情况

各级政府外文版网站质量发展也不均衡，优秀网站与落后网站间有较大差距。"中国政府网站国际化程度测评"结果显示，省、直辖市、自治区政府网站外文版中，平均分为 51.14 分，最高分为 76 分，最低分仅 7.9 分，两者相差 66.1 分；地市级政府网站外文版中，平均分为 32.46 分，最高分为 81.6，最低分仅 6.2 分，两者相差 75.4 分；百强县区网站外文版中，平均分为 31.94 分，最高分为 60.6，最低分仅 11 分，两者相差 59.6 分。

总体来看，由于各省、市及县以下地区经济发展不均衡及政府执政理念的不同，导致各地政府网站建设存在的差距难以避免，关键是各级要进一步理顺体制和机制，在人力、物力和财力上为政府网站建设提供支持。

23.7　典型案例

1．京沪政府网站绩效评估连续 6 年保持前三甲

北京市和上海市政府网站的名称分别为"首都之窗"（http://www.beijing.gov.cn）和"中国上海"（http://www.shanghai.gov.cn），2005—2010 年历次"中国政府网站绩效评估"中，北京、上海连年保持前三甲，成为政府网站建设的优秀范例。两家网站负责人都将好成绩归结于紧密围绕服务公众来展开的信息公开、网上办事、公众参与三个方面。

（1）信息公开程度高、查询方便

上海在全国率先颁布实施政府信息公开规定，同时在门户网站开始发布信息公开目录。据上海市政府公众信息网管理中心主任孙松涛介绍，该栏目已设有 30 多个子栏目，发布行政法规、政府公报等各类重要政府信息 1 万余条。其中，还专门开辟了"土地征用房屋拆迁"一栏，全面公开了上海市所有区县的土地征地公告，房屋拆迁企业和人员，补偿补助方案等。

北京市政府网站形成了市政府、各政府职能部门、区县政府三个级别的统一发布平台，

共汇集了 70 多个部门，分门别类地将各自政府信息按统一要求和标准进行规范性公开，并提供按信息名称、文号、关键词等多种查询方式。北京市政府网站还经常邀请有关部门以网上访谈的形式对重要政策信息进行深入解读。

（2）网上办事方便易用

北京市政府网站把市一级近 2000 项办事项目的法规依据、办事流程、联系方式等全部上网，并尽量梳理成体验式、场景式服务，方便市民使用。北京市还主动设置旨在便民、利民的公共服务，把交管查分、公积金余额查询、结婚登记预约、详尽的旅游交通服务等并非行政许可、审批等方面的服务信息进行整合。以结婚登记为例，北京市民可以选定"好日子"后提前在网上预约，有效节约了市民的时间，提高了效率。

上海市政府网站为使办事更加智能与人性化，选择与公众密切相关的"婚姻登记"、"计划生育"、"医保服务"等 20 类办事项目，在网上模拟现实办事场景，引导办事人在虚拟现实大厅中完成办事。此外，2010 年上海市政府网站成为我国第一个有组织、规范化完成无障碍改造项目的政府网站，彰显了服务的人性化。

（3）网上互动渠道健全

"中国上海"网站会同市法制办推出"政府规章草案民意征询平台"，将草案全文和起草背景等予以公布，听取社情民意。上海市领导、委办局与区县负责人围绕政府工作重点、社会热点、民生难点等与公众在网上积极互动，举行"在线访谈"，而且访谈过程中提到的问题能够得到及时有效地处理。

"首都之窗"网站也十分重视"访谈"，北京市卫生局、北京市水务局人等几十个委办局的上百位政府官员先后走进直播间，面对热点、尖锐问题与网民互动。网上咨询建议投诉也是"首都之窗"的一大亮点，"政风行风热线"栏目由北京市纠风办和北京市信息办共同主办，包括"直播间"、"留言板"和"反馈栏"三个版块，出发点就是为百姓解决实际问题，并且承诺做到"件件有着落，事事有回音"。截至 2010 年 12 月，"政风行风热线"总点击量超过 4.4 亿次，日均点击量达到 18 万人次，共接收网民来信 16.7 万封，办结 15.7 万封，解决群众实际问题 8 万余件，收到感谢信 3000 余封，群众满意度达到 77%。

2．成都市政府开展多渠道的在线服务

2010 年，成都市政府网站当选为"中国互联网最具影响力政府网站"之一，并在"中国政府网站绩效评估"中也取得了不错的成绩。成都市政府网站积极开展信息公开，建立了覆盖市政府、各区县和部门的信息公开目录，及时公开统计、人事任免、计划规划等方面政务信息，提升政府工作透明度。同时，对资源进行整合，推出实用性较强的教育、社保、就业等民生领域服务，结合用户办事习惯，策划场景式服务，提升服务人性化程度。

同时，成都市政府利用微博客这种崭新的公共服务平台，创新性地开展公共服务，并受到了民众的广泛关注。2010 年 6 月 23 日，成都市政府新闻办开通了名为"成都发布"的官方微博客，经过半年多的运营，截至 12 月 23 日，"成都发布"的"粉丝"数已近 5.3 万人，"粉丝"数量在内地 59 个政府官方微博客中位居第一。

"成都发布"的成功在于其信息发布的持续性和及时性，并以服务群众为宗旨，不卖弄官样文章。微博客开通以来，大到国家政策，小到市民出行"成都发布"都及时关注，既展现出政府亲民务实的形象，又通过微博客这种形式，使用网络语言，拉近了"官民"距离，事实证明收到了良好效果。2010 年 10 月，第十一届中国西部国际博览会在成都开幕，"成都发布"进行了连续 4 天、全程 24 小时的不间断微博客图文直播。此举开创了多个政府微博客"第一": 第一次直播国家级大型活动; 第一次 24 小时不间断直播; 第一次直接与网民实时互动。

政府在线服务能否吸引民众,不在于站得有多高,而在于真切地关注老百姓身边的"小事",贴近老百姓。成都市政府广开思路,关注百姓生活,尝试利用微博客这一新兴工具拓展信息发布及互动渠道,迅速形成影响,让群众切身感受到党和政府亲民、爱民、为民的务实作风。可见,政府在线服务只要找准着力点,勇于创新,在保障群众知情、表达、参与和监督的同时,时时处处以服务群众为首要任务,就能收到良好的效果。

（中国互联网协会　胡欣）

第 24 章　2010 年中国农业信息服务发展情况

2010 年，是我国农业农村信息化的标志年，农业部和工信部共同举办了现代农业与信息化博览会，充分展示了涉农技术产品和服务，农业生产经营信息化水平。在党和政府的高度重视下，多元主体积极参与和投入，我国的农业信息服务得到长足发展，对于加快农业发展方式转变，推进现代农业发展和社会主义新农村建设起了重要的作用。

24.1　农业信息服务发展环境

（1）中央对农业农村信息化高度重视，为农业信息化的发展指明了方向。党中央、国务院高度重视农业农村信息化问题，自 2005 年起，连续五个中央"1 号文件"对农业农村信息化都做出明确部署，强调加快农业信息化建设和积极推进农村信息化。党十七届三中全会明确提出要实现"生产经营信息化"。党的十七届五中全会进一步强调"在工业化、城镇化深入发展中同步推进农业现代化"、"用信息技术改造传统产业"。《2006—2020 年国家信息化发展战略》明确提出"把缩小城乡数字鸿沟作为统筹城乡经济社会发展的重要内容，推进农业信息化和现代农业建设，为建设社会主义新农村服务"。党中央、国务院关于农业农村信息化的一系列重大战略部署，为农业农村信息化发展指明了方向，有力地推动了农业信息化和现代农业的发展。

（2）农民信息消费能力和意识不断增强，为农业信息化的发展提供了良好的社会基础。据国家统计局公布，"十一五"期间，农村居民人均纯收入年均增长率约为 8.9%，2010 年全年农村居民人均纯收入 5919 元，剔除价格因素，比 2009 年实际增长 10.9%，首次超过城镇人均纯收入增长水平，如图 24.1 所示。随着收入水平的不断增长，农民信息消费能力和消费意识不断增强。一是交通通信支出继续较快增长。2010 年农村居民交通通信支出人均 461 元，较 2009 年增加 58 元，增长 14.4%，增速提高 2.5 个百分点。其中，购买通信工具支出人均 31 元，较 2009 年增加 2 元，增长 7.4%；通信费支出人均 130 元，较 2009 年增加 7 元，增长 5.9%。二是文教娱乐用品支出平稳增长。2010 年农村居民文教娱乐支出人均 367 元，较 2009 年增加 26 元，增长 7.7%。其中，购买文教娱乐用机电消费品支出人均 49 元，增加 6 元，增长 13.5%。

同时，通过政府主导、社会参与的方式，我国农村信息服务普及有了显著的提升。"沙集模式"成为农村自发应用信息化手段的典型代表，农户通过自发使用市场化的电子商务交易平台，直接对接需求市场，带动农村地区制造及其他配套产业发展，促进农村产业结构升级和转型，也带动了周边地区信息化使用深度的提高 。

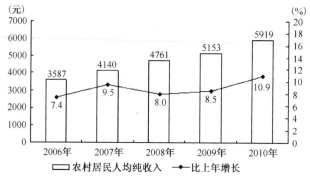

（数据来源：《中华人民共和国2010年国民经济和社会发展统计公报》）

图24.1　2006—2010年农村居民人均纯收入及增长速度

（3）农业农村投入不断增加，为农业农村信息化发展提供了良好的物质保障。"十一五"期间，中央继续实行统筹城乡发展方略和工业反哺农业，城市支持农村，多予少取放活方针，中央财政连续大幅度增加用于农业农村的支出，达到 29 623.3 亿元，年均增长率为 23.8%，较"十五"期间增加了 6.8 个百分点。其中，2010 年中央财政用于三农方面的支出达到 8579.7 亿元，如图 24.2 所示，比 2009 年增长 18.3%。中央财政对农业农村投入的不断增加，为农业信息化的发展提供了坚实的物质基础和保障。

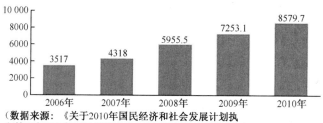

（数据来源：《关于2010年国民经济和社会发展计划执行情况与2011年国民经济和社会发展计划草案的报告》）

图24.2　"十一五"时期中央财政用于"三农"的投入增长情况

24.2　农业信息服务发展情况

24.2.1　农业信息服务发展整体概况

目前，我国农业信息服务发展的整体情况良好，农业资源数据库建设初具规模，农业信息服务网络建设健康发展，农业信息服务模式日趋多样化，农业信息服务体系基本建立。

1．农业资源数据库建设初具规模

目前，农业部门信息采集已涵盖了种植业、畜牧业、渔业、农垦、乡企、农机和经管等领域，涉及农业生产、市场、科技、质量安全、动植物疫病和资源环境等内容。资源开发逐步展开。多年来，农业部以不同方式进行了信息资源开发利用，开发建立数据库，编写各种分析报告。

2．农业信息服务网络建设健康发展

农业信息网络作为国家信息化基础设施建设，受到了国家的高度重视。目前，我国已建成覆盖种植业、畜牧业、渔业、农垦、农机、农业科技教育和农产品市场等各领域的农业网站，各级农业政府部门、科研机构、农业院校、涉农企业及社会团体等网站如雨后春笋般出现。全国 31 个省级农业部门、80 %左右的地级和 40 %左右的县级农业部门建立了局域网和农业服务信息化网站。涉农网站发展形势喜人，已经呈现网站群的规模化发展趋势。从中央部门来看，农业部已经建立起以农业部网站为核心，集 20 多个专业网为一体的国家农业门户网站，全国有 3000 多个网站与此建立了链接，日均访问量 500 多万次。从行业来看，种植业方面，已经形成以中国种植业信息网为核心的网站群；畜牧兽医业方面，已经形成以中国畜牧业信息网、中国兽医网为核心的网站群；农机方面，已经形成以中国农业机械化信息网为核心的网站群。从地方来看，各省（自治区、直辖市）十分注重网站群建设。重庆、广东等地都已经形成了以省级农业信息网为核心的涉农网站群。

3．农业信息服务模式日趋多样化

以政府为主导、多种农业信息服务主体参与的体系建设格局正在形成。从 2005 年开始，农业部在全国试点建设电视、电话、电脑"三电合一"信息服务平台。早在 2006 年就申请开通了"12316"全国农业系统公益服务统一专用号码。2006 年 7 月，工业和信息化部专门召开了中国电信、网通、移动、联通、铁通、卫通等工商企业参加的农业信息化建设座谈会，鼓励工商企业参与农业信息化建设。

4．农业信息服务体系基本建立

目前的统计资料显示，97%的地（市）、80%左右的县级农业部门设置了农业信息管理和服务机构，67%的乡镇成立了信息服务站，发展农村信息员队伍近 25 万人，农业龙头企业近 4 万个，农村合作及中间组织近 18 万个，农业生产经营大户近 120 万户，农村经纪人 240 万人。同时，各涉农部门、各类农业中介组织、科研院所、农业企业也在积极开展面向"三农"的信息服务。一些地方农业部门在加强农业系统信息队伍建设的同时，积极利用农民经纪人、种养经营大户、专业合作经济组织及有关社会中介的力量，发展农村信息员队伍。

24.2.2　农业信息服务发展存在的问题

但农业信息服务发展仍存在农业信息服务体系不完善，农业信息资源供给不足，农业信息资源时效性差，农业信息服务人才短缺且结构不合理，农业信息服务网络基础设施建设不足，农业信息服务需求市场水平有限等问题。

1．农业信息服务体系不完善

我国农业长期受计划经济的影响，决策主体是单一的，农产品的生产者、加工者、经营者执行的是政府计划，几乎不需要市场信息。虽然现在人们已经在围绕市场情况考虑和安排生产、加工、经营、消费活动，但整个农业市场的发育是不健全的，还没有形成一套比较完整的农产品市场信息收集、发布体系，农产品市场信息及其运行过程的各个环节，还没有达到规范、有效的程度，远不能跟上信息时代发展的步伐。

2．农业信息资源供给不足

目前我国农业信息资源供给还是有着"自上而下"的影子，综合性信息、简单堆砌的信息多，专业性信息、特色性信息、分析处理过的信息少，实用性较弱，内容上多为宣传本地

农业，为领导服务的，农民急需的指导农业生产，有分析、协助领导和农民对生产决策的实用性较强的信息却较少。表层的直接信息比重大，前瞻性预测性的信息比重小；一般性的信息多，复杂、权威性、可用性的信息少，结合本地情况开发利用的信息资源更是匮乏。

3．农业信息资源时效性差

信息对时效性的要求比较强，而目前农业信息服务网站过时的信息较多，缺乏第一手信息和第一时刻发表的信息，不能实现信息的及时更新，网站提供的信息不完整、不准确，信息内容单调，使用价值和实用价值低，用户得不到有效的信息，重复访问率和页面点击率低。

4．农业信息服务人才短缺且结构不合理

目前农业信息服务体系建设过程中，农业信息服务人才的短缺和结构不合理成了制约其发展的重要因素。目前农业信息服务的直接效益不明显，各种服务条件尚不成熟，因此对从事农业信息服务人才的吸引力较小。从事农业信息化研究的人员主要分散在农科院、农林院校等教学、科研单位，以及一些涉农部门，专门从事农业信息化研究的单位和个人更是少之又少。从事农业信息方面的人才待遇不高，也是造成优秀人才流失的原因之一。

5．农业信息服务网络基础设施建设不足

目前，我国农业信息服务体系建设已初步建成省、市、县三级农业信息服务平台，但乡、村两级的信息服务则是刚开始得到延伸发展，根据统计，目前全国3万4千多乡镇中，有独立政府域名的乡镇政府仅为2719个，不到全国乡镇政府总量的十分之一。因此信息服务"最后一公里"的问题比较突出。

6．农业信息服务需求市场水平有限

与城镇人口相比，整体上看农民受教育的程度整体偏低。从农业水平和技术情况来看，农民科技培训的覆盖面很小，农民科技素质的掌握不高。农民的文化和科技素质低下，直接限制了农民对信息技术和网络知识的学习能力和理解信息的能力，导致其对信息嗅觉迟钝，缺乏应用信息的积极性，不注意捕捉市场信息，不了解农业科技信息。

24.2.3　农业信息服务发展的对策建议

综上，对农业信息服务发展特提出如下对策建议：

1．统筹规划整体协调，加强农业信息服务的法律法规建设

政府应当加强对农业网络信息资源开发的宏观调控，通过产业倾斜政策、保护政策及资金投入等宏观手段，调控整个产业的发展，引导社会各方面力量参与信息资源开发利用，协调各参与方整体作战，以政府行为引导产业的发展。在信息法律法规建设方面应在"保护国家利益和社会公共利益，维护各类主体的合法权益"这一总原则的指导下，形成信息法律体系的大体框架，以便有计划、有步骤地建立和完善我国的信息法律体系。另外，还可以适当参考国外发达国家的农业信息法律法规建设方面的优点。

2．建立农业信息的收集和发布制度，提高信息质量

建立严格的信息采集标准和制度，明确信息采集内容、范围、时间、方法和责任，保证信息的及时性和真实性，建立信息分析与预测制度，强化信息资源的深层次开发利用，增强信息引导的科学性与有效性；建立信息的定期发布制度，明确发布内容、时间、渠道和责任，同时要规范运作，提高信息服务质量，严禁传播虚假信息。加强与农业有关的生产、市场、价格、品种资源、技术、政策、病虫害、自然灾害等信息的收集、处理和利用；加强与省内外农业信息的联通；加强对各种农业资源数据库的应用；不断提高信息质量，扩大信息容量，推进信息资源的共享；加强网站实用性、时效性农业信息的发布，及时将农民手中的信息有效地发布出去，正解决农民"最初一公里"问题。

3．采取多种方式筹集资金，加大对农业信息服务建设的投入

市、区县、乡镇等各级部门都应安排专项资金，用于农业信息网络硬件建设、软件设计开发、人员培训、人才引进、网络运行、信息资源开发利用和信息发布等方面。与此同时，改革现有农业信息运行机制，积极引导、建立和完善适应地区农业信息化建设的多渠道投融资体制，创造多元化投入的政策环境，拓宽投融资渠道，鼓励和引导社会力量投入农业信息服务领域。充分发挥社会各方面的积极性，筹集建设资金。同时在投入时要科学使用好资金，使其产生较大的经济效益。

4．加强农业信息技术的创新研究和农业信息科技人才的培养

通过对农业信息技术中的共性技术的研究，农业软件构件库和应用软件平台研发，农业多媒体信息资源的开发，形成适合中国国情的系列化的农业信息技术应用成果。制定人才培养规划和制度，利用多种渠道，分层次培训信息工作人员。建立以农业院校为主的农业信息服务培训基地，在各级政府的支持下，对农业信息工作人员进行职业道德和技术技能的培训，定期对农业信息服务人员的农业技术知识、农业和农村经济管理、信息技术、综合写作能力等方面做综合培训及考核，提高其信息服务能力。应加大农业信息技术学科的研究生培养力度，同时注意选派科技骨干出国考察、进修、合作研究、参加学术会议等，学习国外先进农业信息技术，开扩视野。建立人才竞争流动激励机制，吸引国外信息科技人才回国工作。

5．增强信息素养教育，培育农业信息需求市场

信息用户群体的整体素质从根本上决定着社会信息资源的利用水平。因此要加强对用户进行信息意识、信息素养和信息能力的教育与培养。通过信息教育，建设一支动态发展的，在规模上不断扩大，在整体信息素质和信息需求层次上不断提升的农业信息用户群体。采取集中学习和具体指导、典型示范和普通推广的办法，对农业信息用户进行接受农业信息能力的可操作性培训，从而提高农业信息用户的信息接受能力。

6．发挥各地主体的能动作用，推广农业信息服务中各地方先进经验

目前我国政府为推进农业信息服务工作做了多方面的努力，并在各地方试点实施了多种农业信息服务模式以考查效果。同时各地方政府也主动发挥积极能动作用，发展了许多卓有成效的农业信息服务模式。对当中的先进经验，政府应积极推广，同时对典型要进一步引导和扶持，走在后面的通过先进典型进行引导，对于走在前面的要扶持他们下一步怎么走。用不同的方式在不同层次促进涉农信息资源的整合，促进农村信息服务的整合。

7．加强农业信息产品品牌建设

品牌意味着高效的管理和高质量的产品与服务，是吸引用户和取信用户的关键。农业信息服务和信息产品的品牌将占有越来越重要的地位，具有高附加值的品牌信息产品在市场竞争中具有更大优势，使产品快速增值，要实现农业信息服务和信息产品的市场化，必须重视信息产品品牌的培养。要培养造就一批有影响、高水平的农业信息服务产业化机构，重点支持一批具有相当基础和规模，发展势头良好的信息企业，发挥它们技术、人力、资金和服务上的优势，生产农业科技信息增值产品，在农业信息资源领域形成品牌企业、品牌效应，使其成为我国农业信息资源开发利用的重要支柱。

24.3 网上农产品贸易发展情况

24.3.1 网上农产品贸易概述

网上农产品贸易即为通过网络手段进行农产品交易，也可以被认为是农产品电子商务。近年来，农产品电子商务市场环境大为改善。各级政府加大政策和资金的支持，相关企业干劲十足，各类网上农产品的交易平台蓬勃发展，成为农产品的流通的生力军。

农产品具有生产分散、笨重活鲜等特点，与其他工业产品相比，网上贸易的发展相对缓慢，处于初级阶段。随着农业信息化的推进，农产品电子商务普遍受到关注，越来越多的网上农产品交易平台全方位实现了信息流、资金流和物流。经过十多年的发展，我国农业网站基本上覆盖了农业领域的各个方面，据统计目前我国农业网站已有 3 万多家。农业部为农民和企业提供网上营销服务的"一站通"网络服务平台，全国注册会员已超过 35 万，年信息发布量超过 100 万条，日均点击量在 100 万次以上。第三方农产品电子商务网站也正在兴起。2010 年，工信部、农业部等五部委联合印发《农业农村信息化行动计划（2010—2012 年）》（以下简称《行动计划》），准备到 2012 年选择 300 家农业龙头企业、农产品批发市场、连锁超市开展试点，培育一批年交易额超过 5 亿元的农产品电子商务交易平台。2011 年政府工作报告指出："推动农村商业连锁经营和统一配送，优化城镇商业网点布局，积极发展电子商务、网络购物、地理信息等新型服务业态。"吹响了农产品电子商务的号角，在"十二五"的开局之年，农产品电子商务将如日中天，给人民生活带来福祉。

24.3.2 网上农产品贸易的典型案例

2010 年，农业部网站的批发市场、供求"一站通"、网上展厅和产销平台得到全面改版与升级。每天有 200 多家批发市场 400 多个品种上报农产品批发价，日数据约 7000 条。并且实现了批发市场电子结算数据的交换，能实时获取批发市场交易价格和交易量数据，每天采集并发布 3 万条左右电子结算数据。农业部网站"一站通"平台，累计用户 36.2 万，全年发布农产品信息 80 万条；网上展厅展示企业 12 000 家，推介农产品信息 17 000 条，促销平台发布信息 3800 多条，为海南、内蒙、新疆、浙江和宁夏等省和自治区开办卖难产品促销专栏。发布展会信息 4000 多条，处理卖难信箱信息 150 条。中国农业信息网商务版目前已经建设成为集多项服务内容、多个信息通道、多种产业链条为一体的综合农村商务服务门户。登载供求、价格、企业、资讯、技术、致富、物流、专题、展会和合作社等农产品贸易信息。农业部先后搭建了 7 个省级、78 个地级和 324 个县级农业综合信息服务平台，通过网络、电话、电视、电台、平面媒体等多种载体传播农产品贸易信息。目前，各级农业政府网站都有农产品供求和网上展厅栏目，免费登载本地区以及全国的农产品供求信息，通过手机短信彩信传播农产品购销信息。

北大荒粮食电子交易市场有限公司实施《电子交易平台在拓展粮食"银行"业务中的市场化应用》项目，立足黑龙江垦区，辐射相关市县的所辖村屯，创构粮食主产区与外埠粮食主销区的电子交易渠道，以水稻为主要交易品种，对北大荒粮食"银行"收储的粮食全部实施网上交易。截至 2010 年 5 月，销售总量 69.5 万吨，带动种粮农民 3521 户，帮助并促成农户比秋收时直接在田间地头销售合计增收 8700 万元。作为国内首家在业务上与粮食"银行"全面对接的电子交易平台，它开创了全省乃至全国粮食流通与资金运作的新模式，促进了经济效益与社会效益的同步提升。

中橡电子交易市场有限公司是中国最大的天然橡胶电子商务平台，也是海南农垦、云南农垦、广东农垦等全国三大橡胶主产区指定的唯一实现 100% 现货现收的天然橡胶现货交易市场。截止到 2010 年 6 月 30 日，累计交易橡胶 285 万吨，成交金额达 399 多亿元，增值金额 2.39 亿元，交易量占全国总产量的 70%，占国内总需求的 25%。这一交易模式为三大垦区创造了巨大的经济效益和社会效益，促进了橡胶产业的健康发展。

上海"菜管家"优质农产品电子商务平台——www.962360.com，以互联网和电子商务为手段，将上海郊区的优质农产品集中进行展示销售。该平台包含优质农产品网上销售系统、农产品宣传展示系统和农产品加工配送系统等系统，产品有特色，响应快、质量高，提供个性化服务。现在，"菜管家"已与数百家上海郊区的优质农产品基地和全国的农业龙头企业开展合作，产自嘉定、青浦、金山、松江等地的 500 多种沪郊特色农产品，以及全国各地的近千种优质农产品都已签约上线。除了提供各色农产品以外，还发布相关产品知识，通过如何选、如何吃、如何养等信息给消费者提供消费引导服务；重庆农畜产品交易所交易系统可针对各类大宗农产品开展形式多样的交易活动，如中远期交易、要约交易、竞拍交易、专场交易等。买卖双方凭借互联网，通过远程客户端对事先规定质量标准的和交货期限期限的商品发出包含价格的交易指令，电子交易系统按"价格优先、时间优先"的原则对所有指令进行排序并完成撮合成交，形成电子交易合同，采用一系列有效地风险控制手段，切实保证交易商到期履约，通过公开、公平、公正的交易，达到发现价格，规避风险的作用。截止 9 月 30 日共交易 186 个交易日，上市 12 个合约，成交量 156 312 手，成交额 19.63 亿元。

江苏优质农产品营销网、特色农业网等电子商务平台，引导各类农业市场主体，网上开店，发布信息，拓展农产品销售渠道，2010 年，全省网络销售额达 60 多亿元。南京农业大超市网具有农产品展示、展销、网上订购、信息发布、交流互动和可追溯到源头的功能，实现网上订购，网下配送、实体店互动、全程监管的模式，自 2009 年 9 月 19 日开通运营至今，累计销售额已经超过 400 万元，服务客户 30 000 多人次。

宁夏农业电子商务平台，采用扁平式和集约式的管理模式，通过带动信息服务站开展信息中介、网络营销和农资营销等多种营销；湖北农产品电子商务平台，是农产品、畜产品、农资、农机、农村能源、饲料等网上销售服务平台，该网已经达到 10 亿元交易额；湖南农产品（农资）电子商务平台，实现数字网络博览会，引导特色农家乐以及农资农机销售；广东深圳市中农网电子商务有限公司、广东桂江农产品电子交易有限公司、青怡农业科技有限公司、惠州市四季绿农产品有限公司、陈村花卉世界、勇记农业开发（惠州）有限公司、东莞市石碣润丰国际蔬菜交易中心、华南农产品交易网、广东农产品交易网、创意农业产供销综合服务等开展了农业电子商务活动，等等。

（农业部信息中心　王法英、孙锐、张燏）

第25章　2010年中国网络教育服务发展情况

网络教育的发展已经成为全球性的大趋势。为了解决教育资源的匮乏，实现资源的共享，许多国家的政府都把发展网络教育作为重要的战略决策，制定专门的计划，并组织实施。网络教育成为一种重要教育手段和发展方向。2010年，我国网民规模继续以较大的幅度增长，政府部门也采取系列措施促进网络教育的发展，网络教育行业取得了可喜的成就。

25.1　网络教育发展概况

近十年来，我国针对各年龄阶段的网络教育蓬勃发展，已经成为发展我国多样化、终身化、网络化和开放式继续教育的重要形式，为广大求学者提供了更多的受教育机会和更加灵活便捷的学习形式。

党和国家领导人继续对网络教育给予高度重视。2010年9月9日，在第26个教师节即将到来之际，胡锦涛总书记来到中国人民大学及附属中学，通过远程互动教学系统与宁夏六盘山高级中学、贵州毕节地区民族中学师生通话，他勉励边远地区学生充分利用远程视频系统，努力学得更多一些、更好一些，长大以后成为建设国家，建设家乡的有用之才。

2010年，政府继续出台政策推动网络教育的发展。1月，教育部党组下发《关于教育系统深入开展大规模培训干部工作的实施意见》，就教育系统深入开展大规模培训干部工作作出部署。5月5日，国务院总理温家宝主持召开国务院常务会议，审议并通过《国家中长期教育改革和发展规划纲要（2010－2020年）》，《纲要》明确要求：大力发展现代远程教育，建设以卫星、电视和互联网等为载体的远程开放继续教育及公共服务平台，为学习者提供方便、灵活、个性化的学习条件；创新网络教学模式，开展高质量高水平远程学历教育。6月，《国家中长期人才发展纲要》公布，其中提出，要"构建网络化、开放式、自主性终身教育体系，大力发展现代远程教育，支持发展各类专业化培训机构。"针对农村人才培训，《纲要》提出：要大规模开展农村实用人才培训，充分发挥农村现代远程教育网络、全国文化信息资源共享工程网络、各类农民教育培训项目、农业技术推广体系、各类职业学校和培训机构的主渠道作用。以上两《纲要》的发布，为我国现代网络教育的改革发展赋予了新的使命，提供了新的机遇。

网络教育企业加快上市融资的步伐。自2006年新东方在纽交所挂牌以来，中国的教育培训机构掀开了赴美上市之路，国内众多教育机构纷纷在美国上市。2010年，又有4家教育培训机构先后在美上市。

网络教育行业也通过举办论坛、会议加强横向联系，共同做大做强我国网络教育产业。北京大学医学网络教育学院为庆祝成立十周年，于 2010 年 10 月 10 日举行了以"前瞻、引领、开放、践行"为主旋律的"2010 国际远程教育前沿论坛"，探讨远程教育在未来发展的新使命、新机遇和新挑战。11 月 11 日—12 日，2010 中国国际远程教育大会在北京隆重召开。由全国高校现代远程教育协作组主办，重庆大学网络教育学院和西南大学网络教育学院共同承办的"现代远程教育新十年高级研讨会"于 11 月 20 日至 23 日在重庆举行，本次会议的主题是：审时度势、科学定位、开拓创新、共图发展。

25.2　网络教育服务市场分析

2010 年我国网络教育市场规模超过预期。DCCI 互联网数据中心 2011 年 3 月发布的《2010—2011 年度中国互联网细分市场数据报告》数据显示，我国网络教育市场规模从 2009 年的 451 亿元增长到 2010 年的 541 亿元，同比增长 19.9%，如图 25.1 所示。报告认为，我国网络教育尽管增速仍然较快，行业发展形势较好，但传统的网络教育模式无论是在形式上还是在内容上都已经无法满足用户对网络服务越来越高的需求，我国网络教育发展仍待突破瓶颈，创新教学模式。学历教育比例占较高份额，职业认证教育增长快。2011 年，建立在开放、分布、社区上的网络教育有望弥补传统单向式或者双向性不足的网络教育模式。报告预计，2011—2013 年我国网络教育营收规模将分别达到 645 亿元、768 亿元和 895 亿元，但增长幅度将逐年下降。

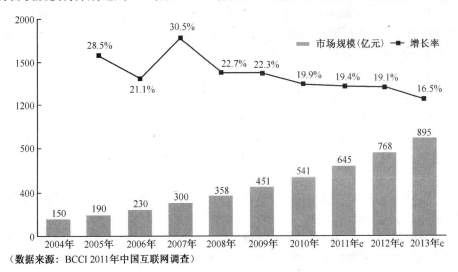

（数据来源：BCCI 2011 年中国互联网调查）

图25.1　中国互联网网络教育营收规模与增长率

中国特色的网络教育办学体系将继续促进行业的有序规范发展。教育部从 1999 年启动现代远程教育试点工作以来，先后出台了一系列管理规范，加强了管理平台建设。根据教育部文件，2010 年，全国共有 68 所普通高校可开展网络高等学历教育招生的现代远程教育试点工作。试点十余年来，网络教育经历了初创、发展、规范和转型等阶段，从"量的扩张"到"质的提升"的转变，从"规范办学"转向"规范教学"。总体来说，网络教育的办学体系、服务体系、政策体系和监管体系已初步建立。而且，试点工作的成果和经验正在被校内教育、行业系统等分享。到 2010 年底，我国网民规模达到 4.57 亿，宽带网民规模达到

4.5 亿，手机网民规模达到 3.03 亿。庞大的网络人群成为或即将成为网络教育的服务人群。同时，中国网民快速增长和对计算机操作水平的提高以及国家对网络教育的支持，使中国网络教育市场有着不可估量的发展潜力。

职业培训、认证教育、企业培训将成网络教育增长的重要驱动。目前，我国的网络教育主要用于专、本科学历教育，非学历教育和职业培训还只占很小的比例。但是，职业培训、认证教育、企业培训将获得较大幅度的发展。从国家层面上来看，国家将采取措施进一步推动网络教育中非职业教育的发展。教育部高等教育司司长张大良在 2010 年 11 月 11 日的中国国际远程教育大会上表示，"从总体上讲，我们要大力发展现代远程教育，加强支持服务体系和基础设施条件建设。要鼓励各类学校充分利用现代技术手段和现代远程教育的形式，面向社会成员开展非学历继续教育。"另外，从市场需求来看，随着社会经济发展的需要和人们对网络教育的更进一步的认识，网络教育中职业培训、认证教育和企业培训等的市场需求将不断增强，其实用性强的特点也将吸引社会、企业、个人投入到网络教育之中来。2010 年 7 月 1 日，中国邮政网络培训学院（www.cpou.cn）正式开通。中国邮政集团公司早在 2005 年就建成了中国邮政远程教育培训网，5 年来，网上注册员工达 55 万，总访问量近 1400 万人次，在线课程突破 2000 门、8000 多课时。国内金融、电力、电信等全国性企业也纷纷采用网络教育的形式开展内部培训。另外，IT、英语、律师、注会等专业等各种形式的认证教育及职业培训等也将迎来发展的良机。

掌上教学将成趋势。目前，各机构采用的形式多为网络视频加在线互动，线上学习与面授课程相结合等形式。EF 英孚教育首席技术及教学体验官 Enio Ohmaye 博士认为，"未来从基于教室的传统学习模式转为基于网络的终端学习模式成为一种必然趋势，随着网络、手机等移动设备的普及，未来可能会利用手机的掌上教学模式，将线上线下的学习内容结合起来，方便学习者在地铁里、在排队时随时学习。"

25.3 网络教育用户分析

2010 年，我国网络教育用户继续保持高速增长的势头。艾瑞咨询公布的一份中国网络教育市场报告显示，自 2004 年起，我国网络教育用户规模始终保持年增长率 20% 左右。2010 年中国网络教育用户规模上涨至 2310 万。据艺恩咨询公布的一份报告显示，2010 年中国网络教育用户规模达到 2490 万人，较 2009 年增长 27%，较十年前用户规模增长 10 倍以上，如图 25.2 所示。

在高等学历教育方面，中国现代远程教育协作组秘书长严继昌称，中国现代远程教育试点举办 11 年来，取得很大成就，截至 2010 年，全国已累计招收网络本专科生 1000 多万人，毕业学生 600 多万人。

中国网络教育用户越来越成熟，对服务的要求越来越高。一方面，学员更加关注教学的内容。除学历需求外，更多的网民加入网络教育用户群体是希望借此提高自己的文化技术修养，满足自己生活和工作之需。另一方面，学员要求提供更好的教学服务，尤其是对互动性的要求越来越高。除了网络学历教育外，单纯采用"网络+课件"的教学模式已经很难吸引学员，而"网络+面授"的形式和集中式学习虽然更易被学员接受，但似乎又使网络教育回到了传统教育的手段上来。随着 3G 网络的逐渐成熟，iPAD 等便携式移动终端的流行，网络教育用户需要随时随地的学习，这就需要网络教育提供商更新网络教育支撑平台，满足用户对技术进步的需求。

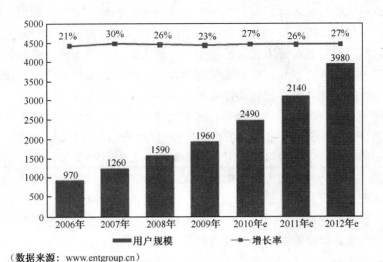

（数据来源：www.entgroup.cn）

图25.2　中国互联网网络教育用户规模

更多的职业培训及基础教育培训用户从面授转向网络。随着网络技术的进步及网络教育所具有的优势越来越为人所接受。与传统的培训及辅导相比，在线培训的优势在于学习时间、空间自由，有效期长；精心挑选优秀教师，将优质学习资源放大，实现教育公平，更容易实现学习、练习、测评一体化，学习效果明确，便于学员之间交流，价格也相对低廉。劣势则是需要学生有较强的学习主动性，一些大的知名培训机构会通过督学导学等方式帮助学生适应这种学习方式。

25.4　网络教育投资分析

2010 年，我国教育投资取得了丰硕成果，中资教育研究所出版的《中国民办教育投融资研究报告》显示：截至 2010 年 12 月，国内共有 318 家民办教育机构获得了近 290 亿元的风险投资和私募股权投资。风险投资和私募股权投资基金在帮助拉动中国教育内需，支持教育研发和创新上起到积极的作用。网络教育企业也加快了上市融资的步伐。自 2006 年新东方在纽交所挂牌以来，中国的教育培训机构掀开了赴美上市之路，国内众多教育机构纷纷在美国上市。2010 年，又有 4 家教育培训机构先后在美上市：8 月 5 日，安博教育在纽约证券交易所上市；10 月 8 日，环球雅思在纳斯达克上市；10 月 20 日，学而思教育在纽约交易所挂牌交易；11 月 2 日，学大教育登陆纽约证券交易所。截至目前，在美国上市的中国教育培训机构已经达到 11 家。目前，在纽交所已经形成了一个中国教育概念股板块。这种板块效应的形成，对未来中国教育公司继续到纽交所上市产生了很大的正面效应。2011 年新年伊始，万学教育二次融资 2000 万美元，另外，近期华图教育、瑞思学科英语等纷纷透露上市计划。

传统教育将与网络教育融合，中小投资也将加入到网络教育中来。受网络用户、网络硬件、网民需求等诸多因素的促进，我国网络教育将继续吸引投资者的目光。2010 年 8 月，在美国加州太浩湖举行的 Techonomy 技术大会上，微软董事长比尔·盖茨表示，今后 5 年内，互联网将成为公众获取知识的最佳"课堂"，尤其对于高等教育及成人教育有着非同寻常的意义。无论公众接受的教育程度如何，都应对互联网上的各种资源加以利用。他表示，信息技术、信息终端对年轻人所呈现的强大吸引力让所有的传统教育形式都黯然失色。未来 5 年内，网络教育将继续展现其对资本强大的吸引力。除大型风投资本外，网络教育因其便捷的接受方式、快速的信息传播以及打破地域限制等特点，越来越多得被受众所接受，逐步成为经济投资领域中新的宠儿，中小投资将以各种方式加入到网络教育之中来。

网络教育将迎来新一轮的发展整合期，网络教育投资需选择具有较强渠道能力及资源整合能力的网络教育机构。结合中国人口的现状，教育市场还在呈现出少有的"卖方市场"。家长对于孩子望子成龙、望女成凤的观念，以及逐渐激烈的社会竞争，需要职场人员随时补充职业技能等需求，均为网络教育市场提供着源源不断的新鲜血液。调查显示：中国家庭子女教育的支出比重占家庭总收入的 1/3。另外，计算机的普及和宽带网络以及无线网络的增长，为教育培训行业的网络发展提供了广阔的发展空间。中国教育服务产业市场广阔、利润巨大。伴随企业资金募集能力的增强和社会教育需求的持续增长，未来网络教育市场将呈现出"百花齐放"的态势，教育产业多元化、服务国际化和经营品牌化等趋势将不可避免。因此，具有较强渠道能力及资源整合能力的网络教育机构将更具投资价值。

25.5　各类网络教育服务发展情况

2010 年，网络教育各细分市场继续保持蓬勃发展的势头，总体格局保持稳定。高等学历教育市场依然占据市场的主要份额，基础网络教育市场有望成为未来竞争重点，职业培训、认证教育、企业培训将成网络教育增长的重要驱动。

25.5.1　基础网络教育服务发展状况

我国的基础网络教育仍然以应试教育为主。调查显示，目前中国有 70% 的中小学生选择用课外辅导的方式来弥补学校教育的不足，而大考冲刺阶段的学生选择课外辅导的比例更高。有 1/3 的被调查家长表示，愿意拿出上万元为孩子的课外辅导买单。中小学的应试教育，学生使用网络教育以提高考试成绩为目的，对于老师授课过程中的互动要求低；考试的教材大同小异，易于进行标准化产品设计与教学及教育资源分布的不合理性等特点是基础网络教育蓬勃发展的动力。

2010 年，基础网络教育在教育形式上有所突破。一个名为"社会化网络学习"的教育模式随着国内首款以寓教于乐为一体的网络学习社交平台——学乐中国的上线而进入了人们的视线，上线一星期，注册人数即突破了百万大关。通过平衡家长和孩子之间关系而取得的成功，也将是突破瓶颈之后的国内基础网络教育社交网站发展的先行者。近来人气颇高的儿童网站摩尔庄园也是使用的这种模式。这种社会化网络学习是以 SNS 社区为基础，其学习资源则直接来自孩子，孩子可以通过平台向其他用户展示和推荐自己的技能和教学资源；孩子除了自主地选择老师之外，同时自己也充当老师，帮助其他同学解决问题；在社会化网络教育系统中，每一个孩子既是学生也是老师，同时也是学习过程的组织者。而网站也提供了互动化的学习组件和每个孩子的动态信息，让孩子在学习的时候加强了沟通和交流，在交朋友的时候兼顾了学习。这种多对多点的学习模式极大调动了孩子们的主观能动性和学习兴趣，提高了孩子自主学习和社会化的能力，将学习本身也变成了一种社会能力。

中小学课外辅导网络教育需求将继续保持强劲增长。网络教育机构目前已不再只是单纯地提供面授班的课堂录像，网络课程的制作技术有了长足的进步，已开始致力于为用户提供个性化、互动化、智能化的在线学习体验方式。此外，由于网络教育可以将有限的资源无限放大，因此，可以聚集最为优质的师资和教学内容，并把这些优质资源集中呈现给学生。

25.5.2　高等网络教育服务发展状况

高等网络教育继续保持快速发展的势头。自 1999 年网络高等教育试点启动以来，到 2010 年，全国可开展高等网络教育试点的院校扩大到 68 所。国家对高等网络教育继续予以大力支持，并出台一系列措施促进网络高等教育的教学质量。这些措施极大地刺激和加速了远程教育规模的扩张，因此在过去的短短几年时间里，我国高等网络教育取得了跨越式的发展。网络高等教育试点 10 余年来，开设了 299 种专业、1560 个专业点，建设了 2 万多门网络教育资源和一批网络教育教学与管理系统平台，设立了 9000 多个校外学习中心和教学点。截至 2010 年年底，全国累计招收网络教育本、专科学生 1000 多万人，毕业学生 600 多万人。目前，我国网络高等教育招生规模已达到中国招生总规模的八分之一，初步建立了适合在职人员远程继续学习、自主化学习教学、管理和支持服务模式，促进了终身教育体系、学习型社会的形成。

中国网络高等教育的快速发展带动了参与人数的增加，一些已经离开大学或从未进入大学学习过的用户开始通过网络教育的方式重新或开始接受这样的教育方式。据博思数据研究中心发布的数据显示，2010 年我国网络高等教育市场规模及用户规模分别达到 176.8 亿元及 361 万户，如图 25.3 和图 25.4 所示。

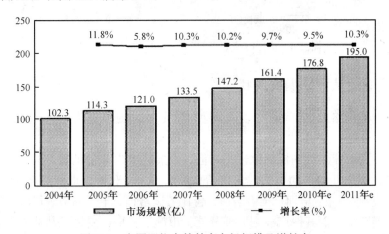

图25.3　中国网络高等教育市场规模及增长率

但我国网络高等教育仍存许多需要规范的地方。一是地方教学点的肆意扩张影响了教学质量。各地教学中心是高校网络教育学院的派出机构，负责网校在当地的招生和教学管理。近年来，高校网院的地方教学点不断扩充，最多的达 100 多个，管理和监控难度增加。有些网院根据招生人数和学费来返还提成，因此一些教学点为了让学生尽快毕业，有意"睁一只眼，闭一只眼"，监考不严、考生替考、提前漏题等现象时有发生。二是"套读"学历的问题仍然存在。"冒名"招生、"套读"学历曾经是网络学院难以说清的问题。在发展之初，曾经有部分院校的现代远程教育学院以全日制的方式招收大量高考落榜生。这种全日制的教学被教育主管部门叫停。此后，各试点高校虽然没有了全日制的网院学生，但是一些教学中心与一些民办高校或者培训机构合作，在招收自考生全日制培训的同时"套读"网院的学历。一些培训机构则借重点高校的名声，为各种培训项目添彩。三是非法中介侵蚀网络高等教育。网络教育的利润也吸引一批非法中介蜂拥而来。这些中介宣称"不用考试，也不用交作业，公司会请人代为考试，只需要交一笔钱就可在两年半后轻松拿到本科毕业证。"黑中介另一种获利方式是买卖生源。通过虚假广告和招生宣传诱使学生报名，手中掌握一定数量生源后，再向高校网络教育学院"转让"，收取中间费用。学生在毫不知情的情况下被转来转去，承诺的教学质量大多不能兑现。

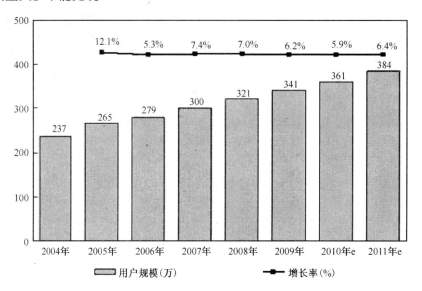

图25.4　中国网络高等教育市场用户规模及增长率

25.5.3　网络职业认证培训发展状况

在网络培训类网络教育市场中，分为两种类型：一种是认证类培训；另一类是知识技能型培训。其中以认证类培训占主流，是目前发展最快的网络培训。纯粹以提高知识和技能为目的的知识技能型职业培训的比例比较小，但其发展速度也非常迅猛。

目前我国各类职业培训的网络教育市场总量都不大。职业培训网络教育已形成超过 10 亿元的产业规模，其中 IT 培训、英语培训、会计考试培训、电子商务、司法考试培训等产业的网络培训发展较快，而其他产业则大部分处于市场培育期。受行业从业人员素质和数量，行业培训参加人数，行业考试本身的难度，网络普及程度等诸多因素的影响，职业培训网络教育市场发展的程度随不同的行业而差异较大。

我国的网络职业认证培训具有较好的发展前景。首先，教育支出在人们日常的支出中所占的比重都大幅度上升，学生就业能力也刺激着每一个家长的神经，这种状况都给教育产业带来了机会。其次，中国每年拥有数百万大学新毕业生，以及 1000～1500 万农业户口转向非农，蓝领工人技巧培训新增人口 1200 万，都需要就业培训，教育市场的空间非常大。第三，国内学历教育一直由政府监管，而非学历教育国家监管比较模糊，进入的机会比较多。第四，网络技术和应用的日新月异也为网络职业认证培训提供了广阔的发展空间。

25.5.4　企业 E-learning 发展状况

2010 年，我国的企业 E-learning 取得了进一步的发展。由国内主要 E-learning 服务商提供的统计数据显示，至 2010 年第三季度，国内通过购买学习管理系统实施 E-learning 的企业总数累计接近 2000 家，通过租赁或购买学习账号形式应用 E-learning 的企业超过 3000 家。用户集中在大型国有企业、外资企业和一部分经济效益好且重视培训的民营企业。另据调查显示，E-learning 企业应用服务商以中小企业为主，其中，年营业额不足千万，平均从业人员在百人以下规模的企业占 90%，年营业额过千万的企业不足 10%。平均每年有 15% 的企业为新进入企业，同样也有企业会退出该领域。目前，E-learning 企业应用服务商总数为 500 家左右，包含了平台（LMS）供应商、通用课件供应商、订制课件服务商、SaaS 运营服务商和专注于考试测评、虚拟教室、快速课件工具及学习外包服务的供应商。

我国 E-Learning 市场呈现"集成"趋势。随着 E-Learning 在各个行业和企业中的应用，E-Learning 产品和服务提供商的类型和分工也越来越细。然而，实际上在这些 E-Learning 产品及服务商中，除少数厂商产品和服务的分工比较细化外，各类别界限并不明显，大多数公司均有涉足其他领域，定位为完整解决方案服务商。究其原因，一方面国内 E-Learning 行业市场尚未成熟，分工体系有待建立；另一方面，行业竞争剧烈，厂商面临生存竞争压力，需要积极开拓收入来源；此外，行业部分主流厂商渠道资源广泛、产品及服务力量雄厚，在集中优势将自己打造为行业完整解决方案服务商。

2011 年我国 E-learning 企业应用市场将会增长平衡，不会出现"爆发式"增长。调查显示，E-learning 企业应用市场的年平均增长率为 30%，低于面向个人的网络教育或培训服务市场增长率。就市场发展情况来看，E-learning 企业应用市场介于传统行业和互联网行业之间，兼具两种类型行业企业的特点。但很多供应商进入到该领域时，将企业定位为互联网高科技企业，并期待业务能够爆发式增长，能够吸引风险投资、最终走向公开上市，但 E-learning 企业应用市场没有出现 E-learning 个人应用市场的现象，市场增长较为平稳，预计未来短期内也将维持这一平稳增长的趋势。

25.5.5　对外汉语网络教育发展状况

据不完全统计，目前全球学习汉语的人数超出 4000 万。从 2004 年底到 2010 年，我国已在 96 个国家和地区建设了 322 所孔子学院和 369 个孔子课堂，有 100 多个国家超过 2500 所大学开设汉语课程。截至 2010 年底，全国开设对外汉语专业的高校达 285 所，其中既有一本、二本院校，也有三本院校。国内对外汉语专业招生人数也逐年增长。1985 年，对外汉语专业招生规模大约只有百人，25 年来，随着开设对外汉语专业院校增多，招生人数也逐年增加。目前该专业招生人数约为 1.5 万人，多数学校招生人数在 60～90 人，有的学校招 20～30 人，个别学校招生人数超过百人。

目前，我国开展对外汉语网络教育比较有代表性的官方机构主要有中央广播电视大学对外汉语教学中心、北京语言大学的"网上北语"等。通过多年的实践和探索，"网上北语"汉语远程教学已经形成了自己的教学模式：学生通过点播观看存放在 Web 服务器上的网络课程学习汉语。教师通过 E-mail、BBS、在线论坛等形式组织学生讨论并答疑解惑。

除官方机构外，一些民间机构也参与到对外汉语网络教学中，主要有 eChineseLearning、中文时代以及北京比格博思信息技术有限公司所开设的"空中汉语教室"等。eChineseLearning 宣称为"全球最大的网上对外汉语教学机构";中文时代宣称为"领先的对外汉语培训机构";"空中汉语教室"宣称用"最先进的互联网及电话网络技术及成熟的多媒体系统提供远程汉语教学"。但与传统对外汉语的推广相比,我国对外汉语网络教育发展仍然滞后。

25.5.6 移动网络教育服务发展状况

目前,我国尚无专门针对移动终端用户的网络教育机构及产品,但是,基于无线的教育服务将成网络教育机构的重点布局点。移动终端用户仅仅是接入方式的一个转变,移动网络教育服务必然随着移动网络用户的增多而被越来越多的用户所接受。

目前网络教育的模式主要是网络视频加在线互动,线上学习与面授课程相结合等形式,而随着智能终端的普及,基于无线智能终端的掌上教学模式,将融合网络学习内容和用户的线下行为,帮助用户实现随时随地、更加交互式的学习,无线教育领域将成为各家网络教育机构重点布局的领域。

（中国互联网协会　刘传相）

第26章 2010年中国网络出版和网络文学发展情况

2010年是"十一五"规划的收官之年。在国家政策的引导，相关出版单位和企业的积极参与下，我国网络出版产业整体态势向好，产业收入继续保持稳步增长，为"十一五"期间的快速发展画上了圆满的句号。伴随着互联网技术和移动通信技术的提高和应用普及，国民阅读习惯和环境发生了明显变化，我国的网络出版产业呈现出产值屡创新高，手机出版异军突起，电子阅读器风生水起，数字出版盈利模式不断创新等发展特点。作为网络出版形式之一的网络文学，经过十多年的发展，产业化发展趋势日益明显，产业链各环节逐渐齐备。借助网民数量增长和阅读终端技术的升级，网络文学市场迎来了高速发展期。

26.1 网络出版的产业环境

26.1.1 出台政策引导产业健康发展

2010年以来，我国网络出版产业无论是在国家政策层面还是在企业战略层面都受到了极大的关注，政府管理部门、相关出版单位和企业都积极参与进来，制定了发展规划，加大了投入力度，从而在根本上推动了我国网络出版产业的健康、持续和快速发展。

从国家政策层面来看，政府部门是推动我国网络出版产业发展的主导力量。随着《新闻出版业"十二五"时期发展规划》的出台及国家《十二五发展规划纲要》中涉及文化发展的相关内容进入征求意见阶段，发展网络出版产业已经成为提升国家文化建设水平，加速出版传媒产业的重要战略。

从政府管理层面来看，新闻出版总署作为国家新闻出版行业的政府主管部门，始终坚持管理与发展并行的原则，积极引导网络出版产业走向繁荣。2010年，新闻出版总署将基于手机等移动终端的数字出版产业列入了"十二五"规划的重要内容，并将在国家部委出台手机媒体服务管理办法的基础之上研究出台手机媒体出版服务管理办法。在政策环境上，职能部门通过专项立法将抬高准入门槛。2010年6月，国家新闻出版总署表示，针对目前网络文学在内容方面存在的色情、低俗和暴力等问题，将出台有关网络文学出版服务管理办法，加强准入和内容管理。办法的出台，将有效清理网络文学市场的不良内容，有利于市场的有序和可持续发展。另一方面，一些依靠低俗内容吸引用户的中小文学网站，则将面临准入门槛抬高所带来的竞争压力。8月16日，新闻出版总署出台《关于加快我国数字出版产业发展的若干意见》指出，发展数字出版产业，对于提升我国文化软实力，推动文化产业乃至国民经济的可持续发展，转变出版业发展方式具有重要意义。11 月 23 日，新闻出版总署下发《关于进一步规范出版物文字使用的通知》，禁止在汉语出版物中随意夹带英文单词或外国语言文字，对英文单词滥用现象进行了规范。网络游戏出版物方面，总署还将出台细则对包括网络游戏服务范围、互联网出版许可证审批、国产网络游戏、进口网络游戏审批规则和工作流程进行细化规范。为规范出版物发行活动及其监督管理，新闻出版总署和商务部于 2011 年 3 月 31 日共同出台《出版物市场管理规定》，旨在建立全国统一、开放、竞争、有序的出版物市场体系，发展社会主义出版产业。新闻出版总署还在近期新修订了《出版物市场管理规定》、《订户订购进口出版物管理办法》和《音像制品进口管理办法》，目的是让出版物市场政策更加适应新闻出版改革的深化和技术发展的新变化。

从出版单位层面来看，各大型出版传媒企业都非常重视发展网络出版业务，在人员、资金和机构方面都给予了相应的保障，并有针对性地制定了中长期发展规划。作为网络出版产业链条不可或缺的组成部分，包括技术服务公司、通信企业、动漫和游戏企业、各专业门户网站等在内的广泛力量也积极参与，成为我国网络出版产业快速发展非常重要的助推力量。经过多年的摸索，一批网络出版单位和企业结合自身优势，找到了适合自身发展的模式，起到了很好的产业带头作用。

26.1.2　加强监管营造良好产业环境

经过十多年的发展，我国网络出版产业虽然取得显著成绩，但面临的困难和存在的问题依然不少。一是互联网出版的规范性问题，国家虽然专门出台了《互联网出版管理暂行规定》等法规，但在互联网出版的利益诱惑下，出版单位更注重市场利益，忽略了出版业的文化价值导向功能。二是互联网本身管理方面的缺陷，使得互联网出版的相关政策没能落实到位，导致网络出版市场混乱。

1. 加大对违法违规网络出版内容的清理整治力度

为遏制各类非法出版物的传播和蔓延，根据中央和国务院的统一部署，各级政府部门、行业协会积极开展违法违规网络出版物的整治活动。4 月 12 日，全国"扫黄打非"办公室、新闻出版总署、国家版权局和中央电视台在北京联合启动了"2010 绿书签行动"。活动将从 4 月 12 日至 4 月底在全国 31 个省区市展开，并选取 100 家出版社、1000 家书（音像）店、100 家网站、100 家中小学、100 家电影院开展派送绿书签、签名加入绿书签的系列活动。与此同时，始于 2009 年的"全国整治互联网低俗之风专项行动"、"整治手机媒体低俗之风专项行动"、"整治手机淫秽色情和低俗信息专项行动"和"网络地理信息市场专项整治工作"等多个专项整治行动工作取得阶段性成果，对违法违规网络出版行为进行了严厉打击，查禁了大量违法违规网络出版物。

据中国全国"扫黄打非"工作小组办公室 12 月 29 日公布数据称，2010 年以来，全国共收缴各类非法出版物 4437.3 万件。其中淫秽色情出版物 98.1 万件，侵权盗版出版物 3734.6 万件，非法报刊 392.7 万份。

2. 出台多项措施加强网络游戏监管

新闻出版总署 2010 年出台了一系列旨在加强网络游戏监管的措施：一是从 2010 年 6 月起，凡是没有经过总署前置审批并获得具有网络游戏经营范围的互联网出版许可证的企业，一律不得从事网络游戏运营服务。同时，对外资介入网络游戏出版运营服务的，将采取严厉的措施依法予以查处。二是所有的进口网络游戏和国产网络游戏都必须严格履行审批手续，其申报者必须拥有"一证三号"（具有网络游戏经营范围的互联网出版许可证，以及版权认证号、审查批准文号和网络游戏出版物号）后才能正式上线运营网络游戏；经总署前置审批或进口审批过的网络游戏增加新版本、新资料片，或变更运营单位的，必须重新履行前置审批或进口审批手续，否则将按非法出版予以取缔。三是采取一系列措施加强对网络游戏出版运营的日常动态审查监管，进一步增强和完善网络游戏防沉迷系统，打击"私服"、"外挂"等非法活动，切实保护未成年人权益，保护知识产权，为我国网络游戏出版产业的健康发展营造良好的环境。四是启动"中国绿色网络游戏出版工程"和"中国民族原创网络游戏海外推广计划"，用以促进网络游戏出版产业健康发展。

26.1.3　改善技术环境促进行业发展

数码产品的更新换代让网络文学的阅读设备从初期的台式计算机逐渐朝轻便易携的移动设备倾斜。首先，专门针对用户阅读而设计的电子阅读器（电子书）迎来快速发展期，更多厂商进入市场，现有企业上市融资，市场竞争更加激烈。其次，PSP、MP3/MP4 等视听娱乐设备的功能日益多元化，加之轻便易携的优势，已成为网络文学用户的重要阅读设备。第三，新兴阅读终端涌现。在美国盛行的亚马逊 Kindle 阅读器一度成为销量惹眼的终端阅读设备，但苹果推出 iPad 后给 Kindle 的销量带来了冲击，因为不少用户认为 iPad 带给他们更加舒适的阅读体验。新兴数码设备的产生，将可能给用户带来更舒适的阅读环境，网络文学传播范围将借助新兴载体得到扩展。

26.2　我国网络出版产业发展概况

26.2.1　网络学术文献出版

经过 10 多年的发展，我国网络学术文献出版在内容集成规模、技术水平、产品标准化、服务规范化、内容增值利用、资源共享范围等方面已处于国际领先地位，社会效益得到不断提升，网络出版正成为我国大多数学术文献期刊的主要传播和应用方式。我国约有 95% 的已出版期刊都通过各种途径实现了数字化网络出版，其中学术文献期刊的网络出版约占 45% 的比例，100% 的本科院校和 80% 的地市级以上科研机构也都采用了学术文献期刊的网络数据库产品。

据初步统计，2010 年互联网上学术文献期刊的总访问量（检索、浏览、下载）达 100 亿多次，市场销售收入已超过 5 亿元。同方知网、万方数据和维普资讯依然是我国网络学术文献出版领域比较有影响的企业，其中同方知网《中国学术期刊网络出版总库》的总访问量数倍于国内外其他学术期刊数据库，基本涵盖了国内 75% 的高职院校和 95% 以上中职学校的市场。

26.2.2　网络游戏出版

2010 年，资本纷纷涉足网游出版市场，网络游戏出版产业整体表现展示了旺盛的活力和生命力，日益成为新闻出版产业新的增长点，取得了令世人瞩目的成绩。主要表现在以下几个方面：

（1）产业规模继续保持增长态势。2010 年我国网络游戏的市场实际销售收入为 327.4 亿元，比 2009 年增长 26.3%，是"十一五"初期的 2006 年整个游戏产业收入的五倍。预计未来五年内，我国网络游戏市场实际销售收入将达 508 亿元，并将持续引领我国互联网出版产业的发展。

（2）原创民族网络游戏发挥主导作用。2010 年，中国自主研发的网络游戏销售收入达 165.23 亿元，占我国网络游戏市场实际销售收入的 50.5%，民族网络游戏原创力量在市场中持续发挥主导作用。

（3）国产网络游戏加快"走出去"步伐。2010 年我国网络游戏出版物成功进入海外市场的数量不断扩大、资本不断扩容、影响力不断提高，并呈现从产品输出到服务输出转变的态势。数据显示，2010 年共有 34 家中国网络游戏企业自主研发的 82 款网络游戏进入海外市场，实现销售收入 2.3 亿美元，比 2009 年增长了 40.8%。

26.2.3　网络杂志出版

2010 年是网络杂志发展具有重要意义的一年，随着电子阅读器、平板电脑和智能手机等手持移动终端技术的发展，网络杂志对传统阅读习惯和纸媒造成的冲击变得深刻而巨大。从另一个角度，终端硬件的发展也为数字出版业带来了新的契生机。

2010 年，中国网络杂志的用户数已超过 1 亿，约占网民总数的 22%，比 2009 年增长了将近 25%。近三四年来，国内数千家刊社都已经逐渐认识到数字出版的趋势，不同程度地进行着期刊数字化进程，积极与数字期刊发行平台进行合作。以盛大文学悦读网（zubunet.com）为代表的付费阅读模式期刊平台成为主流，《时尚》、《三联生活周刊》、《财经》、《中国企业家》等国内知名刊物更是走在网络杂志发展前沿。

网络杂志尽管在 2010 年得到了 13 亿元的收入，但对于 1513 亿元的网络收益来说，只占据 1% 都不到的份额。习惯了互联网免费资源的广大读者在付费阅读的道路上还不能完全适应。平板电脑及智能手机只是给媒体提供了优良的传播渠道，能否实现赢利还要看经营者的创新能力。

26.2.4　网络图书（电子书）

2010 年，网络图书（电子书）呈现蓬勃发展态势。全国 579 家出版社中约有 92% 开展了网络图书（电子书）出版业务。

2010 年，我国电子书收入达 14 亿元，这一年也被行业成为"电子书之年"。电子阅读器的更新换代也大大促进了这一发展态势。据统计，仅汉王电子书在前三季度累计销售量就达到 50 万台，平均市场占有率在 60% 以上。平板电脑 iPad 的问世更加推动电子书阅读纵深发展。与此同时，电子书阅读器的热销也带动了电子图书的热销。

26.2.5　网络报纸出版

互联网应用的普及，让习惯阅读纸质报纸的人们开始向网上阅读转移。2010 年，越来越多的传统报社都启动了网络报纸出版业务，网络报纸浏览器和软件也逐渐发展起来。据调查，国内已有近 80% 的传统报纸在互联网上进行了发布。另据统计，全国现有 40 家报业集团、300 多家报社的 700 多份报纸采用了数字报技术出版发行网络报纸。预计 4 年后，全国 90%

以上的报社都将推出网络报纸。

目前，网络报纸的盈利模式主要是广告增值和阅读收费两手形式。2010 年我国网络报纸出版的市场销售收入约为 17 亿元。然而，网络报纸是否应该收费还处于争论阶段。人民日报电子版于元旦启动收费，但由于其收费模式不被网民认可，人民日报又在 3 月份取消了收费。由此可见，网民对于电子报纸"收费阅读"还有一个适应的过程。

26.2.6　手机出版

随着 3G 时代的到来，手机从单纯的通信工具，向移动媒体发展已是大势所趋。网络出版向无线移动、个性化需求定制和跨媒体出版发展的步伐大大加快。手机出版成为必然的发展趋势。由于移动通信已经形成了较为成熟的收费模式，使得手机出版的赢利水平后来居上，已经成为规模最大的网络出版类型，利用手机读书看报、看小说、玩游戏、听音乐已成为现代人利用碎片时间的最好方式。

1．手机阅读

手机阅读已经成为在线阅读的主要方式。目前，手机阅读市场用户已经超过 1.55 亿，占到总体手机网民数量的 51.7%，且这一规模还在继续扩大。2010 年，我国手机图书的市场规模为 21 亿元。手机阅读市场增长强劲。目前，中国移动已经建立了手机阅读基地，大大加快了手机出版的发展步伐。如已经有一些出版物选择在手机上发布，甚至优先于出版首发。作家郭敬明的小说《小时代 2.0：虚铜时代》在手机上发布不到一个月，就有 600 多万次点击。据悉，手机阅读平台排行榜前十名原创书籍的总销售收入为同类原创文学网前十名书籍总销售收入的 14 倍，部分图书收入超实体书。手机阅读基地也加大了出版产业链各方面的合作，目前已同中国作家出版集团等 30 多家内容提供商展开合作。

2．手机游戏

2010 年我国手机网络游戏用户约为 2300 万，市场销售规模已达 9.1 亿元，较 2009 年增长了 42%。随着 3G 的深入发展，手机网络游戏用户将保持快速增长。

3．手机音乐

手机音乐具体表现为彩铃、铃声、下载和在线收听四种主要应用。2010 年我国手机音乐的市场规模超过了 400 亿元。手机音乐巨大的市场空间也引来众多手机硬件厂商和唱片公司的追随，它们也成为推进我国手机音乐产业发展的重要力量。

26.3　网络文学发展情况

26.3.1　概述

中国网络文学经过十多年的发展，其作品数量和读者规模不断扩大，市场正向深度和广度发展。近几年，网络文学的产业化发展趋势日益明显，产业链各环节逐渐齐备，网络文学市场迎来了高速发展期。网络文学在网民中迅速普及，对其他产业的渗透逐渐加深，网络文学开始成为文化创意产业的重要源头，为网络游戏、影视动漫等文化娱乐产业提供创意和素材。

2010 年，网络文学商业化运作的步伐加快，文学网站通过增加投资金额，加大宣传力度，打击侵权盗版等措施，调动作者创作热情，丰富文学作品内容，从而吸引用户的广泛参与。同时，3G 时代手机网民的增长，以及用户对无线内容的庞大需求，拉动了手机网络文学的使用率，对网络文学用户规模增长起到推动作用。此外，电子阅读器、PSP 等阅读终端的技术升级和日益普及，丰富了网络文学的传播载体，将网络文学应用推送到更大范围的用户群。

26.3.2 市场分析

1. 网络文学用户规模

截至 2010 年 12 月，网络文学使用率为 42.6%，用户规模达 1.95 亿，较 2009 年底增长 19.9%，如图 26.1 所示。

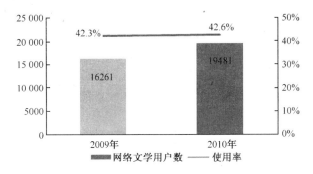

图26.1 2009年—2010年网络文学用户数及使用率

2. 网络文学市场竞争现状

目前网络文学市场的竞争主要集中在门户网站的文学频道和大型垂直文学网站之间，竞争焦点集中在建设内容资源和完善商业模式两个方面。

（1）垂直文学网站一家独大

CNNIC 数据显示，起点中文网的用户渗透率居各网站之首，而其他垂直文学网站的用户渗透率均排在第五名以后。用户渗透率靠前的垂直文学网站，如小说阅读网、红袖添香、晋江原创网等，均被盛大文学收购，垂直文学网站内部格局呈现出一家独大的局面。

（2）门户网站的文学频道极具竞争力

门户网站的文学频道，是依托门户网站而开设的网络文学服务频道。门户网站用户资源庞大，用户覆盖面广，网络文学受益于门户网站的用户资源，更容易聚集人气。

门户网站文学频道更像是网络文学的门户网站，它的文学作品除原创文学外，还包括纸质书籍的电子版本，其文学作品的形式和题材较垂直文学网站更为多样，能够满足不同类型用户的需求。从用户喜爱的文学网站类型来看，偏爱门户网站文学频道的用户比例也高于垂直文学网站。

（3）论坛类网站不容忽视

类似百度贴吧、天涯论坛这样用户资源丰富的论坛类网站，虽然没有开设专门的网络文学服务，但其作为开放的分享空间，已逐渐成为用户创作或阅读网络文学的重要平台。数据显示，在百度贴吧阅读网络文学的用户比例仅次于起点中文网和新浪读书。对于这类网站，通过接入网络文学服务，加强版权管理，将能够在网络文学市场占据一席之地。

3．网络文学市场问题

（1）原创网络文学内容参差不齐，整体质量偏低

互联网的开放性为用户提供了自由创作的空间，任何人都可以通过网络发表作品，网络写作门槛较低，这也造成网络原创文学在写作水平和内容质量上的参差不齐。部分商家为在短期内获得较高人气，从而获取经济利益，往往将色情内容作为网络文学炒作的卖点；网络文学作者为了获得作品高点击量和网站的推荐，写作内容也趋于低俗化。

网络文学原创内容质量较低是伴随网络文学商业化发展而出现的弊病。作为文化产业链的上游环节，网络文学必须从源头上保证文学作品质量，才能真正成为文化产业的创意输出基地，为网络文学产业的可持续发展奠定坚实基础。

（2）侵权盗版制约产业发展

侵权盗版是网络文学产业发展的桎梏。受盗版影响最严重的是原创文学网站，收费阅读的网络文学作品通常被盗版者使用截屏、手动打字等方式转发到其他网站。读者可以通过搜索关键词，找到作品的免费版本进行阅读。

此外，对于连载作品的续写问题，由于目前尚无专门法规界定，收费文学作品通常被不同作者续写不同版本进行发布甚至收费，也导致了作品版权难以划定，原创作者权利受损等问题。虽然盗版行为让读者获得了更多的免费阅读内容，但长期而言，盗版泛滥一方面会打击原创作者的创作热情，进而影响网络文学内容和品质；另一方面也会恶化网络文学市场竞争环境，给网络文学运营商造成严重经济损失。

26.3.3　市场发展建议

（1）学生用户占主体，内容监管尤为重要

学生群体是网络文学用户的主要构成部分，这对网络文学的内容监管提出了更高要求。学生正处于价值观的形成阶段，对事物往往缺少准确的判断，缺乏较强的自我控制能力。网络文学传达的世界观和价值观，对学生群体的心理认知容易产生较大影响。因此，政府相关部门应加强对网络文学内容的监管，屏蔽不良内容对学生群体的毒害，树立积极向上的价值观，保证学生身心的健康，以及网络文学产业的健康发展。

（2）注重网络写作者素质提升

网络文学作者、编辑的文化素养和写作水平决定了网络文学作品的质量和品位。改变网络文学整体质量较低的现状，必须从提高作者和编辑队伍的写作能力入手。网络作者和编辑的培养，是一项长期而艰巨的工作，除了企业自身的努力，还需要相关政府部门的支持：一是通过举办培训班等方式，加强对网络文学作者的写作能力专项培训；二是定期举办征文比赛、大众推选等方式，集合公众力量选拔优秀作者；三是形成网络文学编辑的资格认证机制，以及符合网络文学发展规律的理论评论体系；四是建立和网络写作者有关的协会或研究就机构，关心并解决网络写作者的困难，保障网络作者的合法权益。

（3）政策与技术并重，打击侵权盗版

目前，网络文学盗版逐步呈现出专业化、高技术化的特点，不仅严重损害著作权人的合法权益，扰乱正常的网络版权秩序，更威胁到原创网络文学网站甚至网络文学产业的生存和可持续发展。

新形势下打击网络文学侵权盗版，需要政策和技术并重。一方面，政府需要完善版权法

律体系，健全执法手段，加大监管力度，重点监管网络销售平台；提供搜索、网上存储空间等技术服务的网站及手机媒体。另一方面，强化技术手段，利用版权监管平台，监控版权流转过程，争取快速有效解决版权纠纷；同时加强版权监管的信息化管理，实现信息交流、公文传递、案件移转、案件督办等环节的互联互通、实时交流。

（4）加强宏观协调，促进产业链各环节资源共享

网络文学商业化发展初期，产业链仅有作者、文学网站和用户等几个主要环节。随着商业模式的革新及网络文学对相关产业的渗透，越来越多的企业加入到网络文学市场中，产业链出现新的环节，整条产业链呈纵横延升的趋势。上游内容生产环节纳入了传统文学作者，以及内容整合商；中游的运营环节加入了电信运营商、各类互联网应用服务商；分销环节出现了实体出版商、硬件生产商等，网络文学产业链日益齐备。

然而，随着网络文学产业链各环节的进入，也出现了重复建设和资源浪费等问题：受侵权盗版困扰，内容提供商对内容的推广和分销放不开手脚，难以最大程度发挥内容资源的价值；而一些渠道商和终端厂商又苦于缺乏内容资源而停滞不前，整条产业链存在脱节的隐患。因此，网络文学的产业化发展，离不开政府的宏观指导及产业链各环节的协作和资源分享，渠道商和终端商应该进一步提升版权保护意识并形成保障机制，与内容提供商建立良性互动，各环节发挥自身优势，避免重复建设，才有利于推动网络文学的产业化健康发展。

（盛大文学　鸿非、刘峰；中国互联网络信息中心　王京婕）

第27章　2010年中国网络科普服务发展情况

27.1　网络科普发展概况

2010年，随着我国互联网的快速发展，网络科普已经成为传播科学知识，提高公民素质的重要方式。广大科普网站配合《全民科学素质行动计划纲要》的实施，通过互联网科普活动，加强科普资源建设，推动科普资源共建共享，提高了互联网科普的原创能力。围绕重大科技事件和科普活动进行网络宣传，提高了互联网科普的传播能力。尤其是当出现突发事件和重大自然灾害时，网络科普已经成为迅速、准确、实时地传递科学知识的重要渠道。科普网站的内容质量、交互性、专业化水平不断提高，向公众提供科普信息服务的能力明显提升，为互联网科普事业的发展，提高公众科学素质作出贡献。

27.1.1　科普网站发展现状

1. 网站数量和规模

截至2010年12月30日，我国科普网站共有618个（含科普频道、栏目），分布在全国30个省、自治区、直辖市，科普网站数量比2009年增长3%。其中：47.73%的科普网站集中在北京地区，32.84%的科普网站分布在沿海地区，19.43%的科普网站分布在中西部地区。与2009年相比，北京地区科普网站占比减少了4.97%，沿海地区科普网站占比增加了1.94%，中西部地区科普网站占比增加了3.03%。

2010年，科普网站的页面数量达到28 646 104个，比2009年的10 337 395个页面增加了18 308 709个，增长约1.78倍，说明科普网站规模呈快速增长之势。200个页面以下的科普网站由2009年的32.5%下降到2010年的26.31%，说明一些信息内容、资金、技术人员无法保证的小型科普网站被淘汰；而10 000个页面以上的科普网站只占17.8%，说明我国科普网站总体规模偏小。

2. 网站内容和表现形式

科普网站的图片数量达到10 123 953张，比2009年的5 296 864张增加了4 826 729张，增长约1.95倍。虽然大部分科普网站都有一定数量的图片，但是图片数量不足300张的科普网站占50.76%，有特色的科普图片不多，科普图库建设有待进一步发展。

科普网站的音频、视频数量达到116 834个，比2009年的40 091个增加了76 743个，增长约2.92倍，说明音频、视频已经成为科普网站传播科普知识的重要途径之一。但是，有

56.85%的科普网站音视频数量在 10 个以下，音频视频数量在 50 个以上的科普网站只占 17.2%，说明科普网站音频、视频数量和质量需要进一步提高。

科普网站的动漫数量达到 48 615 个，比 2009 年的 34 029 个增加了 14 586 个，增长约 1.4 倍，但有 67.68%的科普网站动漫数量在 10 个以下。如何利用动漫形式来解构科学原理、再现科学过程，提高科普网站的趣味性和互动性是需要认真研究的问题。

3．网站分析报告

通过对 618 个科普网站的首页质量、内部链接、访问成功率等指标的监测及用户调查分析得出，2010 年科普网站运行质量明显提高，在为期 4 个月的科普网站运行监测期间，618 个科普网站都能够正常运行，具体如下：

（1）首页质量监测显示，W3C HTML 没有错误的占 15.69%（2009 年占 3.84%）；W3C CSS 没有错误的占 31.37%（2009 年占 28.10%）。与 2009 年相比，我国科普网站网页质量有所提高，这是近几年在科普网站建设中推广 W3C 标准取得的成效。

（2）网站内部链接监测显示，内部链接没有出现错误的占 26.14%，与 2009 年的 25.7% 相比变化不大。但是科普网站内部链接错误超过 100 个的达到 25%，说明科普网站管理水平仍然有待提高。

（3）网站访问成功率监测显示，访问成功率达 100%的网站占网站总数的 76.8%，说明访问成功率处在较高水平。主要原因是近年来科普网站的硬件设备得到了长足的发展，带宽资源大幅度提高。但是访问成功率在 50%以下的科普网站仍占 7.19%，在一定程度上对用户体验和维护科普网站形象产生了负面影响。

（4）网站用户调查显示，49.6%的用户使用科普网站的频率为每周 1～3 次，42.1%的用户使用科普网站的时间少于每周 2 小时。71.8%的用户是通过搜索引擎知道科普网站的，多数用户只有在自己需要了解某方面科学知识时才借助搜索引擎查找相关内容，然后进入科普网站或科普频道，很少固定浏览某个科普网站或科普频道。说明科普网站的使用频率低、被访问时间短、知名度不高，科普网站的质量和知名度有待进一步提升。

对于科普网站的使用目的，81.1%的用户表示是"增加科学知识"，其中，66.4%的用户认为科普网站的内容可以满足其对科普知识的需求，只有 7.0%的用户认为不能满足需求。44.2%的用户表示科普网站的内容对其日常生活影响比较大，只有 6.7%的用户认为影响不大。这说明网络科普的应用已经渗透到公众的日常生活中，获得科学知识是用户关注科普网站的首要因素，因此提高发布信息的科学性和权威性是科普网站的重要任务。

网站的用户性别构成、年龄结构、受教育程度，网站信息内容、表现形式与 2009 年相比没有明显变化。

27.1.2　网络科普的主要特点

1．科协系统主办的科普网站占主导地位

2010 年由科协系统建设的科普网站（科普栏目）数量达到 343 个，占全国科普网站总数的 55.5%。其中，各级科协网站 172 个，占 27.8%；全国学会网站 171 个，占 27.7%。这些科普网站（科普栏目）在向社会传播科学知识、提供科技信息服务中占据主导地位，具有科技知识的系统性、科学性和权威性，在提高公众科学素质中发挥了重要作用。但是由于信息资源少、经费缺乏、人员不足等因素影响，有的市、县科协将科普网站合并到科协公务网站中，

有的全国学会网站市场化运营后将科普栏目取消了。

2．各类科技馆建设的科普网站发展迅速

2010 年全国有 24 个省、自治区、直辖市的各类科技馆、科技类博物馆建设了 66 个科普网站（包括虚拟科技馆），占全国科普网站总数的 10.7%，发展迅速。其中 12 个省、自治区、直辖市建设了 25 个网上数字科技馆（虚拟科技馆）。这类科普网站依托科普场馆的丰富资源，采用各种数字技术模拟物品和真实场景，通过利用虚拟现实技术、网络技术构筑虚拟博物馆，打破科普场馆局限性，扩展了科普场馆的延伸空间，最大限度地拓展科普场馆的功能，较好地发挥各类科普场馆展示、教育和研究的功能，满足受众的多层次多方位需求。

3．企业建设的科普网站特色明显

2010 年由企业建设的科普网站数量达到 30 个，占全国科普网站总数的 4.8%。这些网站由热爱科学、热心科学传播的企业建设，具有创新的建设理念和运营模式，实现自我发展。这些科普网站有强烈的资金风险意识、市场意识和用户意识，凸显互联网媒介特点，紧密跟踪新技术，模式、手段灵活，交互性好，很有特色，受到公众欢迎。

4．新闻和门户网站的科技频道数量下降

2010 年由新闻和门户网站建设的科技频道为 23 个，比 2009 年减少 17 个。新闻和门户网站的科技频道具有自身强大的网络优势、新闻采集挖掘能力和做新闻的丰富经验，及时跟踪报道科技科普新闻，关注社会热点问题，用新闻的视角解读科技，使科普信息具有很强的时效性和吸引力。这些科技频道信息量大，内容丰富，受众面较广，运用多媒体、动漫等表现形式，受到公众的喜爱，有较大的社会影响。但是由于科技频道属于公益性，经济收入少，有的新闻和门户网站将经济效益差的科技频道撤销、合并。

5．个人科普网站呈现萎缩

2010 年个人科普网站数量为 37 个，比 2009 年减少 30 个。这些个人科普网站由热爱科学、热心科学传播的专家、学者建设，内容专业性强，在内容设计、编辑和整合上比较灵活，一些个性化的表达方式容易获得受众的认可，有一批固定的浏览者。这些网站特点是规模小、变化快，内容局限在某个学科，更新不及时，部分个人科普网站转变成科普博客。

27.1.3 网络科普存在的问题

1．网络科普资源开发不足

目前，我国网络科普存在网络科普资源开发不足，内容雷同和缺乏特色等问题。有 618 个科普网站大多以报道科技发展动态，展示与人们密切相关的科技知识等动态性，消息性信息为主，网络科普资源的深度开发明显不足。因此，应重视网络科普资源的深度开发，阐明科技信息、新闻事件背后的科学道理，解构科学原理，描述科学过程，引导公众从"浅阅读"到"深阅读"。网络科普资源开发要高度重视"动""静"结合。"动"指的是动态科技信息，"静"指的是深度科普资源。

2．目标用户缺乏细分，服务针对性较弱

目前，不少科普网站在内容建设上没有结合自身特点对目标群体细分，用户群体不清晰，网站定位不明确，网站采用普适性设计，内容组织的对象性不强，不吸引网民。我国科普网站用户呈现出年轻化、低学历的特点，但是目前多数科普网站对年轻人的需求变化关注不足，相对应的不同知识结构内容建设较为匮乏，服务针对性较弱。

3．运营模式单一，亟待探索市场化机制

因为网络科普具有公益性，所以我国科普网站建设绝大部分由政府投资，仅有少数的企业科普网站走市场化的运营模式。经费来源、运行模式单一是导致科普网站建设步伐缓慢，信息资源匮乏，新技术应用水平低，网站规模较小等问题的主要原因。网络科普事业要取得突破性的进展，亟待提升科普网站的竞争力，转变现有的政府主导的运营模式，积极引入市场化的运行机制，引导社会资金投入科普事业，实现网络科普投入的多元化，形成全社会积极投入网络科普的局面。

27.2　多样化的网络科普信息服务

27.2.1　开展全国农村网络科普需求问卷调查

为了解基层农村科普工作现状，农村网络科普基础条件，农民对网络科普的需求及为制定农村网络科普规划提供依据，2010 年 3～8 月，网络科普联盟与中国农村专业技术协会、北京农科院信息所联合开展了"全国农村网络科普需求问卷调查"。调查问卷内容包括：基本情况、网络科普服务、网络科普基础、网络应用行为、对网络科普评价、网络科普需求、农技协开展网络科普情况 7 大方面。问卷调查范围包括全国 14 个省、自治区、直辖市的 33 个城市的 3000 多名农村科普工作者。主办单位组织专业人员现场帮助农民填写问卷，回答他们提出的问题。问卷调查共获得调查数据 33.669 万个。根据调查结果，网络科普联盟 10 月份编写了《全国全国农村网络科普需求调查报告》。《调查报告》分析了我国农村网络科普现状、农村网络科普应用的成效及存在的问题，提出了农村网络科普发展建议，为制定农村网络科普政策和规划提供了参考依据。

27.2.2　开展 2010 年全国科普网站评估工作

2010 年 4～10 月，网络科普联盟组织中国科普研究所、北京市科技情报所等单位开展了"2010 年全国科普网站评估工作"。期间，通过技术监测、在线问卷调查、人工数据采集等方式，对全国 30 个省、自治区、直辖市的 618 个科普网站进行为期 4 个月的运行监测、综合评估，共采集数据 55.85 万个。11 月中旬完成《2010 年全国科普网站评估报告》的撰写工作。《评估报告》从内容原创、技术质量、使用行为与动机等 9 个方面对我国的科普网站进行评估；选取 24 个中外典型科普网站，从内容原创、知识产权、设计风格、内容表现、互动性和个性化服务等方面进行了对比研究；针对科普网站存在的问题提出今后发展建议，引导我国科普网站科学发展。

27.2.3　开展丰富多彩的网络科普活动，提高公众科学素质

1．开展全国农民科学素质网络竞赛

为了落实《全民科学素质行动计划纲要》，推进农民科学素质行动，推动科普资源共建共享，发挥互联网在开展农村科普工作中的作用，网络科普联盟与中国科协农技中心、中国知网于 2010 年 8～9 月联合开展了"全国农民科学素质网络竞赛"。全国 31 个省、自治区、直辖市的 1 544 406 名农民参加了网络竞赛。

各地区全民科学素质行动计划工作领导小组非常重视此次活动，制定活动方案、下发活动通知。网络科普联盟充分发挥网络宣传优势，组织 50 家网站对竞赛活动进行了报道，扩大了活动社会效果。为了让农民在学习中参加竞赛，在竞赛中提高能力，网络竞赛设计了"模拟学习区"，农民可以先进行知识学习，熟悉答题流程，然后再参加正式比赛。本次竞赛既普及了农业科学知识，又提高了农民使用互联网的能力，受到广大农民的热烈欢迎，取得了很好的社会效果。

2. 开展 2010 年全国心理科普知识与作品大赛

为了向公众宣传和普及心理学知识，倡导关注心理和谐建设，提升公众心理科学素养、促进公众心理健康水平，2010 年 9～10 月，网络科普联盟与中国心理学会联合开展了"2010 年全国心理科普知识与作品网络大赛"。大赛主题是：提升心理科学素养，共建和谐文明社会。公众在网上参加心理科普知识网络竞赛、提交心理科普作品。期间，联盟组织心理专家建设了心理科普知识竞赛数据库。新浪网、中国网、中国公众科技网等网站开通了大赛专题，发动公众参加。广大公众非常关注心理科普知识，在一个月的时间里有 54 万多公众报名参赛。

3. 开展"我的低碳生活"科技创意大赛

为了宣传低碳生活理念，引导公众参与低碳生活方式，2010 年 4 月，网络科普联盟开展了"我的低碳生活科技创意大赛"，在互联网上征集低碳生活科技创意作品。新浪网、人民网和中国网等 34 个网站通过开设专题等方式对大赛进行宣传。创意大赛收到 2000 多件作品，其中优秀作品在 9 月中旬的全国科普日上展出，受到有关领导和社会公众的好评。

27.2.4　开展全国农村网络科普培训

为进一步贯彻实施《全民科学素质行动计划纲要》，落实"农民科学素质行动"计划，运用互联网开展农村科普活动，提高农民科学素质，2010 年 2～8 月网络科普联盟与中国科协农技中心、中国农技协、北京农科院信息所等单位联合开展了"全国农村网络科普培训"。对 15 个省 47 个城市的 5000 多名农村科普工作者进行培训。

为了配合培训工作的开展，根据广大农村科普工作者的需求，网络科普联盟与有关单位组织专家编写了农村网络科普培训教材，内容包括互联网基础知识、农村网络科普应用、"三农"网络科技书屋三个部分。同时还为培训班制作了 5000 套科普光盘并发到农村科普工作者手中。期间，组织专业教师深入到 47 个城市举办培训班，现场辅导农村科普工作者使用互联网查询农村实用技术、农业服务、健康生活知识等信息，介绍国内主要科普网站。

各地科协科普部、农技协非常重视培训工作，组织培训人员，安排计算机教室。农村科普工作者积极参加培训，认真听讲、踊跃提问。培训班受到各级科协、农村科普工作者的欢迎，他们普遍反映培训内容易学、易懂、易用，效果很好。

27.2.5　通过网络科普宣传，提高互联网科普的传播能力

2010 年全国各类科普网站围绕青海玉树抗震救灾、甘肃舟曲特大泥石流、全国科普日、全国科技周、防火安全等重大自然灾害、重点科普工作，通过网络直播、开设专题、专家访谈等形式进行网络宣传，及时、准确地向公众传递科学知识，提高了网络科普的传播能力，受到有关领导表扬。

27.2.6　开展网络科普理论研究

2010 年 1~10 月，网络科普联盟组织南京大学、北京航空航天大学、中国航天科技信息中心、清华大学、北京联合大学等教育、科研机构围绕网络科普作品质量与质量控制、网络科普界面系统设计指南研究、数字科普资源整合与集成应用、数字科普研究与实践、网络科普的受众结构与效果研究、科普网站案例研究与推荐 6 个问题开展网络科普理论研究。这些研究成果对于网络科普发展具有指导意义。

27.2.7　举办"网络科普公益与产业并举发展机制"论坛

为了探讨我国网络科普公益与产业并举发展机制，促进互联网科普事业科学发展，网络科普联盟于 2010 年 11 月 13 日在安徽芜湖举办了"网络科普公益与产业并举发展机制"论坛，40 名互联网科普工作者参加论坛。论坛期间，北京大学科学传播中心、中科院计算机网络信息中心科普教育中心、上海科技报社、科学松鼠会、互动百科网、北京农科院信息所、无锡市科普促进协会的专家、学者围绕主题，结合科普网站的建设理念、运行模式、产业化机制、社会效果做了专题报告，代表们交流了科普网站的建设经验。

27.3　典型案例

27.3.1　中国古代科技文明网（www.ancientech.cn）

中国古代科技文明网是一个专门介绍中国古代科技发展及其成就的综合性网站，2010 年 8 月正式开通。网站由中国科协信息中心、南京大学多媒体科教制作中心联合主创，南京视距数字技术有限责任公司提供技术支持。网站建设者希望通过丰富的内容和多样的展现形式，让更多的人了解中国古代科技，走近中国古代科技，共同传承人类文明的遗产。中国古代科技文明网站是一个富于知识性，又极具表现力的科普网站。

1. 基本情况

中国古代科技文明网共有 20 余万字，900 多个知识点（其中科技类知识点超过 800 个），1500 余幅图片和 100 多段视频动画。网站大量使用先进的多媒体技术，使读者在阅读知识的同时也能获得视听的享受。网站分为中文、英文和论坛三个内容版块。中文版块又分为历史长河和科技专题两部分，分别依据科技发展的时间脉络和专题类别进行排布。

2. 网站特色

中国古代科技文明网内容立足于中国古代科技发展的各个方面，大到"四大发明"，小到酒曲酿酒，全方位介绍中国古代的科技成就。网站按照以下四项原则进行创作：

（1）解读、还原科学原理，使之与现代科技对照，彰显古代中国人的智慧。

（2）突出科技与生活的联系，再现中国古代科技存在和发展的社会需求。

（3）提供中外科技发展的对比，揭示中国古代科技辉煌与衰落的时代背景。

（4）充分利用网络和多媒体技术的优势，创作一个丰富多彩的科普作品。

中国古代科技文明网始终坚持传播科学思想，解读科学原理的创作理念，以现代多媒体手段复原和再现古代发明，揭示其中的科学道理和科学思想，铭记人类科技进步的每一步足迹，展现人类智慧遗产对于今天社会的价值。

27.3.2　互动百科网（www.hudong.com）

1. 基本情况

互动百科网创办于 2005 年 6 月，定位于创建一部人人都能参与编写的、基于维基（wiki）的网络大百科全书。网站的建设理念是人人都能参与编写、创作，吸引了包括专家、爱好者、学生在内的各界人士参与奉献科普知识和智慧，最终形成免费、海量、权威、更新及时的网络百科全书。互动百科网站依托 327 万注册用户创建完善了超过 5 万个分类、518 万百科词条、53.6 亿文字、500 万张图片的中文百科知识体系。一级目录包括自然、地理、人物、历史、科学、技术、文化、艺术、体育、经济、生活、社会 12 个，涵盖中文百科知识的主要大类，并通过开放分类、相关词条和内部链接等功能呈网状分布，纵横交叉关联，方便用户查阅和系统学习。建成了互动博物馆、中医百科、锐词榜、版权图片、百科视频、百科文章等特色栏目。为网民和受众了解、分享知识和信息，解决工作、学习、生活问题提供了一个实用平台。创建 5 年来，互动百科网站服务了超过 100 亿人次的知识搜索请求，日均浏览用户 3000 万次，取得很好的科普效果。

2. 主要特色

（1）独创了受众参与科普内容创作的机制。互动百科网站搭建了一个人人都能参与编写的，基于维基（wiki）的网络平台，依托自主开发的 HDWiki 系统，为超过 15 万家地方百科网站和行业百科网站提供技术支持服务，形成了一个超过 2 万家专业百科网站形成的百科联盟。这些百科网站与互动百科网站形成了知识内容共享关系，用户可以方便地通过互动百科网站访问专业百科网站的内容，也可以通过这些独立网站访问互动百科网站的内容，扩大了知识积累和传播的速度。互动百科网站建成的海量百科知识可以供更广泛的受众浏览和学习，创建了"我为人人，人人为我"的知识共建共享机制。

（2）形成一系列专业微型的百科栏目。在建设海量、综合百科知识平台的基础上，2010年互动百科启动了微型百科建设项目，依托专业网民力量，先后创建了三国百科、红楼梦百科、虎百科、中医百科、东南亚旅游百科、世界名犬百科、蝴蝶百科、博物馆百科、世界杯百科、中国古代星官 10 个微百科，每个百科涵盖 3000～5000 个专业百科词条并集中展现到一个页面上，为用户了解专业百科知识提供了极大方便。以博物馆百科为例，互动百科网站依托网民在线协作，完善了涵盖 1580 家博物馆的百科知识和信息，并与中国航空博物馆、北京自然博物馆、中国古动物馆、中国电信博物馆、中国铁道博物馆等近百家博物馆开展合作，形成了科普场馆和网络科普的互动效果，为网民了解博物馆及展品知识、参观指南信息等提供了极大的方便，进一步促进受众和网民走进博物馆。

（3）推出新知社，使人人都是分享家。为了方便网友传播、分享百科知识，互动百科推出了知识共享社区——新知社，倡导人人都是分享家的理念。目前新知社注册网友超过 10万人。广大网友通过这一 SNS 平台可以点评词条，分享百科词条、文章和图片，并与人人网、新浪微博客等知名社区进行了技术打通，增加知识的吸引力，并使之传播给更多的网民。

（4）发布词媒体联盟。2010 年 5 月，互动百科网站发布了词媒体战略联盟。共有包括中国移动手机报、《北京晨报》、《北京青年报》、《中国工商时报》、《南方周末》、《新知客》、《新周刊》、《科技潮》、《周末画报手机报》和《凤凰手机报》等 500 家知名报纸、杂志手机报定期选用或专栏选用，为受众了解网络科普热词、百科知识发挥着独特的知识传播作用。

（5）举行丰富多彩的科普小组活动。互动百科的核心用户出于兴趣爱好或专业背景，结成了数百个不同专业的科普小组，在互动百科网站知识向导的带领下进行本领域百科知识的整理和完善。目前超过 100 名成员的小组有 100 个。遍布全国各地高校的互动百科网站用户和兴趣小组，每周都会组织一次科普活动。2010 年兴趣小组共举办了 60 期科普专家访谈活动，包括全国青少年网上编写"我们的奥运大百科"公益活动，校园及地方科普推广活动，科普专家访谈，"我最喜爱的北京地区博物馆镇馆之宝"评选活动，"互联网森林"大型网络公益活动，"教师维基星光计划"等。近万名网友参与相关活动，受众与科普的距离进一步拉近了。

（中国互联网协会网络科普联盟　张小林、闫伟、吴晨生、董晓晴）

第28章　2010年其他行业网络信息服务发展情况

28.1　房地产信息服务发展情况

住房是和人们日常生活关系最紧密的事物之一，同时房地产也是国民经济的支柱产业之一，房地产信息服务是指在互联网上发布房产新闻资讯和交易信息的服务。随着房地产行业的不断升温，房地产信息服务网站正在成为消费者和行业相关从业人员获取房地产信息的重要平台，在社会生活中发挥着重要的作用。

28.1.1　网站发展情况

在2010年，房地产信息服务网站规模有了较大的提高，CNZZ的统计数据表明，在2010年12月，平均每天有访客访问的行业站点的数量为1411个，相比2009年12月的702个增长了101.03%。如图28.1所示。

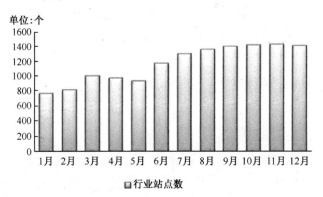

图28.1　2010年房地产行业网站数

大型互联网公司纷纷加快布局房地产信息服务的步伐。2010年5月13日，中国房产信息集团与百度联合宣布，双方战略合作共同打造的百度乐居新房频道上线，首个房产信息搜索服务平台投入运营。6月，中国联通、MSN、遨游浏览器、新华网等互联网知名公司与搜房网达成战略合作协议。8月，安居客向旗下爱房网和好租网各投入一亿元，加快房地产信息服务的扩张速度。

多家房地产信息服务网站开始发力移动互联网。房地产门户网站搜房网针对移动互联网推出了针对不同手机版本的浏览形式，并将移动互联网作为未来创新的应用形式。部分开发商也借助智能终端的房产应用平台，将移动互联网作为手机看房工具。用户只要在手机上安装了看房终端软件，就可以查阅当前城市最新发售的楼盘信息。

尽管房地产信息服务网站是人民日常生活中的重要工具，不过网民对于这一行业网站的访问积极性并不高，平均每月的行业独立访客量变化不大，这主要是由于目前国内的主要上网人群消费能力有限，而且房产并不是日常消费品，目前房产网站对消费者在购房或租房后的吸引力不大，很难留住访客，这也造成了房产网站的行业访客量增长缓慢。

28.1.2 用户分析

2010年，房地产行业访客规模有一定增长，在2010年12月，日均行业访客数已接近千万，全年增长率超过3%。

根据CNZZ数据显示，在2010年，房地产行业网站访客对行业整体页面的兴趣度在下降，房地产行业网站访客单次访问站点的浏览页面在2010年12月的日均值为5.72次，与2009年同期的6.25次同比下降了8.45%，如图28.2所示。行业总体访客的页面浏览总量的最高峰出现在4月14日；访客在房地产行业网站上的平均停留时长也有所下降，12月的平均站点停留时长为91.94s，比2009年12月减少了20.48s。

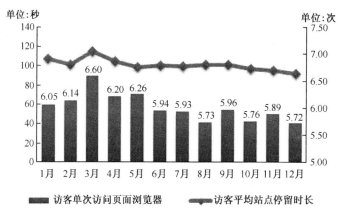

图28.2 2010年房地产网站访客行为

访客行为数据分析如下：

（1）尽管由于对房地产信息服务市场的看好，大量的相关网站被迅速建立起来，不过由于这一行业网站的信息量有限，几大领先网站拥有最多、最全、可靠性最高的信息资源，这让访客不再愿意访问小型网站去浏览重复或无法确定真实性的信息，在进入小的房产网站后很快就会离开，这造成了行业访客整体单次网站浏览量的下降以及平均站点停留时长的缩短。但在领先的几大网站中，由于能够满足用户的需求，同时还提供了较好的用户体验，其访客的页面浏览量和访问时长都有所增长；

（2）4月14日国务院常务会议出台了针对房地产市场的"新国四条"，掀起了本轮对房地产市场整体调控的序幕，引起了全社会的广泛关注，这为房地产信息服务网站行业带来了巨大的页面浏览量，因此这一天也成为2010年行业总页面浏览量最高的一天。

28.1.3　市场分析

经过多年的发展，当前从事房地产信息服务的网站整体正处于稳步发展阶段，能够为需求者提供多种服务，主要包括以下几种：①为房地产供求双方提供信息平台；②为房地产相关企业提供企业对企业的供需平台；③为房地产从业人员提供行业数据信息；④发布房地产相关的业界新闻；⑤房地产业主之间的交流平台。这些服务基本满足了现阶段人们对房地产的信息需求，在电子商务高速发展的今天，预计在线房产交易将成为下一个增长点。

目前房地产信息服务网站中呈现多个巨头争霸市场的局面，目前这一行业中已经有两家企业上市，而且各大互联网门户巨头等都已经进入这一市场，各自开辟了房地产信息的专门板块。房地产行业对于广告推广方面的投入巨大，所以尽管市场竞争激烈，行业领先者也有较好的回报。

在 2010 年，房地产行业延续之前的高速发展势头，这直接带动了房地产信息服务网站的快速增长，其中二、三线城市的房产信息网站是增长的主力，这表明了房地产行业正在着力对二、三线城市进行开发。

房地产信息服务网站的网民访问情况受季节影响很大。8 月是大学生毕业就业的高峰时间，也是他们寻找住房较为集中的时间段，这部分群体更习惯于使用网络来获取信息，因此这一月份的房地产行业访客数量达到了最高值。而在 2 月，由于正值春节假期，在外地工作的人群集中回家过年，关注房产信息的人群大幅降低，不过随着节后返城高峰的到来，房地产信息服务网站的访客量又形成了一个小高峰。

28.1.4　商业模式

在 2010 年，房地产信息服务网站的主要盈利方式还是依靠网络广告收入。由于网站访客的集中化程度加深，几大领先的行业网站在房地产网络广告整体市场份额中所占比例越来越高。

尽管在 2010 年，政府多次出台调控房地产的措施，让房地产市场趋于稳定，不过房地产网络广告市场却逆流而上，取得了相当好的业绩，其中行业领先者之一的搜房网还在纽约交易所成功上市。根据搜房网的 2010 年报显示，其在 2010 财年的市场营销服务收入达 1.677 亿美元，相比 2009 年增长了 63.8%。

房地产行业是国内广告市场最重要的力量之一，在 2010 年尽管受到政策影响，行业本身发展速度放缓，不过这促进了企业增加广告投入并更加注意广告投放效果以保持市场份额，因此作为房地产网络广告投放的重点，相关行业垂直网站的广告收入有了较大增长。

房源发布也是房产信息服务网站的一个重要收入来源。大多数的房产信息网站都会为房产中介或个人提供房源供需信息发布平台。这些平台也已经成为二手房及租房供求双方日益依赖的平台，房产信息的真实性成为消费者最关注的问题。

28.2　IT 产品信息服务发展情况

28.2.1　网站发展情况

2010 年，IT 产品信息类站点的总体数量变化不大，年初时每日活跃（即有访客进行访问）的站点约为 1360 家，年底时略有所减少，约为 1270 家。最少时为 6 月底，数据约为 1020 家，如图 28.3 所示。截至 2010 年年底，中国互联网上共计出现过 IT 产品信息服务类网站约 23 000 家。此外，带有 IT 产品信息相关频道或论坛子站点的网站约有 64 000 家。（两个数据跳跃较大，请确认一下是否正确）。分析认为，一些借提供 IT 产品信息为名，行网络诈骗、色情活动为实的网站受政策管制影响陆续关闭导致此类站点的数量降低。

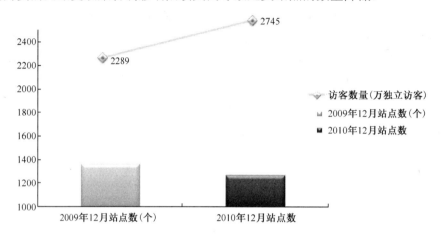

图28.3 2010年IT产品信息活跃站点数和用户数

28.2.2 用户分析

2010 年，IT 产品信息类站点的整体访问者数量相比 2009 年增长了 460 万人，总数达 2750 万人，增幅为 19.9%，如图 28.3 所示。其中使用无线终端设备的访客量占全部访客量的 5.1%。除门户新闻以外，IT 产品信息类网站是使用无线终端设备访客量比例最高的资讯类型站点类别。

根据 CNZZ 的分析数据显示，2010 年，除 IT 信息行业的垂直媒体外，门户网站的 IT 频道与 IT 类网上零售商城也是国内网民享受 IT 产品信息服务的重要方式，后者的资讯、评论版等网页作为 IT 信息类站点的一种新形式，首次超过 IT 产品信息整体行业访客总数的 10% 和这一类访客数量在所有 IT 行业站点中相对 2009 年提升最快，访客数量增幅度近 70%，如图 28.4 所示。

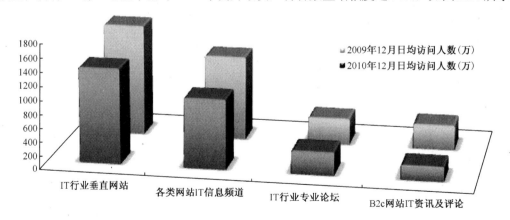

图28.4 2010年12月IT产品信息网站日均访问人数

除 IT 行业整体的资讯新闻以外，以笔记本电脑、智能手机和平板电脑为主的移动 IT 终端设备在 2010 年成为 IT 产品网站中最受关注的内容，各类硬件及配件、照相与摄像器材、办公耗材与 IT 软件产品居于其后。此外，2010 年访客访问这些信息的特征与 2009 年相比变化不大，仍然是以直接访问站点浏览为主，通过搜索引擎、网站广告、网站等形式进入 IT 产品网站的访问者较少，并未超过访客总数的 30%。图 28.5 反映了用户在使用 IT 产品网站所关注的内容。

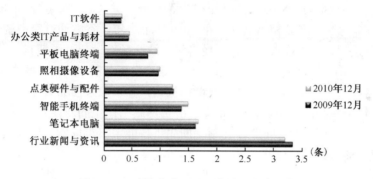

图28.5　IT产品信息网站用户关注内容比较

28.2.3　市场分析

2010 年，事件话题越来越成为这一市场领域的新现象，将在下文中逐一阐述。每当产业中出现重大新闻的时刻，各 IT 产品信息类网站往往会通过收集新闻资讯，开通专题甚至专门的频道加以关注。相比各类 IT 产品的上市或降价促销信息，IT 产业内发生的新闻事件更为吸引行业访客的关注。在 2010 年的大部分时间里，一日之内产生的 IT 产品资讯的数量约为 1.3～1.5 万条，新闻主要集中在工作日，与 2009 年相比增幅约为 9%。主题帖子数量约在 18 万～20 万条，与 2009 年基本持平，这一数量受业内新品发布和周末假日的影响而波动较大。

1．3·15 晚会

2010 年的"3·15 晚会"又一次让公众关注的目光投向 IT 信息产业，全球最大的个人电脑供应商美国惠普公司的 DV3000 系列笔记本电脑因显卡过热容易导致主板烧毁的问题时被广为关注。然而随后该公司的相关负责人的言论更是引发了网友的广泛讨论。此外一款手机的意外扣费与一款平板电视的保修问题也受到披露。一时间，IT 类网站中针对以上内容出现了众多的专题分析与讨论。数据显示，"3·15 晚会"当天及之后的一周之中，IT 信息类站点的访问者数量相较二月平均值高出了 21.35%，用户访问时间延长了 0.82s。

2．iPad 与 iPhone 4 的上市

在 2010 年，作为一类特殊、更新换代最为迅速的 IT 产品，智能手机和智能平板电脑颇为受人瞩目。其中的佼佼者是美国苹果公司，任何与其旗下设备特别是其价格销量相关的话题总是能够惹人瞩目。苹果公司总裁史蒂夫·乔布斯的病情也受到了 IT 类网站读者的关注。数据显示，iPad 在 1 月 28 日发布之后的一周之中，IT 信息类站点的访问者数量相较 2009 年 12 月的平均值上升了 9.38%，用户访问时间延长了 0.21s。而 iPhone4 在 6 月 8 日发布的一周之后，IT 信息类站点的访问者数量相较第一季度平均值上升了 12.20%，用户访问时间延长了 0.32s。

3．谷歌全面进入 IT 产品市场

在过去的很多年中，来自美国的谷歌公司一向以顶尖的开放技术型互联网搜索服务公司为人所知。而在 2010 年中，随着由这一公司提供操作系统的 Android 系列手机的大规模上市销售，向凭借 iPhone 系列产品垄断先进智能手机市场数年的美国苹果公司发起了冲击。由于装载这种操作系统的手机在传统的通信功能以外加入了众多手持式的智能终端特性功能，和以往的智能手机相比具备更加自由开放的软硬件特性，很快在世界范围内得到了不错的市场成就。该公司的手机 Google Nexus ONE 更成为谷歌全面进入 IT 终端产品市场的一个标志。CNZZ 统计，谷歌对这一产品相当重视，在 2010 年下半年，谷歌通过空中统一通信 OTA 技术，对该款设备进行了不下 5 次的操作系统升级，这一频率远超过同期其他各类智能手机受到的关注程度，也引起了 IT 信息类网民的广泛兴趣。由于装载 Android 操作系统的智能手机与平板电脑设备在整个 2010 年度中持续有新品推出，并未像之前的事件一般造成突发影响，但据粗略统计，这一系列产品全年在 IT 信息服务类网站中产生的新闻和主题帖数量累计约为 23.32 万条，其阅读者覆盖面并不亚于之前垄断先进智能手机市场的 iPhone 系列产品。

4．手机携号转网的两地试行

2010 年 11 月 22 日，根据工信部的文件要求，天津、海南两地携号转网试点开始进行，除 TD 用户不参与携号转网外，天津为移动与联通、电信用户可相互转网。虽然这一事件对于通信产业的影响远大于对 IT 产品信息服务领域的影响，但是广大 IT 产品信息站点的访客对于这一消息的反应非常积极，对于终端、网络的讨论数量都呈明显增加。数据显示，在这一措施落实之后的一周之中，IT 信息类站点的访问者数量相较 2009 年 12 月的平均值上升了 12.95%，用户访问时间延长了 0.34s。并且由于本次试行的时间较长，在试行过程中引起了用户的持续关注，网络的稳定性能、3G 能力与互联网应用便利性成为试点过程中用户关注的主要问题。在整个 2010 年中，包括手机在内的移动设备对于互联网整体流量影响日益增强，IT 产品信息类网站也从中受益，CNZZ 统计，IT 产品信息类站点的访客中越来越多的出现了智能移动终端设备，这与我国移动网络建设的日益发展和先进智能设备的日益普及密不可分。

28.2.4　商业模式

IT 产品信息类网站的商业服务模式与 2009 年完全相同，并无显著创新之处。在站点页面上投放 IT 相关产品广告是这类这站点最常用的商业模式。IT 数码产品广告类型多种多样，能够很好地利用互联网展现形式丰富多彩的特性。

目前在 IT 产品信息类网站投放广告的广告主主要包括三部分：IT 数码产品商、高速发展的网络购物网站和线下实体商铺。

除了网络广告外，当前主要的 IT 产品信息类网站还正在努力搭建自己的网络购物平台，利用网站自身与商铺的关系，让传统的线下商铺能够与消费者在网络上进行交易。

28.3　网络招聘信息服务发展情况

28.3.1　网站发展情况

2010 年，在中国强劲的经济增长影响下，就业市场活跃，制造业、IT 业、商贸业等行

业用工需求增大，由此带动网络招聘网站快速发展，并保持了自 2009 年以来的良好发展势头。特别是随着大城市生活压力的增大，符合求职者要求的地区性招聘网站得到了较快发展，二三线城市逐渐成为了各大招聘网站争夺和抢占的新市场。

28.3.2　用户分析

经过十几年的发展，网络招聘服务在招聘者和求职者中的认知及接受程度越来越高，已成为我国招聘者招聘人员、求职者求职就业的重要渠道。

艾瑞咨询统计数据显示，2009 年使用网络招聘的雇主数量达到 81 万家，占中国企业总数的 8.3%，预计 2010 年网络招聘雇主数量为 110 万家，到 2013 年将超过 200 万家，网络招聘雇主渗透率将接近 25%，如图 28.6 所示。

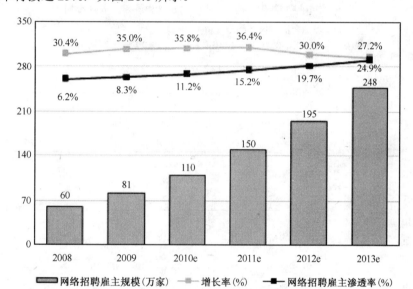

注：网络招聘雇主渗透率=网络招聘雇主规模/雇主总数；雇主是指国家工商总局统计的内、外资企业(含分支机构)、包括私营企业；不包括个体工商户、农业合作社。

（数据来源：综合上市公司财报、企业及专家访谈、根据艾瑞统计模型结算及预估）

图28.6　2008—2013年中国网络招聘雇主规模

对于网络求职者来说，由于中国的劳动力市场整体仍处于供过于求的状况，网络求职的便捷性、无地域限制的特点也吸引了更多的求职者。2010 年 1 月～9 月，中国招聘网站月度覆盖人数平均为 7955 万人，同比增长 17%。艾瑞咨询预计，2010 年网络求职者人数达到 7100 万人（数据更新），2013 年有望超过 8000 万人，如图 28.7 所示。

艾瑞咨询监测数据显示，中国招聘网站访问者中，在校学生最多，其次是制造业、IT 行业和商业/贸易业，表明上述人群为当前就业市场的求职主力。经过分析，不同行业访问用户月度走势略有不同：学生群体在春节（2 月）、五一（5 月）、暑假（8 月）均减少了招聘网站的访问，而制造业、IT 业除春节外，其他时段波动较小，持续保持上升态势，如图 28.8 所示。

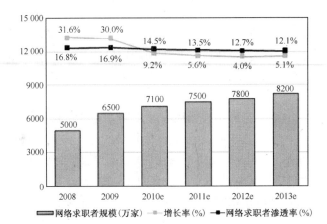

注：网络求职者渗透率=网络求职者规模/互联网网民规模。
（数据来源：综合上市公司财报、企业及专家访谈、根据艾瑞统计模型核算及预估）

图28.7　2008—2013年中国网络求职者规模

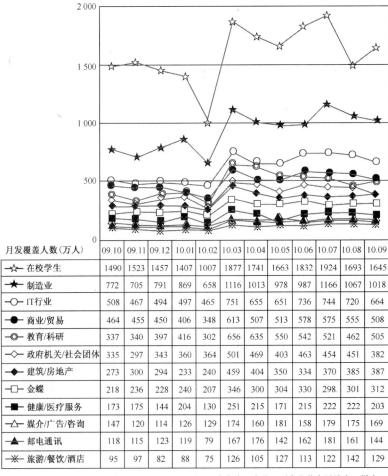

月发覆盖人数（万人）	09.10	09.11	09.12	10.01	10.02	10.03	10.04	10.05	10.06	10.07	10.08	10.09
☆ 在校学生	1490	1523	1457	1407	1007	1877	1741	1663	1832	1924	1693	1645
★ 制造业	772	705	791	869	658	1116	1013	978	987	1166	1067	1018
○ IT行业	508	467	494	497	465	751	655	651	736	744	720	664
● 商业/贸易	464	455	450	406	348	613	507	513	578	575	555	508
◎ 教育/科研	337	340	397	416	302	656	635	550	542	521	462	505
◇ 政府机关/社会团体	335	297	343	360	364	501	469	403	463	454	451	382
◆ 建筑/房地产	273	300	294	233	240	459	404	350	334	370	385	387
□ 金蝶	218	236	228	240	207	346	300	304	330	298	301	312
■ 健康/医疗服务	173	175	144	204	130	251	215	171	215	222	222	203
△ 媒介/广告/咨询	147	120	114	126	129	174	160	181	158	179	175	169
▲ 邮电通讯	118	115	123	119	79	167	176	142	162	181	161	144
※ 旅游/餐饮/酒店	95	97	82	88	75	126	105	127	113	122	142	129

（数据来源：UserTracker. 家庭办公限2010.10，基于对20万名家庭及办公（不含公共上网地点）样本网站行为的长期监测数据获得）

图28.8　2009年10月—2010年9月中国网络招聘用户行业分布

　　从用户的使用习惯看，求职者更倾向于使用知名度较高的招聘网站，尤其是前程无忧和智联招聘等综合性网站。但随着用户需求的变化，特别是求职者更要求招聘的有效性与准确性时，市场格局也在发生着微妙的变化，应届生求职网和数字英才网等招聘网站已经通过各具特色的服务获得了较多用户的青睐，如图 28.9 所示。

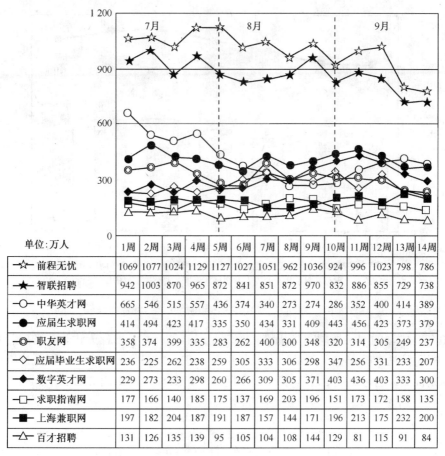

单位：万人	1周	2周	3周	4周	5周	6周	7周	8周	9周	10周	11周	12周	13周	14周
☆ 前程无忧	1069	1077	1024	1129	1127	1027	1051	962	1036	924	996	1023	798	786
★ 智联招聘	942	1003	870	965	872	841	851	872	970	832	886	855	729	738
○ 中华英才网	665	546	515	557	436	374	340	273	274	286	352	400	414	389
● 应届生求职网	414	494	423	417	335	350	434	331	409	443	456	423	373	379
◎ 职友网	358	374	399	335	283	262	400	300	348	320	314	305	249	237
◇ 应届毕业生求职网	236	225	262	238	259	305	333	306	298	347	256	331	233	207
◆ 数字英才网	229	273	233	298	260	266	309	305	371	403	436	403	333	300
□ 求职指南网	177	166	140	185	175	137	169	203	196	151	173	172	158	135
■ 上海兼职网	197	182	204	187	191	187	157	144	171	196	213	175	232	200
△ 百才招聘	131	126	135	139	95	105	104	108	144	129	81	115	91	84

注．第1周指06.28-07.04，以此顺序。第14周指09.27-10.03

（数据来源：UserTracker. 家庭办公限2010.10,基于对20万名家庭及办公（不含公共上网地点）样本网站行为的长期监测数据获得）

图28.9　2010年第三季度中国招聘网站周覆盖人数Top 10

28.3.3　市场分析

　　随着中国市场快速走出 2009 年由于金融危机带来的下滑局面，网络招聘行业迅速回暖，市场的整体回暖及运营效率的提升推动了行业的健康发展。2010 年，在三大招聘网站中，前程无忧的网络招聘收入大幅提升，智联招聘也在多年亏损后由扭亏为盈到持续盈利，并重启了上市计划。受国内经济的迅速复苏以及市场的逐步成熟等利好因素影响，2010 年中国网络招聘市场规模超过 16 亿元（数据需要确认和更新），较 2009 年的 12 亿元增加约 1/3。未来几年，网络招聘行业的发展前景非常广阔。

网络招聘服务在 2010 年得到了快速的发展。人们对我国网络招聘的认知及接受程度越来越高，网络招聘市场不断扩大。据艾瑞咨询统计数据显示，2010 年前三个季度（补充第四季度），中国网络招聘市场营收规模分别为 3.9 亿元、4.16 亿元、4.41 亿元，同比增长分别达到 55.4%，51.3%，36.5%，如图 28.10 所示。

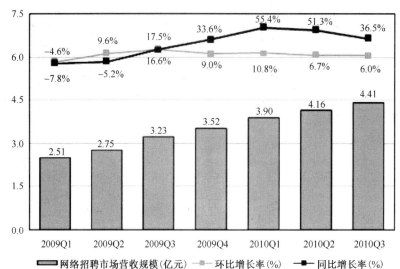

（数据来源：综合上市公司财报、企业及专家访谈、根据艾瑞统计模型结算及预估）

图28.10　2009Q1—2010Q3中国网络招聘市场营收规模

　　2010 年，中国的网络招聘市场仍维持着三足鼎立的格局，前程无忧、智联招聘和中华英才网三大招聘网站占据着整个市场近七成的份额。在三大招聘网站中，前程无忧继续保持着明显的领先优势，智联招聘、中华英才网紧随其后，具体份额如图 28.11 所示。

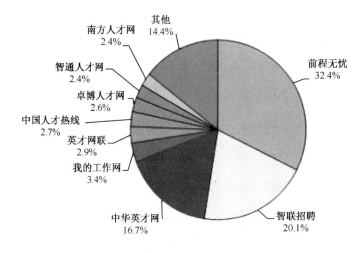

注：2010Q3年中国网络招聘市场营收规模为4.41亿元。
（数据来源：综合上市公司财报、企业及专家访谈、根据艾瑞统计模型核算及预估数据）

图28.11　2010第三季度中国网络招聘市场营收份额

作为招聘网站的领军者，前程无忧在 2010 年实现收入 10.90 亿元，首次跻身"10 亿元品牌企业"，其在收入增长 33.4%的同时，净收益更是增长 108.6%，达到 2.35 亿元，较 2009 年增长一倍。智联招聘则在 2010 年下半年首次实现赢利，其下半年在线招聘服务营收为 2.34 亿元，税后净利润达到 3880 万元；与此同时，公司重新启动上市计划，并已经制定了相关时间表。除三大招聘网站外，国内一些新兴的网络招聘势力纷纷开始了网络招聘模式的革新，尽管目前尚无法与三大招聘网站抗衡，但无疑给三大招聘网站带来了一定的冲击，同时也对传统模式发起了正面攻击。

28.3.4　商业模式

目前，网络招聘正在进入一个新的发展阶段，国内许多招聘网站面对日趋增长的用户需求都开始尝试采取新的服务模式，类似于免费模式、SNS 模式、微博客、视频招聘等形式逐渐进入了从业者的眼球。其中不乏势头凌厉的网站，百才招聘在 2008 年提出打造全国首家终身免费的招聘网站，经过一年多的发展，拥有 45 万的在线职位数更超过了行业巨头，跃升进入全国招聘类 10 强网站。这样的局面，无疑给三大招聘网站带来了一定的冲击，同时也对传统模式发起了正面攻击。

SNS 招聘模式的优势是通过关联人、关联事来展现和验证应聘者的经历、才智和性格秉性，从而使得企业更有效率地筛选目标应聘者。同时，它还能通过推送的方式，把招聘信息和应聘者自动匹配，与传统招聘网站相比，社交网站中的用户资料信息以及教育信息已非常完整，这对招聘方而言，无疑更为便捷和精确。2010 年 3 月，人人网推出招聘平台 alpha 内测版，揭开了进军网络招聘领域的序幕。

此外，2010 年，通过微博客进行招聘正逐渐被国内的企业家和人力资源主管们所接受，微博客招聘在针对性、时效性和节省成本上占有的巨大优势，给传统招聘网站带来了冲击，但目前来看，其还不可能代替网络招聘平台的资源整合及整理功能。

28.4　旅游/旅行信息服务发展情况

2010 年，随着经济形势的好转和国务院明确提出要加快发展旅游在线服务的政策指导，国内旅游业开始复苏，同时，上海世博会和广州亚运会进一步拉动了旅游业的稳步增长。同时，作为传统行业与互联网密切结合的旅游网站发展较为平稳。

28.4.1　网站发展情况

由于后金融危机时期旅游市场接近饱和，因此 2010 年旅游网站整体进入了一个稳定期。CNZZ 统计数据表明，2010 年，旅游网站总数在整体上有一定增长。截至 12 月，全国共有各类旅游网站 5.23 万家，相比 1 月的 5.17 万家增长了 1.13%，如图 28.12 所示。全年行业网站数量产生过波动，从年初开始一路下滑，到 6 月至全年网站数的谷底，之后便一路上行，在 12 月达到全年的最高峰。与此同时，旅游网站增长率与 2009 年相比有所下降。

商旅类网站从 2010 年初的 1195 家增长到 12 月的 1242 家，全年增长率为 3.93%，略高于旅游网站整体增长幅度，商旅类行业网站数在全年的峰值出现在 2 月，而最低点则出现在 10 月，如图 28.13 所示。

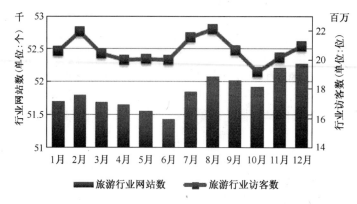

图28.12 2010年旅游网站数和用户数

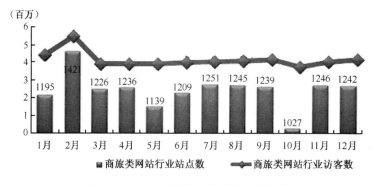

图28.13 2010年商旅类网站数和用户数

旅游景点机构企业网站依然是旅游网站的绝对主力，截至 2010 年 12 月，共有景点机构企业网站 4.48 万，相比 1 月的 4.42 万增长了 1.33%，如图 28.14 所示。

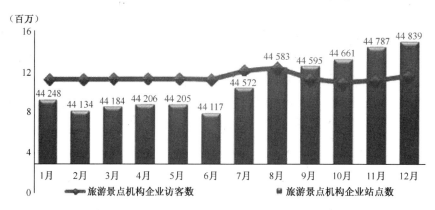

图28.14 2010年旅游景点类网站数和用户数

旅游论坛社区的行业规模开始收缩，在 12 月，全行业网站数为 6198 家，全年行业网站数减少了 53 家，减幅为 0.85%，如图 28.15 所示。

28.4.2 用户分析

2010 年，旅游网站用户数量呈现整体增长、波动较大的局面。全年平均每天行业独立访客数达到 2063 万人。全年波动较大，在 2 月及 7、8 月的寒暑假期，日均行业访客数达到了两个峰值，而在十一长假期间，出现了全年的谷底，如图 28.12 所示。

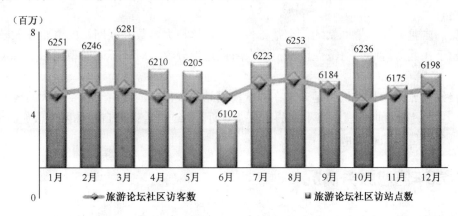

图28.15　2010年旅游论坛社区类网站数和用户数

　　而对商旅网站日均行业访客数来说，在 2010 年却不增反降，从年初的 438 万人降至年末的 413 万人，降幅为 5.62%。尽管降幅并不是很大，但这在近些年来风生水起的互联网行业中却是一个比较罕见的现象，其中全年最高月份为 2 月，最低为 10 月，如图 28.13 所示。

　　旅游景点机构的访客数在 2010 年有所增长，从年初的 1120 万人增长到年末的 1156 万人，绝对数量增长了 36 万人，增长率为 3.25%，如图 28.14 所示，变化情况与整个旅游行业网站的情况相似。

　　旅游论坛社区行业访客数并没有随着网站数的降低而减少，反而有所上涨，年末行业访客数达到 522 万人，相比 1 月的 502 万人增长了 3.87%，如图 28.15 所示。

28.4.3　市场分析

　　2010 年，大型互联网企业纷纷进入在线旅游业务领域。4 月 26 日，盛大网络公司表示其将打造虚实结合的新旅游消费观念；5 月 19 日，淘宝网宣布"淘旅游"频道上线，正式进军在线旅游市场；谷歌、必应和 Facebook 均开始进军在线旅游市场；12 月 31 日，网易机票上线。同时，整合营销也成为旅游网站行业发展的手段之一，以携程收购中国古镇网为标志性事件。

　　另外，旅游团购成关注热点，各大在线旅游网站发力无线互联网，在线旅游服务更加看重微博客，SNS 等社交网络媒体在吸引访客方面起到的作用等，也成为 2010 年旅游网站的发展特点。

　　当前在线旅游正在成为最被看好的一个行业，目前国内已经有两家在线旅游网站上市，还有几家也正在准备上市。由于旅游业涉及到的经营项目有很多，旅游网站也自然走向了细分领域，当前的行业领先者主要集中在酒店和机票预订方面，直接销售旅游产品以及旅游评论方面还处于群雄逐鹿的局面，同时互联网巨头们也都看好在线旅游，纷纷准备进入开展角逐，在未来在线旅游市场还将存在较长期的激烈竞争。

28.4.4　商业模式

　　当前旅游/旅行信息服务网站中最受关注的商旅类网站的商业模式主要包括在线酒店、机票预订、旅游广告及直接经营旅游度假产品等方面。

酒店预订和机票预订是目前国内在线旅游网站的营收中所占比重最大的两个部分，不过目前这一领域上下游商户之间的利益分配上矛盾正在加剧，如何平衡各方的利益将是未来的主要问题。

旅游广告是在线旅游网站的一个基础性收入，这与大多数互联网站的主要收入模式比较类似。由于在线旅游网站的覆盖范围很广，所以这部分收入对于不同类型网站来讲重要性不尽相同。

直接经营旅游产品被认为是未来在线旅游网站的发展方向。由于需要强大的线上线下整合能力，因此目前营收规模还比不上酒店机票预订。不过随着人们自由休闲度假旅游的兴起，这一领域会有广阔的发展前景。

28.5 汽车信息服务情况

汽车作为一种适应性比较全面的大宗商品，有着多样的推广方式。随着互联网的不断发展，汽车网站能够完美地将展现汽车的独特气质，表现汽车车型及动力性能，详细介绍汽车配置等多种内容在同一个平台上展示给消费者。这使得汽车网站逐步成为汽车厂商倚重的推广平台。

28.5.1 网站发展情况

2010 年，国内汽车网站规模稳步增长。站点的数量由 1 月的 6.58 万家增长到 12 月的 7.67 万家，增长率为 16.6%，如图 28.16 所示。这一数据为此类站点近年较高的成长水平。汽车类站点的日均有效页面数年初约为 2.89 亿个，年底约为 3.35 亿个，这一数字在一年之中以 15.9%的成长幅度大幅高于 2009 年。

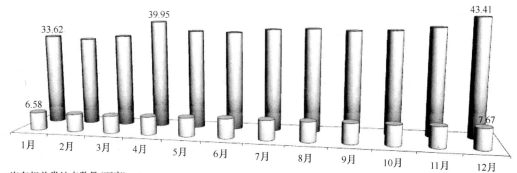

□汽车相关类站点数量(万家)
■月度到访汽车相关类站点网民(百万独立访客)

图28.16 2010年汽车类网站数和用户数

汽车类站点发展相对来说非常集中。汽车行业网站的建站类型主要分为门户网站汽车频道，汽车网站垂直专业站点，车友或旅友论坛和汽车生产或经销厂商站点。门户网站的汽车频道与汽车垂直行业网站基本上可以覆盖这一类型的行业访客。在 7 万多家汽车类网站中，4S 店网站、汽车配件厂商网站等小型且流量较少的站点是其中最为主要的组成部分，这类网站占汽车类网站总体数量的 92%。

租车类网站发展非常迅猛。统计数据显示，这类网站在 2010 年中属于增长最快的站点之一，其站点数量从几乎没有迅速成长为近千家。且其中相对领先的站点已经具备先进互联网服务商的典型特点。汽车行业网站内，如社区化、在线支付、主动资讯推送系统等相对先进的互联网网站新技术不断被这类网站率先使用。CNZZ 统计数据显示，2009 年年底，租车类网站的行业访客年度最高峰值总数量约为每日 150 万，出现在 2009 年的"国庆特长假"前。而 2010 年，上半年大部分月份之中的租车类日均行业访客数量都可超过这一数字。2010 年 12 月之中这类站点的日均访客总量接近 340 万，与年初相比提升超过 105%，属于年度中发展速度最快的站点类型。

汽车网站应用最多的建站技术依然是论坛类站点。随着 2010 年中后期注册站点周期在调整中降低，汽车类站点特别是车型论坛、经销商或 4S 店论坛大量出现并带动了整个行业站点数量的提升。至 2010 年年底，汽车类站点中使用论坛形式为主的站点为 2.4 万家左右，占整个行业总站点数量的 31%。此外，93%的汽车类站点带有论坛应用，是此类站点最常用的应用模块，视频应用紧随其后。

28.5.2　用户分析

2010 年，汽车类网站访客数量同样提升明显，由 1 月的 3360 万人增长到 12 月的 4341 万人，如图 28.10 所示。2010 年 12 月进行了广州车展，并且发布了新的购车限制政策，对于汽车类站点的影响非常大，12 月份的汽车行业访客数量明显高于近似月份的水准，可以看到同样进行北京车展的 4 月访客数量同样明显高于临近月份。

2009 年，汽车类行业网站访客的平均访问时长为 8.90s，2010 年略有提升达到 8.96s。这一数字与国内网站整体的访客访问时长相比还有一定距离，这同样与汽车网站的访客构成成分有着直接的关系，众多汽车经销商网站和汽车配件商网站的访客访问目的十分明确，很少会在网站上停留较长时间，这直接降低了汽车网站访客的平均访问时长。与此同时，绝大多数网民直接关闭由广告链接而打开的汽车网站的网页也对汽车网站访客的访问时长有影响。由于各类汽车网站的分布保持稳定，网站形式和访客行为模式变化也不大，整个汽车行业网站访客的访问时长变化并不明显。

28.5.3　市场分析

2010 年，传统互联网以外的一些互联网的先进应用进入汽车信息服务领域。研究表明，2010 年最主要的三类无线移动设备平台即 iOS，Android，Symbain 之中，共有约 35 万款应用与汽车相关，其中占据流量最大的类别为各平台数量共 120 款的基于地理位置应用的导航类软件。这类软件除下载、注册安装必须通过互联网进行之外，更新地图与获取实时信息时大部分也需要保持移动互联网的网络链接。CNZZ 汽车行业合作伙伴提供的调查问卷显示，城市约 18.2%的私家车驾驶者使用这类必须进行移动互联网链接的设备进行在线导航。除此之外，移动设备上的一些应用如实时路况、异地租车向导、巴士交通信息、赛车游戏、模拟驾驶考试等应用也很受欢迎。

2010 年，呈现突破爆炸式增长的团购类网站对于带动汽车消费具有重大意义。据不完全统计，2010 年中有至少 1200 条与汽车相关的团购物料产生，并有数十家专门以汽车或汽车周边服务为主体的团购类站点出现。

经历了互联网快速发展的 10 年，汽车类网站以持续不断的魅力影响着我国互联网，可以相信，在网络时代成长起来的年轻人已经逐步具有了购买汽车的需求和能力，必将成为购车族的主力，汽车网站正是这部分人在购车初期对汽车进行筛选和分享驾车感受最重要的媒体工具，这使得汽车网站逐步成为汽车厂商最为倚重的推广平台。伴随着中国汽车市场的高速发展，汽车网站作为沟通显示经济与互联网的重要桥梁，有广阔的发展前景。

28.5.4 商业模式

广告是汽车类网站的一个基础性收入，这与大多数互联网站的主要收入模式比较类似。汽车类广告依然以门户网站、垂直行业站点与搜索引擎为首选目标，特别是门户类网站，得益于这类站点具备很强的用户集中特性，国内上网者几乎没有一天看到不挂有汽车类广告的门户站点。CNZZ 统计表明，广告主平均每月在门户网站投放 20 000～28 000 条各类广告，并且随着汽车销量的猛增，这一数字还有略微上涨的趋势。这类站点上的汽车广告被看到的概率的确最高，可达 46%左右。搜索引擎与汽车垂直相关行业紧随其后。社区网站、其他垂直商业网站、视频网站和娱乐网站等能够产生巨型流量的网站处于汽车广告主关注的第二梯队。根据国外研究经验表明，在这些类型的网站特别是社区网站投放广告还有更大的商业回报潜力，国内汽车厂商还应对 SNS 等社区互动网站的广告投放策略进行规划。2010 年各类站点汽车广告投放比例，如图 28.17 所示。

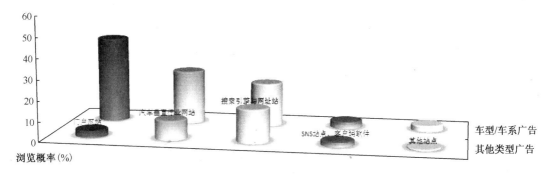

图28.17 2010年各类站点汽车广告投放比例

"通栏"、"区域按钮"、"悬浮 Flash"是汽车类广告在 2010 年中最常使用的投放形式，在全年的所有汽车相关类型广告中，国内主要 1000 家站点所投放的 10 万余条广告有 80%以上使用了以上三种形式。此外，植入式汽车广告有了一定规模的尝试，除 IM 类软件长期以来的广告投放之外，国内数家相对比较受使用者欢迎的 SNS 类站点仍然持续在类似抢车位、偷菜等网页休闲类网游中应用这类植入式广告，一些在线视频服务、客户端类网络游戏与无线应用也开始越来越多地使用这种相对新颖的广告形式为汽车厂商服务。据不完全统计，至少有 3300 条以上的植入式汽车广告在 2010 年被有效投放。对于这类广告来说，与媒体本身的融入程度更高，但由于效果数据的回收具有一定的技术困难，还未能大规模普及。

28.6 体育信息服务情况

近年来我国经济文化高速发展，人民群众对体育的关注度也越来越高，对体育信息服务的需求也越来越多。随着国内互联网的飞速发展，体育信息服务网站以其高信息容量、方便的浏览方式及充分的互动交流等优势在这一领域逐步取得了一席之地。

28.6.1　网站发展情况

体育网站是为网民提供综合或单项体育运动的新闻、资讯、赛事直播和分析等内容的站点。其主要由大型门户网站的综合性体育版块、综合性体育类站点以及单项体育站点等类型站点组成。在体育网站前期发展过程中，网民主要访问门户网站的体育版块以及综合型体育网站。近年来，随着网民素质的不断提高，能够提供专业性的体育报道和评论分析的垂直型单项体育网站越来越受到青睐，但大型门户网站以及体育专业媒体网站的巨大流量依然不可忽视，同时门户网站与体育垂直型体育网站的融合也在不断进行中。

2010 年，体育信息服务网站的行业总体规模有了明显的增长。CNZZ 统计数据显示，到 2010 年 12 月，全国体育信息服务网站的日均行业站点数达到 584 个，相比 2009 年同期增加了 35.49%，如图 28.18 所示。

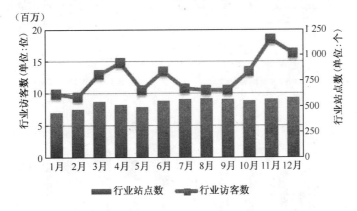

图28.18　2010年体育网站数和用户数

2010 年各类体育赛事的举办，促进赛事主办方与大型互联网媒体联合营销：1 月 15 日，深圳 2011 年世界大运会签约腾讯为官方合作媒体；1 月 28 日，新浪成为中国奥委会互联网合作伙伴，同时成为中国奥委会合作伙伴、中国奥委会互联网服务独家合作伙伴、中国体育代表团合作伙伴、中国体育代表团互联网服务独家合作伙伴；3 月 1 日，AC 米兰中文官网落户体坛网；4 月，网易成为广州亚运会合作伙伴，并在 11 月举行的广州亚运会期间为全国网民提供所有赛事的视频直播；6～7 月，多家专业体育信息服务网站派工作人员赴南非获取 2010 年世界杯的第一手独家资讯，同时还邀请各界名流举办很多的世界杯专题活动；10 月 15 日，新浪与美国职业篮球协会（NBA）达成战略联盟，新浪将成为美国职业篮球协会中国官方网站的官方运营商。

随着互联网的发展，多数体育类网站已经开始体育赛事的视频在线直播服务，建设体育用品在线交易平台，为爱好体育的网民提供更多更方便的服务。

28.6.2　用户分析

行业访客数在 2010 年也有大幅增加，12 月的日均行业访客数达到 1622 万，相比 2009 年 12 月增长了 30.38%，其中日均行业访客数最高的月份出现在 11 月，如图 28.12 所示。

在 2010 年，体育资讯类网站的访客单次访问时浏览的页面数有所增长，从 2009 年 12 月的 4 次增长到 2010 年 12 月的 4.36 次，体育论坛的访客单次访问浏览页面数增长幅度更大一些，在 2010 年 12 月达到 8.01 次，同比增长了 40.41%；两类网站的访客在浏览网站时停留时长也均有较大提升，如图 28.19 所示。2010 年 12 月体育资讯类网站的访客在平均单次访问网站的停留时长为 106.6s，相比上一年同期增长了 25.86%，如图 28.20 所示。体育论坛类网站的访客在这一项指标的提升同样更多一些，达到了 130.28s，同比增长 56.03%。

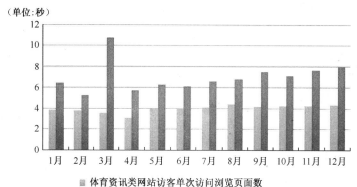

图28.19　2010年体育网站用户浏览页面数

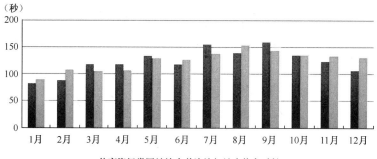

图28.20　2010年体育网站用户访问停留时长

行业访客行为分析：①论坛由于其自身的特性，其访客的页面访问次数总是要比资讯类网站高一些；②由于当前媒体力量的空前强大，对于体育赛事及周边信息的挖掘的越来越深，大量的体育资讯内容很大程度上增强了体育网站访客的访问黏度，特别是对热点事件的争论，让体育论坛的访客单次访问浏览次数大大增加；③最近几年由于宽带上网的普及，网站负载承受能力的增强，越来越多的视频和高清图片可以为网民直接观看，这极大地增加了访客在页面上的停留时间。

28.6.3　市场分析

行业规模数据研究分析：①2010 年是重大体育赛事集中的一年，这些赛事引起了网民的极大关注，体育关注者人群规模的增加为体育信息服务网站整体行业规模的扩大提供了基础条件；

②随着建站技术的简化，很多体育爱好者都自己动手建立一个体育网站，用来与网友分享体育运动所带来的乐趣，交流观赏体育比赛的心情，同时随着对外交流的增加，许多原本在国内知名度不高的运动也借由互联网的便利传入国内，得到了一批爱好者，并建立了相应的爱好者网站；③在 2010 年，以微博客、视频网站为代表的 Web2.0 力量强势崛起，与体育相关的话题或关注点被这些媒介进一步放大，让更多人被体育所吸引，给体育网站带来了巨量的访客；④由于当前国内体育网站的访客主要集中地还是门户的体育板块，这些门户网站对体育赛事不遗余力的报道和关注同样也吸引了众多访客；⑤2010 年 11 月是广州亚运会举办期间，这场举国关注的盛会期间，人们的注意力被吸引到体育上来，体育信息服务网站的整体行业访客数达到全年最高。

28.6.4　商业模式

目前体育信息服务网站主要还是通过广告来获取收入。随着体育受众的增加，全民健身热情高涨，对运动器材和装备的需求量也随着快速增长起来。国内外体育用品巨头都对中国市场纷纷看好，不遗余力地采用各种方式进行品牌宣传，而对体育用品最具购买力的年轻一代正是网民的主要组成部分，因此各大体育装备厂商将互联网新媒体作为重要的广告投放平台，这也让体育信息服务网站的收入有了稳定的增长。

28.7　母婴信息服务发展情况

28.7.1　网站发展情况

母婴类网站是发展较快的网站类型。由于受到各种因素特别是域名市场环境的影响，国内大部分网站类型在 2010 年中在站点速度上的成长基本呈现停滞或倒退，而母婴信息类站点在数量的成长幅度超过 2010 年中的大部分站点类型，仍呈稳定发展趋势。

2010 年，母婴信息类网站的整体发展情况如图 28.21 所示，各类信息服务网站数如图 28.22 所示。

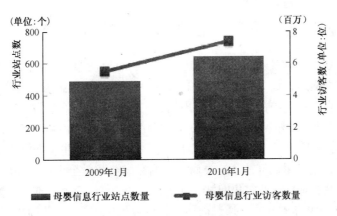

图28.21　2010年母婴网站数

28.7.2　用户分析

CNZZ 数据显示，母婴类站点的单个访客访问的页面数量较高，2009 年 12 月间约为 21.3

次/独立访客，在各类网站中处于较高水平，2010 年中这一数量基本未产生变化。总的来说，站点成长数量比例与网民成长数量比例基本相当，这一产业正呈良性的稳定发展态势。

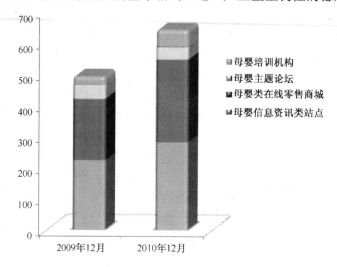

图28.22 2010年母婴各类应用网站数量

28.7.3 市场分析

2010 年，母婴类站点的访客群体仍然为适龄父母，以母亲为主。此类人群具有上网时间较长、浏览页面较多的访问特点，母婴类网站的市场应用也针对服务人群具有一些特点：从站点数量上来看，母婴信息资讯服务为主类站点数量最多，母婴类商品的在线零售服务居于其后，这两类应用的数量占据整个母婴服务网站数量的约85%。在母婴资讯类站点中，最受关注的母婴相关产品类型较高的为母婴健康、营养膳食与胎教幼教等。在母婴类在线零售站点中，最受关注的母婴相关产品类型较高的为奶粉、尿布、母婴服装等。母婴类信息服务在各类站点形式上均有一定程度的增长。

28.7.4 商业模式

2010 年，资讯网站与在线直销仍然是母婴信息类互联网服务应用的最主要形式。两类站点的访客数量占此类网站总数的90%以上，覆盖了98%以上的行业访客人群。然而除此之外随着 2010 年之中新兴的团购类站点与微博应用的快速发展，母婴信息服务在这两个新兴领域同样有所尝试。CNZZ 分析显示，在整个 2010 年中至少约有 37 个各类团购站点出了 150 个以上不同内容的母婴相关团购物料，据不完全统计，这些物料共计产生页面浏览量超过 2000 万次。据不至少约 8 万访客通过团购订购了这类商品，商品成交数量至少超过 40 万个，这一数据完全可以超过一个中性的垂直行业零售网站。此外，至少 2000 余个以推广母婴信息或相关产品为目的微博作者在 2010 年被建立，通过微博进行商业推广同样被带到了母婴领域。

（联网时代（北京）科技有限公司总裁 张志强

中国互联网协会 邓辉）

第29章 2010年中国移动互联网应用发展情况

29.1 发展概况

2010年是中国移动互联网发展非常迅速的一年，国内移动互联网用户数继续快速增长，移动互联网用户在互联网用户中的占比大大增加。根据中国互联网信息中心（CNNIC）发布的《第27次中国互联网络发展状况统计报告》，截至2010年12月底，我国移动互联网用户已达3.03亿，比2009年增长了6930万。当前，中国移动互联网用户数约占全球移动互联网用户数的1/3，成为全球移动互联网用户数位居前列的国家。

与此同时，各种移动互联网新应用层出不穷，多项在国外已有一定发展经验的移动互联网业务被引入中国。微博客、LBS、移动游戏、电子阅读及移动支付等多项移动互联网业务开始走入人们的生活，同时为移动互联网产业中的企业带来丰厚的收入与回报。

29.2 发展特点

1. 移动互联网应用发展呈长尾特征

随着社会经济的发展，人与人之间交流的增多使得人的移动性越来越强，人们对于移动互联网业务的需求与日俱增。同时，多元化、个性化的用户需求使得移动互联网业务出现长尾特征，涉及商务、生活及个性化服务的各种移动应用层出不穷。随着移动互联网网络容量和带宽的进一步提升，用户逐渐将原有在普通互联网上完成的一些轻流量级的应用迁移到移动互联网上完成，这也为移动互联网的长尾业务创新带来了契机。

2. 移动互联网用户结构日益年轻化

由于移动互联网上的应用多涉及生活、休闲和娱乐等方面，非常符合年轻人对于信息服务的消费需求，因此移动互联网用户中30岁以下的用户占大多数。2010年，移动互联网用户的年龄结构更显示出日益年轻化的特征。根据CNNIC的统计，2010年移动互联网用户中30岁以下的用户占总用户数的78.9%，而2009年这一数据为69.4%，充分了说明移动互联网越来越受到年轻用户的青睐。

3. 部分移动互联网业务商业模式逐步清晰

移动互联网的业务正在愈加丰富多彩，参与移动互联网应用的各类厂商也日益增多。由于不同厂商之间的竞争合作关系非常复杂，因此移动互联网上承载的不同业务的商业模式也不尽相同，一些应用和业务已经有了相对成熟的商业模式，更多业务的商业模式还处于探索阶段。如移动游戏、电子阅读、移动支付均具备了较为清晰的商业模式和盈利模式，而微博客、基于位置的服务等新型业务与应用的商业模式还不甚清晰，处于探索阶段。

4．移动互联网的产业生态系统、产业集群正逐步形成

移动通信技术的演进使移动互联网可为用户带来更多丰富多彩的内容和应用，也意味着移动互联网产业中的企业呈现多元化的特征。2010 年，更多从事提供数字内容服务和移动互联网应用的企业参与到了移动互联网产业之中，传统的通信产业价值链逐渐演变为一张复杂的移动互联网产业价值网。在这一价值网中包括电信设备厂商、电信运营商、内容及服务提供商、软件服务提供商和终端厂商等多类企业，它们共同形成了一个新的移动互联网产业生态系统和产业集群。

29.3 市场分析

29.3.1 市场规模

1．移动互联网市场规模保持年均超过 70%的快速增长率

2010 年，由于各种移动互联网新应用的市场渗透逐步增强，一些移动互联网应用的盈利模式逐渐明朗，中国移动互联网市场规模较 2009 年出现了较快的增长，如图 29.1 所示。

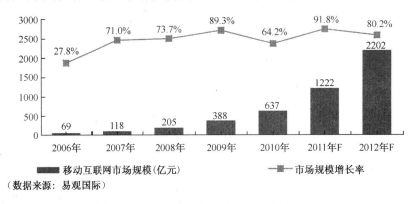

（数据来源：易观国际）

图29.1　2006—2012年移动互联网市场规模

2．生活及娱乐应用占收入比例较大，电信运营商有效推动移动相关的互联网应用

从移动互联网产业 2010 年的整个收入构成看，无线音乐占产业总收入的 52.9%，成为最主要的收入来源；其次为手机购物（12.0%）、手机游戏（10.2%）。这三大娱乐生活应用占比超过 70%，如图 29.2 所示。

3．主要电信运营商均发力移动互联网市场并取得显著成效

（1）中国移动

2010 年，中国移动的移动互联网业务继续保持高速增长态势：一是用户规模大，如手机报中央平台付费用户超过 4153 万户，手机歌曲下载付费用户超过 278 万户，手机游戏付费用户、手机支付、手机钱包用户、手机电视订购用户分别达到 460 万，225 万和 107 万。二是收入增长快，各类成熟型移动互联网数据业务（含无线音乐、彩信（含手机报）、飞信、无线音乐、12 580 及手机邮箱）收入 2010 年比 2009 年增收 26.79 亿元，达到 261.4 亿元，同比增幅 11.4%，如图 29.3 所示。其中，无线音乐及彩铃收入超过 203 亿元。

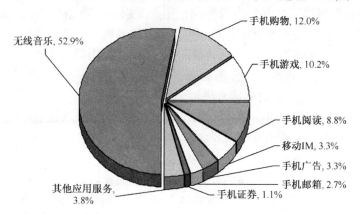

（数据来源：易观国际）

图29.2　2010年移动互联网的收入构成

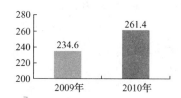

图29.3　中国移动成熟数据业务增长情况（单位：亿元）

（2）中国联通

2010 年，中国联通借助于在 WCDMA 领域的优势积极拓展 3G 市场，移动互联网相关业务也取得长足的进展，其中，2010 年手机音乐用户渗透率达到 43%，手机视频频道超过 120 个，用户渗透率达到 20%，手机阅读用户规模近 1000 万，手机邮箱渗透率达到 17%。

（3）中国电信

2010 年，中国电信在继续坚持业务转型的同时，积极拥抱移动互联网，包括成立八大移动互联网应用基地等举措，进一步推动了移动互联网业务的发展，其中，2010 年爱音乐下载次数超过 1000 万次；189 邮箱渗透率超 30%；天翼视讯手机版用户也达到数百万的规模。

29.3.2　市场格局

在移动互联网产业的生态系统中，应用研发与内容服务提供者、移动应用平台提供者（应用商店提供者）、移动网络提供者、智能终端提供者成为市场的重要参与者，他们之间存在竞争合作关系，构成较为复杂的市场格局。

在此基础之上，中国移动互联网产业 2010 年出现了新兴的商业模式和产业链形态，新兴的应用商店的商业模式正逐步发展，它与传统的 Web 浏览应用模式之争日益凸显。在这一新兴的产业链中，包含以下四类重要角色：

1．移动互联网应用研发与内容服务提供者

移动互联网各种应用的研发和各种内容与服务的提供是移动互联网产业链的初始环节。应用研发者和内容服务提供者开发出各种满足用户需求并具有易用性和趣味性的移动互联网应用服务。在移动互联网产业链中，扮演应用研发和内容提供者角色的可以是对编程感兴趣的个人、移动互联网应用的创意团队或是专门从事应用研发和内容服务提供的公司（CP/SP）。他们均是移动互联网业务的创新者，同时获得用户对应用下载付费而产生的收益。

2．移动应用服务平台（应用商店）提供者

在移动互联网产业链中，当研发者将应用开发完成后，用户通过移动应用服务平台选择下载并使用各种丰富多彩的移动互联网业务。移动应用服务平台多以应用商店或软件商店的形式出现。终端及手机操作系统厂商（如苹果、谷歌）及电信运营商（如中国移动等）均是移动应用服务平台（应用商店）的提供者。以中国移动为例，截至 2010 年 12 月底，应用商城累计注册用户已达 3500 万户，注册开发者达 110 万人，提供的各类应用超过 5 万件，2010年累计应用下载量达到 1.1 亿次。

3．移动网络提供者

各种移动互联网应用和业务主要通过移动网络进行承载、传输或分发。2010 年，中国三大电信运营商作为移动网络提供者，均实施了对 3G 网络的扩容、升级、改造和优化，使用户能够更高质量的享受移动互联网的各种应用和服务。

4．智能移动终端提供者

在移动互联网的产业链中，智能终端提供者包括智能手机厂商、PDA 厂商、电子阅读器厂商、平板电脑厂商及其他智能终端厂商等。典型代表评功公司在 2010 年通过推出可带来用户良好使用体验的新型终端在中国获得了巨大的成功。同时，一些终端厂商开始进一步开放其操作系统的 API 接口，并在自身终端的基础上建立自己的应用程序商店，以加强对移动互联网产业链的控制力。

在传统的 Web 浏览模式中，电信运营商仅能获得流量费并代收部分信息费，主要承担管道和网络提供者的角色。在新的应用商店的商业模式中，电信运营商、应用研发者、终端厂商都有可能通过移动应用服务平台（应用商店）向用户出售应用，获取应用使用费分成及流量费。以电信运营商主导的应用商店的商业模式如图 29.4 所示。在这种商业模式下，电信运营商不再像传统的 Web 应用模式中仅担当网络管道提供者的角色，它可以成为应用研发与内容提供者，更可以成为移动服务平台（即应用商店）提供者，从而渗透到产业链的其他环节，获取更多收入。

图29.4 电信运营商主导的移动应用商店的商业模式

鉴于各参与方都在积极拓展在产业链上的角色，试图提升影响力，移动互联网时代的市场格局在一定时间内仍将保持变动性。

29.4　用户分析

29.4.1　用户规模

2010 年用户规模呈快速上升趋势。根据 CNNIC 发布的《第 27 次中国互联网络发展状况统计报告》，截至 2010 年 12 月底，中国移动互联网的用户规模已经达到了 3.03 亿，与 2009 年年底相比，2010 年移动互联网增加了 6930 万用户。2007—2010 年四年的移动互联网用户的增长速度分别为 194%，134%，99.1%，29.7%，用户增长保持了较快的速度，虽然用户增长速度逐年有所放缓，但考虑到用户基数的增大，2010 年移动互联网的用户增长仍然是保持了较快的势头。移动互联网用户规模在 2010 年整体上有较快增长的原因主要有三点：

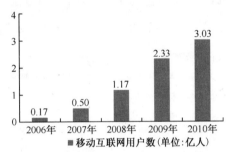

数据来源：CNNC：《第27次中国互联网络发展状况统计报告》

图29.5　2006—2010年移动互联网用户数

1．智能终端的普及

2010 年移动智能终端在种类和数量上都在迅速增加，智能终端的普及，为移动互联网用户兴起奠定了有力的基础，极大地刺激了市场需求和用户消费需求。智能手机、平板电脑和电子阅读器等移动互联网终端承载了移动应用，伴随终端种类的多样性，终端价格的持续走低，用户使用移动互联网终端的机会也将增加。另一方面，Android 系统被众手机制造商追捧，IPAD 等平板电脑的陆续推出，使得硬件厂商纷纷进军移动互联网市场，可供用户选择的移动终端也随之增多。

2．移动互联网应用多样化

手机应用商店模式成功整合大量个人开发者和团队，使得基于不同操作系统平台的手机应用数量大幅提升，极大丰富了用户个性化需求，提升用户黏性和体验度。同时，用户的需求正在逐步从工具类应用向内容类应用和社交类迁移，如微博客、LBS、移动游戏、手机阅读和移动 SNS 等新兴应用的兴起，新兴应用又激发了用户新的需求。

3．电信运营商和互联网厂商的推动

电信运营商切实推进 3G 网络建设和推广，逐步提高网络速度，调整手机上网资费，用户使用移动互联网的成本大大降低。互联网企业纷纷向移动互联网延伸发展，推出移动互联网的服务应用，并且进行大力推广，用户对移动互联网的认知不再停留在"移动的互联网"上面，更多互联网应用的迁移促使更多的 PC 网民转换成为移动互联网用户。

29.4.2 用户行为特征

2010 年随处可见移动互联网服务和移动终端的营销广告, 这些广告大大提高了用户对于移动互联网的认知, 用户对于移动互联网服务的主动需求也日益旺盛。纵观整个 2010 年移动互联网用户的行为, 在基本属性、使用行为、消费行为、选择应用行为及选择服务行为五个方面呈现出明显的特征。

1. 用户基本属性

（1）用户年龄构成

2010 年中国移动互联网的低龄用户增长迅速, 中龄用户的增长有所放缓, 移动互联网用户群的年龄结构将逐渐往多样化发展。数据表明, 2010 年中国移动互联网用户群集中在 18～29 岁, 约占总人数的 2/3, 超过 35 岁的用户群只占了不到 10%, 充分体现了目前移动互联网用户群的年轻化特点。然而在以年轻化为特点的基础上, 通过与 2009 年的数据相比较, 也可以看到, 中国移动互联网低龄和大龄两端用户开始有明显增长, 如图 29.6 所示。

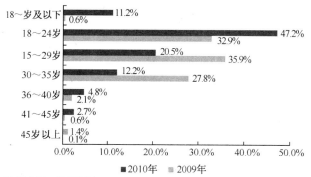

（数据来源：易观国际）

图29.6　2009，2010年移动互联网用户年龄结构对比

（2）用户性别构成

2010 年中国移动互联网用户以男性用户为主, 女性用户仍然占一小部分。数据表明, 2010 年中国移动互联网用户中男性用户占比高达到 89.1%, 女性用户占比仅为 10.9%, 远少于男性用户。同时, 通过与 2009 年的数据进行比较发现, 移动互联网女性用户比例已经有明显增长, 并且增加迅速, 如图 29.7 所示。

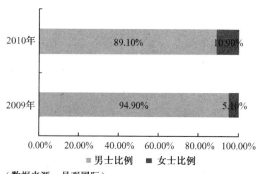

（数据来源：易观国际）

图29.7　2009，2010年移动互联网用户性别结构对比

（3）用户学历构成

2010 年中国移动互联网主要用户群的学历水平仍然比较低，并且低学历的用户群增长迅速，为移动互联网的发展提供了新的契机。数据表明，2010 年中国移动互联网用户的学历程度集中在高中/中专/职高/技校，占比达到 40.5%。其次，学历在本科、大专和初中的用户比例均在 19% 左右，然而学历在研究生及以上的用户则只占了 2% 左右。通过与 2009 年的数据进行比较，发现高中及以下学历用户的增长十分迅速，逐渐占据用户的主体，其中初中毕业及以下学历的用户群增速尤为明显，如图 29.8 所示。

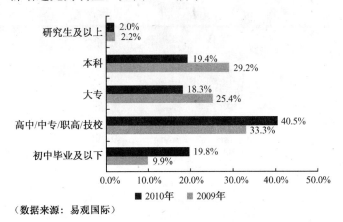

（数据来源：易观国际）

图29.8　2009，2010年移动互联网用户学历结构对比

（4）用户收入水平构成

2010 年中国移动互联网的用户群集中在低收入人群，从年龄构成上来看，其原因主要在于移动互联网的用户群集中在 24 岁及以下的学生群体。数据表明，2010 年中国移动互联网用户群的月收入水平仍然集中在 1500 元以下，占比达 45.7%，而月收入水平高于 3500 元的用户群只占了 10% 左右，可见，移动互联网的用户大部分都属于低收入人群。与 2009 年的数据相比较，月收入在 1500 元以下的用户群有所减少，而月收入在 1500～4500 元的用户群则有所增加，如图 29.9 所示。

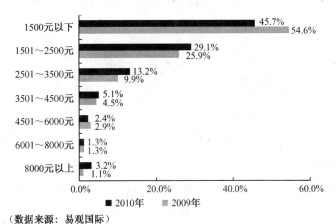

（数据来源：易观国际）

图29.9　2009，2010年移动互联网用户收入结构对比

2．用户使用行为

（1）用户使用频率

数据表明，2010 年中国移动互联网用户手机上网频率在一天 5 次及以上的占比达到了 50% 左右，一天 3～4 次的占 15.1%，时刻在线的用户也占到了 12.4%，由此可见，2010 年中国移动互联网用户使用手机上网频率十分高，移动互联网的用户黏性正在逐步增强，如图 29.10 所示。

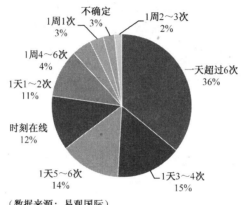

（数据来源：易观国际）

图29.10　移动互联网用户手机上网频率

（2）用户使用时长

数据表明，2010 年中国移动互联网用户的平均上网时长集中在 10～30 分钟，占比到达 29%，上网时长在半小时～1 小时的用户也占到了 22%左右，上网时长大于 4 小时的用户数也占到将近 13%。总的来说，中国移动互联网的用户平均每天上网时长偏短，如图 29.11 所示。

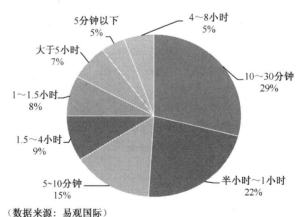

（数据来源：易观国际）

图29.11　移动互联网用户平均上网时长

（3）用户使用流量

尽管每天使用移动互联网频率超过 6 次的用户已经超过半数，但是多数用户使用的应用仍然集中在手机即时通信、手机网络新闻和手机搜索等耗流量低的应用上面，而对于手机网上购物和手机网络视频等耗流量较多的应用则相对较少，3G 用户月平均流量仅为 200MB 左右，如图 29.12 所示。

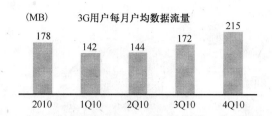

图29.12　中国联通3G用户每月户均数据流量情况

　　这主要是由于目前国内的移动上网资费过高。目前，电信运营商对移动互联网的资费策略是基于 WAP，NET 等不同接入点采取不同的计费模式，主要是按简单流量和时长计费，但是针对同一用户只提供一种计费模式，这种不灵活的计费模式，导致了用户使用移动互联网应用兴趣的降低。由此可见，移动上网资费过高和计费方式单一已经成为制约移动互联网发展的瓶颈。

3．用户消费行为

（1）用户手机费支出

　　2010 年中国移动互联网用户每月手机费支出较低，大部分用户仍然为低 ARPU 值用户。数据表明，2010 年中国移动互联网用户每月手机费总支出在 50～99 元的用户占比最高，达到 36.3%，位列第二的是每月手机费用总支出在 50 元以下，占比也达到将近 34.9%。移动互联网用户的每月手机费用总支出在 100 元以下的占比已经达到了 71%，如图 29.13 所示。

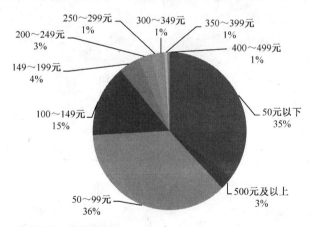

（数据来源：易观国际）

图29.13　2010年近半年移动互联网每户每月手机费支出

（2）用户套餐选择

　　2010 年中国移动互联网用户选择的包月套餐费用处于较低水平，大部分用户选择的包月套餐费用仅为 5 元。数据表明，2010 年中国移动互联网用户包月套餐费用在 10 元以下的用户占到了 64.6%，占将近 2/3 的比例，包月套餐费用在 50 元及以上的用户只占了 3.4%，如图 29.14 所示。

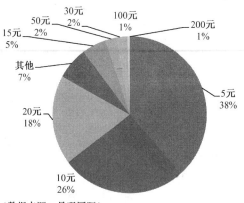

（数据来源：易观国际）

图29.14　2010年移动互联网用户包月套餐比例

4．用户选择应用行为

2010 年中国移动互联网用户对于应用的选择比较多样化，没有集中度很高的应用。数据表明，2010 年中国移动互联网用户选择最多的应用是浏览器软件，占比达 12.72%，选择第二多的应用软件是音乐播放器，占比达 9.59%，排名第三到第七的应用分别为阅读软件、地图软件、即时通信软件、输入法软件和手机安全软件，如图 29.15 所示。

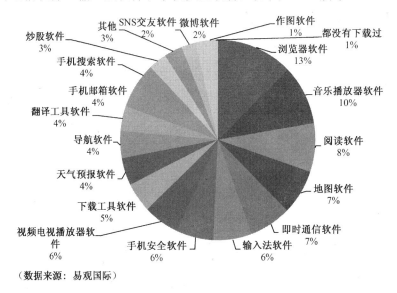

（数据来源：易观国际）

图29.15　2010年移动互联网用户常用手机下载应用软件类别

5．用户选择服务行为

2010 年中国移动互联网用户选择的服务中以聊天和阅读两项为主，用户多数选择简便且易操作的服务，这也符合移动互联网用户的年龄和学历分布。根据 CNNIC 发布的《第 27 次中国互联网络发展状况统计报告》，有 67.7%的用户选择了手机即时通信服务，有 59.9%的用户选择了手机网络新闻服务，有 56.6%和 46.2%的用户选择了手机搜索和手机网络音乐服务，有 41.1%和 36.6%的用户选择了手机网络文学和手机社交网站服务，如图 29.16 所示。

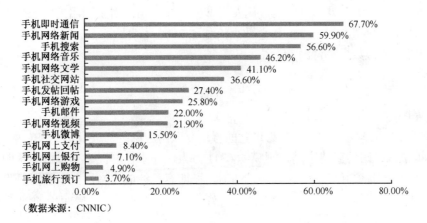

（数据来源：CNNIC）

图29.16　2010年移动互联网用户使用移动互联网服务的选择

29.5　应用情况

29.5.1　应用发展概况

移动互联网应用的发展可以划分为三个阶段（如图 29.17 所示）：

第一阶段：3G 来临之前，中国移动互联网的应用以手机邮箱和移动 IM 等低端应用为主，它们的特点是带宽要求较低，消耗流量较少。

第二阶段：进入 3G 时代，2010 年中国的移动互联网应用呈现爆发式发展，移动搜索、手机阅读、手机支付和手机视频等应用迅速成为焦点，它们的特点是带宽要求较高，耗流量较多。

第三阶段：预计 2011 年起，移动互联网的应用将更多的集中在移动电子商务和移动教育等高端应用上面。

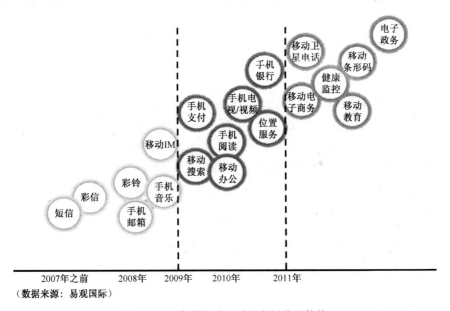

（数据来源：易观国际）

图29.17　中国移动互联网应用发展趋势

回顾 2010 年，中国移动互联网应用发展非常迅速，用户对于应用的需求也日益增强，如某电信运营商的数据显示，2010 年总数据流量比 2009 年增长了 113%，中高流移动互联网应用的逐步普及使得数据流量激增。

29.5.2 微博客

1. 发展概述

微博客是 2010 年在中国发展最为迅猛的移动互联网应用之一，根据 CNNIC 的统计数据，截至 2010 年年末，国内微博客用户规模约 6311 万人，在手机网民中手机微博客的使用率达 15.5%，比 2009 年提高了 9.1 个百分点。当前，微博客已经成为网民获取新闻时事、人际交往、自我表达、社会分享以及社会参与的重要媒介，并成为社会公共舆论、企业品牌和产品推广、传统媒体传播的重要平台。

2. 典型案例——新浪微博客

（1）发展概况

新浪于 2009 年 8 月 28 日正式启动了微博客的对外公测，在 2010 年用户数呈现指数增长的态势，2010 年新浪微博客的用户完成了从少于 1000 万用户到突破 1 亿用户的跨越，且活跃用户的比例较高，成为中国微博客市场的一枝独秀。新浪微博客虽然在 2010 年尚未完全实现盈利，但起到了聚拢人气和用户的作用，为其后的微博客营销奠定了基础。

（2）商业模式及主要经验

新浪微博客成功，主要是基于以下经验：一是实现了与移动互联网完美的结合，很好地满足了人们随时随地发布信息、分享信息、并获得他人关注的需求；二是终端兼容性较好，针对不同手机平台推出多个客户端，用户可以通过各种移动终端发微博客。数据显示，38% 的微博客发表来自于移动终端；三是秉承平台开放、共享共赢的理念，使该平台具有较强的可扩展性。开发者可通过 API 接口将自己的网站或应用与新浪微博客平台连接在一起，也可以在新浪微博客平台上自行研发出社区、无线以及多种第三方应用，这使得新浪微博客对于研发者和用户具有更强的亲和力。

29.5.3 LBS

1. 发展概述

LBS（Location Based Service，基于位置的服务）是移动互联网应用中一项新兴的极具发展潜力的业务。艾瑞市场咨询研究数据显示，过去三年中国 LBS 应用市场规模保持快速增长态势，2009 年仅为 6.44 亿元，2010 年达到 9.98 亿元。该业务通过电信运营商的移动通信网络或外部定位方式（如 GPS）获取移动终端用户的位置坐标信息，在地理信息系统平台的支持下，为用户提供如地点寻找、路线选择和车载导航等服务的一种增值业务。

2. 典型案例——"玩转四方"

（1）主要业务说明

"玩转四方"通过将 LBS 与微博客、SNS 及移动互联网等 Web2.0 技术进行混搭，形成的一套独特的应用模式。用户可通过安装好应用程序的手机，以"签到"的方式向朋友们报告自己所在的位置，发表自己的观点，并可通过 Twitter，Facebook 等流行的 SNS 社区将自己的位置发布并和朋友们交流互动。此外，地图上标注的商家可根据用户现场报道的次数，给予用户相应的折扣。截至 2010 年 10 月，注册用户已突破 15 万，每天签到的活跃用户占 30%～40%。

（2）商业模式及主要经验

其一，"玩转四方"中引入的基于 LBS 服务的电子商务元素成为其主要的盈利模式，它可以为用户提供离其位置最近的商家广告信息和生活服务信息等。其二，"玩转四方"将商家分级，并采用十分灵活的合作方式。不同的商家将被划分成小型个体商户，连锁品牌商户和跨国品牌商户三个等级，每个等级都有不同的合作方式，如传统的网络广告点击、本地优惠信息搜索、分成、按"签到"人头提成的方式获取收入等。

29.5.4 移动游戏

1. 发展概述

移动游戏包括用户在移动终端上运行的单机游戏和联机游戏，也包括用户通过 SNS 社区参与的虚拟社区游戏。2010 年，移动游戏的渗透率继续提升，用户数持续增加，市场规模持续增长，据 CNNIC 的第 27 次中国互联网发展状况报告显示，手机网络游戏的渗透率在 15 项业务中位居第 8 位，渗透率为 25.8%。

2. 典型案例——中国移动手机游戏

（1）发展概况

中国移动的手机游戏基地于 2009 年年底开始正式运营，作为移动游戏的平台提供者和聚合者，在 2010 年中获得了初步的成功。数据显示，中国移动游戏基地运营一年之后，其游戏业务收入较 2009 年同期增长 40%，业务数量增长 70%，合作伙伴已超过 300 家。截至 2010 年年底，在游戏基地平台上有两千余款游戏，绝大部分为 JAVA 单机游戏；有 20 款游戏包；手机网游近 30 款。

（2）商业模式及主要经验

中国移动所主导的移动化游戏业务按照不同的商业模式进行信息费分成，其商业模式较之其他企业的商业模式显示出了对移动游戏产业链的较强的控制力：对于中国移动优选游戏产品及游戏业务包进行推广合作，中国移动给予合作伙伴相对稍低的分成比例；对于手机网游合作模式，中国移动在一段时间内给予合作伙伴相对较高的分成比例；对于采用移动梦网合作方式的优质合作伙伴，中国移动也给予合作伙伴相对较高的分成比例。

29.5.5 智能终端

1. 发展概述

智能终端通常是指具有开放操作系统，可扩展硬件和软件，能够向第三方开放应用程序接口的终端。2010 年的手机销量达到了 2.5 亿台（行货），其中智能手机的销量也增加到了 6070 万台。另外，平板电脑的销量也十分可观。

2. 市场格局

2010 年的智能手机市场格局与传统手机市场格局有较大的变化：在全球市场，Nokia 败退，Apple 和 Android 后来追上；在中国市场，Android 引领中国智能手机市场迅猛发展。据 Morgan Keegan 报告，2010 Q3 中国市场智能手机出货总量达到 800～1000 万部，远超 2009 年同期的 200～300 万部。其中，采用 Android 操作系统的智能手机占据了当季中国市场智能手机销售总量近一半的份额，已经超越了苹果 iPhone 在中国的市场份额。

Android 成功的主要原因，在于丰富的应用、优秀的用户体验及相对低廉的价格，并很好地把握了运营商大力推广智能终端的时机。

29.5.6 电子阅读器

1．发展概述

电子阅读器是一种专业数字内容如电子图书、电子报纸和电子文件等承载终端，需具备类纸显示屏技术、低耗电等核心特点。2010 年，电子阅读器市场展开了激励的竞争，中国电子阅读器销量在 2010 年达到了 106.69 万台，产业链不同环节间的激烈竞争使得市场规模保持增长。

2．典型案例——汉王

2010 年，中国电子阅读器市场的商业模式主要有三种，一是通过出售终端获得营收；二是通过内容资源获得营收；三是为传统出版社提供数字出版的技术支撑获得利润。国内部分电子阅读器厂商正在尝试亚马逊的"终端+内容"模式进行运营。以汉王为例，汉王凭借其在中国电子阅读器硬件市场的先发优势、软件技术优势，以终端为依托，前向整合内容资源，构建了如图 29.18 所示的运营模式。

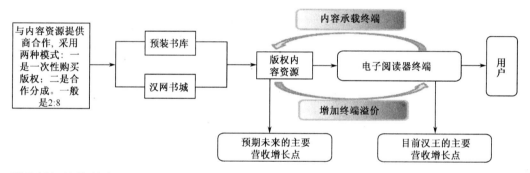

（数据来源：清科研究中心）

图29.18　2010年汉王运营模式示意图

虽然电子阅读器在 2010 年取得了快速发展，但是仍然存在一些不足：用户进行付费数字阅读的习惯仍在培养中，目前阅读量较低；对于一部分深度阅读用户来讲，较为低廉的纸质图书也影响其对电子阅读器的需求。

29.5.7 移动支付

1．发展概述

（1）市场概况

移动支付是指交易双方为了某种货物或服务，使用移动终端设备为载体，通过移动通信网络实现的商业交易。2010 年中国移动手机支付的用户数已经将近 1.52 亿人，整年的收入规模也达到了空前的 29.3 亿元。电信运营商、银联、第三方支付企业等推出不同的解决方案，移动支付标准以 13.56MHz 的银联标准暂时领先，但仍未最终统一。

（2）商业模式

2010 年中国移动支付的发展仍然没有统一的商业模式，就目前来说，市场主导的商业模式主要有移动运营商主导的商业模式、金融机构主导的商业模式和第三方支付主导的商业模式三种。目前，移动支付市场以移动运营商主导的商业模式为主，但长远看，第三方支付主导的商业模式具有灵活的机制和敏锐的市场反应能力，最具市场潜力。

2．典型案例——中国移动的移动支付

中国移动是国内最早发展移动支付业务的电信运营商。中国移动在 2010 年 11 月 10 日，宣布将以 398.01 亿元收购上海浦东发展银行增发的近 22 亿股新股。交易完成后，中国移动和浦发银行将在移动金融和移动电子商务上展开紧密合作，包括移动支付业务、移动银行卡业务和移动转账业务等。同时，双方还将共同推动在基础银行业务和基础电信业务领域的合作，充分发挥各自的资源优势并发挥协同效应。总体来看，有望在整合资源后着力推进手机支付的推广。

但目前手机支付产业链参与者众多，无论是电信运营商、银联或第三方支付服务提供商，任何一方都绝不可能单独开展移动支付业务，只有优势互补才能为手机支付用户提供全面的高质量服务。因此，移动支付技术能否尽快实现规模化商用，真正为中国 8 亿手机用户提供便捷的电子支付服务仍有赖于运营商、金融机构及第三方支付机构的积极合作、共同推动；同时也需要移动支付产业链上下游企业间的互信与合作，从而形成统一的技术标准。

29.6　移动互联网的机遇与挑战

移动互联网的高速发展，市场规模和用户规模的不断扩大，给移动互联网企业带来了前所未有的机遇。但我们仍然要清醒地认识到，移动互联网带来机遇的同时，同样伴随着挑战。传统互联网企业、终端制造商、电信运营商之间的竞争与融合也在不停地发生着变化。

1．传统互联网企业

（1）机遇

一是拥有成功的互联网产品，如 IM，SNS 等成熟的桌面产品都能轻易复制到移动终端；二是拥有一套成熟的运营模式和良好的品牌基础，对于传统网民在用户体验、参与感、兴趣度等方面都有一定积累；三是拥有雄厚的经济实力和经验丰富的技术团队，能够快速转型互联网领域，抢占用户进入移动互联网的第一界面。

（2）挑战

目前用于移动互联网的产品仍然采取免费模式，如何找到盈利点，提高企业收入是一个难题；传统互联网企业进军移动互联网的基础是原有产品的庞大用户群，如何在此基础上进一步扩大移动互联网的产品用户群也是传统互联网企业需要解决的问题。

2．终端制造商

（1）机遇

移动互联网时代用户对于智能终端的性能和体验方面的要求越来越高，终端制造商可以通过满足用户需求，为用户提供个性化更高的产品，抢占市场份额；智能终端操作系统的开放性，使得终端制造商能够更容易地开发新产品，并且提高产品的更新周期。

（2）挑战

在硬件方面，我国手机芯片产业受制于 ARM 和 Intel 的技术壁垒和品牌垄断，严重落后于国际先进水平；在软件方面，目前我国厂商、运营商主要通过加入国外操作系统阵营的方

式来获取智能手机操作系统的使用权，我国自主开发的操作系统都还不成规模，不够成熟；在操作系统方面，中国移动研发了手机操作系统 OMS，具有开放和开源、安全易用、友好用户界面的优点，但目前国内的手机制造商大多还是采用国外的操作系统，如 Android。

3. 电信运营商

（1）机遇

一是移动互联网与传统的移动通信相比，具有更强的开放性，运营商可以利用自己的网络资源、业务能力以及庞大的用户群，建立完善的移动互联网一体化服务；二是移动互联网的发展需要融合智能终端和内容应用服务，电信运营商可以凭借天然的主导地位，在提供网络服务的基础上，加强与各企业的合作，建立一个竞争、融合、可信的产业生态环境。

（2）挑战

随着移动互联网的发展，用户对于各种应用的需求激增，数据流量也随之增长，3G 网络的建设和容量的扩充也势在必行；移动互联网行业各产商之间的竞争日趋激烈，终端制造商的"终端+应用"模式正在逐步展现其主导力量，电信运营商需要加强产业合作，提高营运能力。

总的来看，移动互联网市场当前机遇与挑战并存，传统互联网企业、终端制造商和电信运营商之间的合作与竞争将在很长一段时间内持续着，但移动互联网给各大产商带来的机遇远大于挑战，如果能够正确把握住机遇，将会在整个市场上占据主导地位，获得前所未有的发展。

（中国电信集团公司　陈景国）

第30章　2010年中国物联网发展情况

30.1　发展概况

物联网，是继计算机、互联网与移动通信网之后的又一次信息产业浪潮，是一个全新的技术领域，给 IT 和通信带来了广泛的新市场。2010 年 11 月，物联网被确定为中国今后 7 大战略性新兴产业之一，标志着物联网产业在我国经济发展中具有重要地位。

随着物联网概念的日渐深化且更向应用化迈进，与物联网相关的各种应用概念也应运而生：数字城市、智慧城市、物联城市、感知城市、智能家居、智能电网和智慧地球等，都与物联网紧密相关，无一例外的目标是："物联网让城市变聪明"。围绕物联网的不同应用概念，各地纷纷开展"物联"、"感知××"、"智慧××"等建设工程，往往是"××数字城市×期工程"的延续和提升。智能汽车、智慧医疗、传感网、GPS 远程定位和物流射频系统等各类概念和名词的出现，直接与物联网的市场利益和发展导向密切相关。

我国高度重视物联网产业发展。经过多年的努力，我国物联网产业起步良好，具备了较好的产业基础和发展前景，在一些地方建立起很有特色的实验性应用基地，物联网产业技术研发和标准化工作取得重要成果，相关设备制造业、服务产业保持较快速度发展；但也应当看到：我国物联网产业体系尚在初步形成阶段，尚未形成规模化产业优势，有很多核心关键技术有待突破，在传感器、芯片、关键设备制造、智能通信与控制、海量数据处理等核心技术上，与发达国家相比存在较大差距；同时，国内关于物联网的标准也尚未成体系，各类具体应用标准比较分散，在应用规模和领域上比较小，应用成本高昂，且物联网在应用过程中，面临巨大的安全与隐私保护的挑战。应当如何引导其发展为战略性产业，需要各方共同思考。

30.2　发展环境

30.2.1　政策环境

2010 年，中国政府出台一系列促进物联网发展的产业政策，让物联网的发展之路更加清晰。2010 年 10 月 18 日，国务院发布《国务院关于加快培育和发展战略性新兴产业的决定》，将新一代移动通信、下一代互联网智能终端、物联网等新一代信息技术产业列为战略性新兴产业，标志着物联网在"十二五"期间将获得扶持发展，物联网也成为我国第一批重点推进的新兴产业。据了解，国家发改委已委托中国工程院组织专家编写物联网"十二五"规划，工业和信息化部也已经将物联网规划纳入到"十二五"的专题规划，现在正在积极研究和推进。与此同时，各省市和产业园区相关的配套扶持政策陆续出台，江苏省无锡市和北京中关村科技园等将有可能成为地方政策出台的先行者。

中国政府正积极采取措施支持电信运营企业开展物联网技术创新与应用。这些措施包括：①突破物联网关键核心技术，实现科技创新。同时结合物联网特点，在突破关键共性技术时，研发和推广应用技术，加强行业和领域物联网技术解决方案的研发和公共服务平台建设，以应用技术为支撑突破应用创新。②制订中国物联网发展规划，全面布局。重点发展高端传感器、MEMS、智能传感器和传感器网节点、传感器网关；超高频 RFID、有源 RFID 和 RFID 中间件产业等，重点发展物联网相关终端和设备以及软件和信息服务。③推动典型物联网应用示范，带动发展。通过应用引导和技术研发的互动式发展，带动物联网的产业发展。重点建设传感网在公众服务与重点行业的典型应用示范工程，确立以应用带动产业的发展模式，消除制约传感网规模发展的瓶颈。深度开发物联网采集来的信息资源，提升物联网的应用过程产业链的整体价值。④加强物联网国际国内标准，保障发展。做好顶层设计，满足产业需要，形成技术创新、标准和知识产权协调互动机制。面向重点业务应用，加强关键技术的研究，建设标准验证、测试和仿真等标准服务平台，加快关键标准的制定、实施和应用。积极参与国际标准制定，整合国内研究力量形成合力，推动国内自主创新研究成果推向国际。

在传感器网络建设上，我国政府正在积极推进"感知中国"计划。2010 年，《政府工作报告》指出，要加快物联网的研发应用，抢占经济科技制高点。至此，"感知中国"计划正式上升至国家战略层面。2010 年 6 月 5 日，胡锦涛总书记在两院院士大会上讲话指出，当前要加快发展物联网技术，争取尽快取得突破性进展。"感知中国"计划进入战略实施阶段，中国物联网产业发展面临着巨大的机遇。

30.2.2 技术环境

从技术构成角度看，一些物联网相关技术产业，如传感器、RFID、微电子芯片和互联网等已相当成熟，数据挖掘等软件技术产业也进入蓬勃发展时期。下面以 RFID 和传感器为例，阐述物联网相关技术产业发展现状。

1. RFID

RFID 射频识别是一种非接触式的自动识别技术，该系统由一个询问器（或阅读器）和很多应答器（或标签）组成，用于控制、检测和跟踪物体。RFID 还是物联网概念在现实生活中应用最广的技术，应用于 ETC 管理、医疗设备跟踪管理、物流等多个领域。

2010 年，全球 RFID 市场规模达到 110 亿美元，如图 30.1 所示。在经济复苏的推动下，诺达咨询的《物联网系列——全球物联网发展现状与趋势研究报告 2010》表明，其市场规模在 2012 年有望达到 212 亿美元，应用将渗透到物流、零售、医疗和金融等多个领域。

在政府、行业组织和企业的共同努力下，2010 年中国 RFID 产业进入了高速成长期的第一年，市场规模高速增长，达到 121.5 亿元，比 2009 年增长了 42.8%，首次突破百亿规模。预计 2011 年中国 RFID 市场将继续保持高速增长，市场规模将达到 181 亿元，到 2012 年则将超过 200 亿元。我国 RFID 市场规模已居全球第三位。RFID 产业已形成相对成熟的商业模式。RFID 技术共分低频、高频、超高频和微波四个波段，目前低频和高频技术相对成熟，超高频和微波则相对较弱。

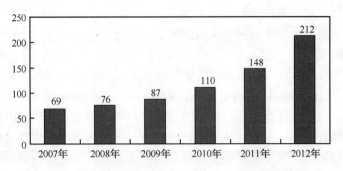

图30.1　2007—2012年RFID全球市场规模预测

RFID 产业链的组成大致由电子标签、读写器和中间件三部分组成。RFID 整个产业链可以延伸到 12 个环节，每个环节都能细分成一个行业。以电子标签为例，包括标签芯片的设计与制造、天线的设计与制造、标签的封装技术与设备，而在读写器方面则包括读写模块的设计与制造、读写器天线的设计与制造和读写器的设计与制造。现今高频波段的产业链中有近 3000 家企业且大多数都盈利。超高频和微波的芯片则主要依靠进口，但因超高频成本更低应用范围更广，该波段也是国内 RFID 产业发展的重点。

目前做电子标签的主要上市公司有远望谷、达华智能、中瑞思创和华工科技，业内预计，随着 RFID 产业的发展，至少能产生上百家上市公司。

2. 传感器

传感器是物联网实现物理世界感知不可缺少的核心部件，从世界范围来看，全球传感器市场正在以持续稳定的增长态势向前发展。全球传感器市场 1998 年为 325 亿美元，2010 年增加到 600 亿美元。近年来，中国传感器的市场保持了较快的发展态势。

根据研究机构贝叶思近日发布的报告显示，2010 年中国传感器市场规模达到 440 亿元左右，而未来 5 年将是中国传感器市场稳步快速发展的 5 年，在持续 30% 以上的年度增长动力之下，2014 年中国传感器市场规模有望达到 1200 亿元以上，增长超过 30%。2010 年中国传感器主要应用于工业、汽车电子产品、通信电子产品、消费电子产品专用设备等领域，图 30.2 给出了 2010—2013 年中国传感器产品产量预测图。

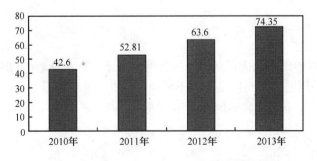

图30.2　2010—2013年中国传感器产品产量预测

MEMS 等新型传感器加工成本的降低，将促进其在物联网中的广泛应用。力学量传感器、湿度传感器、光传感器、磁传感器、生物传感器和温度传感器等传统传感器主要品种的产业化也逐渐成熟，将为物联网应用的进一步发展奠定坚实基础。从传感器产业角度看，欧美发达国家在传感器特别是高端传感器行业占据主导地位，传感器产业被西门子公司、博世公司、霍尼韦尔公司和欧姆龙公司等国际巨头所垄断。

3. 物流管理

RFID 技术和二维条码技术等物联网支撑技术正逐步在物流管理领域发挥不可或缺的作用。通过存储在 RFID 标签中的 EPC 代码，对实体目标加以标识，RFID 标签同时存储目标的一些实时动态信息并可进行更新，高层的信息处理软件可以通过 RFID 读写器对目标信息进行识别、传递和查询，与互联网技术进一步结合，可以向用户提供综合信息服务。

物联网技术的运用可以实现现代企业信息资源的整合，可优化内部物流供应和流程，提高工厂的生产效率和产品质量，进而提高整个企业的核心竞争力。RFID 标签可分为主动（Active）和被动（Passive）两种类型。表 30.1 比较了主动 RFID 标签和被动 RFID 标签的特征差异。

表 30.1　主动与被动 RFID 标签的特征比较

	主动 RFID 标签的特征	被动 RFID 标签的特征
标签能量来源	标签内部	读写器射频信号获取
标签电池	需要	不需要
标签能量可用性	长时持续	仅在读写器区域
标签所需信号强度	较弱	较强
距离	>100m	3～5m
多标签读写能力	数千个	数百个
数据存储能力	约 128KB	约 2KB

从应用实现层面看，RFID 面临基础设施缺乏、价格和频率等问题的挑战。从技术层面看，RFID 面临安全、数据隐私保护、冲突、数据同步与管理等问题所带来的挑战。

在技术与标准化方面，北邮、中科院、南邮、无锡中国物联网产业研究院及中国物联网标准化组织，有望在物联网标准和关键技术方面取得突破性进展，一系列重点行业应用产品将被推向市场并逐步开始规模化应用。

30.3　发展现状

2009 年以来，以中国在无锡设立国家传感网创新示范区为标志，物联网发展逐步上升为中国的国家战略。中国的物联网政策环境不断改善，技术进步明显加快，市场培育持续深化，标准制定全面提速，示范工程显著增多，市场规模大幅增长，中国物联网开始进入实质性推进的发展新阶段。

30.3.1　市场规模

2010 年，中国物联网产业市场规模达 2000 亿元，比 2009 年的 1716 亿元增长 16.6%。物联网产业在公众业务领域、平安家居、电力安全、公共安全、健康监测、智能交通、重要区域防入侵和环保等诸多行业的市场规模均超过百亿。预计 2015 年，中国物联网整体市场规模将达到 7500 亿元，年复合增长率超过 30%，市场前景将远远超过计算机、互联网和移动通信等市场。

各地的物联网产业规模也成效显著。目前，广州物联网产业规模达 150～200 亿元。按照广州市的发展目标，2012 年，物联网相关电子信息制造业规模要力争达到 300 亿元，物联网信息集成服务业规模达到 600 亿元。到 2015 年，广州市将实现物联网相关电子信息制造业规模达到 500 亿元，物联网信息集成服务业规模达到 1000 亿元。

30.3.2　业务领域

物联网的业务领域大致包括以下方面：

1.　智能电网

智能电网即通过在智慧的电力中安装先进分析和优化引擎，电力提供商可以突破"传统"网络的瓶颈，而直接转向能够主动管理电力故障的"智能"电网。如此一来，停电时间和频率可减少约 30%，停电导致的收入损失也相应减少。目前，国家电网 80% 的业务都跟物联网相关，主要项目应用有电力设备远程监控、电力设备运营状态检测和电力调度应用等。

以输电线路在线监测为例，图 30.3 给出的输电线路在线监测系统包括导线风偏监测、线路覆冰监测、线路气象监测、导线微风振动监测、导线温度监测和动态增容评估等。输电线路在线监测系统设计的传感器包括温湿度传感器、加速度传感器、风速传感器、倾角传感器和拉力传感器等。

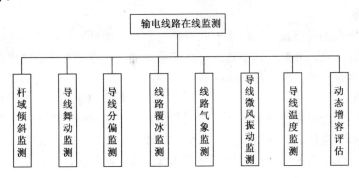

表30.3　输电线路在线监测系统框架图

据专家介绍，"十二五"期间，物联网重点投资智能电网、智能交通、智能物流等十大领域，其中"十二五"期间智能电网的总投资预计达 2 万亿元，居十大领域之首，预计到 2015 年将形成核心技术的产业规模 2000 亿元。

据悉，2009—2020 年，我国"坚强智能电网"将分为三个阶段发展，从初期的规划试点阶段到"十二五"期间的全面建设阶段，"十三五"时期的引领提升阶段，智能电网建设总投资规模约 4 万亿元。2011—2015 年为规划的全面建设阶段，此阶段投资约 2 万亿元，2016—2020 年智能电网基本建成阶段的投资 1.7 万亿元。预计到 2015 年建成 50 个面向物联网应用的示范工程，5～10 个示范城市，形成核心技术的产业规模 2000 亿元，其中传感器 100 亿元，系统和试验检测 700 亿元，芯片、中间件和集成模块及设备产业的产业规模 600 亿元，工程实施、服务开发系统和运维 600 亿元。

2．医疗系统

电子健康档案系统通过可靠的门户网站集中进行病历整合和共享电子健康档案系统，医院可以准确顺畅地将患者转到其他门诊或其他医院，患者可随时了解自己的病情，医生可以通过参考患者完整的病史为其做出准确的诊断和治疗。

我国无线医疗事业起步比较晚，但发展十分迅猛，许多技术已经接近或达到世界先进水平。家庭数字医疗监护保健系统已被列入"国家 863 计划"。卫生部门十分重视无线医疗的发展，并初步在一些三甲医院进行了试点，如 301 医院。最近推出的新医改方案中提出未来三年内各级政府预计投入 8500 亿元，可以预计这部分资金中有一大部分将投入到医院特别是基层医院的信息化建设中，医疗服务信息化成为必然趋势。

目前为止，我国已有多个医疗物联网应用实例：

① 第四军医大学远程会诊伤员；
② 北京阜外医院应用可以远程监测的心跳起搏器；
③ 四川大学华西医院应用可以远程监测的心跳起搏器；
④ 杭州绿地医院实现人员自动寻迹；
⑤ 思科公司"思蜀援川"应急移动医疗车；
⑥ 天津滨海新区开通"医患通"；
⑦ 福州总院开通远程医疗；
⑧ 《红岩网》启动"健康重庆：远程医疗"频道。

3．交通管理

通过随处都安置的传感器，可以实时获取路况信息，帮助监控和控制交通流量。人们可以获取实时的交通信息，并据此调整路线，从而避免拥堵。未来，将能建成自动化的高速公路，实现车辆与网络相连，有人称为车联网。

目前，美国的 IVHS、日本的 VICS 等系统通过车辆和道路之间建立有效的信息通信，已经实现了智能交通的管理和信息服务。而 Wi-Fi、RFID 等无线技术近年来也在交通运输领域智能化管理中得到了应用，如在智能公交定位管理和信号管理、智能停车场管理、车辆类型及流量信息采集、路桥电子不停车收费及车辆速度计算分析等方面取得了一定的应用成效。图 30.4 所示为美国微软公司启动的 SensorWeb 项目中交通网络的传感器节点布设示意图。多种传感器节点布设于网络中的不同位置，可实现不同位置交通状况的实时信息获取。

目前，我国的智能交通每年以超过 1000 亿元的市场规模在增长，"十二五"规划预计到 2015 年，物联网在交通运输管理中的应用将达 400 亿元。通用汽车已经通过与中国电信合作，通过其 3G 网络为用户提供车载信息服务，并逐步建设车联网。当用户量还不具备规模的时候，现有的运营商网络可以承载各项服务；但当用户数大幅增加时，网络也将受到考验。

4．物流供应链

供应链的每个成员都应当能够追溯产品生产者及产品成分、包装、来源等特征，将不同的技术解决方案整合起来，使物理供应链（商品的运动轨迹）和信息供应链（数据的收集、存储、组织、分析和访问控制）能够相互集成。

2010 年，在物流领域相对成熟的物联网应用已经进入人们的视野。在产品的智能可追溯网络系统方面，如食品的可追溯系统，药品的可追溯系统等，为保障食品、药品等的质量与安全提供了坚实的物流保障。为破解食品安全的瓶颈，9 月 26 日，商务部办公厅财政部办公厅发出《关于肉类蔬菜流通追溯体系建设试点指导意见的通知》，并推动上海、重庆、大连、青岛、宁波、南京、杭州、成都、昆明及无锡市 10 个城市作为第一批试点城市开展肉类蔬菜流通追溯体系建设。

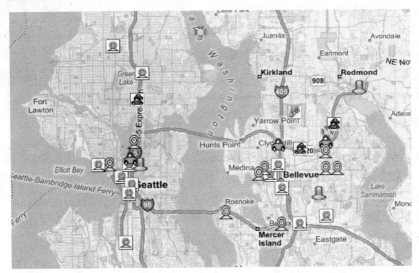

图30.4　美国微软公司SensorWeb项目中交通网络的传感器节点布设示意图

在物流过程的可视化智能管理网络系统方面，采用基于 GPS 卫星导航定位技术、RFID 技术、传感技术等多种技术，对物流过程中实时实现车辆定位、运输物品监控、在线调度与配送可视化与管理。目前，全网络化与智能化的可视管理网络还没有出现，但初级的应用比较普遍。

5．通信行业

物联网的出现扩展了通信的服务范围，现在的通信已超越了电话、手机、电脑这些传统的 IT 类电子产品，拓展到电子、电器产品和设备。随着越来越多的设备和物质加入移动通信网络，无处不在的泛在网络将初现雏形，并将逐步壮大，最终人与自然之间的沟通交流将更加智能化。

以手机支付为例，它是移动互联网和物联网通过手机+RFID，开环应用+支付平台的深度融合。由于 8 亿手机用户潜藏的巨大商机，中移动和银联等产业巨头正在群雄逐鹿。

30.3.3 试点建设情况

2010 年，物联网在中国试点地区积极布局，形成物联网的发展地图。

1．无锡

2010 年 1 月，江苏无锡高新技术产业开发区获批为国家电子信息（传感网）示范基地。该市正在系统打造传感技术研发、项目孵化、产业化及商业商用的完整产业链，加快无锡建成国内首个"感知城市"的步伐。

2．上海

2010 年，上海市发改委、市经信委和市科委已就物联网技术和应用开展合作，开始制订2010—2012 年"三年计划"。借助世博会的强大号召力，大量物联网相关产业纷纷拿出最先进的技术协助世博会场馆建设，上海的起跑优势明显。

3. 杭州

杭州市信息化从 2005 年开始对相关企业、产业动态进行了跟踪、扶持、培育。该市信息办在编制《杭州电子信息产业"十一五"发展规划》时，就已经把物联网产业列为产业重点发展方向，并编入发展导向目录中进行扶持。

4. 重庆

早在 2003 年就成为中国城市智能交通的试点城市，未来，重庆将在市场层面搭建物联网产业链，重点支持、扩大其所涉及的系统集成、软件开发、芯片制造和终端制造等相关制造产业发展。

30.3.4 电信运营商物联网发展情况

物联网将是全球通信行业又一个万亿级别的产业。2020 年以前，接入物联网的终端将达到 500 亿个。在相当一段时间内，中国移动、中国电信、中国联通三大电信运营企业仍将扮演主要角色，并以其为中心，逐步带动相关企业的发展和产业链的形成。这是由物联网的技术和商业特性决定的。

1. 打造综合能力平台，积极布局物联网产业发展

城市光纤网络的全面建设，是物联网与智慧城市的基础承载网络。中国电信 2010 年启动"宽带中国·光网城市"工程，引入物联网和云计算技术，打造综合能力平台，整合智能传输管道。按照工程目标，中国电信宽带用户的接入带宽将在 3～5 年内跃升 10 倍以上，并将持续快速提升；资费在 3 年左右迎来"跳变期"，并将持续下降。南方城市将全面实现光纤化，核心城区全部实现光纤接入，最高接入带宽达到 100Mbps，城市家庭接入带宽普遍达到 20 Mbps 以上。中国电信还将与家电企业联合研发家庭网关，将各种家电和设备连网，使所有电器能按照人们的意愿进行设定和控制，实现真正意义上的家庭信息化。

2. 推进无线城市发展，助力城市综合管理

中国移动发布的 2010 年可持续发展报告指出，中国移动物联网业务由 2004 年的 15 万用户增长到 2010 年的超过 690 万用户。2010 年，中国移动积极探索基于移动互联网和物联网的惠民应用，加大力度推进"无线城市"发展，在医疗保健、教育发展、便民服务等关键领域提供便捷、高效、安全的信息化解决方案，提升自身产品和服务的社会价值。截至 2010 年年底，"校讯通"在家校沟通、平安校园、数字校园等方面应用服务各类学校 8.9 万所，城镇中小学覆盖率达 70%，服务教师近 130 万人，家长 4500 万人。2010 年，在 6 个省开展"求职通"试点工作，已为 500 万人次提供就业服务。中国联通也于 2010 年重点着力智能交通、环保监测、智能家居和家庭医疗等物联网领域的研究工作，通过开拓重点应用，如智能汽车和智能家居等带动整个物联网业务的发展。

四川省艾普网络有限公司是工业和信息化部批准在全国十一个省会城市开展 ISP 接入服务的增值电信运营商。目前已在成都、重庆、武汉、昆明、长沙、广州开展业务。截止 2010 年年底公司在网户超过 65 万，是全国民营增值电信业务发展速度最快和在网用户规模最大的公司。

3. 打造创业产业链，汇聚创新力量

2010 年，中国电信物联网应用和推广中心、中国电信物联网技术重点实验室在无锡揭牌成立，标志着中国电信全面开启物联网发展的新征程。中国移动广东公司已开始了物联网创

新产业链的打造，在其南方基地建设创新实验室，以服务创新为理念，吸引社会创新力量，为通信行业注入更广泛更新鲜的力量，旨在继续保持其在新业务领域的领先地位。2010 年，中国联通物联网研究院及其相关数据中心、容灾和应急中心、培训中心等机构落户无锡。

4．加快技术标准的研究和制定

中国电信正在加快研究、制定和发布中国电信 M2M（机对机通信）技术规范和管理规范，并通过建立终端管理平台、能力汇聚平台和行业应用系统，立志于形成完整的物联网应用平台。

30.4　面临的矛盾和挑战

快速发展的中国物联网也面临着一系列的深层次矛盾与问题：

（1）目前，我国物联网产业的应用设备制造企业和系统集成企业数量较多，芯片设计制造、软件开发与应用相对薄弱，产业链发展并不均衡，仍处在由量变到质变的前夕。

（2）从全国范围看，各地区之间、行业之间、部门之间的资讯、技术与资源的统筹协调、整合配置仍显不足，缺乏顶层设计，资源未能有效共享，导致重复建设和无序竞争。

（3）由于物联网标准研究在国际和国内均处于初期阶段，各国有协作也有分歧，导致国内的物联网标准建设仍未取得整体性突破，系统"端到端"的物联网标准体系建设亟待加强。

（4）现阶段，中国物联网的技术创新能力仍显不足，在物联网的快速发展期，尤其要高度警惕和有效避免物联网产业核心技术空心化问题。

（5）虽然物联网的市场前景十分广阔，然而目前中国的物联网产业尚未形成稳定的、可实现规模化经营的商业模式。

（6）与传统网络相比，物联网发展带来的信息安全、网络安全、数据安全乃至国家安全问题将更为突出，现有的信息安全防护体系，将面临更为严峻的挑战。

为推进中国物联网健康发展，在发展策略层面，国家应统筹规划，加快构建产业链。通过制定相关扶持政策，引导产业链的各个环节加快融合，重点加强芯片设计制造、设备制造、运营、解决方案、系统集成等环节的产业链构建、整合和优化，尽快形成完整、贯通的产业链。相关省、市要因地制宜，结合自身特点，发挥差异化优势，有所侧重地发展物联网产业，并与本地原有的产业形成良性互动，实现产业的协同放大效应。

在技术创新层面，国家应加大基础研究的经费投入，重点突破物联网关键技术，占领国际竞争的制高点。应出台相关政策，引导由产业链上下企业、科研院所、行业协会等组成的产业联盟，围绕共性技术和关键技术开展深度合作，加快培育和形成中国物联网核心技术的研发能力。

在应用层面，相关省、市应重点结合公共服务领域的技术创新与服务升级，拓展物联网产业的示范、应用领域，加大政府采购力度，为物联网产业培育前期市场，从而为民间市场未来的爆发式增长奠定基础。

（无锡物联网产业研究院　马健、邓翰林；中国互联网协会　胡冰）

第31章 2010年云计算发展情况

31.1 发展概况

2010 年，中国云计算应用市场的发展明显加快，无论是"公共云"还是"私有云"，典型案例日趋增多。除了大型的云计算中心建设，还有众多以 SaaS 和虚拟化等模式存在的云计算相关应用服务。美国市场研究公司 IDC 公布的数据显示，2010 年中国云计算服务市场规模已经达到 3.2 亿美元。IDC 预计，随着政府部门和电信运营商在未来几年对云计算的投入不断增加，中国云计算服务市场将以接近 40% 的年复合增长率快速增长，到 2014 年其规模将超过 10 亿美元，如图 31.1 所示。

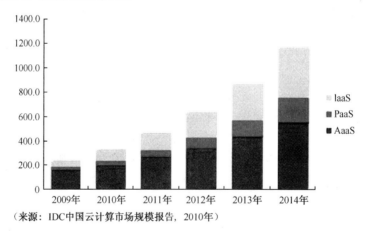

（来源：IDC中国云计算市场规模报告，2010年）

图31.1 中国云计算服务市场规模及预测（2009—2014年）

中国政府积极布局云产业发展，并已将云计算纳入《国家十二五规划》的重点发展项目之中。国际 IT 产业巨头都将中国作为云计算业务发展的热点区域，看到了中国市场的巨大发展潜力。尽管国内产学研各界还处于学习和计划阶段，但已经显示出对云计算的关注和重视。无论是政府、企业，还是高校、研究机构和媒体，都纷纷加入云计算产业生态的打造中，涌现出一批云计算平台项目。

31.2　云计算服务发展情况

31.2.1　政策扶持情况

2010 年 10 月出台的《中共中央关于第十二个五年规划的建议》明确将包括云计算在内的新一代信息技术产业列为发展重点，并要求加强云计算服务平台建设。在此形势下，10 月 25 日，国家发改委、工信部联合发布《关于做好云计算服务创新发展试点示范工作的通知》。通知中指出，现阶段云计算创新发展的总体思路是"加强统筹规划、突出安全保障、创造良好环境、推进产业发展、着力试点示范、实现重点突破"，并将北京、上海、深圳、杭州、无锡五个城市作为云计算创新发展试点城市。指导思想和试点情况如表 31.1 和表 31.2 所示。通知要求，云计算创新发展试点示范工作要与区域产业发展优势相结合，与国家创新型城市建设相结合，与现有数据中心等资源整合利用相结合，要立足全国规划布局，推进云计算中心（平台）建设，为提升信息服务水平，培育战略性新兴产业，调整经济结构，转变发展方式提供有力支撑。

表 31.1　中央政府发展云计算指导思想

指 导 思 想	指导思想内涵
加强统筹规划	对政府、大中小企业、个人用户的云计算应用综合考量
突出安全保障	对安全有清晰的界定，突出自主可控
创造良好环境	政府的主要职责还是创造宏观环境
推进产业发展	推进云计算产业在中国的发展是政府对云计算的基本态度
着力试点示范	以北京、上海、深圳、杭州、无锡为示范点，扩展至全国
实现重点突破	牢牢把握产业发展的主要矛盾，重点支持云计算的龙头企业

表 31.2　中央政府发展云计算产业的试点示范

试 点 城 市	北京、上海、深圳、杭州、无锡
试点内容	针对政府、大中小企业和个人等不同用户需求，研究推进 SaaS（软件即服务）、PaaS（平台即服务）和 IaaS（基础设施即服务）等服务模式创新发展。可选择若干信息服务骨干企业作为试点企业，建设云计算中心（平台），面向全国开展相关服务
	以信息服务骨干企业牵头、产学研用联合方式，加强虚拟化技术、分布式存储技术、海量数据管理技术等核心技术研发和产业化
	组建全国性云计算产业联盟，形成云计算创新发展的合力
	加强云计算技术标准、服务标准和有关安全管理规范的研究制定
	制定云计算创新发展实施方案
	组织实施试点示范工作
具体实施	及时总结试点示范工作经验，推广成功模式

就目前来看，中央层级政府对云计算的态度较为开放，这主要体现在对云计算本质的理解和对云计算在中国发展趋势的判断上：①云计算的本质，是在软硬件技术发展到一定阶段后，必然要出现的一种计算资源整合模式，它以市场需求为导向，以降低成本为主旨，利用

网络来进行资源整合，以期提高企业的信息化水平；②云计算并不仅是一个技术问题，更多的是一种商业模式或管理模式的创新；③当前中国市场层面上兴起的云计算浪潮，能够为企业带来经营业绩的增长；而地方政府兴建的云计算中心或云计算产业园区，能够改善投资环境、服务公众需求，这一点应该值得肯定。由此可见，政府已经洞察了云计算火热表象下的实质，在推动云计算产业发展方面彰显了巨大的决心，并将云计算定位于将要长期培育的新兴产业。

31.2.2 平台建设情况

在云计算兴起之初，中国的各级地方政府对其表现出了极大的热情。截至目前，中国已有数十个城市都将云计算确定为重点发展的产业，并采取多种举措促进云计算的发展。地方政府发展云计算产业主要受以下因素驱动：建设云计算服务平台能够带动区域软件产业的发展；建设云计算服务平台能够吸引更多的商业投资，促进地方经济发展；支持发展云计算在某种程度上实现了政府的公共服务创新，这符合国内近年来一直倡导的建设服务型政府的精神。在这些因素的驱动下，各地政府积极在云计算建设服务模式、核心技术研发和产业化上进行探索，通过与国外云计算领军厂商以及国内云计算大型厂商的合作，落地实施了多个相关项目，争取在云计算落地布局的过程中赢得先发优势。

北京、上海、深圳、杭州、无锡作为云计算创新发展的试点城市，是中国云计算发展大潮中的领跑者。这些城市已经具备了相当的信息化基础，也出台了一些相应的产业促进措施，可以说已经具备了发展云计算产业的良好产业环境和政策环境。这些城市发展云计算的定位、目标、重点应用领域各有不同，如表31.3所示。

表31.3　云计算试点城市发展概况

重点城市	未来发展方向	应用案例	发展目标	重点应用领域
北京	北京云基地、北工大云计算实验平台、公共云计算平台	云计算专用的芯片和软件平台、云计算服务产品、云计算解决方案、云计算网络产品及云计算终端产品	世界级云计算产业基地，2015年形成500亿元的产业规模，产业链规模达2000亿元	电子政务、重点行业、互联网服务及电子商务
上海	盛大网络云计算平台、上海市云计算创新基地启动、上海市云计算产业基地启动、微软中国将其云计算创新中心选择上海落户	突破虚拟化核心技术、研发云计算管理平台、建设云计算基础设施、鼓励云计算行业应用、构建云计算安全环境	亚太地区的云计算中心，3年内在云计算领域形成1000亿元的新增产业规模	城市管理、产业发展、电子政务、中小企业服务等
无锡	无锡云计算中心、盘古天地软件服务创新孵化平台、无锡传感网创新园云存储计算中心	发展商务云、开发云、政务云等多个云平台，提供多样化云服务	优化无锡市软件和服务外包产业的发展生态环境	电子政务、电子商务、科技服务外包等
深圳	中国科技大学深圳云计算应用中心、深圳市云计算产业协会、微软云计算领域合作等	打造本土云服务龙头、推进电子商务示范城市建设	华南云计算中心	教育、电子商务、电子政务
杭州	微软云计算中心	研发、制造、系统集成、运营维护等云计算产业体系	立足杭州、辐射周边、面向全国	软件业、知识产权保护等

1．北京："祥云工程"引领云计算产业发展重要举措

北京的云计算建设与发展具有人才、科技、资本、基础设施等方面的优势，具备成为中国乃至全球云计算中心的基础。当前的北京云计算产业发展已经初具先发优势，产学研多方联动，已经以多种形式尝试云计算平台的建设和云计算服务的探索。

2010 年 7 月，北京市经济和信息化委员会公布了北京市"祥云工程"实施方案。"祥云工程"第一阶段是 2010—2012 年，计划完成云计算产业链整体布局，基本形成技术、产业、应用一体化发展，聚集一批全国领先的云计算企业，推广一批高标准、高效能、高可用、低成本的云服务和云应用。第二阶段是 2013—2015 年，计划实现云计算产业化发展，形成 500 亿元的产业规模，争取带动产业链规模达到 2000 亿元，推动云应用水平居世界前列，使北京成为世界级云计算产业基地。

作为北京市"十二五"软件信息服务业和电子信息发展规划重大工程，"祥云工程"将围绕芯片、网络设备、网络运营、各种终端以及各种云应用构建北京完整的云计算产业链条，带动首都信息技术产业的整体提升。北京市还将建设一个高水平的云计算产业基地，该基地定位为云服务的产品创新中心、技术交流中心、应用示范中心、服务运营中心。通过政府的战略引导，专业公司的运营，龙头公司的带动，公共平台的支撑，聚集产业链各个环节的核心企业，健全产业创新的生态系统，完成新标准创制、新业态孵化、新领军企业培育的功能。目前，该基地计划汇集十家以上的云计算科研机构，几十家新创企业，形成每年 100 亿元的云计算产值。

2．上海：发布"云海计划"，抢占云计算产业战略制高点

上海有着较好的云基础设施，已建成数字化、广覆盖的信息通信网络，城域网出口在国内率先达到 TB 级，国际互联网出口带宽超过 200Gbps。上海超级计算中心、各电信运营商和独立数据中心提供商，拥有庞大的计算和存储资源，并已对各自的基础设施资源启动了基于云计算模式的升级改造。

2010 年 8 月，上海发布了《上海推进云计算产业发展行动方案（2010—2012 年）》三年行动方案，即"云海计划"，并将上海在云计算领域定位为亚太地区的云计算中心。"云海计划"明确提出上海在云计算中的产业发展目标，并简单概括为"十百千"计划，即在 3 年内培育 10 家在国内年经营收入超过亿元的云计算企业，推动百家软件和信息服务业企业向云计算服务转型，带动信息服务业新增经营收入千亿元。云海计划的发布吸引了该领域的重量级跨国企业。目前包括 IBM 和 EMC 在内的许多 IT 巨头已决定加大在沪投入。

3．无锡："太湖云谷"，政府助力打造中国最早的云计算中心

无锡发展云计算产业拥有良好的产业基础。在信息产业基础方面，无锡市集成电路、智能计算、无线通信、传感器、软件和信息服务业等支撑产业基础较好，初步形成了以新区、滨湖区、南长区为重点的产业聚集区。

无锡是国内第一批云计算中心建设城市。2008 年开始建设的无锡云计算中心通过两年的发展，目前进入第二期建设发展阶段，该中心搭建基于 IBM 云计算基础架构的商务云平台、开发云平台、政务云平台，并应用了 IBM 全球最新发布的云计算容量规划方案。此外，IBM 与无锡（国家）软件园（iPark）合作打造了盘古天地软件服务创新孵化平台，平台集中了 IBM 中国研究院在例如基于互联网的服务交付、软件工程即服务（SaaS）和云计算等多种国际前沿技术，致力于利用云计算为全球软件企业提供开放式软件信息孵化服务。

4. 深圳：努力打造"华南云计算中心"，打造完整云计算产业链条

作为正式获批的首个国家电子商务示范城市，深圳的宽带网络及 IT 基础设施建设处于国内领先水平，在发展云计算产业方面具有一定的积累和优势。在云计算领域，深圳拥有一批行业高端的科研机构和企业。如中科院先进技术研究院，腾讯、迅雷、金蝶和思创等都是云计算产业实力雄厚的企业。

2010 年 11 月，深圳市公布了《关于优化产业结构加快工业经济发展方式转变的若干意见》，首次提出了打造"华南云计算中心"的概念。深圳市提出，要加快发展云计算产业，建设华南云计算中心，打造完整的云计算产业链，力争到 2015 年，培育 10 家左右在国内有影响的年营业收入超亿元的云计算企业，带动信息服务业新增营业收入超过 1000 亿元。

31.2.3 服务应用情况

云计算已成为 IT 产业发展的重要趋势，将为整个产业带来新的变革和机会。然而，国内外 IT 应用环境存在着巨大差异，因此，中国云计算服务的应用必须明确本地用户的核心关注，针对不同用户的需求，提供可控、安全、高效的云计算解决方案。

对政府用户而言，云计算不仅能够提高办公效率，节约信息化成本，还能够帮助其实现管理创新和服务型政府转型。政府不仅是云计算重要的应用主体，更是重要的市场规则制定者，产业运营监督者和产业发展推动者。政府的推动可以促进云计算产业跨越式发展。如目前各地政府结合当地产业规划，积极建立云计算产业发展与创新基地，通过资金支持大力培育云计算技术服务厂商，建立面向城市管理、产业发展、电子政务、中小企业服务等领域的云计算示范平台，推动 IT 厂商向云计算服务商转型，并引导云计算技术和服务厂商向产业基地集聚，组建云计算产业联盟，形成合力参与全球云计算产业竞争。很显然，在云计算产业发展中，政府用户关注的核心聚焦在数据安全和云计算的标准建设及产业生态系统打造等方面。

企业能够利用云计算整合其现有的数据中心，实现对已有 IT 资源的充分利用，提高信息系统的效率和性能，加强经营决策的实时性。各类面向行业的云服务能够为企业发展提供重要支撑，使企业（特别是中小企业）加快研发进程，缩短产品投入市场的时间。因此，企业在部署云计算服务时，更注重云的安全性、云服务提供商的运营经验及现有的成功案例等。随着云计算的不断发展，可供企业选择的云服务越来越多，云的可移植性、数据集成、迁移成本等也将成为企业用户关注的核心问题。

目前，尽管大多数个人用户并不清楚地知道或不关心云计算概念，事实上已经有相当多的用户已经是云计算的使用者了。多年来，消费者事实上一直都在慢慢向云计算环境靠拢，如电子邮件（如微软的 Hotmail、Google 的 Gmail）、在线办公软件（如文字处理、电子表格）、网络硬盘、即时通信（如 MSN、QQ）等。由于消费习惯的原因，中国的消费者在选购产品时，往往货比三家，注重产品的口碑，在做出购买的决策时，往往表现出一定的从众倾向，对那些市场占有率高的品牌更加偏爱。因此，消费者在选购云服务时，对云提供商的口碑、用户数量和一致性体验表现出了特别的关注，其次才是云服务的可用性及数据隐私性，最后才考虑价格的因素。

31.2.4 产业发展情况

在中国当前的云计算产业链中，除了作为云计算的用户，政府在产业战略规划布局和运

行监控中承担了重要的作用：

（1）产业规划布局和调控。政府是云计算产业发展的规划者和布局者，通过制定中长期和近期的产业发展规划，从产业规模、从业人员、产业生态建设、地域布局等方面对产业进行合理的规划，并借助资金、技术、人才和土地等多方面的调控杠杆推进产业的科学发展。

（2）游戏规则制定和监督。政府是云计算产业的环境营造者，规则制定者以及产业运营监督者。政府通过相关法律法规的制定，对产业准入资格审核、数据安全、灾备、云技术和服务标准、服务水平协议等内容进行清晰的界定，为产业有序运行打造良好的环境，并通过法律法规的执行监督产业的健康发展。

中国云计算产业生态链的构建正在进行中，在政府的监管下，云计算服务提供商与软硬件、网络基础设施服务商以及云计算咨询规划、交付、运维、集成服务商、终端设备厂商等一同构成了云计算的产业生态链，为政府、企业和个人用户提供服务。

目前，中国的云计算产业已处于初级阶段，并呈现出了快速增长的趋势。中国拥有众多企业和大规模的网络用户和信息资源，具有云计算产业的最佳市场条件。 在微软、IBM、Google、亚马逊等国际 IT 巨头开始巨额投资云计算并从 2008 年起纷纷在中国开展云计算的相关活动的同时，国内政府和企业也开始有所行动。如政府已经或正在酝酿在北京、江苏、广东等地建设云计算中心，国内信息安全、软件、互联网搜索和电子商务产业的相关企业也都纷纷推出了与云计算相关产品。虽然我们不具有国际巨头那样大的投资能力，但也在布局云计算，在 SaaS（软件即服务）等领域开始进行实践，并基于自身业务布局和技术优势，进行了不同的"云"部署。根据目前主流的对云计算产业的分层模式（SaaS，PaaS 和 IaaS）来看，中国产商在云计算领域的一些实践和工作可归纳如图 31.2 所示。

图31.2　中国主流云计算产业分层模式工作情况

31.3 云计算服务的商业模式

31.3.1 SaaS

SaaS（软件即服务）是将软件应用作为一种服务通过互联网提供给用户的一种较新型的商业模式。客户以租赁的方式享受软件服务，可以根据自己实际需求，通过互联网向厂商定购所需的应用软件服务，并按照定购的服务内容和时间长短向厂商支付费用。服务商提供可升级、多用户、可配置的服务，简化了软件部署和维护过程。较之传统的软件，SaaS 不需要花费大笔投资额外购买硬件、人员、维护等费用，只需支付一定的租赁服务费，因而极大地降低了一次性投资，大幅度减少了企业在系统投入上的风险。

对于中小企业来说，现阶段的服务范围主要定位在为企业提供公用性较强的软件服务，如电子商务、客户关系管理和财务管理等。这些服务通过 SaaS 的模式提供给企业用户使用。从供应链的角度来看，云计算为供应链中的每一个企业提供在云计算中发布数据和读取数据的服务。企业拿到这些数据后，就能够支持企业内部系统的运行，使企业更好地融入整个流程。云计算对于连接人员和数据共享都有很好的支持，这为企业供应链的流程优化提供了一个新的解决方案，SaaS 运营产业链分析情况如图 31.3 所示。

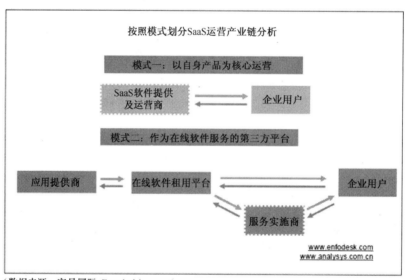

（数据来源：容易国际：Entodesk）

图31.3　SaaS运营产业链

中国 SaaS 经过几年的发展，慢慢展现出它的活力，越来越多的厂商加入到这个领域并作出突出贡献。如像 800APP 的在线 CRM 核心应用和金算盘及铭万的围绕电子商务提供关键性应用这种以自身产品为核心进行运营的实例。还有像阿里软件互联平台、中国电信的商务领航和神码在线等作为在线软件服务的第三方平台，依赖于合作伙伴提供相关应用从而构建在线软件服务的生态系统。国内主要 SaaS 服务商产品及特点如表 31.4 所示。

表 31.4　国内主要 SaaS 服务商产品及特点

应用领域	厂　商	服　务	特　点
电子商务	金蝶友商网	全程电子商务	用友伟库网主要提供客盈门、网客宝、管客宝等三大营销工具；
	用友伟库网		72 亿禧网主要提供网站宝、网店宝、买卖提、移动宝等产品
	金算盘/72 亿禧网		金蝶友商网主要提供在线会计、生意经等产品
CRM	Xtools	在线 CRM	主推在线 CRM，xTooS 以及八百客的 CRM 产品与国外 salesforce 的产品在价格方面有很大的优势。
	八百客		国产 SaaS 产品性价比较强
	Ssalesforce		
	伟库客户管理		
	友商客户管理		
进销存	用友伟库网、金蝶友商等	在线进销存	在线进销存和传统的进销存在一定区别，和传统的相化，简化了一些复杂的操作。
OA/协同	百会	在线 Office	最大的特点是免费使用

进入 2010 年以后，SaaS 在中国的应用状况又出现了若干新的特点：除了传统的 ERP、CRM 外，电子商务成为 SaaS 应用的"黑马"；虽然不同规模的企业对于安全性的认识不同，但安全成为大、中、小型企业关注的永恒话题；满足企业的个性化需求已成为现阶段 SaaS 服务供应商发展的最大瓶颈；SaaS 作为一种服务交付模式已经开始由概念阶段进入了真正的成长阶段发展。

31.3.2　PaaS

PaaS（平台即服务）是指将一个完整的应用程序运行平台作为一种服务提供给客户。这种服务为用户提供一个托管平台，用户可以将他们所开发和运营的应用托管到云计算平台中。但是，这个应用的开发和部署必须遵守该平台特定的规则和限制，如语言、编程框架和数据存储模型等。通常，能够在该平台上运行的应用类型也会受到一定的限制，但是，一旦客户的应用被开发和部署完成，所涉及的其他管理工作，如动态资源调整等，都将由该平台层负责。在这种服务模式中，客户不需要购买底层硬件和平台软件，只需要利用 PaaS 平台，就能够创建、测试和部署应用程序。PaaS 类型的云计算服务将为用户提供应用服务平台的编程接口，开发人员需要根据平台提供的服务接口进行应用程序开发。另外，PaaS 类型的云计算服务还可以提供应用程序的托管平台，针对这个平台开发的应用程序一般只能部署在这个平台上面。

典型的 PaaS 服务是 Google App Engine。微软的云计算操作系统 Microsoft Windows Azure 也可大致归入这一类。2008 年 4 月，Google 发布了其基于开发平台的 PaaS 服务——Google App Engine。该平台提供了支持一个完整应用需要的设计、实现、调试、测试、部署整个生命周期的支持，即为用户提供一个完整的开发环境，使用户能基于该平台构建，并运行适合企业的应用。此外，用户还可根据平台提供的管理工具，对部署在平台中应用的运行状况进行实时的监测，了解应用的运行健康状况。利用该服务，企业可方便的进行应用定制，满足企业多样的 IT 需求。各大云计算厂商的 PaaS 产品情况如表 31.5 所示。

表 31.5　各大云计算厂商的 PaaS 产品比较

产　品	厂　商	发 布 时 间	技 术 优 势
Apps Engine	Google	2008 年 4 月 9 日	1. 可在 Google 基础架构上构建并运行自己的网络应用程序，可以使用 Python 或 Java^w 技术来创建 Wed 应用程序，无需维护服务器 2. Google 云计算的平台根据流量和容量来收费，在一定流量和容量下是免费的
Windows Azure	Microsoft	2010 年 1 月 1 日	1. Windows Azure Platform 是一个基于 Windows 的环境，可用来创建云应用程序和服务。可以使用 Microsoft Visual Studio 以便在 Azure 平台上开发和部署应用程序。基于.Net 平台下的应用系统，尤其是 B/S 应用系统（Web 应用程序），可以很容易地迁移到云中去。在 Community Technology Preview（CTP）内可以找 Azure，它可以供用户在 2010 年 1 月间免费评估使用 2. 同时它还是运营平台。开发人员创建的应用既可以直接在该平台中运行，也可以使用该云计算平台提供的服务，平台上既可运行微软的自有应用，也可以开发部署用户或独立软件开发商的个性化服务；平台既可以作为 SaaS 等云服务的应用模式的基础，也可以与微软下的系列软件产品相互整合和支撑（如现在已经提供了在线服务的 Office 2010，这是微软云计算平台最具特色的一面和强大之处）。由于平台的综合性，在这个平台上，既可以使用公有去，也可以部署混合云，甚至现在微软正提供一些新的服务器级产品，将来可以部署私有云
Force.com	Salesforce	2007 年 10 月	可构建和运行任意应用程序，按需提供企业级 Web 应用程序，而无需付出部署基础结构的成本。它提供一个可用来快速构建可伸缩应用程序的开发平台。为了在这个平台上构建、版本化和部署 Force.com 组件和应用程序，可以使用一个基于 Eclipse 的 IDE
Morph Application Platform	Morph	2008 年下半年	提供了一个完整的环境，称为 Morph Application Piatform（MAP），可用来将多个 Wed 应用程序托管在它们的云计算基础设施之上
Bungee Connect	Bungee Connect	2008 年 4 月	一个完整的应用程序开发和部署平台，可用来为云构建 Web 应用程序

　　中国移动从 2007 年就开始进行云计算的研究和开发，是最早介入云计算研发和实践的中国企业之一。2010 年，中国移动正式对外发布了其 "BigCloud——大云" 的 1.0 版本，并希望借此提升未来在移动互联网方面的信息服务能力。

　　百度董事长兼 CEO 李彦宏在 2009 年百度技术创新大会上发布的 "框计算（Box Computing）" 平台从本质上讲也是一种 PaaS 的形式。"框计算" 为用户提供基于互联网的一站式服务，是一种最简单可依赖的互联网需求交互模式。用户只要在框中输入服务需求，系统就能明确识别这种需求，并将该需求分配给最优良的应用或内容资源提供商处理，最终返回给用户相匹配的结果。跑在 "框计算" 平台上最成熟的应用是互联网信息的搜索，但未来还会不断扩展到各种丰富的互联网应用，包括搜索、游戏、购物、杀毒和投资理财等。

　　除了像中移动、百度等大型公司，在中国还涌现出了一些在 PaaS 领域具备完全自主知识产权的创新型企业，如友友系统。友友系统研发的 CloudWare 平台在最底层的分布式计算机集群之上，由数据总线和集群管理系统将分散独立的物理资源虚拟整合成了一个大的资源池并对其进行有效地管理和分配。

　　进入 2010 年，PaaS 平台已经在 IT、制造和教育等行业受到了普遍关注。当然，不同规模企业在 PaaS 平台的选择上存在较大差异，如大型企业最关注平台的成熟度，而中小企业则更关注成本，以及开发工具平台及语言、平台服务内容、平台成熟度，即性价比的综合考量。但是，无论是哪种企业，他们普遍认为目前 PaaS 平台最需要改进的地方是"可移植性"，即 PaaS 能够让企业开发的应用可以灵活地在不同平台和环境之间转换，同时，希望能通过 SOA 的模式以降低开发成本，平台的互操作性，以及传统平台向 PaaS 平台的数据迁移。也就是说，PaaS 平台必须支持用户能够快速开发并运行自己所需要的应用和产品。

31.3.3　IaaS

　　IaaS（基础设施即服务），即云计算厂商把自有基础设施作为服务提供给用户使用。厂商提供的主要基础设施包括硬件资源（存储空间、网络设备等）和计算资源（CPU 和内存等）。企业可以通过租用这些 IT 资源来满足自身需求，而不用购买特定的专用服务器和网络设备。对于企业而言，这种模式可以使企业"按需购买"基础设施服务。租用基础设施服务的用户可以是软件公司，也可以是独立的软件开发人员。用户根据自身需要向 IaaS 服务提供商购买基础设施，并在此基础上构建相应的网络应用。目前，以租用基础设施这种方式构建的网络应用几乎涉及到互联网的各种服务，包括网站托管、数据存储备份、电子商务、高性能计算、搜索引擎和虚拟主机服务等。

　　多家大型 IT 厂商都推出了为用户提供基础设施的服务产品，最具代表性的是亚马逊公司（Amazon）于 2006 年 8 月推出弹性计算机云服务平台。该平台致力于为用户提供具有弹性变化，灵活可靠，安全便宜的基于基础设施的 IaaS 服务。Amazon 弹性计算机云服务平台主要包括四种服务：Simple Storage Service（简单的存储服务 S3）；Elastic Compute Cloud（弹性可扩展的云计算服务器 EC2）；Simple Queuing Service（一种简单的消息队列 SQS）；Simple DataBase（简单的数据库管理 SimpleDB）。这四种服务紧密结合，集中提供在云中的数据存储、处理和数据集查询的能力。

　　在中国，一个比较典型的 IaaS 实例就是世纪互联的新一代 IDC 及其附带的服务。作为中国规模最大的电信中立数据中心，在打造绿色数据中心的同时，世纪互联利用自身研发的虚拟化技术，将庞大的服务器、网络进行底层虚拟化，从而只需要通过一个接口，各种资源就可由上层自由调用，以此提高资源利用率，也使得数据中心能够进行弹性的管理。2008 年 7 月，他们推出业内首款基于云计算的弹性主机租用（EPS）服务，类似亚马逊提供的 EC2 云计算服务。随后在 2009 年 1 月，世纪互联正式发布了国内首个基于云计算技术的产品线 —CloudEx 服务。CloudEx 弹性计算服务即可提供与传统物理服务器相当的性能，同时又整合了存储与网络带宽资源，可直接替代物理服务器满足大部分网站对服务器的需求，并同时提供了物理服务器所不能做到快速灵活部署和业务备份等功能。从服务的性能与特点上来看，弹性计算服务非常适合网络游戏公司以及对服务器具有快速部署与业务可用性要求比较高的互联网企业。CloudEx 产品线规划包括完整的互联网主机服务"CloudEx Computing

Service"，基于在线存储虚拟化的"CloudEx Storage Service"，供个人及企业进行互联网云端备份的数据保全服务等全系列互联网云计算服务。

随着时间的推进，虽然互联网服务商（如 Amazon EC2 等）作为第一批提供 IaaS 基础架构租赁的企业，已经被历史证明了其先人一步的成功，而一批中小企业在国内的崛起，也进一步使互联网服务商在该领域得到了更多的机会。并且，一些传统的 IDC 服务商借云计算时代带来的新契机，如世纪互联，果断地整合和调配自身资源推出了新型的 IaaS 服务。但是，长远来看，电信运营商（如中国移动、中国电信等）等稍晚一些进入 IaaS 租用业务的企业，其成长速度和先天性资源优势为其 IaaS 业务发展埋下了巨大的潜力，如中国移动的大云平台，在改造自身基础架构往云模式转变的同时，也为下游运营商或企业租用资源提供了灵活的平台。可以这么说，电信运营商最终将在 IaaS 服务领域取得领先优势。

31.4 云计算的发展趋势

未来 3 年，云计算应用将以政府、电信、教育、医疗、金融、石油石化和电力等行业为重点，在中国市场逐步被越来越多的企业和机构采用，市场规模也将从 2009 年的 92.23 亿元增长到 2012 年的 606.78 亿元，年均复合增长率达 87.4%，如图 31.4 所示。

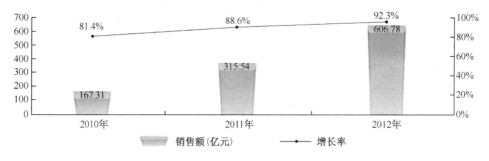

图31.4　2010—2012年中国云计算市场规模

同时，数量巨大的网络用户，尤其是中小企业用户，为云计算在国内的发展提供了很好的用户基础。IDC 预测未来四年中国云计算将产生 1.1 万亿元的市场。云计算模式使得几乎所有的 IT 资源都可以作为云服务来提供：应用程序、计算能力、存储容量、联网、编程工具，以至于通信服务和协作工具。它将大幅度提升数量广泛的国内企业的信息化水平，最终提升企业的竞争力。IT 部门不用担心服务器升级、软件升级及其他计算问题，从而解放 IT 部门。通过云计算，企业将能够最大限度地节约 IT 成本，最大限度地增加回报，并将节约的 IT 成本投入到创新当中，转换成为新的生产力。云计算商业模式的迅速发展将对中国 IT 业产生重要的影响，涉及服务器、存储、网络等基础架构以及中间件、操作系统、应用软件、网络服务在内的众多领域，从而开创一种全新的 IT 应用前景。

随着云计算技术的飞速发展与不断提高，它也必将会引起一场新的产业结构和资本流向的变革：

（1）互联网服务提供商会继续发展壮大，但随着分布式计算技术门槛的消失及廉价的计算资源租用服务的出现，其初创及继续运营成本会大大降低，从而加剧它们之间的竞争。

（2）传统的应用软件提供商在 SaaS 的驱使下，逐渐向互联网服务提供商转型。

（3）现在的 ISP 服务商如 IDC 数据中心，电信运营商和计算机硬件提供商会和云计算基础构建方案提供商合作，充分利用其闲置资源，发展成为新的计算资源服务提供商。

（4）随着云计算平台构建的技术需求，新的云计算基础软件提供商会大量出现，在这个领域寻找新的机遇，间接加剧云计算服务领域的竞争程度。

当然，目前的云计算只是处于初级阶段，所进行的工作也大多集中于技术发展和概念推广。可以说，现在的云计算概念还不够明确，技术尚未成熟，商业模式远未成型；用户对云计算的认知度还很低，并不清楚云计算能够为他们带来什么，市场上也缺乏应用云计算的成功案例；另外，投身到云计算产业的企业都是各自为政，无法形成产业合力。但是，不需要太长的时间，随着技术的进步和市场的培育，整个社会对云计算的认识必然更加深入，云计算产业的发展也会呈现出快速增长的趋势并走入成长阶段。这时，云计算的概念将逐渐明晰和统一，用户的认识和认可程度也会逐步加深；云计算的商业模式将逐渐成形并产生日渐丰富的应用案例；同时，进入云计算领域的企业将迅速增多，产业的生态环境逐渐形成；而且用户开始产生对基于云计算的解决方案的主动需求。而后，再有两三年的时间，云计算产业链将趋于完善，产业竞争格局基本形成；基于云计算的各种 IT 应用解决方案会更加成熟，用户也开始把主流和核心应用迁移至云计算平台上；基于服务的 IT 应用模式逐步成为主流。到了这一步，云计算产业就已经迈向成熟了。

中国拥有众多企业和大规模的网络用户和信息资源，具有云计算产业的最佳市场条件。为了避免三五年后我们的 IT 产业在云计算时代依然处于苦苦追赶的阶段，在这个承上启下的关键时刻，希望中国能尽快成立自己的云计算产业联盟，统一协调和促进中国云计算生态环境和产业链的形成和发展。同时，开始着手考虑和制定自己的云计算相关标准和规范，并大力研究和发展几个云计算的关键技术：

（1）更高效的虚拟化技术，比如动态的负载均衡和群组管理调配技术；高效的分布式事务处理机制等；

（2）动态的智能化管理技术，比如自动的管理监控和"即插即用"式的部署应用；

（3）可信赖的计费与运营技术；

（4）高可靠性技术，比如跨平台的互操作性；高效，可靠的数据传输交换和事件处理技术；

（5）新一代的网络安全技术。

随着云时代的一步步临近，中国如果能够抓住机遇，大力发展云计算产业，培育龙头企业，必将扭转在竞争中的不利地位，从一个新的高度和起点上与世界 IT 技术和服务的发展潮流齐头并进，并在这场没有硝烟，却又几乎撼动整个 IT 产业的战争中后来居上，成为最后的赢家。

（北京友友天宇系统技术有限公司 CEO、中国电子学会云计算机专家委员会委员　姚宏宇）

第四篇

附 录 篇

 2010 年中国互联网发展大事记

 2010 年中国互联网政策法规

 2010 年全国电信业统计公报

 2010 年中国互联网发展状况分析报告

 2010 年澳门特区互联网使用状况统计报告

附录 A　2010 年中国互联网发展大事记

（1）2010 年 1 月 13 日，国务院总理温家宝主持召开国务院常务会议，决定加快推进电信网、广播电视网和互联网三网融合。6 月 30 日，国务院三网融合工作协调小组审议批准，确定了第一批三网融合试点地区（城市）名单。

（2）2010 年 3 月 23 日，谷歌公司宣布将在中国的搜索服务由内地转至香港。

（3）2010 年 3 月起，团购网站在中国逐渐兴起，网络团购具有折扣多、小额支付的优势。根据中国互联网络信息中心（CNNIC）统计，截止 2010 年底，中国网络团购用户数达到 1875 万人。

（4）2010 年 3 月，国家广播电影电视总局发放首批三张互联网电视牌照。

（5）2010 年 5 月 31 日，国家工商行政管理总局正式公布《网络商品交易及有关服务行为管理暂行办法》。

（6）2010 年 6 月 3 日，文化部公布《网络游戏管理暂行办法》，这是我国第一部针对网络游戏进行管理的部门规章。

（7）2010 年 6 月 8 日，国务院新闻办公室首次发表《中国互联网状况》白皮书，说明了中国政府关于互联网的基本政策："积极利用、科学发展、依法管理、确保安全"。

（8）2010 年 6 月 14 日，中国人民银行公布《非金融机构支付服务管理办法》。《办法》将网络支付纳入监管。

（9）2010 年 6 月 25 日，第 38 届互联网名称与编号分配机构（ICANN）年会决议通过，将".中国"域名纳入全球互联网根域名体系。7 月 10 日，".中国"域名正式写入全球互联网根域名系统（DNS）。

（10）2010 年 9 月 8 日，人民网·中国共产党新闻网正式推出"直通中南海——中央领导人和中央机构留言板"。该留言板突出互动性，旨在让网友对中央领导人倾诉心声，给中央机构提出意见建议。

（11）2010 年 10 月 9 日，国家新闻出版总署出台《新闻出版总署关于发展电子书产业的意见》，提出要依法依规建立电子书行业准入制度，依法对从事电子书相关业务的企业实施分类审批和管理。

（12）2010 年 10 月 29 日，北京奇虎科技有限公司推出名为"扣扣保镖"的安全工具，11 月 3 日，深圳市腾讯计算机系统有限公司指出"扣扣保镖"劫持了 QQ 的安全模块，并决定在装有 360 软件的电脑上停止运行 QQ 软件。11 月 4 日，政府主管部门介入调查，在有关部门的干预下，双方的软件恢复兼容。

（13）2010年11月7日—12日，互联网工程任务组（IETF）第79次大会在北京召开。这是 IETF 会议首次在中国内地举行。

（14）2010年，网络舆论的社会影响力加深，"王家岭矿难救援"、"方舟子打假"、"宜黄强拆自焚"、"李刚之子醉驾撞人"等一系列事件通过网络曝光后引起社会的广泛关注。

（15）中国互联网络信息中心（CNNIC）统计数据显示，截至2010年12月31日，中国网民规模达 4.57 亿人，其中，手机网民规模达 3.03 亿人。IPv4 地址数达 2.78 亿个，域名总数 866 万个，其中.CN 域名数为 435 万个，网站数 191 万个，国际出口带宽达 1 098 957Mbps。

（中国互联网络信息中心）

附录 B 2010 年中国互联网政策法规

1. 中华人民共和国保守国家秘密法（节选）

（1988 年 9 月 5 日第七届全国人民代表大会常务委员会第三次会议 通过 2010 年 4 月 29 日第十一届全国人民代表大会常务委员会第十四次会议修订）

第二十三条 存储、处理国家秘密的计算机信息系统（以下简称涉密信息系统）按照涉密程度实行分级保护。

涉密信息系统应当按照国家保密标准配备保密设施、设备。保密设施、设备应当与涉密信息系统同步规划，同步建设，同步运行。

涉密信息系统应当按照规定，经检查合格后，方可投入使用。

第二十四条 机关、单位应当加强对涉密信息系统的管理，任何组织和个人不得有下列行为：

（一）将涉密计算机、涉密存储设备接入互联网及其他公共信息网络；

（二）在未采取防护措施的情况下，在涉密信息系统与互联网及其他公共信息网络之间进行信息交换；

（三）使用非涉密计算机、非涉密存储设备存储、处理国家秘密信息；

（四）擅自卸载、修改涉密信息系统的安全技术程序、管理程序；

（五）将未经安全技术处理的退出使用的涉密计算机、涉密存储设备赠送、出售、丢弃或者改作其他用途。

第二十六条 禁止非法复制、记录、存储国家秘密。

禁止在互联网及其他公共信息网络或者未采取保密措施的有线和无线通信中传递国家秘密。

禁止在私人交往和通信中涉及国家秘密。

第二十七条 报刊、图书、音像制品、电子出版物的编辑、出版、印制、发行，广播节目、电视节目、电影的制作和播放，互联网、移动通信网等公共信息网络及其他传媒的信息编辑、发布，应当遵守有关保密规定。

第二十八条 互联网及其他公共信息网络运营商、服务商应当配合公安机关、国家安全机关、检察机关对泄密案件进行调查；发现利用互联网及其他公共信息网络发布的信息涉及泄露国家秘密的，应当立即停止传输，保存有关记录，向公安机关、国家安全机关或者保密行政管理部门报告；应当根据公安机关、国家安全机关或者保密行政管理部门的要求，删除涉及泄露国家秘密的信息。

第五十条 互联网及其他公共信息网络运营商、服务商违反本法第二十八条规定的，由公安机关或者国家安全机关、信息产业主管部门按照各自职责分工依法予以处罚。

2. 国务院关于第五批取消和下放管理层级行政审批项目的决定（国发〔2010〕21号）

各省、自治区、直辖市人民政府，国务院各部委、各直属机构：

2009年以来，按照国务院的统一部署和行政审批制度改革的要求，行政审批制度改革工作部际联席会议依据行政许可法等法律法规的规定，组织对国务院部门的行政审批项目进行了新一轮集中清理。经严格审核论证，国务院决定第五批取消和下放管理层级行政审批项目184项。其中，取消的行政审批项目113项，下放管理层级的行政审批项目71项。

各地区、各部门要认真做好取消和下放管理层级行政审批项目的落实和衔接工作，切实加强后续监管。要按照深化行政管理体制改革、转变政府职能的要求，继续深化行政审批制度改革，进一步减少行政审批项目，规范审批流程，创新审批方式，健全行政审批制约监督机制，加强对行政审批权运行的监督。

附件：1. 国务院决定取消的行政审批项目目录（113项）（节选）
      2. 国务院决定下放管理层级的行政审批项目目录（71项）（节选）

国务院
2010 年 7 月 4 日

附件1：国务院决定取消的行政审批项目目录（113项）（略）
附件2：国务院决定下放管理层级的行政审批项目目录（71项）（略）

3. 国务院关于加快培育和发展战略性新兴产业的决定（国发〔2010〕32号）（节选）

各省、自治区、直辖市人民政府，国务院各部委、各直属机构：

战略性新兴产业是引导未来经济社会发展的重要力量。发展战略性新兴产业已成为世界主要国家抢占新一轮经济和科技发展制高点的重大战略。我国正处在全面建设小康社会的关键时期，必须按照科学发展观的要求，抓住机遇，明确方向，突出重点，加快培育和发展战略性新兴产业。现作出如下决定：

（三）发展目标。

到 2015 年，战略性新兴产业形成健康发展、协调推进的基本格局，对产业结构升级的推动作用显著增强，增加值占国内生产总值的比重力争达到 8%左右。

到 2020 年，战略性新兴产业增加值占国内生产总值的比重力争达到 15%左右，吸纳、带动就业能力显著提高。节能环保、新一代信息技术、生物、高端装备制造产业成为国民经济的支柱产业，新能源、新材料、新能源汽车产业成为国民经济的先导产业；创新能力大幅提升，掌握一批关键核心技术，在局部领域达到世界领先水平；形成一批具有国际影响力的大企业和一批创新活力旺盛的中小企业；建成一批产业链完善、创新能力强、特色鲜明的战略性新兴产业集聚区。

再经过十年左右的努力，战略性新兴产业的整体创新能力和产业发展水平达到世界先进水平，为经济社会可持续发展提供强有力的支撑。

三、立足国情，努力实现重点领域快速健康发展

根据战略性新兴产业的发展阶段和特点，要进一步明确发展的重点方向和主要任务，统筹部署，集中力量，加快推进。

（二）新一代信息技术产业。加快建设宽带、泛在、融合、安全的信息网络基础设施，推动新一代移动通信、下一代互联网核心设备和智能终端的研发及产业化，加快推进三网融合，促进物联网、云计算的研发和示范应用。着力发展集成电路、新型显示、高端软件、高端服务器等核心基础产业。提升软件服务、网络增值服务等信息服务能力，加快重要基础设施智能化改造。大力发展数字虚拟等技术，促进文化创意产业发展。

四、强化科技创新，提升产业核心竞争力

增强自主创新能力是培育和发展战略性新兴产业的中心环节，必须完善以企业为主体、市场为导向、产学研相结合的技术创新体系，发挥国家科技重大专项的核心引领作用，结合实施产业发展规划，突破关键核心技术，加强创新成果产业化，提升产业核心竞争力。

（一）加强产业关键核心技术和前沿技术研究。围绕经济社会发展重大需求，结合国家科技计划、知识创新工程和自然科学基金项目等的实施，集中力量突破一批支撑战略性新兴产业发展的关键共性技术。在生物、信息、空天、海洋、地球深部等基础性、前沿性技术领域超前部署，加强交叉领域的技术和产品研发，提高基础技术研究水平。

八、推进体制机制创新，加强组织领导

加快培育和发展战略性新兴产业是我国新时期经济社会发展的重大战略任务，必须大力推进改革创新，加强组织领导和统筹协调，为战略性新兴产业发展提供动力和条件。

（一）深化重点领域改革。建立健全创新药物、新能源、资源性产品价格形成机制和税费调节机制。实施新能源配额制，落实新能源发电全额保障性收购制度。加快建立生产者责任延伸制度，建立和完善主要污染物和碳排放交易制度。建立促进三网融合高效有序开展的政策和机制，深化电力体制改革，加快推进空域管理体制改革。

国务院

2010 年 10 月 10 日

4. 通信网络安全防护管理办法

中华人民共和国工业和信息化部令

第 11 号

《通信网络安全防护管理办法》已经 2009 年 12 月 29 日中华人民共和国工业和信息化部第 8 次部务会议审议通过，现予公布，自 2010 年 3 月 1 日起施行。

部长 李毅中

2010 年 1 月 21 日

通信网络安全防护管理办法

第一条 为了加强对通信网络安全的管理，提高通信网络安全防护能力，保障通信网络安全畅通，根据《中华人民共和国电信条例》，制定本办法。

第二条 中华人民共和国境内的电信业务经营者和互联网域名服务提供者（以下统称"通信网络运行单位"）管理和运行的公用通信网和互联网（以下统称"通信网络"）的网络安全防护工作，适用本办法。

本办法所称互联网域名服务，是指设置域名数据库或者域名解析服务器，为域名持有者提供域名注册或者权威解析服务的行为。

本办法所称网络安全防护工作，是指为防止通信网络阻塞、中断、瘫痪或者被非法控制，以及为防止通信网络中传输、存储、处理的数据信息丢失、泄露或者被篡改而开展的工作。

第三条 通信网络安全防护工作坚持积极防御、综合防范、分级保护的原则。

第四条 中华人民共和国工业和信息化部（以下简称工业和信息化部）负责全国通信网络安全防护工作的统一指导、协调和检查，组织建立健全通信网络安全防护体系，制定通信行业相关标准。

各省、自治区、直辖市通信管理局（以下简称通信管理局）依据本办法的规定，对本行政区域内的通信网络安全防护工作进行指导、协调和检查。

工业和信息化部与通信管理局统称"电信管理机构"。

第五条 通信网络运行单位应当按照电信管理机构的规定和通信行业标准开展通信网络安全防护工作，对本单位通信网络安全负责。

第六条 通信网络运行单位新建、改建、扩建通信网络工程项目，应当同步建设通信网络安全保障设施，并与主体工程同时进行验收和投入运行。

通信网络安全保障设施的新建、改建、扩建费用，应当纳入本单位建设项目概算。

第七条 通信网络运行单位应当对本单位已正式投入运行的通信网络进行单元划分，并按照各通信网络单元遭到破坏后可能对国家安全、经济运行、社会秩序、公众利益的危害程度，由低到高分别划分为一级、二级、三级、四级、五级。

电信管理机构应当组织专家对通信网络单元的分级情况进行评审。

通信网络运行单位应当根据实际情况适时调整通信网络单元的划分和级别，并按照前款规定进行评审。

第八条 通信网络运行单位应当在通信网络定级评审通过后三十日内，将通信网络单元的划分和定级情况按照以下规定向电信管理机构备案：

（一）基础电信业务经营者集团公司向工业和信息化部申请办理其直接管理的通信网络单元的备案；基础电信业务经营者各省（自治区、直辖市）子公司、分公司向当地通信管理局申请办理其负责管理的通信网络单元的备案；

（二）增值电信业务经营者向作出电信业务经营许可决定的电信管理机构备案；

（三）互联网域名服务提供者向工业和信息化部备案。

第九条 通信网络运行单位办理通信网络单元备案，应当提交以下信息：

（一）通信网络单元的名称、级别和主要功能；

（二）通信网络单元责任单位的名称和联系方式；

（三）通信网络单元主要负责人的姓名和联系方式；

（四）通信网络单元的拓扑架构、网络边界、主要软硬件及型号和关键设施位置；

（五）电信管理机构要求提交的涉及通信网络安全的其他信息。

前款规定的备案信息发生变化的，通信网络运行单位应当自信息变化之日起三十日内向电信管理机构变更备案。

通信网络运行单位报备的信息应当真实、完整。

第十条　电信管理机构应当对备案信息的真实性、完整性进行核查，发现备案信息不真实、不完整的，通知备案单位予以补正。

第十一条　通信网络运行单位应当落实与通信网络单元级别相适应的安全防护措施，并按照以下规定进行符合性评测：

（一）三级及三级以上通信网络单元应当每年进行一次符合性评测；

（二）二级通信网络单元应当每两年进行一次符合性评测。

通信网络单元的划分和级别调整的，应当自调整完成之日起九十日内重新进行符合性评测。

通信网络运行单位应当在评测结束后三十日内，将通信网络单元的符合性评测结果、整改情况或者整改计划报送通信网络单元的备案机构。

第十二条　通信网络运行单位应当按照以下规定组织对通信网络单元进行安全风险评估，及时消除重大网络安全隐患：

（一）三级及三级以上通信网络单元应当每年进行一次安全风险评估；

（二）二级通信网络单元应当每两年进行一次安全风险评估。

国家重大活动举办前，通信网络单元应当按照电信管理机构的要求进行安全风险评估。

通信网络运行单位应当在安全风险评估结束后三十日内，将安全风险评估结果、隐患处理情况或者处理计划报送通信网络单元的备案机构。

第十三条　通信网络运行单位应当对通信网络单元的重要线路、设备、系统和数据等进行备份。

第十四条　通信网络运行单位应当组织演练，检验通信网络安全防护措施的有效性。

通信网络运行单位应当参加电信管理机构组织开展的演练。

第十五条　通信网络运行单位应当建设和运行通信网络安全监测系统，对本单位通信网络的安全状况进行监测。

第十六条　通信网络运行单位可以委托专业机构开展通信网络安全评测、评估、监测等工作。

工业和信息化部应当根据通信网络安全防护工作的需要，加强对前款规定的受托机构的安全评测、评估、监测能力指导。

第十七条　电信管理机构应当对通信网络运行单位开展通信网络安全防护工作的情况进行检查。

电信管理机构可以采取以下检查措施：

（一）查阅通信网络运行单位的符合性评测报告和风险评估报告；

（二）查阅通信网络运行单位有关网络安全防护的文档和工作记录；

（三）向通信网络运行单位工作人员询问了解有关情况；

（四）查验通信网络运行单位的有关设施；

（五）对通信网络进行技术性分析和测试；

（六）法律、行政法规规定的其他检查措施。

第十八条　电信管理机构可以委托专业机构开展通信网络安全检查活动。

第十九条　通信网络运行单位应当配合电信管理机构及其委托的专业机构开展检查活动，对于检查中发现的重大网络安全隐患，应当及时整改。

第二十条　电信管理机构对通信网络安全防护工作进行检查，不得影响通信网络的正常运行，不得收取任何费用，不得要求接受检查的单位购买指定品牌或者指定单位的安全软件、设备或者其他产品。

第二十一条　电信管理机构及其委托的专业机构的工作人员对于检查工作中获悉的国家秘密、商业秘密和个人隐私，有保密的义务。

第二十二条　违反本办法第六条第一款、第七条第一款和第三款、第八条、第九条、第十一条、第十二条、第十三条、第十四条、第十五条、第十九条规定的，由电信管理机构依据职权责令改正；拒不改正的，给予警告，并处五千元以上三万元以下的罚款。

第二十三条　电信管理机构的工作人员违反本办法第二十条、第二十一条规定的，依法给予行政处分；构成犯罪的，依法追究刑事责任。

第二十四条　本办法自 2010 年 3 月 1 日起施行。

5. 网络商品交易及有关服务行为管理暂行办法

国家工商行政管理总局令

第 49 号

《网络商品交易及有关服务行为管理暂行办法》已经中华人民共和国国家工商行政管理总局局务会审议通过，现予公布，自 2010 年 7 月 1 日起施行。

局长　周伯华

2010 年 5 月 31 日

网络商品交易及有关服务行为管理暂行办法

第一章　总则

第一条　为规范网络商品交易及有关服务行为，保护消费者和经营者的合法权益，促进网络经济持续健康发展，依据《合同法》、《侵权责任法》、《消费者权益保护法》、《产品质量法》、《反不正当竞争法》、《商标法》、《广告法》、《食品安全法》和《电子签名法》等法律、法规，制定本办法。

第二条　网络商品经营者和网络服务经营者在中华人民共和国境内从事网络商品交易及有关服务行为，应当遵守中华人民共和国法律、法规和本办法的规定。

第三条　本办法所称的网络商品经营者，是指通过网络销售商品的法人、其他经济组织或者自然人。

本办法所称的网络服务经营者，是指通过网络提供有关经营性服务的法人、其他经济组织或者自然人，以及提供网络交易平台服务的网站经营者。

第四条　工商行政管理部门鼓励、支持网络商品交易及有关服务行为的发展，实施更加积极的政策，促进网络经济发展。提高网络商品经营者和网络服务经营者的整体素质和市场竞争力，发挥网络经济在促进国民经济和社会发展中的作用。

第五条　工商行政管理部门依照职能为网络商品交易及有关服务行为提供公平、公正、规范、有序的市场环境，提倡和营造诚信的市场氛围，保护消费者和经营者的合法权益。

第六条　网络商品经营者和网络服务经营者在网络商品交易及有关服务行为中不得损害国家利益和公众利益，不得损害消费者的合法权益。

第七条　网络商品经营者和网络服务经营者在网络商品交易及有关服务行为中应当遵循诚实信用的原则，遵守公认的商业道德。

第八条　网络商品经营者和网络服务经营者在网络商品交易及有关服务行为中应当遵循公平、公正、自愿的原则，维护国家利益，承担社会责任。

第九条　鼓励、支持网络商品经营者和网络服务经营者成立行业协会，建立网络诚信体系，加强行业自律，推动行业信用建设。

第二章　网络商品经营者和网络服务经营者的义务

第十条　已经工商行政管理部门登记注册并领取营业执照的法人、其他经济组织或者个体工商户，通过网络从事商品交易及有关服务行为的，应当在其网站主页面或者从事经营活动的网页醒目位置公开营业执照登载的信息或者其营业执照的电子链接标识。

通过网络从事商品交易及有关服务行为的自然人，应当向提供网络交易平台服务的经营者提出申请，提交其姓名和地址等真实身份信息。具备登记注册条件的，依法办理工商登记注册。

第十一条　网上交易的商品或者服务应当符合法律、法规、规章的规定。法律法规禁止交易的商品或者服务，经营者不得在网上进行交易。

第十二条　网络商品经营者和网络服务经营者向消费者提供商品或者服务，应当遵守《消费者权益保护法》和《产品质量法》等法律、法规、规章的规定，不得损害消费者合法权益。

第十三条　网络商品经营者和网络服务经营者向消费者提供商品或者服务,应当事先向消费者说明商品或者服务的名称、种类、数量、质量、价格、运费、配送方式、支付形式、退换货方式等主要信息，采取安全保障措施确保交易安全可靠，并按照承诺提供商品或者服务。

网络商品经营者和网络服务经营者提供电子格式合同条款的，应当符合法律、法规、规章的规定，按照公平原则确定交易双方的权利与义务，并采用合理和显著的方式提请消费者注意与消费者权益有重大关系的条款，并按照消费者的要求对该条款予以说明。

网络商品经营者和网络服务经营者不得以电子格式合同条款等方式作出对消费者不公平、不合理的规定，或者减轻、免除经营者义务、责任或者排除、限制消费者主要权利的规定。

第十四条　网络商品经营者和网络服务经营者提供商品或者服务，应当保证商品和服务的完整性，不得将商品和服务不合理拆分出售，不得确定最低消费标准以及另行收取不合理的费用。

第十五条　网络商品经营者和网络服务经营者向消费者出具购货凭证或者服务单据，应当符合国家有关规定或者商业惯例；征得消费者同意的，可以以电子化形式出具。电子化的购货凭证或者服务单据，可以作为处理消费投诉的依据。

消费者要求网络商品经营者和网络服务经营者出具购货凭证或者服务单据的，经营者应当出具。

第十六条　网络商品经营者和网络服务经营者对收集的消费者信息，负有安全保管、合理使用、限期持有和妥善销毁义务；不得收集与提供商品和服务无关的信息，不得不正当使用，不得公开、出租、出售。但是法律、法规另有规定的除外。

第十七条　网络商品经营者和网络服务经营者发布的商品和服务交易信息应当真实准确，不得作虚假宣传和虚假表示。

第十八条　网络商品经营者和网络服务经营者提供商品或者服务，应当遵守《商标法》、《反不正当竞争法》、《企业名称登记管理规定》等法律、法规、规章的规定，不得侵犯他人的注册商标专用权、企业名称权等权利。

第十九条　网络商品经营者和网络服务经营者不得利用网络技术手段或者载体等方式，实施损害其他经营者的商业信誉、商品声誉以及侵犯权利人商业秘密等不正当竞争行为。

第三章　供网络交易平台服务的经营者的义务

第二十条　提供网络交易平台服务的经营者应当对申请通过网络交易平台提供商品或者服务的法人、其他经济组织或者自然人的经营主体身份进行审查。

提供网络交易平台服务的经营者应当对暂不具备工商登记注册条件，申请通过网络交易平台提供商品或者服务的自然人的真实身份信息进行审查和登记，建立登记档案并定期核实更新。核发证明个人身份信息真实合法的标记，加载在其从事商品交易或者服务活动的网页上。

提供网络交易平台服务的经营者在审查和登记时，应当使对方知悉并同意登记协议，并提请对方注意义务和责任条款。

第二十一条　提供网络交易平台服务的经营者应当与申请进入网络交易平台进行交易的经营者签订合同（协议），明确双方在网络交易平台进入和退出、商品和服务质量安全保障、消费者权益保护等方面的权利、义务和责任。

第二十二条　提供网络交易平台服务的经营者应当建立网络交易平台管理规章制度，包括：交易规则、交易安全保障、消费者权益保护、不良信息处理等规章制度。各项规章制度应当在其网站显示，并从技术上保证用户能够便利、完整地阅览和保存。

提供网络交易平台服务的经营者应当采取必要的技术手段和管理措施以保证网络交易平台的正常运行，提供必要、可靠的交易环境和交易服务，维护网络交易秩序。

第二十三条　提供网络交易平台服务的经营者应当对通过网络交易平台提供商品或者服务的经营者，及其发布的商品和服务信息建立检查监控制度，发现有违反工商行政管理法律、法规、规章的行为的，应当向所在地工商行政管理部门报告，并及时采取措施制止，必要时可以停止对其提供网络交易平台服务。

工商行政管理部门发现网络交易平台内有违反工商行政管理法律、法规、规章的行为，依法要求提供网络交易平台服务的经营者采取措施制止的，提供网络交易平台服务的经营者应当予以配合。

第二十四条　提供网络交易平台服务的经营者应当采取必要手段保护注册商标专用权、企业名称权等权利，对权利人有证据证明网络交易平台内的经营者实施侵犯其注册商标专用权、企业名称权等权利的行为或者实施损害其合法权益的不正当竞争行为的，应当依照《侵权责任法》采取必要措施。

第二十五条　提供网络交易平台服务的经营者应当采取必要措施保护涉及经营者商业秘密或者消费者个人信息的数据资料信息的安全。非经交易当事人同意，不得向任何第三方披露、转让、出租或者出售交易当事人名单、交易记录等涉及经营者商业秘密或者消费者个人信息的数据。但是法律、法规另有规定的除外。

第二十六条　提供网络交易平台服务的经营者应当建立消费纠纷和解和消费维权自律制度。消费者在网络交易平台购买商品或者接受服务，发生消费纠纷或者其合法权益受到损害的，提供网络交易平台服务的经营者应当向消费者提供经营者的真实的网站登记信息，积极协助消费者维护自身合法权益。

第二十七条　鼓励提供网络交易平台服务的经营者为交易当事人提供公平、公正的信用评估服务，对经营者的信用情况客观、公正地进行采集与记录，建立信用评价体系、信用披露制度以警示交易风险。

第二十八条　提供网络交易平台服务的经营者应当积极协助工商行政管理部门查处网上违法经营行为，提供在其网络交易平台内进行违法经营的经营者的登记信息、交易数据备份等资料，不得隐瞒真实情况，不得拒绝或者阻挠行政执法检查。

第二十九条　提供网络交易平台服务的经营者应当审查、记录、保存在其平台上发布的网络商品交易及有关服务信息内容及其发布时间。经营者营业执照或者个人真实身份信息记录保存时间从经营者在网络交易平台的登记注销之日起不少于两年，交易记录等其他信息记录备份保存时间从交易完成之日起不少于两年。

提供网络交易平台服务的经营者应当采取数据备份、故障恢复等技术手段确保网络交易数据和资料的完整性和安全性，并应当保证原始数据的真实性。

第三十条　提供网络交易平台服务的经营者应当按照国家工商行政管理总局规定的内容定期向所在地工商行政管理部门报送网络商品交易及有关服务经营统计资料。

第三十一条　为网络商品交易及有关服务行为提供网络接入、服务器托管、虚拟空间租用等服务的网络服务经营者，应当要求申请者提供经营资格和个人真实身份信息，签订网络服务合同，依法记录其上网信息。申请者营业执照或者个人真实身份信息等信息记录备份保存时间不得少于 60 日。

第四章　网络商品交易及有关服务行为监督管理

第三十二条　网络商品交易及有关服务行为的监督管理由县级（含县级）以上工商行政管理部门负责。

第三十三条　县级以上工商行政管理部门应当建立信用档案。记录日常监督检查结果、违法行为查处等情况；根据信用档案的记录，对网络商品经营者和网络服务经营者实施信用分类监管。

第三十四条　在网络商品交易及有关服务行为中违反工商行政管理法律法规规定，情节严重，需要采取措施制止违法网站继续从事违法活动的，工商行政管理部门应当依照有关规定，提请网站许可地通信管理部门依法责令暂时屏蔽或者停止该违法网站接入服务。

第三十五条　工商行政管理部门对网站违法行为作出行政处罚后，需要关闭该违法网站的，应当依照有关规定，提请网站许可地通信管理部门依法关闭该违法网站。

第三十六条　网络商品交易及有关服务违法行为由发生违法行为的网站的经营者住所所在地县级以上工商行政管理部门管辖。网站的经营者住所所在地县级以上工商行政管理部门管辖异地违法行为人有困难的,可以将违法行为人的违法情况移交违法行为人所在地县级以上工商行政管理部门处理。

第三十七条　县级以上工商行政管理部门应当建立网络商品交易及有关服务行为监管责任制度和责任追究制度,依法履行职责。

第五章　法律责任

第三十八条　违反本办法规定,法律、法规有处罚规定的,依照法律、法规的规定处罚。

第三十九条　违反本办法第十条第一款、第二十八条、第二十九条、第三十条规定的,予以警告,责令限期改正,逾期不改正的,处以一万元以下的罚款。

第四十条　违反本办法第二十条规定的,责令限期改正,逾期不改正的,处以一万以上三万元以下的罚款。

第四十一条　违反办法第十六条、第二十五条,侵犯消费者个人信息的,予以警告,责令限期改正,逾期不改正的,处以一万元以下的罚款。

违反办法第二十五条,侵犯经营者商业秘密的,按照《反不正当竞争法》和《关于禁止侵犯商业秘密行为的若干规定》处理。

第六章　附　则

第四十二条　本办法由国家工商行政管理总局负责解释。

第四十三条　省级工商行政管理部门可以依据本办法的规定制定网络商品交易及有关服务行为实施指导意见。

第四十四条　本办法自 2010 年 7 月 1 日起施行。

6．网络游戏管理暂行办法

中华人民共和国文化部令

第 49 号

《网络游戏管理暂行办法》已经 2010 年 3 月 17 日文化部部务会议审议通过,现予发布,自 2010 年 8 月 1 日起施行。

部长　蔡　武

2010 年 6 月 3 日

网络游戏管理暂行办法

第一章　总则

第一条　为加强网络游戏管理,规范网络游戏经营秩序,维护网络游戏行业的健康发展,根据《全国人民代表大会常务委员会关于维护互联网安全的决定》和《互联网信息服务管理办法》以及国家法律法规有关规定,制定本办法。

第二条　从事网络游戏研发生产、网络游戏上网运营、网络游戏虚拟货币发行、网络游戏虚拟货币交易服务等形式的经营活动,适用本办法。

本办法所称网络游戏是指由软件程序和信息数据构成,通过互联网、移动通信网等信息网络提供的游戏产品和服务。

网络游戏上网运营是指通过信息网络，使用用户系统或者收费系统向公众提供游戏产品和服务的经营行为。

网络游戏虚拟货币是指由网络游戏经营单位发行，网络游戏用户使用法定货币按一定比例直接或者间接购买，存在于游戏程序之外，以电磁记录方式存储于服务器内，并以特定数字单位表现的虚拟兑换工具。

第三条　国务院文化行政部门是网络游戏的主管部门，县级以上人民政府文化行政部门依照职责分工负责本行政区域内网络游戏的监督管理。

第四条　从事网络游戏经营活动应当遵守宪法、法律、行政法规，坚持社会效益优先，保护未成年人优先，弘扬体现时代发展和社会进步的思想文化和道德规范，遵循有利于保护公众健康及适度游戏的原则，依法维护网络游戏用户的合法权益，促进人的全面发展与社会和谐。

第五条　网络游戏行业协会等社团组织应当接受文化行政部门的指导，依照法律、行政法规及章程制定行业自律规范，加强职业道德教育，指导、监督成员的经营活动，维护成员的合法权益，促进公平竞争。

第二章　经营单位

第六条　从事网络游戏上网运营、网络游戏虚拟货币发行和网络游戏虚拟货币交易服务等网络游戏经营活动的单位，应当具备以下条件，并取得《网络文化经营许可证》：

（一）单位的名称、住所、组织机构和章程；

（二）确定的网络游戏经营范围；

（三）符合国家规定的从业人员；

（四）不低于 1000 万元的注册资金；

（五）符合法律、行政法规和国家有关规定的条件。

第七条　申请《网络文化经营许可证》，应当向省、自治区、直辖市文化行政部门提出申请。省、自治区、直辖市文化行政部门自收到申请之日起 20 日内做出批准或者不批准的决定。批准的，核发《网络文化经营许可证》，并向社会公告；不批准的，应当书面通知申请人并说明理由。

《网络文化经营许可证》有效期为 3 年。有效期届满，需继续从事经营的，应当于有效期届满 30 日前申请续办。

第八条　获得《网络文化经营许可证》的网络游戏经营单位变更网站名称、网站域名或者法定代表人、注册地址、经营地址、注册资金、股权结构以及许可经营范围的，应当自变更之日起 20 日内向原发证机关办理变更手续。

网络游戏经营单位应当在企业网站、产品客户端、用户服务中心等显著位置标示《网络文化经营许可证》等信息；实际经营的网站域名应当与申报信息一致。

第三章　内容准则

第九条　网络游戏不得含有以下内容：

（一）违反宪法确定的基本原则的；

（二）危害国家统一、主权和领土完整的；

（三）泄露国家秘密、危害国家安全或者损害国家荣誉和利益的；

（四）煽动民族仇恨、民族歧视，破坏民族团结，或者侵害民族风俗、习惯的；

（五）宣扬邪教、迷信的；

（六）散布谣言，扰乱社会秩序，破坏社会稳定的；

（七）宣扬淫秽、色情、赌博、暴力，或者教唆犯罪的；

（八）侮辱、诽谤他人，侵害他人合法权益的；

（九）违背社会公德的；

（十）有法律、行政法规和国家规定禁止的其他内容的。

第十条　国务院文化行政部门负责网络游戏内容审查，并聘请有关专家承担网络游戏内容审查、备案与鉴定的有关咨询和事务性工作。

经有关部门前置审批的网络游戏出版物，国务院文化行政部门不再进行重复审查，允许其上网运营。

第十一条　国务院文化行政部门依法对进口网络游戏进行内容审查。进口网络游戏应当在获得国务院文化行政部门内容审查批准后，方可上网运营。申请进行内容审查需提交下列材料：

（一）进口网络游戏内容审查申报表；

（二）进口网络游戏内容说明书；

（三）中、外文文本的版权贸易或者运营代理协议、原始著作权证明书和授权书的副本或者复印件；

（四）申请单位的《网络文化经营许可证》和《营业执照》复印件；

（五）内容审查所需的其他文件。

第十二条　申报进口网络游戏内容审查的，应当为依法获得独占性授权的网络游戏运营企业。

批准进口的网络游戏变更运营企业的，由变更后的运营企业，按照本办法第十一条的规定，向国务院文化行政部门重新申报。

经批准的进口网络游戏应当在其运营网站指定位置及游戏内显著位置标明批准文号。

第十三条　国产网络游戏在上网运营之日起 30 日内应当按规定向国务院文化行政部门履行备案手续。

已备案的国产网络游戏应当在其运营网站指定位置及游戏内显著位置标明备案编号。

第十四条　进口网络游戏内容上网运营后需要进行实质性变动的，网络游戏运营企业应当将拟变更的内容报国务院文化行政部门进行内容审查。

国产网络游戏内容发生实质性变动的，网络游戏运营企业应当自变更之日起 30 日内向国务院文化行政部门进行备案。

网络游戏内容的实质性变动是指在网络游戏故事背景、情节语言、地名设置、任务设计、经济系统、交易系统、生产建设系统、社交系统、对抗功能、角色形象、声音效果、地图道具、动作呈现、团队系统等方面发生显著变化。

第十五条　网络游戏运营企业应当建立自审制度，明确专门部门，配备专业人员负责网络游戏内容和经营行为的自查与管理，保障网络游戏内容和经营行为的合法性。

第四章　经营活动

第十六条　网络游戏经营单位应当根据网络游戏的内容、功能和适用人群，制定网络游戏用户指引和警示说明，并在网站和网络游戏的显著位置予以标明。

以未成年人为对象的网络游戏不得含有诱发未成年人模仿违反社会公德的行为和违法犯罪的行为的内容，以及恐怖、残酷等妨害未成年人身心健康的内容。

网络游戏经营单位应当按照国家规定，采取技术措施，禁止未成年人接触不适宜的游戏或者游戏功能，限制未成年人的游戏时间，预防未成年人沉迷网络。

第十七条　网络游戏经营单位不得授权无网络游戏运营资质的单位运营网络游戏。

第十八条　网络游戏经营单位应当遵守以下规定：

（一）不得在网络游戏中设置未经网络游戏用户同意的强制对战；

（二）网络游戏的推广和宣传不得含有本办法第九条禁止内容；

（三）不得以随机抽取等偶然方式，诱导网络游戏用户采取投入法定货币或者网络游戏虚拟货币方式获取网络游戏产品和服务。

第十九条　网络游戏运营企业发行网络游戏虚拟货币的，应当遵守以下规定：

（一）网络游戏虚拟货币的使用范围仅限于兑换自身提供的网络游戏产品和服务，不得用于支付、购买实物或者兑换其他单位的产品和服务；

（二）发行网络游戏虚拟货币不得以恶意占用用户预付资金为目的；

（三）保存网络游戏用户的购买记录。保存期限自用户最后一次接受服务之日起，不得少于 180 日；

（四）将网络游戏虚拟货币发行种类、价格、总量等情况按规定报送注册地省级文化行政部门备案。

第二十条　网络游戏虚拟货币交易服务企业应当遵守以下规定：

（一）不得为未成年人提供交易服务；

（二）不得为未经审查或者备案的网络游戏提供交易服务；

（三）提供服务时，应保证用户使用有效身份证件进行注册，并绑定与该用户注册信息相一致的银行账户；

（四）接到利害关系人、政府部门、司法机关通知后，应当协助核实交易行为的合法性。经核实属于违法交易的，应当立即采取措施终止交易服务并保存有关纪录；

（五）保存用户间的交易记录和账务记录等信息不得少于 180 日。

第二十一条　网络游戏运营企业应当要求网络游戏用户使用有效身份证件进行实名注册，并保存用户注册信息。

第二十二条　网络游戏运营企业终止运营网络游戏，或者网络游戏运营权发生转移的，应当提前 60 日予以公告。网络游戏用户尚未使用的网络游戏虚拟货币及尚未失效的游戏服务，应当按用户购买时的比例，以法定货币退还用户或者用户接受的其他方式进行退换。

网络游戏因停止服务接入、技术故障等网络游戏运营企业自身原因连续中断服务超过 30 日的，视为终止。

第二十三条　网络游戏经营单位应当保障网络游戏用户的合法权益，并在提供服务网站的显著位置公布纠纷处理方式。

国务院文化行政部门负责制定《网络游戏服务格式化协议必备条款》。网络游戏运营企业与用户的服务协议应当包括《网络游戏服务格式化协议必备条款》的全部内容，服务协议其他条款不得与《网络游戏服务格式化协议必备条款》相抵触。

第二十四条　网络游戏经营单位根据法律法规或者服务协议停止为网络游戏用户提供

服务的，应当提前告知用户并说明理由。

第二十五条　网络游戏经营单位发现网络游戏用户发布违法信息的，应当依照法律规定或者服务协议立即停止为其提供服务，保存有关记录并向有关部门报告。

第二十六条　网络游戏经营单位在网络游戏用户合法权益受到侵害或者与网络游戏用户发生纠纷时，可以要求网络游戏用户出示与所注册的身份信息相一致的个人有效身份证件。审核真实的，应当协助网络游戏用户进行取证。对经审核真实的实名注册用户，网络游戏经营单位负有向其依法举证的责任。

双方出现争议经协商未能解决的，可依法申请仲裁或者向人民法院提起诉讼。

第二十七条　任何单位不得为违法网络游戏经营活动提供网上支付服务。为违法网络游戏经营活动提供网上支付服务的，由文化行政部门或者文化市场综合执法机构通报有关部门依法处理。

第二十八条　网络游戏运营企业应当按照国家规定采取技术和管理措施保证网络信息安全，包括防范计算机病毒入侵和攻击破坏，备份重要数据库，保存用户注册信息、运营信息、维护日志等信息，依法保护国家秘密、商业秘密和用户个人信息。

第五章　法律责任

第二十九条　违反本办法第六条的规定，未经批准，擅自从事网络游戏上网运营、网络游戏虚拟货币发行或者网络游戏虚拟货币交易服务等网络游戏经营活动的，由县级以上文化行政部门或者文化市场综合执法机构依据《无照经营查处取缔办法》的规定予以查处。

第三十条　网络游戏经营单位有下列情形之一的，由县级以上文化行政部门或者文化市场综合执法机构责令改正，没收违法所得，并处 10 000 元以上 30 000 元以下罚款；情节严重的，责令停业整顿直至吊销《网络文化经营许可证》；构成犯罪的，依法追究刑事责任：

（一）提供含有本办法第九条禁止内容的网络游戏产品和服务的；

（二）违反本办法第八条第一款规定的；

（三）违反本办法第十一条的规定，上网运营未获得文化部内容审查批准的进口网络游戏的；

（四）违反本办法第十二条第二款的规定，进口网络游戏变更运营企业未按照要求重新申报的；

（五）违反本办法第十四条第一款的规定，对进口网络游戏内容进行实质性变动未报送审查的。

第三十一条　网络游戏经营单位违反本办法第十六条、第十七条、第十八条规定的，由县级以上文化行政部门或者文化市场综合执法机构责令改正，没收违法所得，并处 10 000 元以上 30 000 元以下罚款。

第三十二条　网络游戏运营企业发行网络游戏虚拟货币违反本办法第十九条第一、二项规定的，由县级以上文化行政部门或者文化市场综合执法机构责令改正，并可根据情节轻重处 30 000 元以下罚款；违反本办法第十九条第三、四项规定的，由县级以上文化行政部门或者文化市场综合执法机构责令改正，并可根据情节轻重处 20 000 元以下罚款。

第三十三条　网络游戏虚拟货币交易服务企业违反本办法第二十条第一项规定的，由县级以上文化行政部门或者文化市场综合执法机构责令改正，并处 30 000 元以下罚款；违反本办法第二十条第二、三项规定的，由县级以上文化行政部门或者文化市场综合执法机构责令改正，并可根据情节轻重处 30 000 元以下罚款；违反本办法第二十条第四、五项规定的，由县级以上文化行政部门或者文化市场综合执法机构责令改正，并可根据情节轻重处 20 000 元以下罚款。

第三十四条　网络游戏运营企业违反本办法第十三条第一款、第十四条第二款、第十五条、第二十一条、第二十二条、第二十三条第二款规定的，由县级以上文化行政部门或者文化市场综合执法机构责令改正，并可根据情节轻重处 20 000 元以下罚款。

第三十五条　网络游戏经营单位违反本办法第八条第二款、第十二条第三款、第十三条第二款、第二十三条第一款、第二十五条规定的，由县级以上文化行政部门或者文化市场综合执法机构责令改正，并可根据情节轻重处 10 000 元以下罚款。

第六章　附则

第三十六条　本办法所称文化市场综合执法机构是指依照国家有关法律、法规和规章的规定，相对集中地行使文化领域行政处罚权以及相关监督检查权、行政强制权的行政执法机构。

第三十七条　文化行政部门或者文化市场综合执法机构查处违法经营活动，依照实施违法经营行为的企业注册地或者企业实际经营地进行管辖；企业注册地和实际经营地无法确定的，由从事违法经营活动网站的信息服务许可地或者备案地进行管辖；没有许可或者备案的，由该网站服务器所在地管辖；网站服务器设置在境外的，由违法行为发生地进行管辖。

第三十八条　网络游戏的网上出版前置审批和出版境外著作权人授权的互联网游戏作品的审批，按照《中央编办对文化部、广电总局、新闻出版总署〈"三定"规定〉中有关动漫、网络游戏和文化市场综合执法的部分条文的解释》（中央编办发〔2009〕35 号）的规定，由有关部门依据相关法律法规管理。

第三十九条　本办法自 2010 年 8 月 1 日起施行。

7. 非金融机构支付服务管理办法

中国人民银行令〔2010〕

第 2 号

根据《中华人民共和国中国人民银行法》等法律法规，中国人民银行制定了《非金融机构支付服务管理办法》，经 2010 年 5 月 19 日第 7 次行长办公会议通过，现予公布，自 2010 年 9 月 1 日起施行。

行长　周小川

2010 年 6 月 14 日

非金融机构支付服务管理办法

第一章　总则

第一条　为促进支付服务市场健康发展，规范非金融机构支付服务行为，防范支付风险，保护当事人的合法权益，根据《中华人民共和国中国人民银行法》等法律法规，制定本办法。

第二条　本办法所称非金融机构支付服务，是指非金融机构在收付款人之间作为中介机构提供下列部分或全部货币资金转移服务：

（一）网络支付；

（二）预付卡的发行与受理；

（三）银行卡收单；

（四）中国人民银行确定的其他支付服务。

本办法所称网络支付，是指依托公共网络或专用网络在收付款人之间转移货币资金的行为，包括货币汇兑、互联网支付、移动电话支付、固定电话支付、数字电视支付等。

本办法所称预付卡，是指以营利为目的发行的、在发行机构之外购买商品或服务的预付价值，包括采取磁条、芯片等技术以卡片、密码等形式发行的预付卡。

本办法所称银行卡收单，是指通过销售点（POS）终端等为银行卡特约商户代收货币资金的行为。

第三条　非金融机构提供支付服务，应当依据本办法规定取得《支付业务许可证》，成为支付机构。

支付机构依法接受中国人民银行的监督管理。

未经中国人民银行批准，任何非金融机构和个人不得从事或变相从事支付业务。

第四条　支付机构之间的货币资金转移应当委托银行业金融机构办理，不得通过支付机构相互存放货币资金或委托其他支付机构等形式办理。

支付机构不得办理银行业金融机构之间的货币资金转移，经特别许可的除外。

第五条　支付机构应当遵循安全、效率、诚信和公平竞争的原则，不得损害国家利益、社会公共利益和客户合法权益。

第六条　支付机构应当遵守反洗钱的有关规定，履行反洗钱义务。

第二章　申请与许可

第七条　中国人民银行负责《支付业务许可证》的颁发和管理。

申请《支付业务许可证》的，需经所在地中国人民银行分支机构审查后，报中国人民银行批准。

本办法所称中国人民银行分支机构，是指中国人民银行副省级城市中心支行以上的分支机构。

第八条　《支付业务许可证》的申请人应当具备下列条件：

（一）在中华人民共和国境内依法设立的有限责任公司或股份有限公司，且为非金融机构法人；

（二）有符合本办法规定的注册资本最低限额；

（三）有符合本办法规定的出资人；

（四）有 5 名以上熟悉支付业务的高级管理人员；

（五）有符合要求的反洗钱措施；

（六）有符合要求的支付业务设施；

（七）有健全的组织机构、内部控制制度和风险管理措施；

（八）有符合要求的营业场所和安全保障措施；

（九）申请人及其高级管理人员最近 3 年内未因利用支付业务实施违法犯罪活动或为违法犯罪活动办理支付业务等受过处罚。

第九条　申请人拟在全国范围内从事支付业务的，其注册资本最低限额为 1 亿元人民币；

拟在省（自治区、直辖市）范围内从事支付业务的，其注册资本最低限额为 3 千万元人民币。注册资本最低限额为实缴货币资本。

本办法所称在全国范围内从事支付业务，包括申请人跨省（自治区、直辖市）设立分支机构从事支付业务，或客户可跨省（自治区、直辖市）办理支付业务的情形。

中国人民银行根据国家有关法律法规和政策规定，调整申请人的注册资本最低限额。

外商投资支付机构的业务范围、境外出资人的资格条件和出资比例等，由中国人民银行另行规定，报国务院批准。

第十条　申请人的主要出资人应当符合以下条件：

（一）为依法设立的有限责任公司或股份有限公司；

（二）截至申请日，连续为金融机构提供信息处理支持服务 2 年以上，或连续为电子商务活动提供信息处理支持服务 2 年以上；

（三）截至申请日，连续盈利 2 年以上；

（四）最近 3 年内未因利用支付业务实施违法犯罪活动或为违法犯罪活动办理支付业务等受过处罚。

本办法所称主要出资人，包括拥有申请人实际控制权的出资人和持有申请人 10%以上股权的出资人。

第十一条　申请人应当向所在地中国人民银行分支机构提交下列文件、资料：

（一）书面申请，载明申请人的名称、住所、注册资本、组织机构设置、拟申请支付业务等；

（二）公司营业执照（副本）复印件；

（三）公司章程；

（四）验资证明；

（五）经会计师事务所审计的财务会计报告；

（六）支付业务可行性研究报告；

（七）反洗钱措施验收材料；

（八）技术安全检测认证证明；

（九）高级管理人员的履历材料；

（十）申请人及其高级管理人员的无犯罪记录证明材料；

（十一）主要出资人的相关材料；

（十二）申请资料真实性声明。

第十二条　申请人应当在收到受理通知后按规定公告下列事项：

（一）申请人的注册资本及股权结构；

（二）主要出资人的名单、持股比例及其财务状况；

（三）拟申请的支付业务；

（四）申请人的营业场所；

（五）支付业务设施的技术安全检测认证证明。

第十三条　中国人民银行分支机构依法受理符合要求的各项申请，并将初审意见和申请资料报送中国人民银行。中国人民银行审查批准的，依法颁发《支付业务许可证》，并予以公告。

《支付业务许可证》自颁发之日起，有效期 5 年。支付机构拟于《支付业务许可证》期满后继续从事支付业务的，应当在期满前 6 个月内向所在地中国人民银行分支机构提出续展申请。中国人民银行准予续展的，每次续展的有效期为 5 年。

第十四条　支付机构变更下列事项之一的，应当在向公司登记机关申请变更登记前报中国人民银行同意：

（一）变更公司名称、注册资本或组织形式；

（二）变更主要出资人；

（三）合并或分立；

（四）调整业务类型或改变业务覆盖范围。

第十五条　支付机构申请终止支付业务的，应当向所在地中国人民银行分支机构提交下列文件、资料：

（一）公司法定代表人签署的书面申请，载明公司名称、支付业务开展情况、拟终止支付业务及终止原因等；

（二）公司营业执照（副本）复印件；

（三）《支付业务许可证》复印件；

（四）客户合法权益保障方案；

（五）支付业务信息处理方案。

准予终止的，支付机构应当按照中国人民银行的批复完成终止工作，交回《支付业务许可证》。

第十六条　本章对许可程序未作规定的事项，适用《中国人民银行行政许可实施办法》（中国人民银行令〔2004〕第 3 号）。

第三章　监督与管理

第十七条　支付机构应当按照《支付业务许可证》核准的业务范围从事经营活动，不得从事核准范围之外的业务，不得将业务外包。

支付机构不得转让、出租、出借《支付业务许可证》。

第十八条　支付机构应当按照审慎经营的要求，制订支付业务办法及客户权益保障措施，建立健全风险管理和内部控制制度，并报所在地中国人民银行分支机构备案。

第十九条　支付机构应当确定支付业务的收费项目和收费标准，并报所在地中国人民银行分支机构备案。

支付机构应当公开披露其支付业务的收费项目和收费标准。

第二十条　支付机构应当按规定向所在地中国人民银行分支机构报送支付业务统计报表和财务会计报告等资料。

第二十一条　支付机构应当制定支付服务协议，明确其与客户的权利和义务、纠纷处理原则、违约责任等事项。

支付机构应当公开披露支付服务协议的格式条款，并报所在地中国人民银行分支机构备案。

第二十二条　支付机构的分公司从事支付业务的，支付机构及其分公司应当分别到所在地中国人民银行分支机构备案。

支付机构的分公司终止支付业务的，比照前款办理。

第二十三条　支付机构接受客户备付金时，只能按收取的支付服务费向客户开具发票，不得按接受的客户备付金金额开具发票。

第二十四条　支付机构接受的客户备付金不属于支付机构的自有财产。

支付机构只能根据客户发起的支付指令转移备付金。禁止支付机构以任何形式挪用客户备付金。

第二十五条　支付机构应当在客户发起的支付指令中记载下列事项：

（一）付款人名称；

（二）确定的金额；

（三）收款人名称；

（四）付款人的开户银行名称或支付机构名称；

（五）收款人的开户银行名称或支付机构名称；

（六）支付指令的发起日期。

客户通过银行结算账户进行支付的，支付机构还应当记载相应的银行结算账号。客户通过非银行结算账户进行支付的，支付机构还应当记载客户有效身份证件上的名称和号码。

第二十六条　支付机构接受客户备付金的，应当在商业银行开立备付金专用存款账户存放备付金。中国人民银行另有规定的除外。

支付机构只能选择一家商业银行作为备付金存管银行，且在该商业银行的一个分支机构只能开立一个备付金专用存款账户。

支付机构应当与商业银行的法人机构或授权的分支机构签订备付金存管协议，明确双方的权利、义务和责任。

支付机构应当向所在地中国人民银行分支机构报送备付金存管协议和备付金专用存款账户的信息资料。

第二十七条　支付机构的分公司不得以自己的名义开立备付金专用存款账户，只能将接受的备付金存放在支付机构开立的备付金专用存款账户。

第二十八条　支付机构调整不同备付金专用存款账户头寸的，由备付金存管银行的法人机构对支付机构拟调整的备付金专用存款账户的余额情况进行复核，并将复核意见告知支付机构及有关备付金存管银行。

支付机构应当持备付金存管银行的法人机构出具的复核意见办理有关备付金专用存款账户的头寸调拨。

第二十九条　备付金存管银行应当对存放在本机构的客户备付金的使用情况进行监督，并按规定向备付金存管银行所在地中国人民银行分支机构及备付金存管银行的法人机构报送客户备付金的存管或使用情况等信息资料。

对支付机构违反第二十五条至第二十八条相关规定使用客户备付金的申请或指令，备付金存管银行应当予以拒绝；发现客户备付金被违法使用或有其他异常情况的，应当立即向备付金存管银行所在地中国人民银行分支机构及备付金存管银行的法人机构报告。

第三十条　支付机构的实缴货币资本与客户备付金日均余额的比例，不得低于10%。

本办法所称客户备付金日均余额，是指备付金存管银行的法人机构根据最近 90 日内支付机构每日日终的客户备付金总量计算的平均值。

第三十一条　支付机构应当按规定核对客户的有效身份证件或其他有效身份证明文件，并登记客户身份基本信息。

支付机构明知或应知客户利用其支付业务实施违法犯罪活动的，应当停止为其办理支付业务。

第三十二条　支付机构应当具备必要的技术手段，确保支付指令的完整性、一致性和不可抵赖性，支付业务处理的及时性、准确性和支付业务的安全性；具备灾难恢复处理能力和应急处理能力，确保支付业务的连续性。

第三十三条　支付机构应当依法保守客户的商业秘密，不得对外泄露。法律法规另有规定的除外。

第三十四条　支付机构应当按规定妥善保管客户身份基本信息、支付业务信息、会计档案等资料。

第三十五条　支付机构应当接受中国人民银行及其分支机构定期或不定期的现场检查和非现场检查，如实提供有关资料，不得拒绝、阻挠、逃避检查，不得谎报、隐匿、销毁相关证据材料。

第三十六条　中国人民银行及其分支机构依据法律、行政法规、中国人民银行的有关规定对支付机构的公司治理、业务活动、内部控制、风险状况、反洗钱工作等进行定期或不定期现场检查和非现场检查。

中国人民银行及其分支机构依法对支付机构进行现场检查，适用《中国人民银行执法检查程序规定》（中国人民银行令〔2010〕第 1 号发布）。

第三十七条　中国人民银行及其分支机构可以采取下列措施对支付机构进行现场检查：

（一）询问支付机构的工作人员，要求其对被检查事项作出解释、说明；

（二）查阅、复制与被检查事项有关的文件、资料，对可能被转移、藏匿或毁损的文件、资料予以封存；

（三）检查支付机构的客户备付金专用存款账户及相关账户；

（四）检查支付业务设施及相关设施。

第三十八条　支付机构有下列情形之一的，中国人民银行及其分支机构有权责令其停止办理部分或全部支付业务：

（一）累计亏损超过其实缴货币资本的 50%；

（二）有重大经营风险；

（三）有重大违法违规行为。

第三十九条　支付机构因解散、依法被撤销或被宣告破产而终止的，其清算事宜按照国家有关法律规定办理。

第四章　罚则

第四十条　中国人民银行及其分支机构的工作人员有下列情形之一的，依法给予行政处分；构成犯罪的，依法追究刑事责任：

（一）违反规定审查批准《支付业务许可证》的申请、变更、终止等事项的；

（二）违反规定对支付机构进行检查的；

（三）泄露知悉的国家秘密或商业秘密的；

（四）滥用职权、玩忽职守的其他行为。

第四十一条　商业银行有下列情形之一的，中国人民银行及其分支机构责令其限期改正，并给予警告或处 1 万元以上 3 万元以下罚款；情节严重的，中国人民银行责令其暂停或终止客户备付金存管业务：

（一）未按规定报送客户备付金的存管或使用情况等信息资料的；

（二）未按规定对支付机构调整备付金专用存款账户头寸的行为进行复核的；

（三）未对支付机构违反规定使用客户备付金的申请或指令予以拒绝的。

第四十二条　支付机构有下列情形之一的，中国人民银行分支机构责令其限期改正，并给予警告或处 1 万元以上 3 万元以下罚款：

（一）未按规定建立有关制度办法或风险管理措施的；

（二）未按规定办理相关备案手续的；

（三）未按规定公开披露相关事项的；

（四）未按规定报送或保管相关资料的；

（五）未按规定办理相关变更事项的；

（六）未按规定向客户开具发票的；

（七）未按规定保守客户商业秘密的。

第四十三条　支付机构有下列情形之一的，中国人民银行分支机构责令其限期改正，并处 3 万元罚款；情节严重的，中国人民银行注销其《支付业务许可证》；涉嫌犯罪的，依法移送公安机关立案侦查；构成犯罪的，依法追究刑事责任：

（一）转让、出租、出借《支付业务许可证》的；

（二）超出核准业务范围或将业务外包的；

（三）未按规定存放或使用客户备付金的；

（四）未遵守实缴货币资本与客户备付金比例管理规定的；

（五）无正当理由中断或终止支付业务的；

（六）拒绝或阻碍相关检查监督的；

（七）其他危及支付机构稳健运行、损害客户合法权益或危害支付服务市场的违法违规行为。

第四十四条　支付机构未按规定履行反洗钱义务的，中国人民银行及其分支机构依据国家有关反洗钱法律法规等进行处罚；情节严重的，中国人民银行注销其《支付业务许可证》。

第四十五条　支付机构超出《支付业务许可证》有效期限继续从事支付业务的，中国人民银行及其分支机构责令其终止支付业务；涉嫌犯罪的，依法移送公安机关立案侦查；构成犯罪的，依法追究刑事责任。

第四十六条　以欺骗等不正当手段申请《支付业务许可证》但未获批准的，申请人及持有其 5%以上股权的出资人 3 年内不得再次申请或参与申请《支付业务许可证》。

以欺骗等不正当手段申请《支付业务许可证》且已获批准的，由中国人民银行及其分支机构责令其终止支付业务，注销其《支付业务许可证》；涉嫌犯罪的，依法移送公安机关立案侦查；构成犯罪的，依法追究刑事责任；申请人及持有其 5%以上股权的出资人不得再次申请或参与申请《支付业务许可证》。

第四十七条　任何非金融机构和个人未经中国人民银行批准擅自从事或变相从事支付业务的，中国人民银行及其分支机构责令其终止支付业务；涉嫌犯罪的，依法移送公安机关立案侦查；构成犯罪的，依法追究刑事责任。

第五章　附则

第四十八条　本办法实施前已经从事支付业务的非金融机构，应当在本办法实施之日起

1 年内申请取得《支付业务许可证》。逾期未取得的，不得继续从事支付业务。

第四十九条　本办法由中国人民银行负责解释。

第五十条　本办法自 2010 年 9 月 1 日起施行。

8. 人民法院　最高人民检察院关于办理利用互联网、移动通信终端、声讯台制作、复制、出版、贩卖、传播淫秽电子信息刑事案件具体应用法律若干问题的解释（二）（法释［2010］3 号）

（2010 年 1 月 18 日最高人民法院审判委员会第 1483 次会议、2010 年 1 月 14 日最高人民检察院第十一届检察委员会第 28 次会议通过）

为依法惩治利用互联网、移动通信终端制作、复制、出版、贩卖、传播淫秽电子信息，通过声讯台传播淫秽语音信息等犯罪活动，维护社会秩序，保障公民权益，根据《中华人民共和国刑法》、《全国人民代表大会常务委员会关于维护互联网安全的决定》的规定，现对办理该类刑事案件具体应用法律的若干问题解释如下：

第一条　以牟利为目的，利用互联网、移动通信终端制作、复制、出版、贩卖、传播淫秽电子信息的，依照《最高人民法院、最高人民检察院关于办理利用互联网、移动通信终端、声讯台制作、复制、出版、贩卖、传播淫秽电子信息刑事案件具体应用法律若干问题的解释》第一条、第二条的规定定罪处罚。

以牟利为目的，利用互联网、移动通信终端制作、复制、出版、贩卖、传播内容含有不满十四周岁未成年人的淫秽电子信息，具有下列情形之一的，依照刑法第三百六十三条第一款的规定，以制作、复制、出版、贩卖、传播淫秽物品牟利罪定罪处罚：

（一）制作、复制、出版、贩卖、传播淫秽电影、表演、动画等视频文件十个以上的；

（二）制作、复制、出版、贩卖、传播淫秽音频文件五十个以上的；

（三）制作、复制、出版、贩卖、传播淫秽电子刊物、图片、文章等一百件以上的；

（四）制作、复制、出版、贩卖、传播的淫秽电子信息，实际被点击数达到五千次以上的；

（五）以会员制方式出版、贩卖、传播淫秽电子信息，注册会员达一百人以上的；

（六）利用淫秽电子信息收取广告费、会员注册费或者其他费用，违法所得五千元以上的；

（七）数量或者数额虽未达到第（一）项至第（六）项规定标准，但分别达到其中两项以上标准一半以上的；

（八）造成严重后果的。

实施第二款规定的行为，数量或者数额达到第二款第（一）项至第（七）项规定标准五倍以上的，应当认定为刑法第三百六十三条第一款规定的"情节严重"；达到规定标准二十五倍以上的，应当认定为"情节特别严重"。

第二条　利用互联网、移动通信终端传播淫秽电子信息的，依照《最高人民法院、最高人民检察院关于办理利用互联网、移动通信终端、声讯台制作、复制、出版、贩卖、传播淫秽电子信息刑事案件具体应用法律若干问题的解释》第三条的规定定罪处罚。

利用互联网、移动通信终端传播内容含有不满十四周岁未成年人的淫秽电子信息，具有下列情形之一的，依照刑法第三百六十四条第一款的规定，以传播淫秽物品罪定罪处罚：

（一）数量达到第一条第二款第（一）项至第（五）项规定标准二倍以上的；

（二）数量分别达到第一条第二款第（一）项至第（五）项两项以上标准的；

（三）造成严重后果的。

第三条 利用互联网建立主要用于传播淫秽电子信息的群组，成员达三十人以上或者造成严重后果的，对建立者、管理者和主要传播者，依照刑法第三百六十四条第一款的规定，以传播淫秽物品罪定罪处罚。

第四条 以牟利为目的，网站建立者、直接负责的管理者明知他人制作、复制、出版、贩卖、传播的是淫秽电子信息，允许或者放任他人在自己所有、管理的网站或者网页上发布，具有下列情形之一的，依照刑法第三百六十三条第一款的规定，以传播淫秽物品牟利罪定罪处罚：

（一）数量或者数额达到第一条第二款第（一）项至第（六）项规定标准五倍以上的；

（二）数量或者数额分别达到第一条第二款第（一）项至第（六）项两项以上标准二倍以上的；

（三）造成严重后果的。

实施前款规定的行为，数量或者数额达到第一条第二款第（一）项至第（七）项规定标准二十五倍以上的，应当认定为刑法第三百六十三条第一款规定的"情节严重"；达到规定标准一百倍以上的，应当认定为"情节特别严重"。

第五条 网站建立者、直接负责的管理者明知他人制作、复制、出版、贩卖、传播的是淫秽电子信息，允许或者放任他人在自己所有、管理的网站或者网页上发布，具有下列情形之一的，依照刑法第三百六十四条第一款的规定，以传播淫秽物品罪定罪处罚：

（一）数量达到第一条第二款第（一）项至第（五）项规定标准十倍以上的；

（二）数量分别达到第一条第二款第（一）项至第（五）项两项以上标准五倍以上的；

（三）造成严重后果的。

第六条 电信业务经营者、互联网信息服务提供者明知是淫秽网站，为其提供互联网接入、服务器托管、网络存储空间、通信传输通道、代收费等服务，并收取服务费，具有下列情形之一的，对直接负责的主管人员和其他直接责任人员，依照刑法第三百六十三条第一款的规定，以传播淫秽物品牟利罪定罪处罚：

（一）为五个以上淫秽网站提供上述服务的；

（二）为淫秽网站提供互联网接入、服务器托管、网络存储空间、通信传输通道等服务，收取服务费数额在二万元以上的；

（三）为淫秽网站提供代收费服务，收取服务费数额在五万元以上的；

（四）造成严重后果的。

实施前款规定的行为，数量或者数额达到前款第（一）项至第（三）项规定标准五倍以上的，应当认定为刑法第三百六十三条第一款规定的"情节严重"；达到规定标准二十五倍以上的，应当认定为"情节特别严重"。

第七条 明知是淫秽网站，以牟利为目的，通过投放广告等方式向其直接或者间接提供资金，或者提供费用结算服务，具有下列情形之一的，对直接负责的主管人员和其他直接责任人员，依照刑法第三百六十三条第一款的规定，以制作、复制、出版、贩卖、传播淫秽物品牟利罪的共同犯罪处罚：

（一）向十个以上淫秽网站投放广告或者以其他方式提供资金的；

（二）向淫秽网站投放广告二十条以上的；

（三）向十个以上淫秽网站提供费用结算服务的；

（四）以投放广告或者其他方式向淫秽网站提供资金数额在五万元以上的；

（五）为淫秽网站提供费用结算服务，收取服务费数额在二万元以上的；

（六）造成严重后果的。

实施前款规定的行为，数量或者数额达到前款第（一）项至第（五）项规定标准五倍以上的，应当认定为刑法第三百六十三条第一款规定的"情节严重"；达到规定标准二十五倍以上的，应当认定为"情节特别严重"。

第八条　实施第四条至第七条规定的行为，具有下列情形之一的，应当认定行为人"明知"，但是有证据证明确实不知道的除外：

（一）行政主管机关书面告知后仍然实施上述行为的；

（二）接到举报后不履行法定管理职责的；

（三）为淫秽网站提供互联网接入、服务器托管、网络存储空间、通信传输通道、代收费、费用结算等服务，收取服务费明显高于市场价格的；

（四）向淫秽网站投放广告，广告点击率明显异常的；

（五）其他能够认定行为人明知的情形。

第九条　一年内多次实施制作、复制、出版、贩卖、传播淫秽电子信息行为未经处理，数量或者数额累计计算构成犯罪的，应当依法定罪处罚。

第十条　单位实施制作、复制、出版、贩卖、传播淫秽电子信息犯罪的，依照《中华人民共和国刑法》、《最高人民法院、最高人民检察院关于办理利用互联网、移动通信终端、声讯台制作、复制、出版、贩卖、传播淫秽电子信息刑事案件具体应用法律若干问题的解释》和本解释规定的相应个人犯罪的定罪量刑标准，对直接负责的主管人员和其他直接责任人员定罪处罚，并对单位判处罚金。

第十一条　对于以牟利为目的，实施制作、复制、出版、贩卖、传播淫秽电子信息犯罪的，人民法院应当综合考虑犯罪的违法所得、社会危害性等情节，依法判处罚金或者没收财产。罚金数额一般在违法所得的一倍以上五倍以下。

第十二条　《最高人民法院、最高人民检察院关于办理利用互联网、移动通信终端、声讯台制作、复制、出版、贩卖、传播淫秽电子信息刑事案件具体应用法律若干问题的解释》和本解释所称网站，是指可以通过互联网域名、IP 地址等方式访问的内容提供站点。

以制作、复制、出版、贩卖、传播淫秽电子信息为目的建立或者建立后主要从事制作、复制、出版、贩卖、传播淫秽电子信息活动的网站，为淫秽网站。

以前发布的司法解释与本解释不一致的，以本解释为准。

9. 关于办理网络赌博犯罪案件适用法律若干问题的意见（公通字[2010]40 号）

各省、自治区、直辖市高级人民法院、人民检察院、公安厅、局，新疆维吾尔自治区高级人民法院生产建设兵团分院、新疆生产建设兵团人民检察院、公安局：

为依法惩治网络赌博犯罪活动，根据《中华人民共和国刑法》、《中华人民共和国刑事诉讼法》和《最高人民法院、最高人民检察院关于办理赌博刑事案件具体应用法律若干问题的解释》等有关规定，结合司法实践，现就办理网络赌博犯罪案件适用法律的若干问题，提出如下意见：

一、关于网上开设赌场犯罪的定罪量刑标准

利用互联网、移动通信终端等传输赌博视频、数据，组织赌博活动，具有下列情形之一的，属于刑法第三百零三条第二款规定的"开设赌场"行为：

（一）建立赌博网站并接受投注的；

（二）建立赌博网站并提供给他人组织赌博的；

（三）为赌博网站担任代理并接受投注的；

（四）参与赌博网站利润分成的。

实施前款规定的行为，具有下列情形之一的，应当认定为刑法第三百零三条第二款规定的"情节严重"：

（一）抽头渔利数额累计达到 3 万元以上的；

（二）赌资数额累计达到 30 万元以上的；

（三）参赌人数累计达到 120 人以上的；

（四）建立赌博网站后通过提供给他人组织赌博，违法所得数额在 3 万元以上的；

（五）参与赌博网站利润分成，违法所得数额在 3 万元以上的；

（六）为赌博网站招募下级代理，由下级代理接受投注的；

（七）招揽未成年人参与网络赌博的；

（八）其他情节严重的情形。

二、关于网上开设赌场共同犯罪的认定和处罚

明知是赌博网站，而为其提供下列服务或者帮助的，属于开设赌场罪的共同犯罪，依照刑法第三百零三条第二款的规定处罚：

（一）为赌博网站提供互联网接入、服务器托管、网络存储空间、通信传输通道、投放广告、发展会员、软件开发、技术支持等服务，收取服务费数额在 2 万元以上的；

（二）为赌博网站提供资金支付结算服务，收取服务费数额在 1 万元以上或者帮助收取赌资 20 万元以上的；

（三）为 10 个以上赌博网站投放与网址、赔率等信息有关的广告或者为赌博网站投放广告累计 100 条以上的。

实施前款规定的行为，数量或者数额达到前款规定标准 5 倍以上的，应当认定为刑法第三百零三条第二款规定的"情节严重"。

实施本条第一款规定的行为，具有下列情形之一的，应当认定行为人"明知"，但是有证据证明确实不知道的除外：

（一）收到行政主管机关书面等方式的告知后，仍然实施上述行为的；

（二）为赌博网站提供互联网接入、服务器托管、网络存储空间、通信传输通道、投放广告、软件开发、技术支持、资金支付结算等服务，收取服务费明显异常的；

（三）在执法人员调查时，通过销毁、修改数据、账本等方式故意规避调查或者向犯罪嫌疑人通风报信的；

（四）其他有证据证明行为人明知的。

如果有开设赌场的犯罪嫌疑人尚未到案，但是不影响对已到案共同犯罪嫌疑人、被告人的犯罪事实认定的，可以依法对已到案者定罪处罚。

三、关于网络赌博犯罪的参赌人数、赌资数额和网站代理的认定

赌博网站的会员账号数可以认定为参赌人数，如果查实一个账号多人使用或者多个账号

一人使用的,应当按照实际使用的人数计算参赌人数。

赌资数额可以按照在网络上投注或者赢取的点数乘以每一点实际代表的金额认定。

对于将资金直接或间接兑换为虚拟货币、游戏道具等虚拟物品,并用其作为筹码投注的,赌资数额按照购买该虚拟物品所需资金数额或者实际支付资金数额认定。

对于开设赌场犯罪中用于接收、流转赌资的银行账户内的资金,犯罪嫌疑人、被告人不能说明合法来源的,可以认定为赌资。向该银行账户转入、转出资金的银行账户数量可以认定为参赌人数。如果查实一个账户多人使用或多个账户一人使用的,应当按照实际使用的人数计算参赌人数。

有证据证明犯罪嫌疑人在赌博网站上的账号设置有下级账号的,应当认定其为赌博网站的代理。

四、关于网络赌博犯罪案件的管辖

网络赌博犯罪案件的地域管辖,应当坚持以犯罪地管辖为主、被告人居住地管辖为辅的原则。

"犯罪地"包括赌博网站服务器所在地、网络接入地,赌博网站建立者、管理者所在地,以及赌博网站代理人、参赌人实施网络赌博行为地等。

公安机关对侦办跨区域网络赌博犯罪案件的管辖权有争议的,应本着有利于查清犯罪事实、有利于诉讼的原则,认真协商解决。经协商无法达成一致的,报共同的上级公安机关指定管辖。对即将侦查终结的跨省(自治区、直辖市)重大网络赌博案件,必要时可由公安部商最高人民法院和最高人民检察院指定管辖。

为保证及时结案,避免超期羁押,人民检察院对于公安机关提请审查逮捕、移送审查起诉的案件,人民法院对于已进入审判程序的案件,犯罪嫌疑人、被告人及其辩护人提出管辖异议或者办案单位发现没有管辖权的,受案人民检察院、人民法院经审查可以依法报请上级人民检察院、人民法院指定管辖,不再自行移送有管辖权的人民检察院、人民法院。

五、关于电子证据的收集与保全

侦查机关对于能够证明赌博犯罪案件真实情况的网站页面、上网记录、电子邮件、电子合同、电子交易记录、电子账册等电子数据,应当作为刑事证据予以提取、复制、固定。

侦查人员应当对提取、复制、固定电子数据的过程制作相关文字说明,记录案由、对象、内容以及提取、复制、固定的时间、地点、方法,电子数据的规格、类别、文件格式等,并由提取、复制、固定电子数据的制作人、电子数据的持有人签名或者盖章,附所提取、复制、固定的电子数据一并随案移送。

对于电子数据存储在境外的计算机上的,或者侦查机关从赌博网站提取电子数据时犯罪嫌疑人未到案的,或者电子数据的持有人无法签字或者拒绝签字的,应当由能够证明提取、复制、固定过程的见证人签名或者盖章,记明有关情况。必要时,可对提取、复制、固定有关电子数据的过程拍照或者录像。

高法院、高检院、公安部印
2010 年 8 月 31 日

10．工业和信息化部关于加强互联网域名系统安全保障工作的通知（工信部保 [2010]53 号）

各省、自治区、直辖市通信管理局，中国电信集团公司、中国移动通信集团公司、中国联合网络通信集团有限公司，国家计算机网络应急技术处理协调中心、部电信研究院、中国软件评测中心、中国互联网络信息中心、政务和公益机构域名注册管理中心，各互联网域名注册服务机构：

域名系统是互联网的重要组成部分。保障域名系统的安全，对维护互联网安全、促进互联网健康发展具有重要意义。当前，域名系统面临的安全威胁和风险不断加大，安全事件增多，必须采取切实有效的措施，加强域名系统安全保障工作。现将有关工作要求通知如下：

一、提高认识，突出重点。各单位要充分认识各级域名系统面临的新情况新问题新威胁，切实增强保障域名系统安全的责任感和紧迫感。针对外部网络攻击、域名劫持等威胁以及安全防护和应急管理薄弱等突出问题，要进一步加强域名系统安全防护和应急工作，建立完善域名安全技术手段，推进域名安全标准化和自主创新，强化域名安全保障工作的监督检查，确保重点域名解析正常，确保重要域名系统安全可靠运行。

二、加强域名系统安全防护和应急工作。基础电信运营企业、域名注册管理机构和域名注册服务机构等域名系统运行单位，要按照"谁运行、谁负责"的原则，加强对本单位运行管理且对外提供服务的权威、递归域名解析系统和域名注册系统的安全防护和应急工作，确保本单位所属域名系统安全稳定运行，确保域名注册信息安全。一是建立健全域名系统运行维护和安全管理制度，落实责任制，不断优化域名系统架构，加强冗余备份，提高域名解析能力。二是按照工业和信息化部的统一部署，对本单位域名系统进行定级备案，按照有关标准落实各项安全防护措施，定期对本单位域名系统进行检测、评估和整改，并接受通信管理机构的监督检查。三是建设域名安全监控手段，对本单位域名系统的解析请求量、解析成功率、解析速度、服务器负荷等关键指标进行动态监测，对异常和无效域名请求及时进行过滤，提高对网络攻击、信息篡改和域名劫持等各类安全事件的预警监控能力。四是按照有关规定做好相关日志留存工作，加强本单位域名系统的安全审计，提高对安全事件的溯源能力。五是根据工业和信息化部《公共互联网网络安全应急预案》，制定完善本单位域名系统安全专项应急预案，做好域名安全事件信息报送工作，组织开展应急演练。基础电信运营企业要协助域名注册管理机构做好国家顶级域名系统节点的安全保障工作。域名注册管理机构、域名注册服务机构要加强宣传，指导域名注册用户增强域名安全意识，科学选择域名解析服务。

三、建立完善公共域名安全技术平台。国家计算机网络应急技术处理协调中心（以下简称 CNCERT）和域名注册管理机构要加强公共域名安全技术平台建设，实现对重要域名系统运行状况和重点域名解析状况的及时准确监测，建立健全针对政府网站、重点新闻网站、重要信息系统的域名安全支撑保障机制；研究制定根域名镜像服务器专项应急方案，落实相关技术保障措施。基础电信运营企业、域名注册管理机构和域名注册服务机构要对 CNCERT 和域名注册管理机构有关平台的建设和运行给予支持配合。

四、推进域名安全标准化和自主创新工作。完善标准体系，加快制订发布域名系统安全防护系列标准，加强标准宣贯，推进标准贯彻实施。积极研究域名系统安全检测、评估和监测等技术，开发相关工具，加大推广应用力度。加快制定联网软件行为规范和测试要求，并通过行业自律等方式探索开展联网软件评测工作。加强自主创新，积极推进具有我国自主知识产权的域名解析软件的研究、开发和应用。跟踪全球 DNSSEC 部署应用情况，做好相关配套工作。

五、强化域名安全保障工作的监督检查。工业和信息化部通信保障局负责按照本通知精神，对域名系统安全保障工作进行指导、协调、监督和检查。各地通信管理局要把域名系统安全作为通信网络安全管理工作的重要内容，指导督促当地基础电信运营企业落实域名系统安全防护标准、建设域名系统安全监控手段、制定域名系统专项应急预案、落实域名安全信息通报工作。做好域名安全事件的应急指挥协调工作。

基础电信运营企业集团公司、域名注册管理机构和域名注册服务机构请于 2010 年 2 月 28 日前，将本单位域名系统安全保障工作落实情况和工作计划报工业和信息化部（通信保障局）。基础电信运营企业省级公司的有关工作情况和计划，请于 2010 年 2 月 28 日前报当地通信管理局。其他单位有关工作进展情况，请及时向工业和信息化部（通信保障局）反馈。

特此通知。

（联系电话：010-68206192）

2010 年 1 月 30 日

11. 发《工业和信息化部关于进一步落实网站备案信息真实性核验工作方案（试行）》的通知（工信部电管函[2010]64 号）

各省、自治区、直辖市通信管理局，国家计算机网络应急技术处理协调中心、中国互联网络信息中心、中国互联网协会、中国电信集团公司、中国移动集团公司、中国联合网络通信集团有限公司，相关接入服务单位：

为贯彻落实《工业和信息化部关于进一步深入整治手机淫秽色情专项行动工作方案》（工信部电管〔2009〕672 号文件）的要求，深入开展依法打击手机淫秽色情专项行动，净化互联网络环境，加强对网站备案信息的核查，进一步提高网站备案信息准确率，充分发挥网站备案管理的网站主办者溯源和接入地溯源作用，工业和信息化部在广泛征求各方意见的基础上，制定了《工业和信息化部关于进一步落实网站备案信息真实性核验工作方案（试行）》，现印发给你们，请结合实际工作认真贯彻执行。

2010 年 2 月 8 日

工业和信息化部关于进一步落实网站备案信息真实性核验工作方案（试行）

为切实保证网站备案信息的真实性，落实《工业和信息化部关于进一步深入整治手机淫秽色情专项行动工作方案》中的要求："基础电信企业和各接入服务商在向通信管理局提交网站申请备案之前，要对主办者身份信息当面核验、留存有效证件复印件，要对网站主体信息、联系方式和接入信息等进行审查"。依据《互联网信息服务管理办法》（国务院令第 292 号）、《非经营性互联网信息服务备案管理办法》（信息产业部令第 33 号）的相关规定，制定网站备案信息真实性核验工作方案。

一、核验内容

接入服务单位根据相关网站的委托代为履行备案、备案变更等手续时，应对网站主办者提交的主体信息、联系方式、网站信息，以及本单位提交的接入信息的真实性进行核验。

1．站主办者（主体）信息

网站主办者是指互联网信息服务提供者，包括单位和个人两类。

（1）网站主办者为单位，核验证件为：

如网站主办者为机关、事业单位、社会团体，组织机构代码证书原件为核验其单位资质的第一证件，在没有组织机构代码证书的情况下，可核验事业法人证书或社团法人证书等原件。

如网站主办者为企业，核验工商营业执照或组织机构代码证书等原件。

如网站主办者为军队，核验军队代号证书原件。

网站负责人的个人证件：如网站负责人为中国公民，身份证原件为核验其身份的第一证件，在没有身份证的情况下，可核验户口簿、军官证、台胞证等原件；如网站负责人非中国公民，则核验其护照原件。

（2）网站主办者为个人，核验证件为：

如网站主办者为中国公民，身份证原件为核验其身份的第一证件，在没有身份证的情况下，可核验户口簿、军官证、台胞证等原件。

如网站主办者非中国公民，则核验其护照原件。

（3）网站负责人的定义：若网站主办者为单位，网站负责人是指法定代表人或单位委派具体负责网站的部门负责人；若网站主办者为个人，网站负责人为其本人。

2．联系方式

如网站主办者为单位，联系方式是指网站负责人手机号码、办公电话、电子邮箱、通信地址；如网站主办者为个人，联系方式是指网站负责人手机号码、办公电话或住宅电话、电子邮箱、通信地址。

3．网站信息

网站名称、网站域名、涉及需前置审批或专项审批内容、网站服务内容/项目。

4．接入信息

接入服务提供者名称、接入方式、服务器放置地点、网站 IP 地址。

二、核验、审核、核查规程

（一）备案信息真实性责任主体

接入服务单位根据相关网站的委托代为履行备案、备案变更等手续时，核验主体为接入服务单位，包括：基础电信企业省分公司（含市、县级分公司）、互联网接入服务单位（IDC、ISP）、公益性互联单位等。

审核主体为各省、自治区、直辖市通信管理局。

核查主体为工业和信息化部（委托国家互联网备案管理支撑中心，以下简称"备案中心"）。

（二）备案信息真实性核验、审核、核查规程

网站备案信息真实性核验、审核工作流程图见附件。

1. 接入服务单位网站备案核验规程

（1）网站主办者登录接入服务单位备案系统录入网站备案信息。

（2）接入服务单位受理网站主办者提交信息后，对主体信息、联系方式等信息进行预核验：初步判定主体信息是否真实，通过电话、邮件等途径核验联系方式是否正确。预核验后，接入服务单位应向网站主办者发送现场核验通知或信息退回的短信提示："您提交的网站备案信息已通过预核验，请在1个月内由网站负责人本人携带有关证件原件到我单位备案现场办理核验手续"或"您提交的网站备案信息未通过预核验，请修改后重新提交"。预核验工作必须在主办者提交备案信息后5个工作日内完成。

（3）网站主办者接到通知后，由网站负责人本人携带核验所需证件原件、材料到接入服务单位备案现场办理核验手续。

（4）接入服务单位在本单位备案现场采集并留存网站负责人彩色正面免冠照（电子照片规格：800×600像素）。备案中心统一制作、提供带有标识的幕布作为拍照背景，照片应显示拍照时间和背景标识。

（5）接入服务单位备案人员利用公安、质检、工商等相关部门提供的居民身份证、组织机构代码证、工商营业执照等信息源，核验网站主办者提供证件原件的真实性。同时通过网站负责人身份证原件核验身份证与当事人是否一致。核验无误，留存身份证明和单位有效证件复印件。

接入服务单位备案人员登录本单位备案系统，依据证件原件内容对网站主办者网上提交的主体信息进行核验：核验证件持有者、证件类型、证件内容与备案系统中录入的网站备案信息是否完全一致，不一致不予受理；依据网站主办者提交的域名证书或域名注册机构网站公共查询信息，核验网站域名所有者与网站主办者身份的一致性，不一致不予受理；依据本单位对网站的实际接入情况，准确录入网站备案接入信息各项内容。

（6）若核验无误，接入服务单位备案人员填写统一格式的《网站备案信息真实性核验单》（备案中心负责制订《网站备案信息真实性核验单》格式）；若发现备案信息有误，现场核实修改，并在《网站备案信息真实性核验单》中进行记录。《网站备案信息真实性核验单》一式两份：一份接入服务单位留存，一份上报网站主体所在地通信管理局，加盖接入服务单位公章。网站主办者和接入服务单位同时签订信息安全管理协议书。

（7）在确认备案信息全部核验无误后，接入服务单位通过本单位备案系统向主体所在地通信管理局备案系统提交网站备案信息，并提交《网站备案信息真实性核验单》纸制原件、传真件或电子扫描件。

2. 省通信管理局审核规程

各省、自治区、直辖市通信管理局登录省局备案系统，在二十个工作日内对接入服务单位提交备案信息进行审核。审核合格下发网站备案号，接入服务单位实施网站接入；不合格将备案信息退回接入服务单位系统，由接入服务单位重新核验。

3. 备案中心核查规程

（1）备案中心受工业和信息化部委托，建设网站备案信息校验平台，对各通信管理局提交网站备案信息中的身份证信息进行全量自动核查。结合人工电话抽查，每月对备案系统提交的网站备案信息进行准确性核查和抽样评估并反馈情况。

（2）备案中心每季度对部备案系统中存量网站备案信息准确率、备案率分省分接入商进行核查和抽样评估并反馈情况。

三、工作要求

（一）接入服务单位核验工作要求

1．组织保障和制度完善要求

各接入服务单位应在 2010 年 2 月底前设立现场核验网站备案信息部门，专门负责网站备案信息真实性核验工作，并实行单位领导负责制。应建立本单位的备案业务规范，备案工作考核制度。明确备案人员的工作责任，对备案人员业务能力实行年度考核，将日常备案工作质量作为考核的重要指标。

各接入服务单位应在 2010 年 3 月底前正式实施网站备案信息当面核验，并将工作开展情况报许可证发证机关和单位注册所在地通信管理局。

基础电信企业应在 2010 年 4 月份对租用本单位电信资源从事接入业务的接入服务单位是否设立当面核验人员、履行当面核验备案信息的情况进行检查，对未履行当面核验责任的，不得为其提供电信资源。

2．业务明示要求

接入服务单位在业务经营中应向网站主办者明示开办网站要依法办理备案手续、网站备案流程、需提供的证件、材料清单及网站备案有关注意事项。

3．业务合同内容要求

接入服务单位应在与网站主办者签订业务合同中，明文要求："依据《非经营性互联网备案管理办法》第二十三条规定，如备案信息不真实，将关闭网站并注销备案。请您承诺并确认：您提交的所有备案信息真实有效，当您的备案信息发生变化时请及时到备案系统中提交更新信息，如因未及时更新而导致备案信息不准确，我公司有权依法对接入网站进行关闭处理。"双方签字、单位盖章确认。

4．信息安全管理责任要求

接入服务单位建立网站主办者资料档案，妥善保管核验过程中获取的网站主办者证件信息、照片信息、《网站备案信息真实性核验单》、与网站主办者签署的各项协议，保证信息不泄露，承担对网站主办者提交材料的信息安全保密管理责任。上述资料至少留存 5 年以上，以备通信行业主管部门依法进行检查。

5．网站备案信息更新要求

接入服务单位应做好日常回访核查工作，确保网站备案信息变更后，网站主办者及时更新主体信息、联系方式、网站信息。同时接入服务单位应根据网站接入变化情况，及时更新接入信息，并配合主管部门做好网站备案信息真实性核查工作。因未开展日常回访核查工作导致接入网站备案信息不准确的接入服务单位，主管部门依法对其进行处罚。

6．存量网站备案信息核验要求

对备案信息真实性当面核验工作正式启动前接入的网站，各接入服务单位要在 2010 年 2 月底前制定备案信息真实性核验工作详细计划，报许可证发证机关和单位注册所在地通信管理局，并在 2010 年 9 月底前完成全部网站的备案信息真实性核验。

（二）省通信管理局审核工作要求

1．做好日常审核工作

各通信管理局应做好日常网站备案信息真实性审核工作，保证对重点信息（营业执照、身份证等）的逐一细致审核。二期备案系统升级改造后可由各通信管理局审核人员用口令登录接入服务单位系统抽检审核证件原件，同时检查接入服务单位上交的《网站备案信息真实性核验单》。

2．检查"当面核验"工作开展情况

各通信管理局对接入服务单位当面核验网站备案信息的部门设立和工作制度完善情况进行指导和检查。根据接入服务单位保存的真实性核验证明材料，对接入服务单位"当面核验"工作的开展情况、接入服务单位提交备案信息的准确性进行定期检查或不定期抽查，对发现未执行"当面核验"或提供虚假信息的，应严肃处理。同时将日常检查考核结果作为许可证年检重要参考。

（三）备案中心核查工作要求

1．新增网站备案信息核查

备案中心每月对新提交的网站备案信息进行准确性抽查。对备案主体信息中身份证、组织机构代码证等信息进行重点抽查核查。

2．存量网站备案信息核查

备案中心按季度对系统存量网站备案信息进行准确性核查，对各接入服务单位真实性核验网站备案信息工作开展情况、完成进度、工作质量进行核查和抽查评估。

3．制定核查标准和监督评估办法

备案中心根据工业和信息化部的委托，适时制订、细化、完善网站备案信息核查标准和监督评估办法，并向各通信管理局、接入服务单位发布。

4．加强对工作开展情况的督导、统计

备案中心根据工业和信息化部的委托，对各单位落实网站备案信息真实性核验工作开展情况进行指导帮助和监督评估。加强对各单位落实网站备案信息真实性核验工作情况的分类统计，开展对各地通信管理局行政处罚情况汇总等工作。

5．开展网站备案业务培训

备案中心根据工业和信息化部的委托，编写、制订网站备案培训资料，组织开展面向各接入服务单位的全国性网站备案培训工作，对应掌握的网站备案相关政策法规、业务知识进行统一讲解。

四、问责

各省、自治区、直辖市通信管理局根据属地化管理原则，对未按《工业和信息化部关于进一步深入整治手机淫秽色情专项行动工作方案》中提出的"对网站主办者身份信息当面核验、留存有效证件复印件"要求开展工作，未认真开展网站备案信息真实性核验工作，提交不真实网站备案信息的接入服务单位，依据《非经营性互联网信息服务备案管理办法》第十条和第二十四条的规定依法处罚，责令限期改正。

附件：网站备案信息真实性核验、审核工作流程图（略）

12．全国网吧连锁企业认定工作申报指南

根据文化部等部委《关于进一步净化网吧市场有关工作的通知》（文市发[2009]9 号）、文化部《关于印发<网吧连锁企业认定管理办法>的通知》（文市发[2009]35 号），为加强互联网上网服务营业场所（以下简称"网吧"）管理，推进网吧连锁企业健康发展，制定本指南。

一、申报条件

申报全国网吧连锁企业应具备以下条件：

1. 注册资金不少于 5000 万元；

2. 全资或控股的直营门店数不少于 30 家，且在 3 个以上（含 3 个）的省（自治区、直辖市）设有直营门店；

3. 符合连锁经营组织规范；

4. 所有直营门店在申请之日起前一年内未受过有关部门依据《互联网上网服务营业场所管理条例》做出的罚款（含罚款）以上的行政处罚。

二、申报材料提交

1. 省级文化行政部门初审意见；

2. 网吧连锁企业认定申请表及申请书；

3. 企业章程、营业执照、税务登记证、验资报告（复印件）；

4. 法定代表人或主要负责人、主要经营管理人员的身份证明等有关证明材料；

5. 网吧连锁企业投资或控股直营门店的证明材料（公司章程或直营门店各股东财产权利关系等）、企业财务报表（含资产负债表、损益表、现金流量表）等企业经营情况；

6. 直营门店相关材料：名单列表、各门店《网络文化经营许可证》、营业执照（复印件）和主要负责人身份证明；

7. 连锁经营规范制度：统一的财务制度，具备可联网的计费软件系统与技术管理软件的说明文档、服务器架设地址、托管或线路租用合同及客户端分布情况等资料；

8. 连锁企业的形象标识；

9. 自申请之日起前一年内所属直营门店未受过罚款（含罚款）以上的行政处罚的声明；

10. 要求提交的其他文件。

三、申报流程及申报时限说明

1. 申请认定为全国网吧连锁企业的，应向总部所在地省级文化行政部门提出申请，省级文化行政部门自受理申请之日起 20 个工作日内提出初审意见上报文化部。

2. 文化部自收到初审意见之日起 20 个工作日内完成认定审查，颁发认定证书。未通过认定的，书面通知申请单位并说明理由。

3. 依据文化部 2003 年《关于加强互联网上网服务营业场所连锁经营管理的通知》（文市发[2003]15 号）批复的全国连锁网吧经营单位，申请认定为全国网吧连锁企业的，向文化部直接提出认定申请。

4. 认定审查时间为 20 个工作日，各级文化行政部门在认定审查中需核查申报材料的时间不计入认定审查时间。

四、年审及复核

1. 全国网吧连锁企业认定实行年审制度，已批准的全国网吧连锁企业于每年的 3 月 1 日—6 月 30 日将年审申报材料递交文化部，由文化部对已批准的全国网吧连锁企业进行年审。对年审合格的企业在认定证书上加盖专用章，对年度认定不合格企业的停止其全国网吧连锁企业资格。

2. 企业对认定结果或年审结果有异议的，可在公布后一个月内，向文化部提出复核申请，提交复核申请书及有关材料，受理机构调查核实后作出复核决定。

五、审批公示

所有经审批认定的"全国网吧连锁企业"均在中国文化市场网（www.ccm.gov.cn）进行公示。

文化部文化市场司

2010 年 2 月

附件一：网吧连锁企业认定证书（略）
附件二：网吧证书样本—正本（略）
附件三：网吧连锁企业申请表（略）

13. 工业和信息化部、国家发展改革委、科技部、财政部、国土资源部、住房和城乡建设部、国家税务总局关于推进光纤宽带网络建设的意见（工信部联通[2010]105 号）

各省、自治区、直辖市、计划单列市及新疆生产建设兵团工业和信息化主管部门、通信管理局、发展改革委、科技厅（委、局）、财政厅（局）、国土资源厅（局）、建设厅（局）、国税局、地税局，中国电信集团公司、中国移动通信集团公司、中国联合网络通信集团有限公司：

为落实《电子信息产业调整和振兴规划》，引导推进光纤宽带网络建设，拉动国内相关产业发展，切实发挥光纤宽带对国民经济和社会发展的基础和促进作用，现就推进我国光纤宽带网络建设提出以下意见：

一、充分认识光纤宽带网络建设的重要性，共同推进网络建设发展

光纤宽带产业是当前信息产业中成长最快、发展空间最大的产业之一。推进光纤宽带网络建设能升级网络基础设施，提高自主创新能力，拉动相关产业发展，对应对金融危机影响，实现扩内需、保增长、促就业，以至提升国家长远竞争力均具有重要的战略意义。

近几年，我国光纤宽带网络已逐步开始部署，网络覆盖和接入速率不断提高。但在光纤宽带网络建设中，仍存在小区内网络部署困难、城市农村地区发展不平衡、宽带应用相对匮乏等问题。同时由于在经济不发达的农村地区开展光纤宽带网络建设投入大、效益差，电信企业缺乏积极性。上述问题的解决需要相关政策引导和扶持。

各有关单位要充分认识光纤宽带网络建设的重要意义，着力解决光纤宽带网络建设和应用中的困难和问题，共同推进光纤宽带网络建设发展。

二、加快光纤宽带网络建设，提升信息基础设施能力

电信企业要按照国家有关规定和技术规范开展光纤宽带网络建设，积极采取多种模式，以需求为导向，以光纤尽量靠近用户为原则，加快光纤宽带接入网络部署。新建区域直接部署光纤宽带网络，已建区域加快光进铜退的网络改造。有条件的商业楼宇和园区直接实施光纤到楼、光纤到办公室，有条件的住宅小区直接实施光纤到楼、光纤到户。优先采用光纤宽带方式加快农村信息基础设施建设，推进光纤到村。加强光纤宽带网络的共建共享和有效利用，积极推进三网融合。同步提升骨干网传输和交换能力，提高骨干网互联互通水平，改善网络服务质量，保障网络与信息安全。

到 2011 年，光纤宽带端口超过 8000 万，城市用户接入能力平均达到 8 兆比特每秒以上，农村用户接入能力平均达到 2 兆比特每秒以上，商业楼宇用户基本实现 100 兆比特每秒以上的接入能力。3 年内光纤宽带网络建设投资超过 1500 亿元，新增宽带用户超过 5000 万。

三、制定和完善光纤宽带网络建设的配套措施，支持网络建设发展

各级通信行业主管部门要会同城乡规划、国土资源、市政等部门，组织电信企业编制管道、杆路、光缆等传输线路的专项规划，专项规划应符合当地土地利用总体规划和城乡规划的要求并做好相关衔接。

各级城乡规划、国土资源和投资主管部门在住宅小区、商住楼、办公楼等新建、改扩建项目的审批中，明确为光纤宽带建设预留管道、设备间、电力配套等资源，所需投资纳入建设项目概算，并保证电信企业平等进入，维护用户的选择权。通信行业主管部门组织电信企业参与相关建设方案制定和项目验收，并通过共建共享减少重复建设。

加快制定和完善光纤宽带网络相关的技术标准、工程规范和验收规范，加快城市新建住宅小区、商用楼预先布放光缆等规范的出台和落实。

四、引导宽带应用发展和创新，带动光纤宽带网络建设

电信企业要以市场为导向，联合产业链相关企业，发挥各自网络和技术优势，开发适合光纤宽带网络的特色业务，加快宽带应用的创新，积极推动三网融合业务发展，促进工业化和信息化融合，实现各方的合作共赢。

对利用宽带开展研发、技术改造、增值服务的企业，符合税收法律法规规定条件的，依法享受有关税收优惠政策。将光纤宽带网络的建设、应用和研发纳入《产业结构调整指导目录》鼓励类。基于光纤宽带网络的产品和应用，经认定为国家自主创新产品的，可列入《国家自主创新产品目录》和《政府采购自主创新产品目录》。

在实施"村村通电话"工程的基础上，结合家电下乡，加快推进宽带下乡的工作进程。鼓励各级地方政府对农村光纤宽带建设，优先保障供电需求，减免光缆敷设赔补费用。

鼓励各级地方政府对公共服务机构的光纤宽带使用、对软件及服务外包园区的高速宽带通道建设费用，给予财政补贴。鼓励政府和行业信息化的光纤宽带网络应用，促进宽带在电子政务、医疗卫生、城市管理、社区服务等领域的普及，推广基于宽带的视频应用，发展基于宽带的信息服务和文化创意产业。继续利用现有资金渠道和有关政策，鼓励大学生基于光纤宽带网络的创业，支持企业和单位利用光纤宽带网络开展业务、吸纳大学生就业。

五、完善其他相关配套措施，保障光纤宽带网络建设

加大光纤宽带通信核心芯片、器件、系统设备和应用等的研发投入和政策支持，鼓励光纤通信技术创新和提出自主光纤宽带技术标准，带动产业发展，支撑网络建设。加强对光纤宽带网络与信息安全的监督和管理，完善网间互联互通监管措施，完善电信基础设施共建共享配套措施，营造健康有序的市场竞争环境。

六、加强组织领导，确保各项工作落到实处

各有关单位要加强组织领导，落实责任分工，密切配合协作，务求实效，及时研究解决发展中出现的突出问题和矛盾，不断调整完善相关政策，进一步发挥光纤宽带网络建设和业务应用对国民经济的促进作用。有关单位要加强对本意见贯彻执行情况的督促检查。

2010 年 3 月 17 日

14. 广电总局关于发布《互联网视听节目服务业务分类目录（试行）》的通告

为促进互联网视听节目服务健康有序发展，根据《互联网视听节目服务管理规定》（广电总局、信息产业部令第 56 号）第七条规定，现将《互联网视听节目服务业务分类目录（试行）》（不含 IP 电视、互联网电视、手机电视的业务分类）通告如下，请遵照执行。

附件：互联网视听节目服务业务分类目录（试行）

2010 年 3 月 17 日

附件：

互联网视听节目服务业务分类目录（试行）
（2010 年）

第一部分　目录

利用公共互联网向计算机用户提供视听节目服务（不含 IP 电视、互联网电视、手机电视业务），业务分类如下：

一、第一类互联网视听节目服务（广播电台、电视台形态的互联网视听节目服务）

（一）时政类视听新闻节目首发服务

（二）时政和社会类视听节目的主持、访谈、评论服务

（三）自办新闻、综合视听节目频道服务

（四）自办专业视听节目频道服务

（五）重大政治、军事、经济、社会、文化、体育等活动、事件的实况视音频直播服务

二、第二类互联网视听节目服务

（一）时政类视听新闻节目转载服务

（二）文艺、娱乐、科技、财经、体育、教育等专业类视听节目的主持、访谈、报道、评论服务

（三）文艺、娱乐、科技、财经、体育、教育等专业类视听节目的制作（不含采访）、播出服务

（四）网络剧（片）的制作、播出服务

（五）电影、电视剧、动画片类视听节目的汇集、播出服务

（六）文艺、娱乐、科技、财经、体育、教育等专业类视听节目的汇集、播出服务

（七）一般社会团体文化活动、体育赛事等组织活动的实况视音频直播服务

三、第三类互联网视听节目服务

（一）聚合网上视听节目的服务

（二）转发网民上传视听节目的服务

四、第四类互联网视听节目服务（互联网视听节目转播类服务）

（一）转播广播电视节目频道的服务

（二）转播互联网视听节目频道的服务

（三）转播网上实况直播的视听节目的服务

注：IP 电视（IPTV）、手机电视、互联网电视的集成播控、内容服务属于广播电台、电视台形态的网络视听节目服务。IP 电视（IPTV）、手机电视、互联网电视的集成播控、内容服务和传输、分发服务的业务分类目录另行制定。

第二部分　业务界定

一、第一类互联网视听节目服务

（广播电台、电视台形态的互联网视听节目服务）

（一）时政类视听新闻节目首发服务

指采访、制作或定制时政新闻、社会新闻类视听节目，首先供公众在网上点播的服务。定制指委托其他机构为本机构制作节目并供其播出的行为。

（二）时政和社会类视听节目的主持、访谈、评论服务

指以主持、访谈、演讲的节目形式，围绕政治、社会事件或题材进行评论，供公众在网上点播的服务。

（三）自办新闻、综合视听节目频道服务

指采用与广播电视节目频道相同的编播形式，自行编排含有时政新闻、社会新闻内容的互联网视听节目频道，通过互联网实时播出供公众收看的服务。

（四）自办专业视听节目频道服务

指采用与广播电视节目频道相同的编播形式，自行编排不含有时政新闻、社会新闻内容的影视、文艺、娱乐、科技、财经、体育、教育等专业类视听节目的频道，通过互联网实时播出供公众收看的服务。

（五）重大政治、军事、经济、社会、文化、体育等活动、事件的实况视音频直播服务

指通过互联网对重大政治、军事、经济、社会、文化、体育等活动或事件进行的视音频实况直播服务。

二、第二类互联网视听节目服务

（一）时政类视听新闻节目转载服务

指转载广播电视、新闻视听节目网站已登载播出过的时政新闻类，以及转载含有政治、社会评论题材的主持、访谈、报道类视听节目，供公众点播（含下载或轮播）收看、收听的服务。轮播指将单个视听节目制成品反复播放，或将若干个视听节目制成品组合在一起，按固定顺序在互联网上反复轮流播放，且每一轮的播放时长不超过 60 分钟的播放活动。

（二）文艺、娱乐、科技、财经、体育、教育等专业类视听节目的主持、访谈、报道、评论服务

指以采访、主持、访谈等节目形式，对文艺、娱乐、科技、财经、体育、教育等领域的事件进行报道、评论，并供公众在网上点播的服务。

（三）文艺、娱乐、科技、财经、体育、教育等专业类视听节目的制作（不含采访）、播出服务

指生产制作、定制、编排文艺、娱乐、科技、财经、体育、教育等专业类视听节目，并供公众在网上点播的服务。

（四）网络剧（片）的制作、播出服务

指生产制作、定制、编排网络剧（片）的服务。

（五）电影、电视剧、动画片类视听节目的汇集、播出服务

指采购、收集、编排电影、电视剧、网络剧（电影）、手机剧（电影）、动画片等节目，并供公众点播（含下载或轮播）的服务。

（六）文艺、娱乐、科技、财经、体育、教育等专业类视听节目的汇集、播出服务

指采购、收集、编排义艺、娱乐、科技、财经、体育、教育等专业方面的专题节目（包括个人 DV 作品），并供公众点播（含下载或轮播）的服务。

（七）一般社会团体文化活动、体育赛事等组织活动的实况视音频直播服务

指通过互联网对一般社会性、团体性文化活动、体育赛事等向公众进行实况视音频直播的服务。

三、第三类互联网视听节目服务

（一）聚合网上视听节目的服务

指将互联网上的视听节目信息编辑、排列到同一网站上，并向公众提供节目的查找、收看服务的业务活动。

（二）转发网民上传视听节目的服务

指为网民提供专门的节目或信息上传通道，供网民将自己或他人的节目源通过网站的信息播发系统或收视界面传递给公众，供公众点播的服务。包括：（1）节目上传服务，指网民将节目上传到网站的服务器中，供公众收看、收听（含下载）的服务；（2）信息上传分发服务，指网民将节目名称、链接地址等信息上传到网站的服务器中，供公众浏览、选择再链接到其他播放器收看、收听（含下载）节目的服务。

四、第四类互联网视听节目服务（互联网视听节目转播类服务）

（一）转播广播电视节目频道的服务

指通过互联网完整转播广播电视节目频道、频率的服务。完整转播是指保留频道标识，不在节目信号中插播内容，不修改、删减任何原有频道的节目内容和图文信息。

（二）转播互联网视听节目频道的服务

指通过互联网完整转播互联网视听节目频道（第一类第三项或第一类第四项）的服务。

（三）转播网上实况直播的视听节目的服务

指通过互联网完整转播其他网站对政治、军事、经济、社会、文化、体育等活动或事件的实况视音频直播视听节目的服务。

15．文化部关于加大对网吧接纳未成年人违法行为处罚力度的通知（文市函[2010]458 号）

各省、自治区、直辖市文化厅（局），新疆生产建设兵团文化局，北京市、天津市、上海市、重庆市文化市场行政执法总队：

近年来，各级文化行政部门和文化综合执法机构会同有关部门深入开展网吧规范和整治工作，使网吧经营秩序得到明显改善。但是，部分地区网吧仍然存在接纳未成年人等违法经营行为，严重危害未成年人身心健康，造成恶劣社会影响。为切实加强网吧监管，保护未成年人健康成长，根据《互联网上网服务营业场所管理条例》有关规定，文化部决定加大对网吧接纳未成年人违法行为的行政处罚力度，现就有关事项通知如下：

一、对一次接纳 3 名以上（含 3 名）未成年人以及在规定的营业时间以外接纳未成年人，或由于接纳未成年人引发重大恶性案件的网吧，依法吊销《网络文化经营许可证》。

二、对一次接纳 2 名以下未成年人的网吧，依法责令停业整顿 30 日；一年内 2 次接纳 2 名以下未成年人的网吧，依法吊销《网络文化经营许可证》。

三、对连续 3 次（含 3 次）未按规定核对登记上网消费者有效身份证件的网吧，依法责令停业整顿 30 日。

特此通知。

2010 年 3 月 19 日

16. 2010 年村村通电话工程及信息下乡活动实施意见（工信部电管[2010]118 号）

为贯彻落实《中共中央　国务院关于加大统筹城乡发展力度进一步夯实农业农村发展基础的若干意见》（中发[2010]1 号）提出的"推进农村信息化，积极支持农村电信和互联网基础设施建设，健全农村综合信息服务体系"的要求，根据我部重点工作部署，提出 2010 年村村通电话工程和信息下乡活动实施意见如下：

一、主要目标

继续推进村村通电话工程，重点由信息基础设施建设向信息服务拓展，全面开展信息下乡活动，规范加强农村综合信息服务站建设。

（一）实现 100%行政村通电话、100%乡镇能上网的"双百"目标，全面完成"村村通电话，乡乡能上网"的"十一五"规划。

实现 100%行政村通电话。2010 年为地处边远、无电无路的西藏 807 个行政村和四川甘孜州 253 个行政村建成通信设施，实现全国行政村通电话比例达到 100%。为新疆生产建设兵团 182 个连队开通电话。

实现 100%的乡镇能上网。2010 年为 380 个地处偏远的西部乡镇开通互联网接入，使全国具备上网条件的乡镇比例从 99%提升到 100%，其中宽带的乡镇比例从 96%提高到 98%。同时争取将互联网覆盖到更多的有条件行政村和自然村。

加快电信网向更多自然村推进。2010 年完成 1.3 万个偏远自然村的通电话项目，将全国 20 户以上自然村通电话比例从 93.4%提高到 94%以上。

（二）完善农村信息平台建设，提高农村信息服务能力

在 2009 年中国电信"信息田园"、中国移动"农信通"、中国联通"金农通"三大平台已建成的基础上，2010 年重点对平台进行升级扩容，加强平台功能、增加业务种类、丰富信息资源。各平台年底基本具备农民务工、农产品销售、农技咨询等三大功能板块，以及政策法规、生产生活、市场行情、科技教育等四大类信息资源。

（三）全面推进信息下乡活动，健全农村信息服务体系

在 2009 年六省市重点开展信息下乡的基础上，2010 年在全国范围推进信息下乡活动。年内争取东部省份 90%的乡镇、中部省份 70%的乡镇、西部省份 50%的乡镇，实现"一乡一站、一村一点，一乡一库、一村一品"的"四个一"目标。鼓励在更多的乡镇开展信息下乡活动。

二、主要任务

（一）实行"分片包干"，落实"双百"目标。综合考虑各地、各企业的实际情况，将"双

百"目标的各项指标任务分解到相关基础电信企业和相关省份（具体任务分配见附件），各相关单位务必认真落实、确保完成任务。

（二）因地制宜发展农村宽带网络。农村宽带网络建设是农村信息化发展进程十分重要的一步，在完成指定宽带建设任务（见附表）的同时，各地电信企业可结合"光进铜退"和3G 网络覆盖等战略，根据各地不同情况提速农村宽带建设步伐：东中部省份，加快推进宽带进村；西部省份，确保乡镇通宽带基础上逐步开展宽带进村。

（三）提升三大农村信息服务平台的可用性和实用性。电信企业应及时对农村信息服务平台进行扩容，保障用户访问顺畅、服务质量良好。不断增强平台功能和业务种类，鼓励基础电信企业加大业务开发力度，积极引导扶持互联网企业开发涉农信息搜索引擎、在线交易等应用。使三大平台成为农民使用信息、获取信息的重要途径。

（四）拓展信息下乡的实施地域和服务领域。实施地域上，将信息下乡活动从六省扩展到全国各省；服务领域上，从单纯服务农村种植养殖、农产品贸易扩展到农村医疗、教育、防灾减灾等领域；信息内容上，整合来自政府部门、涉农企业和农业合作组织的各类信息资源。逐步打造一个集网络、平台、场所、内容四位一体，县、乡、村三级连通的农村信息服务体系。

三、保障措施

（一）抓好各项工作的落实，确保年度目标的实现。

部内各相关司局应精心组织、密切协作、共同推进。各地通信管理局应加强督促、狠抓落实，做好企业完成量的核实工作，定期上报工程进度；主动与地方政府汇报沟通，争取各方面支持和优惠政策。电信企业集团总部要保障专项资金尽快、足额到位，并督促工程进度，确保任务按期完成；各地电信企业要加强对工程的资金、人员、设备、组织等方面的投入力度，落实任务、责任到人。

（二）采用卫星通信手段，切实解决藏区通电话问题。

为推进西藏跨越式发展和长治久安，提高西藏等藏区公共服务能力和均等化水平，加快藏区农村通信设施建设，针对西藏等藏区余下的无电话行政村自然条件极其艰苦、普通通信设施建设不具备条件、且时间紧任务重的现状，经与电信企业协商，推荐采用卫星移动通信、VSAT 等卫星通信手段，为这部分藏区行政村开通电话。

（三）利用各项惠农政策，促进信息终端和服务进村入户。

结合家电下乡政策，减轻农户购置手机、电脑等信息终端的费用负担，利用信息下乡渠道推广和促销家电下乡指定手机、电脑等产品，保障产品质量、完善售后服务。

鼓励电信运营企业推出面向农村的更加优惠的通信资费政策，重点在装机和入网费、电话费、上网费等方面予以倾斜，降低农村使用信息通信的消费成本。

（四）发挥经济激励手段，保障各项任务的落实完成。

充分发挥电信普遍服务资金的激励效应，一是继续对自然村通电话和乡镇通互联网等基础设施项目运营维护予以补贴；二是对今年采用卫星通信方式的藏区行政村通电话项目予以补贴并适当倾斜，以解决企业任务较重、卫星通信成本较高等问题；三是将信息下乡活动纳入补贴范畴。

（五）规范加强信息下乡站点建设，保障信息下乡健康持续发展。

一是电信企业要将农村营销网点建设和农村综合信息服务站点建设相结合，将市场机制和公益性信息服务相结合，保障农村综合信息服务站点的长期稳定运转；二是要从信息内容和服务行为等方面加强服务站点的规范化管理，避免不良信息对农村的侵入、避免不良上网行为的发生。三是通过乡村信息服务场所发放农村信息化方面的通俗易懂的使用手册、培训资料、宣传资料等，培育农民使用信息的观念，提高农民利用信息的能力。

（六）推进农村通信建设共建共享，倡导节能减排。

在村通工程项目实施过程中，相关电信企业应在传输线路、铁塔、基站、局房等设施建设中实行共建共享，以节省土地、保护环境，减少重复投入。对于在村通工程相关建设过程中违反国家共建共享规定的，在其电信普遍服务资金补贴方面将予以一定减扣。同时应高度重视节能减排，在工程建设中大力采用节能降耗型设备和技术，积极探索节能环保的新能源、新工艺、新办法。

（七）着手制订农村信息通信"十二五"规划，完善长效机制。

组织开展村通工程效果评估，总结"十五"、"十一五"期间村通工程相关经验。围绕国家、行业"十二五"总体发展战略和农村改革发展的需要，提出未来五年国家"数字新农村"战略，研究制定"十二五"农村通信与信息化发展规划，统筹部署各项工作。

附件：2010 年"村村通电话"工程任务分配表（略）

17. 关于印发互联网地图服务专业标准的通知（国测管发[2010]14 号）

各省、自治区、直辖市、计划单列市测绘行政主管部门：

为了加强互联网地图服务资质管理，促进互联网地图服务健康有序发展，提升测绘与地理信息产业服务大局、服务社会、服务民生的能力和水平，根据《中华人民共和国测绘法》的规定，我局对 2009 年颁布的《测绘资质分级标准》中互联网地图服务专业标准进行了修订，现予印发，请遵照执行。我局 2009 年颁布的《测绘资质分级标准》中互联网地图服务专业标准同时废止。

附件：互联网地图服务专业标准

国家测绘局

2010 年 5 月 10 日

附件：互联网地图服务专业标准互联网地图服务专业标准（略）

18. 国家发展改革委办公厅关于当前推进高技术服务业发展有关工作的通知（发改办高技[2010]1093 号）

北京市、天津市、河北省、辽宁省、上海市、江苏省、浙江省、广东省、四川省、湖北省、湖南省、重庆市、深圳市、大连市发展改革委：

高技术服务业是高技术产业的重要组成部分和增长引擎，对于推进产业结构优化升级，提升产业竞争力具有重要支撑作用。大力发展高技术服务业，是促进高技术产业规模持续增长，提升高技术产业发展质量的必然选择，也是加快培育战略性新兴产业，实现"中国制造"向"中国创造"转变的迫切需要。高技术服务业主要包括信息技术服务、生物技术服务、数字内容服务、研发设计服务、知识产权服务和科技成果转化服务等知识和人才密集、附加值高的相关行业。

当前，我国正处于加快调整经济结构，转变发展方式的关键时期，全社会对高技术服务的需求日益增长，以加工制造为主的中小企业对研发设计服务和信息服务，高新技术企业对知识产权服务和科技成果转化服务等均提出了新的更高的要求。经国务院同意，目前我委正会同有关部门着手研究起草加快发展高技术服务业的指导意见。为从实践中探索高技术服务业发展规律，经研究，我们拟在部分省市先期开展高技术服务业创新发展工作，为今后全面部署高技术服务业工作奠定基础。现将有关工作事项通知如下：

一、工作思路

以科学发展观为指导，以做强做大高技术服务业为目标，依据地方条件和比较优势，着力推动重点领域改革，通过先行先试，完善体制机制；着力加强政府引导，促进产业集聚，创新服务模式；着力在带动性强的关键领域实现重点突破，加快建立健全高技术服务业体系，为高技术产业发展和产业结构调整提供有力支撑。

二、主要任务

（一）重点培育信息技术服务、生物技术服务、数字内容服务、研发设计服务、知识产权服务和科技成果转化服务等高技术服务行业。

（二）依托国家创新型城市建设，选择部分城市建立国家高技术服务产业基地，推动重点城市在服务模式、体制机制、政策措施、支撑体系建设等方面探索和完善推进高技术服务业发展的工作思路，促进高技术服务业集聚化。

（三）逐步建立和完善高技术服务业统计体系。经商国家统计局相关司局，各省市可按初步提出的高技术服务业统计目录进行统计试点工作（按照现行《国民经济行业分类》统计目录，高技术服务总量统计主要包括：一是第"G"类，信息传输、计算机服务和软件业；二是第"M"类，科学研究、技术服务和地质勘查业；三是第"L"类中的 7450 小类，即知识产权服务）。

三、工作重点

（一）信息服务

一是发展面向市场的高性能计算和云计算服务。加强对全国高性能计算中心的统筹规划，鼓励现有公立计算中心转变机制，采取单独和合作成立服务企业等方式，为全社会提供计算服务。大力发展云计算模式的平台运营和应用服务，促进已在内部应用云计算技术的企业进一步对外开展相关服务，推动有条件的制造企业通过云计算模式向服务转型。根据工作情况，选择部分城市作为云计算试验城市，组织国内骨干企业开展云计算服务。

二是开展物联网和下一代互联网应用服务。重点在精细农牧业、工业智能生产、交通物流、电网、金融、医疗卫生等领域开展物联网特色服务示范。按照国家统筹规划，加快互联网由 IPv4 协议向 IPv6 协议的转换，大力推动下一代互联网技术的应用，积极探索新技术条件下的服务模式创新。

三是促进软件服务化发展。推动软件开发与管理咨询的融合，提升龙头软件企业的咨询和服务能力，促进国内重点软件企业面向金融、电信、制造业等行业的知识库建设（包括标准规范、业务模型、数据模型、应用软件构件、行业信息化分析报告和软件解决方案等）。对引导软件企业提供 SaaS（软件即服务）模式服务的应用聚合平台和技术服务平台加大推广应用力度，加强政府和企业业务外包管理支撑系统软件研发与应用，促进能源、交通等关键领域的实时数据库、智能管理信息系统软件研发和相关业务服务外包。

四是引导数字文化产业创新发展。加强数字动漫及数字影视、网络出版、3G 手机内容服务等领域关键技术开发和应用平台建设，包括高计算能力的实时渲染系统研发和应用、中国风格动漫技法数字化与推广应用、自主动漫和游戏开发系统、数字出版服务平台、3G 手机内容服务相关技术开发和服务模式创新、数字音视频及语义智能搜索引擎研发及应用、网络协同创作服务平台等。

（二）生物技术服务

大力发展临床前研究、药物安全性评价、临床试验及试验设计等专业化第三方服务，降低创新成本，提高创新效率；充分发挥现代中药、基因技术等研发优势，大力发展具有中国特色的药物研发外包服务；开展生物数据挖掘，建立生物信息共享体系，实现生物数据资源共享，为生物产业的快速发展提供关键数据资源和技术支撑服务。

（三）研发设计服务

在笔记本电脑、3G 手机等重点领域扶持发展一批高水平的设计企业，鼓励制造企业联合，或与相关企业合作成立专业设计服务企业；加强研发设计领域共性和基础性技术研发，在特色产业集群优势明显、研发设计服务需求迫切的重点地区，依托产业基地建设一批研发设计公共服务平台，通过扶持一批高水平设计企业，提升当地产业的产品研发设计能力。

（四）技术创新服务

一是提高知识产权服务能力。进一步开放专利等知识产权信息资源，鼓励全社会开发利用各类知识产权信息资源。在知识产权软件服务、专业知识产权数据库服务、知识产权咨询服务、知识产权质押贷款和其他投融资服务等增值服务领域扶持一批服务企业。支持各地有条件的公共知识产权机构进行企业化转制改革试点，或采取单独和合作成立服务企业等方式，为全社会提供高水平知识产权服务。

二是健全科技成果转化服务体系。支持各地积极探索，对各类技术转移机构加强引导，完善体制机制，建立有利于科技成果转化的市场环境。在节能环保、信息、生物、新材料、新能源等战略性新兴产业相关领域，扶持一批专业化的技术成果转化服务企业。鼓励现有科技成果转化服务企业进一步拓展服务领域，构建多领域、网络化的技术成果转化服务体系。引导科研院所和科技园区的科技成果转化机构采取单独或与社会投资机构合作等多种方式成立主营科技成果转化专业服务企业，提高科技成果转化效率。

四、工作要求

（一）要建立必要的工作组织协调机制，进一步解放思想、大胆实践，协调当地相关行业管理部门，推动高技术服务业体制机制创新，积极探索和创新高技术服务产业化发展模式。

（二）要研究制定相关政策措施。要根据本地区产业特色和对高技术服务的需求，会同地方相关部门，研究制定促进高技术服务业发展的政策措施，对重点领域尽可能给予政策和资金支持。

（三）要从本地区实际出发，组织编制本地区推进高技术服务业工作方案，于 2010 年 7 月 30 日前报我委（高技术司）。工作方案应包括总体工作思路、工作目标、主要任务和政策措施等。在总结工作方案实施情况的基础上，及时组织编制本地区高技术服务业发展规划。

（四）要建立并不断完善高技术服务业统计体系。各地发展改革委应与当地统计部门密切配合，结合当地实际情况，从 2010 年开始做好高技术服务业统计试点工作。

（五）要结合国家创新型城市建设，遴选部分重点城市建立高技术服务产业基地。请在高技术服务业工作方案中提出基地建设相关建议，包括基地建设工作思路、工作目标、主要任务和政策措施等内容。高技术服务产业基地认定有关工作另行通知。

（六）要及时总结工作情况，分析存在问题，提出政策措施建议，并及时将相关工作情况报送我委（高技术司）。

我们将与相关方面协调配合，及时总结先行先试地区的工作经验，推广成功模式，逐步形成政策措施建议。并将视情况对有典型示范作用的高技术服务产业基地重点项目，采取后补助方式给予一定资金支持。

国家发展改革委办公厅

2010 年 5 月 12 日

19．商务部关于促进网络购物健康发展的指导意见（商贸发[2010]239 号）

各省、自治区、直辖市、计划单列市及新疆生产建设兵团商务主管部门：

网络购物是依托互联网和信息技术的新型零售形式，具有流通环节少、交易费用低、资金周转快、流通效率高、销售范围广、消费者购买方便等优势。发展网络购物，有利于企业拓展营销方式、刺激消费、扩大内需、转变发展方式，有利于带动创业就业，有利于促进上下游关联企业协同发展、健全产业链。近年来，我国网络购物市场呈现消费群体不断扩大，消费规模快速增长的良好局面。同时，也存在相关政策法规、管理能力和服务水平不适应网络购物发展需要等现实问题。为促进网络购物健康发展，现提出以下意见：

一、指导思想和主要目标

（一）指导思想。以科学发展观为指导，以发展为宗旨，以市场为导向，以企业为主体，加强政府引导，创新工作方式，寓引导于服务，以服务促发展，在发展中规范，进一步发挥网络购物在拉动内需、扩大消费中的积极作用，促进国民经济健康协调发展。

（二）主要目标。完善服务与管理体制，健全法律与标准体系，改善交易环境，培育市场主体，拓宽网络购物领域，规范交易行为，推进网络购物发展，满足消费者需要，力争到"十二五"期末网络购物交易额达到我国社会消费品零售总额的 5%，部分电子商务发展起步较早的地区达到 10%左右。

二、工作任务

（三）培育网络市场主体。鼓励生产、流通和服务企业发展网络销售，积极开发适宜网络销售的商品和服务。培育一批信誉好、运作规范的网络销售骨干企业。发展交易安全、服务完善、管理规范、竞争有序的网络购物商城。建设安全可信、高效便捷的第三方网络购物平台，鼓励中小企业和个人创业者利用平台开拓市场。促进网络购物群体快速成长。

（四）拓宽网络购物领域。拓宽网络购物商品和服务种类，拓展网络购物渠道，满足不同层次消费需求。扩大服装、家电、家居装潢、图书音像、通信数码、电脑及配件、汽车等商品销售。大力发展铁路、公路、民航、船舶客票、旅游及酒店网络预订与服务。积极拓展房地产、药品、保健品、远程教育、家政服务等适宜网络交易的商品和服务。整合社区商业服务资源，发展社区电子商务。支持移动电子商务发展。

（五）鼓励线上线下互动。鼓励流通企业以门店销售支撑网络销售，以网络销售带动门店销售。利用流通企业已有品牌优势、实体网点资源和物流配送体系，为网络销售提供丰富的商品、良好的信誉和优质的服务。积极探索"线上市场"与"线下市场"互动营销方式，扩大销售。鼓励企业面向国际市场在线销售和采购，开拓国际市场。

（六）重视农村网络购物市场。从农村互联网应用的现实条件出发，依托"新农村商网"，结合"万村千乡"、"双百市场工程"构建农村现代流通体系，促进农产品进城和工业品下乡双向流通，拓展促进农民增收、扩大农村消费的新渠道。鼓励从事网络销售的企业和个人根据农村消费特点组织供应质优价廉、适销对路的商品和服务。鼓励企业以家电下乡、家电以旧换新等经营网点为依托，积极开展面向农村消费者的网络销售。鼓励销地生产和流通企业利用网络开展农产品销售和配送经营。

（七）完善配套服务体系。推进网络基础服务规范统一，促进网络接入标准和费用标准合理化，推广可靠电子签名应用。推进银行支付业务与网络购物有机结合，加快网上银行互联系统建设，促进第三方在线支付业务健康发展。支持物流企业加强网络和信息化建设，开发与网络购物相适应的配送服务，加快实物配送与网络销售信息系统融合。完善面向电子商务应用企业的软件开发、创意设计、技能培训、管理咨询、信用评级、电子认证、融资担保、广告宣传等配套服务体系。鼓励服务提供商进一步增强专业化服务能力，优化服务模式、完善服务手段、拓展服务范围、降低服务成本，促进相关领域深化电子商务应用。鼓励高校、科研机构和企业培养适应电子商务研究开发、应用推广需要的技术和管理人才，建立健全产学研互动结合的电子商务人才培养机制。

（八）保护消费者合法权益。引导第三方网络交易平台健康发展，实施网络商品经营（服务）企业工商登记制度，要求利用网络平台从事经营活动的个人实名注册，具备条件时对网络销售个人逐步实施工商登记制度。健全网站安全保障措施、信息安全保密管理制度、用户信息安全管理制度。完善网络购物售后服务体系，建立购物风险警示和消费者投诉受理机制，推行先行赔付制度。

（九）规范网络市场秩序。会同有关部门切实贯彻落实《合同法》、《产品质量法》、《消费者权益保护法》、《邮政法》、《对外贸易法》、《拍卖法》、《电子签名法》、《互联网管理条例》、《对外贸易经营者备案登记管理条例》、《期货交易管理条例》、《无照经营查处取缔办法》等法律、法规、规章，健全网络市场监管体系。严厉打击利用网络销售非法出版物、违禁品、假冒伪劣商品，禁止非法融资、变相期货、信用卡套现、网络诈骗、网络传销、危害国家利益、提供消费者信息牟利等违法违规行为。对涉及行政许可类商品和服务的经营，须按有关规定依法取得相应批准证书后方可开展经营活动。引导从事网络海外代购业务的对外贸易经营者合法经营。

三、保障措施

（十）加强政策支持。建立健全适应网络购物发展需要的多元化、多渠道投融资体制。有效利用财政资金引导信誉好、运营规范的网络购物企业加快发展，鼓励各地研究制定配套政策措施，加大网络基础设施建设和科技创新投入力度。鼓励企业和金融机构开展面向网络购物群体的信用销售和消费信贷业务。鼓励第三方电子商务服务平台与有条件的地区建立区域性电子商务平台，支持举办综合性和专业性网络交易会、展览会。

（十一）健全制度体系。认真贯彻实施《商务部关于网上交易的指导意见（暂行）》（2007年第 19 号公告）、《商务部关于促进电子商务规范发展的意见》（商改发[2007]490 号）、《商务部关于加快流通领域电子商务发展的意见》（商商贸发[2009]540 号）等规范性文件和《电子商务模式规范》、《网络交易服务规范》等国内贸易行业标准。研究制定网络购物中信息管理、电子合同、交易行为、商品配送、隐私权保护等重要环节的相关管理制度和标准，推进网络购物法制化、标准化进程。加快建立全国统一的信用信息资源共享机制，完善信用监督约束和失信惩戒机制。健全电子商务统计制度，开展网络购物分析评估工作。

（十二）完善工作机制。各地商务主管部门要牵头建立网络购物工作相关部门联系制度，按照职责分工，加强协作配合，落实目标任务，完善政策措施，加强监督指导，研究新情况，解决新问题，推进网络购物健康发展。充分发挥有关中介组织、行业协会的桥梁纽带作用，加强行业自律，完善监督、协调、服务功能。多形式、多渠道加强网络购物宣传引导、知识普及和安全教育，提高企业和消费者网络购物参与意识、风险意识。

网络购物是经济社会发展中的新事物，各地商务主管部门要充分认识促进网络购物健康发展的重要性，会同有关部门建立健全组织保障体系和工作机制，因地制宜地组织实施，确保工作取得实效。各地商务主管部门贯彻落实本意见的有关情况、问题和建议请及时报商务部（商贸服务司）。

中华人民共和国商务部

2010 年 6 月 24 日

20. 工业和信息化部、国家质量监督检验检疫总局、中国人民银行、国务院国有资产监督管理委员会、国家保密局、国家认证认可监督管理委员会《关于加强信息安全管理体系认证安全管理的通知》（工信部联协〔2010〕394 号）

国务院各部位、各直属机构，各省、自治区、直辖市工业和信息化主管部门、质量技术监督局、国有资产监督管理部门、保密行政管理部门，各直属检验检疫局，人民银行上海总部、各分行、营业管理部、省会（首府）城市中心支行、副省级城市中心支行：

信息安全管理体系认证是依据相关信息安全管理标准（GB/T22020-2008/ISO/IEC27001:2005 等），对一个单位信息安全管理状况进行评价的过程。开展信息安全管理体系认证，有利于个单位规范信息安全管理，有利于企业特别是服务外包企业开拓国际市场。但由于认证活动涉及被认证单位组织体系、业务流程、网络拓扑、关键信息设备配置、安全防护状况及薄弱环节等敏感信息，如果管理不到位，造成敏感信息泄露，将会使被认证单位面临信息安全风险，甚至危及国家经济安全和利益。为加强信息安全管理体系认证的安全管理，减少信息安全风险，现就有关事项通知如下：

一、各级政府机关和政府信息系统运行单位，不得利用社会第三方认证机构开展信息安全管理体系认证。为确保国家秘密安全，涉密信息系统建设使用单位不得申请信息安全管理体系认证。

二、各级工业和信息化主管部门要了解掌握同级政府部门信息技术外包服务情况，结合实际提出安全管理要求；指导督促为政府部门提供信息技术外包服务的机构加强信息安全管理。为政府部门提供信息技术外包服务的机构申请信息安全管理体系认证时，若其认证范围涉及政府信息，须经工业和信息化主管部门同意。

三、国家认证认可监督管理部门要针对信息安全管理体系认证的特点，进一步完善信息安全管理体系认证管理办法和相关标准，严格信息安全管理体系认证机构的市场准入管理，加强资质审查和日常监管，规范认证行为，依法严肃查处违法认证活动。

四、基础信息网络和重要信息系统主管部门及国有资产监督管理部门应加强对行业和国有企业的信息安全管理，对信息安全管理体系认证提出管理要求。通信、金融、铁路、民航、电力等基础信息网络和重要信息系统运营单位确需申请信息安全管理体系认证，应事先报行业主管或监管部门同意，其他涉及国计民生的国有企业确需申请信息安全管理体系认证，应事先报国有资产监督管理部门同意，涉及国家秘密的应报保密行政管理部门同意。通过认证后，应加强信息安全风险评估，及时排查安全漏洞和安全隐患。

五、申请认证单位应选择国家认证认可监督管理部门批准从事信息安全管理体系认证的认证机构进行认证，并与认证机构签订安全和保密协议，严格信息安全和保密管理，要求认证机构切实履行不泄露、不扩散、不转让认证信息的义务，保证重要敏感信息不出境。

工业和信息化部

国家质量监督检验检疫总局

中国人民银行

国务院国有资产监督管理委员会

国 家 保 密 局

国家认证认可监督管理委员会

2010 年 8 月 12 日

21. 商务部办公厅关于外商投资互联网、自动售货机方式销售项目审批管理有关问题的通知（商资字[2010]272 号）

各省、自治区、直辖市、计划单列市、新疆生产建设兵团、哈尔滨、长春、沈阳、济南、南京、杭州、广州、武汉、成都、西安商务主管部门，国家级经济技术开发区：

为了进一步发挥互联网销售、自动售货机销售等方式在降低企业成本，促进商品流通，拉动消费等方面的积极作用，根据《国务院关于进一步做好利用外资工作的若干意见》（国发[2010]9 号）中关于简化和减少审批的要求，现就外商投资网络销售和自动售货机销售项目的审批和管理问题通知如下：

一、关于互联网销售

（一）互联网销售是企业销售行为在互联网上的延伸，经依法批准、注册登记的外商投资生产性企业、商业企业可以直接从事网上销售业务；

（二）申请设立专门从事网上销售的外商投资企业报省级商务主管部门批准，由省级商务主管部门根据《外商投资商业领域管理办法》及其他相关的法律法规进行严格审批。商务机构尚未合并的省，省级外商主管部门应征求同级内贸管理部门意见；

（三）外商投资企业利用企业自身网络平台为其他交易方提供网络服务的，应向工业和信息化部申请增值电信业务经营许可证；企业利用自身网络平台直接从事商品销售的，应向电信管理部门备案；

（四）外商投资企业从事网络销售及有关服务行为时，应当在其网站主页面或从事经营活动的网页醒目位置公开营业执照，如企业经营成品油、原油、图书报刊、药品等商品，还需公开经营批准证书的信息以及清晰可辨的照片或其电子链接标识；

（五）外商投资企业从事网络销售应建立合理的退换货制度，保存销售记录，严格保护消费者个人隐私和商业秘密；

（六）外商投资企业从事网络销售应当遵守《消费者权益保护法》和《产品质量法》等法律、法规、规章的规定，法律法规禁止交易的商品和服务，不得在网上进行交易；

（七）依照相关法律规定，如外商投资企业通过网络销售的产品或提供的服务在登记前须经批准的，应当在申请登记前报经国家有关部门批准，并办理工商登记注册。

二、关于自动售货机销售

（一）申请设立以自动售货机销售方式销售商品的外商投资商业企业，或已设立企业增加自动售货机销售方式销售业务的，报省级商务主管部门审批。省级外资主管部门应征求同级内贸管理部门意见，根据《外商投资商业领域管理办法》及卫生、食品药品监督管理等相关法律法规严格审批；

（二）自动售货机方式销售企业应在自动售货机醒目位置上明示经营者名称、地址、电话、投诉方法；

（三）自动售货机方式销售企业应建立模式清晰的自动售货机运营、商品质量管理和纠纷解决机制；

（四）自动售货机运营企业需要建立销售产品数据保存机制，自动售货机自动保存前售货记录；

（五）自动售货机方式销售企业应当遵守《消费者权益保护法》和《产品质量法》等法律及相关法规规章的规定。

2010 年 8 月 19 日

22．公安部、工业和信息化部、工商总局、安监总局、食品药品监管局近日联合发布《关于加强互联网易制毒化学品销售信息管理的公告》

为进一步加强对互联网易制毒化学品销售信息的监管，有效防范不法分子利用互联网非法销售易制毒化学品，净化网络环境，根据《中华人民共和国禁毒法》、《中华人民共和国广告法》、《易制毒化学品管理条例》、《互联网信息服务管理办法》等规定，现将有关事项公告如下：

一、严格互联网易制毒化学品销售信息发布的准入制度。任何单位在互联网上发布非药品类易制毒化学品销售信息，应当具有工商营业执照、非药品类易制毒化学品生产、经营许可证或备案证明等资质材料；禁止个人在互联网上发布非药品类易制毒化学品销售信息；禁止任何单位和个人在互联网上发布药品类易制毒化学品销售信息。

二、认真审查拟接入互联网的非药品类易制毒化学品销售信息。拟在互联网上发布非药品类易制毒化学品销售信息的网站主办者，应当向网站接入服务商提交销售单位的非药品类易制毒化学品生产、经营许可证或备案证明副本复印件，并在网站上公布销售单位名称及其许可证或备案证明编号。对发现无许可证或备案证明擅自在互联网上发布非药品类易制毒化学品销售信息的网站，网站接入服务商应当暂停接入，并向当地公安机关和工商行政管理、安全监管等部门报告。

三、认真清理互联网上的易制毒化学品销售信息。公安机关将会同有关部门及时依法清理互联网上的易制毒化学品违法销售信息；网站接入服务商如发现网站含有属明显违规的易制毒化学品销售信息，应当及时向当地公安机关和工商行政管理、安全监管、食品药品监管等部门报告，并配合有关部门做好删除清理、调查取证等相关工作。网站主办者应当加强对网上虚拟社区、论坛的管理，认真审查发帖内容，如发现信息含有属明显违规的易制毒化学品销售信息，应当及时删除，并向当地公安机关和工商行政管理、安全监管、食品药品监管等部门报告。

四、加强对互联网上易制毒化学品销售信息服务的监督检查。工商行政管理、安全监管、食品药品监管、通信管理等部门将进一步加强对互联网上易制毒化学品销售信息的监督检查，在各自的职责范围内，对在互联网上发布违法易制毒化学品销售信息的生产经营单位、网站主办者，将依法予以行政处罚。公安机关将进一步加大对网上非法买卖易制毒化学品案件的打击力度，严厉打击利用互联网从事走私贩卖易制毒化学品的违法犯罪活动。

公安部

工业和信息化部

国家工商行政管理总局

国家安全监管总局

国家食品药品监管局

2010 年 9 月 21 日

23. 关于印发《互联网销售彩票管理暂行办法》的通知 （财综[2010]83 号）

中国福利彩票发行管理中心，国家体育总局体育彩票管理中心，各省、自治区、直辖市财政厅（局）：

为促进彩票市场健康发展，规范互联网销售彩票行为，维护彩票市场秩序，根据《彩票管理条例》（国务院令第 554 号，以下简称《条例》）有关规定，财政部制定了《互联网销售彩票管理暂行办法》（以下简称《暂行办法》）。现印发给你们，请认真贯彻执行。

中国福利彩票发行管理中心、国家体育总局体育彩票管理中心要按照《条例》、《暂行办法》的规定，对各地彩票销售机构利用互联网销售彩票的行为进行全面清理检查，认真纠正和制止未经财政部批准利用互联网销售彩票的行为；抓紧选择具备《暂行办法》规定条件、管理基础好的单位，报财政部批准后开展试点，为互联网销售彩票的规范管理和健康发展打好基础。未经财政部批准，不得利用互联网销售彩票。

各省、自治区、直辖市财政部门要加强对本行政区域互联网销售彩票行为的监督检查，密切跟踪分析彩票市场发展形势，妥善处理可能出现的新情况新问题，确保彩票发行销售工作顺利推进。对未经财政部批准的互联网销售彩票行为，要会同民政、体育部门积极配合公安机关、工商行政管理机关依法进行查处和打击，切实维护彩票市场秩序。

执行中如有什么问题和建议，请及时向财政部报告。

附件：互联网销售彩票管理暂行办法

财政部

2010 年 9 月 26 日

附件：

互联网销售彩票管理暂行办法

第一章　总则

第一条　为促进彩票市场健康发展，规范互联网销售彩票行为，维护彩票市场秩序，保护彩票参与者的合法权益，根据《彩票管理条例》（以下简称条例），制定本办法。

在中华人民共和国境内开展互联网销售彩票业务适用本办法。

第三条　互联网销售彩票是指使用浏览器或客户端等软件，通过互联网等计算机信息网络系统销售彩票。

第四条　未经财政部批准，任何单位不得开展互联网销售彩票业务。

第二章　审批管理

第五条　财政部负责互联网销售彩票业务的监督管理工作。

福利彩票发行机构、体育彩票发行机构（以下简称彩票发行机构）分别负责互联网销售福利彩票、体育彩票的统一规划和实施管理工作。

福利彩票销售机构、体育彩票销售机构（以下简称彩票销售机构）根据彩票发行机构的授权，分别负责互联网销售福利彩票、体育彩票的有关工作。

第六条　彩票发行机构可以与单位合作或者授权彩票销售机构开展互联网销售彩票业务，也可以委托单位开展互联网代理销售彩票业务。

彩票发行机构、经授权的彩票销售机构与单位合作开展互联网销售彩票业务的，应当与合作单位签订互联网销售彩票的合作协议；彩票发行机构委托单位开展互联网代理销售彩票业务的，应当与接受委托的单位（以下简称"互联网代销者"）签订互联网销售彩票的代销合同。

第七条　合作单位、互联网代销者应当具备以下条件：

（一）具有独立法人资格；

（二）注册资本不低于 5000 万元人民币；

（三）有符合要求的场所和安全保障措施；

（四）有健全的组织机构、内部控制制度和风险管理措施；

（五）单位及其高级管理人员近五年内无犯罪记录和不良商业信用记录；

（六）取得相关互联网信息服务经营许可证。

第八条　彩票发行机构申请开展、调整或者停止互联网销售彩票业务的，应当根据条例规定，经民政部或者国家体育总局审核同意，向财政部提出书面申请。

财政部应当根据条例规定，对彩票发行机构的申请进行审查并作出书面决定。

第九条　申请开展互联网销售彩票业务的，彩票发行机构应当向财政部提交下列申请材料：

（一）申请书；

（二）市场分析报告及技术可行性分析报告；

（三）合作单位或者互联网代销者的资质证明材料；

（四）合同类材料，包括与银行、设备和技术服务供应商、合作单位或者互联网代销者等单位的合同或者协议意向书；

（五）管理类材料，包括合作单位或者互联网代销者管理、资金管理、销售管理、风险控制方案、设备和技术服务管理、监督和审计管理、应急处理等；

（六）第三方专业检测机构出具的技术检测报告。

第十条　申请调整互联网销售彩票品种的，彩票发行机构应当向财政部提交调整申请书及有关材料。

第十一条　申请停止互联网销售彩票业务的，彩票发行机构应当向财政部提交下列申请材料：

（一）申请书；

（二）彩票参与者合法权益保障方案；

（三）停止后的相关处理方案。

第十二条　经财政部批准开展、调整或者停止互联网销售彩票业务的，彩票发行机构应当在开展、调整或者停止互联网销售彩票业务的 10 个自然日前，将互联网销售彩票的品种、合作单位或互联网代销者及网站等有关信息向社会公告。

第三章　销售管理

第十三条　彩票发行机构、经授权的彩票销售机构、合作单位或者互联网代销者应当按财政部批准的彩票品种进行销售。未经财政部批准，任何彩票品种不得利用互联网销售。

第十四条　合作单位或者互联网代销者，应当按照财政部批准的事项和合作协议或者代销合同开展互联网销售彩票业务，不得委托他人代销。

第十五条　彩票购买者利用互联网购买彩票，应当通过彩票发行机构的互联网销售彩票管理系统注册开设投注账户。投注账户仅限彩票购买者本人使用，账户信息包括彩票购买者姓名、有效身份证件号码、联系电话、交易记录、资金收付记录等。

第十六条　购买者应当提供本人使用的银行借记卡账户，并与投注账户绑定。

银行借记卡账户与投注账户的个人有关信息应当一致。

彩票发行机构应当及时划转、结算彩票购买者的投注资金，确保互联网销售彩票过程中的资金安全。

第十八条　彩票购买者的投注信息由互联网销售彩票管理系统的前端服务平台受理，由后台管理系统对彩票购买者的投注信息和投注账户资金结余情况核实确认后，向彩票购买者发送彩票购买成功或未成功信息。

信息内容应当包括投注账号、投注彩票游戏名称和金额、投注时间、合作单位或者互联网代销者名称以及相关的验证码等，或购买未成功的原因。

彩票发行机构、经授权的彩票销售机构、合作单位或者互联网代销者应当妥善保管彩票购买者投注账户信息，并对彩票购买者个人信息进行保密。

合作单位或者互联网代销者应当按彩票发行机构的规定缴纳销售保证金，用于防范互联网销售彩票活动中可能产生的各种风险。

彩票发行机构、经授权的彩票销售机构应当保存彩票销售原始数据，保存期限不得少于60个月。

彩票发行机构、经授权的彩票销售机构应当定期对彩票购买者的投注账户信息进行统计，及时掌握彩票购买者基本信息及变化情况。

禁止为未成年人开设投注账号。不得向未成年人兑奖。

资金管理

第二十四条　互联网销售彩票资金按照财政部批准的彩票游戏规则规定的比例，分别计提彩票奖金、彩票发行费和彩票公益金。

第二十五条　彩票发行机构应当按规定归集互联网销售彩票的资金，分配结算彩票奖金、彩票发行费和彩票公益金。

彩票发行机构应当根据彩票购买者的银行借记卡账户所属行政区域，对互联网销售彩票销量进行省际划分，并分别计入各省、自治区、直辖市的彩票销量。

第二十六条　彩票中奖奖金由彩票发行机构、彩票销售机构按规定支付给中奖者。

第二十七条　彩票发行费按规定比例和代销合同，分别计提彩票发行机构业务费、彩票销售机构业务费、互联网代销者销售费用。

彩票发行机构业务费、彩票销售机构业务费按规定分别缴入中央财政专户和省级财政专户，互联网代销者的销售费用按照代销合同进行结算。

第二十八条　彩票公益金按规定分别缴入中央国库和省级国库。

安全管理

第十二九条　彩票发行机构应当制定互联网销售彩票的设备和技术服务标准，建立资金风险管理体系和制度，保障互联网销售彩票的资金安全。

第三十条　彩票发行机构应当建立互联网销售彩票管理系统。管理系统应当包括销售监控系统、后台管理系统和前端服务平台，具有投注账户的开设和管理、投注受理和确认、资金划转结算、奖金支付管理、统计报表、投注服务指南、信息查询、销售实时监控等功能。

第三十一条　互联网销售彩票管理系统应当具备完善的数据备份、数据恢复、防病毒、防入侵等安全措施，确保系统安全可靠运行。

第三十二条　互联网销售彩票的数据应当以彩票发行机构互联网销售彩票管理系统的记录为准。

第三十三条　互联网销售彩票管理系统应当预留信息采集接口。

附则

第三十四条　发行机构应根据条例和本办法规定，制定互联网销售彩票管理规范，对合作单位或者互联网代销者管理、投注账户管理、资金管理、销售管理、兑奖管理、风险控制方案、设备和技术服务管理、监督和审计管理、应急处理等做出明确规定。

第三十五条　本办法规定的，根据条例规定进行处理。

第三十六条　本办法法由财政部负责解释。

第三十七条　本办法自发布之日起施行。

24．关于加强地图备案工作的通知（国测图发〔2010〕2号）

各省、自治区、直辖市测绘行政主管部门，国家测绘局地图技术审查中心、各有关单位：

地图备案是地图管理工作的重要环节。多年来，大多数地图审核申请单位认真按照有关规定履行地图备案手续。但仍有一些单位对地图备案工作重视不够，不按规定进行备案。为进一步加强地图管理，现就做好地图备案工作通知如下：

一、高度重视地图备案工作。地图备案是《中华人民共和国地图编制出版管理条例》规定的一项重要制度，《地图审核管理规定》对此也做了明确规定。加强地图备案工作对维护国家主权、安全和民族尊严，促进地图市场健康发展具有重要作用。加强地图备案工作也是强化地图审核行政许可事后监督检查的一项重要措施，是地图管理的重要环节。各地、各有关单位要高度重视，把地图备案纳入地图管理的重要工作内容，按照"要求严格、程序简便、监管有力、处置公开"的原则做好地图备案工作。

二、完善地图备案工作机制。国家测绘局地图技术审查中心承办国家测绘局审核批准地图的备案工作。受国家测绘局委托代行部分地图审核职能的省级测绘行政主管部门，承办受委托审核地图的备案工作，并按照国家测绘局有关要求加强监督管理，定期提交相关工作报告。各地要尽快确定地图备案工作承办机构，并向地图审核申请单位公布地图备案工作承办机构名称，明确备案程序，提供联系方式。各级地图备案工作承办机构要认真制定备案地图在接收、登记、归档、查阅、统计、报告和销毁以及抽检等方面的工作程序和管理细则，妥善保管备案样本，在保管期内不得损坏、丢失，未经测绘行政主管部门批准不得擅自向第三方提供。

三、认真做好地图备案工作。凡经测绘行政主管部门依法审核批准并核发审图号的地图，必须依照《地图审核管理规定》和本通知要求，由地图审核申请单位负责报送备案地图。报送备案地图应当采用直接送达或挂号邮寄等可查询投递信息的方式。备案样图应当报送一式两份，并提交加盖单位印章的纸质备案清单一式两份（具体要求见附件）。地图备案报送单位应当指定地图备案工作负责人和承办人，并通知地图备案工作承办机构。自核发审图号之日起 60 日内不能报送地图备案的，地图备案报送单位应及时向相应地图备案工作承办机构致函说明情况。

四、加大监督检查力度。各级地图审核工作机构要依法加强对地图备案工作的监督检查，要抽取一定数量的备案样本与留存的批注样图进行比照检查。重点检查报送的备案样本是否符合地图备案的要求、是否与审核批准的样图一致、是否按照地图内容审查意见书和试制样图的批注意见进行修改、是否载明审图号等内容。要建立地图备案通报制度，对地图备案情况及时予以通报。对未依法报送地图备案的单位，依据《地图审核管理规定》等有关规定，在其未履行相应的备案义务前，可以暂缓受理其地图审核申请。对与审核批准的样图不一致、未按照地图内容审查意见书和试制样图的批注意见进行修改等行为，有关测绘行政主管部门应当根据情节轻重追究其法律责任。

附件：备案的具体要求

国家测绘局办公室

2010 年 10 月 19 日

附件:

备案的具体要求（节选）

三、互联网地图的备案

（一）互联网地图编制单位负责报送互联网地图数据备案，初次备案时应提供存储最终发布的地图数据、与在线地图显示效果一致的浏览软件，以及包含兴趣点名称、省级和城市归属等内容的通用格式（如 Access、Excel 等）兴趣点数据。

互联网地图编制单位对登载发布后的地图更新增加数据内容的，应当将增加的数据内容报送备案。

（二）互联网地图服务单位负责报送新增兴趣点备案。互联网地图服务单位在地图上新增兴趣点，应自审核批准之日起，每 6 个月报送包含兴趣点名称、省级以及城市归属内容的通用格式（如 Access、Excel 等）兴趣点数据备案。

四、备案清单表格式如下：

电子地图（导航电子地图、互联网地图）备案清单表　（略）

互联网地图新增兴趣点备案清单表（略）

五、互联网地图新增兴趣点备案通用格式如下：

互联网地图新增兴趣点信息（略）

25. 商务部关于开展电子商务示范工作的通知（商贸发[2010]428 号）

各省、自治区、直辖市、计划单列市及新疆生产建设兵团商务主管部门：

为贯彻落实《国务院办公厅关于搞活流通扩大消费的意见》（国办发[2008]134 号）、《商务部关于加快流通领域电子商务发展的意见》（商商贸发[2009]540 号）和《商务部关于促进网络购物健康发展的指导意见》（商商贸发[2010]239 号）等文件精神，加大电子商务等现代流通方式和新型流通模式推广应用力度，通过示范带动促进电子商务规范健康发展，商务部决定在全国范围内开展电子商务示范工作。现将有关事项通知如下：

一、重要意义

加快电子商务发展，以信息化促进流通现代化，有利于改善消费环境、拓宽消费渠道、扩大消费规模、促进社会就业、调整经济结构，是提高商品流通效率、降低流通成本、惠及民生、转变经济发展方式的必然要求。当前，我国电子商务发展还处于起步阶段，行业整体应用水平较低，不同区域间发展差距较大，信用、支付、物流、税收等支撑体系尚不完善，开展电子商务示范工作，发挥典型企业的示范引导作用，有利于促进电子商务持续健康规范发展。

二、工作目标

力争用 3—5 年，培育 50—70 家网络购物平台、行业电子商务平台和电子商务应用示范骨干企业，发挥其在创新商务模式、降低商务成本、整合商务资源、开拓市场、刺激消费、健全产业链、带动创业就业等方面的示范引导作用，引领经营模式创新、产品创新、标准制定和价格形成，带动上下游关联企业协同发展，充分利用两个市场、两种资源，促进发展方式转变，加快经济结构调整步伐，实现经济社会又好又快发展。

三、主要任务

（一）创建示范企业

充分调动地方商务主管部门、中介组织、专家、企业等方面的积极性，共同参与电子商务示范企业创建，形成工作合力。遴选确定电子商务示范企业后，由商务部发文公布。对示范企业实行动态管理，跟踪评估，对不再符合示范标准的及时予以淘汰。

（二）加强引导示范

加大电子商务示范企业宣传力度，发挥其在培育新模式、开拓新领域等方面的示范引导作用，推广应用电子商务开拓市场、提升效益的好经验、好做法，带动企业加强电子商务应用，增强电子商务模式、技术和服务创新能力，扩大电子商务应用领域和市场规模。

（三）优化发展环境

以示范工作为突破口，探索完善电子商务法规和标准体系，健全支撑体系，研究制定电子商务应用推广支持政策，鼓励地方各级政府出台促进本地区电子商务发展的配套措施；以示范工作为依托，建立电子商务应用情况跟踪评估与统计分析工作机制。

四、工作程序

（一）申报程序

1. 各地申报。省级商务主管部门接受企业申报并向商务部推荐。东部地区省级商务主管部门申报的电子商务示范企业原则上不超过 3 家，中西部地区 1-2 家。

2. 专家评估。商务部组织业内专家依据示范创建规范（见附件 1）进行评估，拟定示范企业。

3. 结果公示。将拟定的示范企业名单在商务部网站公示。

4. 发文公布。商务部发文公布示范企业名单。

（二）申报材料

1. 省级商务主管部门推荐文件

2. 申报电子商务示范企业汇总表（见附件 2）

3. 示范企业申报表（见附件 3）

4. 示范企业申报书（见附件 5）

5. 省级商务主管部门电子商务工作联系表（见附件 6）

（三）进度安排

1. 各地上报。2010 年 11 月 20 日前省级商务主管部门将申报材料（含电子版）报送至商务部。

2. 专家评审。2010 年 11 月底前完成。

3. 结果公示。2010 年 12 月中旬前完成。

4. 发文公布。2010 年 12 月底前完成。

五、工作要求

（一）加强组织领导

各地商务主管部门要高度重视电子商务示范工作，把创建电子商务示范企业作为引导电子商务健康规范有序发展的重要举措和抓手，健全组织机构，明确职责分工，安排专人负责，确保电子商务示范工作有序推进。

（二）强化政策扶持

严格按照《电子商务示范企业创建规范（试行）》的标准和要求开展电子示范企业创建工作，严把质量关，确保最终认定的示范企业对于全国电子商务发展具有示范和引导作用。积极与有关部门进行沟通协调，争取电子商务发展的扶持政策。

（三）做好总结宣传

加强对电子商务示范工作的跟踪和研究，不断总结推广好经验、好做法，加大对典型企业宣传力度，为示范企业创建工作营造良好的社会氛围。对示范企业创建过程中出现的情况和问题，请及时报商务部（商贸服务管理司）。

附件：
1. 电子商务示范企业创建规范（试行）
2. 申报电子商务示范企业汇总表（略）
3. 示范企业申报表（略）
4. 企业登记注册类型（略）
5. 示范企业申报书内容提要（略）
6. 省级商务主管部门电子商务工作联系表（略）

商务部
2010 年 10 月 27 日

附件 1：

电子商务示范企业创建规范（试行）

为保证电子商务示范企业创建工作的公开、公平、公正，特制定本规范。

一、示范范围

已开通示范类型之一的电子商务平台、在中国境内注册登记的独立法人企业（总部企业与所属分公司不得重复申报）。

二、示范类型

（一）面向消费者的专业网络购物平台

通过互联网、移动通信网等网络渠道面向消费者从事服装、家电、家居装潢、图书音像、通信数码、电脑及配件（包括但不限于）等商品零售业务或提供铁路、公路、民航、船舶客票、旅游及酒店预订、远程教育、家政（包括但不限于）等服务，以及面向企业和个人经营者提供经营上述业务网络店铺开设服务的电子商务平台。

（二）面向企业间交易的专业电子商务平台

面向一个或多个行业，为企业之间开展农产品、日用工业品和生产资料的网上批发交易提供产品展示、信息发布、交易磋商、物流支撑、资金结算、安全认证、征信授信等服务（包括但不限于）的第三方专业化电子商务平台。

（三）传统企业电子商务应用平台

由传统企业自主建设运营，发展网络销售和采购业务，实现"线上市场"与"线下市场"购销互动结合的电子商务平台（传统企业指具有实体销售网点，成立时只从事实体市场购销业务，且目前仍以实体市场购销业务为主的生产和流通企业）。

三、示范标准

1．企业遵守国家有关法律、法规、规章的规定，符合《电子商务模式规范（SB/T10 518—2009）》和《网络交易服务规范》（SB/T10 519—2009）等行业标准，电子商务应用在国内同行业中处于先进水平，具有较高知名度和一定影响力，对我国电子商务发展具有示范意义和推广价值。

2．企业通过互联网从事涉及行政许可类商品和服务的经营，须按有关规定依法办理相关手续，取得相应经营批准证书，并在其电子商务平台公开经营批准证书的信息以及清晰可辨的照片或其电子链接标识方可开展经营活动。

3．企业已开通独立电子商务平台 2 年以上（如为传统企业电子商务应用平台，开通 1 年以上），平台运行稳定可靠，已取得互联网信息服务增值电信业务经营许可证，或已通过非经营性互联网信息服务备案，取得 ICP 证号。

4．企业建立专门的电子商务应用组织管理机构，制定电子商务应用发展规划，拥有专业的人才队伍，具备充足的资金保障，有健全的管理、技术和财务制度，拥有完善的售前、售中、售后服务保障体系。

5．企业生产经营状况良好，上年度主营业务收入和利税稳定增长，企业应用电子商务的采购额、销售额在同行业中居领先地位，占其总采购额、销售额的比重逐年提高，经济效益明显。

6．企业电子商务应用有创新、有特色，可持续发展能力较强。企业积极开展模式创新、技术创新、经营创新，经营商品有特色、经营方式有特色、服务形式有特色，企业经营的商品品种、市场占有率、用户规模富有成长性。

7．企业电子商务应用的社会效益明显，对相关产业发展具有降低成本、提高效率、改善效益等促进作用，有助于提升相关产业的国际竞争力，带动上下游关联企业协同发展，有利于促进就业和创业，满足社会公众便利、安全的消费需求。

8．企业在近 3 年内无任何违法、违规行为记录。

9．面向消费者的专业网络购物平台运营企业还应同时具备以下条件：

（1）平台年销售额在 1 亿元以上（如为第三方平台，年交易额在 20 亿元以上）；

（2）企业职工总数 150 人以上，其中从事电子商务服务、技术人员占企业职工总数比例50%以上；

（3）对于传销、欺诈、销售违禁品、制假售假、非法集资等违法违规行为有相应健全的管理防控措施。

10．面向企业间交易的专业电子商务平台运营企业还应同时具备以下条件：

（1）平台注册法人企业会员 3000 个以上；

（2）电子商务相关的年服务收入 2000 万元以上；

（3）企业职工总数 100 人以上，其中从事电子商务服务、技术人员占企业职工总数比例50%以上。

（4）没有从事大宗商品标准化合同交易、非法期货及证券交易等违法违规经营活动，并有相应健全的管理防控措施。

11．传统企业电子商务应用平台运营企业还应同时具备以下条件：

（1）企业应用自建电子商务平台的年销售额在 1000 万元以上或年采购额在 5000 万元以上；

（2）企业从事电子商务服务、技术人员在 10 人以上；

（3）能够通过电子方式完成订购、支付过程。

（4）对于传销、欺诈、销售违禁品、制假售假、非法集资等违法违规行为有相应健全的管理防控措施。

四、工作程序

1．各地申报。有关企业根据自身情况填写申报表，并附企业工商营业执照、涉及行政许可类商品和服务的经营批准证书、税务登记证复印件、经审计的会计年报及其他证明材料，报所在地省级商务主管部门；省级商务主管部门组织有关机构、专家对申报单位提交的资料进行初核后确定推荐名单，将推荐文件和申报企业材料（1 份原件和 7 份复印件）报商务部。

2．专家评估。商务部组织业内专家依据示范创建规范对申报企业资料进行评估，必要时对有关内容进行现场调研，提出评估意见，拟定示范企业名单。

3．结果公示。将拟定的示范企业名单在商务部网站公示，任何单位或个人对名单有不同意见的，均可向商务部提出异议。

4．发文公布。对拟定的示范企业在公示期间无异议或者异议不成立的，由商务部确定为示范企业，并以商务部办公厅文件形式公布示范企业名单。

五、动态管理

1．电子商务示范企业实行经营情况报告制度，每年 2 月底前企业将上年度经营情况上报商务部和所在地省级商务主管部门，作为动态评估内容。

2．已确定的电子商务示范企业更名或变更经营范围、合并、分立、转业的，应及时向商务部和所在地省级商务主管部门备案。

3．已确定的电子商务示范企业有下述情况之一，取消其示范资格：

（1）在申报材料中存在虚假信息的；

（2）有拖欠银行债务、欠税、恶意欠薪、销售假冒伪劣产品、侵害消费者合法权益等严重失信行为的；

（3）因违法、违规行为，受到执法部门处罚的；

（4）具有不再符合示范标准的其他情况的。

企业被取消示范资格起 2 年内，不得再申报电子商务示范企业。

本规范由商务部（商贸服务司）负责解释。

26．促进出版物网络发行健康发展的通知

各省、自治区、直辖市新闻出版局，新疆生产建设兵团新闻出版局，解放军总政治部宣传部新闻出版局：

为促进出版物网络发行的持续健康发展，保护消费者和经营者的合法权益，规范出版物网络发行行为，现根据《出版物市场管理规定》（新闻出版总署令第 23 号）和《音像制品批发、零售、出租管理办法》（文化部令第 40 号）等相关法律法规，就有关事项通知如下：

一、通过网络发行图书、报纸、期刊、音像制品和电子出版物（以下简称网络发行）作为出版物发行的新方式，以其交易成本低、流通效率高、销售范围广、服务方便等优势受到

了社会和消费者的认可与欢迎。新闻出版行政部门鼓励、支持通过网络依法销售各种内容健康的出版物，并实施积极的扶植政策，促进网络发行的健康发展。

网络书店的设立，不受当地出版物发行网点建设规划的数量限制。

二、建立从事出版物发行的网络书店，在网络交易平台内从事出版物发行，或者以其他形式通过网络从事出版物发行，均须依照《出版物市场管理规定》和《音像制品批发、零售、出租管理办法》的规定，经新闻出版行政部门批准，取得《出版物经营许可证》和《音像制品经营许可证》。

三、从事网络发行应符合下列条件：

（一）申请通过网络从事出版物零售的单位，应符合《出版物市场管理规定》第十条的规定（其中，应有与其业务相适应的固定的经营场所），并经所在地县级人民政府新闻出版行政部门批准。

（二）申请通过网络从事出版物批发的企业，应符合《出版物市场管理规定》第八条的规定（其中，注册资本不少于 200 万元、经营场所的营业面积不少于 50 平方米），并经所在地省、自治区、直辖市新闻出版行政部门批准。

（三）申请通过网络从事出版物总发行的企业，参照《出版物市场管理规定》第六条相关条款，并经新闻出版总署批准。

（四）已经取得《出版物经营许可证》的出版物总发行企业、批发企业、连锁经营企业、零售单位和已经取得《音像制品经营许可证》的音像制品批发企业、连锁经营企业、零售单位在批准经营范围内开展网络发行，应自开展网络发行 30 日内到原批准的新闻出版行政部门备案，并在其《出版物经营许可证》、《音像制品经营许可证》经营范围后加注"网络发行"字样。

（五）外商投资图书、报纸、期刊分销企业开展网络发行按照《外商投资图书、报纸、期刊分销企业管理办法》第十八条规定执行。外商投资音像制品分销企业开展网络发行按照《中外合作音像制品分销企业管理办法》第九条规定执行。

四、经批准从事网络发行的企业和单位，由新闻出版行政部门颁发《出版物经营许可证》，在其《出版物经营许可证》经营范围后加注"网络发行"字样，同时报省级新闻出版行政部门备案。

申请人应自领取《出版物经营许可证》后 30 日内办理工商注册登记。

五、从事网络发行，应当遵循公平、合法、诚实守信的原则，不得损害国家利益和公众利益，不得损害消费者的合法权益。

通过网络发布的出版物信息应当真实准确，不得做虚假宣传。

六、不得通过网络发行下列出版物：

（一）含有《出版管理条例》第二十六条、第二十七条禁止内容的违禁出版物；

（二）各种非法出版物，包括：未经批准擅自出版、印刷或者复制的出版物，伪造、假冒出版单位或者报刊名称出版的出版物；

（三）侵犯知识产权的出版物；

（四）未经批准进口的出版物。

（五）新闻出版行政部门明令禁止出版、印刷复制、发行的出版物。

七、从事网络发行的企业和单位，应在其网站主页面或者从事经营活动的网页醒目位置公开《出版物经营许可证》、《音像制品经营许可证》和营业执照登载的有关信息或链接标识，并接受新闻出版行政部门的管理与年度核验。

八、建立出版物网络交易平台应向所在地省、自治区、直辖市新闻出版行政部门备案，接受新闻出版行政部门的指导与监督管理。

提供出版物网络交易平台服务的经营者，应当对申请通过网络交易平台从事出版物发行的经营主体身份进行审查，确保注册姓名和地址的真实性。

提供出版物网络交易平台服务的经营者，应当建立经营证照核查制度。核实经营主体的营业执照、《出版物经营许可证》、《音像制品经营许可证》，并留存证照复印件备查。不得向无证无照、证照不齐的经营者提供网络交易平台服务。

提供出版物网络交易平台服务的经营者，发现在网络交易平台内从事各类违法违禁活动的，应当采取有效措施予以制止，并及时向所在地新闻出版行政部门报告。

九、本通知发布前已经在国内正式运营且至今仍从事网络发行的，应于 2011 年 1 月 31 日前，按照本通知的要求到所在地新闻出版行政部门办理《出版物经营许可证》，规范经营活动。逾期未办理《出版物经营许可证》而仍从事网络发行的，新闻出版行政部门将依法取缔，并提交公安、工商、电信主管部门关闭违法网站。

对违反规定擅自设立网络书店或者擅自从事网络发行的，将依照《出版管理条例》第五十五条予以处罚。

对违反规定发行非法出版物和违禁出版物的，将依照《出版管理条例》、《出版物市场管理规定》有关条款予以处罚，情节严重的，责令限期停业整顿或者由原发证机关吊销许可证。

十、各级新闻出版行政部门要根据本通知精神，加强对辖区内网络发行的管理，引导相关企业和个人依法办理注册登记、守法经营，促进网络发行的健康发展。

新闻出版总署

2010 年 12 月 7 日

（工信部政策法规司 朱秀梅整编）

附录 C　2010 年全国电信业统计公报

2010 年，在党中央和国务院的正确领导下，我国电信业以科学发展观为主导，围绕加快转变发展方式的主线，积极推动行业转型发展，3G 建设和业务发展稳步推进，移动互联网业务蓬勃发展，市场竞争格局进一步优化，全行业回升调整趋势明显，总体继续保持平稳健康运行，在推动"两化"融合和支撑国民经济社会发展中发挥重要的作用。

C.1　总体情况

初步核算，2010 年累计完成电信业务总量 30 955 亿元，同比增长 20.5%；实现电信主营业务收入 8988 亿元，同比增长 6.4%；完成电信固定资产投资 3197 亿元，同比下降 14.2%。2010 年，电信综合价格水平同比下降 11.7%，如图 C.1 所示。

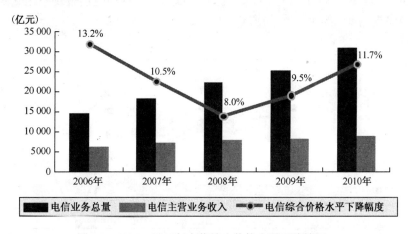

图C.1　2006—2010年电信综合价格水平下降情况

C.2　电信用户

2010 年，全国电话用户净增 9244 万户，总数达到 115 339 万户。其中，移动电话用户 85 900 万户，在电话用户总数中所占的比重达到 74.5%，是固定电话用户的 3 倍左右，具体见表 C.1 和图 C.2。

表 C.1 2006—2010 年电话用户到达数和净增数

	单位	2006 年	2007 年	2008 年	2009 年	2010 年
到达数	万户	82 884	91 273	98 160	106 095	115 339
净增数	万户	8499	8389	6866	7934	9244

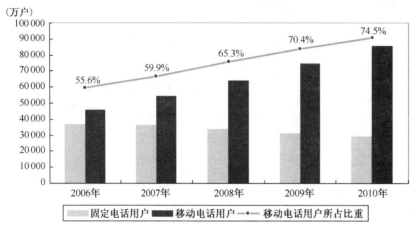

图C.2 2006—2010年移动电话用户所占比重

1. 移动电话用户

2010 年，全国移动电话用户净增 11 179 万户，创历年净增用户新高，累计达到 85 900 万户。其中，3G 用户净增 3473 万户，累计达到 4705 万户。移动电话普及率达到 64.4 部/百人，比 2009 年年底提高 8.1 部/百人，如图 C.3 所示。

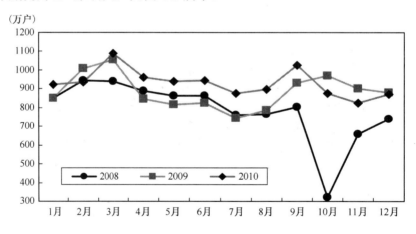

图C.3 2008—2010年移动电话用户各月净增比较

移动增值业务发展较快，移动个性化回铃业务用户达到 57 408 万户，渗透率达到 66.8%；移动短信业务用户达到 70 062 万户，渗透率达到 81.6%；移动彩信业务用户达到 18 037 万户，渗透率达到 21.0%，如图 C.4 所示。

2. 固定电话用户

2010 年，全国固定电话用户减少 1935 万户，达到 29 438 万户。其中，城市电话用户减少 1528 万户，达到 19 662 万户；农村电话用户减少 407 万户，达到 9776 万户。固定电话普及率达到 22.1 部/百人，比 2009 年底下降 1.5 部/百人，如图 C.5 所示。

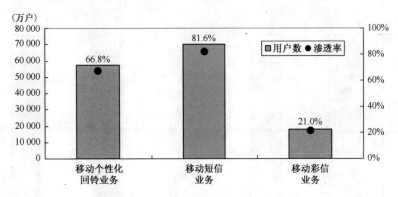

图C.4　2010年主要移动增值业务发展情况

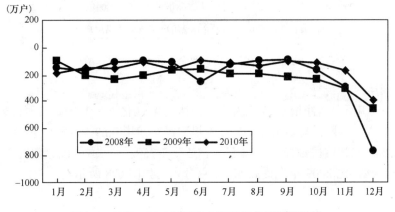

图C.5　2008—2010年固定电话用户各月净增比较

固定电话用户中，传统固定电话用户减少 199 万户，达到 26 575 万户；无线市话用户减少 1736 万户，达到 2863 万户。无线市话用户在固定电话用户中所占的比重从 2009 年年底的 14.7%下降到 9.7%，如图 C.6 所示。

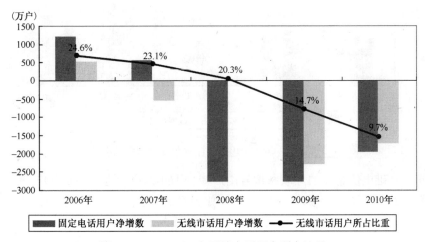

图C.6　2006—2010年无线市话用户所占比重

固定电话用户中，住宅电话用户达到 20 298 万户，政企电话用户达到 6555 万户，公用电话用户达到 2585 万户。与 2009 年相比，各类电话用户所占比重基本保持稳定，如图 C.7 所示。

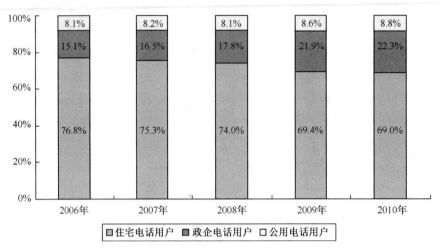

图C.7　2006—2010年公用、政企、住宅电话用户所占比重

3．互联网用户

2010 年，全国网民数净增 0.73 亿人，累计达到 4.57 亿人。其中宽带网民数净增 1.04 亿人，达到 4.5 亿人，占网民总数的 98.3%；手机网民数净增 0.69 亿人，达到 3.03 亿人，占网民总数的 66.2%；农村网民数净增 0.18 亿人，达到 1.25 亿人，占网民总数的 27.3%。互联网普及率达到 34.3%，比 2009 年底提高 5.4 个百分点，如图 C.8 所示。

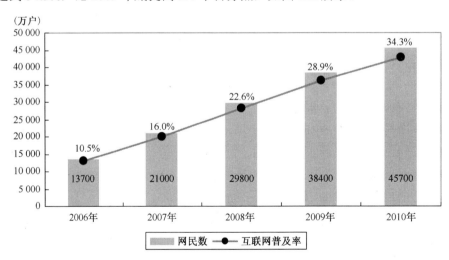

图C.8　2006—2010年网民数和互联网普及率

2010 年，基础电信企业的互联网拨号用户减少 164 万户，达到 590 万户，而互联网宽带接入用户净增 2236 万户，达到 12 634 万户，如图 C.9 所示。

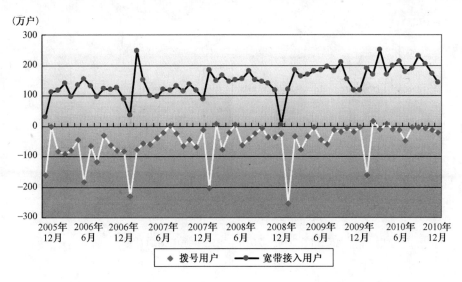

图C.9 2006—2010年各月互联网拨号、宽带接入用户净增比较

C.3 业务使用情况

1. 移动电话业务

2010 年，全国移动电话通话时长累计达到 43 261 亿分钟，同比增长 22.4%。其中，非漫游通话时长 40 520 亿分钟，漫游出访通话时长 2741 亿分钟，如图 C.10 所示。

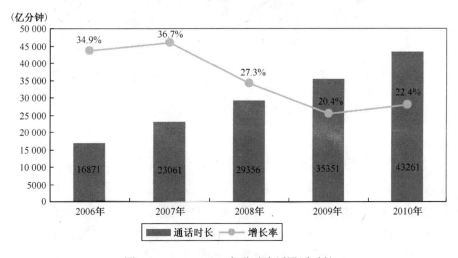

图C.10 2006—2010年移动电话通话时长

2. 固定电话业务

2010 年，固定本地电话通话量累计达到 4369 亿次，同比下降 19.1%。其中，本地网内区间通话量 569 亿次，下降 14.2%；区内通话量 3753 亿次，下降 19.2%；拨号上网通话量 47 亿次，下降 47.0%。固定本地通话中，传统电话通话量 3774 亿次，下降 10.6%；无线市话通话量 596 亿次，下降 49.4%，如图 C.11 所示。

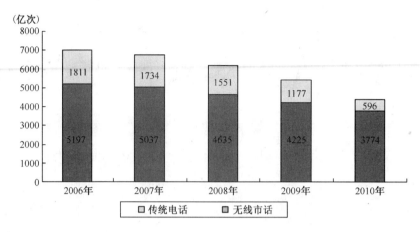

图C.11　2006—2010年固定本地电话通话量

2010年，固定传统长途电话通话时长累计达到729亿分钟，同比下降11.7%，如图C.12所示。

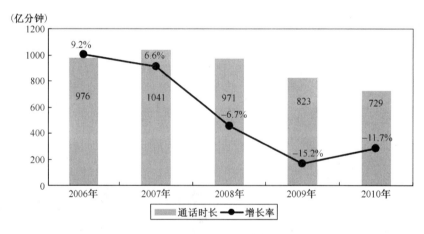

图C.12　2006—2010年固定传统长途电话通话时长

3．IP电话业务

2010年，全国IP电话通话时长累计达到998亿分钟，同比下降15.8%。其中，从固定电话终端发起的通话时长342亿分钟，同比下降30.4%；从移动电话终端发起的通话时长655亿分钟，同比下降5.6%。通过移动电话终端发起的IP电话所占比重从上年底的57.8%上升到65.7%，如图C.13所示。

4．短信业务

2010年，各类短信发送量达到8317亿条，同比增长6.1%。其中，无线市话短信业务量67亿条，下降47.6%；移动短信业务量8250亿条，增长7.0%，如图C.14所示。

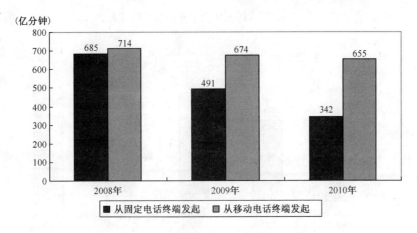

图C.13　2008-2010年IP电话发起方式

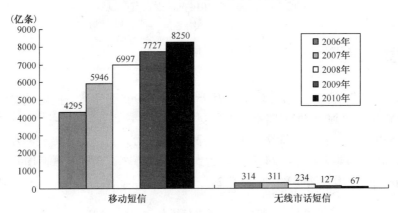

图C.14　2006—2010年短信业务发展情况

C.4　经济效益

2010 年，全国电信主营业务收入累计完成 8988 亿元，同比增长 6.4%。其中，移动通信业务收入 6282 亿元，增长 11.2%，占主营业务收入的比重上升到 69.9%；固定通信业务收入 2707 亿元，下降 3.3%。

电信主营业务收入中，非话音业务收入 3801 亿元，同比增长 11.3%，占主营业务收入的比重上升到 42.3%；话音业务收入 5187 亿元，同比增长 3.1%。话音业务收入中，移动话音业务收入 4265 亿元，增长 9.4%；固定话音业务收入 922 亿元，下降 18.7%，如图 C.15 所示。

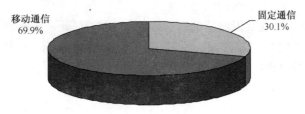

图C.15　2010年电信主营业务收入构成

2010 年，完成电信固定资产投资 3197 亿元，同比下降 14.2%，如图 C.16 所示。

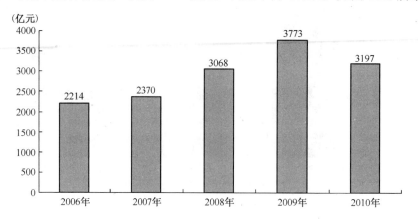

图C.16　2006—2010年电信固定资产投资

C.5　电信能力建设

2010 年，全国光缆线路长度净增 166 万千米，达到 995 万千米。固定长途电话交换机容量减少 41 万路端，达到 1644 万路端；局用交换机容量（含接入网设备容量）减少 2707 万门，达到 46 559 万门。移动电话交换机容量净增 6433 万户，达到 150 518 万户。基础电信企业互联网宽带接入端口净增 4924 万个，达到 18 760 万个。全国互联网国际出口带宽达到 1 098 957Mbps，同比增长 26.8%，见表 C.2。

表C.2　2010 年主要电信能力指标增长情况

指　标　名　称	单　　位	2010 年	比 2009 年末净增
光缆线路长度	万千米	995	166
固定长途电话交换机容量	万路端	1644	−41
局用交换机容量	万门	46 559	−2707
移动电话交换机容量	万户	150 518	6433
互联网宽带接入端口	万个	18 760	4924
互联网国际出口带宽	Mbps	1 098 957	232 590

C.6　增值电信业务

2010 年，基础电信企业实现增值电信业务收入 2175 亿元，同比增长 15.7%，占主营业务收入的比重上升到 24.2%。其中，移动增值业务收入 1947 亿元，增长 19.0%；固定增值业务收入 227 亿元，下降 7.0%，如图 C.17 所示。

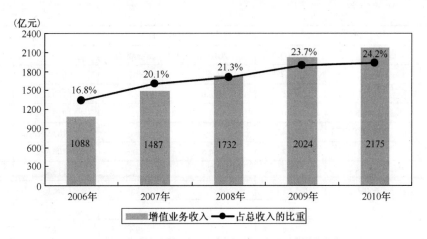

图C.17　2006—2010年基础电信企业的增值业务收入

C.7　村通工程与农村信息化建设

2010 年，我国电信业从建设基础设施，推广信息服务两方面大力发展农村信息通信，消除城乡数字鸿沟，以信息化手段促进农村经济社会发展。

"村村通电话、乡乡能上网"的"十一五"农村通信发展规划目标全面实现。全国范围内 100%的行政村通电话，100%的乡镇通互联网（其中 98%的乡镇通宽带），94%的 20 户以上自然村通电话，全国近一半乡镇建成乡镇信息服务站和县、乡、村三级信息服务体系。此外，已有 19 个省份实现所有自然村通电话，75%的行政村基本具备互联网接入能力。

"信息下乡"进展明显，建成"农信通"、"信息田园"、"金农通"等全国性农村综合信息服务平台，涉农互联网站接近 2 万个。建成乡镇信息服务站 20 229 个，行政村信息服务点 117 281 个，网上建成乡镇涉农信息库 14 137 个，村信息栏目 135 478 个。表 C.3～C.5 为 2010 年电信业主要指标分省情况。

表 C.3　2010 年电信业务总量、收入、投资分省情况

	电信业务总量		电信主营业务收入		电信固定资产投资	
	2010 年	比 2009 年	2010 年	比 2009 年	2010 年	比 2009 年
	（亿元）	（±%）	（亿元）	（±%）	（亿元）	（±%）
全　国	**30 954.9**	**20.5**	**8988.3**	**6.4**	**3196.7**	**−14.2**
北　京	1069.9	21.2	430.6	6.9	107.8	−21.6
天　津	428.4	18.2	132.6	6.7	49.4	−15.6
河　北	1386.8	20.4	378.5	7.3	123.3	−23.3
山　西	714.5	18.8	214.8	4.3	79.1	−23.7
内蒙古	662.4	22.4	167.8	14.5	80.8	−13.1
辽　宁	1122.7	23.5	359.1	4.1	113.7	−26.8
吉　林	631.2	23.3	151.6	6.8	66.2	−25.8
黑龙江	778.0	17.2	211.7	6.0	80.9	−23.1

续表

	电信业务总量		电信主营业务收入		电信固定资产投资	
	2010年	比2009年	2010年	比2009年	2010年	比2009年
	(亿元)	(±%)	(亿元)	(±%)	(亿元)	(±%)
上 海	969.1	15.5	448.0	7.3	120.8	−20.5
江 苏	2006.3	21.0	687.1	7.3	212.7	−7.0
浙 江	1922.9	18.4	616.7	5.6	183.9	−19.0
安 徽	804.4	20.7	264.5	10.6	106.3	−7.8
福 建	1157.5	20.6	349.2	7.9	113.4	−9.9
江 西	660.2	12.2	181.2	7.0	78.3	10.1
山 东	1926.2	20.1	538.4	6.0	154.3	−22.0
河 南	1430.2	16.6	382.0	9.1	131.8	−21.5
湖 北	972.4	21.9	301.0	6.9	106.1	−15.5
湖 南	1048.1	21.6	309.7	5.9	112.9	−13.1
广 东	4697.8	22.1	1258.3	3.9	356.3	−10.8
广 西	779.2	15.7	216.2	7.6	84.5	−12.8
海 南	228.2	23.6	67.6	14.1	32.1	−11.4
重 庆	566.8	22.1	160.0	8.3	67.1	−7.7
四 川	1411.1	25.6	391.5	9.1	149.1	−18.9
贵 州	567.6	19.9	147.3	7.5	56.3	−14.8
云 南	804.7	21.1	210.8	9.4	83.8	−6.1
西 藏	62.3	22.4	22.0	9.8	18.7	20.6
陕 西	863.4	20.2	233.2	11.5	88.3	−2.8
甘 肃	448.2	26.2	117.7	14.5	54.4	−18.0
青 海	119.9	37.1	32.0	6.8	19.5	−20.4
宁 夏	149.4	27.6	40.4	13.3	20.9	−5.4
新 疆	565.2	21.2	140.2	11.5	74.2	−7.3

表 C.4 2010 年电信用户分省情况

	固定电话用户		移动电话用户		互联网宽带接入用户	
	2010年	比2009年	2010年	比2009年	2010年	比2009年
	(万户)	(万户)	(万户)	(万户)	(万户)	(万户)
全 国	29 438.3	−1934.9	85 900.3	11 178.9	12 633.7	2235.9
北 京	885.6	−7.5	2129.8	304.3	498.4	46.4
天 津	366.8	−18.5	1089.8	97.3	173.0	13.6
河 北	1251.4	−92.6	4353.5	570.3	667.0	143.7
山 西	720.7	−38.1	2205.2	252.9	353.1	73.1
内蒙古	414.1	−27.5	2034.0	418.0	190.5	32.0
辽 宁	1428.0	−101.2	3341.8	459.7	595.6	92.7
吉 林	595.2	13.9	1805.4	231.1	285.1	56.9
黑龙江	813.5	−56.7	2072.0	206.1	326.1	48.6
上 海	935.9	0.4	2361.6	248.4	486.7	35.3

续表

	固定电话用户		移动电话用户		互联网宽带接入用户	
	2010 年	比 2009 年	2010 年	比 2009 年	2010 年	比 2009 年
	（万户）	（万户）	（万户）	（万户）	（万户）	（万户）
江 苏	2498.8	-163.6	5923.1	982.8	1048.4	93.7
浙 江	1985.5	-145.5	5047.3	591.1	869.5	50.2
安 徽	1231.0	-36.3	2798.7	644.1	341.9	82.4
福 建	1045.7	-199.1	3021.8	382.7	471.6	101.9
江 西	709.6	-39.0	1811.3	263.3	253.4	14.7
山 东	1992.3	-225.1	6190.4	855.9	966.9	207.6
河 南	1426.9	-33.7	4402.0	414.8	642.5	138.6
湖 北	1026.4	-61.9	3454.7	317.8	459.4	97.2
湖 南	1077.0	-90.0	3257.0	504.6	374.5	88.4
广 东	3169.1	-197.5	9624.6	701.4	1400.0	276.0
广 西	708.9	-78.7	2214.5	254.3	330.1	81.8
海 南	179.8	-3.0	594.3	97.9	67.6	18.4
重 庆	582.7	-45.0	1664.4	223.5	263.1	61.3
四 川	1419.1	-132.1	4156.4	689.6	526.4	128.2
贵 州	431.2	-19.9	1800.6	347.2	149.7	36.5
云 南	562.5	-20.6	2244.5	308.2	224.1	50.0
西 藏	43.9	-10.1	157.6	33.6	10.4	1.6
陕 西	781.9	-33.1	2518.2	180.9	308.3	85.8
甘 肃	411.9	-42.0	1390.1	195.4	112.2	25.5
青 海	103.2	-6.1	397.8	96.8	34.9	7.0
宁 夏	111.9	-2.6	437.3	54.5	43.0	9.0
新 疆	528.0	-22.5	1359.9	246.9	160.4	37.8

表 C.5 2010 年电信能力、电话普及率分省情况

	光 缆	互联网宽带	局用交换机	移动电话	固定电话	移动电话
	线路长度	接入端口	容量	交换机容量	普及率	普及率
	（千米）	（万个）	（万门）	（万户）	（部/百人）	（部/百人）
全 国	9 951 278	18 759.5	46 558.8	150 517.5	22.1	64.4
北 京	123 530	633.4	1412.9	4134.0	50.5	121.4
天 津	67 098	230.0	534.0	1910.0	29.9	88.7
河 北	455 763	920.8	1739.6	8080.0	17.8	61.9
山 西	493 559	502.8	1009.3	4176.5	21.0	64.3
内蒙古	201 308	260.5	711.5	3565.4	17.1	84.0
辽 宁	344 936	793.4	1958.6	5425.0	33.1	77.4
吉 林	187 688	362.0	837.0	3340.0	21.7	65.9
黑龙江	306 330	498.4	1326.8	4493.1	21.3	54.2
上 海	153 365	819.1	1338.6	3995.0	48.7	122.9
江 苏	814 464	1806.3	4288.2	8795.1	32.3	76.7

续表

	光　缆 线路长度 （千米）	互联网宽带 接入端口 （万个）	局用交换机 容量 （万门）	移动电话 交换机容量 （万户）	固定电话 普及率 （部/百人）	移动电话 普及率 （部/百人）
浙　江	646 457	1316.5	3061.4	8666.2	38.3	97.4
安　徽	402 326	609.5	1528.8	6058.6	20.1	45.6
福　建	392 803	747.1	1807.2	6282.2	28.8	83.3
江　西	364 374	358.9	1125.4	3603.0	16.0	40.9
山　东	452 552	1424.0	2737.0	10484.7	21.0	65.4
河　南	394 814	869.5	1989.2	7948.0	15.0	46.4
湖　北	379 836	588.4	1690.8	5862.7	17.9	60.4
湖　南	313 591	468.2	1750.4	4719.0	16.8	50.8
广　东	761 532	2184.8	5334.5	14766.9	32.9	99.9
广　西	322 789	493.9	1380.0	3567.1	14.6	45.6
海　南	58 536	111.3	290.7	1099.4	20.8	68.8
重　庆	258 550	401.1	1150.3	2746.2	20.4	58.2
四　川	562 131	767.8	2107.9	9624.1	17.3	50.8
贵　州	236 684	226.2	885.3	2724.5	11.4	47.4
云　南	329 785	325.9	1010.8	4364.3	12.3	49.1
西　藏	37 504	17.8	128.1	199.0	15.1	54.4
陕　西	293 513	484.9	1302.7	3724.1	20.7	66.8
甘　肃	224 483	172.3	807.2	1940.0	15.6	52.8
青　海	71 471	51.6	161.7	549.0	18.5	71.4
宁　夏	41 471	56.6	223.4	823.4	17.9	70.0
新　疆	258 040	256.6	927.3	2851.0	24.5	63.0

注：[1]　对于本公报所披露的数据，2009 年及以前的数据为年报最终核算数，2010 年的数据为快报初步核算数。2010 年的最
　　　终核算数及分省、分企业数据将在 2011 年年中出版的《中国通信统计年度报告（2010）》中公布。

　　　[2]　本公报电信综合指标是基础电信企业的合计数，未包括增值电信企业。增值电信企业年报数据将在 2011 年年中出版
　　　的《中国通信统计年度报告（2010）》中公布。

　　　[3]　网民数、互联网普及率、互联网国际出口带宽等数据取自中国互联网络信息中心（CNNIC）发布的《中国互联网络
　　　发展状况统计报告（2011 年 1 月）》。

（工信部运行监测协调局）

附录 D   2010 年中国互联网发展状况分析报告

D.1   网民规模与结构特征

1．网民规模

（1）总体网民规模

2010 年，我国网民规模继续稳步增长，网民总数达到 4.57 亿，互联网普及率攀升至 34.3%，较 2009 年年底提高 5.4 个百分点，如图 D.1 所示。全年新增网民 7330 万，年增幅 19.1%。截至 2010 年年底，我国网民规模已占全球网民总数[18]的 23.2%，亚洲网民总数的 55.4%。

（数据来源：中国互联网络信息中心）

图D.1   中国网民规模与普及率

宏观经济形势持续向好，网络基础建设务实推进，移动互联网加快发展，网络安全保障体系更加完善，农村信息化使用深度增强等，共同推动了 2010 年我国网民规模和普及率的稳步提升。

① 国家扩内需的政策力度持续加大，推动了信息产品需求的释放

国际金融危机以来，我国加快了转变经济发展方式的步伐，国家出台了一系列扩大内需的政策，内需成为我国经济发展的主要动力，最终消费对经济增长的贡献率不断提高。同时，

---

[18]　数据来源：http://www.internetworldstats.com/stats.htm

政府加大了国民收入分配制度改革的力度，我国居民收入继续实现较快增长。伴随着居民收入的持续增长和国家扩大内需政策效力的逐步释放，各阶层人群对信息产品的消费需求也进一步释放，推动了信息产品消费量的稳步提升，使接触互联网的人群进一步扩大。

② 信息设施资源建设稳步推进，互联网发展的基础更为坚实

2010 年，我国基础网络资源和国际带宽服务基础资源不断增长，城乡宽带接入网络的覆盖率进一步提高，促进了网民数量的快速增长。工业和信息化部数据显示，2010 年 1～11 月，基础电信企业互联网宽带接入用户净增 2091.1 万户，达到 12 488.9 万户。全国电信业务总量累计完成 28 152.8 亿元，比 2009 年同期增长 20.6%。此外，2010 年三网融合和云计算分别启动试点，新一代移动通信技术取得重大突破，下一代互联网产业化进程加快，带动了互联网基础层面的转型升级。

③ 移动互联网向纵深发展，社会化媒体渗透用户生活

2010 年，我国移动互联网呈现加深发展态势，智能手机价格和通信成本继续降低，3G 应用的用户体验逐步提升，开启了更多用户的移动网络生活。同时，随着社会化媒体的发展，互联网对传统媒体的替代更为明显，而基于无线通信技术，通过以手机为代表的移动终端，展现信息资讯内容的"第五媒体"，进一步促进了媒体的融合化和信息分享行为，推动了网络在人们生活中的深层次渗透。

"十一五"期间，我国网民规模跃居全球第一，宽带普及率接近 100%，手机网民规模迅速发展，企业互联网应用更加深入，互联网建设引领我国信息化快速发展，有力地促进了经济发展、社会进步和人们生活方式的变革。但我国互联网发展还存在地区差距较大，信息技术应用水平不高，宽带速率相对滞后，网络安全诚信体系不健全等问题，制约着互联网发展水平的进一步提升。当前，随着网民规模的持续增长，我国互联网急需提升发展质量，实现从"扩量"向"提质"转变。

（2）宽带网民规模

2010 年，我国宽带基础服务覆盖率继续扩大，带动了宽带用户规模的增长。宽带网民[19]规模达到 4.5 亿，年增长 30%，网民中的宽带普及率达到 98.3%，如图 D.2 所示。

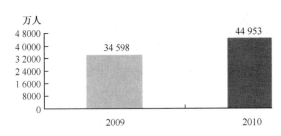

（数据来源：中国互联网络信息中心）

图D.2　中国宽带网民规模

（3）手机网民规模

2010 年，我国手机网民规模继续扩大，截至 2010 年 12 月，手机网民达 3.03 亿人，较 2009 年年底增加了 6930 万人。手机网民在总体网民中的比例进一步提高，从 2009 年年末的 60.8%提升至 66.2%。2010 年，手机网民较传统互联网网民增幅更大，成为拉动中国总体网

---

[19] 宽带网民指过去半年使用过宽带服务接入互联网的网民，与工信部"宽带接入用户数"统计口径不同。

民规模攀升的主要动力，移动互联网展现出巨大的发展潜力。

对比 2009 年的手机网民发展速度，可以看出目前中国手机网民增长趋缓。新增手机网民的来源主要是两方面：一个是潜在手机用户，一个是新增手机用户，而 2010 年这两方面都没有为手机网民新增提供很好的支撑，进而导致手机网民增速减缓。

① 潜在手机用户中潜在手机网民不足。潜在手机用户在 2009 年的手机网民爆发之后潜在手机网民大幅缩减，不足以支撑 2010 年手机网民的高速增长。2009 年是 3G 元年，虽然在 3G 用户发展方面并没有取得很大的突破，但是由于运营商的大力推广，"手机上网"概念已经深入人心。受这一刺激，2009 年全年手机网民净增超过 1 亿户。这一次用户激增，将潜在手机用户中的很多潜在手机网民都发展为了实际手机网民，导致潜在手机用户中潜在手机网民大幅下降。在这样的背景下，2010 年又没有新的更大的刺激因素，因此手机网民增长减缓。

② 手机用户新增乏力。2010 年实际手机用户新增量也出现了下滑，无法支撑手机网民快速增长。2010 年年初手机用户就已经达到了一个很大的规模，达到 7.5 亿户，也开始显现出增长疲态。尽管 2010 年手机用户也保持了超过 1 亿的净增量，同时 3G 用户出现了高速增长。但这些新增中，尤其是 3G 用户新增中，更多是用户转网换号的结果。某些运营商在统计中将 3G 上网卡用户、3G 固话用户也计入 3G 用户，也造成了手机用户净增数据比实际手机用户偏高。总结来看，剔除一人多号、换号后旧卡未及时作废、统计口径误差等因素，实际手机用户在 2010 年也出现了新增乏力的情况，进而影响了手机网民增长的势头，如图 D.3 所示。

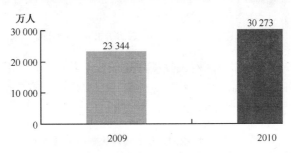

（数据来源：中国互联网络信息中心）

图D.3　手机上网网民规模

（4）分省网民规模

2010 年，我国网民规模超千万的省（市）数量进一步增加，达到 19 个，较 2009 年增加 3 个。从互联网普及率上看，各地区的互联网发展差异依旧明显，如图 D.4 所示。

第一梯队　互联网发展水平较好，普及率高于全国平均水平，主要集中在东部沿海地区和部分内陆省份。包括北京、上海、广东、浙江、天津、福建、辽宁、江苏、新疆、山西、山东、海南、重庆、陕西十四个省或直辖市，较 2009 年增加 4 个。其中，北京互联网普及率高达 69.4%，上海和广东分别为 64.5%和 55.3%。

第二梯队　互联网普及率低于全国平均水平，但是高于全球平均水平，包括青海、湖北、吉林、河北、内蒙古、黑龙江六个省和直辖市，较 2009 年减少 2 个。

第三梯队　互联网发展水平较为滞后，网络普及率低于全球平均水平，集中在西南部各省和中部地区，包括宁夏、西藏、湖南、河南、广西、甘肃、四川、安徽、云南、江西、贵州十一个省或直辖市，较 2009 年减少 2 个。

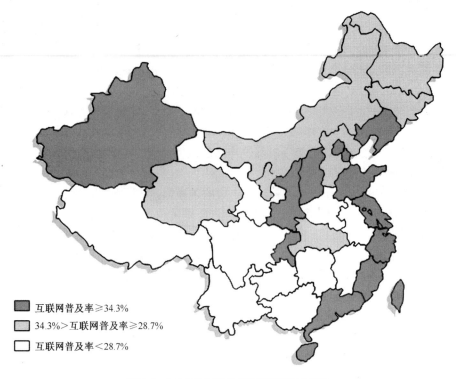

互联网普及率≥34.3%

34.3%>互联网普及率≥28.7%

互联网普及率<28.7%

图D.4 2010年中国各省互联网发展状况

从发展速度上看，中西部地区网民规模增速较快，其中西藏、贵州、陕西和安徽网民数量年增幅最大，分别为52.7%，31.1%，30.2%和30.2%。由于京广沪的网民规模相对庞大，网民增长速度较低，各省网民规模及增速，见表D.1。

表D.1 2010年分省网民规模及增速

省　份	网民数（万人）	普　及　率	增　长　率	普及率排名	网民增速排名
北京	1218	69.4%	10.5%	1	29
上海	1239	64.5%	5.8%	2	31
广东	5324	55.3%	9.5%	3	30
浙江	2786	53.8%	13.6%	4	27
天津	648	52.7%	14.8%	5	26
福建	1848	50.9%	13.4%	6	28
辽宁	1916	44.4%	20.1%	7	21
江苏	3306	42.8%	19.6%	8	22
新疆	819	37.9%	29.1%	9	7
山西	1250	36.5%	17.5%	10	25
山东	3332	35.2%	20.3%	11	19
海南	303	35.1%	24.3%	12	8
重庆	990	34.6%	23.3%	13	12
陕西	1295	34.3%	30.2%	14	3
青海	188	33.6%	21.8%	15	15

续表

省　份	网民数（万人）	普 及 率	增 长 率	普及率排名	网民增速排名
湖北	1902	33.3%	29.5%	16	6
吉林	882	32.2%	21.5%	17	16
河北	2197	31.2%	19.3%	18	23
内蒙古	747	30.8%	29.9%	19	5
黑龙江	1127	29.5%	23.6%	20	11
宁夏	175	28.0%	24.3%	21	9
西藏	81	27.9%	52.7%	22	1
湖南	1747	27.3%	24.3%	23	10
河南	2417	25.5%	20.4%	24	18
广西	1226	25.2%	19.0%	25	24
甘肃	655	24.8%	22.4%	26	13
四川	1998	24.4%	22.2%	27	14
安徽	1392	22.7%	30.2%	28	4
云南	1021	22.3%	20.9%	29	17
江西	950	21.4%	20.2%	30	20
贵州	751	19.8%	31.1%	31	2

（数据来源：中国互联网络信息中心）

2．接入方式

（1）上网设备

2010 年，网民的上网工具更加多元化，各类上网设备使用率普遍上升。使用台式电脑上网的网民有 78.4%，仍然居于首位。使用手机和笔记本电脑上网的网民分别为 66.2% 和 45.7%。与 2009 年相比，笔记本电脑上网使用率上升最快，增加了 15 个百分点；手机和台式电脑上网使用率分别增加 5.4 和 5 个百分点，如图 D.5 所示。

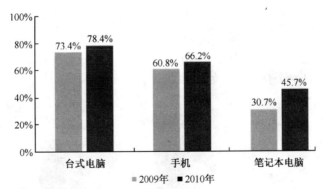

（数据来源：中国互联网络信息中心）

图D.5　网民上网设备

（2）上网地点

网民在家上网的比例仍显著高于其他地点，有 89.2% 的网民在家上网。在网吧、单位和学校上网的网民分别占 35.7%，33.7% 和 23.2%，还有 16.1% 的网民在公共场所上网。与 2009

年相比，网民在家上网的比例提高了 6 个百分点，在单位和在公共场所上网的用户比例分别提升了 3.5 和 0.4 个百分点，如图 D.6 所示。

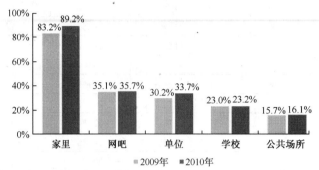

（数据来源：中国互联网络信息中心）

图D.6　网民上网场所

（3）上网时间

2010 年，我国网民平均每周上网时长为 18.3 个小时，日平均上网时长为 2.6 小时，如图 D.7 所示。

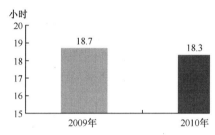

（数据来源：中国互联网络信息中心）

图D.7　网民平均每周上网时长

3．网民属性

（1）性别结构

男性网民所占比重进一步提升。2010 年，我国网民男女性别比例为 55.8∶44.2，男性群体占比高出女性近 11.6 个百分点，如图 D.8 所示。

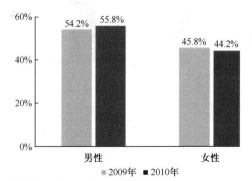

（数据来源：中国互联网络信息中心）

图D.8　2009—2010年网民性别结构

（2）年龄结构

网民年龄结构更加优化。2010 年，30 岁以上各年龄段网民占比均有所上升，整体从 2009 年年底的 38.6%攀升至目前的 41.8%。10～19 岁年龄段的网民所占比例下降较多，与该年龄段实际人口数下降有关，如图 D.9 所示。

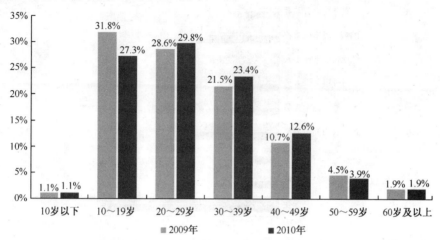

（数据来源：中国互联网络信息中心）

图D.9　2009—2010年网民年龄结构

（3）学历结构

2010 年，我国网民中初中学历人群增加明显，占比从 26.8%提升到 32.8%，增加 6 个百分点。高中学历的网民占比首次下降，从 40.2%下降到 35.7%，降低了 4.5 个百分点。大专和本科以上学历网民均保持相对下浮的态势，如图 D.10 所示。

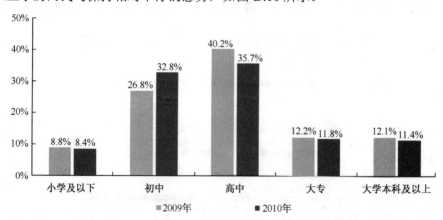

（数据来源：中国互联网络信息中心）

图D.10　2009—2010年网民学历结构

（4）职业结构

2010 年，学生、企业一般职员、个体户/自由职业者三大群体在网民中占比进一步增大，分别占整体网民的 30.6%，16.2%和 14.9%。同时，农林牧渔劳动者占比上升较快，从 2.8% 上升至 6%，无业/下岗/失业人员占比从 9.8%下降至 4.9%，如图 D.11 所示。

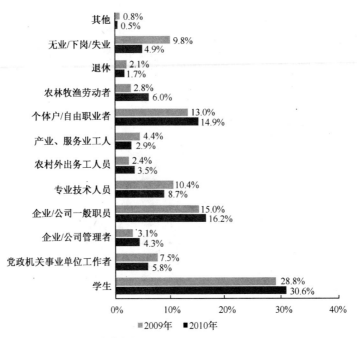

（数据来源：中国互联网络信息中心）

图D.11　2009—2010年网民职业结构

（5）收入结构

互联网进一步向低收入者覆盖。与 2009 年相比，个人月收入在 500 元以下的网民占比从 18%上升到 19.4%，月收入在 501～2000 元的网民群体占比也从 41.7%上升至 42.8%。无业/下岗/失业网民占比降低，因此无收入群体网民也从 10%降低至 4.6%，如图 D.12 所示。

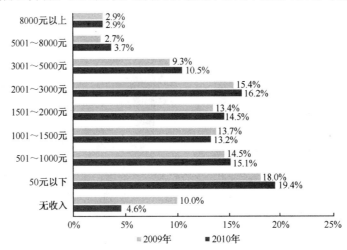

（数据来源：中国互联网络信息中心）

图D.12　2009—2010年网民个人月收入结构

（6）城乡结构

随着信息化建设加快，农村互联网接入条件不断改善，农村网络硬件设备更加完备，推动了农村地区网民规模的持续增长。2010 年我国农村网民规模达到 1.25 亿，占整体网民的27.3%，同比增长 16.9%。

农户自发使用信息技术的意识明显增强。通过政府主导、社会参与的方式，我国农村信息服务普及有了显著的提升，"沙集模式"成为农村自发应用信息化手段的典型代表。农户通过自发使用市场化的电子商务交易平台，直接对接需求市场，带动农村地区制造及其他配套产业发展，促进农村产业结构升级和转型，也带动了周边地区信息化使用深度的提高。然而随着农村人口城市化进程加快，农村人口的绝对规模下降，使农村网民的增长势头相对平缓，低于城市网民的增长速度，如图 D.13 所示。

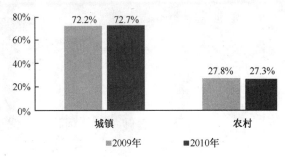

（数据来源：中国互联网络信息中心）

图D.13 2009—2010年网民城乡结构

D.2 互联网基础资源

1. 基础资源概述

截至 2010 年 12 月，我国 IPv4 地址数量达到 2.78 亿，预计 IANA 在 2011 年 2 月将 IPv4 地址资源最终分发完毕，IPv4 向 IPv6 全面转换更加紧迫。

我国域名总数下降为 866 万，其中.CN 域名 435 万。网站数量下降为 191 万个，.CN 下网站为 113 万个，占网站整体的 59.5%。网站数量的下降与国家加大互联网领域的安全治理有关，网站等互联网基础资源的质量随着"水分"的溢出而得到提升。虽然网站数量下降幅度较大，但网页数和网页字节等互联网资源数在大幅度增长。2010 年，国际出口带宽达到1 098 956.82Mbps，年增长 26.9%，见表 D.2。

表 D.2 2009.12—2010.12 年中国互联网基础资源对比

	2009 年 12 月	2010 年 12 月	年增长量	年增长率
IPv4（个）	232 446 464	277 636 864	45 190 400	19.4%
域名（个）	16 818 401	8 656 525	−8 161 876	−48.5%
其中.CN 域名（个）	13 459 133	4 349 524	−9 109 609	−67.7%
网站（个）	3 231 838	1 908 122	−1 323 716	−41.0%
其中.CN 下网站（个）	2 501 308	1 134 379	−1 366 929	−54.7%
国际出口带宽（Mbps）	866 367.20	1 098 956.82	232 590	26.9%

（数据来源：中国互联网络信息中心）

2. IP 地址

截至 2010 年 12 月，我国 IPv4 地址数量达到 2.78 亿，预计 IANA 在 2011 年 2 月将 IPv4 地址资源最终分发完毕，IPv4 向 IPv6 全面转换更加紧迫。IPv6 将原来的 32 位地址转换到 128 位地址，几乎可以不受限制地提供地址，可以解决互联网 IP 地址资源分配不足的问题。目前有一些系统和设备厂商开始支持 IPv6，但从 IPv4 尽快转换到 IPv6，还需要从政策法规、技术标准、组织机构等等多个方面入手，确保能够顺利地从 IPv4 过渡到 IPv6 地址，如图 D.14 所示。

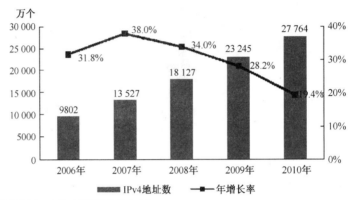

（数据来源：中国互联网络信息中心）

图 D.14　2006—2010 年中国 IPv4 地址资源变化情况

3. 域名

我国域名总数下降为 866 万，其中.CN 域名 435 万，.CN 在域名总数中的占比为 50.2%，见表 D.3。

表 D.3　中国分类域名数

	数量（个）	占域名总数比例
CN	4 349 524	50.2%
COM	3 713 244	42.9%
NET	488 478	5.6%
ORG	105 279	1.2%
合计	8 656 525	100%

（数据来源：中国互联网络信息中心）

目前 CN 域名中，.CN 结尾的二级域名比例仍然最高，占到 CN 域名总数的 60.5%，其次是.COM.CN 域名，为 31.2%，见表 D.4。

表 D.4　中国分类 CN 域名数

	数量（个）	占 CN 域名总数比例
cn	2 629 697	60.5%
com.cn	1 357 969	31.2%

续表

	数量（个）	占 CN 域名总数比例
net.cn	169 455	3.9%
adm.cn	67 889	1.6%
org.cn	64 290	1.5%
gov.cn	52 155	1.2%
ac.cn	4 276	0.1%
edu.cn	3 774	0.1%
mil.cn	19	0.0%
合计	4 349 524	100%

（数据来源：中国互联网络信息中心）

4．网站

　　截至 2010 年 12 月，中国的网站数，即域名注册者在中国境内的网站数（包括在境内接入和境外接入）减少到 191 万个，年降幅 41%。网站数量的下降与国家加大互联网领域的安全治理有关，网站等互联网基础资源的质量随着"水分"的溢出而得到提升。虽然网站数量下降幅度较大，但网页数和网页字节等互联网资源数在大幅度增长，如图 D.15 所示。

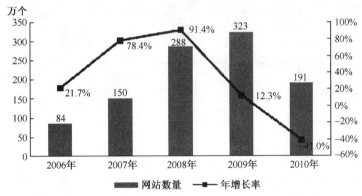

（数据来源：中国互联网络信息中心）
注：数据中不包含.EDU.CN下网站

图D.15　2006—2010年中国网站规模变化

5．网页

　　网页的规模反映了互联网的内容丰富程度。自 2003 年开始，中国的网页规模基本保持翻番增长，2010 年网页数量达到 600 亿个，年增长率 78.6%，如图 D.16 所示。

　　从表 D.5 的详细网页情况来看，2010 年动态网页增长幅度高于静态网页，静态/动态网页的比例已经从 1.3∶1 降低为 1.14∶1。与此同时，平均每个网站的网页数达到 31 414 个，年增长率达 202%。

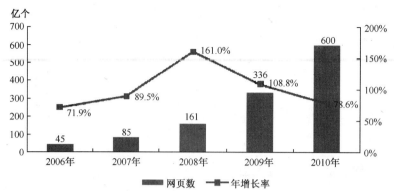

（数据来源：中国互联网络信息中心）

图D.16　2003—2009年中国网页规模变化

表 D.5　中国网页数[20]

	单位	2009 年	2010 年	增长率
网页总数	个	33 601 732 128	60 008 060 093	78.6%
静态网页	个	18 998 243 013	31 908 739 278	68.0%
	占网页总数比例	56.54%	53.17%	—
动态网页	个	14 603 489 115	28 099 320 815	92.4%
	占网页总数比例	43.46%	46.83%	—
静态/动态网页的比例		1.3:1	1.14:1	—
网页长度（总字节数）	KB	1 059 950 881 533	1 922 538 540 426	81.4%
平均每个网站的网页数	个	10 397	31 414	202%
平均每个网页的字节数	KB	31.5	32	1.6%

（数据来源：中国互联网络信息中心）

6. 网络国际出口带宽

中国国际出口带宽继续发展，2010 年年底达到 1 098 956.82Mbps，年增长率为 26.8%，如图 D.17 所示，骨干网络国际出口带宽数见表 D.6。

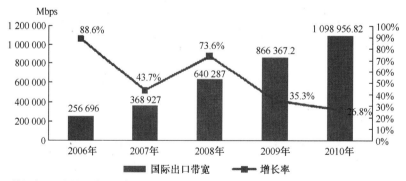

（数据来源：中国互联网络信息中心）

图D.17　2006—2010年中国国际出口带宽变化情况

[20] 数据来源：网易有道信息技术（北京）有限公司、腾讯搜索技术研发中心

表 D.6　主要骨干网络国际出口带宽数

	国际出口带宽数（Mbps）
中国电信	660 612.82
中国联通	357 433
中国移动互联网	49 124
中国科技网	18 120
中国教育和科研计算机网	11 655
中国国际经济贸易互联网	2
合计	1 098 956.82

（数据来源：中国互联网络信息中心）

7．网络速度

中国互联网络信息中心与合作伙伴一起，通过 IDC[21]方式模拟测试互联网连接速度。具体测试方式是：选取中国前 20 家主流互联网网站作为目标网站，以对这些网站的测试情况代表中国整体互联网速度情况。在 31 个省市均选取出样本点，将全天分成 24 小时，每个小时测试一次，通过机器模拟访问 20 个目标互联网网站，得到平均连接速度。

虽然我国宽带普及率已经高达 98.3%，但是全国平均互联网平均连接速度仅为 100.9Kbps，远低于全球平均连接速度（230.4 Kbps）[22]。各省中河南、湖南和河北的平均连接速度排名前三，分别为 131.2Kbps，128.2Kbps 和 124.5Kbps 具体，见表 D.7。

仅通过 IDC 方式进行测试，有可能不能完全反映中国网民使用体验。以后 CNNIC 将陆续加入 Lastmile[23]测试数据，以更真实地反映中国网民互联网平均连接速度情况。

表 D.7　分省互联网平均连接速度

排　序	省　份	下载速度（Kbps）
1	河南	131.2
2	湖南	128.2
3	河北	124.5
4	天津	120.4
5	四川	116.9
6	黑龙江	115.7
7	广西	115.5
8	海南	110.1
9	辽宁	109.0
10	广东	108.1
11	甘肃	106.3
12	内蒙古	105.9

[21] IDC 测速方式是指，在 IDC 机房中放入服务器，运行虚拟测试平台，模拟用户访问各个目标网站，得到测试数据。

[22] Akamai《互联网发展发展状况》2010 年第二季度报告。

[23] Lastmile 测速方式是指，通过真实用户访问目标网站，得到测试数据。这一类测速数据可能会受到浏览器、第三方服务提供商和内容分发网络等方面的影响。

续表

排　序	省　份	下载速度（Kbps）
13	北京	105.7
14	贵州	105.7
15	吉林	105.6
16	福建	104.0
17	山西	101.4
18	青海	100.0
19	新疆	99.4
20	重庆	97.0
21	浙江	92.6
22	湖北	88.6
23	云南	88.3
24	山东	87.8
25	江西	87.3
26	安徽	84.0
27	宁夏	83.1
28	陕西	82.0
29	西藏	76.6
30	江苏	74.4
31	上海	73.2
全国平均		100.9

（数据来源：比对康普科纬软件服务（上海）有限公司与北京博睿宏远发展科技有限公司数据之后，再利用深圳市迅雷网络技术有限公司（迅雷）的数据进行校验，得出上述数据。）

8．互联网基础资源指数

基础资源是互联网的根基，它的发展水平直接制约着整体互联网的发展质量。我们从四个维度衡量中国互联网基础资源的整体发展水平：每千网民 IP 地址数[24]、每千网民域名数、每千网民网站数、每千网民国际出口带宽数。

（1）基础资源指数计算方法

该指数以 CNNIC 每年两次发布的《中国互联网络发展状况统计报告》数据为基础进行综合测算。从 2005 年年底开始，CNNIC 对域名的统计从原来的单纯.CN 域名扩展到全部域名类别，本报告对数据基期的设定从 2005 年开始。考虑到数据稳定性，本报告选取 2005—2007年中两年四次数据的平均值作为基期数据。

指数权重计算：采用专家赋权的方式，共有来自政府代表、业界代表、互联网技术专家、统计学专家等 14 位专家参与打分，计算结果如表 D.8 所示。

表 D.8　指标权重分配

	IP 地址数	域　名　数	网　站　数	国际出口带宽数
权重	0.3004	0.2435	0.2727	0.1833

---

[24] 这里的 IP 地址数，目前仅指 IPv4 地址数。

各基础指标的指数值=本期网民人均拥有量/基期网民人均拥有量×100

基础资源指数=0.30048×IP 地址指数+0.2435×域名指数+0.2727×网站指数+0.1833×国际出口带宽指数

（2）基础资源指数计算结果

通过表 D.9～表 D.11，可以看到 2005—2009 年，四种基础资源都在快速增长，但是由于同期网民规模也在快速增长，网民规模的快速膨胀，甚至稀释了基础资源的增量，使 IP 地址和域名等基础资源的千人平均拥有量不增反降。

表 D.9　2005—2010 年中国主要互联网基础资源数量

	IP 地址（万个）	域名（万个）	网站（万）	国际出口带宽（Mbps）
2005 年年底	7439	259	69	136 106
2006 年年中	8479	296	79	214 175
2006 年年底	9802	411	84	256 696
2007 年年中	11825	918	131	312 346
2007 年年底	13527	1193	150	368 927
2008 年年中	15814	1485	192	493 729
2008 年年底	18127	1683	288	640 287
2009 年年中	20503	1626	306	747 541
2009 年年底	23245	1682	323	866 367
2010 年年中	25045	1121	279	998 217
2010 年年底	27764	866	191	1 098 957

（数据来源：中国互联网络信息中心）

表 D.10　2005—2010 年主要互联网基础资源数及指数基期数

	每千人 IP 地址数（个）	每千人域名数（个）	每千人网站数	每千人国际出口带宽（Mbps）
2005 年年底	670.2	23.4	6.3	1.23
2006 年年中	689.3	24.1	6.4	1.74
2006 年年底	715.5	30	6.2	1.87
2007 年年中	729.9	56.7	8.1	1.93
基期数	701.2	33.5	6.7	1.69
2007 年年底	644.1	56.8	7.2	1.76
2008 年年中	625.1	58.7	7.6	1.95
2008 年年底	608.3	56.5	9.7	2.15
2009 年年中	606.6	48.1	9.1	2.21
2009 年年底	605.3	43.8	8.4	2.26
2010 年年中	596.3	26.7	6.6	2.38
2010 年年底	607.1	18.9	4.2	2.40

（数据来源：中国互联网络信息中心）

表 D.11　互联网基础资源指数和分项指数

	IP 地址指数	域名指数	网站指数	国际出口带宽指数	基础资源指数
基期数	100	100	100	100	107.7
2007 年年底	91.9	169.6	107.5	104.1	124.2

续表

	IP 地址指数	域名指数	网站指数	国际出口带宽指数	基础资源指数
2008 年年中	89.1	175.2	113.4	115.4	126.4
2008 年年底	86.8	168.7	144.8	127.2	132.6
2009 年年中	86.5	143.6	135.8	130.8	124.0
2009 年年底	86.3	130.7	125.4	133.7	118.0
2010 年年中	85.0	79.7	98.5	140.8	97.9
2010 年年底	86.6	56.4	62.7	142.0	82.9

（数据来源：中国互联网络信息中心）

从 IP 地址指数看，从 2007 年至今，人均 IP 地址拥有量逐年下降。IP 地址是互联网最为基础的资源，没有 IP 地址，就无法接入互联网，因而，IP 地址问题应该引起高度关注。如果未来 IP 地址指数持续走低，可能制约我国互联网的进一步发展。

2007—2010 年，国际出口带宽指数持续稳步增长，反映了中国互联网带宽资源的快速发展，而带宽资源的增长，为中国网民不断提升互联网应用体验起到了重要保障作用。但与世界发达国家相比，中国的互联网速度仍然处于较低水平。

（3）基础资源指数趋势分析

2007—2008 年年底，基础资源的四个构成要素中，IP 地址指数虽然持续下降，但由于国际出口带宽指数和网站指数保持稳定增长之势，域名指数保持高位平稳，这带动了整体基础资源指数稳定增长。2009 年以后，域名指数、网站指数都呈下降之势，国际出口带宽指数的平稳增长难以扭转其他三个指标形成的下降大势。2010 年域名和网站指数迅速下降，同时 IP 地址资源即将耗尽，基础资源指数明显下滑。

基础资源是互联网的持续快速健康发展基础条件，要保证中国互联网的基础资源不会制约整体互联网的发展，需要从几个方面着力推进：保障域名基础资源的稳步回升，提升国家域名的保有数量；推动 Ipv6 地址资源快速应用，扭转人均域名拥有量的持续下滑局面；优化国际出口带宽环境和宽带速度，推进中国互联网从宽带互联网向高速互联网转型；保持域名资源和网站资源的稳步增长，如图 D.18 所示。

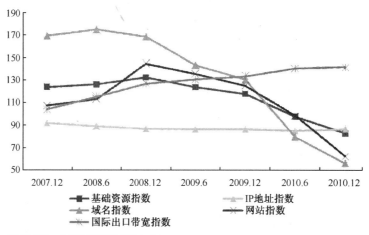

（数据来源：中国互联网络信息中心）

图D.18　2007—2010年中国互联网基础资源指数和分项指数的趋势变化

D.3 个人互联网应用状况

1. 整体互联网应用状况

2010 年，我国网民整体互联网应用呈现出三大特点：

（1）搜索引擎成为网民第一大应用。搜索引擎使用率首次超过了网络音乐，成为我国网民规模最庞大的应用。在互联网信息迅速膨胀的今天，传统门户网站地位有所降低，而搜索作为互联网发展的引擎，越来越显现出其"新门户"的特点。

（2）商务类应用用户规模继续领涨。网络购物用户规模增幅居于首位，网上支付和网上银行等商务类应用重要性进一步提升，更多的传统经济活动已经步入了互联网时代。

（3）娱乐类应用使用率普遍下降。网民在网络游戏、网络音乐和网络视频等娱乐类应用的使用率全面降低，网络娱乐在实现用户量的扩张之后进入相对平稳的发展期。

此外，微博客和团购的用户数已初具规模。截至 2010 年 12 月，我国微博客用户规模达到 6311 万，使用率为 13.8%；团购用户规模达到 1875 万，在网民中占比为 4.1%，见表 D.12。

表 D.12　2009—2010 年各类网络应用使用率

应用	2010 年		2009 年		
	用户规模（万）	使用率	用户规模（万）	使用率	增长率
搜索引擎	37 453	81.9% ↑	28134	73.3%	33.1%
网络音乐	36 218	79.2% ↓	32074	83.5%	12.9%
网络新闻	35 304	77.2% ↓	30769	80.1%	14.7%
即时通信	35 258	77.1% ↑	27233	70.9%	29.5%
网络游戏	30 410	66.5% ↓	26454	68.9%	15.0%
博客应用	29 450	64.4% ↑	22140	57.7%	33.0%
网络视频	28 398	62.1% ↓	24044	62.6%	18.1%
电子邮件	24 969	54.6% ↓	21797	56.8%	14.6%
社交网站	23 505	51.4% ↑	17587	45.8%	33.7%
网络文学	19 481	42.6% ↑	16261	42.3%	19.8%
网络购物	16 051	35.1% ↑	10800	28.1%	48.6%
论坛/BBS	14 817	32.4% ↑	11701	30.5%	26.6%
网上银行	13 948	30.5% ↑	9412	24.5%	48.2%
网上支付	13 719	30.0% ↑	9406	24.5%	45.9%
网络炒股	7088	15.5% ↑	5678	14.8%	24.8%
微博客	6311	13.8%	—	—	—
旅行预订	3613	7.9% →	3024	7.9%	19.5%
团购	1875	4.10%			

商务类应用在 2010 年保持迅速发展的势头，得益于电商企业的规模化发展和用户使用习惯的积累。商务类应用用户规模高位增长，网络购物用户年增长 48.6%，是用户增长最快的应用。网上支付和网上银行全年增长也分别达到了 45.8%和 48.2%，远远超过其他类网络应用。

与商务类应用普遍攀升相反，大部分娱乐类应用渗透率在下滑，网络音乐、网络游戏和网络视频的用户渗透率分别下降4.3，2.4，0.5个百分点，用户的规模增幅相对较小，娱乐类应用在我国网民网络应用中地位在降低。

社交类应用也保持较快的发展速度，社交网站、即时通信和博客的用户增幅分别为33.7%，29.5%和33%。社交类应用除了在人际关系的建立、维系和发展中发挥更重要的作用以外，2010年社会化媒体的重要性得以凸显。网民利用微博客等社会化媒体进行维权的意识明显增强，普通民众成为新闻事件传播和推动的主力。

（1）信息获取

① 搜索引擎

2010年，搜索引擎用户规模3.75亿，用户人数年增长9319万人，年增长率达33.1%。搜索引擎在网民中的使用率增长了8.6个百分点，达到81.9%，跃居网民各种网络应用使用率的第一位，成为网民上网的主要入口，而互联网门户的地位也由传统的新闻门户网站转向搜索引擎网站，如图D.19所示。

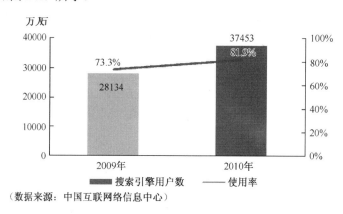

（数据来源：中国互联网络信息中心）

图D.19 2009—2010年搜索引擎用户数及使用率

网络科技的飞速发展，带来了互联网信息生产和消费行为的快速拓展。计算机、手机、平板电脑等终端的集成，SNS、微博客等Web2.0应用的快速发展，促进了互联网信息承载量的急剧增长，信息资源前所未有的丰富。但同时，海量级、碎片化的信息增加了人们获取有效信息的时间和成本。2010年，为了提高搜索引擎中文信息检索的智能性、精准度，国内各搜索引擎厂商运营模式更加多元，搜索引擎服务能力得到优化，服务水平大幅提高。

2010年，随着全球经济的回暖，企业广告主广告投放大幅提升。其中，更多的广告投入从线下媒体向互联网转移，而互联网广告的精准性和营销效果的可评估性成为企业广告主的诉求常态。在这种市场需求下，搜索引擎的营销价值大幅提升，市场营收保持快速增长势头。

② 网络新闻

截至2010年12月，网络新闻使用率为77.2%，用户规模达3.53亿人，用户人数年增长4535万人，年增长率14.7%，如图D.20所示。

互联网已经发展成为网民获取新闻资讯的主要媒介之一。随着网络技术和应用的飞速发展，新闻传播机制的变革加快。手机上网和微博客等新兴网络媒体的快速发展，为用户上传信息提供了便捷的渠道，推动了互联网用户产生内容的快速增长，网络新闻的来源更加丰富；

网民获取新闻资讯的渠道更加多样；社交网络凭借用户间的交互性，在新闻资讯传播中发挥重要作用，提高了新闻传播的速度、广度和深度。随着新闻传播渠道的更加多元和高度融合化，网络新闻内容的生产和消费行为快速扩展，未来网络新闻市场将更加繁荣。

（数据来源：中国互联网络信息中心）

图D.20　2009—2010年网络新闻用户数及使用率

（2）商务交易

① 网络购物

截至 2010 年 12 月，网络购物用户规模达到 1.61 亿，使用率提升至 35.1%，增长了 7 个百分点。2010 年用户年增长 48.6%，增幅在各类应用中居于首位，如图 D.21 所示。

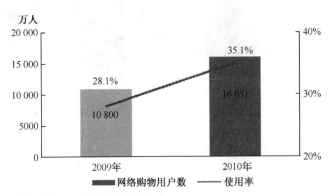

（数据来源：中国互联网络信息中心）

图D.21　2009—2010年网络购物用户数及使用率

政策和市场等多重利好是推动网购用户规模保持快速发展的主要原因。2010 年，政府出台了一系列的鼓励和规范文件，对网络购物的扶植和促进力度明显加大。市场层面，传统企业加速进军网络零售市场，带动了网货市场的繁荣和服务水平升级；伴随着团购等新型业态迅速兴起，网上商品的价格优势深入人心，也开辟了餐饮、健身等服务型商品的网销渠道；经营了近十年的 B2C 企业也在 2010 年迎来了首轮上市，电商企业的服务能力和影响力进一步提升，网购的优势得到进一步凸显，有力推动了网络购物用户规模的高速增长。

② 团购

2010 年是中国的团购元年。截至 2010 年 12 月，我国团购用户数已达到 1875 万人。目前团购活动正更多地向二三线城市扩展，预计 2011 年团购用户仍将增长迅速。

团购是 2010 年与微博客并行的互联网发展新亮点，团购发展如此火爆的原因有以下两点：一是各大主流网站的纷纷加入。2010 年团购网站发展最初只有较少一些人士运营独立的团购网站，如满座网和美团网等。随后，我国最大的购物网站淘宝网推出聚划算；门户网站新浪、搜狐、腾讯均已开通团购服务；之后社区类网站人人网开通糯米网。截止到 2010 年年底，几乎所有中国互联网巨头都已涉足团购行业。团购网站作为互联网业界盈利与增强用户黏性的有效工具，迅速普及，推动了团购行业的发展。二是与团购的特点密不可分。团购存在一些鲜明特点：一是典型的"轻"公司，不需要考虑仓储物流等硬性投入，只要有网站和人，既可以做起团购；二是这种商业模式回笼资金非常迅速，只要团购成功，即可获得收益。团购的这些特点使得团购的进入门槛较低。三是除了网络购物网站推出的团购外，其他团购网站推出的种类主要是美容、餐饮和娱乐等，填补了传统网络购物中服务性消费较少的空白。

③ 网上支付

2010 年是网上支付的快速发展期。截至 2010 年 12 月，网上支付用户规模达到 1.37 亿人，使用率为 30%。这一规模比 2009 年年底增加了 4313 万，年增长率高达 45.9%。网上支付用户规模三年之间增长了 3 倍，比 2007 年年底增加了 1.04 亿用户，如图 D.22 所示。

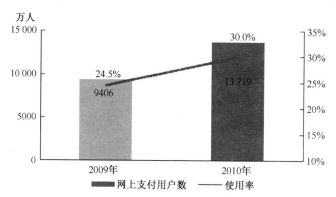

（数据来源：中国互联网络信息中心）

图D.22　2009—2010年网上支付用户数及使用率

2010 年可以看作是网上支付的转折年。国家相关监管政策和实施细则的出台，宣告了网上支付自由生长状态的结束。2010 年网上支付发展较快的原因在于：一是网络购物依然是网民接受网上支付的重要渠道，网络购物市场的火爆拉动网上支付快速发展。二是 2010 年网上支付的行业拓展是发展亮点。除了传统网络购物外，航空、保险和基金等行业都开始积极布局网上支付。这些行业资金流转量更大，是网上支付的进一步拓展加深发展。三是手机支付作为网上支付的重要组成部分，推动网上支付快速发展。各主流网上支付服务提供商、银行及运营商都在加大对手机支付的投入，2010 年 9 月 1 日起施行的手机预付卡实名制及 3G 用户的快速增长都推动了手机支付快速发展。

④ 旅行预订

截至 2010 年 12 月，我国在旅行预订用户规模为 3613 万人，在网民中的渗透率为 7.9%。用户数比 2009 年年底增长了 589 万，年增长率为 19.5%，如图 D.23 所示。

在大力推进城市化、加快信息化发展的中国，在线旅行预订产业发展潜力较大。2010 年在线旅行预订行业开始分化，旅游产品网站直营力度加大，第三方代理服务提供商提供更加细致的信息整合服务，垂直旅游搜索引擎服务产品渗透率加大等，这些细分服务满足了网民更多需求，旅行预订市场继续增长。

（数据来源：中国互联网络信息中心）

图D.23　2009—2010年旅行预订用户数及使用率

但是，2010 年旅行预订行业发展速度仅为 19.5%，显著低于网络购物等其他应用发展。其原因在于：中国目前的互联网普及率还不高，网民中的旅行预订认知率还不高，在线旅行预订市场还处于市场培育阶段。2010 年美国网民中在线旅行预订渗透率已高达 66%，远高于中国 7.9%的同期渗透水平。

（3）交流沟通

① 即时通信

截至 2010 年 12 月，我国即时通信用户规模达到 3.53 亿人，比 2009 年增长 8025 万，增幅达 29.5%。即时通信使用率从 2007 年开始下滑，但在 2010 年有所回升，达到 77.1%，比 2009 年增长 6.2 个百分点，如图 D.24 所示。

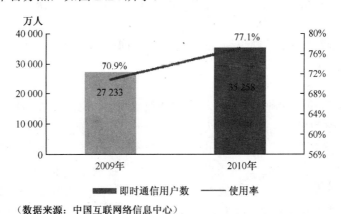

（数据来源：中国互联网络信息中心）

图D.24　2009—2010年即时通信用户数及使用率

随着移动互联网的进一步发展，手机网民规模继续扩大，手机即时通信的使用率获得较大提升，继续位列手机互联网应用的首位，从而拉动了即时通信用户规模的增长。此外，随着电子商务等互联网应用的进一步普及，基于应用的垂直类即时通信工具发展加速，垂直类即时通信工具用户规模的增长成为推动整体即时通信用户增长的又一动力。

② 博客

截至 2010 年 12 月，博客在网民中的使用率提升了 6.7 个百分点，达到 64.4%，用户规模达 2.95 亿人，年增用户 7310 万人，年增长率 33%，如图 D.25 所示。

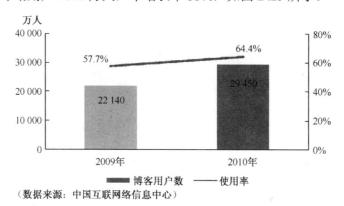

（数据来源：中国互联网络信息中心）

图D.25 2009—2010年博客用户数及使用率

博客的快速增长与即时通信、SNS、微博客等国内社交网络应用的快速发展密切相关。第一，即时通信的空间日志功能、SNS 的博客功能带动了博客应用的增长。同时，即时通信和 SNS 的用户关系基础，使博客正在升级成为朋友之间加深了解，进行深度交流的重要媒介；第二，微博客对博客写作行为具有一定的激励作用。微博客在传播方面的优势，丰富了博客作者观点的传播渠道，带来了个人博客阅览量的增长，更加满足了博客写作者希望获得关注和认同的需求。

但伴随博客影响力的快速提升，博客应用的发展也面临许多挑战。根据用户反馈，博客文章评论中的"垃圾广告"是博客用户遇到的普遍问题；其次，博客版权保护不利，博客文章被转载但未标明作者和出处等现象影响了博主的积极性，是博客未来发展中急需解决的问题。

③ 微博客

2010 年，国内微博客用户规模约 6311 万人，在网民中的使用率为 13.8%。手机网民中手机微博客的使用率达 15.5%，手机微博客的快速发展带来了手机端信息生产和消费行为快速拓展。

2010 年是微博客快速兴起的一年。微博客凭借平台的开放性、终端扩展性、内容简洁性和低门槛等特性，在网民中快速渗透，发展成为一个重要的社会化媒体。具体体现在：微博客成为网民获取新闻时事、人际交往、自我表达、社会分享及社会参与的重要媒介；微博客成为社会公共舆论、企业品牌和产品推广、传统媒体传播的重要平台。

微博客作为快速发展的新兴网络应用，对互联网产业将产生深远影响：微博客正在发展成为重要的新闻源，使新闻媒体的传播形态发生变化；微博客与即时通信、博客、社交网站用户的高度重合，将对其他社交网络应用市场产生较大影响，同时，将加快社交网络的平台化发展；微博客信息的即时性、碎片化等特征，将加快实时搜索等网络服务的技术开发和应用。

④ 社交网站

社交网站的用户规模和渗透率均比去年有较大提升。截止 2010 年 12 月，中国网络交友

2.35 亿，较 2009 年年底增长 5918 万人，网民使用率为 51.4%，比 2009 年增加 5.6 个百分点，如图 D.26 所示。

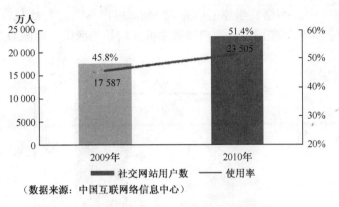

（数据来源：中国互联网络信息中心）

图 D.26　2009—2010 年社交网站用户数及使用率

虽然社交网站用户规模增长迅速，但依然面临一些问题。首先是如何开发黏住用户的服务，在经历了"全民偷菜"的阶段后，开发新的社交服务用以提高用户粘性难度越来越大，而这也促使更多的社交网站开放平台进行补充；另一方面，广告依然是社交网站盈利的主要来源，但社交网站的朋友关系、实名制等潜在价值还没有充分发挥，将商务活动、生活服务等现实活动引入到社交网站，可以进一步挖掘社交网站潜在价值。

（4）网络娱乐

① 网络游戏

截止 2010 年 12 月，中国网络游戏用户规模为 3.04 亿，较 2009 年年底增长 3956 万，增长率为 15%。与此同时，网民使用率也出现了下降，从 2009 年年底的 68.9% 降至 66.5%，中国网络游戏用户规模增长已经进入平台期，如图 D.27 所示。

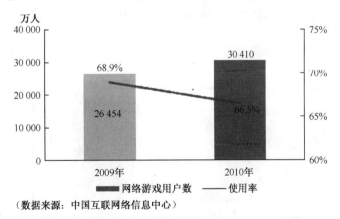

（数据来源：中国互联网络信息中心）

图 D.27　2009—2010 年网络游戏用户数及使用率

从网络游戏行业的发展趋势看，在用户增长减缓的情况下，产品的细分需求进一步提升，游戏年龄偏长及丰富的产品促使用户选择更为理智，提升产品对于不同用户的针对性已经成为产品竞争的关键。另一方面，在新游戏用户越来越少的形势下，未来更多的是游戏类型间的用户转换，如从小型休闲游戏用户向大型游戏用户的转换，网页游戏与大型网络游戏间的相互渗透等，而这种趋势也加大了游戏运营商平台建立的困难。

② 网络文学

截至 2010 年 12 月，网络文学使用率为 42.6%，用户规模达 1.95 亿，较 2009 年年底增长 19.9%，是互联网娱乐类应用中，用户渗透率唯一增长的应用，如图 D.28 所示。

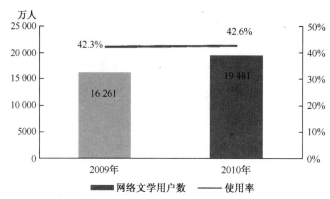

（数据来源：中国互联网络信息中心）

图D.28　2009—2010年网络文学用户数及使用率

互联网的迅速普及降低了文学写作和发表的门槛，让大众获得了更多参与文学创作和阅读的机会，从而带动了网络文学的繁荣。更多传统文学作家借助互联网发表和传播作品；传统文学奖项把网络文学纳入评选；线下出版社与文学网站积极合作出版书籍；网络文学改编的电影电视剧热播。网络文学在创作主体、流通渠道、用户参与等方面的影响力不断增强，并有力推动了网络文学用户规模的增长。

③ 网络视频

截至 2010 年 12 月，国内网络视频用户规模 2.84 亿人，在网民中的渗透率约为 62.1%。与 2009 年 12 月底相比，网络视频用户人数年增长 4354 万人，年增长率 18.1%，如图 D.29 所示。

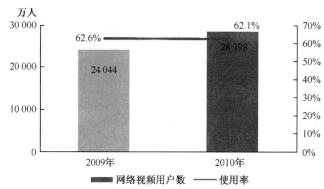

（数据来源：中国互联网络信息中心）

图D.29　2009—2010年网络视频用户数及使用率

随着国内网络视频服务水平的提高，网络视频已经发展成为人们获取电影、电视和视频等数字内容的重要媒体。同时，从传统视频到高清视频，从草根内容扎堆到精英内容云集、从风险投资热捧到视频网站纷纷上市，网络视频的用户基础、技术水平、内容服务、行业发展都有了显著提高，在互联网行业中的地位不断凸显。

与网络视频的媒体影响力和行业地位相比，网络视频的商业价值仍有待于挖掘。从网络视频营销来看，虽然国内网络视频广告营收快速增长，但网络视频广告单价还有很大的提升空间；从网络视频的盈利模式来看，高额的版权交易和带宽成本给国内网络视频厂商运营带来了巨大的压力。因此，根据国内网络视频用户的市场需求，探索新的运营模式成为国内视频产业走向成熟的关键。

2．手机网络应用状况

相比较 2010 年年中的调查数据，可以看出手机网民在各项应用的渗透率上均有所提升，呈现出应用水平不断提升的趋势。各项应用渗透率提升的原因：一方面是手机网民新增速度有所减缓，对于总体手机网民应用普及率的稀释作用较小；另一方面是智能手机普及率不断提高，带动手机网民更加积极地使用各项手机上网应用。

2010 年年末数据显示（图 D.30），网民手机上网应用中，手机即时通信仍然是渗透率最高的应用，渗透率达到 67.7%。这有多方面的原因：首先，即时通信工具庞大的用户规模及极高的用户黏性保证了手机即时聊天需求的存在；手机天然就是一个以通信为核心的终端，还具有随身性等特点，十分契合即时通信软件的需求；智能手机的不断普及使得即时通信工具的使用更加便捷，此外还有很多手机将即时通信工具预装，这些都降低了用户的使用门槛。综合以上因素，手机即时通信工具将继续保持很高的渗透率，未来很有可能逐渐替代现有的手机短信功能。

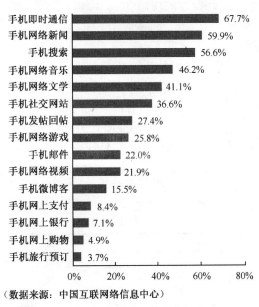

（数据来源：中国互联网络信息中心）

图 D.30　手机网民网络应用

其次，手机网络新闻在网民手机上网应用使用率中排名第二，达到 59.9%。这个和网民总体中的应用普及率排名很接近，网民总体中网络新闻普及率仅比网络音乐略低 2 个百分点，位居第三。可见，信息获取需求在手机上网应用中还是十分显著。

手机上网应用渗透率中排名第三的是手机搜索。对比网民总体中互联网应用渗透率情况，搜索引擎在总体上网应用中排名已经跃升至第一位。手机相比计算机，浏览器访问方式[25]的服务操作性和展示性都较差，随着智能终端的不断普及，未来客户端模式[26]将超过浏览器访问方式成为手机上网应用的主流。而搜索引擎服务是紧密依赖于浏览器访问方式的，因而在手机上的渗透率相比计算机上要低。但也要看到，客户端只能是常用服务的使用方式，对于获取新服务还是要依赖于浏览器访问，因此浏览器访问方式也不会消亡。而由于手机操作性、展示性差的原因，搜索、导航类的统一入口服务在网页服务中仍将是领军者，但需要更加智能化、具备预测性、简化用户操作。

网络音乐和网络文学是手机上最为典型的娱乐类上网应用，普及程度也很高，在渗透率上分列 4、5 位。网络音乐在总体网民上网应用渗透率中排到了第二，但受手机上网资费和网速等影响，手机上网中网络音乐渗透率相比总体网民上网应用中渗透率略低。同样是受到手机上网资费和上网速度的影响，手机网络游戏、手机网络视频的渗透率还是偏低。

手机社交网站的渗透率在 2010 年增长较快，达到了 36.6%，展现出较好的成长势头。互联网的社交化趋势已经变得不可阻挡，目前已经在传统互联网中占据重要的位置。但手机互联网一直是在模仿、借鉴传统互联网，因此整体发展慢于传统互联网。未来，手机上的社交化应用将迎来更大的发展。

虽然手机微博客渗透率还较低，但相比 2010 年年中的 6.1%增加了 9.4 个百分点，增长势头十分迅猛。

移动电子商务类应用在手机上网中的渗透率还是偏低，移动电子商务的时代还没有来临。

总体来看，低流量的业务仍然是手机上网应用的主流。虽然中国已经在 2009 年走入了3G 时代，但从业务应用层面，还没有展现出 3G 高流量、高带宽服务的快速发展特点。

3. 个人互联网应用指数

（1）个人应用指数指标

在构成互联网的几个要素中，资源是基础，应用是核心，效益是结果。而个人应用又是互联网应用的最重要板块，同时 CNNIC 在互联网研究上的积累也是从对个人应用的研究开始的，CNNIC 拟从行为和体验两个维度评估个人互联网应用水平，在本次报告中，行为评估是核心，应用体验将作为校验性分析，丰富和完善行为评估成果。

CNNIC 将网民对互联网的应用分为四类：信息获取类、休闲娱乐类、消费类、互动参与类，对应形成四类指数：网络信息指数、网络娱乐指数、互动参与指数、网络消费指数，见表 D.13。

表 D.13　各级指标设置

一 级 指 标	二 级 指 标	三 级 指 标
个人互联网应用指数	信息获取指数	网络新闻
		搜索引擎
	网络娱乐指数	网络音乐
		网络游戏
		网络视频

[25] 浏览器访问，指通过浏览器直接访问 web、wap 网站的方式。

[26] 客户端模式，指通过特定的客户端软件获得相应的网络服务，如 QQ、新浪微薄客户端等。

续表

一级指标	二级指标	三级指标
	互动参与指数	即时通信
		电子邮件
		更新博客
		网上发帖/回帖
	网络消费指数	网络购物
		网络支付
		旅行预订

（数据来源：中国互联网络信息中心）

信息获取指数用来评估互联网作为信息渠道，在网民中的普及情况和变化趋势。本报告中采用搜索引擎和网络新闻两个应用衡量。

网络娱乐指数用来评估作为娱乐平台的互联网，在网民中的应用情况和变化趋势。本报告选取网络音乐、网络视频和网络游戏三个应用来衡量。

互动参与指数用来评估互联网作为社交平台，在人们交往沟通、社会参与中的应用情况和变化趋势。本报告选择电子邮件、即时通信、更新博客、网上发帖四个指标评估网民的互动参与指数。

网络消费指数用来评估互联网作为购物和消费的平台，在网民中的渗透情况和变化走势。本报告选用在线购物、网络支付、在线旅行和酒店预订作为网络消费的典型指标。

① 个人应用指数权重

该指数根据 CNNIC 每年两次的"中国互联网络发展状况统计调查"中关于网络应用的使用情况为基础，进行加权计算而成。

指数权重计算：构成二级指标的具体应用，以等权的方式形成二级指标；二级指标采取专家赋权的方式形成一级指标。本次指标权重的形成，共有来自政府代表、业界代表、互联网技术专家、统计学专家等 14 位专家参与打分，计算结果如表 D.14。

表 D.14　指标权重分配

	互动参与指数	信息获取指数	网络娱乐指数	网络消费指数
权重	0.2337	0.3155	0.2151	0.2357

个人互联网应用指数=0.2337×互动参与指数+0.3155×信息获取指数+0.2151×网络娱乐指数+0.2357×网络消费指数

② 个人互联网应用指数

从图 D.31 个人互联网应用指数变化上看，中国网民的互联网应用水平呈平稳上升的趋势，从 2007 年的 51.1 增加到 2010 年的 57.6。细分二级指数的反映了我国个人互联网应用的结构变化，由初级的信息获取、娱乐阶段向商务交易、互动参与转变。从 2007 年到 2010 年，网络消费指数上升幅度最大，从 9.9 提升到 24.3；互动参与指数也从 47.5 提升到 50.8，而网络娱乐指数在 2009 年以后开始下滑，见表 D.15。

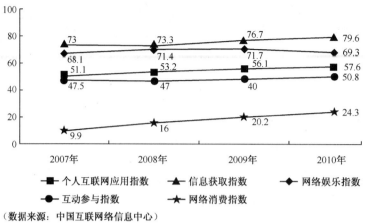

（数据来源：中国互联网络信息中心）

图D.31　2007—2010网民互联网应用指数变化趋势

表 D.15　2007—2009 个人互联网应用指数对比

指标级别		2007 年	2008 年	2009 年	2010 年
一级指标	个人互联网应用指数	51.1	53.2	56.1	57.6
二级指标	信息获取指数	73.0	73.3	76.7	79.6
	网络娱乐指数	68.1	71.4	71.7	69.3
	互动参与指数	47.5	47.0	49.0	50.8
	网络消费指数[27]	9.9	16.0	20.2	24.3

（数据来源：中国互联网络信息中心）

　　2010 年，我国的个人互联网应用指数达到 57.6（表 D.16），从三级指标的具体应用比例可以看出，网络娱乐指数虽然下滑，但网络音乐、网络游戏和网络视频使用率仍处于高位。互动参与指数的得分也主要是由较为传统的通信类应用（即时通信、电子邮件）的较大贡献抬升所致，而作为分享和参与类应用的典型代表（更新博客、发帖/回帖）的使用率仍然偏低。网络消费指数的增长主要是基于网络购物和网络支付的快速增长。

表 D.16　2010 年个人互联网应用指数计算

一 级 指 标	二 级 指 标	三 级 指 标	使 用 率
个人互联网应用指数（57.6）	信息获取指数（79.6）	网络新闻	77.2%
		搜索引擎	82.0%
	网络娱乐指数（69.3）	网络音乐	79.2%
		网络游戏	66.5%
		网络视频	62.1%
	互动参与指数（50.8）	即时通信	77.1%
		电子邮件	54.6%
		更新博客	39.9%
		网上发帖/回帖	31.7%

　　[27] 2007 年的网络消费指数中，旅行预订使用的是 2007 年中的调查数据，其他数据使用的为年底数据。

续表

一级指标	二级指标	三级指标	使用率
	网络消费指数（24.3）	网络购物	35.1%
		网络支付	30.0%
		旅行预订	7.9%

（数据来源：中国互联网络信息中心）

D.4　中小企业互联网应用状况

1. 中小企业互联网应用基础

（1）中小企业接入互联网[28]情况

截至 2010 年 12 月，有 94.8%的中小企业配备了计算机，无计算机的中小企业仅占 5.2%。有 92.7%的中国中小企业[29]的接入了互联网，已经达到了一个相当高的水平，如图 D.32 所示。通过不同规模中小企业的互联网接入比例可以看出，规模较小企业中互联网接入比例相对较低，规模较大的企业中互联网的接入比例已经接近 100%。

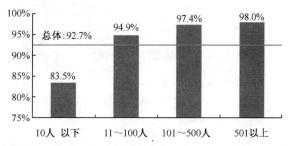

（数据来源：中国互联网络信息中心）

图D.32　不同规模中小企业接入互联网比例

中国中小企业互联网接入比例达到一个较高水平，主要是两方面的原因：①国家政策推动。国家和政府对于企业信息化的重视，以及大力推进工业化和信息化融合的举措，对于中国中小企业互联网接入水平大幅提升起到了积极的促进作用。一方面让中小企业认识到了互联网的价值，另一方面从政策上保障了中小企业能够很便捷地享受互联网服务。②市场机会牵引。随着个人互联网普及率不断快速提升，以及商业互联网的快速发展，互联网对于中小企业的价值不断提升，互联网中市场机会不断增加。这些不断增加的市场机会，也牵引着中国中小企业纷纷加快对互联网的利用。

（2）中小企业建立网站及网店情况

企业网站及企业网店（网上商铺）是企业利用互联网进行深度应用的体现，根据目前的

---

[28] 企业接入互联网，指企业利用互联网办公（企业员工可在企业中访问互联网内容和服务），或利用互联网为用户提供服务（网站服务）。

[29] 该章的调查对象是中小企业，不含个体工商户。根据国家权威机构发布的数据，截至 2009 年 3 月底，我国实有法人企业共 756.56 万，除去我国大型企业（8.54 万），估算目前实有法人资格的中小企业约在 748 万。

调查情况，中国中小企业企业建站[30]（拥有独立网站或网店）的比例也达到了一个较高的水平。截至 2010 年 12 月达到了 43%，其中 27.8%的中小企业建立了独立企业网站。企业拥有网站或网店的比例和企业的规模有很强的相关性，规模较小的中小企业建站比例较低，如图 D.33 和 D.34 所示。

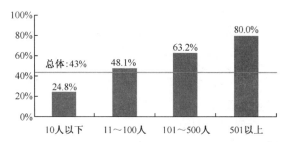

（数据来源：中国互联网络信息中心）

图D.33　不同规模中小企业曾有建站行为的比例

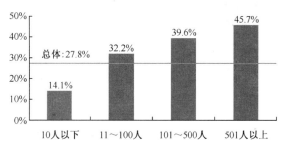

（数据来源：中国互联网络信息中心）

图D.34　不同规模中小企业曾有建立独立企业网站行为的比例

2．中小企业互联网应用情况

（1）中小企业互联网应用概况

可以看出，目前中小企业互联网应用中，普及比较广泛的还是客户服务和企业内部管理方面的应用。但实际上，对于企业中超过 99%的中小企业，如何获得客户，如何拓展市场才是关乎生存的最紧要需求。但目前中小企业中电子商务/网络营销方面的互联网应用水平还偏低，需要重点提升如图 D.35 所示。

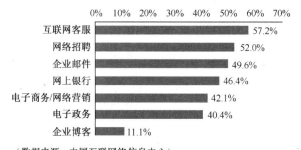

（数据来源：中国互联网络信息中心）

图D.35　中小企业各类互联网应用渗透率

---

[30] 这里的企业建站是指网站或网店，包括企业自己建立的独立企业网站，或是利用第三方电子商务平台建立的网上商铺。

（2）中小企业网站情况

企业网站一般具有品牌营销、销售、客服等多种职能。从针对中小企业网站设计的调查可以看出，营销功能和品牌宣传功能是大多数中小企业网站设计上最重要、最核心的功能；销售功能、客户服务及客户管理功能相对较弱。可见，多数中小企业的互联网网站都希望具备了一定的营销功能，如图 D.36 所示。

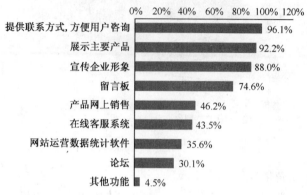

（数据来源：中国互联网络信息中心）

图D.36　中小企业网站功能设计

但是，多数中小企业网站功能主要还是集中在展示上，互动功能和交易功能和后台统计功能方面还有所欠缺，这也导致多数企业网站只是虚设，没有发挥作用。

从中小企业网站更新频率来看，大多数中小企业并没有将网站作为信息发布的重要领地。超过一半以上的中小企业网站平均一个月都难以更新一次，可见很多中小企业网站都处于半停滞的状态。中小企业网站利用水平普遍偏低，如图 D.37 所示。

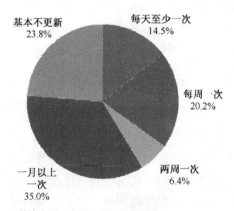

（数据来源：中国互联网络信息中心）

图D.37　中小企业网站更新频率

根据各中小企业对于其企业网站的评价也可以看出，中小企业网站对于很多企业仅是一个品牌形象展示的工具，而还没有成为其电子商务的工具。曾有建设独立网站行为的中小企业中，认为网站为自己带来了流量和订单的企业仅占到18%，如图 D.38 所示。

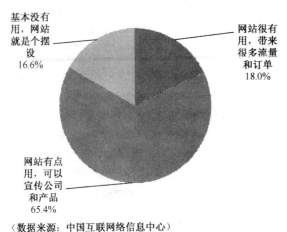

（数据来源：中国互联网络信息中心）

图D.38 中小企业网站效果评价

（3）电子商务/网络营销应用

电子商务及网络营销是企业利用互联网的最主要的应用，综合起来中小企业中电子商务及网络营销相关的互联网应用的利用率达到了 **42.1%**，如图 D.39 所示。

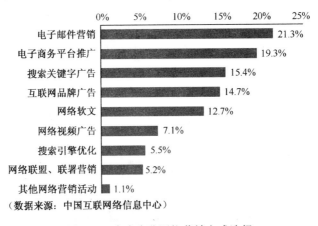

（数据来源：中国互联网络信息中心）

图D.39 中小企业网络营销方式选择

电子邮件营销方式是中小企业最普遍采用的互联网营销方式，**21.3%**的中小企业曾经采用过电子邮件营销。电子邮件营销具有成本低、到达率高等优点，但具有容易引起受众反感等缺点。不过，将电子邮件营销与 CRM 系统结合，进行更加精准的促销信息推送仍然是很有效的网络营销方式。因此，电子邮件营销未来还将是最为普及的网络营销方式之一。

此外，电子商务平台和搜索营销（包括搜索关键字广告、搜索引擎优化等）是中小企业互联网营销中比较重要的两类互联网营销方式，也是中小企业互联网营销中投入较多的两个领域。

互联网品牌广告，是指在门户网站等站点中购买相应的广告资源（图片链、文字链、弹出框等），是互联网广告中最为传统的方式。目前，依然在中小企业的网络营销中占有一席之地。

网络软文也是利用较广的一种互联网营销方式，包括企业自己员工利用论坛等手段宣传自己的品牌和产品，以及雇佣专门的"网络水军"进行大规模和有组织的互联网舆论战。这种互联网营销方式，正在不断得到广告主的青睐，但未来可能面临更加严格的管制及社会负面舆论的影响。

（4）互联网客户服务应用

互联网已经成为了中小企业与客户沟通和为客户服务的主要渠道之一，57.2%的中小企业正在利用互联网与客户沟通，为客户提供咨询服务。

在具体的互联网客户服务方式上，利用电子邮件接受客户咨询的最多，中小企业中50.2%利用电子邮件作为与用户沟通和联系的工具。电子邮件方式具有成本低廉的优势，包括人员成本低、软硬件投入低；但是劣势也很突出，互动性很差，用户无法及时获得反馈。

此外，即时通信软件正在成为企业互联网客服的另一个重要方式。即时通信软件具有很好的互动性，用户可以及时获得帮助和反馈；但相对电子邮件方式成本要高，包括要专人负责实时解答等。

企业对于互联网客服方式的选择，跟企业对于互联网渠道的定位有关。将互联网作为主要营销和销售渠道的中小企业，未来将不断加大互联网客户服务方面的投入，将通过即时通信软件、自有网站等方式为用户提供实时的在线服务，如图 D.40 所示。

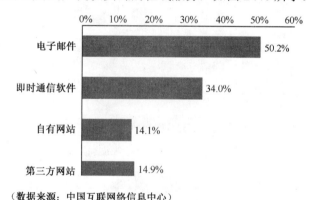

（数据来源：中国互联网络信息中心）

图D.40　中小企业利用各种方式提供网络客服的比例

（5）中小企业未来互联网应用倾向

总体来看，未尝试过互联网营销方式的中小企业对于网络营销和电子商务的效果抱有很大疑问，同时也认为网络营销难度较大，因此尝试的积极性不高。而使用过网络营销的中小企业，已经认识到了网络营销的价值，倾向于保持甚至是增加网络营销方面的投入。无网站及网店的中小企业中，66.4%仍然选择未来不建设网站或网店，如图 D.41 所示。

未利用电子商务平台的中小企业中，有 76.6%未来不打算利用电子商务平台进行营销或销售，如图 D.42 所示。

未利用搜索营销的中小企业中，有 72.3%未来不打算利用搜索营销，如图 D.43 所示。

相比而言，使用过搜索营销的中小企业相比较未使用过搜索营销的中小企业，未来的搜索营销使用倾向要更加积极。仅 14.9%的搜索营销广告主未来计划减少在搜索营销方面的投入，超过 85%的中小企业未来将保持现有投入或增加投入。可见，多数搜索营销广告主对于搜索营销的效果还是持肯定态度，如图 D.44 所示。

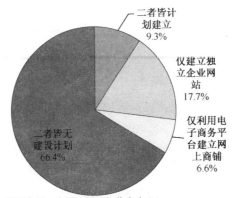

（数据来源：中国互联网络信息中心）

图D.41　无网站（店）中小企业未来建站倾向

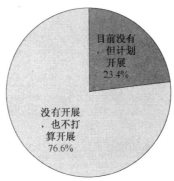

（数据来源：中国互联网络信息中心）

图D.42　未利用电子商务平台的中小企业未来利用电子商务平台倾向

（数据来源：中国互联网络信息中心）

图D.43　未利用搜索营销的企业未来利用搜索营销的倾向

3．中小企业互联网应用相关支撑情况

（1）互联网相关人员及管理

利用互联网进行电子商务或网络营销的中小企业中，一半左右的中小企业没有配备互联网营销的相关内部管理机制。

如图D.45所示48.3%利用互联网进行电子商务或网络营销的中小企业有专门的人员来接

听电话或接受在线咨询；35.4%利用互联网进行电子商务或网络营销的中小企业有独立的网络营销团队；23.3%的利用互联网进行电子商务或网络营销的中小企业专门针对网络营销定制了独立的产品线。但总体而言，中小企业对于网络营销的支撑力度还不够，有 40.7%的中小企业并没有针对网络营销做出任何相应的运营机制调整。

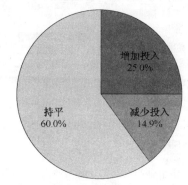

（数据来源：中国互联网络信息中心）

图D.44　搜索营销广告主对未来搜索营销的投入倾向

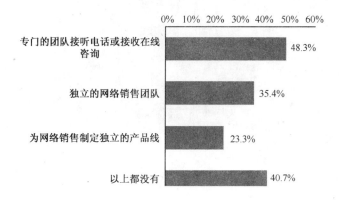

（数据来源：中国互联网络信息中心）

图D.45　应用网络营销的企业在管理上对互联网的支撑情况

通过分析网站人员投入情况与网站效果的关系可以看出，投入水平与网站效果呈现很显著的正相关性，投入越大、效果越好，如图 D.46 所示。

然而，调查数据显示，目前中小企业网站的维护水平总体还是偏低。中小企业网站有专职团队负责的仅 22.5%；多数中小企业网站仅有少数人员进行内容更新，而没有技术维护人员，如图 D.47 所示。

总体而言，进行搜索营销的中小企业对于搜索营销的人员支撑力度偏低。其中，41.4%的中小企业完全没有搜索营销相关人员，完全依靠搜索引擎服务商及其代理商提供技术指导；仅 16.3%的中小企业有专业的搜索营销支撑团队，如图 D.48 所示。

（2）互联网知识培训情况

接入互联网的中小企业中，互联网知识培训的比例偏低。仅 22.3%的接入互联网的中小企业过去一年中进行过互联网相关知识培训，如图 D.49 所示。

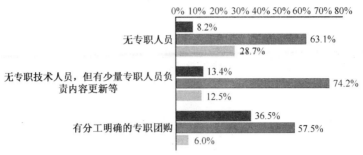

（数据来源：中国互联网络信息中心）

图D.46 中小企业网站效果与网站人员投入情况的关系

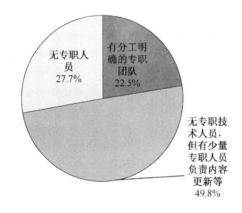

（数据来源：中国互联网络信息中心）

图D.47 中小企业网站维护人员情况

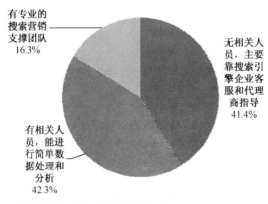

（数据来源：中国互联网络信息中心）

图D.48 中小企业搜索营销人员投入情况

　　在互联网知识相关培训采用的方式上，多数中小企业最常采用的方式是内部员工知识分享，专业人员进行讲座的比例偏低，如图 D.50 所示。

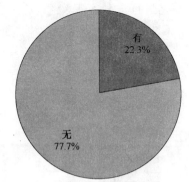

（数据来源：中国互联网络信息中心）

图D.49   中小企业进行互联网相关培训比例

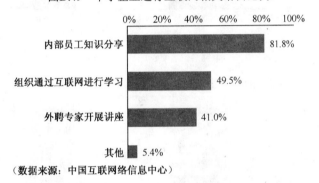

（数据来源：中国互联网络信息中心）

图D.50   中小企业进行互联网相关培训的方式选择

D.5   互联网安全环境

1. 个人互联网使用安全状况

2010 年，我国网络和信息安全状况有所改善，安全保障能力稳步提升。政府积极推动法律法规、技术标准、基础设施和网络信任体系等方面的建设，不断加快网络与信息安全管理平台建设，加大对通信网络的监管力度和对钓鱼网站、非法网站及不良信息的防范和清查力度，尤其加大对手机移动媒体和技术服务网站的主动监管，完善域名注册信息的备案工作。

随着政府对网络安全问题集中治理力度的不断加大，我国的基础网络安全问题有了明显的改善。2010 年，遇到过病毒或木马攻击的网民比例为 45.8%，较 2009 年下降了 10.8 个百分点，人数也从 2.17 亿减少为 2.09 亿人，减少了近 800 万人，如图 D.51 所示。

与此同时，有过账号或密码被盗经历的网民占 21.8%，较 2009 年降低 9.7 个百分点。遇到过账号密码被盗的人数从 2009 年的 1.21 亿降低到 9969 万，减少了 2000 余万，如图 D.52 所示。

自 2009 年年末以来，工业和信息化部实施了《关于进一步深入整治手机淫秽色情专项行动工作方案》，对大规模的不良网站进行了清理。CNNIC 也进行了域名注册信息专项治理行动，取得了阶段性的胜利。2010 年共受理钓鱼网站举报 23 455 个，处理钓鱼网站 22 573

个；处理并记录涉黄域名 6168 个；添加涉黄域名黑名单 86 批次，共计 3551 个；通知注册服务机构删除涉黄链接以及对域名进行实名认证 82 批次。截至 2010 年 12 月 31 日，.CN 域名实名比率[31]已经达到 97.2%，.CN 域名新注册实名比率达到 100%，.CN 域名下不良应用举报比例逐步下降。随着国家域名的网络安全保障机制进一步完善，对网络与信息安全事件的发现和处置能力大大增强。

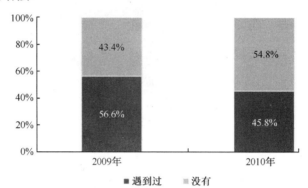

（数据来源：中国互联网络信息中心）

图D.51　半年内是否遇到病毒或木马攻击

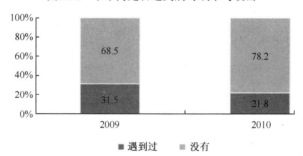

（数据来源：中国互联网络信息中心）

图D.52　半年内是否遇到账号或密码被盗

2．中小企业互联网安全防护状况

总体而言，中小企业互联网安全防护总体水平较高。安装杀毒软件是中小企业互联网安全保护最主要的措施，在接入互联网的中小企业中，有 91.7%的中小企业安装了杀毒软件；有 76.5%的中小企业加装防火墙；仅 5.4%中小企业未采取任何安全防范措施，如图 D.53 所示。

另一方面，中小企业网站的可信认证积极性却不高，如图 D.54 所示。目前国内"钓鱼网站"泛滥，急需通过一个权威的网站认证体系来规范和树立业内标准。目前国内网站和企业的诚信认证市场比较混乱，在企业中和网民中都没有形成一个权威的品牌，造成了企业不愿进行网站可信认证的现状。但为了提升整个互联网的安全和诚信水平，必须要加强网站身份的管理，提高企业和网民对于身份认证的认识。

---

[31] 域名实名率 ＝（实名验证的域名数量+海外用户电子邮件确认的域名数量）÷（域名保有量−未实名被暂停解析的域名数量）

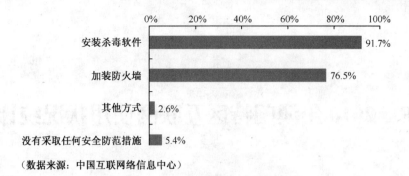

（数据来源：中国互联网络信息中心）

图D.53 企业互联网安全防范措施

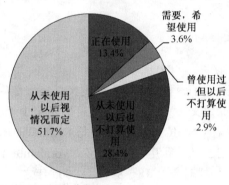

（数据来源：中国互联网络信息中心）

图D.54 中小企业网站可信认证情况

（中国互联网络信息中心）

附录 E 2010 年澳门特区互联网使用状况统计报告

E.1 概念说明

（1）**网民** 本调查采用了两种"网民"的定义。其一是从 2003 年起采用的中国互联网络信息中心（CNNIC）的定义（"平均每周使用互联网至少 1 小时的网民"，抽样调查对象是 6～84 岁的澳门居民，简称 CNNIC 定义），以便与 CNNIC 的调查结果作比较。其二是从 2001 年度澳门调查起一直采用的"世界互联网项目"（World Internet Project，WIP）的定义（"你现在是否使用互联网"，抽样对象是 18～84 岁（2005 年之前为 18～74 岁）的澳门居民，简称 WIP 定义）。如没有特别注明，所有统计数据一律以 CNNIC 的定义为准。

（2）**上网电脑** 指家庭内接入互联网的桌面电脑和笔记本电脑（手提电脑），但口袋电脑（Pocket PC）或带 PDA 功能的手机（手提电话）不在此列。

（3）**无线上网** 无线上网分为两种形式：一是利用笔记本电脑、口袋电脑或手机而直接透过网络供应商提供的 WiFi、HSDPA（WCDMA 或 CDMA2000 制式）或 GPRS 等网络进行网上活动；二是利用上述电脑装备、透过用户的路由器自行架设的 WiFi 无线网络进行网上活动。

（4）**报告数据日期** 本次调查统计数据截止日期为 2010 年 12 月 3 日。

（5）**本报告出处** 本报告内容乃"澳门互联网研究计划"调查结果的一部分，该计划由易研网络研究实验室（澳门）项目总监兼澳门大学传播系助理教授张荣显博士主持。但本报告内容，并不代表上述机构的立场。

（6）**澳门互联网研究计划** 它是一项关注新传播科技与社会关系的长期性研究项目，由澳门互联网研究学会策划、易研网络研究实验室执行。自 2001 年始于澳门大学，该计划对澳门居民的互联网及其他资讯传播科技的使用和影响进行研究。过去十年，一共进行了九次大规模的随机抽样电话问卷调查。从 2003 年开始，每年发布"澳门互联网使用现状统计报告"。"澳门互联网研究计划"同时是"世界互联网研究计划，World Internet Project，WIP"的成员及"亚太地区互联网研究联盟，Asia-Pacific Internet Research Alliance，APIRA"的创会成员。上述两个组织的成员使用同样的问卷进行当地互联网使用调查，并将调查数据进行跨国/地区的比较。

E.2　调查结果

1．澳门互联网络发展的宏观概况

（1）家庭上网电脑连网情况

2010 年澳门特区家庭上网电脑数见表 E.1，家庭电脑增长情况见表 E.2 和图 E.1。

表 E.1　2010 年家庭上网电脑数

家 庭 总 数	上网电脑总数	宽带上网电脑数*
18 万	15.5 万	14.4 万
占家庭总数的比例	87%	81%
占上网家庭的比例	100%	97%

注：家庭总数乃根据澳门统计暨普查局公布之 2009 年住户总数 178 000 个及 2010 年对应的人口总数及期末外地雇员数目推估，

　　推估出 2009 年住户数为 182 683 个。

　　* 不包括租用专线、无线和手机上网。

表 E.2　家庭上网电脑增长情况

	上网电脑占家庭总数	拨号上网电脑占家庭总数	宽带上网电脑占家庭总数
2003	57%	30%	27%
2004	59%	23%	35%
2005	62%	12%	49%
2006	72%	7%	64%
2007	77%	3%	74%
2008	81%	2%	79%
2009	83%	1%	80%
2010	87%	0%	81%

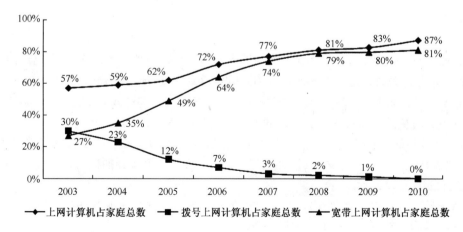

图E.1　家庭上网电脑增长情况

2001—2010 年家庭上网连网方式见表 E.3 和图 E.2

表 E.3 2001—2010 年家庭上网电脑连网方式⁽¹⁾

	固定宽带上网	拨 号 上 网	其他方式（如租用专线、无线宽带）
2001⁽²⁾	22%	78%	0.0%
2003	47%	51%	1.9%
2004	60%	39%	0.9%
2005	79%	20%	1.0%
2006	89%	10%	0.5%
2007	96%	4%	0.6%
2008	97%	3%	0.1%
2009	97%	1%	2.0%
2010	97%	0%	3.0%

注：（1）2002 年没有进行相关调查。

（2）WIP 定义。

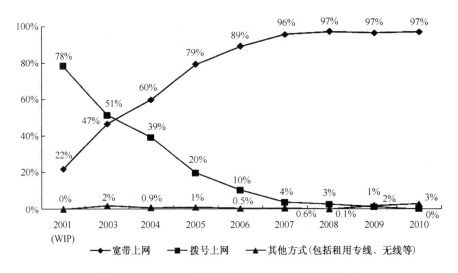

图E.2 2001—2010年家庭上网调查之电脑连网方式

在宏观方面，截至 2010 年年底，澳门的家庭电脑连网率为 87%。在所有已连网的电脑当中，97%为宽带上网。宽带上网已经成为家庭电脑最主要的连网方式，2001—2010 年，宽带上网的家庭电脑比例由 22%上升至 97%。

（2）澳门的网民人数及各阶层人群的上网率（互联网普及率）

根据 2010 年的调查结果显示，以 CNNIC 定义计，在年龄为 6～84 岁的澳门常住居民中，有 36 万为网民（即占对应总体 51.7 万人口中的 70%），如考虑到抽样误差（±2.4%），实际网民可能在 34.7～37.2 万。

以 WIP 定义计，在年龄为 18～84 岁之间的澳门常住居民中，则有 30.5 万为网民（即占对应总体 46.5 万中的 66%），如考虑到抽样误差（±2.5%），实际网民可能在 29.4～31.7 万。2001—2010 年网民与非网民的增减情况见表 E.4 和图 E.3。

表 E.4 网民与非网民的增减情况

	网　民	曾　为　网　民	非　网　民
2001 (1)	33%	15%	52%
2003	40%	10%	51%
2004	46%	8%	46%
2005	53%	7%	40%
2006	55%	7%	38%
2007	64%	3%	33%
2008	66%	1%	33%
2009	70%	—	30%
2010	70%	—	30%

注：（1）WIP 定义。

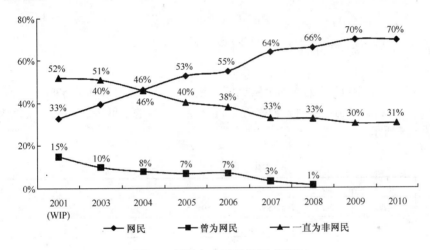

图E.3　网民与非网民的增减情况

　　从历年的调查结果来看，澳门的互联网普及率已进入平稳发展状态，如考虑抽样误差，上网率徘徊在 70%。由 2001 年的 33% 上升至 2010 年的 70%（2010 年的调查结果比 2009 年稍低，可能因抽样误差所致）。

　　上网率数据是根据调查中自称为网民的结果，以及网民的上网年期（1995—2010 年）推估出来的逐年变化情况。表 E.5 和图 E.4 给出了 1995—2010 年网民的增长趋势。

表 E.5　网民逐年增长趋势

年　份	普　及　率	年　份	普　及　率
1995	3%	2003	40%
1996	4%	2004	46%
1997	6%	2005	53%
1998	10%	2006	55%
1999	16%	2007	64%
2000	25%	2008	66%
2001	33%	2009	70%
2002	36%	2010	70%

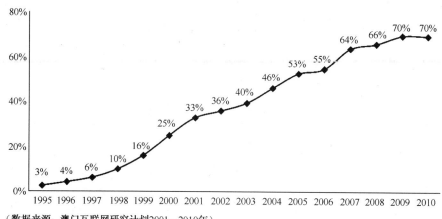

（数据来源：澳门互联网研究计划2001—2010年）

图E.4　网民逐年增长趋势

（3）按人口特征统计的上网率

① 男女上网率

从性别来看，除2005年男女的上网比例一致外（皆占各自群体的53%），其余各年男性的上网率皆高于女性，2010年两者相差五个百分点，男性的上网率为70%，女性为65%，如表E.6和图E.5所示。

表E.6　男女的网民普及率

	2003	2004	2005	2006	2007	2008	2009	2010
男	42%	49%	53%	59%	68%	69%	73%	70%
女	37%	43%	53%	52%	60%	63%	67%	65%

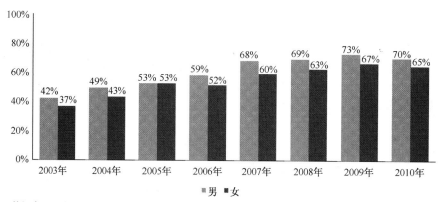

（数据来源：澳门互联网研究计划2001—2010年）

图E.5　男女上网率

② 不同年龄层的上网率

2003—2009年在不同年龄的居民中，上网比例基本上呈上升趋势，不过，2010年和2009年相比，结果显示，年龄较大的51～60岁、60岁或以上人士的上网率同比都有所下降，两年相比，上网率分别都下降了五个百分点。上网率最高的两个年龄层分别是 18～24 岁（100%）和 25～30 岁（97%）。

综合来说，在所有调查年份中，各年龄组别之间的上网有明显差异。其中除了 18 岁以下的组别外，上网率随着年龄的增加而递减，18～24 岁组的近 100%下降至 60 岁以上组的11%，见表 E.7 和图 E.6。

表 E.7 不同年龄层上网率

	2003	2004	2005	2006	2007	2008	2009	2010
18 岁以下	44%	67%	74%	82%	88%	94%	97%	95%
18～24 岁	84%	88%	95%	94%	97%	99%	100%	100%
25～30 岁	70%	78%	81%	88%	90%	91%	97%	97%
31～35 岁	48%	59%	61%	68%	84%	82%	94%	91%
36～40 岁	40%	41%	56%	54%	64%	73%	79%	85%
41～50 岁	20%	22%	33%	33%	46%	45%	51%	49%
51～60 岁	14%	9%	18%	17%	23%	23%	31%	26%
60 岁以上	1%	1%	6%	7%	9%	12%	16%	11%

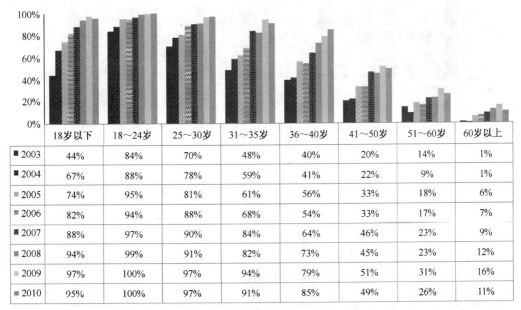

	18岁以下	18～24岁	25～30岁	31～35岁	36～40岁	41～50岁	51～60岁	60岁以上
■ 2003	44%	84%	70%	48%	40%	20%	14%	1%
■ 2004	67%	88%	78%	59%	41%	22%	9%	1%
▨ 2005	74%	95%	81%	61%	56%	33%	18%	6%
▨ 2006	82%	94%	88%	68%	54%	33%	17%	7%
■ 2007	88%	97%	90%	84%	64%	46%	23%	9%
▨ 2008	94%	99%	91%	82%	73%	45%	23%	12%
▨ 2009	97%	100%	97%	94%	79%	51%	31%	16%
▨ 2010	95%	100%	97%	91%	85%	49%	26%	11%

（数据来源：澳门互联网研究计划2001—2010年）

图E.6 不同年龄层的上网率

③ 不同职业的上网率

2010 年的调查结果显示，学生、较高职业者（管理阶层等）的上网率明显比其他阶层的高，分别为 97%和 96%。

历年调查数据显示，从职业来看，学生、管理阶层、专业人士、从事办公室事务及公务员阶层的人士的上网率比其他阶层显著要高，从事劳力、服务性行业及没有工作的人群的上网率较低，见表 E.8 和图 E.7。

表 E.8　不同职业的上网率

	2003 年	2004 年	2005 年	2006 年	2007 年	2008 年	2009 年	2010 年
学生	54%	72%	80%	86%	91%	95%	98%	97%
管理阶层、专业人士、白领、文职人员	72%	78%	83%	78%	92%	94%	94%	96%
公务员	68%	88%	81%	89%	87%	86%	96%	87%
自雇人士	36%	32%	52%	43%	52%	72%	59%	61%
蓝领、劳动工人、服务员	22%	25%	27%	34%	45%	44%	51%	51%
失学、退休、无业、家庭主妇	13%	11%	17%	24%	24%	28%	31%	30%
其他	42%	50%	33%	18%	—	67%	50%	—

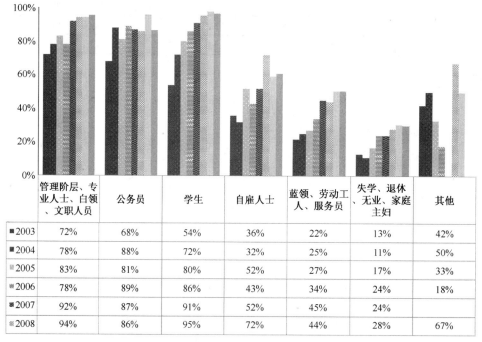

	管理阶层、专业人士、白领、文职人员	公务员	学生	自雇人士	蓝领、劳动工人、服务员	失学、退休、无业、家庭主妇	其他
■2003	72%	68%	54%	36%	22%	13%	42%
■2004	78%	88%	72%	32%	25%	11%	50%
▨2005	83%	81%	80%	52%	27%	17%	33%
▨2006	78%	89%	86%	43%	34%	24%	18%
▨2007	92%	87%	91%	52%	45%	24%	
▨2008	94%	86%	95%	72%	44%	28%	67%

（数据来源：澳门互联网研究计划2001—2010年）

图E.7　不同职业的上网率

④ 不同文化程度的上网率

在 2010 年，大专文凭/副学士、大学本科及硕士/博士三个教育程度的人上网率较高，分别是 96%，98% 和 96%。不过，高中以下程度的上网率明显相对偏低（80%）。

历年数据显示，基本上呈现文化程度越高，网民普及率越高之态见表 E.9 和图 E.8。

表 E.9　不同文化程度的上网率

	2003 年	2004 年	2005 年	2006 年	2007 年	2008 年	2009 年	2010 年
高中以下	23%	26%	32%	37%	43%	44%	49%	46%
高中	54%	65%	70%	70%	74%	81%	78%	80%

续表

大专文凭/副学士	80%	90%	80%	85%	98%	86%	97%	96%
大学本科	91%	86%	92%	92%	98%	98%	100%	98%
硕士、博士	88%	100%	94%	100%	97%	98%	96%	96%

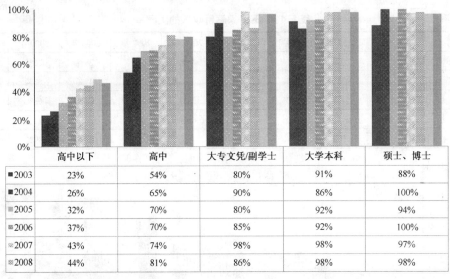

（数据来源：澳门互联网研究计划2001—2010年）

图E.8　不同文化程度的上网率

⑤ 不同婚姻状况的上网率

未婚（包括离婚及丧偶）人士的上网率高于已婚人士，未婚人士的上网率为92%，已婚人士为52%，如表 E.10 和图 E.9 所示。

表 E.10　不同婚姻状况的上网率

	2003	2004	2005	2006	2007	2008	2009	2010
已婚	27%	27%	35%	35%	45%	47%	52%	52%
未婚	56%	69%	73%	83%	88%	91%	95%	92%

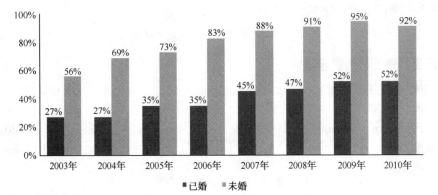

（数据来源：澳门互联网研究计划2001—2010年）

图E.9　不同婚姻状况的上网率

⑥ 不同家庭月收入（澳门元）的上网率

2010 年的调查结果显示，除了 6 千元以下及 1.2～1.8 万元的家庭月入阶层的上网率增长外，余各收入阶层的上网率与 2009 年相比都有所下降。历年数据显示，对于不同收入的家庭来说，家庭收入越高，其上网率也越高如表 E.11 和图 E.10。

表 E.11　不同家庭月收入的上网率

	2003 年	2004 年	2005 年	2006 年	2007 年	2008 年	2009 年	2010 年
6 千元以下	20%	14%	21%	18%	22%	29%	25%	30%
6 千～1.2 万元	40%	44%	40%	46%	53%	49%	56%	54%
1.2 万～1.8 万元	54%	55%	66%	57%	60%	61%	68%	74%
1.8 万～2.4 万元	69%	66%	78%	68%	77%	75%	82%	79%
2.4 万元以上	75%	84%	90%	78%	81%	89%	89%	86%

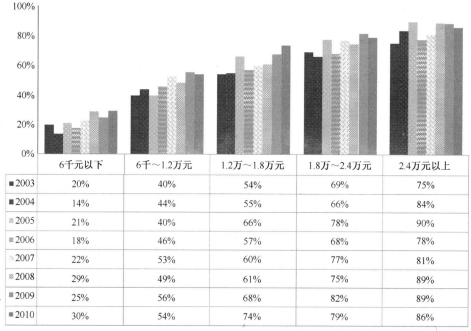

（数据来源：澳门互联网研究计划2001—2010年）

图E.10　不同家庭月收入的上网率

2. 网民的网上行为调查结果

（1）网民的特征

① 网民的性别

历年的结果显示，除 2005 年网民中以女性占多外，其余年份皆为男性占多。2010 年，再次以女性网民占多，在所有网民人口中，男性占 49%，女性占 51%，如表 E.12 和图 E.11 所示。

表 E.12　网民的性别分布

	男	女
2003 年	51%	49%

续表

	男	女
2004 年	51%	49%
2005 年	48%	52%
2006 年	51%	49%
2007 年	53%	47%
2008 年	52%	48%
2009 年	51%	49%
2010 年	49%	51%

（数据来源：澳门互联网研究计划2001—2010年）

图E.11　网民的性别分布

② 网民的年龄

2010 年结果显示，网民中以 18 岁以下，18～24 岁、25～30 岁所占比例较大，三组共占总体的 57%，年龄在 51 岁或以上的网民只合占总体的 8%，如表 E.13 和图 E.12 所示。

表 E.13　网民的年龄分布

	18 岁以下	18～24 岁	25～30 岁	31～35 岁	36～40 岁	41～50 岁	51～60 岁	60 岁以上
2003 年	25%	24%	17%	10%	11%	10%	3%	0.3%
2004 年	30%	21%	18%	9%	11%	10%	2%	0.2%
2005 年	27%	20%	14%	9%	11%	13%	4%	1%
2006 年	27%	20%	16%	9%	10%	13%	4%	1%
2007 年	24%	20%	15%	11%	10%	15%	4%	1%
2008 年	22%	20%	15%	11%	12%	14%	4%	2%
2009 年	20%	19%	16%	10%	12%	15%	6%	2%
2010 年	19%	19%	19%	8%	13%	15%	6%	2%

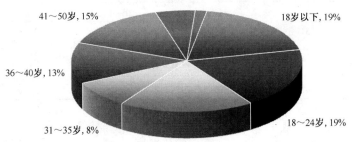

（数据来源：澳门互联网研究计划2001—2010年）

图E.12　网民的年龄分布

③ 网民的婚姻状况

2010年结果显示，未婚的网民占52%，已婚的占48%，未婚网民明显多于已婚网民，如表E.14和图E.13所示。

表E.14　网民的婚姻状况

	已婚	未婚
2003 年	33%	67%
2004 年	31%	69%
2005 年	35%	65%
2006 年	37%	63%
2007 年	40%	60%
2008 年	40%	60%
2009 年	44%	56%
2010 年	48%	52%

已婚
48%

未婚
52%

（数据来源：澳门互联网研究计划2001—2010年）

图E.13　网民的婚姻状况

④ 网民的文化程度

在所有网民中，接近三分之二的网民具高中或以下文化程度，大学本科的网民占21%，具大专文凭/副学士及硕士/博士学历的分别占13%和2%，如表E.15和图E.14所示。

表E.15　网民的文化程度分布

	高中以下	高中	大专文凭/副学士	大学本科	硕士/博士
2003 年	32%	33%	15%	18%	2%
2004 年	33%	36%	11%	17%	3%
2005 年	33%	35%	9%	20%	3%
2006 年	37%	31%	7%	22%	3%
2007 年	33%	30%	9%	25%	3%
2008 年	34%	32%	5%	27%	3%
2009 年	33%	30%	10%	25%	2%
2010 年	34%	30%	13%	21%	2%

⑤ 网民的职业

各年的结果均显示，在所有网民中，以学生及专业/管理/文员等阶层占多数，2010年，学生及专业/管理/文员分别占网民中的30%和32%，劳动阶层占21%，如表E.16和图E.15所示。

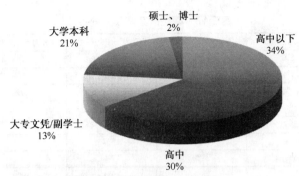

（数据来源：澳门互联网研究计划2001—2010年）

图E.14 网民的文化程度分布

表 E.16 网民的职业分布

	公务员	管理阶层，专业人士，白领，文职人员	蓝领，劳动工人，服务员	自雇人士	学生	失学，退休，无业，家庭主妇	其他
2003 年	6%	33%	10%	2%	42%	7%	1.7%
2004 年	5%	31%	13%	1%	43%	5%	0.1%
2005 年	5%	33%	13%	1%	39%	7%	0.7%
2006 年	6%	27%	17%	2%	39%	9%	0.4%
2007 年	7%	30%	19%	2%	34%	8%	
2008 年	6%	31%	17%	2%	34%	9%	0.8%
2009 年	6%	33%	18%	2%	31%	9%	0.2%
2010 年	4%	32%	21%	2%	30%	11%	

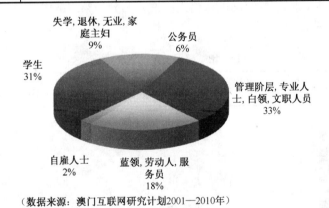

（数据来源：澳门互联网研究计划2001—2010年）

图E.15 网民的职业分布

⑥ 网民的家庭月收入（澳门元）

所有网民中，低收入家庭所占的比例最少，高收入家庭所占的比例最多，2010 年结果显示，家庭月收入在 6 千澳门元以下的网民只占总体的 7%，家庭月收入在 2.4 万澳门元以上的网民所占的比例达 36%。其余收入级别的网民所占的比例相当，家庭月收入在 6 千～1.2 万元的网民占总体的 18%，1.2 万～1.8 万元占总体的 19%，1.8 万～2.4 万元占总体的 19%，分布较平均，如表 E.17 和图 E.16 所示。

表 E.17 网民的家庭收入分布

	6千元以下	6千~1.2万元	1.2万~1.8万元	1.8万~2.4万元	2.4万元以上
2003 年	16%	30%	18%	17%	19%
2004 年	11%	30%	19%	18%	23%
2005 年	12%	23%	22%	20%	23%
2006 年	6%	27%	22%	17%	29%
2007 年	5%	19%	17%	22%	37%
2008 年	5%	18%	15%	19%	44%
2009 年	5%	21%	17%	19%	38%
2010 年	7%	18%	19%	19%	36%

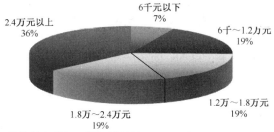

（数据来源：澳门互联网研究计划2001—2010年）

图E.16 网民的家庭收入分布

（2）网民的上网习惯

① 网民上网的主要地点（多选题）

98%的网民会在家里上网，其次是在单位/公司和学校，在网吧、公共图书馆和其他公共场所上网的网民相对较少。3%的网民在街上上网，另外 1%的网民在公共场所使用 WifiGo 上网，如表 E.18 和图 E.17 所示。

表 E.18 网民上网的主要地点

家中	单位/公司	学校	网吧	公共图书馆	其他公共场所	街上	WifiGo[32]	其他
98%	23%	10%	3%	4%	2%	3%	1%	0.5%

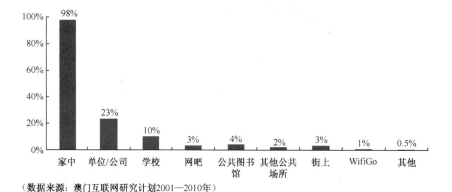

（数据来源：澳门互联网研究计划2001—2010年）

图E.17 网民上网地点分布

---

[32] 澳门政府在指定的政府场地、公共设施及旅游景点等地方安装无线宽带系统，提供免费无线宽带互联网接入服务。

a. 网民上网经验

具有不到两年上网经验的新手只有 7%，具有 2～4 年上网经验的网民达 27%，具有 5～6 年经验的有 21%，至于经验丰富、上网超过 7 年的网民则有 46%。另外，根据统计结果，网民的平均上网年限为 6 年半，最多的达 15 年，最少的则不到一个月，如表 E.19 和图 E.18 所示。

表 E.19　上网经验

2 年以下	7%
2～4 年	27%
5～6 年	21%
7 年以上	46%

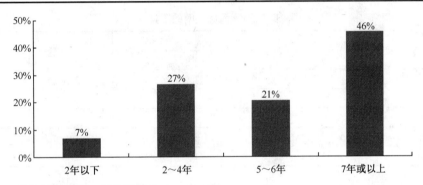

（数据来源：澳门互联网研究计划2001—2010年）

图E.18　上网经验

b. 网民连接互联网的方式（多选题）

就网民个人来说，83%的网民表示以宽带方式上网，只有 7%网民仍然有使用拨号上网。在所有网民中，有 19%表示有利用手机或手提电脑通过网络供应商提供的无线网络上网，而通过公司/学校/家中架设 WiFi 网络上网的网民则有 27%。总的来说，具有无线上网经验的网民达到 46%，如表 E.20 和图 E.19 所示。

表 E.20　连网方式

宽带	83%
拨号上网	7%
无线上网一（包括手机 GPRS、HSDPA，WiFi）	19%
无线上网二（在公司/学校/家中自行架设之 WiFi 网络，统称 WLAN）	27%
其他	0.1%
不知道	4%

c. 网民上网的工具（多选题）

87%网民使用桌上电脑上网，其次是用手提电脑上网，占 39%，用手提电话上网的占 13%，有 2%使用平板电脑（如 ipad）上网。结果显示，2009 及 2010 年使用手提电脑及手提电话作为上网工具的比例较 2008 年有所上升，如表 E.21 和图 E.20 所示。

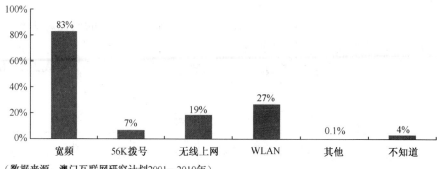

（数据来源：澳门互联网研究计划2001—2010年）

图E.19　连网方式

表 E.21　网民上网的工具

	2008	2009	2010
桌上电脑	91%	91%	87%
手提电脑	23%	36%	39%
手提电话	4%	14%	13%
平板电脑	—	—	2%
电子手账/掌上电脑（PDA，Pocket PC，PALM）	1%	2%	—
其他	0.3%	0.3%	0.1%

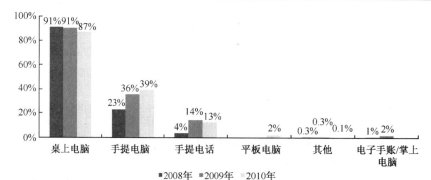

（数据来源：澳门互联网研究计划2001—2010年）

图E.20　网民上网的工具

② 网民平均每周上网的时间

调查结果显示，网民平均每周上网的时间为 19.9 小时，其中青少年（6～17 岁）的网民平均每周上网 19.5 小时，成人（18～84 岁）的网民平均每周上网 20 小时，如表 E.22 和图 E.21 所示。

表 E.22　网民平均每周上网的时间

所有网民	19.9 小时
6～17 岁网民	19.5 小时
18～84 岁网民	20 小时

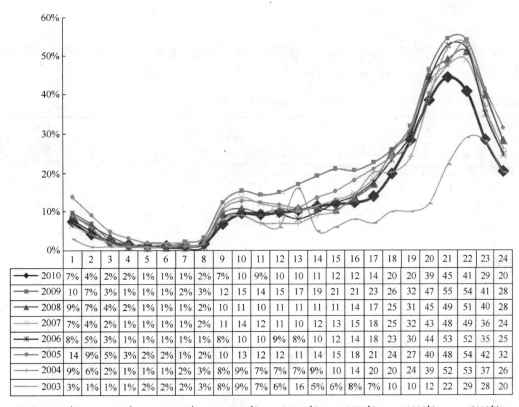

	1	2	3	4	5	6	7	8	9	10	11	12	13	14	15	16	17	18	19	20	21	22	23	24
2010	7%	4%	2%	2%	1%	1%	1%	2%	7%	10	9%	10	10	11	12	12	14	20	20	39	45	41	29	20
2009	10	7%	3%	1%	1%	1%	2%	3%	12	15	14	15	17	19	21	21	23	26	32	47	55	54	41	28
2008	9%	7%	4%	2%	1%	1%	2%	2%	10	11	10	11	11	11	11	14	17	25	31	45	49	51	40	28
2007	7%	4%	2%	1%	1%	1%	2%	11	14	12	11	12	13	15	18	21	32	43	48	49	36	24		
2006	8%	5%	3%	1%	1%	1%	1%	8%	10	10	9%	8%	10	12	14	18	23	30	44	53	52	35	25	
2005	14	9%	5%	3%	2%	2%	1%	5%	10	13	12	12	11	14	15	18	21	24	27	40	48	54	42	32
2004	9%	6%	2%	1%	1%	2%	3%	8%	9%	7%	7%	7%	9%	10	14	20	20	24	39	52	53	37	26	
2003	3%	1%	1%	1%	2%	2%	2%	3%	8%	9%	7%	6%	16	5%	6%	8%	7%	10	10	12	22	29	28	20

—◆— 2010年　—■— 2009年　—▲— 2008年　—✕— 2007年　—✳— 2006年　—●— 2005年　—╂— 2004年　——— 2003年

（数据来源：澳门互联网研究计划2001—2010年）

图E.21　网民的上网时段

③ 网民平均每周上网天数

调查结果显示，网民平均每周上网 5.7 天。

④ 网民通常在什么时间上网（多选题）

调查结果显示，从上午 9 点开始，网民开始逐渐增多，晚上 8 点～10 点为网民上网的高峰期，早上 3 点～8 点则是上网的低潮期，如表 E.22 和图 E.21 所示。

表 E.23　网民的上网时段

1 点	2 点	3 点	4 点	5 点	6 点
7%	4%	2%	2%	1%	1%
7 点	8 点	9 点	10 点	11 点	12 点
1%	2%	7%	10%	9%	10%
13 点	14 点	15 点	16 点	17 点	18 点
10%	11%	12%	12%	14%	20%
19 点	20 点	21 点	22 点	23 点	24 点
28%	39%	45%	41%	29%	20%

（3）网民的上网目的及网上活动

① 网民上网最主要的目的（多选题）

网民上网最主要的目的是通过互联网获取资讯，其次主要是消闲娱乐、与人沟通及阅读新闻，分别占 54%，42%，38% 和 30%，见表 E.24。

表 E.24　网民上网的主要目的

获取资讯	54%
消闲娱乐	42%
与人沟通	38%
网上新闻	30%
教育/学习	13%
网上社区	10%
网上理财	8%
网上购物	4%
个人博客、网页制作、相簿等	4%
下载或上载软件	3%
其他	3%
公共服务	2%
网上求职	1%
网络电话（VOIP）	1%
售卖货品或服务	1%
网上博彩	1%

② 网上活动

表 E.25 显示了网民使用互联网的主要目的，以下是网民为不同目的而参与网上活动的分布情况。

表 E.25　网上活动

使用搜索引擎	82%
浏览网上新闻	80%
看他人博客	49%
使用维基百科	40%
写博客	17%
微博客	11%
玩网上游戏	52%
上下载图片	51%
上视频网站	50%
社交网站	59%
即时通信软件	58%
论坛	38%

网民较常以互联网作为信息的来源，82%的网民会使用搜索引擎找资料，80%的网民会看网上新闻，49%的网民会浏览他人的博客，40%有使用维基百科。此外，部分网民会写博客（17%），以及使用微博客（11%），如图 E.22 所示。

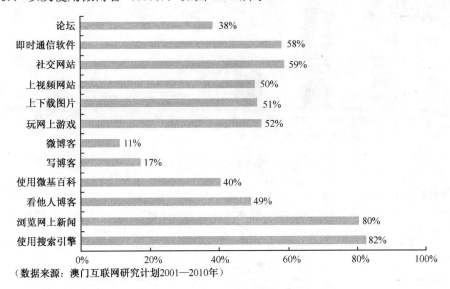

（数据来源：澳门互联网研究计划2001—2010年）

图E.22   网上活动

在网上社交及沟通方面，上社交网站的网民最多，占 59%，其次为使用即时通信软件及网上讨论区/论坛，分别占 58%和 38%。网民最主要使用的即时通信软件是 MSN，占 85%，其次是 facebook 中的即时通信功能，占 54%。

在网上娱乐方面，52%的网民有玩网上游戏，51%的网民有上载或下载图片（贴图分享），50%网民上网时有到视频网站。

③ 网上活动中所使用的工具

网民在进行不同的网上活动时，会使用不同供货商所提供的工具，以下分别展示了最多网民使用的搜索引擎、即时通信软件及社交网站，以及社交网站使用者使用社交网的情况。

a. 搜索引擎

搜索引擎使用者最主要使用的搜索引擎是雅虎 Yahoo（78%），其次是谷歌 Google（66%），如表 E.26 和图 E.23 所示。

表 E.26   网民主要使用的搜索引擎

Yahoo 雅虎	78%
Google 谷歌	66%
Baidu 百度	25%
Sougou 搜狗	4%
MSN	3%
其他	6%

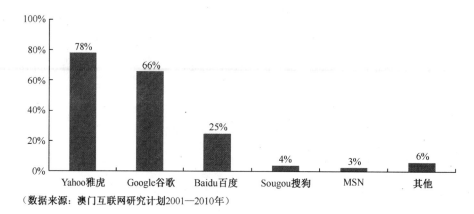

（数据来源：澳门互联网研究计划2001—2010年）

图E.23　网民主要使用的搜索引擎

b. 即时通信软件

有使用即时通信软件的网民中，85%的网民主要使用MSN，其次是54%主要使用facebook中的即时通信功能，再次是22%的网民使用QQ，如表E.27和图E.24所示。

表 E.27　网民主要使用的即时通信软件

MSN Messenger	85%
Facebook	54%
QQ	22%
Skype	9%
ICQ	3%
Gmail	2%
Google Talk	1%
其他	5%

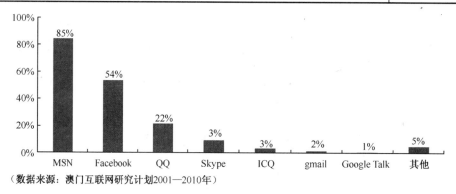

（数据来源：澳门互联网研究计划2001—2010年）

图E.24　网民主要使用的即时通信软件

c. 社交网站

各个不同的社交网站中，以 facebook 最受澳门网民的欢迎，有上社交网的网民中，98%的网民主要使用 facebook；其他社交网使用率较低，如表 E.28 和图 E.25 和图 E.26 所示。

表 E.28 网民主要使用的社交网站

facebook	98%
开心网	2%
校内网/人人网	3%
My Space	2%
51 网	0.4%
其他	6%

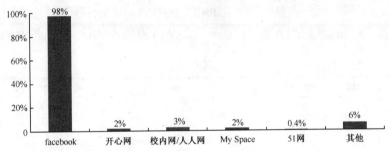

（数据来源：澳门互联网研究计划2001—2010年）

图E.25 网民主要使用的社交网站

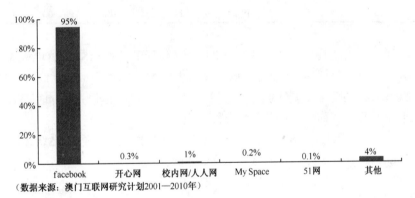

（数据来源：澳门互联网研究计划2001—2010年）

图E.26 网民最常使用的社交网站

facebook 同样是澳门最多网民使用的社交网站。有上社交网的网民中，95%的网民最常上 Facebook，如图 E.27 所示。

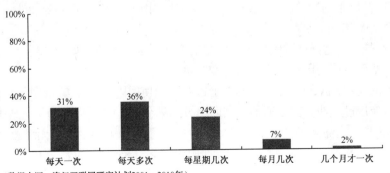

（数据来源：澳门互联网研究计划2001—2010年）

图E.27 使用社交网站的频率

约 60%的网民有上社交网站（59%），当中的 95%最常上的社交网站是 facebook。这一群人中，约 70%每天都上 facebook 一次或多次（68%）。

3．移动上网在澳门的发展——无处不在

（1）移动上网使用状况

前述，网民的连网方式多样，无线上网方式越来越受网民欢迎。无线上网或移动上网的使用率不断上升，无线上网（包括由网络供货商提供的无线网络和用户自行架设的无线网络）出现迅速增长的势头，由 2006 年的 11%增长至 2010 年的 45%，其中网络供货商的无线网络渗透率有 19%（无线上网一：包括手机 GPRS、HSDPA，Wifi）；所谓的无线上网渗透率有 27%（无线上网二：在公司/学校/家中自行架设之 Wifi 网络），如表 E.29 和图 E.28 所示。

表 E.29　网民的连网方式

	宽　频	56K 拨号	无 线 上 网	WLAN	租 用 专 线	其　　他	不 知 道
2005 年	85%	17%	12%	0%	2%	0.4%	4%
2006 年	89%	10%	11%	0%	1%	0%	3%
2007 年	91%	7%	8%	19%	0.2%	0.2%	3%
2008 年	90%	3%	9%	20%	0.8%	0.2%	6%
2009 年	85%	5%	12%	26%	0.7%	0.1%	7%
2010 年	83%	7%	19%	27%	0%	0.1%	4%

按上网方式及使用工具划分，使用无线上网一（包括手机 GPRS，HSDPA，Wifi 等方式）的网民可以分成三类，包括 A）"手提电脑"无线上网群、B）"手机"无线上网群、C）"手提电脑和手机"无线上网群。另外把使用无线上网二的网民统称为 D）固定 Wifi 群；把只以固定方式上网的网民统称为 E）固定宽带群。

① "手提电脑"无线上网群：这群网民只会使用"手提电脑"，以无线上网一（包括手机 GPRS，HSDPA，Wifi 等方式）的方式上网。

② "手机"无线上网群：这群网民只会使用"手机"，以无线上网一（包括手机 GPRS，HSDPA，Wifi 等方式）的方式上网。

③ "手提电脑和手机"无线上网群：这群网民以无线上网一（包括手机 GPRS，HSDPA，Wifi 等方式）的方式上网，不过，他们有时使用手提电脑，有时使用手机以无网方式上网。

④ 固定 Wifi 群：这群网民使用无线上网二的方式上网（在公司/学校/家中自行架设之 Wifi 网络），这是所谓的"无线上网方式"，但其实仍固定于某个地点如公司/学校/家中上网，因此归类为固定 Wifi 群。

⑤ 固定宽带群：这一群网民只会以固定的方式于固定的地点如公司/学校/家中上网，由于宽带几乎已全面使用，因此归类为固定宽带群。

以上各类网民中，A、B、C、D 群人士都有可能使用固定宽带方式上网，不过，固定宽带群网民从未使用过无线方式上网的。按以上方式划分，A）"手提电脑"无线上网群占所有网民中的 5%；B）"手机"无线上网群占 4%；C）"手提电脑和手机"无线上网群占 10%。此外，D）固定 Wifi 群占 27%；E）固定宽带群占最多（55%），如表 E.30 和图 E.29 所示。

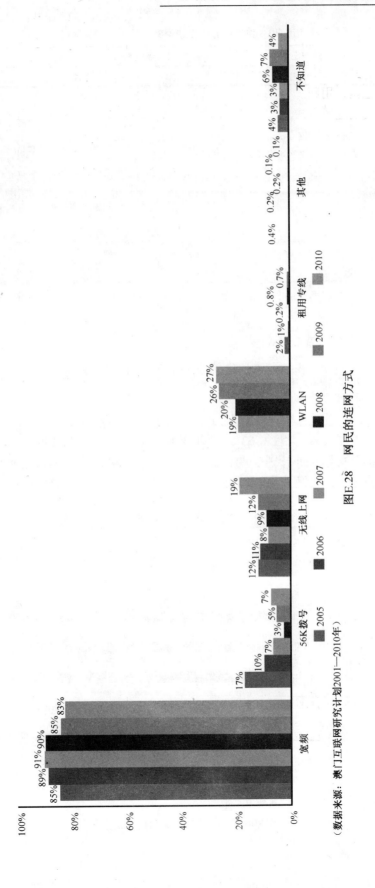

图E.28 网民的连网方式

（数据来源：澳门互联网研究计划2001—2010年）

表 E.30　按连网方式及使用的上网工具划分网民

手提电脑无线上网	手机无线上网	手提电脑和手机无线上网	固定 Wifi	固定宽带
5%	4%	10%	27%	55%

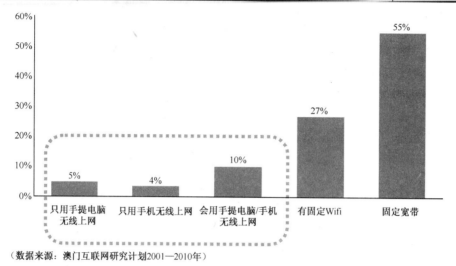

（数据来源：澳门互联网研究计划2001—2010年）

图E.29　按连网方式及使用的上网工具划分网民

（2）谁在使用移动上网

调查结果显示，使用各种不同连网方式的网民在性别上没有显著的差异。手提电脑无线上网的网民中，男性占38%，女性占62%；手机无线上网的网民中，男性占60%，女性占41%；手提电脑和手机无线上网的网民中，男性占57%，女性占44%。固定 Wifi 上网的网民中，男性占47%，女性占53%。只使用固定宽带的男性和女性网民各占一半，如表 E.31 和图 E.30 所示。

表 E.31　不同上网方式人群的性别分布

	手提电脑无线上网	手机无线上网	手提电脑和手机无线上网	固定 Wifi	固定宽带
男性	38%	60%	57%	47%	50%
女性	62%	41%	44%	53%	50%

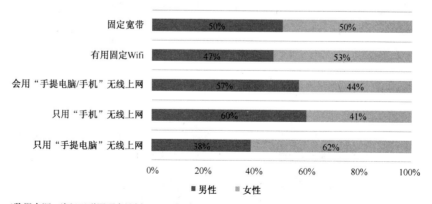

（数据来源：澳门互联网研究计划2001—2010年）

图E.30　不同上网方式人群的性别分布

结果显示，各种网民的婚姻状况的差异达统计显著性(x^2=24.249，df=4，p<0.001)。当中，有用固定 Wifi 及只用手机无线上网两群网民未婚的比例较其他网民高，分别为 65% 和 64%。各群网民中，只用手提电脑无线上网的网民的已婚率则最高（55%），如表 E.32 和图 E.31 所示。

表 E.32   不同上网方式人群的婚姻状况分布

	手提电脑无线上网	手机无线上网	手提电脑和手机无线上网	固定 Wifi	固定宽带
未婚	46%	64%	58%	65%	49%
已婚	55%	36%	42%	36%	51%

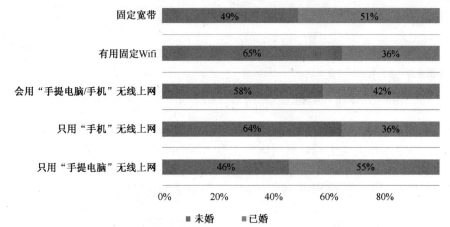

（数据来源：澳门互联网研究计划2001—2010年）

图E.31   不同上网方式人群的婚姻状况分布(x^2=24.249，df=4，p<.001)

结果显示，不同上网方式的网民的年龄分布也有显著的差异(x^2=208.245，df=28，p<0.001)。只用手机无线上网的网民中，18～24 岁的比例高于其他年龄层（33%），且比例较其他连网方式的网民高。只用手提电脑无线上网的网民中，36～40 岁的比例高于其他年龄层（33%），且比例较其他连网方式的网民高。以上两类人士同样以移动的方式上网，不过选用不同的上网工具的网民，在年龄分布上有显著的不同，如表 E.33 和图 E.32 所示。

表 E.33   不同上网方式人群的年龄分布

	手提电脑无线上网	手机无线上网	手提电脑和手机无线上网	固定 Wifi	固定宽带
18 岁以下	15%	16%	8%	12%	26%
18～24	21%	33%	28%	32%	12%
25～30	12%	23%	27%	29%	13%
31～35	8%	14%	18%	10%	7%
36～40	33%	5%	10%	8%	14%
41～50	8%	7%	8%	9%	18%
51～60	2%	2%	1%	1%	8%
60 岁或以上	2%	0%	0%	0%	2%

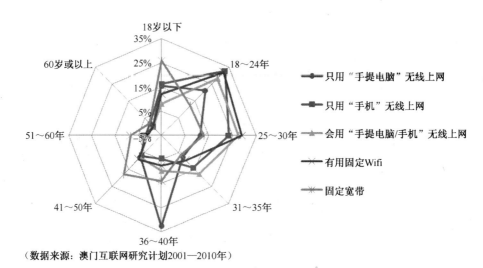

（数据来源：澳门互联网研究计划2001—2010年）

图E.32　不同上网方式人群的年龄分布(x^2=208.245，df=28，p<0.001)

不同连网方式的网民的教育程度呈显著差异(x^2=191.461，df=16，p<0.001)，只用手提电脑无线上网，只用手机无线上网，只用固定宽带上网的网民中，以教育程度为高中以下占最多，分别占30%，36%及47%。会用手提电脑和手机无线上网，有用固定 Wifi 的网民中，以教育程度为大学本科占多，分别占39%及34%，如表 E.34 和图 E.33 所示。

表 E.34　不同上网方式人群的教育程度分布

	手提电脑无线上网	手机无线上网	手提电脑和手机无线上网	固定 Wifi	固定宽带
高中以下	30%	36%	11%	17%	47%
高中	27%	26%	25%	25%	32%
大专/副学士	13%	12%	22%	21%	8%
大学本科	27%	26%	39%	34%	11%
硕博或以上	4%	0%	4%	4%	1%

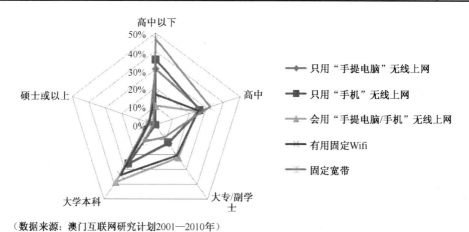

（数据来源：澳门互联网研究计划2001—2010年）

图E.33　不同上网方式人群的教育程度分布(x^2=191.461，df=16，p<0.001)

只用手提电脑无线上网，只用手机无线上网，会用手提电脑和手机无线网，有用固定

Wifi 方式上网的网民中，四者都是以管理/专业/白领人士占最多，分别占 45%，43%，50%和42%。所占比例皆显著高于固定宽带的 23%。以固定宽带方式上网的网民以学生最多（34%），如表 E.35 和图 E.34 所示。

表 E.35　不同上网方式人群的职业分布

	手提电脑无线上网	手机无线上网	手提电脑和手机无线上网	固定 Wifi	固定宽带
公务员	2%	2%	9%	8%	2%
管理/专业/白领	45%	43%	50%	42%	23%
蓝领/劳动/服务员	11%	19%	12%	13%	25%
商人/自雇	2%	0%	3%	2%	3%
学生	25%	26%	23%	32%	34%
失业/退休/主妇	15%	10%	4%	3%	13%

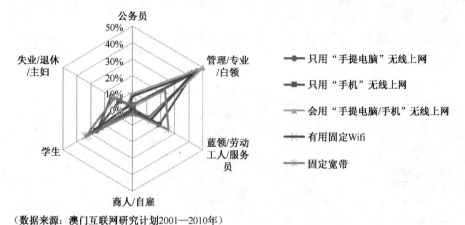

（数据来源：澳门互联网研究计划2001—2010年）

图E.34　不同上网方式人群的职业分布

只用手提电脑无线上网，只用手机无线上网，会用手提电脑和手机无线网，有用固定Wifi 方式上网的网民中，四者都是以家庭月入 24 000 元以上人士占最多，分别占 52%，49%，50%和 45%，虽然以固定宽带方式上网的网民中，以家庭月入 24 000 以上人士占最多（29%），不过所占比例显著低于以上的四类网民，如表 E.36 和图 E.35 所示。

表 E.36　不同上网方式人群的家庭收入分布

	手提电脑无线上网	手机无线上网	手提电脑和手机无线上网	固定 Wifi	固定宽带
6000 元以下	0%	0%	2%	5%	8%
6000~12 000 元	18%	9%	10%	12%	24%
12001~18 000 元	7%	15%	17%	22%	21%
18001~24 000 元	23%	27%	21%	17%	19%
24 000 元以上	52%	49%	50%	45%	29%

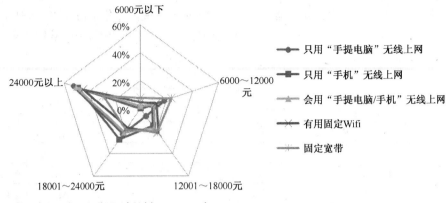

（数据来源：澳门互联网研究计划2001—2010年）

图E.35　不同上网方式人群的家庭收入分布(x^2=54.827，df=16，p<.001)

（3）不同上网方式的网民的上网习惯

以上五种不同上网方式的网民中，大多数网民以桌上电脑上网，尤其是固定宽带网民（92%），如表 E.37 和图 E.36 所示。

表 E.37　不同上网方式人群的上网工具

	桌 上 电 脑	手 提 电 脑	手 提 电 话	平 板 电 脑	其　　他
手提电脑无线上网	84%	78%	1%	1%	0%
手机无线上网	91%	26%	41%	1%	0%
手提电脑和手机无线上网	82%	76%	44%	9%	0.3%
固定 Wifi	80%	59%	20%	3%	0%
固定宽带	92%	21%	2%	1%	0.1%

各种不同上网方式的网民都主要在家中上网。他们当中，只用手机无线上网，会用手提电脑和手机无线上网两类网民在街上（19%，13%）或有 wifigo 的地方（4%，5%）上网的比例都较高，如表 E.38 和图 E.37 所示。

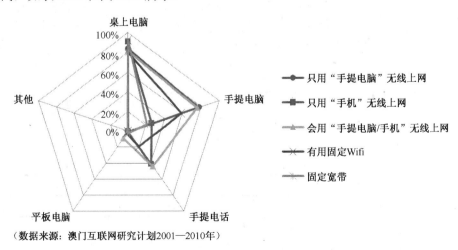

（数据来源：澳门互联网研究计划2001—2010年）

图E.36　不同上网方式人群的上网工具（多选）

表 E.38　不同上网方式人群的上网地点

	家中	公司	学校/校园	网吧	公共图书馆	其他公共场所	街上	有 wifigo 的地方	其他
手提电脑无线上网	98%	49%	16%	1%	6%	1%	6%	1%	0%
手机无线上网	97%	14%	4%	5%	8%	6%	19%	4%	0%
手提电脑和手机无线上网	98%	41%	13%	4%	7%	12%	13%	5%	0%
固定 Wifi	99%	33%	14%	4%	2%	0%	4%	0%	0%
固定宽带	97%	14%	8%	3%	5%	1%	0%	0%	1%

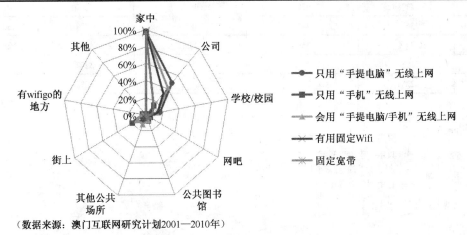

（数据来源：澳门互联网研究计划2001—2010年）

图E.37　不同上网方式人群的上网地点（多选）

调查结果显示，只用手提电脑无线上网的网民在日间上网较为活跃。只用手机无线上网人士，表示自己没有固定上网时间的比例较其他类别的网民高，如表 E.39 和图 E.38 所示。

表 E.39　不同上网方式人群的上网时间

	手提电脑无线上网	手机无线上网	手提电脑和手机无线上网	固定 Wifi	固定宽带
1:00	2%	12%	9%	14%	4%
2:00	2%	9%	4%	7%	2%
3:00	2%	4%	2%	3%	2%
4:00	1%	0%	2%	1%	2%
5:00	1%	0%	2%	1%	1%
6:00	1%	2%	1%	2%	1%
7:00	1%	4%	1%	2%	1%
8:00	0%	7%	1%	2%	1%
9:00	12%	7%	8%	10%	5%
10:00	20%	4%	11%	12%	8%
11:00	18%	7%	12%	13%	7%
12:00	21%	10%	14%	13%	6%

续表

	手提电脑无线上网	手机无线上网	手提电脑和手机无线上网	固定 Wifi	固定宽带
13:00	22%	4%	13%	14%	8%
14:00	21%	4%	13%	14%	10%
15:00	20%	6%	13%	14%	10%
16:00	24%	7%	13%	15%	10%
17:00	17%	8%	16%	17%	12%
18:00	19%	14%	20%	22%	19%
19:00	21%	24%	29%	29%	29%
20:00	31%	42%	40%	41%	37%
21:00	41%	47%	46%	50%	42%
22:00	36%	44%	48%	54%	33%
23:00	34%	35%	37%	40%	20%
24:00	19%	20%	30%	32%	13%
没有固定	22%	34%	20%	15%	21%

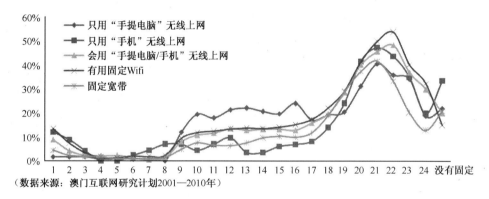

（数据来源：澳门互联网研究计划2001—2010年）

图E.38　不同上网方式人群的上网时间（多选）

（4）不同上网方式的网民的网上活动

五类上网方式的网民中，只用手机无线上网，会用手提电脑和手机无线上网，有用固定Wifi上网三类人士的网上社交情况较其余两类人士活跃。其中以固定宽带上网方式上网的网民的参与率显著低于其余四类网民，如表 E.40 和图 E.39 所示。

表 E.40　不同上网方式人群网上社交的情况

	手提电脑无线上网	手机无线上网	手提电脑和手机无线上网	固定 Wifi	固定宽带
即时通信软件	56%	79%	78%	75%	45%
社交网站	62%	79%	81%	75%	45%
论坛	55%	55%	56%	51%	26%

会用手提电脑和手机无线上网方式上网的网民使用社交网站(81%)(x^2=109.869，df=4，p<0.001)及论坛(56%)(x^2=83.269，df=4，p<0.001)的比例较其他四类人高。

只用手机无线上网方式上网的网民使用即时通信软件(79%)(x^2= 102.501，df=4，$p<0.001$)
的比例较其他四类人高。

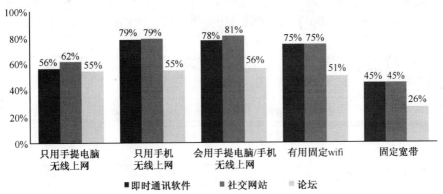

（数据来源：澳门互联网研究计划2001—2010年）

图E.39 不同上网方式人群网上社交的情况

五种不同上网方式的网民玩网上游戏的差异没有达到统计上的显著性。会用手提电脑和
手机无线上网方式上网的网民上视频网站(62%)(x^2= 27.714，df=4，$p<0.001$)及在网上载/下载
图片（贴图分享）(70%)($x2$= 71.980，df=4，$p<0.001$)的比例较其余四类人高，如表 E.41 和
图 E.40 所示。

表 E.41 不同上网方式人群网上娱乐的情况

	手提电脑 无线上网	手机 无线上网	手提电脑和手机无线 上网	固定 Wifi	固定宽带
玩网上游戏	55%	48%	50%	49%	54%
上视频网站	46%	55%	62%	59%	44%
上/下载图片	62%	56%	70%	65%	40%

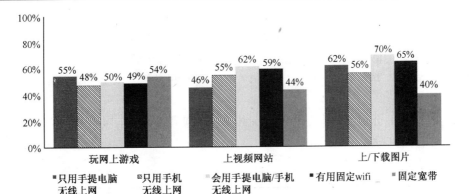

（数据来源：澳门互联网研究计划2001—2010年）

图E.40 不同上网方式人群网上娱乐的情况

使用微博客方面，会用手提电脑和手机无线上网的网民中 22%有使用微博客，显著高于
其余四类网民(x^2=26.589，df=4，$p<0.001$)。

写博客方面，会用手提电脑和手机无线上网的网民中27%有写自己的博客，显著高于其余四类网民（x^2= 32.012，df=4，$p<0.001$）。

看他人博客方面，只用手提电脑无线上网的网民有看他人博客的比例显著高于其他网民（67%）（x^2=47.400，df=4，$p<0.001$），其次是只用手机无线上网的网民，他们当中 65%有看他人的博客。

以上三项活动中，以固定宽带方式上网的网民的使用或参与率相对最低，如表 E.42 和图 E.41 所示。

表 E.42　不同上网方式人群使用博客的情况

	只用手提电脑无线上网	只用手机无线上网	会用手提电脑和手机无线上网	有用固定 Wifi	固定宽带
使用微博客	16%	15%	22%	13%	8%
写博客	22%	14%	27%	25%	12%
看他人的博客	67%	65%	60%	58%	40%

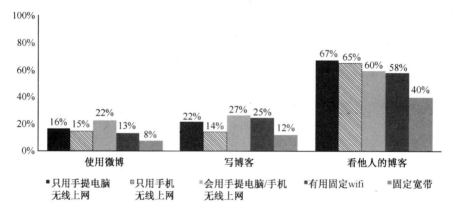

（数据来源：澳门互联网研究计划2001—2010年）

图E.41　不同上网方式人群使用博客的情况

在网上获取讯息方面，不同上网方式的网民使用搜索引擎（x^2=56.228，df=4，$p<0.001$）、浏览网上新闻（x^2=36.467，df=4，$p<0.001$）及使用维基百科（x^2=62.969，df=4，$p<0.001$）的情况都有显著的差异。各类网民中，以固定宽带方式上网的网民使用以上工具或参与以上活动的比例最低。

以上三项活动，会用手提电脑和手机无线上网的使用率最高，他们当中，95%有使用搜索引擎；90%有浏览网上新闻；60%有使用维基百科，如表 E.43 和图 E.42 所示。

表 E.43　不同上网方式人群在网上获取讯息的情况

	只用手提电脑无线上网	只用手机无线上网	会用手提电脑和手机无线上网	有用固定 Wifi	固定宽带
搜索引擎	87%	88%	95%	91%	75%
网上新闻	89%	81%	90%	88%	74%
维基百科	56%	41%	60%	51%	30%

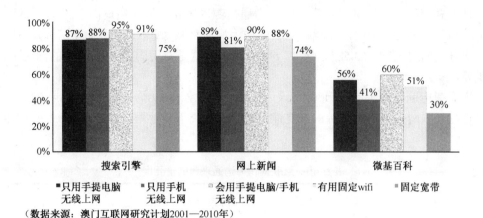

（数据来源：澳门互联网研究计划2001—2010年）

图E.42　不同上网方式人群在网上获取讯息的情况

（5）移动上网者对互联网的态度

各种上网方式的网民对互联网作为信息来源的重要度评估有显著的差异（x^2=61.243，df=8，p<0.001）。

会用手提电脑和手机无线上网的网民觉得互联网是重要信息来源的比例最高（66%），其次是有用固定 Wifi 上网的网民（64%）。

以固定宽带方式上网的网民觉得重要程度一般者过半（51%），觉得重要的比例低于其他上网方式的网民（41%），如表 E.44 和图 E.43 所示。

表 E.44　互联网作为信息来源的重要度

	只用手提电脑 无线上网	只用手机 无线上网	会用手提电脑和手机 无线上网	有用固定 Wifi	固定宽带
不重要	4%	10%	4%	4%	9%
一般	39%	34%	29%	32%	51%
重要	57%	56%	66%	64%	41%

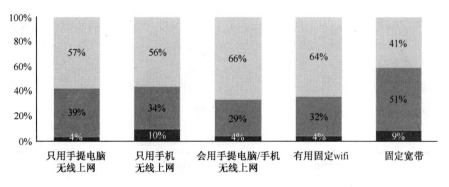

（数据来源：澳门互联网研究计划2001—2010年）

图E.43　互联网作为讯息来源的重要度（x^2=61.243，df=8，p<0.001）

各种方式上网的网民觉得互联网作为沟通来源"重要"的比例均高于"不重要"。会用手提电脑和手机无线上网的网民觉得互联网作为沟通来源"重要"的比例（67%），显著高于其他上网方式的网民(x^2= 63.583，df=8，p<0.001)。其次是有用固定 Wifi 上网的网民中，59%觉得重要。

只用手提电脑无线上网（51%）、只用手机无线上网（49%）、以固定宽带（43%）上网的网民觉得互联网作为沟通来源的重要性一般的比例高于其他两种态度，如表 E.45 和图 E.44所示。

表 E.45　互联网作为沟通来源的重要度

	只用手提电脑无线上网	只用手机无线上网	会用手提电脑和手机无线上网	有用固定 Wifi	固定宽带
不重要	9%	12%	5%	5%	17%
一般	51%	49%	28%	36%	43%
重要	40%	39%	67%	59%	40%

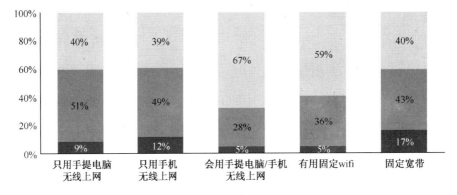

（数据来源：澳门互联网研究计划2001—2010年）

图E.44　互联网作为沟通来源的重要度(x^2=63.583，df=8，p<0.001)

会用手提电脑和手机无线上网的网民，他们觉得互联网是重要娱乐的来源重要的比例显著高于其余四类网民（56%)(x^2= 30.761，df=8，p<0.001)。

只用手机无线上网、会用手提电脑和手机无线上网、有用固定 Wifi 的网民，当中认为互联网是重要娱乐来源的子群体比例最高。相反，只用手提电脑无线上网，以固定宽带上网的网民中，则是觉得重要度一般的人最多，如表 E.46 和图 E.45 所示。

表 E.46　互联网作为娱乐来源的重要度

	只用手提电脑无线上网	只用手机无线上网	会用手提电脑和手机无线上网	有用固定 Wifi	固定宽带
不重要	13%	17%	8%	12%	18%
一般	46%	32%	36%	38%	47%
重要	41%	51%	56%	50%	36%

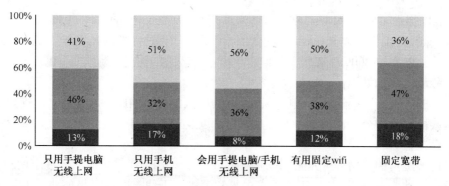

（数据来源：澳门互联网研究计划2001—2010年）

图E.45　互联网作为娱乐来源的重要度(x^2= 30.761，df=8，p<0.001)

虽然各类网民对于互联网在生活中的重要程度有显著的差异(x^2=70.126，df=8，p<0.001)，不过，各类网民中，均以认为互联网在生活中重要的占多数。当中，会用手提电脑和手机无线上网的网民觉得重要的比例最高（78%），如表 E.47 和图 E.46 所示。

表 E.47　互联网在生活中的重要度

	只用手提电脑 无线上网	只用手机 无线上网	会用手提电脑和手机 无线上网	有用固定 Wifi	固定宽带
不重要	9%	14%	2%	5%	17%
一般	30%	36%	20%	22%	31%
重要	61%	50%	78%	73%	52%

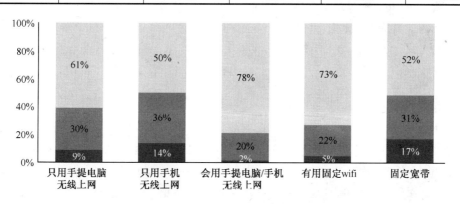

（数据来源：澳门互联网研究计划2001—2010年）

图E.46　互联网在生活中的重要度(x^2= 70.126，df=8，p<0.001)

4．结语

总结首个十年内，九次澳门特区互联网使用情况调查结果的特点可总结如下。

（1）网络使用进入平稳发展阶段

澳门互联网使用已经进入平稳发展状态，如考虑抽样误差，上网率在 70%左右。各类人口特征中，以男性（70%）、18～24 岁（100%）、学生（97%）、大学本科（98%）、未婚（92%）、家庭收入较高（2.4 万元以上）（86%）的上网率最高。不过，把网民按年龄划分，四十岁以上的网民的上网率较 2009 年有所下降，表现出年龄较大的网民有流失的迹象。

（2）移动上网无处不在，日显其重要性

移动式的无线上网逐渐成为澳门网民连网的主流，近半网民加入移动上网行列（45%），移动上网族群无论在个人特征、网上工具使用，以及对互联网的态度上都与只以固定方式上网的网民存在显著的差异。

把网民按上网的连网方式及上网工具细分成 A）只用"手提电脑"无线上网群、B）只用"手机"无线上网群、C）会用"手提电脑和手机"无线上网群。另外把使用无线上网二的网民统称为 D）有用固定 Wifi 群；把只以固定方式上网的网民统称为 E）固定宽带群，结果发现，会用"手提电脑和手机"无线上网的网民的网上社交、娱乐、信息获取都较其他群体活跃，而固定宽带群网上活动的参与率或使用率都显著低于其余四类网民。此外，会用"手提电脑和手机"无线上网的网民对于互联网作为娱乐（56%）、信息（66%）、沟通（67%）的来源是重要的比例亦显著高于其他类型的网民，另外，他们认为互联在生活中是重要的比例（78%）也显著高于其他网民。

透过只用手机无线上网的网民更能体会上网的随时及随地性，他们表示自己没有固定上网时间的比例较其他类别的网民高，而这类网民使用即时通信软件（79%）的比例较其余四类人士高，他们在网上社交方面的活动与会用手提电脑和手机无线上网的网民的活跃程度相当。只用手机无线上网的网民中，18～24 岁的比例高于其他年龄层（33%），而且比例较其他连网方式的网民高。上网地点方面，以无线上网方式上网的网民的上网地点更多元化，除了在家中上网外，只用手机无线上网、会用手提电脑和手机无线上网两类人士在街上（19% 和 13%）或有 wifigo 的地方（4% 和 5%）上网的比例都较高。

（3）轻巧工具应用增长迅速

轻巧的工具造就了移动上网的发展，近年以桌上电脑上网的比例逐渐下降（87%），相反，以可移动性较高的手提电脑（39%）及手提电话（13%）来上网的比例则有所上升，也有少部分网民使用平板电脑（如 ipad）上网（2%）。

（4）网上活动多元频繁

网民的网上活动多元，部分网上工具的使用率较高，互动分享类的包括即时通信软件使用（58%）、论坛（38%）、社交网站（59%）；娱乐类包括网上游戏（52%）、视频网站（50%）、上下载图片（51%）；信息获取包括使用搜索引擎（82%）、网上新闻（80%）、看他人的博客（49%）、写博客（17%）、微博客（11%）和维基百科（40%）。

（5）社交网站备受宠爱，工具整合成新趋势

社交网的宗旨之一就是把社交生活搬到网上去，作为生活的一部分，60%有使用社交网的网民用其了解朋友的近况（65.9%）、玩游戏（29.8%）、看照片（28.1%）、与在线朋友即时通信（27.2%）等。社交网结合其他工具展现出新的势力，社交网站将即时通信、分享影片等网络旧有功能整合后，极大地满足了网民在该类网站中的沟通社交需求。

另外，社交圈即时互动，也可以发动事件，或邀请朋友加入不同的群组，对网民的社交及不同层面的生活都带来不同程度的影响，不容忽视。

E.3　调查方法

1．调查总体

本调查于 2010 年 11 月 19 日至 12 月 3 日期间，透过计算机辅助电话访问系统（CATI），向全澳门有住宅电话的 6～84 岁常住居民并说中文者（包括广东话、普通话及其他中国方言）进行访问。

2．抽样方法

（1）**样本量**　本调查成功调查了 1808 位合资格的受访者。在 95%的置信度下，该样本的抽样误差为±2.4%。

（2）**抽样方法**　本调查采用全澳门所有住宅电话号码为抽样框架，先以计算机随机抽出 6999 个电话号码，再以辅助电话访问系统随机抽出号码，经调查员拨通查明为住宅电话后，要求在该户 6～84 岁的常住并说中文的成员中访问一名生日最近者。如被抽中的电话无人接听，抽中的被访者不在家或不便接受访问，访问员采用住户中随机替代的方式，访谈符合资格的人士，或在不同的日期与不同的时段先后回拨不多于 5 次，最终使用了 6898 个随机号码。

（3）**调查回应率**　按美国民意研究协会（AAPOR）的回应率公式三（RR3）计算（详见 AAPOR 网址：http://www.aapor.org/default.asp?page=survey_methods/standards_and_best_practices/standard_definitions#response），本调查的回应率为 45.2%，合作率（CR3）为 69%。

3．加权方法

在统计分析之前，我们以最新之澳门人口统计资料中性别与年龄的交叉分布为基数，对样本作了加权处理，使得样本与对应总体的性别与年龄的结构相同。

4．数据预处理

为了减低数据中如出现个别极大或极小的异常值对该组数据平均数取值的影响，我们按惯例在计算上述平均数前，以大于或小于平均数的三个标准差来取代原始资料中的异常值。经修正后，上述报告中的平均数，例如上网时间等，比原始数据的平均数减少 2%～18%等，然而更接近总体的实际情况。

澳门互联网研究学会会长　易研网络研究实验室研究总监　张荣显;

澳门互联网研究学会理事长　易研网络研究实验室　研究员　盛绮娜　硕士

反侵权盗版声明

电子工业出版社依法对本作品享有专有出版权。任何未经权利人书面许可，复制、销售或通过信息网络传播本作品的行为；歪曲、篡改、剽窃本作品的行为，均违反《中华人民共和国著作权法》，其行为人应承担相应的民事责任和行政责任，构成犯罪的，将被依法追究刑事责任。

为了维护市场秩序，保护权利人的合法权益，我社将依法查处和打击侵权盗版的单位和个人。欢迎社会各界人士积极举报侵权盗版行为，本社将奖励举报有功人员，并保证举报人的信息不被泄露。

举报电话：（010）88254396；（010）88258888

传　　真：（010）88254397

E-mail：　dbqq@phei.com.cn

通信地址：北京市万寿路 173 信箱

　　　　　电子工业出版社总编办公室

邮　　编：100036

中国互联网协会简介

中国互联网协会于2001年5月25日成立，由从事互联网行业的网络运营商、服务提供商、设备制造商、系统集成商以及科研、教育机构等70多家互联网从业机构共同发起成立。

中国互联网协会现有会员单位400余家，下设12个工作委员会，现任理事长为原中国科学院副院长、原中国科学技术协会副主席胡启恒院士。

中国互联网协会的宗旨是遵守国家宪法、法律和法规，遵守社会道德风尚；坚持以创新的思维、协作的文化、开放的平台、有效的服务的指导思想，为会员的需求服务、为行业的发展服务，为政府的决策服务。

十年来，中国互联网协会立足行业发展，发挥行业组织的桥梁纽带作用，被民政部评为"全国先进民间组织"、"4A级社会组织"、"全国先进社会组织"。

2011艾普服务年

952155⁺

网上生活在艾普

共同创造 一起分享

我们努力为客户创造更高的价值

官方网站:www.ip66.com

主要经营内容

接入运营　　　电子商务

投资合作　　　新媒体发展

自1991年，东软作为较早关注电信行业应用软件系统建设的软件开发与系统集成商之一，已有20年电信计费、业务运营支撑系统的软件开发经验，从最初的GIS图形配线配号系统、电信97工程，到新一代的业务支撑系统、商业智能系统、增值业务管理、IT监管系统等，东软始终坚持以软件技术为核心，致力于为电信行业客户提供全面的行业解决方案和产品工程解决方案。

在信息安全领域，东软作为国内领先的信息安全整体解决方案提供商，已经连续15年保持快速增长。凭借东软在电信、金融、能源、税务、社保、交通等关键行业丰富的IT系统建设经验，及对客户业务应用安全的深刻理解，东软为客户提供专业的信息安全产品、安全服务和整体安全解决方案。

用技术代替经验 令管理更优秀

电话会议

即时通信

SaaS应用

企业邮箱

领先的
企业通信专家

二六三网络通信股份有限公司（263网络通信）是**国内领先的主要面向中小企业和商务人士的综合通信服务提供商**。公司专注于增值电信行业中的通信服务业务，致力于为用户提供功能丰富、成本低廉的商务级通信服务。作为领先的企业通信专家，263网络通信为企业提供综合企业通信平台，提升中小企业通信管理效率。公司业务涵盖数据通信和企业语言两大板块。其中数据通信包括263企业邮箱和263EM（企业即时通讯）；企业语音包括263便利会议等。

263网络通信以持续的创新能力和稳定的运营保障，成为多项通信新业务的开拓者：

- 创建拨号上网主叫计费模式，推动国内互联网的应用
- 开展96446IP长话业务，将IP长途推向市场
- 推出95050多方通话，首先获得在全国开展多方通话业务许可
- 率先提供电信级专业电子邮件服务
- 独家承接并完成了国家863计划"大规模多特征智能反垃圾技术与系统实现"课题，给企业邮箱市场带来深刻变革

www.net263.com

股票简称：二六三　股票代码：002467

● 打造"一会、一节、多通道"的行业交流平台，创建平等、共享、和谐的无障碍交流环境

● 倡导行业自律，治理垃圾电子信息，营造健康的互联网行业发展环境

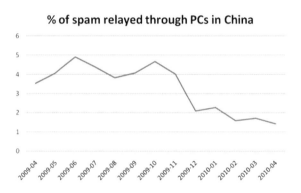

% of spam relayed through PCs in China

● 推动国际交流与合作，在国际展示我国行业组织形象

欢迎广大互联网企业加入中国互联网协会！详情请登录中国互联网协会网站www.isc.org.cn查询，或拨打中国互联网协会会员部咨询电话：010-66030171/66036703。